다매체 시대

문학의 지평 열기

다매체 시대

문학의 지평 열기

김봉군

푸른사상

책머리에

나는 왕양한 태평양 물기슭에서 자라났다. 달빛 윤슬 일렁이는 밤 바닷가, 갈게가 집을 짓는 금모랫벌에서 문학은 이런 것이라고 되뇌며 감동에 젖었었다. 보리밭 사래진 언덕에 앉아, 자잘한 물보라를 일구면서 밀려오는 갈맷빛 봄 바다를 바라보며 한량없는 그리움에 잠겼던 유소년 시절, 문학은 미지의 세계를 향한 향수(鄉愁)였다.

너럭바위 섶에서 낚아 담은 볼락 바구니를 어깨에 메고 찔레꽃 흐드러지게 핀 언덕길을 더위잡다가 문득 발길을 멈추고 뒤돌아보았을 때, 거기 태평양 물기슭에서 뒤척이며 설레던 '내 고향 남쪽 바다' 그 푸른 물결. 안단테 칸타빌레로 춤추며 굼실대는 여름 바닷가, 몽돌밭 바위 끝에 하얗게 부서지는 격정의 비말, 바닷속 꺾더귀와 꽃게의 움직임까지 빤히 들여다보이던 청정의 극치 가을 바다, 고독과 그리움으로 얼어붙은 침묵의 겨울 바다, 거기에 서정시와 이야기와 드라마가 있었다.

그렇다고 그것만이 문학 세계의 주인이 될 수는 없었다. 마을에는 기쁨과 슬픔이 함께 살았다. '법보·봉사·잔다리·얼빙이'로 불리던, 귀가 먹고 말을 못하는 사람·장님·다리를 저는 사람·지능이 모자라는 사람 들이 특히 마음자락을 흔들었다. 그들은 삶의 복판에서 밀려나 늘 변두리의 그늘진 곳에서 웅크리고 살아야 했다. 마을에는 걸인들이 줄을 이었고, 나환자는 더욱 참혹해 보였다.

마을 사람들의 삶은 역사의 축도였다.

광포한 주정꾼의 행패, 요시라같이 간교한 자의 이간질과 비리가 숫되고 우직한 선인(善人)들을 괴롭히는 삶의 현장에서 세속사의 정의란 폭군과 간교한 자의 편이었다. 세속사의 부조리에 희생된 광인들과 소외된 주변인들에게 사랑은 언제나 아득한 피안의 것으로만 보였다.

포탄의 굉음과 화약 냄새로 문을 연 20세기 역사의 피바람은 지리산과 진주성을 넘고 이순신 장군의 비원(悲願)이 서린 노량 해역을 건너 고향 마을을 휩쓸었다. 6·25 전쟁이었다. 보도 연맹원들의 결박당한 시신들이 물기슭을 떠돌고, 옆구리에 총상을 입고 죽어가던 소녀의 사슴 같은 눈빛을 기억하는 전쟁의 신은 보이지 않았다. 백마 고지 전투에서 다리를 잃은 아랫마을 형님이 부르고 또 불러 마지않던 '전우가(戰友歌)'가 오열(嗚咽)을 불러왔다.

나는 내 고향의 푸른 바람을 그리워한다. 그러나 선과 악의 그 경계선을 종내 허물지 못하는 세속사적 바람의 허무에 굴종하기를 나는 거부한다.

문학을 인식과 형상의 복합체라 할 때 인식은 의식, 형상은 언어의 문제에로 귀결된다. 의식의 차원으로 보면, 모든 문학 작품은 네 갈래 위상(位相)에 자리한다. ① 개인 의식의 형이상학적 지향, ② 사회 의식의 형이상학적 지향, ③ 사회 의식의 형이하학적 지향, ④ 개인 의식의 형이하학적 지향이 그것이다.

위에 말한 ①과 ④는 개인주의 사회, ③과 ④는 집단주의 공동체 사회의 문학이 지향하는 의식의 특성이다. 비유컨대, 개인주의는 세포의 안전에 편향되어 유기체를 훼손하며, 집단주의는 유기체의 건강을 위한다는 구실로 세포를 말살하는 오류를 빚기 쉽다. 삶과 역사의 불완전성, 극단성, 일면적 단순성을 극복하기에 실패하기 쉬운 인류의 아픈 모순이다.

문학은 이 모순에 응전할 역사의 지평을 열어야 한다. 자유롭고 평등한 사회, 땅의 지평과 수직의 초월적 형이상학의 두 지향 의식이 교차하는 참 사랑과 '만남'의 좌표에서 인류 구원(救援)의 참다운 문학은 태어날 것이다. 이를 위해 세속사의 훼손된 일상어는 태초의 생명의 언어로 거듭나야 할 것이다. 갈맷빛으로 출렁이던 내 고향 물빛 같은 유토피아 그 곳에, 자유와 평등을 구가하는 아름다운 사람들이 다시 모여드는 날을 나는 꿈꾸며 산다. 자연 낙원(Greentopia)과 기술 낙원(Technopia)이 좋이 어울린 환경 낙원(Ecotopia) 조성의 그날을 고대한다.

숫된 생명력이 약동하는 원초적 언어의 창조적 복원, 이것이야말로 밀레니엄 전환기인 이 시대 문학의 지상 과제다. 그리고 혁명과 전쟁만을 전제로 한 세속사란 죄와 죽음, 패배와 좌절의 기록이라고 한 카를 뢰비트의 역사 철학적 담론에 아프게 동의한다.

이 책은 다매체 정보화의 이 시대 현실의 파란 그 갈피갈피에 저자의 이같은 문학관과 염원을 아로새긴 비평서다. 저널리즘 쪽과 강단의 비평이 섞여 있다. 이 책에 같은 용어가 매우 자주 쓰이고 있는 것도 이 때문이다. 독자 제위의 충고를 바란다.

끝으로, 푸른사상사 한봉숙 사장과 편집부 여러분께 감사드린다. 정신적 아버지 구상 선생님, 대학 시절부터 시 쓰라고 격려해 주신 김남조 선생님, 저자를 위하여 일생을 희생하신 부모님, 두 분 누님과 아내 정경임, 봉천 아우, 제자 심유미·김소희·강미선 조교들의 공덕을 잊지 못한다. 이 모두가 하나님의 은총 덕분이다. 문학 공부의 이정표가 되어 주신 이하윤·구인환·김은전·윤홍로·김윤식 교수님, 이유식·한상무·김재홍·이숭원 교수 등 문단의 선후배 제위와 고향의 박대섭·양왕용 시인 형제들이 그리운 날이다.

2003년 5월

저자 김 봉 군

제2부　다매체 시대의 문화와 문학

제3부　문학의 형이상학과 반형이상학

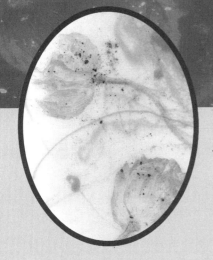

제1부

욕막의 시학과 창작의 준거

욕망의 시학과 문학의 에로티시즘

1

인식의 현상학으로 접근할 때 세계는 '보는 자' '보여지는 자'의 시선이 조우하는 욕망의 불꽃 속에 있다. 가령, 듬성듬성 칼질을 한 칠부 청바지나 입음과 벗음의 경계선의 사투를 빚는 미니스커트의 주인공, 그들의 보여짐과 군중의 보는 행위는 불타는 욕망의 예각적 분투의 장면을 연출한다. 이 분투의 장면은 대체로 파탄의 카오스에 휩싸이고 말지만, 실재와의 만남, 기적과도 같은 그 환희의 순간을 위하여 이 현상은 되풀이된다.

이것은 가장 첨예한 현대적 욕망 소통의 한 현상이지만, 이브의 모험 이후 인류의 세속적 영위 일체는 이 같은 욕망의 역할과 깊이 관련되어 있다. 인류 문명이 이룩한 거대한 업적들로서 이집트의 피라밋, 중국의 만리 장성, 뉴욕시의 마천루들은 보는 자와 보여지는 자의 시선이 충돌하는 그 치열한 에너지의 폭발점에, 짐짓 절제된 욕망의 결정체로 그렇게 서 있는 것이다. 이 욕망의 바벨탑은 경이롭게도, 보는 자와 보여지는 자의 선망과 적대의 관계에서 시작되어 마침내 보여지는 자의 욕망의 화염 속에 보는 자의 전자아가 견인, 회신되고 마는 역설적 소통 장애 현상을 매우 자주 빚어낸다. 이는 인류 문명사의 비극적 실상이며, 그럼에도 불구하고 인간의 야심찬 욕망은 불과 부나비의 모순으로 끊임없이 불탄다.

2

이 같은 욕망의 패러독스는 르네상스적 인본주의가 이룩한 현란한 서양 문명의 정화로서 인류를 매혹한다. 애덤 스미스는 이 욕망의 주체에 대하여 한없는 신뢰감으로 「국부론」을 썼고 이들 주체에 실망한 마르크스와 엥겔스는 욕망의 주체 절반에 대한 전적인 신뢰와 다른 절반에 대한 절대 불신과 증오심으로 「자본론」이며 「공산당 선언」을 탈고했다. 그리고 지금 서로 다른 그 욕망의 논리가 처절한 대결의 양상을 보여 주는 곳이 우리가 사는 이 땅의 분단선이다. 이 것은 인간의 욕망 자율 조정 능력의 한계를 노출한 현저한 예증으로, 우리의 고통 체험을 증폭시키는 비극적 상황의 극한이다.

보는 자와 보여지는 자의 아름다운 소통 현상은 자연 낙원(Greentopia)의 '자연'과 인간 사이에서 빚어진다. 동아시아인의 자연 낙원인 도리행화(桃·李·杏花) 피는 도화원(桃花源)은 순간자가 아닌 영원자(永遠者)로서 문학적 상상력의 핵심에 자리해 왔다. 이는 히말라야, 텐산 산맥 동남부 지역, 곧 아시아의 통합적 상상력의 특성으로서, 자연을 산업의 재료(material)로 실용화한 서양인의 상상력과 대립된다.

인간의 비극적인 욕망은 소유욕이며, 지고지선(至高至善)의 경지는 무소유(無所有)다. 소유욕 최악의 목록을 권력욕, 재욕(財慾), 색욕(色慾), 명예욕이라 하던 그 소중한 '지혜'의 좌표로부터 아스라히 이탈한 절정에서 욕망의 중량은 무한하다. 무소유의 맞은편 극단에 서고 만 몰지각한 욕망의 주체에게 야스퍼스는 비극의 부재를 선언한다.

20세기 말, 이 시대 인류가 누리는 산업 문명은 '기술 낙원(Techtopia)'의 설레는 꿈과 환경 공해의 재앙이라는 양가성(兩價性)을 품고 있다. 이 모순에 찬 욕망은 이성의 개입에 힘입어 '환경 낙원(Ecotopia)'이라는 새로운 유토피아 개념을 도입한다.

인류 문명사를 장식해 온 허다한 문학 작품도 이 모순에 찬 욕망의 소산이다. 부나비와 불의 관계와도 같은 이 욕망 시학의 지평에서 집요하게 기층을 점하여 온 것이 에로티시즘이다. 프로이트, 융, 아들러, 라캉으로 대표되는 욕망 시학의 대가들은 문학적 상상력의 기층을 점유한 에로티시즘을 놓치지 않는다. 프로이트는 인간 욕망의 원천을 리비도에서 찾으려 함으로써 에로티시즘의 위력을 극단적으로 강조한 셈이다.

최근 이문열의 「선택」은 페미니즘의 파행 현상과 함께 이경자의 「황홀한 반란」에 노출된 에로티시즘을 심각한 어조로 비판했다. 또 영화와 텔레비전 연속극도 에로티시즘으로 하여 물의를 일으키고 있다. 공연물 사전 심의 위헌 판결로 인한 에로티시즘의 범람은 '미란다' 공연의 예에서 보듯, 예상되는 문제다. 이것은 반드시 치열한 토론을 거쳐야 할 중대 과제다.

건국 이래 우리가 원치 않는 역사적 상황과 정치 현실로 하여, 이데올로기와 정치적 도전 문제에 편향되었던 우리의 비평관은 이제 문예 미학의 기층을 자리한 에로티시즘의 문제에까지 확대되어야 할 것이다.

3

에로티시즘은 인간 심성의 기층을 점유하는 보편적 속성이다. 인간 생명의 원소인 에로티시즘은 모든 예술 장르의 원초적 형상과 소리에 간여하며,

문학도 예외가 아니다.

동서 고금의 문학에서 에로티시즘은 욕망 형상화의 매우 유효한 모티프로서 작용한다. 그리스·로마 신화, 중국의 여러 기서(奇書)는 물론, 성서에도 에로티시즘은 주요 모티프로 개입되어 있다.

충신 우리야를 전사시키고 그의 아내를 가로챈 다윗, 간음한 여인의 기사는 성서의 한정 모티프(bound motif)에 긴밀히 간여하는 주요 요소라 할 수 있다. 세계 미인 헬렌을 독점하기 위한 욕망 분출이 빚은 전쟁 이야기 「일리아드」를 비롯하여, 중국의 「금병매」나 「소녀경(素女經)」, 우리나라의 「고금 소총(古今笑叢)」은 에로티시즘의 치열성과 황홀경 논의의 한 증거라 할 것이다.

아나톨 프랑스의 「타이스」, 톨스토이의 「안나 카레니나」, 법정의 심판대까지 섰던 플로베르의 「보바리 부인」, 로렌스의 「채털리 부인의 사랑」, 정비석의 「자유 부인」, 마광수의 몇 작품 등에 대한 비평적 검증이 필요하다.

남녀의 육체적인 사랑 에로스가 문학 작품의 소재로 취택되는 것마저 문제 삼는 천박한 도덕주의는 여기서 논외로 해야 한다. 문제가 되는 것은 작품에 수용된 에로스의 예술성 여부다. 그 의문은 전문 화가의 누드와 포르노그라피의 차이점을 묻는 데서 풀릴 수 있다. 누드는 포르노와 어떻게 다른가? 이에 응대할 명쾌한 해답을 제시하는 것은 지극히 어렵다. 다만 직관으로 답할 뿐이다. 이때 떠오르는 예술 명언 둘이 있다.

"예술이란 그것이 무엇인가 하고 관조하는 그 자체다." 또는 "(예술)현상이란 우리로 하여금 그것에 관하여 생각하도록 괴롭히는 그 무엇이다."고 한 말이 그것이다. 앞의 것은 생트 뵈브의 평문 「고전이란 무엇인가」, 뒤의 것은 올드리치의 『예술 철학』에 실렸다. 바꾸어 말하면 예술은 인간의 창조성과 상상력에 의하여 재창조된 미적 실체다. 포르노는 소재의 상태에 머물러 있어, 관조나 고통 어린 사색 이전의 단계에 놓았을 뿐이다. 이는 예술사적 증명 사진의 경우와 유사하다. 증명 사진을 일컬어 예술 작품이라고 하지 않는 것은 거기에 예술적 창조성이 개입되지 않은 때문이다.

다시 문학의 에로티시즘 문제로 돌아가자. 에로스 문제를 수용한 특정 문학 작품이 분격 문학에 드느냐 외설물에 지나지 않느냐 하는 것은 그 작품이 독자로 하여금 관조하며 생각하도록 하는 그 무엇을 내포하고 있느냐의 문제에 달려 있다. 바꾸어 말하면, 작품 속의 에로스가 한 요소로서 구조적 기능성을 확보하느냐의 여부에 따라 그 예술성과 외설적 특성은 판가름 나게 된다. 에로스가 에로스의 상태에 그대로 머무르거나, 본질적, 기능적인 역할과는 상관없이 어떤 가짜 욕망 추구의 수단으로만 동원된 것이라면, 그런 작품은 참된 문학 작품일 수가 없다. 그렇다면, 여기서 말하는 '가짜 욕망'이란 어떤 것인가? 그 하나가 애욕 그 자체에만 몰입하는 수성(獸性, brutality)이며, 다른 하나는 상업적 이윤 추구와 예술적 성취 동기가 전도된 세속적 탐욕이다.

가령 D.H. 로렌스의 「사랑하는 여인들(Women in Love)」을 보자. 그는 한 남성 루퍼트 버킨은 한 여성 어쉬라 속에서 '무엇인가 찬란하고 이상적인, 생명 자체보다도 찬란한 무엇'을 발견했다고 서술한다. 한 여성은 한 남성 속에서 우주 창조 때부터 존재하는 신의 한 아들을 발견했고, 한 남성은 한 여성 속에서 가장 훌륭한 인간의 딸을 발견했다는 것이다. 로렌스가 집요하게 추구한 것은 인간을 진실로 행복하게 할 완전한 사랑, 곧 남녀간의 단순한 사랑과는 다른 영원한 결합과 사랑이다. 그는 마침내 다음과 같이 말한다.

> 당신 속엔, 내 속엔 사랑 이상의 것, 마치 어떤 별들이 인간의 시야 너머에 있는 것처럼 사랑 이상의 초월적인 무엇인가 있소.

로렌스의 에로스는 향락적, 자연주의적, 윤리적인 것이 아닌 신비주의적 초월을 지향하는가? 이지적 인식론 대신 감각적 인식론을, 기계적 형이상학 대신 유기적 형이상학을, 성공주의적 인생관 대신 환희의 인생관을, 추구하는가? 만약 그렇다면, 이는 S.프로이트가 에로스 일체를 비정신화, 비신비화하는 것과 대조가 된다. 로렌스에게서 보는 자와 보여지는 자의 시선은 향락의 불꽃 대신 '별'의 찬란한 광망을 지향한다. 로렌스의 별은 육적 갈망, 그 결핍의 지평선 너머 수직적 초월의 우주에 있는가?

로렌스는 수평적 소유욕의 불꽃에 싸안긴 범상한 에로스의 주인공들에게는 대체로 혼돈이고, 희귀하게 선망에 찬 충격이다.

자연주의자 플로베르는 보바리 부인을 어떻게 변호하는가?

> 검사 : "(중략) 귀여운 자식을 돌보지 않은 여자, 남편의 사랑을 경멸하는 여자, 불의의 간통으로 가정을 파괴하는 여자, 이것이 주인공입니다. 썩고 더러운 짐승이요, 야비한 공상의 추악한 창조물입니다. (중략)"
>
> 플로베르 : " (중략) 나는 악덕을 그렸으나 선을 보호하기 위해서입니다. 그러나 나는 엠마가 야비한 공상의 추악한 산물이라는 점에 반대합니다. 추악할지 모르나, 제가 창작한 것이 아닙니다. 우리 사회가 그 여자를 만들어 놓았습니다. 수많은 엠마가 있습니다. 엠마가 되려는 여성도 많습니다. (중략)"

플로베르의 소설을 각색한 이 시나리오는 유전과 환경 결정론에 입지를 둔 자연주의적 인간관, 세계관에 기울어 있다. 이 같은 자연주의적 에로스의 욕망은 환경 결정론과 인간의 동물적 본성에 터하여 있으므로 초월적, 영적 차원과는 상관이 없다. 자연주의적 에로스의 주체인 결정론적 짐승은 우주에 충만한 영적 파동을 감지하지 못한다. 그는 로렌스의 별이나 톨스토이의 기독교 신과는 무관한 동물일 뿐이다.

상업주의적 과잉 욕망에 종속된 예술가나 후원자는 의도적으로 이 같은 동물적 향락 위주의 에로스적 충동으로 수용자를 유인한다. 예술적 헌신으로 위장한 이런 상행위는 매우 빈번히, 노골적으로 종종 교묘한 위장술로써 예술적 기교의 일부로 편집시킨다. 마광수의 몇 소설이나 이문열이 비판한 「황홀한 반란」의 에로티시즘이 그 현저한 예라 할 것이다. 「황홀한 반란」이 보여 주는 육욕의 적나라한 노출은 오히려 반페미니즘적 일탈 행위가 아닌가? 이는 건강한 에로스의 복원을 위해 역설적 가출을 한 H. 입센의 여주인공이 선언한 페미니즘의 수준에 치욕적인 미달 현상을 보인다. 1954년의 문제작 「자유 부인」은 오히려 그 소박한 수준의 에로스적 욕망보다 국어학자인 남편의 지위나 역량이 국회 의원을 능가한다는 속물적 가짜 욕망으로 해서 비난받아야 할 것이다. 또 수용자를 유치하려는 상업적 욕망을 채우기 위해 작품의 구조적 전일성과는 상관이 없거나 그것을 해쳐 가며 에로스적 욕망의 장면을 삽입하는 행위도 비판받아 마땅하다. 이를테면, 이청준의 단편을 각색·연출한 영화 '서편제'의 한 장면도, 아비가 딸의 눈을 멀게 한 반윤리성과 함께 문제점으로 지적될 옥의 티라 할 만하다.

> …… 진종일 녹음 속에만 숨어 있던 노래 소리가 비로소 뱀처럼 은밀스럽게 산 으스름을 타고 내려와선, 그 뱀이 먹이를 덮치듯이 아직도 가물가물 밭고랑 사이를 떠돌고 있던 소년의 어미를 후닥닥 덮쳐 버린 것이었다.

이청준의 이 절묘한 상징법을 영화 감독은 과잉 노출 장면으로 연출했다. 물론 조명으로 에로스의 노출을 절제하려는 노력을 보이긴 하였으나, 음향 효과와 시간이 남용됨으로써 예술성의 위기 현상을 보여 주었다.

> 잠을 자거나 감을 깨거나 소년의 귓가에선 노래 소리가 떠돌고 있었

고, 소년의 머리 위에는 언제나 그 이글이글 불타오르는 뜨거운 햇덩이가
걸려 있었다.

고도의 수준을 가늠하는 이청춘의 이 같은 욕망, 상징적 담론을 영화 연
출자는 저처럼 위기로 몰아넣고 있다. 이것은 수용자인 관객의 리비도와 흥
행에 대한 욕망 때문일 것이다.

에로스가 추악함과 아름다운, 야성적 유희와 생명적 승화·구원에의 욕
망이 충돌하는 불꽃 속에서 어느 차원으로 전락 또는 변용되는가 하는 것은
문명사의 질을 결정하는 계기다.

4

에로스와 추악성은 동의어가 아니다. 에로스는 마르쿠제가 말하는 '생명
적 인간'의 역동적인 삶과 역사의 원소일 수 있다. 생존의 결핍인 '아난케'
가 요구하는 차가운 현실 원리와 에로스적 쾌락 원리 사이에 빚어지는 치열
한 긴장의 에너지야말로 창조의 촉매일 수가 있다. "대상이 허상이기에 욕
망은 남고, 욕망이 있는 한 인간은 살아간다."는 라캉의 고백은 적어도 절반
이상 내지 전적으로 옳다.

문제는 두 가지다. 먼저, 인간의 욕망은 그것이 충족되리라고 믿는 은유
의 단계에서 경험하는 좌절 체험과, 그에서 다시 일어나 욕망 충족의 대상
을 찾아 자리를 옮아가는 끝없는 환유의 도정을 밟는다는 사실이다. 이것은
유토피아적 부재 현상을 상징하는 것임에도 인간은 그것을 현실로 받아들
이려 아니한다. 또 하나, 로렌스의 별을 넘어 참다운 만남에 도달할, 마르틴
부버의 '영원한 너'를 찰나적 불꽃 속에 확신케 하는 것은 우리 자신이요,
먼저 자신을 사랑하면서 신에게 충성을 바치기에 "우리는 신에게서 또 하나

의 내 모습을 볼 뿐이다."고 한 라캉의 고백을 욕망의 주체는 경청하려 아니한다.

　욕망의 수평축과 수직축이 만나는 두 나무막대의 교차점에서 욕망은 죽음 체험을 하고, 마침내 "다 이루었다."의 상징으로 남는다는 것은 그래도 우리 인류의 찬란한 소망이다. 수평적 인간사의 지평에서 제작된 이카루스의 양초 날개는 융해점의 한계를 극복 못 하는 희랍적 욕망의 전락일 뿐이다. 에로스와 별을 모두 초극하는 수직적 지향, 그것은 영원이다.

　문학의 에로티시즘은 욕망의 수평축과 "다 이루었다."의 수직축이 교차하는 곳에서 아름다움과 품격에 도달할 것이다.

　보는 자와 보여 지는 자가 조우하는 치열한 욕망의 지평, 그 무한 수직축의 정점에 "다 이루었다."의 초월적 표상은 늘 푸르다.

(≪강남문학≫, 창간호, 1996)

욕망 삭이기와 무(無)의 피안

심리학자 자크 라캉은 인간을 사고하는 이성적 존재라기보다 욕망의 주체라고 말한다. "나는 생각한다. 고로 존재한다."는 데카르트의 이성주의에 라캉은 동의하지 않는다. 그는 데카르트 대신 수정당한 프로이트와 구조주의 언어학의 소쉬르를 동원한다. 그의 욕망 이론에서 주체는 나그네, 삶은 사막, 욕망의 대상은 신기루에 비유되며, 욕망은 존재의 이유요 삶의 동인(動因)이다. 라캉에게 욕망은 실재가 아닌 허상이므로 욕망은 상존(尚存)하고, 욕망이 있는 한 인간의 삶은 영위된다. 그럼에도 인간은 '사유하는 존재'가 아닌 '욕망의 주체'일 때, 실재와 불행하지 않은 만남을 성취할 수 있다는 것이다.

2001년 8월 ≪월간문학≫이 '이 달의 시 72인선'에 150면을 할애하였다. 총 500면의 3분의 1에 해당한다. 밀레니엄 전환기 이 시대 시의 일반적 경향을 짚어 보기에 크게 부족하지 않아 보인다.

72인의 시가 리듬의 고향으로 회귀하며, 주체 형상화의 서정적 핵심어는 '그리움'으로, 최대 빈도치를 기록한다. 시간의 흐름은 정지되고, 외려 과거의 시공(時空)에 서정의 요람은 재현된다. 이것이 그리움의 속성이다. 색조는 황혼의 색깔이나 노을 빛이므로, 화자는 늘 경계선에 자리하며, 그의 욕망은 상실의 지평에 있다. 그렇다면 불타는 욕망과 그 대상은 무엇인가?

> 대전천변 잡초 우거진
> 하천 부지의 풀섶
> 여치 땅개미도 잠들었다.
>
> 그 곳엔 가 버린 사랑의
> 소리가 난다.
> 더욱 가슴으로 울어대는 콩새의 울음소리.
>
> — 최원규, 「콩새의 울음소리」

시행의 배열이 가지런하다. 리듬이 수월히 감지되는 이 시의 '아픈 그리움'이며, 부재(不在)의 시간에 떠오른 상실의 슬픔에 애이불비(哀而不悲)의 안간힘이 서린다. '상실의 슬픔과 그리움'이라는 우리 서정의 텃밭에 독자를 새삼 초대한다. 김성년의 「가을 공원」, 맹희선의 「벗이 살던 옛집」, 김덕영의 「시골집」, 홍학회의 「가는 세월」, 고양규의 「그리움」 등이 동류(同類)에 든다.

> 세월이 머물다 간 발자국 하나
> 낡고 쇠해 버린 우정 서린 옛집,
> 벗은 간데없고
> 연연한 노을빛 깔려 오는 빈 들쭉
> 낯익은 산수유 한 그루만 날 반기니
> 울적하고 텅 비인 마음 어이 달래리
>
> — 맹희선, 「벗이 살던 옛집」

과거 회귀, 상실의 슬픔, 그리움으로 요약되는 우리 서정의 텃밭을 맴도

는 이 시대의 시적 자아에게 '창조의 변형'은 가뭇없다. 퇴영적이다. 과거와
의 대화에 개입하는 창조적 자아의 목소리가 소실된 곳에서 역사의 지평은
닫힐 수밖에 없다. 더욱이 텐션을 해체한 제6련의 서술은 비시(非詩)의 위기
를 불러온다.

> 발가락, 손가락 끝으로
> 온몸을 지탱하여
> 가파른 바위산을 기어오르며
> 나는 시지푸스의 형벌을 생각했다.
>
> 이 아름다운 세상의 흙 한 줌,
> 풀 한 포기 진정으로 사랑하지 못한
> 罪, 세상 밖으로 떨어져도 또다시
> 올라야 하리.
>
> 비바람에 긁히고 상처 난 속살
> 훤히 드러나 보여도,
> 세상을 향해
> 보란 듯이 우뚝 선 저 산이
> 웃는다.
>> ― 전양경, 「시지푸스의 형벌은 아직 끝나지 않았다」

시지푸스의 '운명 비극'을 감지하면서도 낙관적 전망을 포기하지 않는다.
이 낙관적 전망의 대상은 무엇인가? 그것은 산 곧 대자연이다.

> 잠시 머문 시간
> 꽃 피어나는 자리에서 산꽃 환한 미소를 본다.
>
> 오르고 올라도 더 오를 수 없는
> 덕유산 향적봉 위에서

푸른 하늘, 그 기쁨의 푸른 시간을 담는다.
산꽃 향기, 그 사랑의 산꽃 마음을 잡는다.

— 임승천, 「덕유산 위에서」

　산정(山頂)은 물론 상징의 세계에서 역사의 절정일 수 있다. 그러나 그것을
향한 욕망이 적멸(寂滅)을 지향할 때, 거기에 이미 역사는 없다.

정처 없이 흐르는 흰 구름
혼자 있고 싶지 않은 듯하고
싱그럽고 너울거리는 나뭇잎
실바람에 장단 맞추려 드는구나.

기다리지 않는 세월의 無常法門
사계절 품에 안고
걸림 없이 초연하게 지나친 찰나
계곡물 채울 것이 또한 어디 있는가.

— 허남준, 「無慾」

　이는 '영천 묘각사 오르는 계곡에서'라는 부제가 달린 시다. 산문(山門)
에 드는 '무욕견진(無慾見眞)'의 초월을 지향한다.

1967년 부석사 큰법당인 무량수전을 뺑 돌아 배꽃 만발할 때, 긴긴 삼
동
벗어나, 초파일이 지나야 정미소 빌린 장리쌀 갚고 배불리
한 바루의 이밥을 먹을 수 있는 것이 그리울 때, 배고플수록
길이 코밑에 드러날 때, 별이 쏟아지면 그 자리마다 어둠의
눈알이 빼꼼빼꼼 내밀 듯한 칠흑 오밤중만 이어질 때, 취현암
지댓방에서 곤한 잠을 밀고 해우소 가닥 범종각에 앉아 졸고 있는
조실 스님을 보았다. "아, 무다아, 무여!"
허공을 매달 듯한 빈 소리

사라진 자리, 스님도 산도 하늘도
        — 송준영, 「無量壽, 無量壽 하고 울던 그 서러운 쪽빛 하늘」

한국인의 욕망은 '무(無)'의 피안으로 소실되어 있다.

라캉은 '보는 자'와 '보여지는 자'의 시선을 보라 했다. 한국 서정시의 '보여지는 자아'에게 '보는 자'는 '무량수'를 염송하는 승려와 '쪽빛 하늘'이다. 우리 산업 사회 초기 '오적(五賊)'이 칼 갈던 저주의 언어 그 핏빛 리얼리즘의 욕망이 여기 무량수의 쪽빛 하늘로 멸입(滅入)해 있다. 8월의 한국 시단에는 이런 동류의 시들이 무리를 이룬다.

이것이 소쉬르, 프로이트, 라캉을 극복해야 할 한국인 영성(靈性)의 표상이다.

강계순·진을주·양왕용 등 원로, 중진 들의 시 이야기는 다음으로 미룬다.

(≪월간문학≫, 2001.9)

쉽게 쓴 시와 시의 죽음

좀 가혹하게 말하여 시집이란 시의 시체를 매장한 공동 묘지다. 그 곳에 시린 시편들은 독자들에게 읽힐 때 생명력을 얻어 소생한다. 독서 이론을 들추지 않더라도, 시 읽기란 시를 매개로 한 시인과 독자와의 대화다. 이 대화, 소통이 불능한 세계의 반시·반문화적 현상이 빚어지는 곳이야말로 서정과 영혼의 사막이다. 그런 사막화를 가속화하는 책임은 시인 정치·사회적 상황, 독자 등에 있다.

난해시는 자주 소통 장애를 일으킨다. 이 경우는 대체로 시인 쪽에 문제가 있다. 지난날 또는 초현실주의 시에 이런 현상이 허다했다. 그래서 전문 비평가의 패러프레이즈에 힘입어 고급 교양인의 대열에 합류하는 '선민으로서의 독자층'이 있었다. 비평가는 시인과 독자 간 소통의 단절로 죽어 있던 시 텍스트를 소생시키는 엘리트 독자로서 선망과 질시의 대상이었다. 그런데 문제는 비평가의 오만과 현학 취미에 있었다. 비평가와 문학 이론가의 유아론적(唯我論的) 현학 취미는 시 독자 대다수를 소외시킴으로써 마침내 시의 죽음을 한층 더 가속화하고 말았다. 앨빈 커넌의 '문학의 죽음' 선언은 이 같은 현상에 대한 준엄한 경고다.

사실, 현대시는 복잡성·애매성·신기성·난해성을 본질로 삼았다. 서정시는 '체험의 예각적 제시'에 있다는 장르적 속성까지 가세하여, 현대시는 사뭇 소통 장애를 빚으며 '저만치' 소외되어 있었다.

소통 장애의 또 한 요인은 정치·사회적 상황이다. 1970년대 이후 20년간 우리 시는 사회주의 지향적 리얼리즘 시의 '웅변떼', 그것에서 분출되는 정치적 담론의 독자 지향적 어조(tone)로 하여 독자끼리의 분열 현상을 빚었다. 문학 현상론 쪽에서 볼 때, 시적 대화에서 심미적 소통의 가능성을 차단하는 불상사를 노출한 것이다.

시 읽기의 '노동'을 거부하고, 관능과 감각의 촉수 쪽에 가담한 산업주의 인간은 시 독자이기에 무관심한 경향을 보인다. 컴퓨터피아의 주민이기를 자처하는 21세기형 인간에게도 시는 설렘과 경이감을 환기하지 못한다. 한 사려 깊은 시인은 이 같은 상황과 인간의 반응을 풍자하는 시를 썼다.

> 한 줄의 시는커녕
> 단 한 권의 소설도 읽은 바 없이
> 그는 한평생을 행복하게 살며
> 많은 돈을 벌었고
> 높은 자리에 올라
> 이처럼 훌륭한 비석을 남겼다.
> 그리고 어느 유명한 문인이
> 그를 기리는 묘비명을 여기에 썼다.
> 비록 이 세상이 잿더미가 된다 해도
> 불의 뜨거움에 꿋꿋이 견디며
> 이 묘비는 살아 남아
> 귀중한 사료가 될 것이니,
> 역사는 도대체 무엇을 기록하며
> 시인은 어디에 무엇을 남길 것인가.

우리 시인 김광규의 「묘비명(墓碑銘)」이다. 산업 사회의 프로메테우스적 인간형과 그의 반문화성, 사회·역사적 성취에 대한 시인의 톤은 심히 비판적이다. 세속사적 성공의 허위성을 폭로하고, 그에 동조·가담한 시인의 책임을 묻고 있다. 특히, 시인이 감수성의 사막화에 갈음될 이 반 문화적 문명사의 전개에 가담하여 있다는 사실이야말로 시의 독자들에게 환멸을 안겨 준다.

우리는 시인이 정치가나 역사 철학적 예언자이기를 기대하지는 않는다. 그러나 사회 현실과 역사의 의미에 대해 번득이는 직관적 통찰력을 갖출 때, 그의 시는 기념비적 실체로 역사의 지평에 떠오를 수 있는 것이다. T.S. 엘리어트의 충고에 무심하다 하더라도, 한용운·이육사·윤동주의 시가 어찌하여 문학사의 '별'로 떠올라 있는가에 대하여, 지금 우리 시인들은 심각히 질문할 수 있어야 한다.

시대가 어둡고 삶이 고단할 때, 삶과 역사의 의미 일체를 전복시킬지도 모를 역사의 거센 파란 속에 잠든 이 시대의 우리 시인, 비평가 들은 '구세주의 깨달은 제자들'인가?

> 인생은 살기 어렵다는데,
> 시가 이렇게 쉽게 쓰여지는 것은
> 부끄러운 일이다.
>
> 육첩방은 남의 나라.
> 창 밖에 밤비가 속살거리는데,
>
> 등불을 밝혀 어둠을 조금 내몰고,
> 시대처럼 올 아침을 기다리는 최후의 나.
>
> 나는 나에게 작은 손을 내밀어
> 눈물과 위안으로 잡는 최초의 악수.

윤동주의 「쉽게 씌어진 시」(7~11연)다. 시인은 시대고에 무심한 시 정신을 일깨운다. 한용운·이육사와 함께 명시, 애송시를 남긴 이 시인은 엘리어트의 '위대한 정신적 지주(支柱)'와 깊이 관련되어 있다.

명시(名詩)는 많은 경우 인생과 역사에 대한 '통고 체험(痛苦體驗)'의 정화(精華)다. 이른바 '순수시'를 표방했던 '시문학파'의 박용철도 노작설(勞作說) 쪽을 지지했다. 시인은 '살갖을 종이, 피를 잉크, 뼈를 펜'에 비유한 R. 릴케의 시론을 그는 금과옥조로 채택하려 했다.

시는 읽혀야 한다. 시의 공동 묘지에서 소생하도록 독자가 시혼을 일깨워야 한다. 시인은 시의 태생에서부터, 그의 곁에서 그의 생명과 종언의 연유에 대한 주인일 수 있어야 한다.

시인이 시의 생명과 사멸, 그의 운명에 대하여 무심한 채 독자에게만 기대는 것은 부질없다. 그런데 이 부질없는 '독서 현상론적 상황'이 지금 우리 시단에서 빚어지고 있다.

2001년 9월호 ≪월간문학≫에 실린 시 40편을 읽으며 필자는 위와 같이 고심하여 마지않았다.

시를 읽지 않고 '현저한 삶'을 산 산업 사회의 인간상을 김광규의 시에서 찾아보고, 민족 공동체 위기 시대 통고 체험의 표상을 윤동주에게서 발견했다. 그런데 ≪월간문학≫ 9월의 시에서 우리가 본 것은 무엇인가? 그것은 인생과 역사의 통고 체험은커녕 '노작'의 자취도 가뭇없어 보인다는 사실이다. 개인의 회고담이나 기행시 위주의 서술시형이 주류를 이루는 9월의 시단은 1908년 육당의 아마추어리즘으로 회귀한 듯 당혹감을 준다. 조동일이 '교술(敎述) 장르'로 명명한 고려의 경기 체가에 외려 친근하다. '죽은 자의 묘비'에 기록된 연대기의 하고한 그 상투어(cliché)에 감동할 시 독자의 '머리(brain)'와 '가슴(heart)'은 어디에 있겠는가? 그럼에도 우리는 '이 달의 시'의

옥석(玉石)을 가려야 한다.

그렇다. 고심참담 찾아 낸 '9월의 옥'이랄까, 몇 편이 눈길을 끈다. 이난주의 「흐르는 것은」, 구재기의 「물문〔水門〕」, 허윤정의 「지금은 한밤중」, 김선배의 「해바라기꽃」·「종려 주일」, 권오선의 「야간 전투」, 민용태의 「사랑의 해부학」, 이근식의 「청령포 가을」 등이 안간힘 서린 그 목록이다.

> 지금은 한밤중
>
> 멀리 동구 밖 달 보고
> 개 짖는 소리 들린다
>
> 한 마리 개 짖는 소리에
> 온 동네 개가 다 따라 짖는다
>
> 어둠의 절벽
> 온통 짖는 소리뿐이다.
>
> — 허윤정, 「지금은 한밤중」

우리들 삶의 상황을 상징화한 시다. 독해 자체는 난해한 것이 아니고, 상징의 원관념으로 하여 독자를 생각에 잠기도록 한다. "예술이란 우리로 하여금 아프도록 생각하게 하는 그 무엇이다."고 한 올드리치의 '예술 철학'을 우리는 여기서 새삼 상기해 내어야 한다. "굳게 닫힌 문을 열어 젖히자//나의/흐름은/순식간에/안과/밖을/잃어버렸다."도 동류다. 에피그램으로 응축된 지혜의 선문답을 닮았다. 시는 때로 소박한 지혜의 경지에도 직핍하여 든다. 시는 단지 '놀이'일 때도 있으나, 놀이임에 그치지 않는다. 아니, 놀이라도 그게 '나'의 놀이이면서 대다수 '너'의 놀이에 공명하는 것이어야 한다. 생각이나 지혜도 다를 바 없다. 이것이 공간의 '보편성', 시간의 '항구성'이다. 한용운·이육사·윤동주의 명시가 다 그렇다.

한용운의 「님」은 많은 나와 너의 임이고, 이육사의 「백마 탄 초인」과 윤동주의 '죽는 날까지 하늘을 우러러/한 점 부끄럼이 없기를' 기원하는 존재 역시 마찬가지다. 보편성 없는 개인의 회고록과 연대기는 문학 현상론적 시공(時空)에 동참하지 못한다. 이것은 비평가의 횡포 탓이 아닌 살아 흐르는 문학사의 냉혹한 순리다.

난해시라야 한다는 뜻이 아니다. 생각하는 시, 치열하게 느끼게 하는 시, 상징이 있는 시들이 곧 난해시는 아니다. 명시의 표층적 의미는 대체로 난해하지 않다.

> 해바라기하다
>
> 해의 씨를 밴
>
> 꽃
>
> 땅에
> 까치발
> 서서
>
> 제 해 하나씩
>
> 이고 간다
>
> 하늘로 하늘로…….
>
> — 김선배, 「해바라기꽃」

이 시는 표층적 의미는 단순해 보인다. 해바라기의 생태를 예각적으로 재현한 것이다. 한데 이 시는 형이상학적 상징성을 띠었다. 수직적 초월 지향의 종교적 담론에 편입될 가능성을 보인다. 다만 고정된 단일 의미 지표를 찾기가 쉽지 않을 뿐이다. 이때 동원되는 것이 텍스트 상호성이다.

> 메시아의 보이지 않는 마지막 눈물
> 한 방울이
> 아직은 한 번 누가 타 보지 않은
> 나귀 새끼 등에 얹혀
> 에루살렘을 향해 가고 있었다.
>
> — 김선배, 「종려 주일」

이 시는 '메시아'와 '예루살렘'으로 보아 '해바라기'는 종교적 심상의 객관적 상관물임이 분명해진다. 종교시는 이같이 '들려 주기(telling)'보다 '보여 주기(showing)'의 투명한 이미지로 형상화하기에 성공할 수 있다는 한 소박한 전형을 보게 된다.

도서관·서재·시집 속에 죽어 있는 시일 수 없으므로, 독자가 소생시키는 시일 수 있기 위하여 '통고 체험의 정화'인 될 수작(秀作) 한 대목을 먼 어느 날의 딴 시집에서 되살리기로 한다.

> 너의 고향은 아가야
> 아메리카 아니다
> 네 아버지가 매섭게 총을 겨누고
> 어머니를 쓰러뜨리던 질겁하던 수수밭이다.
> 찢어진 옷고름만 홀로 남아 흐느끼던 논둑길이다.
> 지뢰들이 숨죽이며 숨어 있는 모래밭
> 탱크가 지나간 날의 흙구덩이 속이다.
>
> — 정호승, 「혼혈아에게」

6·25전쟁의 '통고 체험'이 「혼혈아」에 응결되어 있다. 독설과 저주의 언어로 모국어의 의미론적 훼손이 극한에 이른 우리의 현실, 민족 분열의 시

대고를 외면한 9월의 우리 시단·평단·독자 모두에게 정호승의 시가 시사하는 바는 무엇인가? 읽히지 않는 시, 자전적 회고록과 교술적 담론의 나르시시즘에 잠긴 우리 시는 지금 몽상에서 깨어나야 옳다. 비난의 촌철 비평을 삼가고 또 삼가는 필자는 지금 비탄에 잠겨 이 호소의 글을 끝맺고 있다. 탈고의 힘든 시각에 맨해턴의 자살 테러 소식이 들린다. 시인과 비평가는 함께 깨어날 것인가.

(≪월간문학≫, 2001.10)

시의 중량과 기교

　정2품 송이 없는 속리산길. 그건 생각조차 하고 싶지 않다. 용문산의 천년 은행나무 또한 거기 그대로 있어야 하고, 서울 통의동 백송의 노환이 외려 5백 년 회상에 젖게 한다. 아직도 정정한 느티나무와 고향 녘의 산들바람이 야말로 안온한 여로(旅路)를 튼다.

　지난달 필자는 이 자리에 비탄의 글발을 올렸다. 시의 죽음, 서정과 영혼의 사막 이야기까지 서슴지 않았다. 이 달에는 그 사막의 끝자락쯤서 묵중한 피라밋을 만난다. 황막한 사막에서 해후하게 되는 그 피라밋에 대한 모더니스트들의 반응은 '공간 외포(空間畏怖, space-shyness)'다. 그러나 동아시아 시학의 우리는 저 피라미드마저도 정정한 정2품송, 용문산 은행나무, 통의동의 백송으로 변용되는 '기적'과 대면케 된다.

　　　강산이 변한들
　　　한 지붕 밑 애환이야
　　　그믐 밤 별처럼 빤짝일 수밖에

　　　헌데

犬 노인은 때때로
權座에 오른 사람들처럼
착각에 빠지는 게 병폐다.

개 신분임을 까맣게 잊어
밥상머리의 持分權을 주장하며
으르렁댄다.

　金 노인과 犬 노인이 대좌하는 장면 제시로 시작된 시다. 10년 교분의 결곡한 연유는 '그믐 밤 별'로 빛나고 있다. 犬 노인의 착각은 金 노인 '나'의 그것으로 동일시되어 있고, 그것은 또한 우리 모두의 자각으로 확대된다. 그 착각의 순간 金 노인의 눈빛은 불변의 광휘 '별'의 존재성으로 회귀한다.

너와 나 같이 늙어
안개 낀 눈시울 서로 닦아 주며

개로서
사람으로서
명분을 목숨처럼 지키던
같은 수컷으로서

해맑은 그
10년 전의 눈빛
항용 간직해야지

　　　　　　　　　　　　　　　　　— 김창직, 「두 늙은이」

　수사적 기교를 피한 소박한 진술 속에 예지가 스며 있다. 귀한 인생훈(人生訓)의 그 에피그램이 잔잔한 어조 속에 고이 묻혔다. 주제는 '항심(恒心)'인데, '별빛'의 광망, 천체 미학으로 붙박혔다. 이런 예지는 연륜의 몫이다. 시

인 개인사의 훈풍과 파란의 역정 갈피갈피 끝자락 녘에서 만나는 삶과 역사
의 대화다. 다만 끝 줄의 직설적 문체, 비시적(非時的) 담론이 거슬린다. 젊은
시와 노숙한 시와의 대화, 여기에 E.H. 카의 '역사'라는 게 생각난다.

> "어땠을까?
> 祖의 그때 그 여자의 秋波를 받아들여 한때 히히덕거리며 즐길 수도
> 있는 사람이었더라면, 그의 서른여덟 살 때의 그 飮毒死刑 같은 건 면할
> 수도 있지 안 했을까? 적당히 그때 그때를 끌끌끌끌 히히덕거리면서 父
> 母妻子 안 울리고 살아 남아 있었을 것이다."

> 위 " " 속의 시는 亂世의 큰 선비 趙光祖 人物評詩이니,
> 未堂의 名作은 아니지만 일제에 近親한
> 인생관 같아서 모골이 송연한 독자가 어찌 있으리요만,
> 특히 맨 마지막 라인 "적당히 그때그때를 끌끌끌끌 히히덕거리면서 父
> 母妻子 안 울리고 살아 남아 있었을 것."이라는 言志는
> 눈물겨운 코스모포리탄이즘 같기도 하고,
> 儒子의 極致 같기도 해 가슴 아리다.
> — 이수화, 「存在憂愁·51」

담론 내용은 이른바 서정적 자아와 윤리적 자아의 분열 현상이다. '미
당(未堂)의 조광조론(趙光祖論)'을 부제로 달고 있는 이 시는 '시인과 역사
적 자아'의 문제를 거론한다. 요컨대, 미당의 시집 일체는 '전통 민중 시
학의 집대성'이다. 그것은 무기(巫氣) 서린 '동천(冬天)'의 눈썹달이요, 소
실댁 툇마루의 '놋요강'이다. 오줌통에 비친 종의 표상이며, 서라벌에 가
닿는 고구려·백제·신라의 연꽃과 '물빛 라일락'의 '영원'이다. 그것은
샤머니즘의 무교리(無敎理), 몰윤리(沒倫理)의 원형적 이미지요 가락이므로
역사와 윤리는 가뭇없다. '한 발 들어 해오리'의 역사적 순응주의, '슬픈
여우'의 엉버티기 수준의 예술적 자아가 '조광론'에서 재현되었고, 이수

화의 윤리적 자아가 그걸 노래에 담았다.

실체론을 넘어 관계론에 더 중량을 실을 21세기. 한국 에스프리의 원형이 미당류의 '전통'에 안주할 수 없다는 윤리적 자아의 절규를 아프게 다스리고 있다.

이런 역사적 자아의 절규는 정일수의 「판문점의 하루」에서 노출되고, 박영우의 「지금 접속 중」과 「1인치의 사랑」에 귀착해 있다. 정일수는 시적 텐션을 무방비로 풀어 비시(非詩)의 위기에 처하였고, 박영우는 풍자의 어조가 이 위기를 구하기에 설진(說盡)이다.

> 지금, 사람들은
> 1인치의 사랑만을 필요로 한다.
> 그 이상의 사랑을 원치 않는다.
> 왕만두처럼 평퍼짐한 사랑이 아니라,
> 프라이드 치킨 한 마리의 사랑이 아니라,
> 약초로 구운 닭 가슴살 한 쪽만
> 테이크 아웃해 가는
> 작고 앙증맞은 쇼핑 백에 담을 만큼의
> 순간의 시장기에 면할 만큼의 그런 사랑이 필요한 때
>
> — 박영우, 「1인치의 사랑」

1950년대 송욱의 「하여지향(何如之鄉)」적 상상력에 접맥되는 예각적 현실 진단이다. '치정(癡情) 같은 정치', '현금이 실현하는 현실'의 구조적 모순에 대한 담론이다. '게임, 쇼핑, 채팅, 성인 영화'와 컴퓨터 마우스 끄는 소리만 살아 남는, 포스트모더니즘 문화의 경박성과 찰나성에 항거하는 문명 비판적 어조가 연민을 환기한다. 그런 우리의 '사랑 앓기'는 유우림의 '아우성'에 응결되고 만다.

모두 사랑 때문이다.

정원의 올란을 꽃삽으로 떠서 분에다 옮겨 놓고

한 무리 새떼를 따라 빈 들로 나선 것도

밤새도록 거친 바람이 부는 것도

아마 내 창에 불이 꺼진 까닭이리라

꺼진 불도 살리려 누군가 날개를 치는 것이리라

그래서 소나무도 숲도 몸살을 앓고

이웃한 단풍나무도 벚나무도 덩달아 앓아서

온 숲과 동네가 아우성인 것이리라.

— 유우림, 「사랑」

‘존재하는 모든 것의 의의’는 사랑이라는 형이상학적 직관의 향연이 경이롭다. 더욱이 그것이 마치 C. 도슨의 『역동의 역사』처럼, 존재하는 것 자체가 감사요 축복인 그런 환호작약이다. 진실로 ‘영혼의 사막’에 이는 부활의 큰 파문이다.

> 삼라만상은 서로 사랑한다. 세상 만물은 하나의 ‘너’를 향하고 있다. 살아 있는 모든 존재는 서로 내밀한 관계 속에 있다. 동물과 식물을 비롯한 모든 존재는 끼리끼리 서로 흉내냄으로써 형제적 사랑으로 함께 결합되어 있는 것이다. (중략) 모든 물리적 현상은 이처럼 사랑이라는 하나의 법칙이 변해서 된 것이다. 모든 물리적 현상은 이처럼 동일한 현상이 달리 표현된 것에 지나지 않는다. 한 눈송이의 응결, 한 새로운 별의 폭발, 쇠똥 더미에 달라붙어 있는 소똥구리, 사랑하는 사람을 껴안고 있는 여인, 이들은 모두 사랑이라는 동일한 현상의 표현이다.

니카라과의 성자요 시인인 에르네스토 카르데날의 명상록 「침묵 속에 떠오르는 소리」의 한 대목이다. 그는 우주의 존재 일체를 사랑의 리듬, 그 연쇄로써 파악한다. ‘나’는 자신의 존재를 탈바꿈함으로써 다른 존재인 ‘너’를 만나려 한다고 말한다. 그에 따르면, 만물의 존재하는 양상 그 본체는 사랑을 향한 배고픔이며 목마름이다. 그것은 자기 존재의 불완전성을 메우려는 포옹에의 갈망일 것이다.

오랜만에, 참으로 증오와 저주와 분열이 아닌 사랑과 만남의 시를 만나게 되었다.

인간의 삶에서 '진지한 주제'는 소중하다. 그러나 우리가 엄숙주의만으로 온전한 삶을 사는 것이 아니다.

> 아파트 허리춤에서 내리는 비
> 빗줄기 사이사이로
> 곧 起요 꼭 起腰요요
> 장닭이 홰를 친다.
>
> — 정대구, 「꼭두새벽」

여기서 심각한 주제를 탐색하는 것은 부질없다. '놀이'의 재기가 번득일 뿐이다. 말놀이 희언법(戱言法, punning)이 때로 웃음을 불러온다.

> 날보고 허수아비라고
> 팔다리 절여오도록에
> 억수 많은 세월 그냥 흘려 보낸
> 이름 값도 못 하는 난
> 억수로 세워 봐야
> 虛數 虛數 虛數아비.

정대구의 「허수아비」다. 희언법으로 쓴 것은 다를 바 없는데, 주제 의식이 깃들였다. 심각한 것일 수도 있는 주제가 여기선 '엄숙'을 떨쳤다.

문학에서 감각·정서·사상이 본질적 속성이라면, 재미는 우유적(偶有的)

속성(屬性)이라야 옳다. '놀이로서의 기교'로 성공한 시의 선구자는 김삿갓이다. 근래의 우리 곁에 놀이의 기교라도 구사하는 시인마저 희소이다. '중량'은 아니라도 기교조차 그립다.

> 별을 건지려
> 투망을 하였지요
>
> 보석은 하이얗게
> 부서지고
>
> 허망한 피래미
> 수면에서 파닥입니다.
>
> — 민영희, 「보름달」

주제가 노출되었을 때 이런 기교라도 도입해야 한다. '별'·'피래미'가 무엇의 상관물인지 독자가 안다. 그럼에도 이 시가 읽히는 것은 3~4음보의 율격과 기붓한 상징의 기법 때문이다. 감각적 재미만을 위해 노출된 시의 기교는 찰나성·경박성에서 자유롭기 어렵다. 심미적, 지적 기쁨과 종교적 유열(愉悅)까지 가늠하는 의미와 기교의 조화는 시의 소박한 요건이다.

20세기 시의 의사 진술(擬似陳述, pseudo-statement)이나 세련된 이미지의 형상마저 그리운 오늘의 시단에 21세기적 예술론의 지평은 아직도 아슴하기만 한 것인가? 우리 시단의 분발에 기대를 건다.

(《월간문학》, 2001.11)

경계선 이미지와 문명사적 길항

1

지금 우리 시단에서는 소위 '역사주의 웅변떼'의 목소리가 잦아들고 있다. 이는 서정시의 장르적 본질로 회귀하는 현상이기도 하지만, 격변하는 문명사적 추이와 크게 관련된 것으로 보는 게 더 타당하겠다.

이 시대의 인류 문명은 파천황의 변혁의 양상을 보여 준다. '산업 정보 혁명'의 이름으로 전개되는 문명사적 이 변혁은 인간의 생활 양식이나 사고의 패턴을 근본적으로 바꾸어 간다. 국경 개념이 무너지고, '못 가진 이'가 다수가 된 사회에서 다수결 원칙의 고전적 민주주의 개념이 붕괴될 수밖에 없는 것 등이 그 예다. 유목 시대의 힘의 정치학과 농경 시대의 도덕 정치학은 헤게모니를 상실했고, 전통 지향의 그 자연 서정의 세계도 위기를 맞고 있다.

시인은 이 변혁의 위기를 절감하는 첨병이다. 그는 특유의 감수성으로써 문명사의 위기를 진단하는 소외자요 예외적 개인이다. 그는 이 우람한 문명 세계를 사는 현실과 이상적 당위의 경계선에서 부대낀다. 그가 체험하는 이 실존적 고백의 상황에서 현대시는 탄생한다.

경계선 인간으로서 시인의 이미지가 현실 추수(追隨)의 안이성에 전락하지 않으려는 몸짓을 포기하지 않는 문명권에서라야 희귀하게 시가 읽힌다는 소식에 우리는 감격해 한다. 우리는 종종 '베스트 셀러 시집'으로써 시의 건재를 알리는 문명권의 귀한 주민이다.

우리 문명권에서 시는 자연 낙원 회귀 의식으로 인한 시간과의 길항 현상을 빚는다. '지금 여기'에 길항을 보이는 우리 시는 마이너스 시간대에서 자주 톤을 높인다. 이것은 오히려 일찍이 이주해 버린 고토(故土)에서 고도의 질서와 구원을 체감하는 반문명적 퇴행 현상으로 감지되면서 진화론자들의 비난 거리가 된다.

2

진화론자들의 문명관이 절대 진리일 수는 없다. ≪월간문학≫ 5월호에서 우리는 경계선 인간의 이미지와 자연 낙원 지향의 마이너스 시간대에서 톤을 높이는 시의 화자들을 만난다.

왕수영의 「나무」·「사쿠라」, 김춘배의 「허상」·「작별」, 임성숙의 「자유를 위하여」·「나그네」는 경계선 인간의 현실과 실존을, 한정찬의 「사람」, 이길원의 「개미」·「피돌기를 멈추면」, 이춘하의 「오대산 그 눈보라」·「겨울 강릉」은 시간 또는 문명과의 길항을 보여 주는 시편들이다.

> 휘어지고 부대끼고 꺾이우고
> 매맞으며 종일 고통이다.
> 한 치도 피하지 않고
> 한마디 비명도 없이

거센 빗줄기 바람의 모진 매질
아픔을 아픔을 묵묵히 견디는
나무여

오늘은
일본의 삶이
서럽다고 말할
염치가 없다.
— 왕수영, 「나무」

　바람과 나무의 평범한 우의로써 가학자와 피학자의 생존 관계를 보여 주
는 왕수영 시인의 「나무」다. 평범한 우의와 일상어를 애용한 공통적인 문체
인데도, 왕 시인은 도도한 저력으로 산문화의 위기를 극복한다. 그것은 탄탄
한 형상화의 기법과 이를 뒷받침하는 이미지의 강렬성 덕분이다. 끝연에 제
시된 주제는 비시적 서술로서, 텐션의 해체 현상을 노출시킨다. 왕 시인의
이 의아한 '무장 해제'는 「사쿠라」에서 그 연유를 밝힌다.

　　　하필이면 죠센진(조선인)이냐.
　　　안 된다 안 돼 일본 부모는 몸져 눕고
　　　인정이 많은 죠센진에게는 딸을
　　　못 준다고 소리쳤다니

　경계선 인간의 역사적 통고가 응축된 시편이다. 왕 시인 인고의 시간이
일찍이 저 바람의 세찬 파란을 몰고 온 연유가 마치 '서술시'의 그것처럼 진
술되어 있다.
　이것은 단지 개인사가 아닌 민족사, 동아시아사의 축도다. 이걸 왕 시인

은 '싸움'이 아닌 '화해'로써 풀려 한다. 이것이 한국인 왕 시인의 시적 자아와 세계와의 관계 양상을 저들 '역사주의 웅변떼'의 그것과 달리하는 점이다.

> 한국 천지 일본 천지 이제는
> 외로움 털고 찬란한 하늘 바다
> 구름 나무 흙 꽃들에 안겨
> 우리는 오붓이 가족이겠네

이 같은 비변증법적 화해주의의 비약이 품은 불안의 시학은 차세대 시인에겐 난제로서 다가온다.

김춘배의 「허상」과 「작별」은 이 시대 문명 세계의 경계에서 떠오르는 장애자의 표상에 집착하며 부정적인 톤을 꼬는다. 그의 시에 동원된 소재를 모두가 부정의 상관물인 자리에서 현대 문명은 가해자이다. 여기서 눈비 · 구름 · 노소의 그림자 · 솔잎 · 늙은이 들이 모두 어둠의 그늘에 있다. 문명에 저항하는 김 시인의 톤, 경계선의 그늘 쪽에 가담한 그의 태도는 완강하다.

임성숙의 「자유를 위하여 · 3」은 자유와 질곡의 경계선에서 가위눌린 자아의 존재론적 불안과 맞서고, 「나그네」는 현존과 비현존의 경계선에서 파토스적 합일을 지향한다.

> 체온이 식기 전에
> 바람 따라 가지 전에
> 손 한 번 더 잡아 보자
> 한 번 더 으스러져라 안아 보자
> 청청 한낮 잠꼬대
> 그림자 없는 메아리
> 소리 없는 메아리

임 시인은 한국인 특유의 정감으로써 존재의 모순을 해소한다. 종교적 상황을 수평적 융합의 원리로써 푸는 특유한 만남의 방식이다.

이길원의 「개미」나 「피돌기를 멈추면」은 거대한 문명과 생명체 미물 사이에서 번민하는 경계선 이미지를 제시한다.

> 동물원 원숭이처럼 창 밖을 내다보고 있었다. 서울 거리가 한순간 멀어지면서 딱정벌레처럼 움직이는 자동차 행렬들, 그 틈으로 꼬물꼬물 땅바닥을 기는 개미, 개미, 개미들, 여름 잠자리처럼 비행기는 나는데, 그늘 아래는 황톳빛 삶의 자취들. 그 사이로는 고향의 뒷산 같은 숲들이 한가롭게 누워 있다.

문명의 위세와 생명체의 왜소성을 대비한 길항의 상황이 펼쳐져 있다. 「피돌기를 멈추면」이 되뇌어 마지않는 인체와 세균의 관계도 마찬가지다.

3

이 절박한 경계선의 인간, 우리의 귀한 시인들이 택한 길은 도끼를 든 라스콜리니코프의 그 층계 위에 있지 않다. 그들은 '빈 손' 그대로 신화의 시공(時空)을 가리킨다. 그들은 도끼 대신 신화를 택한다.

> 눈 덮인 오대산, 그 무덤 같은 적막이 좋아
> 집착을 버리려 내 왔노라
> 청산아! 하였더니
> 상원사 절집보다 높은 눈보라 속에서
> 문수 동자가 웃는구나
> — 이춘하, 「오대산 눈보라」

이춘하의 「오대산 눈보라」는 고·집·멸·도·사성제(四聖諦)의 비의(秘義)를 감춘 높은 초월을 지향한다. 문명의 매머스가 적멸경(寂滅境)에서 소실된다. 그의 「겨울 강릉」에서 만나는 신화는 어떤가?

　　　　빈 하늘에
　　　　따다 남은 저 감.
　　　　까치밥인가
　　　　저승 사자의 겨울 양식인가

　　　　남길 줄 아는
　　　　씨 말리지 않는 지혜

　　　　　　　　　　　　　　　　　— 이춘하, 「겨울 강릉」

　문명과 반문명, 과학과 신화의 경계선에 선 한국인에게 이 달의 시가 보여 준 그 소박한 몸짓에 끄덕임을 보내고 싶다. 그러나 이 시대의 우리 시는 '안이한 퇴영과 감상성'의 기미를 지적하는 '역사주의·사회주의 웅변떼'의 비난에 대응할 비장의 기반을 다지는 일에 게을러서는 안 될 것이다.

　　　　　　　　　　　　　　　　　　　　　　(≪월간문학≫, 1996.6)

세속적 시간과 초월의 시간

1

인류사에 시간 개념을 크게 개입시킨 것은 르네상스적 인본주의 사상이다. 역사 철학자 카를 뢰비트가 세속사를 죄와 죽음, 패배와 좌절의 기록이라고 했을 때, 그는 인본주의적 시간관의 무의미성을 절감했음에 틀림없다. 개체의 실존과 역사의 시학은 르네상스적 시간관과 뢰비트적 시간관이 갈등의 치열성을 보이는 시공에서 생성된다.

우리 역사에 르네상스적 시간관이 본격적으로 개입하기에 비롯한 것은 1970년대다. 공간 문화를 점유했던 초가집이 소실되고, 곡선과 자연성과 원환적 시간관을 상징하던 마을길이 직선적 계기성을 보이며 미래 지향적 가속도를 싣고 역동성을 띠게 되었다. 이제 한국인의 세속적 시간은 변화의 촉매로서 작용하며 역사적 진보주의와 만나 교환 가치적 번영의 여울로서 세찬 흐름을 보인다.

세속적 교환 가치가 숭앙 받는, 인본주의적 폭력 또는 산업 문명의 시간은 흐름의 근원과 도달점, 그 의미를 묻는 일에 무력하다. 물리적 힘이나 산업 문명의 세속적 시간은 세속사의 수평만을 본다. 수직적의 시간, 수직과 수평이 만나는 신화와 의미의 공간이 여기에는 서지 못한다.

시인은 이 세속적 시간의 여울에 뛰어들어 근원을 캐고 과정을 반추하며 도달점을 묻는 사람들이다. 행사시나 목적시가 아닌 예술시에 세속적 시간이 무비판적으로 찬양받는 일이 회귀한 까닭은 이 때문이다. '이 달의 시'도 예외가 아니다.

2

이 달의 시들은 유난히 시간 문제에 집착을 보인다. ≪월간문학≫ 6월호에 실린 시는 대부분 시간과 대면해 있다. 이들 시는 세속적 시간을 다룬 것과 성스러운 시간에 싸안긴 것으로 양분된다. 그 중에서 정민호의 「朝陽川 金氏 아저씨」는 전자, 황금찬 시인의 「마음」은 후자를 대표한다.

정민호의 '조양천 김씨 아저씨'는 어조가 화자나 청자가 아닌 맥락을 지향하고 있다. 조양천은 '중국 길림성 연길 북쪽의 조선족 마을'이라는 주가 붙어 있고, 김씨 아저씨는 평북 강계 출신 조선족 주민임도 알 수 있는 시다. 연 구분이 없이 진술된 이 한 편의 시에 조양천 김씨 아저씨의 일대기가 응축되어 있다. 서사적 내용을 담은 이런 서술시는 초점화에 실패하여 산만해지기 쉽다. 이 시는 한줄기 '길'의 궤적에 따라 제시되는 사건들의 구체성과 핍진성, 곧 리얼리티로 하여 그런 위기를 넘긴다. 한 편의 서정시로서는 감당키 어려운 역사의 중량을 지탱하는 이 시의 비법은 무엇인가? 그것은 화자 지향적인 역사의 통고(痛苦)를 내면화하는, 노련한 시의 화법 덕분이다. 화자는 아픈 절규와 비탄을 철저히 내면화했다.

　　낮이면 날마다 북조선을 욕하고 살아간다. 조국을 위해 충성을 바친/

그딴 놈의 북조선 뒈져라.

는 감정 표출 정도로 절제하기까지 시인의 역량이 무르익어 있음을 본다.
　　문학의 창작과 수용, 발신과 수신의 소통 행위를 '체험'이라고 할 때, 그
것을 가능케 하는 것은 표현의 구체성이다. 조양천 김씨 아저씨의 개인사는
개인 귀책 사유로 환원되는 단순한 개인의 일대기가 아니다. 우리 민족이
공유하는 역사적 체험으로 확대되는 개인사이므로, 수용자(受容者) 동원의
잠재력이 증대된다.
　　이 시는 2대인 김봉학 씨의 일대기를 중심으로 한 3대의 가족사를 담고
있다. '평안도 강계 사람으로 조양천에 이주한 1대 인민 해방군(팔로군)으로
6·25 참전군 포로였다가 조양천으로 돌아온 2대, 자동차 수리공 일을 하다
죽은 3대와 한국에 돈벌러 간 3대의 아내'로 이어지는 아픈 가족사다. 여기서
김씨가 '북조선'을 향해 내뱉는 욕설은 역사의 아이러니와 무책임에 대한 분
노의 표현이다. 자신이 팔로군 군관으로 목숨을 걸고 충성했던 조국 '북조선'
은 역사의 정의를 배반했고, 적으로 지목하고 침략했던 한국 땅에 그의 며느
리가 돈벌러 가는 역사의 모순율에 김봉학 씨는 비분을 금치 못해 한다.
　　역사의 정의는 한 영웅의 상승과 몰락, 거창한 매니페스토, 관념화된 추
상어보다 그에 순응한 평범한 개인의 삶을 통하여 입증된다. 세속사, 곧 세
속적 시간은 '죄와 죽음, 패배와 좌절의 기록'으로 가득 찬 것이라는 뢰비트
의 말을 거듭 상기시키는 것이 김봉학 씨의 개인사다.
　　세속적 시간 그 자체의 수평적 역동성만으로 자기 충족성을 누릴 수 있다
는 인본주의적 역사관의 오류를 정 시인의 「조양천 김 씨 아저씨」는 보여
준다.

　　　　낙동강 전투, 영천 안강 기계 전투에
　　　　후퇴를 거듭하여 북상하던 중,

인민군 포로로 잡혀 거제도 포로 수용소에서
포로 교환으로 북으로 북으로 가다가
다시 조양천을 찾아 일생을 보낸다.
그의 나이 70.
남은 것은 조개 껍질 같은 초가집 한 채
(중략)
조국을 위해 충성을 바친
그깐 놈의 북조선 뒈져라 하며
날이날마다 독한 쇠주 마시며 살아가는
조양천 김씨 아저씨는 인민 해방 전사
전직 8로군 군관 동무였다.

이것이 젊은 피를 들끓게 했던 세속사의 현란한 매니페스토와 구호, 이데올로기의 허상을 이 시의 화자는 고발한다.

명기환의 「휴전선의 야생화」, 신필주의 「산매(山梅)」, 정연자의 「아들」, 김경수의 「술에 익숙해지며」 등이 다 이 같은 세속적 시간의 지평에서 정신적, 영적으로 허기진 자아상을 표출한다.

이와는 달리, 황금찬의 「마음」은 성스러운 시간으로 충일하는 개인사의 감격을 전한다. "시간은 1시계 속에 들어 있지 않다."는 의사 진술(擬似陳述)로 말문을 여는 이 시의 화자는 세속적 시간을 삶의 주체로 보지 않는다. 그가 시간에 종속되지 않고, 시간이 그에게 종속된다. 그 비밀은 무엇인가? 무엇이 그를 그토록 대단한 주인공으로 만들 수 있는가?

수연이 끝나 갈
황혼 무렵
내 잔에 술 대신
시간이 넘치고 있었다.

지금 이 산수의 길에 서서
모든 시간이
날아오고 있다.

우주도
시간도
다
내 마음 안에 있다.

시계의 계측으로 분절되지 않는 초월의 시간은 어디서 유래하는가? 저 「조양천 김씨 아저씨」의 '독한 쇠주'에 취한 욕설의 시간을 넘어서는 그 비법은 무엇인가? 평범한 독자는 부득이 시인의 개인사에 착목하는 역사주의자의 목소리에 기댈 수밖에 없을 것이다. 하나 양식 있는 독자는 오사라의 신앙시에서 그 실마리를 잡을 수 있다.

무릎을 꿇고,
저도 지금 천국의 계단을 오릅니다.
당신을 생각하며 힘겹게
돌계단을 오르지만,
내 안에 여전히 남아 있는
용서 못 할 그림자
아직도 남아 있는 욕심의 찌끼
세상 미련 버리지 못한
추한 모습 이대로,
당신이 오르시던 길을 저려오는
통증을 안내하며 오르고 있습니다.

오사라의 「천국의 계단을 오르면서」다. 수직적 초월의 시간이 개입하면서 마침내 세속적 시간의 '욕심의 찌끼', '세상 미련'이 소실된다. 그러나 오사라

시의 화자는 텍스트 외적 화자 곧 초월자의 목소리를 노출시킴으로써 시의 화자와 독자가 형성하는 미학적 소통의 지평을 축소시키는 결함을 노출한다.

정연자의 「초록밤」도 가능성을 보이나, 시어(詩語)의 외연 지향적 추상성과 치열성을 결여한 수사가 흠이다.

3

인간의 실존은 시간과 대결하는 삶의 절정에서 그의 좌표를 확인한다. 자연 과학과 르네상스적 인본주의에 세뇌되어 온 현대인은 역사적 진보주의의 신봉자가 되었다. 이런 세대에게 시간과 영원, 상대와 절대의 혼동 상황이 빚어지고 개인의 삶과 역사는 의미의 맥락 밖에 방치된다. 이것은 인간 실존의 일대 비극이다. 카를 야스퍼스가 말하였듯이, 비극을 비극으로 인지하지 못하는 현대인이야말로, 마르틴 하이데거가 '존재와 시간'에서 말한 '일상인'이다.

시인은 일상인의 무자각 상태에서 깨어나는 사람이다. 그는 역사적 진보주의가 빚어내는 세속적 시간 속의 하고한 업적들이 품은 비극적 의미를 투시한다.

형제 살해의 아픈 역사로 얼룩진 6월의 시들은 유난히 시간과 대면하는 데 몰두해 있다. 세속적 시간의 수평적 행로에서 빚어지는 비극적 실상과, 수직적 상승을 통해 시간을 초월하는 실존적 환희의 상황을 보여 주는 두 갈래의 시로 나뉘는 것이 인상적이다.

GNP 우상화의 물질주의, 역사적 진보주의에 세뇌된 이 시대의 시인들에게 시간과의 대면과 그 의미 추구의 자세가 얼마나 중요한가를 이 달의 시는 현저하게 보여 준다.

(≪월간문학≫, 1996.7)

체험의 편향성과 일면적 단순성

1

한 현상학적 연구 결과에 따르면, 한국인의 느낌의 고향은 신바람 이는 곳이다. 신바람의 정체성을 풀려는 의식과 미치려는 의식으로 드러나고, 그것은 우리의 집단 무의식으로서 삶과 역사의 핵심적 에너지로 작용하기도 한다.

풀려는 의식의 원인은 한(恨)이고, 한의 원인은 사회적 금기 체계인 제도적 부조리와 일천 번을 헤아리는 전란 체험이라 할 수 있다. 또 미치려는 의식은 긍정적 한 끝의 절정에 자리하는 환희와 부정적 극단을 치닫는 광기(狂氣)로 곧잘 분출된다. 낙관적 환희는 민족의 창조적 응집력과 화해·단합을 극대화하고, 비관적 광기는 전부냐 전무냐의 일면적 단순성과 흑백 논리, 경직된 분열 현상을 빚기 일수다.

우리의 시단도 예외가 아니다. 70,80년대와 마찬가지로 90년대 시단의 어떤 시류가 그렇다는 것이다. 70년대는 비판적 사실주의, 80년대는 실천 문학

운운하며 그 쪽의 신바람에 휩쓸려, 당대의 시에서 「월라산 진달래」와 「갈매기의 꿈」은 소실될 수밖에 없었다. 구호와 최루탄으로 표상되던 당대의 시는 사회적, 역사적 상상력의 범주 안에 유폐되는 불행을 감수할 수밖에 없었다. 존 스튜어트 밀의 말을 빌려, 그것은 새시대적 웅변의 대두와 시의 사멸을 의미한다고 순수시 쪽 사람들은 가혹하게 평했다.

그들의 평은 무리가 아니었다. 그것은 시의 위기를 의미하기 때문이다. 그럼에도 그 시대의 시가 담당한 긍정적인 몫이 없지 않았다. 그것은 사회적, 역사적 상상력과 동반한 어조의 치열성이었다.

90년대 우리의 이른바 '자유 사회'에서 시인의 개성과 창조적 상상력이 제약 없는 자유의 시공을 향유하게 된 것은 낭보다. 그것은 한 시대의 특성으로 기록될 문학사적 전환의 양상으로 아로새겨질 한 사실일 수 있다. 그러나 한 시대의 특성과 획일성은 동일 개념이 아니다. 특히 7월의 우리 시단이 보여 주는 탈사회, 탈역사적 시의식과 어조의 일상성, 안이성은 심각한 수준으로 전락해 있다. 신바람의 부정적 편향성이 표출된 현저한 예다.

2

7월 시단의 이같이 안이한 수사의 일상성과 밀도 잃은 말들의 황량한 텃밭에서도 주목을 끄는 몇 편의 시가 있다. 김우연의 「그는」, 문충성의 「4月祭」(≪문예중앙≫, 여름호), 마종하의 「소금밭 근처에서」, 성찬경의 「반투명」(≪시와시학≫) 등이 그것이다.

  그는 죽었다.
  사진을 찍고 지문을 채취하고
  컴퓨터가 그의 신원을 확인하는 동안

시립 병원 영안실에서 그는 꽝꽝 얼어 붙어 갔다.
아무도 그를 찾지 않았다.
그는 곧 대학 병원 해부실로 옮겨갔다.
의과 대학생들이 톱과 망치로
가건물을 헐어내듯 그를 때려 부수기 시작했다.

　김우연의 「그는」의 전반부다. 화자는 한 사람의 주검을 통하여 죽음의 의
미를 캐고 있다. 의미를 캔다기보다 무의미에 대하여 항변한다. 존재론적 의
미로 한 인간의 주검은 비현존의 틀림없는 실증이다. 비현존의 실증은 곧
현존의 실증이기도 하다. 명백한 현존의 증거인 그 주검이 가건물처럼 해체
되어 가는 상황을 치열하게 고발하고 있다. 심장, 위장, 머리가 알코올 속에
잠기고, 정강이뼈며 손가락들이 프라이드 치킨처럼 낱개로 포장되는 허망한
'생명체의 한 결산의 실상'을 보여 준다. "사는 것이 힘들고 역겨웠는지/그
는 정말 다시 숨쉬지 않았다."고 결산하는 화자의 비탄에 갈음된다.

성 쌓던 사람들 할망 보고
손으로 시늉했네 가라고
눈물조차 메말라든 그 할망이
말했네 "고맙습니다! 고맙습니다!"
방아깨비 절하듯 무수히 절하다
자빠지며 기어 일어나며
할망은 뛰어갔네 그러나
50미터도 더 뛰어갈 수 없었네.
탕! 소리에 꺼구러졌네.
낫 놓고 ㄱ자도 몰랐을 귀머거리 할망.

　제주도 4·3사건을 소재로 한 문충성의 「4월제(四月祭)」다. 역사는 흔히 심
각하게 '위대성'을 표방하나, 역사의 의미나 이데올로기는커녕 '낫 놓고 ㄱ
자도 모르는 할망'을 죽게 하고 시치미떼는 그런 하잘것없는 것이기도 하다.

화자의 어조가 다소 '산폭도(빨치산)'를 편드는 기미가 있는 것은 접어 두고,
이 시는 역사가 실패한 현장을 생생히 극화한다.

> 하얗게 마르는 바다.
> 바다가 떨어내는 눈물빛 사리들.
> 소금처럼 사시는군요.
> 내가 연기를 뱉으며 웃으니까,
> 며느리의 재혼만 걱정하신다.
> 배꼽이 더 큰 소금밭 며느리가
> 바다와 뜨겁게 만나는 날
> 할머니의 머리가 소금보다 회다.

마종하의 「소금밭 근처에서」다. 소금밭과 할머니 머릿빛의 백색 이미지,
소금의 함축적 의미가 '사리'에 응결되어 빛나는 그 백색 이미지의 견고성
은 사뭇 야무지다. '눈물빛'과 '뜨겁게'가 환기하는 정감의 치열성이 주지시
의 비정성을 떨치고 시의 인간화에 현저히 기여한다.

> 빛도 무르녹아
> 따뜻한 무리로 서리는
> 반투명이다.
> 이 안온한 정경.
> 깊은 평안 그 자체다.
> 그러나 그 속은
> 찢어지는 아픔이다.

성찬경의 화자는 「반투명」에서 이렇게 입을 연다. 투명과 불투명의 조화
로운 경계, '행복과 중용의 평화선'을 지키려 한다. 담담한 어조의 이 평온
이 주는 감동은 오히려 내면에 소용돌이치는, 치열한 아픔에서 온다.

투명에 가면
투명과 한 패요
불투명에 가면
불투명과 한 패다.
그런데도 반투명더러
투명은 이단이라 하고
불투명은 배신자라 한다.
반투명은 일편단심 순정으로
투명과 사랑하고
불투명도 사랑한다.
사랑하기에
견딘다.

화자는 반투명의 묘리를 깨우칠 요량으로 텐션을 푸는 모험까지 감행한다.

배신과 이단, 다시 말하여 흑이 아니면 백, 전부 아니면 전무라는 일면적 단순성의 착오 상태를 서술한 시다. 의미를 죄 노출시킬 듯 텐션을 풀어버리는 시의 위기, 이 위기를 견디는 저력은 무엇인가? 그것은 성찬경 시인의 철학이다. 철학은 '일편단심 순정으로'와 같은 투어의 권태마저 떨치게 만든다. 그 철학의 내막은 '현상의 양가성(兩價性)'이다. '일면적 단순성'에 대립된다. 철학성은 치열성의 딴 이름이다.

3

시가 텐션의 해체와 나태, 안이성에 잠긴 7월의 시단에서 삶과 역사의 의미 추구에 치열성을 보인 몇 편의 작품을 찾아낼 수 있었다. 일면적 단순성에 몰입하지 않고, 현상의 양가성을 긍정하며 그 가치를 사랑한 시편과도 만났다.

우리 민족의 집단 무의식인 신바람은 이성적인 판단력 및 균형 감각과 만나 조화를 이루어야 한다. 7월의 우리 시단이 보여 준 획일성은 신바람의 변형으로, 그 내면화 현상이다. 삶과 역사의 의미 추구를 외면한 채 개인의 일상성에 안이하게 몰입하는 시류야말로 우려할 만한 편향성이다. 삶과 역사의 통고(痛苦)마저 안이하게 처리한, 다음 시에서도 우리는 그런 우려를 금치 못한다.

> 바람과 햇빛의 역사가
> 이 건물을 껴안고 끓어오른다.
> 전쟁에, 이곳 사람들은 더러 죽고 더러 북쪽으로 넘어갔으며
> 더러는 남쪽에서 새 기도처를 찾았다.

이하석의 「철원 평야」(《한국문학》)다. 20세기 인류사의 최대 비극으로 불리는 6·25 전쟁과 1천만 이산 가족의 처절한 아픔이 선시(禪詩)도 아닌 세속의 시에서 이렇듯 치열성을 잃을 수 있는가? 살갗을 원고지, 피를 잉크로 하여 시를 써야 한다는 릴케의 후예다운 노작(勞作)의 시인이 그립다.

이런 결함이 감지됨에도 불구하고, 정현종의 「가짜 아니면 죽음을!」, 나희덕의 「칸나의 시절」(《문학과 사회》), 정일남의 「우리들의 민들레」(《현대시학》) 등은 기억될 만한 작품들이다.

감동의 계기란 어떤 것인가를 시사하는 시다.

우리 시가 안이한 무중량의 독백에서 깨어나, 삶과 역사의 다양한 체험의 양식으로 치열하게 표출되는 날, 독자들은 비로소 기쁨과 감동의 신호를 보낼 것이다.

(《월간문학》, 1996.8)

읽히는 시들을 위한 변론

1

산이 거기 있기 때문에 그 곳에 오른다고. 어느 등산가는 말했다. 실재의 비의(秘義)를 포착하기 위한 부단한 정진이라 할 것이다 인식의 주체는 실재의 본질에 접하기 위해 저마다 최선의 패러다임을 설정한다. 그럼에도 실재가 그 비의를 감추고 있을 때, 추구하는 열정이 있는 자는 정진을 멈추지 않는다. 만년설이 덮인 안나푸르나 영봉 자락 균열진 곳에 몸을 묻은 한 등산가는 산의 실재에 도달했을까? 정신 분석학자는 아마도 실재 추구의 투신으로 그의 죽음을 해석할 것이다.

시인은 실재의 은비(隱秘)로운 뜻과 형상과 소리를 가장 예리한 감수성으로 포착하는 영인(靈人)이다. 그는 만유의 형상적 징표를 조명할 뿐 아니라, 우주에 충만한 영적 파동에도 감응한다. 리얼리즘 시인들 중에는 이를 낭만적 시론이라 하여 비난할 이도 없지 않겠으나, 시간과 공간의 경계를 넘어 항구히, 널리 독자를 확보하는 시는 역시 실재의 비의 포착에 목말라 하는 시들임을 부인할 수는 없다.

시는 읽혀야 한다. 야우스가 문학사 서술에서 독자의 역할을 강조한 이래, 문학 작품의 읽기를 작가와 독자의 문자적, 심미적 소통 현상으로 보는 견해는 보편화해 있다. 이는 극히 당연한 현상이며, 최근에는 출판인까지 포함시켜 이 '문학 현상'을 설명하려 한다.

시는 읽혀야 한다. 그 계기를 빚는 책임의 일부는 독자가 져야겠으나, 결정적인 책임이 시인의 몫임은 말할 필요도 없다.

2

8월의 시단에서도 7월의 경우처럼, 읽히는 시가 흔치 않았다. 그 이유는 무엇인가? 우선 독자의 몫을 생각해 보자. 독자들은 어디 갔는가? 산숲으로 바다로 가버린 때문인가? 벌써 오래 전 한 친구의 시에 달렸던 제목과도 같이 이 도회는 '가득 찬 빈 터'여서 그런가?

50년대에 이미 맥루한은 예견을 했다. 정세도(精細度)가 낮고 참여도는 높은 만화, 텔레비전 같은 쿨 미디어가 그와 상반되는 영화, 책 등의 핫 미디어를 구축하는 그레셤 법칙을 들고 나왔다. 70년대 초에 앨빈 토플러는 「미래의 충격」, 90년대의 「권력의 이동」에서 정보화 사회의 순기능과 역기능을 설파했다.

토플러가 지적한 역기능 가운데 문학과 직접 관련된 우려할 만한 현상들이 적지 않다. 독서력·문장력의 저하, 상상·창의·영감·직관 등 발산적 사고력의 둔화, 정의적 대상에 대한 애착이나 증오·무한·영원·신비·실존·초월의 문제에 대한 관심의 소실, 현실과 환상의 혼돈 등 심각한 현상은 지금 목전에서 빚어지고 있다.

쿨 미디어와 센세이셔널리즘에 몰입하는 정보 수퍼하이웨이 시대의 청소년들을 시의 독자층으로 끌어들이는 일이야말로 용이치 않다. '복숭아꽃, 살

구꽃, 아기 진달래' 피는 '고향'의 무지개와 은하수와 샛별에 무심한 이들에게 자연과 고향을 회복케 할 방도는 무엇인가? '우리를 슬프게 하는' 도회문명의 비정성(非情性)을 아파하도록 정감의 G선을 올려줄 표현의 비법은 있는가? 고작 칠십을 헤아리다 한 줌 흙으로 돌아가는 우리들 존재의 근거는 무엇인가? 이 궁극적 의문에 잠 못 이루며 귀뚜라미 우는 밤 서릿길을 밟아올 우리의 청소년들은 있는가? 이 시대의 시인들은 이런 고뇌에 잠기며 시를 쓰는가?

8월의 시단에서 '읽히는 시' 몇 편을 찾아 낸 것은 시를 찾아 혹서의 이 '열대야'를 밝힌 평자에겐 작은 보람이 아닐 수 없다. 정일근·고진하·고옥주·서림·김정란(≪현대시≫), 홍진기(≪현대문학≫), 고송석(≪문학사상≫), 이성희·이윤학(≪현대시학≫), 이병훈(≪시문학≫), 주전이(≪월간문학≫), 정호승(≪실천문학≫) 등의 작품이 읽히는 시들이다.

지난번에도 말하였지만, 90년대 우리 시단은 지금 과거 회귀의 시공에서 자기 정체성을 확인하는 작업들에 열심이다. 그런데 그것은 현재와의 대화적 회귀로서, 미래를 향해 귀와 눈을 여는 계기적 역동성을 띠어야 한다.

> 뒤란 대나무숲에서 잠을 깬 無所有의 바람
> 새벽을 밟고 오는 맨발마다
> 華嚴 같은 파란 무늬가 빛나고
> 어린 모감주 잎들 일제히 깨달음의 눈을 뜬다.

정일근의 「새벽」 중반부다. 극히 절제된 시어에 감성의 촉수가 번뜩이는 듯하면서도 이미지의 어우러짐이 안온하다. 과거가 살아나고 미래의 시공이 은은히 열린다. 고진하의 「화염무늬석조불상」도 이와 유사한 시법으로 존재와 시간의 치열한 싸움을 화해시키고 있다. 초월이란 이런 것이다.

소는 어디 갔을까
네 발목 벗어
가지런히 찬물에 담가 놓고

고옥주의 「우족(牛足)」이다. 시보다 여백이 많은 말로 그린 그림이다. "예
술이란, 무엇인가 하고 관조하는 그 자체다."고 한 생트 뵈브의 명언을 상
기시킨다. 불립문자(不立文字)를 지향하는 선시(禪詩)의 화두와 같은 이 시
의 매력은 일상 속에서 시적 기미를 예리하게 포착하는 그 무르녹은 예지
에 있다.

　서림의 「오존 주의보」는 선명한 문제 의식으로 하여 읽히는 시다. '고
향도 자연도 민중도 없는' '썩은 수족관 도시'와 역천(逆天)의 이 문명사
를 고발하는 비판의 몸짓이 값지다. 그러나 삶과 문명사의 새 지평 설정
에 무력한 체념은 한계다. 그러나 '진록색 꿈을 잃지 않고', '추억 같은 까
치를 불러 까작이게' 하며 '단산을 서두르지 않는 도시'의 소망을, 홍진기
의 「사월 언덕은」 놓지 않는다. 고송석의 「지하 철도 1996-2」도 문명 비
판의 어조를 높인다. '구언처럼 빛과 어둠, 현재와 과거 사이에/지하의 추
위를 가리며 한 개의 돌파구를 열어 놓는' 지하철을 스케치하며 그 의미
에 아파하는 시다. 이병훈의 「대류(對流)」는 '죽은 땅'을 고발하고, 이에 맞
서는 불멸의 민족혼을 주전이의 「청기와(靑瓷賦)」는 노래한다. 청자 고운
실체에서 '낡은 피 밀어내는 숨소리', '해초잎 씻는 풀빛 바람', '영혼의
마(馬)', '애맥(愛脈)', '가슴 치는 물빛깔 소리들'을 출토(出土)해 내는 예술적
천분이 눈부시다.

　이성회의 시가 읽히는 까닭은 좀 다른 데에 있다. 삶과 역사의 밤에 외치
는 거시적 시혼이 혁명과 전쟁의 피안에서처럼 선명하기 때문이다.

　화자는 '한 줌 흙의 무게를 이기기 위해' 얼마나 많은 혁명과 쿠데타가
있어야 했고, 순교자가 피를 흘려야 했던가 하고 반문한다. 정호승의 「당고
개」가 '당고개역에 내린 중년의 맹인'을 이윤학의 「과수원길 2」는 과수원

께의 한 '노파'의 만년을 클로즈업시켰다. 이 시대 생존의 대조적인 두 정경이다.

김정란의 「잔혹한 외출」은 90년대 시풍에 반란을 감행한다.

> 살이 저며지고 있다.
> 아니, 오해 마시기를
> 이건 부패가 아니다.
> 싱싱하고 생생한 선혈이 뚝뚝 떨어지는 신선한 살의 이별
> 결 따라 완벽하게 저며져 뼈를 떠나는 살

살과 뼈의 분리와 대립의 이미지들이 구축하는 극한적 메시지가 충격을 준다. 금세기의 신화는 이같이 잔혹하다. 이처럼 충격적인 시의 담론이 페미니즘적 혼의 분열과 도전으로 소통의 채널을 튼다 해도, 그건 오르테가 이 가세트가 염려한 모더니즘의 선민 의식과 예술의 비인간화에서 자유로울 수 없다. 천재의 영감과 낯설게 하기, 이것은 자유 사회의 긍지다. 그러나 그것이 『한비자(韓非子)』의 화공이 비유한 '도깨비 그리기'여서는 안 된다.

모더니스트의 천재성이 독자와의 '언어적 공동 연관성'을 파괴하지 않을 때, 이런 유의 시는 현대 지성의 정화로서 기림받을 것이다.

3

정보화 사회의 한국시는 어떤 좌표에서 독자를 확보할 것인가.

일본 작가 가와바타 야스나리가 줄기차게 일본의 여심(女心)을 추구하여 노벨상을 탔다면, 우리 시인은 무엇으로 세계 시단에 나설 것인가? 독자 없는 시가 양산되는 안이한 문학 풍토에서, 우리 시인들은 무엇을 향하여 깨

어날 것인가? 문학사에 남을 시 한 편을 위하여 혼을 바치는 노작(勞作)의 시인을, 지금 우리 문단은 부르고 있다.

(≪월간문학≫, 1996.9)

비극적 상상력과 초극의 역설

1

현대 문명은 비유컨대 호랑이를 타고 사뭇 내달리기만 할 뿐 멈추어 설 수조차 없는 기호지세(騎虎之勢)의 그것이다. 시간의 메커니즘에 예속된 개별 인간의 존재론적 실존 현상은 가위 비극적이다. "왜 사냐건 웃지요"의 소박한 미소가 필 찰나적 시간의 틈새에마저 컴퓨터와 사이버 스토리가 개입하는 '시간 문화'의 소용돌이 속에 멸망해 가는 것들의 비명 소리마저 소실되고 없다.

여기서 사회적 상상력 쪽에 능한 시인들은 이른바 '생태시'로 컨텍스트 지향의 톤을 높이며 문명 비판적 기능을 다하고 있다. 포스트모더니즘, 해체, 반시(反詩) 등을 표방한 전위적 계열의 시인들이 모색하는 탈출구는 쉬이 열릴 기미를 보이지 않는다. 그것은 불확실성의 농도가 짙은 벤처기업의 경우처럼 모험적인 시도로서, 설렘과 불안의 여울을 함께 품고 있다.

지금은 몇 시인가? 수십 년 전 우리 비평계의 원로는 이렇게 물었다. 똑같은 물음을 오늘 우리는 되풀이할 수밖에 없다. H. 스펜서적 진화론의 잣

대로 선진국이라는 어느 나라 도회의 횡단 보도 옆 가로수에 걸렸던 한 경구는 우리의 시간을 묻지 않을 수 없도록 만든다. "귀하는 지금 어디로 그리 서둘러 가십니까?"라는 그 경구는 윤리적이라기보다 철학적 종교는 차원의 것이었다. 철학과 종교는 존재론적 사유와 결별할 수 없다. 그것이 시적 실현의 언어와 만날 때 아름다움의 감동과 그리움을 띤 화폭과 종소리로 변용된다.

2

5월의 시 중에서 존재론적 상상력이 발현된 시편들로 평자의 주목을 끈 것은 시단의 신예들이 내놓은 노작 몇 편이었다. ≪월간문학≫, ≪현대문학≫, ≪문예중앙≫, ≪동서문학≫, ≪시와 시학≫에 실린 신예들의 작품은 시 쓰기의 연륜에 비하여 옹찬 데가 있다.

> 비 온 뒤 인수봉이 목련처럼 피어 있다.
> 베란다에서 내다보면
> 상계 백병원 주차장에는 몇 다발의 햇살이 목발을 짚고
> 절름절름 원을 그리다 가고
> 가로수들이 가끔 머리를 쳐들어
> 거친 숨을 몰아쉬며
> 젖은 이마의 땀을 닦고 있다
> 허리를 다쳤는지 구부정한 길은
> 신호등에 걸려 두리번거리고
> 새벽마다 다급한 구급차의 경보음이
> 응급실로 뛰어들었다
> 담뱃불을 붙여 물고 출근 버스를 기다리는
> 아침, 영안실을 빠져나와

급커브를 도는 장의차 한 대
목련처럼 피었다 서둘러 진다.

　김우연의 「봄」(≪문예중앙≫, 봄호)이다. 컨텍스트 지향의 어조로 표현된 시다. 담긴 정보는 현대 문명의 반생명적 실상들이다. 상관물은 햇살, 가로수, 길, 구급차, 장의차 들과 목련이다. 앞의 것들은 '목발, 거친 숨, 다쳤는지, 경보음, 영안실' 들과 결부되어 불구나 죽음의 표상으로, 이들과 대립된다. '구급차'와 '장의차'는 생명적인 것을 위협하는 현대 문명의 불안하고 반생명적인 상황을 표상하는 상관물들이다. 시의 표제는 「봄」인데, 그 봄은 죽음의 상관물들에 위협받고 있다. T.S. 엘리어트의 「황무지」를 상기시키며, 소망의 상관물은 '목련'이다. 이 시는 이 시대의 존재론적 상황 설정에 값한다.
　이 '황무지'와 같은 외적 현실에 대하여, 윤형근은 「마음의 정원은」(≪문예중앙≫, 봄호)에서 반생명의 정신적 상황을 보여 준다.

　　　마음의 정원은 늘 겨울이다.
　　　(중략)
　　　봄은 어디로 갔는지
　　　아이들은 황무지의 밤이다
　　　정원은 이미 거물의 영지이다
　　　스키를 타고 씽씽 달리는
　　　거물의 속도가 세상의 바람이다
　　　흰눈 사이로 종소리 울려도
　　　마음의 정원에는 아이들이 없다

　이 얼어붙은 '마음의 정원'을 점유한 것은 반생명적인 '거물'이고 소생과 부활을 일깨우는 '종소리'에도 생명과 소망의 '아이들'은 없다. 이것은 K.

야스퍼스가 『비극론』에서 말한 역설적 비극 부재의 현상이다. 비극의 실존이어야 할 존재가 비극을 실감치 못하는 곳에 실존적 비극은 없으며, 이 비극 불감의 존재론적 상황이야말로 이 시대의 비극이다. 이는 진실로 소망이 없는 죽음의 상황이다.

> 무한대의 죽음으로 내 걸린 황혼을 향해
> 붉은 입술을 깨물며 구름들이 몰려간다.
> 친구에게 머물던 구름은 황급히 완성되었다
> 빈 몸을 가지고 알처럼 누운 친구는
> 아직 어색한 모습이어서
> 풀잎들은 눈물로 젖어 이쪽으로 자꾸만 기울고 있다
> 저녁 바람이 흐느낀다

백용제의 「묘지에서 묻다」(≪현대문학≫)에서 따온 것이다. '인수봉'처럼 '목련'이 피는 생명의 봄에 이 땅의 젊은 시인들이 나누는 이 죽음 체험의 교신은 김윤배의 「새벽 풍경」(≪시와시학≫, 봄호)에 소망의 운을 뗀다.

> 내 가슴 속에 깨진 종 하나 묻혀 있다
> 청동의 숨결은 아직도 살아 있어
> 제 몸 아프게 때려 긴 울음으로 깨어날
> 그날 기다린다

이 소생의 종소리는 중견 시인 송수권의 「대역사(大役事)」(≪현대시≫)에 와서 아름다운 저녁 놀로 수놓인다.

> 너는 서해 뻘을 적시는 노을 속에
> 서 본 적이 있는가
> 망망 뻘밭 속을 헤집고 바지락을 캐는 연인들, 그 황혼에

한쪽 귀로는 내소사의 범종 소리를 듣고 한쪽 귀로는
선운사의 쇠북 소리를 듣는다.
(중략)
내소사 대웅전의 넉살문 연꽃 몇 송이도
활짝 만개한다
회나무 가지를 치고 오르는 청동까치 한 마리도
만다라와 같은 不立文字로 탄다.
곰소의 뻘강을 건너 소금을 져 나르다 머슴 등허리가 되었다는
저 소요산 질마재도 마지막 술빛으로 익는다.
쉬어라 쉬어라 잠시 잠깐
해는 수평선 물밑으로 다시 가라앉는다.

컨텍스트의 반생명성, 도회 문명의 죽은 체험과 대립되는 생명의 우주적 총체성이 실현되는 장면이다. 서양 문명의 분석·분열과 비극적 대결 상황의 유차별적 상상력과, 동양 문명의 통합적 화해의 무차별적 상상력이 여기서 대립상을 드러낸다.

비극적 상상력의 야스퍼스적 극복, 초월을 빚는 상상력은 현실과 환상의 묘약으로 곧잘 부활 체험에 초대하는 정호승의 「상처는 스승이다」(≪동서문학≫, 봄호)에서 발현된다.

상처는 스승이다
절벽 위에 뿌리를 내려라
뿌리 있는 쪽으로 나무는 잎을 떨군다
잎은 썩어 뿌리의 끝에 닿는다
(중략)
너의 뿌리가 되기 위하여
오늘도 예수의 못자국은 보이지 않으나
상처에서 흐른 피가 뿌리를 적신다

이 죽음 체험의 비극적 상황은 '상처는 스승이다'의 역설로 인해 비극의

극복, 초월의 '기적 체험'이 된다. 고등 종교의 이 같은 역설적 담론이 독자의 심도 있는 체험을 요구한다는 점에서, 이 시는 정독을 필요로 한다.

3

우리 시의 사회적, 역사적 상상력이 생태시의 비판적 어조로 변용된 것은 시사상(詩史上) '지속'과 '변이'의 90년대적 한 양상이다. 특히 시간의 메커니즘에 예속된 개아(個我)의 존재론적 실종 현상을 진단하는 시, 반생명적 현대문명을 비판하고 죽음 체험에 아파하는 자아의 목소리는 생의 본질로 회귀하는 기쁜 소식이다. 도회의 길거리 횡단 보도의 표어가 시인에게 묻는 것은 질주하는 문명사의 지표다.

그리고 죽음과 부활의 체험에 잠긴 실존적 자아가 현실의 지평에서 생동감을 얻게 하는 5월의 시는 오현정의 「21세기의 말(馬)」(≪월간문학≫)이다. "바람을 가르며 꽃을 날리는 갈기/너의 두 눈에 기어이 살아내는/세상이 있다"로 말문을 여는 이 시의 역동적 이미지로 하여 실존적 자아는 현실의 지평에 눈을 뜬다.

(≪월간문학≫, 1996.6)

일상성과의 분투와 감수성 버리기

1

창조란 일상성과의 분투 행위를 달리 이르는 말이다.

"어제와 같았음."이라 적었던 한 천진한 중학생의 어느 날 일기는 글쓰기의 창조적 분투에 대한 무지를 드러낸다. 시인은 마르틴 하이데거의 그 일상인(das Mann)이 아니다. 이백(李白)을 시선(詩仙), 단테·밀턴·괴테를 시성(詩聖)이라 한 것은 일상성에 맞선 수평적 분투와 수직적 초절성(超絶性) 때문이다. 이를 잠정적으로 '비일상성의 시학'이라 명명하기로 하자.

이 같은 비일상성에 도전하는 것은 물론 민중시론이다. 민중시론의 글쓰기는 일상인이 일상어로 하는 일상의 담론과 시의 담론의 등가성을 주장하고 또 실천한다. 민중시론은 비일상성의 시학을 글쓰기의 엘리티즘이라 하여 분노를 표출하기까지 한다.

비일상성의 시학과 민중시론은 사회 계층 문제라기보다 시의 층위 문제다. 일상어로 된 민중시는 기층, 비일상성의 시는 상층의 문학이다. 민중시의 절대화는 문학의 초시대성을 소거한다. 이는 아리스토텔레스의 '평균적 정의'의 보편화로서 삶과 역사, 시적 상상력을 하향 평준화한다. '배분적 정의'에 따르면, 비일상성의 시학은 민주주의의 이상에 배치되지 않는다. 그것은 인간의 창조적 상상력과 자유 향유의 이상 실현에 갈음되는 '꿈'의 시학이다. 꿈꿀 자유가 있는 세계야말로 민주주의가 실현되는 사회다.

2

6월의 시는 대체로 텍스트 지향의 어조(tone)로 되어 있다. 문학성이 우세하다는 뜻이다. 사회적 상상력은 '소음'일 뿐, 개인적 상상력의 신장과 감수성의 촉수 벼리기에 몰입해 있다. 달력 연령과 상관없이 6월의 시인들은 노성(老成)한 모습들이다. 그건 역사의 피바람을 지레 감당해 버린 초월인가, 조숙인가? 속단을 어렵게 한다. 가령 락 카페에는 거부당하고 카바레는 낯설며, 명예 퇴직에 불안한 삼십대의 비탄을 들려주는 최성민의 「긴 세대」(≪시와 시학≫, 여름호)는 '소음'에 지나지 않는다. "씨름꾼 김씨가 서울로 가더니 작살에 꿰인 물고기처럼 등 구부리고 돌아왔다. 공사판에서 두부처럼 떨어졌다는 김씨는 허리가 붙어 있는 것만도 다행이란다."로 시작되는 이길원의 서술시 「씨름꾼 김씨」(≪문학사상≫)의 '맥락'에도 6월의 시 화자들은 무심하다. "삽 들고 위협해 보고 경찰서도 어른거렸지만 자기 편은 없더란다."는 탄식에도 아랑곳없다.

우선 "노인은 소리 없이 웃는다./웃음이랄 수 없는 사소한 드러냄."으로 말문을 여는 김춘수의 「한 노인의 초상」(≪동서문학≫, 여름호)을 보자.

> 사할린 동포 노인의 말엔
> 속내 따윈 결코 내비치지 않는다.
> 진구렁과 벼랑은

다만 길 위의 어느 한곳,
울타리가 없는 길에 나서선
덜 젖거나 먼저 젖는 법 없이
노동의 굵은 뼈마디로만 응답한다.

이 시에는 역사의 파란이며 실존적인 통고(痛苦)의 계기나 실상이 모두
내면화해 있다. 시의 제목처럼 노성의 경지를 보여준다. 노년의 김춘수 시
인, 그의 초상을 예서 만난다. 뿐만 아니라 결코 노년의 시인이 아닌 이기철
의 「마음의 천축(天竺)」(≪현대문학≫)에서도 이런 '초상'을 만날 수 있다.

회한은 나를 앞서지 않는다
병을 이긴 사람들의 처마 아래 저녁이 오고
집집의 수저 부딪는 소리 아름다울 때
나는 내일 내가 디딜 한 줌 흙의 아픔을 쓰다듬으며 걸어가리
내 하루가 그믐달의 고단함으로 저문다 해도

김춘수의 경우처럼 이 시의 화자는 일상의 그 우여곡절에 초연하다. 이
초연은 자칫 심리적 도피 기제의 전형(轉形)으로 읽힐 위험 요소를 내포하기
쉬운데, 이 두 시는 오히려 '분투하는 자아'의 실상을 함축하고 있어 위기를
넘어선다. 이제 그럴 바에, 일상성·일상어와 분투하는 그 시적 상상력의 응
집력을 '감수성 벼리기'에로 모으는 것이 옳다. 6월의 시가 그걸 잘 감당해
내고 있다. "비 개인 후에 그 숲에 간다."로 시작되어 "그 숲으로 가/나는 사
람의 옷을 벗는다."로 끝나는 강만의 「그 숲에 간다」(≪시와 시학≫)가 그
한 예다.

저 눈부신 둥근 빛들의 낙하
투명한 실로폰 소리가 숲을 흔든다.
풀잎들 귀를 세운다

입술 시리게 이슬을 마신 숲들이
한 치씩 몸을 키운다
어디서 어디로 가는지
작은 벌레가 촉수를 세우고
느리게 강을 건넌다

실로 '어둡고 탁하며 거대하고 바쁜 세상의 소음'과 대립되는 '눈부신
빛·투명한 음률·작으나 소중하며 여유로운 삶'의 이미저리가 아로새겨진
시다. 그의 시가 읽히는 까닭은 이것만이 아니다.

저물녘
세상 어디에 숨겨 놓은 집을 향하여
노을 빛 헤쳐 바삐바삐 돌아가는
작은 새들의 날갯짓이 눈부시다.
(중략)
노을이 지기 전 그 곳으로 돌아갈 수 있다는 것
돌아가서는 그들과 함께 푸른 새벽을
겸허히 기다릴 수 있다는 것만으로도
나는 福을 거부할 수 없음을 알았다
가슴을 적시는
이 적은 소유의 충만함이 좋다

강만의 「귀가」(≪시와 시학≫)다. 귀가의 소중함과 '적은 소유'에 잔잔히
감격해 하는 화자의 안분지족이 부러움을 산다. '날기에 지친 새깃으로 돌
아갈 줄 아는[鳥倦飛而知還]', '무욕견진(無慾見眞)'의 지향성은 우리 전통이
다. 서양말 구문의 소유 동사 남용을 비판하면서 개진한 저 에리히 프롬의
소유 문화와 존재 문화 이야기는 이미 무겁고 낡은 것이다.
이런 수평적 초월의 언어는 양건섭의 「매화 한 잎」(≪시와 시학≫)에서
수직적 초월을 꿈꾼다. 박명자의 「한 조각 흰 구름」과 「돌아앉은 돌」(≪동

서문학≫) 또한 초월을 지향하나, 그건 안이한 도피나 유아론(唯我論)의 폐
쇄성 쪽으로 내닫기 쉽다. 특히 빈정거림의 어조 때문에 초극(超克)의 길은
멀어져 있다. '세상사 죽 끓듯 시끄러운 날 조용한 산골짜기에 혼자 돌아앉
아 있는 돌'이나 '목소리 높은 사람/잘난 사람 많은 거리'나 '눈 내리깔고'
와 같은 원색적인 목소리로는 '조용한 명상 속'으로 들어갈 수 없다. 선의
깊이로 말하여 좌선·와선보다도 행선(行禪)의 경지를 바라볼진대, 이 같은
마음자리·마음결로는 명상은커녕 사색의 가닥조차 추스리기 난감하다. 이
럴 바엔 차라리 장렬이 「꽃」(≪월간문학≫)에서 보인 그 '화두(話頭)'에로
돌아가자.

>   벗어도 속 안 보이는
>   어둡고 끈끈한 시간의 몸짓
>   아, 투명한 햇살 퍼부어도
>   열리지 않는 몇 겹의 門

　　초월, 곧 이 화두 앞에서의 분투·정진·해탈은 시적 화자의 치열성과 시
간의 몫이다. 일찍이 "문 열어라, 꽃아."던 서정주의 구도(求道)의 시간이 아
직 여기 머물러 있다. 초월은 시간과의 싸움을 넘어선 저편 영원의 것이다.
　　김춘수의 시적 화자는 6월 시의 이런 기미를 알고, 지레 그 특유한 감수
성의 촉수를 빛낸다.

>   하늘은 높고
>   구름은 가지 않고
>   칸나,
>   꽃잎이 갈쯤하고
>   꽃잎이 수탉 볏처럼 빳빳하고 새빨갛던
>   칸나,
>   너에게는 그때 그늘이 없었다.

대낮이라 그랬을까, 네 곁에
죽음이 하나 마음놓고 다리 뻗고
길게 죽어 있었다.

「만유사생첩(萬有寫生帖)」의 소제목 「구름은 가지 않고」(≪동서문학≫, 여름호) 전편이다. 그의 「나의 하나님」을 연상시키는 이 시는 평이한 서술적 이미지로 '판단 보류'에 그칠 찰나, '죽음'이란 시어로 이 시에 '영원'을 초대하여 독자를 '안식(安息)'하게 만든다. 감수성뿐 아니라 존재론의 층위에서도 가장 높은 자리에 오를 97년 6월의 시다.

3

정치·경제·사회 문제의 일대 카오스 속에서 생성된 이 달의 시에서 놀랍게도 사회적, 역사적 상상력은 숨을 죽이고 있다. 90년대 시단 상황의 맥을 잇기에 충직하다. 흔하던 민중시 톤의 도전도 받지 않은 시의 엘리티즘은 감수성의 촉수를 벼리며 초절적 명상과 은원(恩怨)으로의 회귀 의식에 기울었다.

김춘수의 시는 이 같은 성향의 시인들 맨 위의 층위에서 특유의 감수성을 빛내고 있다. 시간과의 싸움을 휴지케 하고, 찰나적 시간 이미지에 영원을 머무르게 하는 그의 시는 일상성과의 분투를 삭인 엘리티즘의 정화임에도, 감수성의 보편화에 기여한다는 점에서 더 귀하다. '비일상성의 시학'이 평정한 우리 시단에 사회적, 역사적 상상력이 새로이 움트기를 기대한다.

(≪월간문학≫, 1997.7)

휴식과 사색 또는 아픔과 사랑의 시

1

휴식은 생의 낭비가 아니다. 그것은 창조적 삶을 위한 활력소요 촉매다. 그런데 산업·정보화 사회의 인류에겐 진정한 휴식이 없다. 진정한 휴식은 단순한 레크리에이션이 아니다. 이른바 스트레스 풀기 식의 휴식을 뜻하는 말도 아니다. 참다운 휴식은 사색과 명상을 계기로 하여 이루어진다.

사색이 개인의 삶과 공동체의 역사에 미칠 때, 시간의 지속성은 회복된다. 존재와 현상의 현재와 그 의미가 시간의 지속성 위에 투영되기 비롯한다는 뜻이다. 시간과 공간의 자폐적, 유아론적(唯我論的) 소외 현상은 개인주의적 자아 분열 현상이나 집단주의적 사고(思考)의 파시즘에서 파생되는바, 이는 개인과 인류의 불행이다.

자유 사회의 개인에게는 걸인이나 억만 장자가 될 자유가 있다. 그것이 무관심으로 인한 분리와 소외의 보편화 현상으로 치닫는 자리에서, 두 극단 모두 무의미의 나락으로 떨어지고 만다.

인간은 사랑할 수밖에 없고, 참된 사랑은 '만남' 안에서만 생명력을 얻는다. 마르틴 부버의 『나와 너』는 그러기에 시공을 초월하여 의미가 있다.

　시인은 사색하는 직관적 자아의 다른 이름이다. 사색하는 자아의 지평에 떠오르는 것은 필경 '사랑할 수밖에 없는 너'일 뿐이다. 그것이 '영원한 너'와 만나는 곳은 더 큰 자아의 우주적 지평이다.

2

　7월의 시단에서 뜻있는 독자들은 휴식·사색·사랑의 실마리를 드잡게 하는 몇 편의 시와 만나게 된다. 주로 ≪문학사상≫이 초대하는 이들 시편은 오직 '일'과 '욕망'의 화신이 된 산업·정보화의 이 시대 휴식 없는 인류에게 잔잔한 충격을 준다.

　　난 요즘 즐겨 쉼표(,)를 찍는다. 서두르지 않고 잠시 쉬어 가기 위함이다. 지루했던 길 고단했던 발걸음에 쉼표를 찍고, 잠시 쉬었다 걷기도 한다.

　　헐떡이던 숨소리에 쉼표를 찍고, 부질없는 생각에 쉼표를 찍고, 쉬어 가기로 한다.

　박성룡의 「쉼표를 찍으며」다. 이 시의 서정적 자아는 인생을 한 개의 문장에 비유했다. 쉼표는 인생살이의 진행 과정에 놓인 휴식의 표지다. 언뜻 보아 산문이나, 거듭 읽으면 어렵지 않게 율격이 잡힌다. '잠시 쉬어 가기'와 '잠시 쉬었다 걷기로'의 변조, '쉼표를 찍고'의 반복의 행진(걸음)을 율격에 담은 것은 그것을 인생의 속성으로 인식하기 때문이다. 생명 현상의 본질의 시간의 등장성(等長性)을 단위로 한 율격이다. 쉬운 말로 쓴 이 시의 자아는 생의 본질이 시간 지속의 리듬임을 터득한 현자(賢者)다. 이 시는 현자의 담론으로 되어 있다. 이 현자는 '언젠가 닥쳐올 마침표', 인생의 결산 곧 '죽음'을 의식하고 산다. 동양식으로 '실존적 달관' 같은 경지에 도달해 있다. 이것이 휴식, 사색, 명상이 주는 지혜의 수준이다.

7월 시단의 화자들은 이 같은 '나'의 실존뿐 아니라 '너'의 실존에도 '관심'을 놓지 않는다. 김후란, 문효치, 이승하, 이우철의 화자들이 모두 그렇다.

> 사라예보 작은 역사 박물관 앞
> 무너져 가는 돌층계에
> 한 늙은 여인이 앉아 있었다.

김후란의 「사라예보의 그림자」 첫 연이다. 잔잔한 사색의 계기를 짓는 이 담론은 이렇게 끝난다.

> 또다시 포화에 짓뭉개진
> 사라예보
> 희미한 그림자 같던
> 그 여인은
> 지금 어디에 앉아 있을까.

내전으로 초토화된 사라예보, 그 곳 역사 박물관 계단에 독자의 시선을 모은 시다. '인간 사회의 끝없는 갈등과 전쟁에 진저리치는' 화자는 그 계단에서 졸고 있는 한 할머니의 실존, 그 향방을 묻는다. 역사적 자아의 아픈 담론이다. 소위 '여류 시인'의 역사적 상상력, 이것은 우리 시단의 경이로운 한 소식이다.

> 커다란 눈물이 왜 아름다운가를 알았네.
> 견고하게 굳어버린 금강석 덩어리.

그 보석에 박힌
문둥이의 슬픔은 반짝거리고
그리움 날고, 떨어져 죽고

　이것은 '바다에 떠 있는 신의 눈물'이란 은유의 담론으로 운을 뗀 문효치
의 「소록도」다. 화려한 도성, 번득이는 욕망의 소용돌이 속에서 천형(天刑)의
나환자들, 그들의 참담한 생존의 실상을 기억하는 시인이 있다는 것은 크나
큰 위안이다. 시 「소록도」는 가뭄에 탄 우리들 '아픈 사랑'의 딴 이름이다.
'견고하게 굳어 버린 금강석 덩어리'의 계사 은유, 금속성 이미지가 아픔을
주는 눈물 표상이다.

해부학 책과 대조하여
신체 각 부위를 들고 불빛에 비춰보며
각 부위의 상태를 노트하며
그러나 코에 대고 킁킁 냄새는 맡지 못하겠다
한평생 밥과 술을 찾았을 뇌와
아름다운 이성 앞에서 뛰었을 붉은 심장

　이승하의 「3월 말일의 해부 실습」이다. "포르말린 냄새에 뒤섞이는 피와
살 냄새/한 점이 걸려 있다"로 시작되는 이 시는 행려 병자의 실습용 시체와
실습생의 일상을 대비한 시다. 소외의 뒤안길을 헤매다 스러져 간 행려 병자
들의 주검에 눈길이 가는 시인의 마음자리에 사랑은 아직 살아 있다. 이건
가뭄에 단비 같은 이 시대의 아픈 감격이다. 이런 감격은 이우걸의 「노래」에
서 절정을 오른다.

나는 가리라, 가시울을 넘어서
저 종양의 사악함을 그녀가 이길 때까지

돌 위에 씨를 뿌리며
　　남은 사랑을 퍼올리며,

　에리히 프롬이 말한 '너'를 위한 '배려'가 극한을 지향한다. 그의 시
「피아노」의 아름다운 공감각적 이미지도 이런 극한을 향한 길목에 핀 사
랑 체험의 정화(精華)다.
　≪시문학≫의 '비무장 지대' 특집 또한 아픔의 시편들이다. 양왕용의 「비
무장 지대」를 보자.

　　반도 한가운데서
　　50년도 넘게
　　삼천리 강산 피 통하지 않게
　　누워 있는
　　그대,
　　이제는
　　반도의 심장으로
　　부활하소서.

　양왕용의 역사적 자아가 기원의 어조로써 여기 변신의 소식을 전한다. 이
건 크나큰 시적 변신이므로 역사적 통고(痛苦)의 체험을 요구한다. 시가 텐
션을 추스려야 할 때, 그건 시적 자아의 통고 체험의 성숙을 고대하는 그 즈
음이다.
　이 즈음 「동해 바다」(≪월간문학≫)에서 '미음 속에 끓는' 전인숙의 '사랑
의 파도'는 통고 체험의 이전의 것이다. 그런 사랑의 추상은 수사의 성찬에
그치기 쉽다. 그러나 이미저리의 역동성이 7월의 독자를 설레게 한다.

3

인생은 한 개의 구문(構文)으로 본 시는 착상의 독창성으로 하여 마음을 끈다. 더욱이 쉼표와 마침표의 비유로 인생훈을 함축한 이 시는 사색과 명상과 계기를 짓는다. 휴식을 모티브로 한 사색과 명상의 주제 그 극한은 죽음이고, 죽음이 시간의 지속적 의미의 지평에 던지는 의미는 사랑이다. 사랑은 아픔이고, 여기서 아픔이란 피할 수 없는 실존적 통고 체험이다.

비옥한 자연 서정의 밭에서 생성된 우리 서정시의 존재관은 물심일여(物心一如), 물아일체(物我一體)의 반비극성에 바탕을 둔다. 우리 시가 실존적 통고 체험과 역사적 상상력 쪽에 취약성을 보이는 까닭이 여기에 있다. 97년 7월 ≪문학사상≫과 ≪시문학≫이 실존적 통고와 역사적 상상력으로 치열성을 불지피고 우리 서정시의 지평을 넓힌 것은 주목할 만한 일이다. 다만 ≪시문학≫의 '비무장 지대 특집'이 시의 텐션과 치열성에 취약성을 보인 것은 결함이다.

(≪월간문학≫, 1997.8)

시와 비시 또는 현대시의 표상화 장치

1

시는 말하기의 방식과 말하여진 것의 본질 때문에 여느 장르와 구별된다. 브룩스와 워렌이 『시의 이해』 제4판에서 한 말이다. 이것이야말로 시와 비시(非詩)를 가르는 기본 요건이다. 가령, 우리 문학사가들은 한국 현대 문학사의 기점을 3·1운동기 전후에 두고, 최남선의 「해(海)에게서 소년에게」를 아마추어 시로, 주요한의 「아침」이나 「불놀이」 등을 본격시, 현대시로 보는 데 대체로 동의하는 것도 이 때문이다. 전자는 사상과 형태의 새로움에도 불구하고 그 표상 장치의 전근대성 탓에 아마추어 시의 수준에 머무를 수밖에 없다. 현대시의 말하기 방식과 먼 거리에 있다는 뜻이다.

90년대 우리 시는 '본질 회귀'의 경향을 보인다고들 말한다. '바깥 현실'에서 '자아의 정신적 초상'에로 초점을 돌렸다는 것이다. 소크라테스나 노장적 존재론의 시점으로 지향 축을 전환했다는 말이다. 이는 리얼리즘의 후퇴 현상으로서, 시가 본령을 회복하리라는 '복음'에 갈음되는 낭보이면서도 사회적, 역사적 상상력을 소거할 불상사를 예견케 하는 비보이기도 하다. 아닌게아니라, 오늘 우리 시단에서 피폐한 삶과 부조리한 현실, 격변하는 문명사의 도전에 맞서는 역사적 상상력의 에너지는 사뭇 잦아든 것이 사실이다. 97년 8월의 우리 시단도 예외는 아니다.

이제 우리가 우선 기대할 것은 현대시다운 말하기의 방식, 현대적 표상화 장치의 시적 효과다.

2

시인이기 위해 시인인 사람과 시를 위해 시인인 사람이 있다. 시인으로 불리기 위한 시인의 '명작'은 데뷔작 한 편뿐이라는 평판이 사실인 경우도 있다. 명목에 실재가 패배하는 비보다. 창조물 일체는, 다른 데서도 거듭 말하였듯이 통고(痛苦)에 찬 '죽음 체험'의 정화다. 97년 8월의 우리 시단에서 이런 창조적 통고 체험의 징표는 잘 드러나지 않는다. 오히려 '이룬 자의 안이성'이 보편화해 있지 않은가.

우리는 언제까지나
우리끼리 물고 찢는 싸움질만 할 것인가.
세계의 구경꾼들이 둘러서서 지켜보는 가운데
회심의 미소를 짓는 족속들도 보이는데
우리 모두의 생존을 위해
보다 나은 삶을 위해
한 덩이로 뭉쳐서 노력한대도
저들과 맞서기엔 미약하고 부족한데

우리는 언제까지나
우리끼리 물고 찢는 싸움만 할 것인가.

최진연의 「우리는 언제까지나」(《시문학》)다. 비시다. 표상의 장치로 보아 육당의 신체시를 거스른 마이너스 시간대에 자리해 있다. 대중 가요의 가사와 현대시의 거리마저 소거하고 만 비시다. 이뿐 아니다. 대가 정현종의 「아름다움」(《문학사상》) 또한 비시다.

> 아낄 만한 걸 많이
> 만들어야 해요
> 사람이든 문화 예술이든 그 무엇이든
> 소중한 게 있어야 해요

목적시의 프로파간다와 다를 게 없다. 당위 차원의 논술체 담론이다. 정현종의 이 작품은 다분히 독자 지향의 어조로 된 말하기의 방식을 택했다. '문학에 무지한 독자 대중'을 고려해 의도적으로 텐션을 해체한 기미가 짙다. 그러나 텐션이 해체되는 순간에 시는 이미 소멸하고 만다는 현대 시학의 기반을 이들 시의 화자는 망각했다.

텐션의 이런 해체 현상, 안이한 말하기의 장치는 《월간문학》의 여러 시에서 다소 극복된다.

> 산책길에 늘 만나는 나무 한 그루가 있다
> 이 근처에서 제일 키가 큰 버드나무다
> 나의 발길은 언제나 그 나무 앞에 와서 멈춘다
> 그리고 나는 그 나무를 찬찬히 올려다본다

김윤성의 「산책길에」다. 설명의 담론인데, 단순한 설명이 아니다. '멈춘다'와 '찬찬히 올려다본다'는 진술의 내포와 그 밖의 진술의 외연이 텐션을 유지하는 시다.

불을 지피는데 연기가 땅거미처럼 바닥으로만 깔린다.
부지깽이로 뒤져도 어째 오늘은 불 속이 어둡다.
죽은 자를 위한 기도처럼 재는 축축이 젖어 있고

　박화의 「관천망기법(觀天望氣法) 1」이다. 이 시에서 앞의 두 줄은 '사실'의
진술이고, 뒤의 두 줄은 시인의 상상력이 빚은 직관적 인식의 진술이다. 이
둘이 텐션을 유지하고 있다. 이것이 현대시의 최소 요건이다.

　이들 시편에는 직관적 본질 인식의 시선이 머물러 있다. 선(禪)의 깊이를
가늠하는 화두로 보면, '산은 산이요 물은 물〔山是山, 水是水〕'인 외연과 '산은
산이고 물은 물이 아닌〔山不是山, 水不是水〕' 데카르트적 인식을 뛰어넘은 "산
은 역시 산이요, 물은 역시 물이다."는 깨달음의 내포, 이 둘이 조성하는 텐
션이 계기를 넘어 초월 시공(超越時空)에 가 닿는다.

　≪월간문학≫ 8월호에 실린 이 밖의 시들은 과거 회귀의 시공에서 상기
'출토(出土)된 울음' 삭이기에 급급해 있다. 거대한 문명사의 격랑에 응전할
태세로선 아예 무장 해제다. 함동선의 생태시 「이 새를 어디서 본 일이 있습
니까」를 제외한 최일환·김용진·이정림의 시가 대개 그렇다. 이상원의 「나
는 지금 몇 시쯤 와 있는가」와 「인생과 문학」은 그 표제만으로 설레게 하는
데, 실상은 텐션을 해체한 비시다. 다만 표상화 장치의 현대성을 얻은 시로
김호영의 「모과나무 아래서」가 눈에 띈다. '찬기침을 하는 가을 바람', '황금
빛 모과 향이/밀채이는 오정', '까르락 웃어 제친/저 빛살', '곰살스레 거머쥐
고 있다.' 등의 표상화 장치가 돋보인다.

　현대시의 이런 표상화 장치를 대표하는 것은 리차드가 말한 의사 진술(擬
似陳述, pseudo-statement)의 표상이다. ≪현대시≫ 97년 8월호의 시에는 이 같
은 표상들이 보석처럼 빛난다. 이상복의 「나는 옥수수를 보면 별이 생각난
다」는 의사 진술의 표상으로선 성공적이다.

소정리 기찻길 지나 기다리다가 급한 마음에
훌쩍 걸어 들어가는 옛 고향집
들녘에는 벼들이 한여름의 땡볕을 아프게 끌어모았다.
포기마다 노르스름한 별빛을 한껏 감아쥐려 했다.

텃밭에서 잘 여문 별들을 땄다 소쿠리에 가득 모았다
푸르스름하거나 노르스름한 껍질을 벗겨냈다
그 안의 가는 수염뿌리까지 모두 깨끗이 걸어 내었다

　시의 속성인 율격, 참신한 의사 진술과 또렷또렷 살아나는 시각적 이미지,
이런 요소들이 조화된 고향 표상의 오케스트레이션, 그런 말하기의 방식을
보여 준다. 이건 기교다. 그러나 이런 기교 충격은 자칫 내허외화(內虛外華)
의 '말의 성찬', '울리는 꽹과리'이기 십상이다. 선불교의 그 말바꾸기 곧 '기
어(綺語)의 죄'에서 자유롭기 어렵다는 뜻이다.

3

　90년대 우리 시의 지평에도 '백마 탄 초인'은 보이지 않는다. 70년대 시의
'웅변떼', 80년대시의 프로파간다가 사회적, 역사적 상상력으로 군림한 비시
적 상태에 대한 반동은 본질 회귀 현상을 빚었다. 이는 시의 회복과 삶의 상
실이라는 모순율로써 우리 앞에 도전해 오는 난제에 갈음된다.
　시는 설명이 아니다. 프로파간다는 더욱 아니다. 서정시의 담론이 낭만적
어조를 띨 때 직설, 영탄을 선호한다. 묘사, 비유, 상징, 아이러니, 역설 등은
가령 의사 진술과 같은 말하기의 방식과 만나 현대시다운 표상 효과를 얻는
다.
　그러나 시사의 지평에 길이 떠오를 고전은 이 같은 표상 장치와 사회적,

역사적 상상력이 만나는 상징의 좌표에서 기적처럼 떠오를 것이다. 육사의 '백마 타고 오는 초인'은 이 아름다운 기적의 주인공을 가리킴이리라. 그 가능성의 지평에 「모란」(≪문학사상≫)의 정호승을 세워 볼 수 있다면, 「물 위의 난타」의 강은교, 「돌아가신 아버지께」의 김정란(≪문학동네≫)의 기교 충격은 정호승과 만나는 좌표에서 거듭날 수 있을 것이다.

(≪월간문학≫, 1997.9)

김동인의 창작 심리

1. 머리말

리언 이들의 말처럼 한 작가의 전작품은 그 영혼의 자서전이다. 이런 뜻에서 김동인론은 다시 씌어야겠고, 그의 문학 또한 재평가되어야 할 것이다. 평가의 대상은 김동인의 작품 모두여야 하고, 이들 작품의 연대기적 질서 속에서 포착되는 정신사적 곡절과 김동인의 생애와의 상관 관계를 탐색하는 일은 김동인론의 요체라 하겠다. 이는 백철의 『조선신문학사조사』(1948) 이래 춘원 문학의 안티테제로서의 동인 문학을 가늠해 온 평단의 관습으로부터 자유로워지기 위해서도 필요한 작업일 것이다.

지금까지 김동인에 관한 작가, 작품론은 200여 편이나 씌었는바, 대체로 전기적 역사주의적 탐구, 사조적 특성 규명, 미학적 위상 정립, 작품에의 형식주의적 접근, 비평을 위한 비평들이 그 대종이다.

본고가 시도하는 창작관 방면의 연구는 부분적으로 언급되었거나 문체론을 통하여 조명된 정도다. 전광용의 「김동인의 창작관」은 평론 속에서 추출된 의식의 층을 주로 다루고 있다는 점에서 본고와 구별된다. 본고는 작품에 투영된 작가의 잠재 의식의 층과 평론에 표백된 의식의 층과의 합치점들을 포착하려는 노력의 작은 결실이다. 이러한 노력은 작품 분석이 이루어지고, 그 결과로서 드러난 정신적 특질을 작가의 생애가 보여 주는 행적의 특징에 대응시키기를 권고하는 L. 이들의 작가론에 동의함으로써만 성과를 기대할 수 있으며, 아울러 S. 프로이트 기타 심리학 내지 원형 이론을 원용하되, 사람을 육체적 심리적인 존재로만 보려는 인간관을 극복하려는 열망이 본고의 의도에 잠복해 있다.

김동인의 문학은 그의 개인사와 깊이 관련된다. 특히, 그가 관개 수리 사업에 실패하여 가산이 탕진된 그 이듬해에 부인 김혜인이 출분하게 되는데, 이것은 그의 인생관과 예술뿐 아니라 삶 그 자체에 큰 변화를 가져오게 한다. 즉, 이 같은 파란을 계기로 낭인 김동인이 생활인으로 전환하게 되며, 아울러 그의 문학도 질적인 변화를 겪는다.

김동인은 1900년 10월 2일 평양 하수구리 6번지에서 부호요 기독교 장로인 전주 김대윤의 둘째 아들로 태어나, 재혼한 김경애 부인과 함께 1931년 서울 행촌동으로 이사할 때까지 그 곳에서 살았다. 18세에 부친을 여의었으나, 동인을 편애한 모친의 지성 속에서 물자의 결핍이란 생각지도 못 하였던 20대 시절에는 방탕과 여행으로 소일하였으니, 이것은 일제 강점기 한국의 궁핍화와는 엄청난 거리에 있었던 것이다. 김동인 생애의 전반기 특히 20대의 저 같은 반역사주의적 행적은 구체적인 상황 속에서도 드러나는데, 이를테면 동경 유학 시절 2·8독립 선언서의 기초(起草)를 위촉받고 이를 거절하면서, 그런 정치 운동은 그 방면 사람에게 맡기고 문학이나 하겠노라고 말한 것이라든지, 1920년대 한국의 궁핍화를 외면이나 하듯 소비자적 낭인 생활을 서슴지 않은 일 등이 그렇다. 그러면서 김동인은 후일 춘원 이광수를 철저히 타매하여 차라리 자결하기를 권유하였다든지, 문학의 순수성·오락성을 강조하면서도 종내는「붉은 산」(1932),「논개의 환생」(1932, 미완) 같은 민족주의적인 작품을 썼으며,「이 잔을」(1925),「문명(文明)」(1925)에서 기독교를 왜곡, 야유하였으면서도 필경에는「신앙으로」(1930)에 회귀하고 있다는 점 등은 그의 방황이라기보다는 의식의 전환으로 보는 것이 옳겠다.

이제껏 금동인(琴童人)·금동(琴童)·금동(金童)·김시어딤·시어딤이라는 필명을 동원해가며 단편·장편·수필·사평(史評)의 터밭을 일구었고, 《창조》, 《영대》 등의 문예 동인지를 내어 서구적 기법의 근대 문학, 그 기법의 큰길을 틔운 공로를 누리며, 자연주의·사실주의·유미주의·민족주의라는 다양한 에피소드로써 수식되어 온 것이 김동인과 그의 문학이다.

거듭 말하거니와 본고의 의도는, 이 같은 김동인의 작품이 창작된 동기와 심리적 과정의 줄기를 드잡으려는 데 있다. 따라서, 여기서는 지금까지 산발적으로 지적되어 온 엘리트 의식과 춘원 콤플렉스, 유랑의 기질과 모태 회귀욕, 상반된 여성관, 계급주의에 대한 혐오감, 기독교 강박 관념, 민족주의 수용 등 6가지 심리적 특성이 김동인 문학의 모티브였음을 제시하게 된다.

이를 위하여 제1차적으로 실증주의적 방법이 채택되게 마련이나, 창조적 직관과 상상력이라는 설레는 측면도 몰각될 수는 없을 것이다. 본고는 결국 정신사적 탐구와도 만나야 하겠기 때문이다.

2. 엘리트 의식과 춘원 콤플렉스

김동인의 콩트「X씨」에는 정상이 아닐 정도로 경쟁적이고 자존심이 강한 주인공이 등장한다. 이 작품의 결말은 남에게 모욕을 당하곤 분함을 못 이긴 X씨가 유서를 남긴 채 강물에 투신 자살하는 것으로 되어 있다. 이는 인간의 보편적 인식이나 정감에 호소하는 작품이라기보다 김동인 자신의 성격을 반영한 소품에 불과하다.

김동인의 도도한 유아독존적 기질은 널리 알려진 얘기다. 가령, 1912년에 숭덕 소학교를 졸업한 뒤 한 해 묵어 명치 학원에 입학하려다가 고우 주요한이 같은 학교의 상급생이 되는 것을 꺼려서 동경 학원으로 간 것이라든지, 조선일보 학예부장 자리를 40일 만에 물러난 것도 방응모 사장께 인사조차 제대로 하지 않을 정도의 도도함 때문이라는 일화(주요한의 증언) 등이 김동인의 자존심과 기질을 입증한다.

김동인은 이 같은 유아독존, 즉 에고이즘적인 사고 방식을 자만과 패기에 찬 천성과 결부시켜, 의식화된 오만으로 새로운 문학을 건설하겠다는 사명감으로써 문단에 나선다. 그의 이런 자세는 그로 하여금 냉정한 사고와 지성의 자리에 남아 있게 하지 않고 문학가로서는 제1인자, 선구자임을 자처하는 엘리트 의식에 사로잡히게 했다.

> 여러분은 이 약한 자의 슬픔이 아직까지 세계상에 이슨 모든 투 니야기(작품)—리알리즘, 로만티씨즘, 씸볼리즘 들의 니야기와는 묘사법과 작법에 다른 점이 잇는 거슬 알니이다. 여러분이 이 점을 바로만 발견하여 주시면, 작자는 만족의 우슴을 웃겟습니다. (띄어쓰기는 필자가 함.)

이 대목은 《창조》 창간호의 편집 후기의 일부다. 여기서 김동인은 「약한 자의 슬픔」이야말로 동서고금 그 유례가 없는 창조적인 것이라고 호언장담하고 있다. 윤홍로는 김동인의 이러한 발언을 극단적인 자연주의의 변종을 고안하고자 하는 창조적 의지로 풀이하고 있으나, 그의 의식의 밑바닥에는 영웅주의적 엘리트 의식이 도도히 흐르고 있는 것이다. 그의 초기 작품인 「배따라기」의 발단부에, "유토피아를 생각할 때는 언제든지 그 위대한 인격의 소유자며 사람의 위대함을 끝까지 즐긴 진나라 시황을 생각지 않을 수 없다."는 대목을 곁들여 강조하고 있는 것도 김동인의 만만찮은 협기

(俠氣)와 거리낌없는 영웅 예찬론의 반영이라 할 것이다.

> 지금 소설이나 시를 쓰는 후배들이 어느 누가 이런 방면의 고심을 하
> 는 사람이 있을까? '태고 적부터 우리말에 이런 소설 용어가 있었겠지.'
> 쯤으로 써 나가는 우리의 소설 용어 거기는 남이 헤아리지 못할 고심과
> 주저가 있었고, 그것을 단행할 과단성과 만용이 있어서 그 만용으로써 건
> 축된 바이다.
> 스무 살의 혈기, 게다가 자기를 선각자노라는 어리석은 만용—이런 것
> 들이 있었기에 조선 소설 중에의 주춧돌은 놓여진 것이었다.

윗 글에서 '선각자'란 김동인 자신을 가리킨다. 당시의 지식 청년층은 대
개 선각자임을 자부하였겠으나, 작가 김동인에게는 그러한 자과지심(自誇之
心)이 현저했던 것이다. 구어체 확립, 사투리 사용, he · she를 '그'로 번역한
공로의 허실(虛實)은 이미 밝혀진 바 있거니와, 이러한 자부심 곧 엘리트 의
식이 극한에 달한 것은 다음과 같은 진술이다.

> 여(余)가 마음을 놓고 뒤를 맡기기에 여(余)보다 굳세고 우수한 사람이
> 생겨야 할 것이다. 할아버지만한 손주가 없고, 스승만한 제자가 없다는
> 속담은 있지만, 자식이 어버이보다 승하고, 후계자가 전인(前人)보다 승하
> 여야 어버이와 전인(前人)은 안심하고 뒤를 맡기고 물러날 것이다.

여기서 드러나듯이 김동인의 눈에는 자신을 능가하는 동배(同輩)와 후배
가 보이지 않았다. 이것이 1945년에 쓰인 것(「여(余)의 문학자 삼십년」)임을
감안할 때, 그의 엘리트 의식이 어느 정도였던가를 우리는 실감한다.

그가 서해(曙海) 최학송(崔鶴松)을 아꼈지만, 그것도 서해가 김동인 자신의
문학을 이해하여 준 데 대한 보상에 지나지 않았다.

김동인의 경쟁자적 인성은 구체적으로 염상섭의 문단 출현에 대하여 민

감한 반응을 보인다. 다음은 그가 쓴 「문단 삼십년사」의 한 대목이다.

> 이렇던 상섭이 1992년 말에 ≪개벽≫지상에 「표본실의 청개구리」라는 소설을 발표하였다. '이 사람이 소설을 썼다.' — 이러한 마음으로 나는 그의 작품을 보았다. 그러나 연속물의 제1회를 볼 때 벌써 필자의 마음에 큰 불안을 느꼈다. 강적이 나타났다는 것을 직각하였다. 이인직의 독무대를 지나서 춘원의 독무대, 그 뒤 2,3년은 또한 필자의 독무대에 다름없었다.

김동인은 춘원을 ≪창조≫ 후기 동인으로 가입시켜 놓고 끝내 원고조차 쓰게 하지 않은 가학증적 반응을 보인다. 물론, 춘원의 계몽주의를 비판하고 나선 김동인의 문학관을 허물할 이유를 우리는 마련해 있지 않다. 문제는 춘원이라는 한 자연인에 대한 김동인의 집요한 비난의 저의에 있는 것이다.

이인직의 「귀의 성」을 한국 근대 소설의 원조라고 극찬하는 그가 춘원의 「무정」에 관하여는 끈질기게 비난을 퍼부은 것(『근대 소설고』)은 정상으로 보기 어렵다. 「무정」은 최근의 연구가 증거하듯이 국초(菊初)의 소설에 비길 수 없을 만큼 훌륭한 작품이다.

> 이광수 주재라는 명색의 춘해(春海)의 ≪조선문단≫에 단편 몇 편이 있었지만, 춘원 자신도 창작 방면에는 자신이 없었던 듯 ≪영대≫가 폐간되기까지 그 ≪영대≫에 자서전 「인생의 기질」를 연재하다가 중단한 뿐으로 창작 방면에서는 손을 떼었다가, 동아일보와 특수 관계를 맺자 동아일보에 대중 소설을 쓰기 시작하였다. 이 춘원의 재활동은 신생 조선 문학 건전한 발육에 지대한 장애를 주었다.

이상의 발언을 뒷받침하는 것은 그의 소위 '리알'의 논리다. 김동인의 지론에 의하건대, 이인직·이광수의 낡은 투에 젖은 대중에게 맛없는 '리알'

을 그가 강요하고 있어 그 맛과 멋에 다소 길들여지고 있었는데, 이광수가 재활약하게 되면서 '리얄'의 소화 불량이 된 대중에게 다시 통속, 흥미 중심의 소설을 제공하여 우리 문학 발달에 큰 지장을 주었다는 것이다. 그러나 그의 이러한 주장은 후일 자가 반란을 일으킨다.

> 그 혈기 다 사라지고 차차 내성(內省)이 시작될 때에, 문학의 도(道)에는 '상아탑(象牙塔)'을 위한 문학도(文學道) 외에 건설을 위한 문학도라는 다른 부문이 있다는 점을 통절히 느끼고, 그 건설을 위한 문학도에는 문학과 대중의 결합이 필요하다는 점까지 느끼고, 여기로 전(轉)하여 노력한 지도 어언 칠, 팔 년이 지났다.

전광용은 이것을 '상아탑 붕괴의 적신호'라고 지칭하는데, 김동인의 이같은 변신이야말로 한 단계 인간적 성숙을 의미한다.

김동인이 춘원에게 독설(毒舌)을 사양하지 않은 것 가운데 춘원이 신문사 기자 생활을 하면서 썼기에 소재나 장면, 사건 처리 등에 무책임하다고 말한 바가 있으나, 그 점은 김동인 자신의 경우에도 마찬가지였음이 발견된다. 그의 작품 「논개의 환생」이 그예다.

> 눈물어린 눈으로써 서원례를 바라보면서 논개는 자기가 나고, 자라고, 자기의 부모, 조상이 나고 자란 진주성을 뒤로, 성문 밖으로 났다.

의기(義妓) 논개는 전라도 장수 출신으로 경상도 진주의 기생이 되었던 바, 이상의 오류는 김동인 자신이 사실에 소루하였음을 드러낸 것이다. 역사적 사실을 소재로 취택할 때 작가는 인물은 실재하나 사건이 허구인 것, 사건은 사실에 바탕을 두되 인물이 허구적인 존재인 것의 둘 중 하나를 취택할 수 있다. 이 두 경우 모두 작가의 역사적 도덕적 상상력에 의해 사실(史

實) 자체도 취사선택, 재구성되게 마련이다. 그러나 분명하고 엄연한 객관적 사실은 결코 왜곡될 수 없다. 작품에서도 논개의 출생지는 어디까지나 진주가 아닌 장수여야 할 것이다.

또 정서죽(鄭瑞竹)의 회고에 따르면, 김동인이「왕부의 낙조」를 하룻밤 사이에 탈고했다는데, 그것이 역사 소설인 바에야 사료의 고증에 대한 우리의 기대를 심각히 저버릴 우려가 없지 않다.

이광수와 김동인, 두 사람 모두 평안 방언권의 사람인데, 이광수는 조실부모한 천애 고아요 적빈(赤貧)의 사람으로 육당(六堂)과 인촌(仁村) 등 은인의 도움으로 일본물을 적셨고, 김동인은 부호가의 귀동으로 성장하여 일본 문물에 접하였다. 둘 다 유학을 중단했는데, 김동인의 가와바다 미술 학교(川端美術學校) 중퇴가 그의 말대로 톨스토이의 경우에 비견되는 문제인지는 알 수 없다. 그러나 이광수는 톨스토이의 정신을, 김동인은 그의 '인형 조종의 기법'을 받아들였기에 대조되지마는, 이 두 사람이 모두 엘리트 의식의 소유자란 점에서는 일치한다. 이광수는 민족의 사상적 선각자로서의 엘리트 의식에 젖어 있었고, 김동인은 예술가로서의 엘리트 의식에 철저했음에도, 두 사람이 다 작가라는 이름으로 불리는 길에 서서 '만남'의 좌표를 마련하지 못한 데에 문제가 있었다.

이런 사정들이 김동인과 이광수의 거리를 만들었으며, 김동인으로 하여금 종생토록 이광수 타도의 강박 의식에 사로잡히게 한 것으로 보인다.

김동인과 이광수의 전기적 비교 연구는 보다 깊이 행하여질 필요가 있겠지만, 위에서 본 바와 같은 춘원 콤플렉스야말로 김동인의 작품을 지나친 사건 전개, 죽음과 광포의 구석에다 몰아넣는 인물 설정 등 극단적인 기교주의에로 치닫게 한 것은 사실일 것이다. 그러기에 그의 문학은 춘원의 '정사(情事)의 문학'에 대하여 '죽음의 문학'이라는 자기다운 장치로써 대결하였고, 춘원의 밥 같은 일상적인 소재에 맞서 '마약처럼 취하게 하는 작품'을 쓰려는 콤플렉스에 사로잡혀, 어떻게 해서든지 춘원 소설의 인위적 사건 진행이나 도덕성이 노출된 인물 설정의 방식을 거부하기에 급급하였다. 그가 단편 「태형(笞刑)」에서 투옥된 독립 운동가들을 환경 결정론적 짐승으로 전락시킨 것이나, 「유산」의 1인칭 관찰자가 부정(不貞)한 여주인공에게 참회의 유서를 쓰게 하곤 목졸라 죽이는 것, 그리고 병약해진 어머니를 살해함으로써 효도했다고 강변하면서 기독교를 왜곡한 '문명' 등은 김동인류의 자연주의가 빚은 극단이라 하겠다.

3. 유랑 기질 및 모태 회귀욕

김동인은 22세 되던 1921년 ≪창조≫ 제9호에 그의 본격적인 단편 「배따라기(배싸락이)」를 발표한다. 이 작품의 줄거리(겉·속)를 5대목으로 구분하면, '① 1인칭 관찰자와 주인공과의 만남, ② 주인공과 아내 사이의 모순된 사랑 표현(아이러니), ③ 주인공·아내·아우 사이의 오해(반전), ④ 주인공과 아우 사이의 애상과 유랑, ⑤ 1인칭 관찰자(나)와 주인공과의 헤어짐'으로 파악된다.

이 다섯 단계의 이야기 전개 과정(story line)은 '자연미'에의 감동에서 '예술미'의 추구욕으로 변화, 융합되어 가고 있다. 자세히 말하면, 자연의 아름다움과 배따라기의 예술미에 취해 있는 '나'에게 가슴 아픈 과거사를 다 들려 준 다음, '그'는 배따라기 노래를 부르곤 다시 방랑의 길을 떠난다. 그리고 '나'는 그가 남겨 놓은 노래, 그 아름다움을 지속적으로 추적한다. 나는 다음날, 이듬해 봄, 이렇게 끊임없이 그의 자취를 찾지만, '그'의 종적은 가뭇없다. 그러나 '그'의 심미적 이미지, 온 산천에 남아 울려나는 '그'의 노래 소리에 '나'는 또 다시 감동된다.

「배따라기」는 형제간의 오해로 빚어진 갈등(정체 상실)과, 그로부터 다시 사랑을 회복하기 위하여 끝없이 바다를 유랑하는 반생활인의 고백으로서, 원초적 자아와 사회적 자아의 충돌에서 빚어지는 비극적인 상황에서 새로이 꽃핀 창조적 자아에 의해 생산된 작품이다. 이것은 정신적 원형 이론의 입장에서 보면 모태 회귀 사상, 궁극적으로는 낙원 복귀욕에 귀결된다. '그'가 찾는 것이 표면상으로는 '아우'지만, 의식의 심층에는 대모(Great Mother) 중의 좋은 어머니(good mother)로서의 '아내'를 찾아 유랑하는 것이다. 까닭에, 꿈결같이 환상적으로 만난 '아우'는 그가 만나고자 하는 궁극의 대상은 아닌 것이다. 오히려 잠재 의식상으로 만나지지 않기를 바라는 '아우'인 것이다. 반면에 그가 바다를 유랑한다 함은, 그것이 단지 생활의 공간인 땅을 상실한, 반시간성·반역사성의 공간으로서의 바다를 뜻할 뿐 아니라 '아내의 죽음과 재생'에 결부된 바다라는 의미와의 연관선상에 놓인다. 바다가 절멸하지 않는 한 아내 곧 모성의 표상 또한 소멸하지 않을 것이기 때문이다.

「배따라기」의 유랑은 김동리의 「역마」, 이효석의 「메밀꽃 필 무렵」, 오영수의 「고개」 등이 보여 주듯 '만남→잠적과 유랑(남성), 인종(여성)→환상적인 만남, 아슬한 엇갈림 또는 끝없는 유랑'이라는 우리 서사 문학의 기본 질서와 관계된다. 이런 서사 구조의 원형은 주몽 신화나 질마재(또는 문경 새재) 설화류로서, 한국 문학에 있어 '기다림과 만남의 문제'에 대한 가장 선명한 해결점을 마련하였다.

다음, 김동인의 유미주의 소설 「광화사」에는 결혼에 두 번이나 실패하고 어머니의 아름다운 영상을 안고 사는 추물 화공 솔거의 비정상적 인성(abnormal personality)이 투영되어 있다. 추한 얼굴 때문에 두 번이나 실패한 결혼 경험, 특히 그 때에 보았던 여인들에 향한 상념에서 솔거는 벗어나지 못하고 있다. 그가 세상을 등지고 산속(자연)에 은둔한 것은 세상과의 부조화로 인한 도피적 심리 기제(escaping mechanism) 때문이었다. 특히 그가 샘(물)에 애착을 보인 것은 모성에의 회귀욕을 상징한다. 그가 결혼도 세상도 포기하고 그림 공부에 정진하여 미인상을 완성해 보려 하는 것은 승화(sublimation)에 의한 보상의 심리적 표현에 갈음된다. 그가 고심 끝에 해후하게 된 눈먼 미인 소녀는 자기 아내의 표상인 동시에 어머니의 영상이다. 이것은 그의 근친 상간적 애욕의 표현인데, 그의 잠재 심리에는 이러한 원초아(Id)가 꿈틀거리되, 그것은 불륜됨을 질책하는 초자아의 억압으로 인해 그는 몸부림친다. 그러다가 그는 필경 원초아에 끌려 그 소녀를 범하고 만다. 그리고 그런 행위를 저지른 이후 그 소녀의 눈은 용궁을 그리는 듯한 이상적인 눈이 아니라, 단지 애욕에 찬 그런 눈임을 발견하고 목졸라 죽인다. 이것은 전날 범한 행위에 대한 죄악감이 광적으로 폭발한 결과다. 그리고 화상을 안고 간 그의 죽음 그것은 어머니에로의 회귀를 뜻한다.

표면 구조로 보아 오스카 와일드의 작품을 연상시키는 「광염 소나타」도 이 같은 모태 회귀욕과 깊이 관련된 작품임을 우리는 어렵지 않게 읽어낼 수 있다.

4. 상반된 여성관

김동인은 우리 소설사에서 인물 창조의 면에서 전환점을 마련한 공로를 남긴다. 그는 이른바 '복녀형'을 창조했다. '복녀형'은 '석순옥형'과 대립적인, 반전통적 성격 유형이다. 우리 신화의 원형인 '인덕의 모상'으로서의 웅녀형은 도미의 아내, 춘향, 사씨, 인현왕후의 전통에 맥을 이은 신소설의 여주인공들을 거쳐 춘원의 장편 「사랑」의 여주인공 석순옥, 박계주 지음 「순애보」의 명희 등에 도달하는데, 김동인의 단편 「감자」의 여주인공 '복녀'야말로 우리 문학사에서는 처음 등장하는 반전통적 여성형이다. 이는 김동인의 「약한 자의 슬픔」의 여주인공 강 엘리자벳트의, 리얼리즘에 합당한 변신이다.

그런데 문제가 되는 것은 리얼리스트 김동인의 작중 여주인공 중 주류에 속하여 마땅한 '복녀형'이 1930년대 후반기로 접어들면서 몰아인종형의 도전을 받고 있다는 사실이다.

그는 자신의 장편 소설에 부각시킨 여성형을 셋으로 나누었는데, 숙녀(淑女)·교양형(敎養型), 쾌활(快活)·광열형(狂熱型), 몰아인종형(沒我忍從型)이 그것이다. 숙녀·교양형이란 「태평행」(≪중외일보≫에 연재, 중단)의 여주인공 '현숙'처럼 고등한 교양으로 남편을 위해 매사에 세심한 배려를 아끼지 않은 타입으로, '가장 현명한 아내야말로 가장 현명한 여성이요, 따라서 가장 현명한 인생의 한 분자'라는 신념 아래 남편의 일거일동을 세밀히 주의, 관찰, 판단하며, 남편을 사랑하는 동시에 존경함으로써 인격적으로 이해하는 여성형이다. 또한 쾌활·광열형은 「젊은 그들」(1929)의 '인화'와 같은 여성형으로서 애인 타입, '현숙' 같은 숙녀 교양형은 남편을 피곤케 하는 아내 부적격형이고, 몰아인종형이야말로 가장 이상적인 여성으로서 아내 적격형이라고 말한다.

김동인이 바라는 이상적인 여성형은 우리 신화의 원형 곧 인덕의 모상(mother image)을 지향하고 있다. 이 점은 두 번째 부인 김경애와 약혼할 당시에 쓴 「약혼자에게」에서 여실히 드러난다. 그는 가정의 착한 지어미, 어린애에게 자애로운 모성을 요구하면서 사회의 투사나 '현대식'의 경박한 여성을 가정에 들여 놓고 주권을 맡기고 싶지 않다면서 다음과 같이 여성관을 피력한다.

현대의 여자, 더구나 학교 출신의 여자치고는 무게가 있는 사람은 사실로 발견키가 힘듭니다. 현대 여자의 대부분은 경박 그것이외다. 그러한 가운데 그대를 발견했다 하는 것은 과연 의외였읍니다. 그대는 둔하다고 비평하고 싶을 만치 무거운 사람이었읍니다. 거처, 행동, 의복은커녕 말 한 마디 함에도 속으로 몇 번을 생각한 뒤가 아니면 입밖에 내지 않느니 만치, 가벼운 그림자는 없는 사람이었읍니다.

이것으로써 김동인이 이상으로 하는 여성관이 밝혀진 셈이다. 이 같은 그의 실생활의 여성관은 그의 여러 작품, 심지어 리얼리즘 계열 작품의 여주인공에게까지 투영되어 있을 정도다.

그는 처녀작 「약한 자의 슬픔」에서 자연주의적 관점으로 강엘리자벳트를 그린 듯하나, 결말에서 기독교적 이상주의를 지향하게 만들었으며, 단편 「전제자」에서는 남성의 횡포에 죽음으로 맞서는 여성형을, 「배따라기」에서는 근친 상간적 모티프로 발단하여 필경 죽음으로써 결백을 입증하는 인덕(忍德)의 모상(母像)에 접근시키며, 「겨우 눈을 뜰 때」에서는 기녀의 박명과 죽음을, 「유서」 역시 부정한 여주인공(친구의 아내)을 죽게 함으로써 역시 전통적 여성관을 보여 준다. 특히 「거츠른 터」는 김동인의 이상적인 여성상을 그대로 보이는데, 사랑하는 남편이 죽자 그의 그림자를 좇다가 끝내 자결하고 마는 「열녀 함양 박씨」의 후신을 그린다. 이 밖에 여인의 순정이 현실 앞에서 좌절을 경험하는 「정희」, 고소설과 신소설의 가정 비극 '소박데기 설화'를 이은 「딸의 업을 이으려고」의 주인공, 신앙을 잃었다가 개심하는 「신앙으로」, 소녀의 순정을 갈망하는 「수정 비둘기」, 70세가 되도록 불변한 남녀의 애정을 그린 「순정」, 의기 논개를 클로즈업시켜 시대를 비판하려 한 「논개의 환생」, 불우한 환경 속에서도 타락하지 않는 처녀를 그린 「가두」, 억척스런 장부형 「곰네」 등은 김동인이 그리워한 전통적인 여인상이다.

그러나 「감자」, 「발가락이 닮았다」, 「구두」, 「결혼식」, 「사진과 편지」, 「대탕지 아주머니」, 「김연실전」에는 도덕적 zero 지대의 여주인공이 등장한다. 리얼리즘의 혈통을 잇는 인물들이다.

이제, 이 가운데 「김연실전」의 여주인공을 주시하기로 한다.

> 이튿날 아침 창수가 연실에게, 자기는 고향에 어려서 결혼한 아내가 있노라고 몹시 미안한 듯이 고백할 때에, 연실이는 즉시로 그 사상을 깨뜨려 주었다.
> "그게 무슨 관계가 있어요? 두 사람의 사랑만 굳으면 그만이지, 사랑 없는 본댁이 있으면 어때요?" 명랑히 이렇게 대답할 때는, 연실이는 자기를 완전히 명작 소설의 주인공으로 여기었다.

이 장면만으로도 연실이란 여성, 동경 유학을 하는 신여성이 자유 연애에 대하여 얼마나 맹목적이고 경조부박한지를 알 수 있다. 이 다음 장면에는 온갖 추문이 유학생 사이에 자자한데도 오히려 황홀감에 젖은 도덕적 zero 지대의 여성, 서구 사조를 맹목적으로 추종하는 희화적(戱畵的) 신여성이 그려진다.

더욱이, 수많은 인명과 재물을 앗아가고 만 제1차 세계 대전이 끝난 일은 물론, 3·1운동이라는 이 나라 온 민족의 함성 같은 것도 들리지 않는 연실이다. 그런 것은 문학이나 연애와 관계없는 이상, 연실이의 아랑곳 할 바가 아니라는 것이다. 전문 학교까지 다닌 선각자 신여성 여류 문인 김연실은 이 땅의 역사적 현실 같은 것은 관심 밖의 일이었고, 오직 '동물 인간'에 불과할 따름이다. 그녀는 수없이 많은 남성 편력으로 아비도 모르는 사생아를 낳아 유기하기까지에 이른다.

우리의 관심은 이 맹랑한 신여성의 종말을 김동인이 어떻게 처리해 줄 것인가에 집중된다. 에밀 졸라, 플로베르 들처럼 주인공을 죽음으로 몰고 갈 것인가? 부도덕한 아버지에 첩의 딸로 태어났다는 환경 결정론과 유전 법칙의 산물인 이 작품을 김동인은 그렇게 끝맺지 않는다. 그의 작품에서 흔한 '죽음의 낭비 현상'도 여기서는 보이지 않는다.

〈가〉……시들고 썩어버린 그 육체는 진흙덩이처럼 빛이 가시고, 옛 모습을 찾을 길이 없었다. 형체도 없는 그 살덩이에 벌써 곰팡이가 난 듯했다. (중략) 그녀는 수채 구멍에 내버려 둔 시체에서 병균을 묻혀 온 것 같았고, 숱한 사람을 망친 그 병균이 제 얼굴에 올라와서 썩은 것 같았다.
— 「나나」의 종말

〈나〉 "과부, 홀아비 한 쌍이로구먼……."
"그렇구려!"
"아주 한 쌍 되면 어떨까?"
"것두 무방하지요."
이리하여 여기서는 한 쌍의 원앙이가 생겨났다.
— 「김연실전」의 종말

〈나〉의 결말은 〈가〉의 그것과 판이하다. 한국인의 윤리 의식과 깊은 상관성이 있겠으나, 여기서는 상술(詳述)을 약한다.

김연실로 하여금 15세 때의 첫 남성에게로 회귀하게 한 작가의 의도는 이 작품을 고소설의 차원으로 끌고 간다. 김동인은 철저한 자연주의자일 수가 없었다.

김동인은 고소설, 신소설의 보수적인 여성상과 동물 인간으로서의 자연주의적 여성상과의 대립, 모순을 극복하려는 치열한 작가 정신이 없이, 그의 후반기에는 생활을 위해선 닥치는 대로 작품을 쓰게 됨으로써 이제껏 본 바와 같은 상반된 여주인공을 그려 놓은 것이다. 이 점이야말로 일관성 있는 성격 창조에 성공하지 못한 김동인 소설의 비극, 그 요인일 수도 있을 것이다.

5. 계급주의에의 혐오

김동인은 계급주의 문학을 혐오했다. 이것은 그의 출신 계층의 문제이기도 하겠지만, 그의 기질이 그랬던 결과로 볼 일이다.

> 주요한도 망치를 찬송하는 시를 쓰고, 염상섭도 현재는 일부 사람에게는 중간파로 인정되어 있느니만치, 소위 '진보적 사상'의 사람이었고, 적색 사상은 진보적 사상이라 하여 온 천하를 풍미하는 시절이었다. (중략) ≪개벽≫도 좌경(左傾)하고, ≪조선일보≫, ≪동아일보≫조차도 '진보적 사상'에 기울 동안, 우익 진용을 견지한 자는 오직 신생 문단의 ≪창조≫ 파뿐이었다. 지주의 자제, 부잣집 도령 들로 조성된 ≪창조≫만이 '좌익'을 떠난 인생 예술을 개척하고 있었다.

김동인이 『문단 삼십년사』에서 피력한 내용이다. 문단에서 민족주의와 계급주의가 치열한 논쟁을 전개하고 있을 때, 김동인은 "그러한 시기 동안 나는 고향 평양에서 술과 계집과 낚시질로, 모든 다른 일에서는 떠나서 살고 있었다."고 태연히 고백하고 있다.

김동인은 조선일보 학예부장 시절에도 수원 박승극이 심혈을 기울인 「농민 문학론」을 거들떠보지도 않은 채 끝내 반환해 버린 것이라든지, 필승 안회남과의 불화에도 표정 하나 까땍 하지 않았던 것으로, 그에 대한 어떤 고뇌도 사변도 보이지 않는 일 등은 그가 계급주의를 감정적 기질적으로 용납하지 않았음을 증거한다. 그는 다만 민촌(民村) 이기영(李箕永)의 「서화(鼠火)」만 ≪조선일보≫에 실었다.

> 나는 그 때 민촌(民村)이란 이름은 '살인 방화'식의 좌익 작가로 기억

하고 있었더니만치, 또 여전히 '살인 방화'식의 소설이려니 하여 썩 마음
에 내키지 않은 것을 문일평(文一平)에 대한 대접으로 읽기 시작하였다.

이 글로 보아 김동인도 계급주의 문학에 대해 심정적 기준 정도는 갖고
있은 듯하나, 그 같은 '살인 방화'식 소설의 엄연한 존재에 대한 논리적 대
안에 무관심했던 것은 김동인 문학의 정신적 고도성과 무관하지 않을 것이
다.
공장 근로자 문제를 다룬 김동인의 단편 「배회(徘徊)」에 이런 대목이 있
다.

　　　……공장주 측에서는 직공 측의 요구를 다 승낙하였소. 그러나 직공
　　측에서는 역시 만족해 하지 않았소. 왜? 다름이 아니라, 직공 측에서도
　　'동맹 파업'이라는 것을 일종의 유희적 기분으로 대하고 있는데, 공장
　　주측 에서는 모든 조건을 승낙하니, 동맹 파업을 일으킬 구실이 없어지기
　　때문이오.

여기서 우리는 김동인의 제도적 부조리에 대한 고민이나 학적 천착의 아
쉬움과 따갑게 마주친다.

　　　〈가〉 민족 문학과 무산 문학은 모두 다 변변치 않은 문제로 이렇다 저
　　렇다 다투는 저에서 합치점을 발견할 뿐.
　　　그 차이점은 마치 까마귀의 자웅과 같아서 알 수가 없다. 그것은 민족
　　문학과 프로 문학이 전연 그 방향이 다른 까닭이다. (민족 문학과 무산 문
　　학의 박약한 차이점과 양문학의 합치성)

　　　〈나〉 계급 공기며 계급 음료수라는 것이 존재할 가능성이 없는 것과
　　마찬가지로, 계급 문학이라는 것도 존재치 못하겠지요. (예술가 자신의
　　막지 못할 예술욕에서)

김동인이 문학의 오락성을 강조한 것까지는 좋으나, 한국 근대 문학의 선구자로서 계급주의 문학의 정체와 전투적 항의에 대한 통찰력과 응전의 자세는 가위 비난받을 만한 수준이다. 이것은 또한 김동인의 '문학도(文學道)'가 기법에 편중함으로써 소설의 '형식과 의미라는 것의 불가분리성'이라는 문예 미학의 기본 명제에 대한 몰이해를 드러내기에 이르는 대목이다.

김동인은 계급주의 문학인들의 행동 강령과 생태를 체험하곤 이론의 부당성, 이론과 실제와의 괴리를 깨닫고 KAPF를 탈퇴할 수 있었던 회월(懷月)과 팔봉(八峰)을 주시할 수 있어야 했다.

6. 기독교 강박 관념

김동인의 기독교에 대한 반응은 유난히 예민하고 격렬한 경우까지 있다. 우선 그의 처녀작 「약한 자의 슬픔」의 종말 부분을 보아도 그러하다.

> "내가 너희에게 새 계명을 주노니 '사랑하라'."
> 그는 기쁨으로 눈에 빛을 내었다. 강함을 배는 태(胎)는 사랑! 강함은 모든 아름다움을 낳는다. 여기 강하여지고 싶은 자는, 아름다움을 보고 싶은 자는, 삶의 진리를 알고 싶은 자는 참 사랑을 알아야 한다.

여주인공 강엘리자베트의 신분이 주일 학교 교사였고, 그럼에도 계명을 범하여 비참한 지경에 이르렀다. 그의 종말을 자결로 이끌지 않고 이처럼 사랑에의 귀의에로 인도해 온 까닭은 무엇인가? 그것은 김동인이 이 작품을 자연주의적 의도에서 쓰기 비롯했음에도 그의 내부에 잠재한 기독교 의식이 여기까지 그의 붓끝을 움직여 오도록 만든 때문일 것이다.

유아 세례까지 받은 장로의 자제 김동인은, 적어도 청년기에는 기독교 가정의 자손으로 기독교를 모독한 전형이 되었다. 같은 평양의 장로, 목사 집안 출신인 전영택과 주요한이 신자로서 성실을 다하였던 사실과 대조가 된다.

김동인이 성경 고사 시간에 책을 펴 놓고 답안지를 쓰다가 지적을 당하자 그 길로 숭실중학교를 등지게 된 것이 표면상으로는 기독교와 결별한 단서라 하겠다. 그런데도 리얼리즘 계열의 단편 「약한 자의 슬픔」에 요한복음이 인용되고 있음은 예사로운 일이 아니다.

물론, 그는 의식적으로 기독교를 비난하기 위하여 반기독교적인 작품 「명문(明文)」(≪개벽≫ 55호, 1925)을 쓴다. 김동인은 성서를 익히 읽은 바 있어, "나는 너희에게 평화를 주려고 온 것이 아니라 오히려 분쟁을 일으키려 왔느니라."는 성구를 인용하면서도, "네 부모를 공경하라."는 계명을 의도적으로 왜곡하여 병고로 신음하는 모친을 안락사시키고도 선행을 하였노라 태연해 하는 예수교인 전주사가 죽어 여호와 하나님의 '명문'에 의해 지옥에 떨어지는 희화적인 작품이 「명문」이다. 이는 기독교를 의식적으로 조롱하려는 김동인의 강박 관념이 빚은 바 진리의 중대한 왜곡이다. 선교 초기의 한국 기독교가 아무리 교리에 어두웠다 하여도, 노모를 안락사시키고도 천국에 모셨다고 자족해 하는 전주사의 행위는 리얼리티가 결여된 로맨스의 주인공의 희롱(戱弄)에 지나지 않는다. 이것은 또한, 김동인 자신이 비난한 바 「무정」의 주요 인물들이 경부선 열차에서 모두 만나는 춘원의 「우연」보다도 억지다.

이 역시 금기 파괴에 급급한 김동인의 강박 관념이 빚어낸 한 극단으로 볼 수 있다.

아무튼 김동인은 그의 작품 도처에서 기독교에 향한 관심의 족적을 남긴다. 이것은 그가 기독교를 거부하고 일단 '탕자(蕩子)'의 행로를 택하였음에도, 생장 과정에서 각인된 기독교 지향의 무의식에 끊임없이 견인되고 있음을 시사한다. 노동자들의 태업을 다룬 「배회(徘徊)」, 세칭 유미주의 소설 「광염 소나타」, 계세징인(戒世懲人)을 주제로 한 「논개의 환생」 등 기독교와 인연이 멀거나 반기독교적인 작품들에도 기독교는 자주 등장하고 있다.

김동인은 기독교를 편입시키면서도 자연주의적 사실주의의 냉혹한 시선을 견지하려 애쓴다.

> 그도 이 때는 가슴이 두근거렸다. 그의 머리에는 도망하는 생각밖에는 아무것도 없었다. 그는 힘을 다하여 달아났다. 이리하여 이 모퉁잇길로 빠지고 저 사잇길로 빠지며 담장을 넘고 지붕을 넘으면서 달아나, 이만하면 되었으리라 하고 정신을 가다듬으면 제사장들의 발 소리는 여전히 이 삼 십 보 뒤에서 그를 따랐다. 감람산으로 가는 단 하나의 길인 케드론산 시내 다리에도 햇불 잡은 사람들이 지켰다. 그러니까 그리로는 갈 수가 없다.
>
> ─ 「이 잔을」

마가복음(14:17~42)에 기록된 최후의 만찬날 밤 그리스도를 김동인은 이렇게 격하시켰다. 여기 보이는 예수는 철저히 '사람'일 따름이다. 하나님 아들로서의 어떤 표정, 어떤 초월성도 보이지 않는다.

그러나 「신앙으로」(≪조선생활≫, 1930)에서 그는 '돌아온 탕자'가 된다. 1930년은, 1926년의 파산과 1927년 조강지처의 출분으로 실의를 딛고 일어나 김경애 신부와 평양 새문안 교회에서 재혼을 한 해다. 이때 김동인은 인생의 포괄적인 의미, 인간 존재에의 총체적 인식의 눈이 비로소 띄었던 것으로 보인다. 기독교를 긍정한 「신앙으로」도 물론 리얼하게 쓰려고 노력했다. '신앙→불신→회심→신앙 회복'의 과정을 여실히 그렸다.

"이 아이를 받아 주시옵소서. 아버님의 뜻대로 지금 아버님께 돌려 보

내오니, 이 어린 영혼을 아버님의 나라에 받아 주시옵소서." 이러한 기도
─은회는 아직껏 많고 많은 기도를 드렸지만, 이만치 경건하고 엄숙한 기
도를 드려본 적이 없었다.

— 「신앙으로」

이 같은 친기독교적 작품을 쓰게 된 것은 김동인이 기회 있을 때마다 기
독교를 야유한 것이 지나친 증오 곧 '사랑의 역설'이라는 잠재 심리의 반영
이었음을 증거한다. 이것은 한갓 추단이 아니라 을유 해방을 맞이하면서 쓴
회고록에서 선명히 드러난다.

소위 '불령선인'의 고향인 평양, '불령선인'의 소산인 예수교—이것이
여의 생장한 환경이었다. 어렸을 때의 기억으로 아버님이 하나님께 기도
를 드릴 때는 반드시, "이 아이들도 하나님께 진실하고 나라에 충성된 인
물이 되도록 하여 주시옵소서."라는 말씀을 잊지 않고 하시던 생각이 어
제 같다.

김동인은 결코 철저한 자연주의자일 수가 없었던 것이다. 그의 작품 도처
에, 예컨대 「유산」, 「눈을 겨우 뜰 때」, 「배회」 등에도 기독교 강박 관념이
투영되어 있을 정도다.
거듭 말하거니와 김동인의 반기독교적 행적은 기독교 회귀에 향한 무의
식의 역설적 표현이었다.

7. 민족주의의 수용

1922년에 발표된 「태형(笞刑)」(≪동명≫)에서 옥중의 독립 운동가들을 환
경 결정론적 동물로 묘사했던 김동인이 1932년에 인간 긍정의 민족주의 사

상이 부각된 「붉은 산」(≪삼천리≫)을 발표하게 된 것은 우연인가?

김동인이 이 작품을 쓴 1932년은, 그가 생장지인 평양 하수구리에서 서울 행촌동으로 이사온 이듬해로서, 불면증에 고통을 당하면서도 생활고의 해결을 위해 닥치는 대로 원고를 쓰던 때다. 김동인이 파산과 가정 파탄을 겪고 1930년 재혼한 뒤부터 그의 생활이나 작품 속에서 향락주의나 무절제의 흔적이 차차 사라지고, 유미주의적 광포성의 고비를 넘어 현실과 역사에 관심을 돌리게 된다. 「붉은 산」은 이 같은 사정 속에서 빚어진 작품이다.

이 작품의 소재는 1931년 7월 2일에 일어난 '만보산 사건'에서 취택된다. 이 사건은 중국 길림성 만보산 지역에서, 한국 농민(소작인)과 중국 지주 사이에 일어난 분쟁 사건을 말한다. 이 사건이 조선일보에 대서특필되자, 그 다음날 전북 이리를 비롯, 서울·인천·평양·신의주 등지에서 중국인 박해 사건이 일어날 정도로 파문을 일으켰다. ≪창조≫를 처음 발간할 때 2·8독립 선언 기초(起草) 의뢰를 거절하며 그런 일은 정치에 관심 있는 자들이나 하라던 김동인이 만보산 사건에 관심을 기울이게 된 것은 획기적인 전환이다.

「붉은 산」은 1인칭 관찰자 '나〔余〕'가 의학 연구를 위해 만주를 둘러보던 중 한국 소작인들이 모여 사는 가난한 마을에서 '삵'이란 별명의 정익호란 사나이를 만나는 데서 시작된다. 주인공 정익호는 투전판에서 빠지는 법이 없고, 싸움 잘 하고, 트집잡기 일쑤고, 새색시 괴롭히기에 이력이 난 악당으로 그려진다. 그런데 소작료를 적게 내었다고 중국인에게 송 첨지가 타살당한 억울한 일을 보고도 어쩌지 못하는 동포들을 대신하여 싸우다가 죽은 것은 뜻밖에도 파락호 정익호였다.

"선생님, 노래를 불러 주셔요 마지막 소원—노래를 해 주셔요 동해물과 백두산이 마르고 닳도록—"
여(余)는 머리를 끄덕이고 눈을 감았다. 그리고 입을 열었다. 여의 입에서는 창가가 흘러 나왔다.

여는 고즈넉이 불렀다.

"동해물과 백두산이……."

고즈넉이 부르는 여의 창가 소리에, 뒤에 둘러섰던 다른 사람의 입에서도 숭엄한 코러스는 울리어 왔다.

무궁화 삼천 리

화려 강산—

광막한 겨울의 만주벌 한편 구석에서는 밥버러지 익호의 죽음을 조상하는 숭엄한 노래가 차차 크게, 엄숙하게 울리었다. 그 가운데 익호의 몸은 점점 식어 갔다.

이 작품의 종말 장면은 이처럼 장엄하기까지 하다.

경악 종말(驚愕終末)로 처리된 이 작품의 결구(結構)가 신파조의 스토리 같은 느낌을 떨치기 어려운 것은 흠이다. 정익호가 만주인 지주를 찾아가 항의하기 전까지 저지른 비인간적인 악행들은 그의 원초적 자아의 현실과는 상반되는 것이었음을 뒷받침할 복선이 마련되어야 했을 것이다.

그러나 「붉은 산」은 다음과 같은 의의를 품는다.

첫째, 작가 김동인의 인간 긍정의 정신이 드러난다. 자연주의적 사실주의 작품들의 부정적인 인간관, 동물 인간의 차원을 극복하는 성격 전환이야말로 주목해야 할 부분이다.

둘째, 민족주의를 주제 의식으로 수용했다.

춘원 콤플렉스 또는 자연주의 강박 관념으로 리얼리즘의 극한을 지향하려 했던 20대의 김동인도 30대에 들면서 「순정」(1930), 「신앙으로」(1930), 「붉은 산」(1932) 등 인간 긍정, 민족주의의 정신에 눈을 뜬 것이다.

인간의 도덕성이나 영성에 대한 환멸의 소산인 자연주의적 인간관에 동요가 일기 시작한 김동인의 면모를 이들 작품이 보여 준다.

다만, 김동인의 수다한 역사 소설이 생활고 타개의 수단으로 씌었는가, 민족주의적 동기에서 비롯된 것인가의 여부는 보다 사려 깊은 통찰을 거쳐서 밝혀질 문제다.

8. 맺는 말

김동인이 20대 시절에 쓴 작품에서 인도주의적 형이상학적인 높이를 발견하려는 노력이야말로 무모한 일인지도 모른다. 뿐만 아니라 자기와 가족, 자기와 사회, 자기와 우주와의 관계에 있어서도 그의 시각은 대체로 피상적이다. 이는 '에로스와 아가페의 조화'를 통해 아가페에 도달하기를 열망한 춘원 문학의 이상주의에 도전하여 일어서서 일생껏 춘원 타도의 콤플렉스에 사로잡혔던 김동인 문학의 동기요 그 실현인 것으로 보인다.

이 부분은 한국 현대 문학사를 정리하는 데 대단한 중요성을 띠는데, 춘원의 톨스토이가 그 인도주의 정신에 치중했음에 반하여 금동의 톨스토이는 인형 조종술이라는 기법에 매달린 것이 그 두드러진 한 예다. 이들의 정신과 기법은 둘이 아닌 하나여야 하는데, 두 사람의 도도한 엘리트 의식은 각기 스스로를 '만남'보다 '분리'의 대극으로 몰아세운다. 여기에 세칭 '춘원의 훼절(毁節)' 문제가 가세한 데다 국토 분단과 6·25 전쟁이라는 민족적 대분열의 참극은 춘원과 금동을 철저히 결별시키고 만다. 이것은 한국 현대 문학사에서 일대 비극인 것으로 필자는 풀이한다.

김동인과 이광수의 엘리트 의식, 그 대결은 긍정적인 측면에서 평가되어야 옳을 것이다.

다음, 김동인의 작품에 나타나는 유랑 기질은 1920년대 그의 낭인 생활과 대응되며, 이는 또한 여성 편력의 체험과 결부된다. 그가 현실 속에서 찾아

헤맨 여성은 「배따라기」의 유랑과 「광화사」의 미인상, 「광염소나타」의 '어머니' 표상으로 구체화한 것이다. 그의 낭인적 광포성은 「배따라기」에서는 형의 폭력으로, 「광염소나타」, 「광화사」 들에서는 비정상적인 기행(奇行)과 방화(放火) 등으로 나타난다. 그러나 그가 찾아 헤맨 것은 E. 노이만식으로 말하여 '좋은 어머니(good mother)'였다. 이는 그의 20대에 경험한 여인 편력, 부친과 자신의 재혼, 모친 옥씨의 자애, 부덕을 갖춘 김 여사와의 재혼 같은 체험과 깊은 관련성이 있을 것이다. 이 점은 그의 상반된 여성관과도 무관하지 않다.

김동인이 이상으로 하는 실제의 여성관은 몰아인종형으로서 전통적 양처(良妻) 타입이며, '복녀형'과 같은 도덕 zero 지대의 여성을 그려 자연주의의 인간상을 제시하려 했던 그의 초기작에도 드러나는데, 「거츠른 터」(≪개벽≫ 44, 1924)가 보여 주듯이, 그의 이상적 여주인공은 '인덕의 모상'으로서의 열녀형이다. 그의 수작(秀作) 「배따라기」(1921)까지도, 그 발단이 근친 상간적 모티프로 시작되었으면서도 여주인공이 죽음으로써 그 결백이 드러나도록 종말 처리를 한 것은 이 같은 심리적 계기에서 빚어진 결과다.

또 김동인이 「창조」의 예술주의적 위치를 자찬하면서 고백하였듯이, 부호의 자제였던 그는 궁핍화와 압정의 극한에 몰리고 있던 일제 강점기 한국과 굶주린 이웃의 비참은 절감하지 못하고 개인주의, 예술주의의 극단으로 치닫게 되었고, 따라서 당시의 현실 문제에 대하여 심각한 논쟁을 불러일으킨 계급주의 문학을 심정적 수준에서 야유, 적대시하였다.

그리고 숭실 중학교 성경 고사 시간을 끝으로 하여 표면상 기독교와의 결별을 선언한 김동인이 그의 잠재 의식 속에서는 기독교 강박 관념을 떨칠 수 없었음이 그의 작품 여러 곳에서 드러난다. 리얼리즘을 실험한 것으로 볼 수 있는 「약한 자의 슬픔」의 종말 부분을 요한복음 인용으로 채운 것을 비롯하여, 「명문」과 「이 잔을」에서 기독교를 부인하려 했던 그가 「신앙으로」에서는 기독교 신앙에로 회귀하는 주인공을 그린 것은 김동인이 그의 청소년기의 심정에 각인된 기독교 의식으로부터 종내 탈출하지 못하였음을 입증한다.

끝으로, 인간 긍정과 민족주의 정신으로 쓰인 작품 「붉은 산」이 1932년에 발표되는데, 이것은 1922년에 발표된 「태형」에서 애국자들을 한갓 환경 결정론적 동물로 묘사했던 사정과는 놀랍도록 대척적인 자리에 놓이는 일대 사건이다.

이상에서 요약한 바와 같이, 금동 김동인은 춘원 이광수에 도전하여, 자연주의적 사실주의 문학의 개척에 공헌했다. 그러나 춘원 타도욕, 기독교 강박 관념에 급급했던 김동인은 그의 작품의 결구를 극단으로까지 몰고 가는 경향을 빚었다. 그리고 「약한 자의 슬픔」, 「태형」, 「발가락이 닮았다」 등 자연주의적인 작품의 종말에 짙은 휴머니티의 여운을 깔고 있는 그가 춘원류의 이상주의, 인도주의와 치열한 싸움을 벌이면서도 그것을 완전히 극복하지 못하고 있음을 보여 준다.

이런 사정은 한 작가의 정신 체계를 결정하는 요인은 ① 민족적 유증 ② 시대 상황 ③ 개인의 기질 등이라는 필자의 관견(管見)에 의해 다소 이해될 수 있을 것이다.

김동인의 이와 같은 정신적 이중률은 그의 작품에 있어 일관성 있는 성격 창조는 물론 일정한 사조적 특성을 고수할 수 없게 만든다. 그의 작품을 자연주의적 사실주의, 낭만적 사실주의, 유미주의, 민족주의 등 다양한 에피세트로써 수식하는 것도 여기서 연유한다고 볼 수 있다.

그리고 이것은 1927년을 전후한 파산과 가정 파탄, 1930년의 재혼을 계기로 하여 김동인의 인생관과 창작 의식이 큰 변화를 겪게 된다는 사실과 함께 주시해야 할 부분이다. 다시 말하면, 1920년대의 귀동이요 낭인으로서의 생활을 청산하고 생활인으로 정착하게 된 김동인이 1930년대에 들어 인간 긍정의 정신과 민족주의의 현실 감각을 수요하게 되면서 종래의 자연주의적 인간관이 동요를 일으킨다.

김동인은 그의 인간관을 지배하는 저 같은 이중률을 지양 극복해야 하였음에도, 불면증을 비롯한 많은 질고, 식민지 말의 민족적 비분, 해방 공간의 혼란과 분열, 동족 학살 등 일련의 충격으로, 그의 문학을 미완의 과제로 남긴 채 1951년 전란의 와중에서 비참한 종언을 고한다.

한국 현대 문학 사상의 거인 김동인 문학이 남긴 미완성의 과제는 춘원 이광수의 경우와 더불어 한국 문학 자체가 짐진 미완성의 과제에 맥을 잇는 것으로 보아야 할 것이다.

(≪국어교육≫, 46 · 47 합병호. 1983.12)

나라 찾기 논리의 모순과 기다림의 미학

— 김동환의 시세계

1. 파인(巴人) 문학의 실마리

지금까지 밝혀진 바 파인(巴人) 김동환(金東煥)의 처녀작은 1920년 10월 ≪학생계(學生界)≫지 현상 공모란에 1등으로 뽑혀 실린 시 「이성규(異性叫)의 미(美)」다. 3연 54줄로 된 이 시의 어조와 호흡은 도도하고 길다. 이 같은 어조와 호흡은 뒤에 발표된 「국경(國境)의 밤」에 까지 계승된다. 이 시가 나온 1920년 10월은 3·1만세의 격분과 핏기운이 가시기 전이고, 종합지 ≪개벽≫이 5호째 발간된 때이며, 낭만주의 문예지 ≪장미촌≫과 ≪백조≫보다 앞선 시기다. 파인이 중동 학교 학생 때 쓴 이 작품에는 요한의 "아아, 날이 저문다."와 같은 신파조의 톤과 격정이 사라졌고, '건설과 파괴', '개선 장군 입성식', '인류 제도 개창(改創)' 등 혁명적이고 반서정적인 어휘가 구사된다. 소재도 대중 앞에 나서서 여성 해방을 외치는 여학생의 모습에서 취했다. 계몽적·선도적 화자 때문에 주제가 압도적으로 강조된 시다. 예술적 형상화에는 실패했으나, 심사를 한 김억이 평하였듯이 그 시대의 병적 낭만성을 탈각하여 '심각하고 웅혼한 맛'을 주며, 남성적이고 진취적인 어조는 혁명적인 자세를 드러낸다. 뒤에 파인이 경향 문학, '나라 찾기'의 문학을 주장하는 단서가 될 만한 작품이다.

파인이 본격적인 문학 활동을 하기는 1924년 5월 ≪금성(金星)≫지에 양주동 추천으로 「적성(赤星)을 손까락질하며」를 발표하면서부터다. 이 작품은 처녀작 「이성규의 미」에서 보인 약점을 극복하고 시적 형상화에 비교적 성공했고, 북국의 겨울 서정이 무르익어 있으며, 시 형태와 기법의 면에서도 안정성을 구축했다. 6연 21줄로 된 이 시의 배열은 3·3·4·4·4·3줄씩으로 연 구분이 되었고, 4음보의 율격을 밟되 정서 표출의 정도에 따라 음수율의 증폭을 보인다. 민요의 율격을 기반으로 하여 자유시형을 추구한 노력의 자취가 역연하다. 시의 발상과 분위기와 배경이 잇달아 발표될 문제작 「국경의 밤」에 그대로 접맥되며, 파인 문학의 행로를 암시하는 실마리 구실을 한다.

> 북국(北國)에는 날마다 밤마다 눈이 오느니
> 회색(灰色) 하늘 속으로 눈이 퍼부슬 때마다
> 눈속에 파뭇기는 하연 북조선(北朝鮮)이 보이느니 (제1연)
>
> 백웅(白熊)이 울고 북랑성(北狼星)이 눈 깜빡일 때마다
> 제비가 가는 곳 그립어하는 우리네는 서로 부둥켜안고 적성(赤星)을
> 손까락질하며 빙원(氷原) 벌판에서 춤추느니 ──(제4연)

이 시는 ① 눈이 오는 북국의 배경과 분위기, ② 땅(빙원)과 사람들(우리네)과 하늘, ③ 소망의 표적으로서의 별(적성), ④ 동경의 영지로서의 남쪽 나라(제비가 가는 곳)의 4가지 상관물과, ⑤ 물과 불, 어둠과 빛, 땅과 하늘, 북쪽과 남쪽의 대립적 이미지를 제시하고 있어 파인이 계속 펼쳐 보일 시세계의 중요한 단서가 되며, 여기서는 생략된 제5연 둘째 줄의 "강녁에는 밀

수입 마차의 지나는 소리 들리느니."와 같은 시행에서는 현실 지향적 감수
성 촉발의 가능성이 엿보인다.

파인 시의 이런 특징은 북도를 배경으로 하여 생장한 그의 유소년기 체험
에서 연유하는 것으로 생각된다. 이 점은 그의 여러 전기적 사실과 1942년
5월에 낸 방대한 자선시집(自選詩集) 『해당화』 말미에서 찾아볼 수 있다.

2. 유년기 체험과 북국 정서

1) 파인의 문학적 생애

파인 김동환의 생애를 조명하는 과정에서 우리는 심각한 모순과 따갑게
마주친다. ① 경향파 애국 시인, ② 민요파 민중 시인, ③ 군국주의 찬양의
친일파 시인, ④ 자유주의 애국 시인의 행로가 연대기적으로 추적되기 때문
이다. 까닭에 『한국낭만주의시연구』라는 무게 있는 저서에서 오세영은 파인
을 시류에 편승한 체제론자로 규정짓는다.

파인의 드러난 모습이 역사적 순응주의자임은 그의 여러 평론과 연설문,
시작품이 입증한다. 그러나 이 글은 겉사람으로서의 파인의 면모와 함께 그
의 의식 세계가 내포한 체험적 원형과 정신사의 궤적을 탐색함으로써 속사
람의 실상을 밝히기 위하여 씌어진다.

파인의 문학적 생애는 4기로 나뉜다. 제1기는 처녀작이 발표된 1920년부
터 경향 문학을 주장하며 3편의 장시(長詩)를 쓴 1927년까지고, 민중 문학론
을 내걸고 민요시에 경도되며 『3인시가집』을 낸 1929년까지를 제2기, 총독
부 출입 《조선일보》 일급 기자로서 거금 300원(부인 최정희 여사의 최근
증언)을 희사받아 월간 종합지 《삼천리(三千里)》를 발간한 1929년 무렵 이

후 군국주의 찬양 친일시와 민요시를 아울러 쓴 1945년 을유 해방까지를 제 3기, 그후 1950년 6·25 전쟁 중인 7월 23일 납북되기까지의 애국 문학 시절을 제4기로 보는 것이다.

제1기의 파인은 중동 중학을 거쳐 일본 동양 대학 영문과에 유학하며 1923년 관동 대지진 시 조선인 피학살의 시체 더미 속에서 2,3일간 실신하여 있다가 회생한 참담한 체험을 한 후 대학을 중퇴하고 귀국, 본격적인 문단 생활을 한다. ≪북선일일보(北鮮日日報)≫(1924)·≪동아일보≫(1925)·≪조선일보≫(1927) 기자를 하며 민족 현실의 비참상을 고발하고 일련의 애국주의적 「경향 문학론」을 발표한 것도 제1기의 일이다. 제3기에 들어서 일제의 프로 문학파 탄압이 격화하여 KAPF파의 제1차 검거(1931), 제2차 검거(1934), 해체(1935) 등 위압이 가속화하는 가운데 ≪삼천리≫의 경영난과 가족의 극한적 빈곤, 총독부의 원고 검열과 교활한 회유 책동에 휘말려 제1기에 보인 파인의 나라 찾기식 민족주의는 무력해지고 만다. 애국 지사의 옥중 수기까지 실은 명논설집 『평화와 자유』를 펴낸 1932년 2월 무렵까지 파인은 지조를 지키고 버틴 듯하나, 이 책이 베스트 셀러 제5판(1935.5.25)으로서 금서 조치를 당하면서 적극적 친일 인사로 변신, 1938년 이후에는 노골적으로 황국 신민화를 부추기는 수 편의 논설문과 군국주의 찬양의 시편들을 발표한다. 시집 『해당화』에는 이 같은 친일시가 13편이나 실려 있을 정도로 과잉 친일의 제스처를 보이는 비극을 파인은 연출한다. 파인 자신의 글까지 실어 펴낸 『애국대연설집』(1940)은 민족의 선도자야 할 많은 인사들의 친일 연설문을 싣고 있다. 제4기인 광복 후에는 '반민 특위'에서 공민권 박탈을 당하는 등 아픔을 겪었으며, 자유주의적 애국시를 썼다. 납북 직후에는 공산당에 협조하지 않아 인쇄소 문선공 겸 잡역부로 일했다는 소식을 1962년 3월 ≪동아일보≫에 연재된 「죽음의 세월」이 전한다.

2) 북국 정서

파인 문학의 결정소(決定素)는 가족과의 아픈 결별, 관동 대진재, 셋방을 쫓겨나 덕소의 폐가에서 7년간이나 살아야 했던 극심한 생활고, 일제의 탄압과 ≪삼천리≫의 경영난 등 파란에 찬 그의 생활 체험일 것이다. 그러나 파인 문학의 정신사를 줄기차게 지배한 원체험의 밭은 유소년기의 북국이라 하겠다. 그의 시집 『해당화』 말미에는 파인이 유소년 시절 북국 정서에 깊이 침잠하였던 체험을 술회한 대목이 보인다. '퍼붓는 함박눈 속에 또로 이까를 기운차게 모라 십리고 이십리고 방랑'의 여정을 헤치던 일이며, '두만강까 더디게 녹는 눈밭 속으로 철쭉꽃이 반조고레 피기 시작하는 봄철'에 듣던 나무꾼들의 민요 가락과 서북 지방 특유의 '애원성(哀怨聲)'이 담긴 향토 민요 '수심가(愁心歌)'에 마음 설레며 '산으로 구름 우로 허굽스레 방랑'하였던 시절을 파인은 회고한다.

이것은 파인이 전통 정서의 텃밭에서 자란 한국인이요, 낭만주의자일 수밖에 없으리라는 예감을 환기하는 대목들이다.

3. 국경의 밤, 혹한과 어둠의 이미지

파인 스스로 서사시로 갈래지은 작품에는 셋이 있다. 「국경의 밤」·「우리 4남매」·「승천하는 청춘」이 그것이며, 모두 제1기에 발표되었다. 「국경의 밤」의 발단을 보자.

> '아하, 무사히 건넛슬가/이 한밤에 남편은/두만강을 탈없이 건넛슬가/ 저리 국경 강안(江岸)을 경비하는/외투 쓴 거문 순사가/왔다 —갔다 —/ 오르명 내리명 분주히 하는대/발각도 안 되고 무사히 건넛슬가?'/소곰실

이 밀수출 마차를 띄워노코/밤새 가며 속태이는 젊은 아낙네/물레 젓든 손도 맥이 풀녀저/파! 하고 붓는 어유(魚油) 등잔만 바라본다./북국의 겨울 밤은 차차 깁퍼 가는대.

　이 작품의 창작 모티브는 파인의 유년기에 겪은 가족과의 아픈 헤어짐에 북도인 공유의 집단 무의식이라 할 주변인적 생존욕이 가세한 심리적 상황에서 찾아질 것이다.

　파인은 1901년 함북 경성군(鏡城郡) 오촌면(悟村面) 수송동(壽松洞) 89번지에서 강릉 김씨인 김석구(金錫龜)의 6남매 중 3남으로 태어났다. 개화한 아버지는 러시아로 장사 나갔다가 볼셰비키 혁명으로 돌아오지 못했다. 매형 이운혁(李雲赫)과 동생 동석(東錫)은 독립 운동가였으나 동생은 행방불명되었으며, 아버지를 따라나가 만주로 방랑하던 맏형도 불귀의 객이 되고 말았다. 이런 형편에 그가 중학과 대학을 다닌 것은 고학을 한 덕분이었다.

　「국경의 밤」은 국경 지대의 혹한과 어둠, 불안과 공포의 분위기 표출은 물론 생존을 위해 금지된 도강을 해야 하는 '쫓기는 자'의 처지를 비교적 실감 있게 보여 준다. C. 브룩스 등이 『시의 이해』 제4판에서 말한 극적 상황(dramatic situation)의 제시에 성공한 셈이다.

　함경도민은 일찍이 여진족과의 빈번한 분쟁에 시달렸고, 조선 왕조 때는 줄곧 벼슬에 중용되지 못하였으며, 물자가 모자라 러시아로 품팔이 가는 사람이 많을 정도로 척박한 영토의 사람들이다. '대일(對日)민족 저항기'('식민지 시대'의 개칭)에는 일제가 '조선 제일의 사상 악화 지대'로 지목한 곳이 함경도이기도 하다. 「국경의 밤」에는 이런 사회사적 배경이 잠복해 있다.

　　마즈막 가는 병자(病者)의 부르지즘 가튼/애처러운 바람 소리에 싸이어/어대서 '땅' 하는 소리 밤하늘을 쌘다./뒤대여 요란한 발자취 소리에/백성들은 또 무슨 변(變)이 낫다고 실색하야 숨죽일 때,/이 처녀(妻女)만

은 강도 채 못 건넌 채 어더맛는 사내일라고/문비탈을 쓰러안고/흑흑 늣
겨 가며 운다— 겨울에도 한삼동(三冬), 별빛에 따라/고기잡이 어름짱 끈
는 소리언만.

— 제1부 제3장

이 부분은 굶주림을 이기고 생존하기 위해, 또는 나라를 찾으려는 이들이
생명을 걸고 넘나들던 국경 지대의 절박한 상황을 상징적으로 제시한다. 혹
한과 칠흑 같은 어둠의 이미지는 당시 우리 민족이 처한 시대 상황을, '땅'
하는 소리는 민족의 생존을 위협하는 탄압상을, 명멸하는 별빛은 소망의 불
씨를 표상하는 이미지를 상징하는 것으로 볼 수 있다.

4. 낭만적 서술시 또는 서사시

「국경의 밤」의 문제점은 플롯과 인물 설정에 있다. 작품의 발단부에서는
밀수출 마찻군 병남이 남주인공으로 등장하는 듯하다. 이것이 서사시가 되
고 이즈음 파인이 주장한 '애국 문학론'에 부합하려면 주요 인물의 불안한
밀수출이 이른바 '나라 찾기'나 '계급 해방 투쟁'의 방법이어야 할 것이고,
그것을 적극적으로 표현하지 못할 사정이라면 그런 행위가 암시되어 있어
야 한다. 병남의 죽음은 절정 부분에 배치되는 것이 옳고, 새로 등장한 '수
상한 청년'의 애정 행각은 병남 부부가 추구해야 할 '나라 찾기'의 적대자로
서 집요한 갈등의 요소로 설정되거나 아니면 동조자로 활약하는 것과 관련
되어야 마땅하다. 이 무렵에 발표한 파인의 '애국(계급) 문학론'을 아는 독자
라면, '굴쭉이 노동자의 육반(肉盤) 우에 서고/호사(毫奢)가 잉여 가치의 종노
릇하는' 도회의 부조리와 부패상을 느닷없이 고발하는 낯선 청년의 소리에
당혹감을 감추지 못할 것이다. 그 같은 장식적인 어구 몇 마디를 삽입한다

고 하여 '계급 해방'을 위한 '애국 문학'으로의 구조적 변혁은 일어나지 않는다. 더욱이 이 작품이 도회를 죄악의 소굴로, 생존이 위기에 처한 국경 지방을 '조선의 가슴'으로 보는 것도 문제점으로 지적된다. 이 청년이 '나라 찾기'를 위해 자기 희생을 각오한 흔적이 없는 한, 관념적 도식성의 소산이요 낭만적 허위에 지나지 않는다.

「국경의 밤」은 정통 서사시라기보다, 오세영이 분석적으로 해명했듯이 장편 서술시(narrative poem) 쪽에 가깝다. '재가승(在家僧)'으로 불리는 여진족의 후예가 낳은 한 여인과 조선인 청년간의 비극적인 사랑을 그린 낭만적 서술시(敍述詩)가 「국경의 밤」이라 할 수 있다. 김재홍이 주장하는 '현대 서사시'론에 대한 논의는 민족적 변종 장르론과 함께 물론 계속되어야 할 것이다.

5. 사회적 자아와 시적 자아의 괴리

파인이 「국경의 밤」(한성도서, 1925.3)·「우리 4남매」(≪조선문단≫), 1925.11)·「승천(昇天)하는 청춘(靑春)」(신문학사, 1925.11)을 쓴 동기는 민족의 현실에 대한 역사적 인식과 삶의 비전을 보여주려는 데 있었을 것이다. 그 실증이 되는 자료로는 파인과의 대담 기록 「문사 방문기」(≪조선문단≫, 1924.3)와 파인 자신의 평론 「문학 혁명의 기운」(≪동아일보≫, 1924.9.15, 10.20)·「애국 문학에 대하야」(1927.5.12~5.20) 등이 있다.

「문사 방문기」에서 파인은 경향 문학에 동조한다. ① 당시 문학의 목적은 '나라 찾기'와 '무산 계급 해방'의 둘인데 급선무는 계급 해방이어야 하며, ② 투쟁욕에 불타는 민중을 위하여 전투적이고 선이 굵은 군가풍의 시가를 써야 한다고 파인은 역설한다. 「문학 혁명의 기운」에서도 파인은 진정한 문학은 인류애의 전망, 범세계 혼의 찬미에 앞서 민족과 계급으로부터 출발해야 한다고 주장한다. 사회주의 이데올로기에 대한 파인의 인식 수준은 소박하기 짝이 없지만, 이 글에서 파인이 보인 현실 인식의 태도는 성실하다. '일본 금융 자본의 폭위' 아래 한국인의 토지는 일본인의 소유가 되고, 이 나라 '지주는 소작인이 되고, 민중은 노동자가 되고', 아사를 면하려고 온갖 모욕과 학대를 참으면서 '임금 노예'가 되어 가는 참상을 파인은 폭로한다.

파인의 문학관은 계급 해방의 문학·애국 문학·나라 찾기의 문학이 된다는 인식선상에 있다. 그럼에도 제1~2기에 쓴 그의 시는 이 같은 문학관을 극히 소극적, 단편적으로 반영하고 있다. 세 편의 장시와 「도라온 자식」·「역천자(逆天者)의 노래」·「파업(罷業)」·「조월남선생(吊月南先生)」·「거지의 꿈」 등이 그 예다.

파인의 문학관은 그의 시세계와 만나지 못하였다. 사회적 자아와 시적 자아의 분리, 그 비극을 드러낸 본보기가 된 시인이 장시 「국경의 밤」을 3일 만에 써버린 이즈음의 파인이다.

6. 관념적인 죽음과 승천에의 환상

파인의 문학관과 문학의 불일치 현상은 「우리 4남매」·「승천하는 청춘」에서도 드러난다.

「우리 4남매」는 어느 독립 운동가의 좌절과 죽음 및 남은 4남매의 행로를 관념적으로 서술한 작품이다. 등장 인물들의 처절한 삶의 과정을 구체적으로 제시하는 것이 아니라, 국외자·방관자의 입장에서 진술하고 있다. 「승천하는 청춘」에는 관동 대진재 당시 한국인 수용소를 무대로 하여 시작된다. 파인의 체험을 토대로 하여 쓰인 작품인 것으로 짐작되는 장편 서술시다. 이 작품에서도 파인은 청년 남녀의 비극적인 사랑을 그린다. 주인공인 청년이 비밀 결사단원이요, 사상범이라는 점이 비극적 장애 요인인 동시에 민족주의적 복선이 된다는 점에서 이 작품은 의미가 있다. 그럼에도 주인공 남녀가 환상적인 죽음을 하도록 결말 지은 이 작품의 통일된 의미는 '승천' 이 아닌 낭만적 환상이요, 현실 도피주의임을 면하지 못한다.

7. 산너머 남촌, 기다림의 미학

장편 서술시 3편에서의 관념적, 환상적인 죽음과 함께 '애국 문학으로서의 경향 문학'의 투쟁적 저항의 논리를 매장한 파인은 '신시는 기교화하고, 시조는 너무 고아화(高雅化)하고, 한시는 난삽을 극하고 잇슬 째에 미덥즉한 것은 오즉 야생적 그대로의 표현과 내용을 가진 민요뿐이다.'(≪조선지광≫), 1927.6)고 하면서 민중 문학의 실천 방법으로 민요시를 쓴다. 이때(제2기)에 인구에 회자되는 민요시 「우슨 죄」(≪조선문단≫, 1927.1) · 「봄이 오면」(≪조선일보≫, 1928.1.10) · 「자장가」(≪조선일보≫, 1928.1.29) 등이 ≪3인 시가집≫ (1929)에 실린다. 파인의 곁사람이 친일의 시를 쓴 제3기에도 그의 정신사의 기층은 제2기의 민요시의 율격과 정서를 계승한다. 1960년대에 가요로 작곡되어 민족의 가슴을 울리기까지 한 「산 너머 남촌에는」(≪삼천리≫, 1935.3) 을 발표하면서 파인은 기다림의 미학에 침잠한다. '산 너머 남촌에는/누가 살길래/해마다 봄바람이/남으로 오네.' 이 작품은 유년 시절 다사로움이 그립던 북극의 봄날, 그 향수(鄕愁) 어린 그리움에서 연유하며, 파인의 원형적 (原型的) 회귀 의식(回歸意識)을 표상한다.

이 같은 민요시와 「천지의 기쁨에」 등 '긍정적 낙관주의'의 시를 쓰면서 군국주의를 찬양하는 제3기의 파인 문학은 심각한 자아 분열 현상을 보인다. 이 점이 그를 시류에 영합하는 처세가로 규정하도록 만든다.

이 무렵 파인은 총독부의 검열과 ≪삼천리≫와 ≪삼천리문학≫의 경영난과 극심한 생활고에 휘몰렸음은 앞에서 말한 바와 같다. 마침내, 맵찬 북방인답지 않게 파인은 손기정 선수의 우승에 감격하여 바닷가에 가서 통곡하는 회한(悔恨)과 감상(感傷)에 젖는 한국인이 된다. 파인의 겉사람은 황도 문학과 '긍정적 낙관주의'의 시를 쓰며 수심가를 중얼거린다. 파인의 속사람은 오히려 '외로운 심정을 가리기 위해서(『해당화』, 「끝헤」) 긍정을 과장하며 기다림의 노래를 쓴 것이다.

파인은 단재나 육사·상화·만해일 수가 없었다. 윤동주일 수 없을 바에야 차라리 파인은 소월이어야 했다. 그는 역사를 아(我)와 비아(非我)의 투쟁으로 본 단재와는 먼 거리에 있었다. 파인은 투쟁론자가 아닌 순환론자요, 기다림의 시인이었다. 파인은 민요 시인이며 낭만주의자였다. 그가 광복 후 '반민 특위'에 자수하면서 "사람에게는 부끄러움이 있더라도 하늘에는 부끄러움이 없어야 한다."고 한 말은 이런 뜻에서 진실일 것이다.

이러한 파인의 체질이야말로 '겨울'과 '봄', '현실'과 '낭만'의 모순을 지양(止揚) 못 하고 겉사람과 속사람의 분열을 일으킨 연유가 된다.

파인이 납북된 후 북한의 사회주의에 타협하지 못하고 인쇄소의 문선공이 될 수밖에 없었다는 소식은 이런 까닭에 이상할 것이 없다.

(≪문학사상≫, 1987.3)

정목일의 수필 또는 수필 쓰기의 한 전범

― 수필집 『가을 금관』을 읽고

1

축자적으로만 보면, 수필은 자유의 무한 지평에 놓여 있다. 형식과 기교, 플롯 등의 요식으로 하여 고심할 것 없이 '붓 가는 대로 쓴 글'이 수필이다. 그러나 문제는 수필이란 이름으로 쓴 수다한 글 가운데 수필다운 수필이 흔치 않다는 데 있다. '무형식의 형식', '무기교의 기교'라는 역설적 예술의 경지에 도달하기까지 수필은 숱한 시행 착오와 인고·숙성의 과정을 거쳐야 하기 때문이다.

수필은 화자와 작가의 분열을 허용치 않으므로, 수필 쓰기란 작가로서는 일대 모험이다. 수필은 작가가 화자의 속내에 자기 은폐를 기도할 수 있는 여느 장르의 글과는 다르다.

그러기에 수필의 어조는 화자 지향적이다. 수필이 독자 지향의 강한 어조를 띨 때, 그것은 이미 수필이기를 포기한 채 선전 구호나 웅변 또는 논설이기를 자초하고 만다. 수필은 고백의 문학이므로 존재 탐구의 행로를 고수한다. 수필의 논리학적 층위는 사실 명제의 권역에 놓이며, 가치 명제·정책 명제를 표방하는 곳에서 문학 작품으로서의 수필다운 존재적 속성은 소실된다. 까닭에 수필의 윤리적·정치적 자아는 수필의 자기 정체성을 수호하기 위해 그의 목소리를 숨긴다. 우수한 수필가는 그의 문예적 담론이 확연 판단, 필연 판단이기를 극히 삼간다. 수필은 직관·사색·명상의 소산이다.

이 같은 장르론적 속성만 보아도, 수필이 '붓가는 대로 마구 쓴 글'이라는 진술은 자칫 어불성설이라 할 수 있다. '수필'이란 장르명으로 발표된 글 가운데 수필다운 수필이 희소한 것은 수필의 '축자적 의미'를 오해한 필자들의 무모한 글쓰기 행태가 빚은 불상사라 할 것이다.

정목일(鄭木日)의 수필은 한국 현대 수필의 한 전범(典範)이다. 그의 수필은 위에서 논의된 수필의 여러 요건을 갖춘 일품(逸品)임이 어렵지 않게 감지된다.

2

정목일의 수필은 문맥이 순탄하여 읽기에 편안하다. 그 비법은 그의 보편적 문체에 있다. 그의 수필은 우선 문장의 길이가 매우 낮은 평균 차착률(差錯率)을 보인다. 그의 창조적 직관과 상상력의 근원이 매우 안정되어 있는 까닭이다. 김진섭의 과장된 문체와 이상의 경악할 문장 차착률과는 달리, 정목일 수필의 문체는 안온하다.

정목일은 섣부른 미문(美文)에 집착하지 않는다. 수식어와 비유법 쓰기를 피한다. 형용사나 과장법이 실체의 표백과 얼마나 먼 거리에 있는가를 그는 일찍이 터득한 바 있다. 불가(佛家)에서 말하는 '기어(綺語)의 죄'를 깨친 재도(載道)의 천분(天分)이 놀랍다. 그는 내허외화(內虛外華)의 설익은 수사를 애써 삼간다.

그의 어휘에는 내포와 외연의 과도한 긴장을 풀면서 함축과 연상의 에너지를 발휘하는 매력이 있다. 이는 그가 단어의 선택과 배열에 어느 정도 심혈을 기울이는가를 보여 주는 바 창작의 귀감이다.

> 황금빛 나뭇가지에 심엽형(心葉型) 영락(瓔珞)이 달려 별빛처럼 눈부시다. 황금빛 가지는 푸른 하늘을 향해 뻗어 있고, 그 가지 끝에 심엽형 영락이 달려 영원의 노래를 뿌려주고 있다.
>
> ―「가을 금관」

정황에 어울리게 필요한 말만 골라 쓰는 단어 선택의 적확성(的確性)·경제성이 돋보이는 글이다. 그는 절제의 미학 구축에 성공했다.

그의 글은 쓰는 이 위주가 아닌 읽는 이 위주로 씌었기에 잘 읽힌다. 추상적 진술에 구체적·체험적 진술이 결합되어 글을 완결 짓는다. 교향악의 그것처럼 그의 글은 반복과 변형, 균형과 대조의 미적 구조를 자연스럽게 도입했고, 글을 추보적(追補的)으로 전개하여 이미 읽은 것과 새로 읽은 것의 내용이 연접·종합되면서 읽는 이가 문맥을 쉬이 짚어 읽어 갈 수 있게 하였다.

그의 화자인 자아는 진실하다. 개인사(個人史)의 비밀스러운 국면까지 진솔하게 고백한 그의 수필은 '진정성'을 확보하기에 족하다. 극한적 궁핍과 좌절, 아내의 출생의 비밀까지 표백된 그의 수필에는 체험적 진실이 배어 있다.

정목일 수필의 다른 한 장점은 화자를 지향하는 명상의 어조에 있다.

> 찬탄과 경이의 선(線)들이 아니라, 백두 대간에서 뻗어 내린 웅대한 기상을 지녔으면서도 한없이 부드럽고 편안해지는 온유의 선들은 영원 속에서 얻은 마음의 미소가 아닐까.
>
> ―「능선의 미」

이 "마음의 미소가 아닐까."의 종결법은 독자를 배려한 화자 지향의 어조와 그 겸양의 증거다.

> 집에 돌아온 어머니는 쌀자루를 손에 쥔 채 아들을 부둥켜안고 설움
> 이 북받쳐 오랫동안 울었다.
> '이 다음에 반드시 이 쌀을 가난한 사람에게 되돌려 주리라.'(중략)
> 어머니를 생각하면서 나는 노인 무료 급식소에 매월 쌀 두 되를 보내고
> 있다.
>
> —「쌀 두 되」

정목일의 윤리적 자아는 목소리를 낮춘다. 그것이 프로파간다의 목청 높은
구호보다도 더 읽는 이의 폐부를 찌르며 감동의 밀물로 다가온다. 사회 윤
리가 눈부시지 않게 함축된 글이다.

> 악대를 앞세우고 많은 신하를 거느린 황제의 모습이 아닌, 순결하고
> 다정한 눈빛을 지닌 성자의 모습이었다. 그들의 표정엔 아주 범속을 떠난
> 것 같은 신령스러움이 맑게, 은은히 넘쳐 흘렀다. 그들을 말없이 바라보
> 던 백성들의 마음도 어느새 신비롭게 까닭 모를 맑은 감동에 젖어듦을
> 느꼈다. 여태까지 여타의 힘으로부터 구속되고 속박받기를 거절하여, 처
> 절한 저항을 보여 왔던 무리들도 오히려 은근히 지배를 당하고 싶어 알
> 몸을 드러내어 놓고 있었다. 그 위에 정복자들은 마치 꽃송이처럼 거룩하
> 게 내려, 이유없이 온누리를 덮어 버렸다. 고요한 혁명이었다.
>
> —「함박눈」

그의 윤리적·정치적 자아는 심미적 자아와 융화되어 낮은 어조로 감동
어린 에피그램을 아로새기고 있다. 참여와 순수, 모더니즘과 리얼리즘의 대
립, 갈등과 변증법적 파란이 숨죽이는 기적의 담론이다.

정목일의 수필은 질박하면서도 단아한 기품이 있다. 그만큼 계층적 포용
력을 발휘한다. 그 자신은 그의 수필이 '장미 같은 고려 청자'나 '난(蘭) 같

은 조선 백자'가 아닌 '풀꽃 같은 신라 토기'이기를 바란다. 그의 소망은 그의 수필 도처에 아로새기어 있다. 그러나 그의 수필은 청자·백자의 우아미(優雅美)와 결별하지 못하며, 그것이 그의 수필을 발군의 경지에로 끌어올린다. 소박하고 해맑은 순일(純一)의 야생 '호박꽃'을 찬미하면서도, '백자'와 '홍매(紅梅)'의 절묘한 만남을 기려 마지않는 것이 정목일의 수필이다. 그는 '분리'가 아닌 '포용'과 '만남'의 미학을 지향한다.

질박·단아·정결한 정목일의 수필은 뜨거운 치열성을 내포한다. 「촛불」, 「문둥 북춤」 등에서 체험되는 치열성은 전율을 불러온다.

> 나의 뼈와 살로 순백의 초를 만들어 제단 위에 바칠 테니, 내 영혼은 빛이 되어 넘치게 하십시오. 내 살과 뼈가 불에 타는 아픔은 차라리 황홀한 기쁨으로 맞을지니, 오래도록 불의 생명을 잃지 않게 하십시오.
>
> ─「촛불」

그는 수필 「촛불」에서 '시간'과 '영원'의 문제로 몸부림치는 실존 영역에 깊이 몰입하여 있다. '순교'의 염원에 잠기며 우주적 자아에로 확산되는 고요한 존재론적 절규가 사무쳐 들리는 촛불의 아이덴티티, 그것은 수필가 정목일의 아이덴티티이기도 하다.

> 문둥북춤은 슬픔의 춤이며, 한의 춤이다. 그래서 손과 발이 떨리고 팔과 다리가 떨리고 온몸이 떨리는 춤이다. 오그라붙은 손을 허공에 휘저으며 몸서리치는 모습은 처절하기조차 하다. 팔을 들어 공중으로 치켜올리며 부르르 떠는 것은 하늘을 향해 한탄하며 뼈에 사무친 신음을 토해 내는 모습이다.
>
> ─「문둥 북춤」

정목일은 소외당한 천형(天刑)의 나환자, 그의 통고 체험에 동참한다. 그리고 이 통고의 예술을 승화시키는 절제와 창조의 역량을 과시한다. 그는 문

등 북춤이야말로 가장 슬프면서도 신명나는 춤이며, 추를 미로, 슬픔을 환희로 승화시킨 춤임을 읽어낼 줄 안다. 안이한 신변 잡기의 차원에 주저않고 마는 여타의 수다한 글과는 달리, 정목일의 수필이 격조를 유지하며 장안의 지가를 올리는 것은 인간 실존에 대한 애정어린 통찰력과 그 의미론적 치열성 때문이다. 그의 수필은 쉽게 써지기를 그래서 허용치 않을 것이다.

정목일의 수필은 한국의 전통미를 창조적으로 복원하는 데 선편을 잡는다. 정진권의 토속미를 계승·포괄하면서 신라의 품격, 금관의 우주적 미학과 능선·차향(茶香)·풍경소리·대금 산조에 이르기까지 고급 문화와 선(禪)의 적멸경(寂滅境)까지 엿보기에 이른다.

그의 수필은 필경 시간과의 길항을 이기고 영원의 실마리를 더위잡고 있다. 삶과 죽음의 문제에 집요한 관심을 보이는 것은 종교적 실존으로서의 자아가 그의 내면에서 소리치고 있는 증좌다. 소년 시절에 겪은 부친과의 사별(死別)은 그의 개인사를 지배하는 죽음 체험의 지배적 목록이다. 그가 진리 문제에 직면했을 때, 줄곧 물음의 수사에 머무르고 마는 까닭이 여기에 있다.

그리고 정목일 수필을 당당하게 하는 것은 처음·중간·끝을 잇는 탄탄한 구조다. 용두사미 격의 안이한 뒤처리로 텐션을 잃고 마는 숱한 우리 서사문학·극문학 작품들의 결함을 씻는 정목일 수필의 끝맺음 기법은 탁월하다.

다만, 그의 수필이 노출하는 파토스, 그의 농도 짙은 '눈물'은 낭만적 아이러니의 위기를 직감게 한다. 그럼에도 에토스·로고스와 치열하게 대면하여 내면화한 여울에서 구제하고 있다. 우정·신의·사랑 등으로 명명되는 본질적 가치가 유린당하는 실용과 합리의 이 차가운 '죽은 사회'에서 한 오리 뜨거운 눈물자락이 한국인 정목일에게는 더 소중한 것인지도 모른다.

3

정목일의 수필이 한국 현대 수필의 전범일 수 있는 논거는 적지 않다. 그의 글은 수필의 본질에 직핍하여 있기 때문이다.

보편적 문체를 더욱 비범케 하는 것은 내허외화의 설익은 수사를 삼가는 그의 질박한 언어 구사력이다. 단어 선택의 적확성·경제성 또한 그의 질박한 글쓰기 원리와 무관하지 않다. 추상적 진술에 구체적·체험적 진술이 결합하여 담론을 완결짓고, 내용을 추보적으로 전개하여 읽는 이가 문맥을 쉬이 가닥잡게 한다. 시작·중간·끝의 순탄한 접속은 물론, 특히 결말짓기에 비범한 재능을 보인다.

기어(綺語)를 피하려는 재도(載道)의 천분은 그의 윤리적·정치적·종교적 자아로 하여금 심미적 자아와 융화되어 낮은 어조로 감동어린 에피그램을 아로새기도록 만든다. 토속적 전통미의 창조적 복원을 지향하는 그의 수필은 고아(古雅)한 고등 교양과 만나 그 내포와 외연을 동시에 확충시키고, 고급 문화와 선(禪)의 적멸경(寂威境)까지 엿본다.

정목일 수필에서 자주 만나는 '눈물'은 그의 개인사에서 분출한 진정성의 표현인 동시에 이 시대를 지배하는 실용적 교환 가치와 냉혹한 이성의 법칙에 맞선 고독한 파토스의 문명사적 응전의 시그널일 수 있다.

끝으로, 시간의 끝자락에서 영원의 실마리를 더위잡으려는 정목일의 종교적 실존에 기대를 건다. 아울러 실체론·택일론·순혈주의(純血主義)를 넘어, 관계론·병합론·혼혈주의(混血主義)를 요청받을 21세기 세계국가시대 문명사의 지평에서 정목일 수필은 어떠한 창조적 변용을 시도할 것인가, 이것이 평자의 관심거리다.

(≪에세이문학≫, 1999.봄)

제2부

다매체 시대의 문화와 문학

21세기 한국 문학의 전망과 과제

1

　수많은 변수(變數)가 명멸하는 문명사적 일대 변혁기에, 미래를 지레 짚어 무슨 단정적인 견해를 밝히기는 참으로 어렵다. 20세기의 인류 사회에 대한 여러 가지 큰 예측들 중에도 빗나간 것은 한둘이 아니었다. 특히 20세기에는 전쟁이 일어나지 않으리라고 하였던 카네기의 예견이야말로 얼토당토않은 것이었다. 20세기의 여명은 자욱한 화약 연기와 요란한 포성으로 막을 열었다. 노벨상 수상자 앨버트 마이켈슨과 막스 본은 물리학 법칙은 다 발견되었다 하였고, 1910년 뉴욕타임스 신문은 우주에서 로켓이 비행한다는 것은 불가능하다고 썼다. 레닌은 볼셰비키 혁명은 일어나지 않을 것이라 했으며, 1989년 7월까지만 해도 수개월 후에는 베를린 장벽이 무너지고 독일이 이내 통일되리라고 예견한 사람은 없었다.

　이제 21세기를 내다보며 문학의 변모된 양상을 예측하고 그에 대응할 문학적 방략을 마련하려는 시도 역시 위험하고 무모한 일일 수 있다. 그럼에도 이런 위험을 무릅쓴 '예측'과 '대비'는 문학사의 미래 지평을 밝히기 위하여 필요하다. 지금 우리에게는 '국민 실패(GNF, Gross National Failure)율'을 높이기를 무릅쓴 도전이 요청되기 때문이다.

2

다른 곳에서도 말하였듯이, 역사적으로 미래에 대한 예견은 대개 낙관론과 비관론으로 갈린다. 21세기 정보 슈퍼하이웨이 시대에는 빈곤·무지·미신·신분 차별·무력에 따른 영토 분쟁·인구·자원·환경·핵전쟁 등이 극복되리라는 것은 낙관론이다. 그러나 비관론자들의 견해는 이와 다르다. 기계적인 선택, 자기 결정력의 약화와 타자 지향적 단순화, 실존적 사고의 약화와 자기 정체성의 상실 등 정보화 사회의 여러 역기능은 우려치 않을 수 없는 재앙이라는 것이다.

전쟁이 소멸하리라던 순박한 예측은 9·11테러와 아프카니스탄 전쟁으로 이미 빗나갔고, 그 밖의 예측들도 불안정한 징후를 보이고 있다. 그러나 21세기형 인간에게는 정의적 대상(情意的 對象)에 대한 애착이나 증오·존경·무한·신비·초월에 대한 관심이 급격히 약화, 소실될 것이라는 예견은 점점 설득력을 얻어 가고 있다. 아닌게아니라, 인간에게 진실로 소중한 우정·신의·정의·양심·사랑과 같은 본질적 가치는 훼손되고, 기술적·전략적 기교가 인간 관계를 지배하는 역천적 문명사(逆天的 文明史)가 펼쳐지고 있다.

그에 앞서 우리가 사는 이른바 이 '지구촌'에 우주적 재앙은 이미 시작되었다. 아우슈비츠·히로시마의 대량 살육, 체르노빌의 원자로 폭발, 환경 공해의 상징인 런던 스모그 등이 21세기에는 청산되었노라고 할 논거가 분명치 않다. 실상 우주 이주 계획이 추진되고 있는 이 시점에서 문학은 무엇을 할 것인가에 생각이 미칠 때, 전율마저 감지되는 것이 오늘의 지구촌이다.

20세기 말의 지성인들은 창세 이래 인류의 거처였던 이 지구의 미래에 대하여 심히 비관적인 예측을 했다. 21세기 중반까지 인구가 폭발적으로 늘어나서 세계 인구의 70%가 굶어서 목숨을 잃고, 오존층이 50% 이상 파괴될 것이라고 했다.

우리는 오늘날 산업 문명이 빚는 환경 오염, 인구 증가, 부존 자원의 고갈, 식량 부족 등의 위협을 느끼며 살고 있다. 지금의 추세대로라면, 지구촌 인구는 30년 후에 100억, 50년 후에는 200억, 300년 후에는 1조가 될 것이다. 한국의 인구 밀도는 현재 세계 3위이고 1㎢당 1명이 되어 농경지, 도로, 집도 있을 수가 없게 된다. 석유는 30년이면 고갈되고, 현재 지구촌 65억 인구 가운데 매년 1,000만 명이 굶어서 목숨을 잃는다.

그래서 2025년부터, 지구의 4분의 1 크기에, 태양이 비치는 곳이 100℃, 그 반대편이 -100℃인 달을 개발하기 시작하여 지하 도시를 만들려는 계획이 서 있다. 거기 이주하여 인간이 살 수 있는 기한은 고작 350년이다. 이런 식으로 화성에서 1,200년, 금성에서 1,600년, 도합 3,200년 후에는 인류의 역사가 막을 내릴는지도 모른다. 그래서 태양계 밖의 별나라로의 이주 문제까지 예상하게 된다.

아무튼 21세기의 지구상에는 경악할 만한 일이 속출할 것이다. 지난 세기에 시작된 생명 복제는 이제 줄기 세포의 배양 문제에까지 발전하였고, 인간의 생명이 115세 이상으로 연장될 날도 얼마 남지 않았다는 소식이다.

3

영상 문화 중심의 퓨전 문화의 포스트모더니즘적 위력은 기존 질서를 해체하는 '신인류'를 이미 탄생케 하였다. 이들 신인류에게 기존의 권력 주체는 설득력을 잃는다. 문화 권력 역시 분화되고, 중심과 주변, 고급과 저급의 구분이 무너져 미학적 대중주의가 주조를 이루는 현상은 이미 문명사의 대세가 되었다. 그들의 문화는 경박성·찰나성을 특질로 하므로, '좋은 문학'의 고전적 요건인 보편성(universality)·항구성(permanence)·개성(particularity) 가운데 '개성'만이 '찰나적으로, 경박하게' 맹위를 떨치고 명멸하는 시대가 바야흐로 펼쳐지려 한다. 이들은 찰나적, 감각적 재미(fun)와 실용성(utility)을 최고 가치로 여기며, 컴퓨터의 가상 현실에 넋을 잃는 일상에 몰입하는 데 삶의 목표를 둔다. 극단적으로 말하여, 그들 신인류에게 인생의 목적은 '지금(now), 여기(here)'서 생활의 안정(stability)을 얻는 일이다.

4

이 놀라운 문명사의 전환기에 한국 문학의 전망은 어떠하며, 우리 문인들은 어떻게 대처해야 할 것인가?

첫째, 문학사적 지속(duration)과 변이(variation)의 문제가 대두된다. 우리 문학은 100년 전 소위 개화기 이후 문학의 경우보다 더 심각한 전통 단절 현상에 직면할 수도 있다. 이는 지리적 국경 개념이 무너진 21세기 한국 문학이 직면하게 된 민족 문화 정체성(nation identity in culture) 문제와 함께 중요 쟁점 과제다. '한국적인 신인류'를 형상화해야 한다는 뜻이다.

둘째, 21세기에는 실체론(實體論)보다는 관계론, 단일론보다는 병합론, 순혈주의(純血主義)보다는 혼혈주의(混血主義)가 문명사를 주도해 나갈 것이다. 문학도 예외일 수가 없다.

문학과 다른 예술 장르, 문학과 정치·경제·사회·문화 전반과의 관계 맺기가 우선 시도될 필요가 있다. 정치시·정치 소설, 기업시·기업 소설, 시네 포엠, 스포츠 드라마 등 사회의 여러 분야 종사자들과 '작품'으로써 문학적 대화를 시도하여야 한다. 또 다양한 가치관끼리의 대화를 중요시하면서, 절대적 가치 모색을 위한 진지한 노력이 요청된다. 아울러 공간과 등장 인물, 시점의 세계화는 필수적이다. 가령, 작품의 등장 인물 중에 혼혈인, 다국적인, 여러 인종, 여러 국민이 어울려 빚는 다성악적 소설(polyphonic novel)과 그런 드라마의 출현, 그를 통한 다양성과 통일성(unity)이 함께 추구되는 문학 현상이 기대된다.

셋째, 문학 권력의 이동과 장르의 퓨전화 현상을 선용해야 한다. 가령, 수필은 이제 제2급 장르이기를 거부한다. 수필은 문학 권력의 중심부를 향하여 '인해 전술'에 '속도전'까지 펼치는 징후를 보인다. 수필가들은 그럴수록 '수필 쓰기'의 원리를 창출하여, 그야말로 잘 쓴 수필을 내어놓아야 한다.

그리고 장르의 융합은 오히려 독자를 모을 수 있으므로, 그 효율적인 길을 찾아야겠다.

넷째, '문학 현상'의 역동화에 대한 시대적 요청에 부응할 때가 되었다. 한 문학 텍스트(text)가 작품(a work)으로 살아날 수 있으려면, '작가-텍스트-독자' 간의 역동적(力動的, dynamic) 대화와 소통(communication)이 이루어져야 한다. 작가들은 이를 위하여 새로운 '창작 방략'을 짜야 한다. 옛 문학 교훈설의 주창자들이 썼던 '당의(糖衣)'의 기법에서 시사를 받을 수도 있다. 관능적 즐거움(sensual pleasure), 감각적 즐거움(sensuous pleasure)에 몰입해 있는 21세기 신인류의 정신 세계를 심미적 즐거움(aesthetic pleasure), 지적인 즐거움(intellectual pleasure), 신앙의 기쁨의 차원에까지 고양(高揚)시킬 수 있는가를 두고, 작가들은 고심치 않을 수 없다.

다섯째, 지구촌의 통합 한민족 문학의 형성에 대한 요청이다. 이제 한민족의 문학은 남북한 7천 수백만과 지구촌 각처에 흩어져 사는 5백만 한인의 문학을 총망라한 것이어야 한다. 우선 21세기의 한국 문학은 남북한 등장 인물과 배경과 상황을 설정하여 한민족의 정체성 복원을 꾀하여야 한다. 이로써 20세기까지의 '받는 세계화'에서 '주는 세계화'로 세계 문화에 기여할 텃밭으로 삼아야 할 것이다.

끝으로, 21세기의 작가들은 지구촌은 물론, 나아가 우주를 향한 비전이 있어야 할 것이다. 지구촌의 미래에 대한 비관적 전망에 깊은 관심을 기울여야 하고, 우주와의 연장선상에서 문학의 지평 확대를 꾀할 때가 닥쳤다는 뜻이다. 작가는 지구와 인간의 존엄성을 훼손할 모든 위협과 모순에 응전할 줄 알아야 한다. 진실한 작가는 훼손된 문명사의 탁류에 휩쓸려 가는 '죽은 물고기'일 수는 없다. 폭포를 거슬러 오르는 연어의 세찬 생성력을 상기해야 한다.

21세기의 문명사적 변혁의 양상을 정확히 예언하기는 어렵다. 그럼에도 위에서 열거한 몇 가지 쟁점 과제를 중심으로 하여 한국 문학의 현 좌표를 확인하고, 더 격상되고 드넓은 새 진로를 더위잡는 일은 긴요하다.

(≪문학저널≫, 2002. 5·6월호)

다매체 시대의 문화 이론 비판

1. 머리말

　지금은 다매체, 다문화의 시대이다. 인쇄 매체와 음성, 영상 매체가 공존하며, 영상 매체의 위력은 날로 증대되고 있다. 컴퓨터 인터넷은 국경과 통신, 상거래에 관한 개념을 근본적으로 변화시켰고, 입체적 영상 그래픽과 멀티 비전은 정보 기술 문명 세대를 매료시키기에 충분하다. 지구촌을 한 시공에 묶을 수 있는 이 다매체 시대가 다문화 현상을 빚는 것 또한 당연한 귀결이다. 따라서 아날로그 시대의 수직적 조직, 명령·복종의 인간 관계와 그런 문화는 수평적 조직, 토론·합의의 인간 관계와 그런 문화로 바뀐 디지털 시대가 온 것이다.

　이러한 다문화 시대의 특성을 규정하는 것은 포스트모더니즘 문화다. 포스트모더니즘 문화 패러다임은 20세기 말의 프랑스와 영미 지성계, 예술계를 풍미한 대표적인 인식론적 틀로서, 새 세기초의 지배적 문화 담론으로도 군림하고 있다. 이제 포스트모더니즘 문화 이론의 특성을 밝히고 그 빛과 어둠을 가리며, 새 세기의 지성과 예술계를 이끌 올바른 문화 이론을 정립하는 것은 시급한 과제라 하겠다.

포스트모더니즘(Postmodernism)은 주체의 해체와 미학적 대중주의라는 두 갈래 관점으로 요약된다. 탈중심적 사고와 반남근 로고스 중심주의(anti-phallogocentrism)로도 규정되는 포스트모더니즘이 추구하는 것은 고급 문화와 저급 문화, 중심 문화와 주변 문화의 경계 허물기와 섞기, 남근적(男根的), 가부장적 사고를 거부하는 페미니즘, 소비자 중심의 산비자(産費者, prosumer) 개념의 새로운 커뮤니케이션 체계 형성 등이다.

포스트모더니즘 이론은 한마디로 규정하기 어려운 혼합성을 띤다. 이는 문자 해체론자로서 비정치적인 데리다(J. Derrida), 담론의 무질서 이론을 부각시킨 좌파 지식인 푸코(M. Foucault) 등 다양한 지식인들이 이에 가담하고 있는 것을 보아도 알 수 있다. 헤브디지는 포스트모더니즘 문화의 특성을 다음과 같이 열거한다. 주체의 탈중심화, 정치·문화·실존의 파편화, 단수 권력 축에서 복수 권력 축으로의 전이, 담론 구조와 의미의 내적 폭발, 문화적 위계의 붕괴, 핵무기에 대한 공포, 대학의 쇠퇴, 축소된 신기술의 기능과 효능 신장, 장소의 시간으로의 대체, 경박성의 충일, 현전(現前)의 형이상학에 대한 공세, 정서의 고갈, 수사(修辭)의 범람, 상품에의 경도(傾到), 이미지에의 집착, 베이비 붐 세대가 중년이 되면서 겪는 집단적 허탈감, 인식론에서의 반목적론적 경향 등이다.

포스트모더니즘 문화는 광고, 패션, 만화, 잡지, 청년 문화, 공상 과학 소설, 동성애(gay, lesbian) 등 대중 문화, 주변 문화로 간주되던 것들이 음악이나 미술의 고전적 장르와 쌍방 소통의 채널을 가동하게 되었으며, 심지어 고담 준론으로 간주되던 문학 평론에서도 여성 문학, 동성애 문학과 함께 이들에 대한 관심을 보이기에 이르렀다.

다매체 시대 문화의 이러한 특성은 문학에도 심각한 영향을 끼치고 있다. 문학 이론에서 문화 이론을 중요시하는 까닭이 여기에 있다.

2. 다매체 시대 문화 이론의 특성

1) 이미지 생산과 과실재 이론

포스트모더니즘 문화의 가장 현저한 특징으로 거론되는 것은 '이미지 생산'이다. 정보화 시대의 '문화 게릴라'로 불리는 인기 스타라는 것이나 상품 광고가 다 이미지 생산의 전형이다. 이는 이 분야의 대가 보드리야르(Jean Baudrillard)의 말대로 '과실재(hyperreality)'이다. 이 같은 포스트모더니즘 문화기를 과실재의 시대, 모사(模寫)의 시대(simulated age)라 한다. 이 시대의 모사물(simulacrum)은 예술적 모방(mimesis)이나 재현(representation)의 실체와는 다르다. 포스트모더니즘 시대의 영상 매체가 생산한 이미지는 현전(現前), 곧 실체 부재의 이른바 '참 가짜(pure simulacrum)'이다.

보드리야르는 이 과실재의 환상을 신랄하게 비판한다. "모조품은 부재(不在)를 현전(presence)으로 제시할 뿐 아니라, 상상을 실제로 내어 보임으로써 현실계를 상상계 속으로 흡수해 버린다. 그 결과 상상계와 현실계의 구분은 와해된다."고 말하며, 그는 이것을 포스트모더니즘 시대와 그 문화의 특성으로 본다. 조작된 비실재(unreality)인 과실재가 실재를 밀어내는 이 그레셤 법칙은 교환 가치가 사용 가치를 압도하는 포스트모더니즘 문화의 약점이다. 포스트모더니즘 시대 유통의 주체인 소비자는 상품의 사용 가치를 향유하는 것이 아니라, 다매체 문화가 제공하는 기호와 이미지를 소비한다.

이 시대의 영상 매체는 자본주의 사회의 시장 원리에 따라 모든 것을 상품화하기에 주저하지 않는다. 경우에 따라서는 사람도 과실재의 교환 가치로서 상거래의 대상이 된다. 노정객이 머리를 염색하고 의상과 넥타이를 수없이 바꾸어 가며 텔레비전 화면에 모습을 드러내야 하는 것이 이른바 지식

정보화 사회 정치의 실상이기도 하다. 이것도 자기의 실재를 상실하고 '참 가짜'인 과실재의 상품적 기호와 이미지를 판매하는 포스트모더니즘 문화의 한 장면이다.

개인이나 어떤 집단, 국가의 공신력이 그 '참 실재'인 본질적 가치보다 '참 가짜'인 과실재의 표상에 따라 결정되는 것이 이 시대 문화의 특징이다. 국제 관계도 한 나라의 실체 그 자체보다 국가 이미지의 수준에 따라 형성된다. 세계 각국이 지금 국가 이미지 개선에 총력을 동원할 낌새를 보이는 것도 이 때문이다.

1994년 5월 이탈리아 총선에서 마피아와도 연계된 천민 자본가요, 다매체 재벌의 총수인 실비오 베를루스코니가 이끄는 '전진 이탈리아당(Forza Italio)'이 창당 3개월만에 승리한 것은 포스트모더니즘 문화 시대에 미디어의 위력이 어느 정도인가를 입증하는 전형적인 사례임을 이정호는 지적한다.

이제 상품의 판매고는 질뿐 아니라 이미지가 좌우한다. 디자인이 유난히 강조되는 것도 이 때문이다. 정보 기술 문명의 포스트모더니즘 문화는 다품종 소량 생산의 다양한 물질 문명 사회의 절정을 지향하는 가운데, 과소비 문화를 조장하는 결함을 드러내며, 실질보다 허상(虛像)을 좇는 경박한 인간을 양산(量産)하기 쉽다.

지금은 영상 문화의 시대다. 스티븐 스필버그의 〈쥬라기공원〉은 1년에 8억 5천만 달러의 수익을 올렸고, 〈쉰들러 리스트〉나 우리의 텔레비전 드라마 〈가을 동화〉의 현장이 관광 붐을 일으킨 것이 그 단적인 예다. 이 시대의 개인과 단체, 국가가 부가 가치를 극대화할 수 있는 영상 산업의 개발에 혈안이 되어 있는 까닭이 여기에 있다. 영상 문화를 지배하는 자가 지구촌을 장악하게 되었다. 영상 문화 이론이야말로 이 시대의 지배적인 담론이다.

영상 문화가 지배하는 이 시대에 인쇄 매체의 꽃이었던 문학 장르의 장래는 어떻게 될 것인가? 영상 매체를 통한 '보는 글'과 인쇄 매체를 통한 '읽는 글'의 싸움은 이미 시작되었고, 후자는 위기에 처한 것이 사실이다. 그러나 텔레비전이 등장할 때 신문 도태론이 대두되었으나 그 예측은 맞지 않았듯이, 영상 매체 시대에도 인쇄 매체는 건재할 것으로 보인다. 다만, 사이버 문학(cyber literature)이 대두한 영상 문화 시대의 새로운 문학 이론 개발의 요청에 부응하는 것이 '문화 이론'과의 대화이다. 문화 이론과의 대화는 유일한 대안인가? 이에 대한 논의가 요청된다.

보드리야르는 2002년 9월 28일 서울에서 열린 '미디어 시대 서울 2002' 심포지엄에서 이 시대의 '이미지의 폭력'에 대하여 심각한 발언을 했다. 이미지와 미디어의 폭력은 서서히 전염되며, 우리의 면역성을 없애려 한다는 점에서 바이러스와 같다는 것이다. 그는 이 시대의 이미지 폭력이야말로 사람들의 의식을 오염시키는 바이러스이며, 그 전염성은 치명적이어서 그 독성을 제거할 방도가 없을 만큼 면역 작용이 강하다고 한다. 이미지가 현실을 대체하는 이 시대의 인류는 어디로 가고 있는가? 이것이 문제다.

2) 쌍방 소통과 가상 현실론

텔레비전의 경우와 같은 과실재로서의 일방 소통 영상·전자 매체는 발신자가 소통 수단을 독점하고 수신자를 일방적으로 반응케 하는 종속자로 만든다. 그러나 이제 고도로 발달된 전자 및 컴퓨터 기술은 수신자로 하여금 과실재의 영상 내부에 동참하게 만들었다. 그는 한 과실재로서 다른 과실재와 상호 반응하기에 이른 것이다. 이른바 가상 현실(virtual reality, VR)에서 그 대표적인 예를 찾을 수 있다.

이 시대의 첨단 멀티 미디어(multi-media) 기술은 인간의 욕망 속에 떠오르는 세계를 실제와 같이 감지, 실행할 수 있도록 하는 가상 현실을 만들어낸다. 밀착 안경, 오디오 스피어(audiosphere), 데이터 글럽 등의 장비를 갖추고 실내에서 스키, 자동차 운전, 비행기 조종, 우주 여행 등을 경험할 수 있다.

이 같은 가상 현실의 원리는 산업과 의술, 전투 체험 등에 이용된다. 컴퓨터로 설계하기(computer-aided design, CAD), 컴퓨터로 제작하기(computer- aided manufacturing, CAM) 등은 그 대표적인 예다. 투어 시스템(tour system), 부엌 가구 시스템, 가상 연주, 가상 공간에서의 화상 통화 시스템 등의 개발은 인간의 삶과 사고 방식, 역사 전개의 방향에 크게 영향을 주고 있다.

특히 가상 현실의 의학적 공헌은 현저하다. 자폐증이나 암의 치료, 휠체어를 사용하는 장애인의 편의 등에 도움을 주며, 안마기와 자전거 운동 등의 프로그램 개발을 가능케 한다.

가상 현실이 초래할 가장 큰 역기능은 가상 성행위(cyber sex)이다. 바이오 센서를 부착한 특수 장비까지 개발할 단계에 이르렀으니 문제는 심각하다고 하겠다. 프로이트 심리학의 미발산 긴장 이론의 추종론자들인 가상 성행위 주창자들은 성 해방으로 성 범죄를 감소시키는 효과가 있을 것이라는 주장을 편다. 이 같은 가상 성행위는 사회의 기초 단위인 부부 중심의 가정이 붕괴할 것이라는 우려를 떨칠 수 없다.

또 대화형 컴퓨터(interactive computer) 기술의 개발로 주문형 비디오(video on demand, VOD), 주문형 팩스(fax on demand), 주문형 서적(book on demand, BOD) 등이 출현하고 있다. 뿐만 아니라 주문형 전자 신문인 인터넷 '쌍방향 신문'이 등장했다. 이른바 'N세대', 'X세대'는 컴퓨터 모니터를 통해 지면 전체를 일별한 뒤 필요한 것만 선별하여 볼 수 있는 전자 신문을 선호하게 마련이다. 전자 신문은 지면이 제한되었던 인쇄 매체와는 달리, 무한한 용량의 기사를 제공할 수 있다. 따라서 전자 잡지의 출현도 당연한 것이라 하겠다. 나아가 전자책의 송출까지 가능해진 것이다.

지구촌을 풍미하는 영상 매체에 의한 인지 체계(認知 體系)의 시각화(視覺

化, visualization) 현상은 간단한 문제가 아니다. 지금은 이러한 문화 대변동에 관한 이론의 정립을 위하여 고심해야 할 때다.

3) 수평적 다문화 이론

오늘날의 미디어 문화는 사회 계층, 성별(gender), 성(sex), 인종의 벽을 허물고 있다. 엘리트 문화와 대중 문화, 고급 문화와 저급 문화, 남성 문화와 여성 문화, 백인 문화와 유색 인종 문화간의 벽과 수직적 위계(位階)가 허물어지게 되었다.

이성(理性)에 대한 저항의 소산인 포스트모더니즘 문화는 모더니즘 문화의 엘리트주의를 거부한다. 미학적 대중주의를 표방한다는 뜻이다. 가령, 언어 문화의 정화인 문학의 경우, 고전적 문학 정전(正典) 중심주의가 흔들리고 있다. 보편성(universality), 항구성(permanence), 개성(particularity)을 갖춘 특정 작품들만을 정전으로 삼는 것은 백인 남성 엘리트주의가 빚은 착오라는 비판이 미국에서 거세게 일기 시작했다.

> 다양한 매체들로 분산되고 전세계 대중을 대상으로 문화 생산을 주도하는 미국 현실을 감안할 때, 고급 문학 중심주의를 이상 더 당연한 것으로 용인할 수 없다. 특히 대학에서 완고하게 고수하고 있는 고급 문학 중심주의는 고급 문화와 대중 문화의 이분법을 낳으면서, 고급 문화를 방어하는 이데올로기들을 고착시켜 우리의 의식과 감각을 제한해 왔다. 문학 정전 중심주의에 따라 훌륭하고 가치 있는 미국 문화의 정수라고 주장된 위대한 문학 작품들이 거의 전부 백인 남성의 작품이라는 점은 무엇을 시사하는가?

이것은 한 미국 문화학자 태혜숙의 문화 이론이다. 이 주장에는 두 가지 포스트모더니즘적 과제가 대두되어 있다. 하나는 백인을 우월시 하는 문화

인종주의에 관한 것이고, 다른 하나는 남성 중심 문화에 대한 페미니즘의 응전 문제다. 이 글의 필자는 19세기 이후 줄곧 대중들에게 큰 호응을 받아 온 스토 부인의 「톰 아저씨의 오두막집」, 마거리트 미첼의 「바람과 함께 사라지다」 같은 작품을 문학가들이 진지하게 논의하지 않은 것은 작가가 여성이기 때문이라고 본다. 이것은 여성과 소수 인종을 차별하는 미국 문화 전반의 문제라는 점에서 신중히 검토해야 한다는 것이다.

1960년대 말부터 1970년대 초까지 후기 구조주의 이론과 함께 대두된 페미니즘은 1980년대 중반 크리스테바(Julia Kristeva)에 의하여 융성의 전환기를 맞으며, 이제 서구 사회는 물론 제3세계 '여성학'의 핵심 과제로 떠올라 있다. 이는 해체주의(deconstructionism), 마르크시즘과도 접맥되며, 여성 해방 운동에 바탕을 두고 있다. 페미니스트의 여성관은 "여자는 여자로 태어나는 것이 아니라 만들어지는 것이다."는 명제를 지지하는 시몬 보봐르 등 여성학자나 여성 운동가 들의 관점에서 출발한다. 최근 한국에서 이문열의 소설 「선택」을 두고 작가와 여성학자 사이에 치열한 논쟁이 있었던 것은 한국 사회에서도 페미니즘 문화의 기세가 만만치 않음을 보여 준다.

고급 문화와 대중 문화의 만남은 이제 불가피해졌으나, 가령 '키치(kitsch)' 같은 통속 문화와 차이코프스키의 '비창'이나 재코매티의 '손가락질하는 사나이' 같은 고급 조형 예술이 어떤 형태로 만날 수 있는가 하는 것은 결코 간단한 문제가 아니다.

새 세기에 우리는 폐쇄적 문화 정치학으로는 생존할 수 없이 되었다. 실체론보다는 관계론이, 순혈주의(純血主義)보다는 혼혈주의(混血主義)가 득세할 것이다.

이미 그런 현상이 일어나고 있다. 이른바 '퓨전 요리'처럼 바야흐로 혼합 문화 시대가 열리고 있는 것이다. 문화가 '충돌'이 아닌 '화해로운 만남'의 관계로 융화하는 것이 형식 논리상으로는 바람직하나, 새뮤얼 헌팅턴식 '문명의 충돌'이 우려된다. 앞으로 이질적인 문명, 문화의 충돌은 불가피하며, 미시적으로 폭력적 충돌 가능성이 가장 높은 단층선은 이슬람 이웃의 정교, 힌두, 아프리카, 서구 크리스트교 문명 사이에 놓여 있으며, 거시적으로는 서구와 비서구의 양상을 보이면서 이슬람과 기타 아시아, 이슬람과 서구 사이에서 충돌이 가장 격렬하게 나타나리라고 그는 예측한다.

공산권의 몰락으로 비서구권은 민주주의, 시장 경제, 제한된 정부, 인권, 개인주의, 법치주의 등의 서구적 가치에 동조해야 한다는 강박 관념에 사로잡히게 되었다. 비서구권의 지배적인 태도가 회의주의와 격렬한 반발의 양상을 보이는 것은 당연하다. 헌팅턴의 예견은 주목할 만하다. 그의 견해에 따르면, 서구 문명은 라틴 아메리카나 아프리카와의 관계에서는 갈등의 소지가 높지 않고, 특히 라틴 아메리카와 서구의 관계는 원만할 것이다. 러시아, 일본, 인도와 서구의 관계는 협력과 갈등의 요인을 안고 있어 서구 문명과 이슬람, 중국 문명 사이에서 그네 역할을 하리라는 것이다.

이에 대하여, 독일 헤센 평화 및 갈등 연구소장 하랄트 뮐러는 『문명의 공존』에서 헌팅턴의 『문명의 충돌』 이론을 반박한다. 그는 새뮤얼 헌팅턴이 그의 이론 전개에 불리한 논거는 제외하고, 유리한 것만 채택하는 오류를 범하였음을 논증해 보인다. 헌팅턴의 문명 충돌론은 도그마이며, 서구에 적대적인 문명에 대한 가설은 허구라고 본다. 그의 충돌론은 공산주의에 대체될 '새로운 적' 찾기에 지나지 않는다는 것이다.

아무튼 미국식 영어와 컴퓨터 인터넷을 주축으로 한 서구 문명의 보편주의는 비서구 사회에는 정보 제국주의의 기미와 함께 문화 제국주의로 다가온다. 한국의 경우 이에 대한 충돌의 단계를 지나 서구 문명의 수용 역량은 충분하다. 다만 샤머니즘적 기층 문화, 유·불·도교의 중층 문화, 서구의 과학 문명과 기독교 문화간의 관계 정립 문제는 본질적인 과제로서 남는다.

이와 관련하여 우리의 관심을 끄는 것은 막스 베버가 말하는 '동양 합리주의'다. 서양의 청교도적 합리주의는 세계에 대한 '합리적 지배', 유교적 합리주의는 세계에 대한 '합리적 적응'을 의미한다고 베버는 파악한다. 서양의 합리주의는 그 모델인 신(神)의 질서로써 세계를 변혁하려 한 내세적 초월주의다. 반면에 동양의 합리주의는 현실 세계에 내재하는 초월적 질서를 합리화함으로써 현실 세계의 모순 극복을 위한 규범적 척도를 제시하는 현세적 초월주의다.

동양적 합리주의는 '영원성과의 결별과 유한성에로의 이행'을 지향하는 포스트모더니즘과 제휴할 가능성이 크다. 공·맹·주자의 현세적 합리주의, 노자·장자의 무위자연(無爲自然) 사상과 포스트모더니즘과의 접속은 이미 시작되었다. 동·서양 비교 사상론의 정립이 시급하게 요청된다. 영어, 중국어 문화권이 주도할 것으로 예견되는 21세기 문화 이론의 정립이 요청되는 것이다.

4) 해체의문학과 문화론적 문화 이론

니체와 하이데거의 철학적 담론에서 연유된 해체론은 1966년 10월 미국 존스 홉킨스 대학교의 심포지엄에서 발표한 데리다(Jacques Derrida)의 "인문 과학 언술 행위에서의 구조, 기호, 작용"에 의하여 촉발되었다. 그는 "중심은 전체의 중심에 자리잡고 있지만, 그것은—전체의 일부분이 아니므로—전체에 속하지 않기 때문에 전체의 중심은 어느 곳에나 존재한다. 중심은 중심이 아니다."고 선언했다. 니체에 맥이 닿은 후기 구조주의자 데리다의 이 같은 선언은 종래의 로고스 중심적 사고에 대한 정면 도전이다.

해체주의 문학은 그러기에 '의심하기 시학'에서 출발하며, 절대적 진리와 선을 부정한다. 인식적, 도덕적 '의심하기 시학'에 의존하는 해체주의 문학은 언어에 대한 회의로 귀결된다. 언어만으로 현실을 완벽하게 재현할 수 없다는 인식 아래 언어 외의 온갖 기호까지 총동원된다. 가령, 해체시의 경우 현실은 단편적으로 표절, 편집되어 있을 뿐, 거기서 통일성 있는 논리는 짚이지 않는다. 왜곡된 현실을 왜곡되게 표현하는 해체시의 정체는 비속어와 욕설 따위가 난무하는 언어의 테러리스트다.

1980년대 한국 문학사에서 주목할 만한 사건은 본격적인 노동 문학의 등장이었다. 1920~30년대 카프 문학, 해방기의 '문학가 동맹'의 문학, 1970년대 민중 문학의 흐름을 계승한 노동 문학의 등장은 '세계의 유죄성'을 선포하고 계급 해방으로 세계의 변혁을 도모하려는 마르크스주의적 변증 사관의 지하 운동적 성격을 결산한 의미를 띤다. 예컨대, 노동 운동가 출신 박노해의 시집 『노동의 새벽』이 우리 문학사에 던지는 의의는 심상치 않다. 하이데거, 마르크스, 막스 베버는 21세기에도 영향을 끼칠 주요한 지성임을 간파한 고르바초프의 최근 발언은 시사하는 바가 있다. 특히 마르크스주의와 그 아류의 사상은 아직 극복되지 않았다.

또한 1980년대 우리의 도시시는 해체시와 많은 부분 유사하나, 노동 문학의 정치 투쟁 편향성과 해체시의 언어미학적 황폐성을 극복한 새로운 문학 형식이다. 도시 문학은 지난 3백년간 서구 사회에서 개인과 국가의 운명을 지배해 왔다. 도시 생활(urbanism)은 서구 문화의 심장부에 자리해 있는 것이고, 우리의 경우도 이제 본격적인 도시 문학 시대를 맞이했다.

현대 도시는 상업화, 산업화, 세계화의 단계를 거쳐 발달했고, 이에 따라 코믹 리얼리즘, 로맨틱 리얼리즘, 자연주의, 모더니즘, 포스트모더니즘 소설을 낳았다. 유토피아 소설, 고딕 소설, 탐정 소설, 과학 몽상 소설, 디스토피아 소설(dystopian novel)도 도시 문학의 하위 장르이다.

우리의 경우 1990년대의 도시시는 특유한 도시적 감수성으로 독자들에게 직핍해 든다. 도시시는 정치적, 경제적 모순으로 오염된 도시의 현실과 소외감을 리얼리즘의 예리한 감수성으로 묘파하는 '현실 참여적 모더니즘시'다.

도시의 악마적 이미지에 대한 관습적 사고를 해체하고, 이데올로기의 허구로부터 구체성을 건진 것이 우리의 도시시라는 지적은 주목에 값한다. "나는 결코 죽지 않았는데/내가 없다."는 도시시의 한 고백은 이 시대의 현실적 진실임에 틀림없다. 다만 그 유희적 경박성, 욕설·야유·요설·산문체와 풍자적 톤의 단명성(短命性)에는 문제가 있다. 일체의 신성(神聖)·숭고성·초월성과 절대 진리에 의혹을 보내고 이를 해체하는 도시시의 전도는 어둡다. 그러나 도시시의 참여적 모더니즘의 감수성과 현실 인식은 새 세기 문예 미학을 위해 시사하는 바가 있다.

또 1990년 9월과 11월에 각각 간행된 김수경의 「즈유종」과 하일지의 「경마장 가는 길」은 포스트모더니즘 소설의 한국적 양상을 대표적으로 보여 준다. 「즈유종」은 1980년대의 억압 체제를 배경으로 하여 젊은 남녀가 마약과 성에 탐닉하는 이야기다. 이는 한 연구자 박영희가 평가한 바와 같이, '인간의 본질적 죄성에 대한 성찰'에 눈멀어, '인간의 악행을 불완전한 세계의 문제'로 환원함으로써 믿음·소망·사랑이 소멸한 종말적 세계와 그런 인간상을 그렸다. 「경마장 가는 길」 역시 참다운 커뮤니케이션, 곧 사람과 참다운 만남이 없이 이루어지는 프랑스 유학생 남녀의 조건부 성관계를 줄기로 한 소설이다. 포스트모더니즘적 인간 관계의 파탄상을 증거한다. 희생자, 구원자, 적대자 주변 이야기로 된 대중 문학, 탐정 소설, 과학 공상 소설, 사이버 문학 등의 도전 역시 만만치 않다.

다음, 문화론적 문학 이론은 이 시대의 주요 쟁점이다. 이 이론의 특성은 이스트호프(Antony Easthope)의 『문학 연구에서 문화 연구에로』에 집약적으로 진술되어 있다. 문학 연구에서 비롯되어 문학 연구를 넘어서는 문화 연구는 탈중심적, 상대주의적, 다가치적 패러다임의 소산이다. 이 연구를 지배하는 문화 이론은 기존의 문학 이론이 미학적, 도덕적 가치 기준으로 '부르주아적 세계관을 재생산하는 교육 장치의 핵심 역할'을 해왔다고 본다.

또 대중 문화를 배제하며 특권을 누리고, '보편성'을 담보로 하여 '가상적인 통일성의 효과'를 산출하면서 이로써 현실의 모순을 해결하는 일종의 '허구 효과'를 거둔 것이 기존의 문학 이론임을 지적, 비판한다. 문화 이론은 노동자 계급과 대중의 문화에 기반을 두며, 기호학·사회학·역사 유물론·정신분석학·철학 등과 학제적 연구를 지향한다.

문화를 텍스트내적 폐쇄 체계로만 파악하여 자율성을 과도히 강조한 형식주의 문학론을 보완, 수정한 것은 문화 이론의 공적이나, 계급주의적 시각에 기반을 두는 한계성을 보인다.

가상 공간에서 이루어지는 사이버 문학의 쌍방 소통 체제는 작가와 독자가 협력하여 '작품 생산'에 참여하게 한다. 창작 주체와 객체의 이 같은 쌍방 소통적 텍스트 제작은 주체의 해체, 교란 현상을 빚을 것이다. 이것은 고전적 '창작'의 본질에 대한 심각한 논란을 빚게 된다. 또한 중앙 집권적 문단의 헤게모니에도 큰 변화를 불러올 수밖에 없다.

5) 하이퍼텍스트와 전자책 이론

밀레니엄 전환기인 이 시대의 경이적인 문화 변동은 하이퍼텍스트(hypertext)와 전자책의 출현에서도 찾을 수 있다.

컴퓨터 문학, 통신 문학, 키보드 문학, 페이퍼 프리 문학 등으로 불리는 하이퍼 텍스트 서사 담론의 경우를 보자. 하이퍼 텍스트는 본디 한 작가와 다수의 독자가 사이버 공간에서 만나, 플롯 전개의 스토리 라인(story line)에서 대화하는 관계 맺기를 시도함으로써 이루어진다. 작가와 독자간에 커뮤니케이션이 성립되고 대화가 역동성을 띠고 전개되면서, 작가와 독자는 상호 주체적인 위상 변이(位相變異)를 일으키게 된다. 이른바 '쌍방 소통의 텍스트 생산 활동'이 활력을 얻는다.

하이퍼텍스트의 플롯 전개는 선조성(線條性)을 보이는 종이 인쇄의 서사 담론과는 성격을 달리한다. 스토리가 전개되는 과정에서 그 시퀀스(sequence)가 다양한 선택의 갈래를 지으며 제공된다. 이때 접속되는 스토리 라인의 경우의 수가 늘면서 문학의 서사는 게임의 양상을 띠기도 한다. 문제는 여기에 있다.

사이버 문학에서는 신인 등단의 까다로운 조건이 없다. 누구나 문인으로 등단할 수 있다는 뜻이다. 자유롭게 등장한 많은 작가들이 독자들과 수평적 관계를 맺으며 쌍방 소통을 함으로써, 스토리 라인의 생산과 비평에 참여하는 다수의 독자들과 대화할 수 있다. 이러한 협동적 창작 과정은 '텍스트 생산의 대중적 동참'이라는 민주적 장치임과 아울러 '창작'의 본질면에서 중대한 문제를 불러일으킨다. 이렇게 '생산된 텍스트'의 창작 주체는 누구인가 하는 문제 등이 제기되게 마련이다.

하이퍼텍스트는 전통적 종이 인쇄 텍스트의 한계를 극복하는 데 공헌한다. '경우의 수'로 계측되는 가능한 여러 스토리 라인으로 시공(時空)의 한계를 넘어 체험의 양상을 다변화할 수 있다. 특히 습작기 문학도들의 창조적 상상력 계발, 즉 문학 창작 교육의 자료로서 그 효율성을 높일 것이다.

움베르토 에코는 전통적 종이 텍스트를 클래식 음악에, 하이퍼텍스트를 즉흥적인 재즈 음악에 비유했다. 이것은 이 시대의 문화 현상에 대하여 시사하는 바가 크다. 클래식 음악과 재즈와 록, 랩 음악과 공동의 광장에서 '만남'의 '기적'을 창출하는 장면을 상상하는 것은 크나큰 유열(愉悅)일 수 있다. 그러나 음악 전반을 하향 평준화하기 쉬운 포스트모더니즘적 대중주의 미학에 우리의 궁극적 소망을 무작정 걸 수는 없다.

사이버 공간에서 빚어지는 하이퍼텍스트의 폭력과 외설은 인간의 저급한 욕망(sensual pleasure)을 부추기는 통속성을 텍스트 도처에 만연케 할 것이다. 하이퍼텍스트의 찰나성, 경박성의 지평에서, 작가는 상승 지향의 형이상학 곧 위대한 정신적 지주(支柱)를 가늠해야 한다. 하이퍼텍스트의 시대 한계적 센세이셔널리즘을 극복하기 위한 노력이 사이버 공간, 하이퍼텍스트의 대화 속에서 적극적으로 투여(投與)되어야 한다.

소리와 움직이는 영상까지 실어 나르는 사이버 공간의 하이퍼텍스트에서 시공(時空)은 세계화·우주화하고, 등장 인물 또한 다국적화(多國籍化)·혼혈화(混血化)할 것이다.

또한 1999년 말 미국이 소설 10권 용량의 '로켓 e - 북'을 비롯한 '에브리북', '밀레니엄 리더', '소프트 북' 등 전자책을 내어 놓으면서 일본과 한국을 비롯한 여러 나라에서 바야흐로 전자책 시대를 열고 있다. 소리와 동영상까지 실은 전자책은 전통적 종이책 시장을 위협하게 될 것이다. 한국에서는 여러 출판사가 컨소시엄을 구성하여 만든 everybook.com, wisebook.com, kimyoung.com, booktopia 등이 그 실체이다.

그럼에도 종이책은 소멸하지 않을 것이다. 새 천년에는 종이책과 전자책이 장단점을 서로 보완하며 공존할 것이다. 글 쓰는 이와 읽는 이는 어느 한 쪽의 편들기로 인생을 낭비하는 어리석음에서 자유로워야 한다.

이제 하이퍼텍스트와 전자책을 외면해서는 안 될 시대에 우리는 살고 있다. 이들의 폭력과 외설, 찰나성과 경박성, 무신론적 메시지 등에의 응전력(應戰力)이 요청된다.

3. 다매체 시대의 문화 이론 비판

다매체 시대 문화 이론의 골간은 아날로그 시대의 수직적 지배·복종의 문화 원리가 디지털 시대의 수평적 문화 원리로 전환되는 데 있음은 이미 말한 바 있다. 거듭 말하거니와 다매체, 다문화의 원리를 지배하는 포스트모더니즘 문화 패러다임의 요체는 주체의 해체, 대중주의 문화론이다. 이것은 형식 논리상으로 세속적 자유 평등주의의 승리로 보인다. 중심이 해체되면서 주변 문화, 종속 문화가 주변성과 종속성에서 해방되고, 지구촌의 다양한 문화가 어우러져 현란한 향연이 펼쳐지게 되었다. 그럼에도 여기에는 심각한 함정이 감추어져 있다. 절대적 가치와 일률성의 붕괴, 실재의 왜곡, 윤리적 아나키즘 등은 이 시대 문화 이론의 내면에 잠복한 치명적 결함이다.

1) 절대적 가치와 일률성의 붕괴

단일 문화주의(monoculturalism)가 다문화주의(multiculturalism)로 전환된 곳에서 문화 절대주의는 설 자리를 잃는다. 절대주의를 부정하는 상대주의는 "인간은 만물의 척도다."고 한 프로타고라스에서 유래하며, 지동설의 코페르니쿠스, 뉴튼을 수정한 상대성 이론의 아인슈타인, 양자 이론의 막스 플랑크·닐스 보아·하이젠베르크·드브로이·막스 보른, 특히 불확정성의 원리의 하이젠베르크 등이 과학적 상대주의의 계보이다. 이어 토마스 쿤(Thomas Kuhn)의 패러다임 이론, 페이 아벤트(Pey Abend)의 인식론적 아나키즘에 이르러 절정에 이른다.

콰인(Quine)의 인식론적 상대주의, 넬슨 굿맨의 급진적 상대주의, 프리드리히 슐라이어마허·빌헬름 딜타이·마르틴 하이데거·한스 게오르그 가다머의 해석학적 상대주의 이론은 현대 지식인의 인식 체계에 지대한 영향을 끼쳤다.

포스트구조주의와 해체주의 이론을 중심 축으로 하는 포스트모더니즘 문화 이론은 해체 이론자 자크 데리다, 진보·해방·복지 등 거대 담론의 장 프랑수아 료타르(J.F. Lyotard), 서구의 지적 전통 해체론의 리차드 로티(R. Rorty)를 비롯한 라캉, 푸코, 보드리야르, 들뢰즈(Deleuze), 제임슨이 주도해 왔다.

포스트모더니즘의 다문화주의는 문화 제국주의, 문화 파시즘을 극복할 수 있게 한다. 서로 다른 문화는 우열이 아닌 차이의 관점에서 평가할 수 있다. 그러나 이 같은 관점은 모든 문화가 다 가치 있다는 가치 무정부 상태를 초래할 위험성이 있고, 마침내 가치의 일률성(一律性, Einheit)을 붕괴시킨다. 가령 유일신의 절대성, 영원성, 초월성이 부정되는 불상사다.

이 이론에 따를 때, 이정호가 지적하듯이 '신(神)'은 '실(絲)'과 기표(記標, signifiant)의 자의적(恣意的) 차이에 따라 그 의미가 확정될 따름이다. 종래에는 '현전(現前)'과 '부재(不在)' 사이에 '벽'이 존재했다. 기표와 기의(記意, signifié)는 1대 1의 관계에 있으며, 이 관계는 기의가 결정하는 것으로 여겼다. 이런 관계 확정의 궁극적 실체는 '초월적 기의'로서, 이것은 신이었다. '신(神)'은 곧 '초월적 기의'로서의 신을 의미했다. 그러나 포스트모더니즘 문화에서 신이 신일 수 있는 근거는 초월적 기의가 아니라, 다른 기표와의 차이에 있을 뿐이다. 다시 말하여 포스트모더니즘 문화에서는 '수평/수직', '시간/영원', '현실/초월'의 대립 관계가 깨어지고, '수평, 시간, 현실'만 남는다. 수직의 하이어라키나 영원과 초월, 구원의 종교는 소멸한다.

만일 새 세기에도 포스트모더니즘 문화가 세계를 지배한다면, 가령 수평선과 수직선의 교차하는 좌표에서만 삶과 역사의 구원이 있다는 기독교의 십자가 상징은 소실되고 말 것이다.

우선, 통합적 사고의 소산인 동양 문화와 분석적 사고에서 빚어진 서양 문화의 차이점부터 연구할 필요가 있다. 한 예로 우리 의식의 표층부에 자리해 있는 한국의 기독교 문화는 그 중층, 기층을 흔들어 놓지 못하고 있다. 한국에는 아직 진정한 기독교 문화가 성립되지 않았다는 것이 진실한 고백일 것이다. 『참회록』 한 권 없는 한국 문학사가 그 현저한 예라 하겠다. 한국 기독교의 짙은 기복성(祈福性)과 광신(狂信), 이단(異端)에 대한 잦은 시비는 무속 신앙의 부정적 영향 때문이다. 무속 문화는 3계 사상(三界 思想)의 기독교적 유사성과 신자의 '지성(至誠)'이라는 긍정적 측면이 없지 않다. 그러나 개인과 집단의 축복을 반대 급부로써 가능하며, 광기 서린 엑스타시와 몰교리(沒敎理), 몰윤리를 본질로 한다는 점에서, 기독교인에게 무속 신앙은 알라·브라만·니르바나의 이슬람교·힌두교·불교 문화와 함께 '선한 싸움'의 대상이다.

2) 원색적 욕망 부추기기와 실재의 왜곡

원색적 욕망 부추기기는 이 시대 문화로의 큰 쟁점이다. 또 실재의 왜곡은 영상 매체가 주도하는 이 시대의 풍속도가 되었다. 장 보드리야르가 '과실재'로 명명한 이 '참 가짜'가 한 시대를 지배한다는 것은 문제가 아닐 수 없다.

이 같은 욕망 부추기기와 실재 왜곡의 주역을 담당하는 것은 대중 문화 장르다. 문화 연구나 문화 유물론 등 새 문화 비평의 대상이 되는 문화 매체에는 이들 대중 문화의 장르와 매체들이 있다. 만화, 영화, 텔레비전, 비디오, 대중 음악, 신문, 광고, 잡지, 대중 소설 등이 그것이다. 뿐만 아니라 여성, 노동 계층, 타민족, 식민지와 탈식민지, 제3세계, 제4세계의 문화까지 다루는 것이 새로운 문화 비평이다. 이는 그람시(Antonio Gramci)의 헤게모니 이론에서 보듯이 긍정적인 면이 많다. 헤게모니 이론은 지배 계급이 피지배 계급에게 수직으로 행사하던 힘의 체계를 수평적인 관계로 변화시켜, 지배 계급의 이데올로기가 피지배 계급의 참여로 이루어진 '협상'에 의해 조정된다는 주장이다. 문제는 영상 매체 중심의 이 다매체 시대를 지배하는 광고이다. 소비 시대의 광고는 인간의 원초적 욕망, 원초아(原初我, Id)까지 자극하여 과잉 소비를 부추기는 것뿐 아니라 실재를 왜곡하는 데 문제가 있다. 밀란 쿤데라(Milan Kundera)의 말처럼 다매체의 이 전환기는 이미지와 이데올로기가 통합된 이른바 '이마골로기(imagology)'의 시대라는 데에 문제의 심각성이 있다는 것이다.

매체에 관한 맥루한(Marshall McLuhan)의 『미디어의 이해』(Understanding Media)가 출간된 20세기 후반부터 돈과 매머스의 2M, 스포츠·스크린·성의 3S의 시대적 특성을 두고 논란을 벌였고, 그것은 이 시대의 현실 진단에도 유효하다. 예컨대, 식품 광고는 으레 성적 욕구에 유추하여 표현하되, 다른 광고에도 에로티시즘 내지 성이 이용된다.

포스트모더니즘 문화의 '주체의 해체' 현상은 개인의 종말, 자아의 정체 감 소멸을 뜻하므로, 구체적인 개인은 자기 정체성(self-identity)을 잃고 타자 지향적(other-directed)이고 대세에 순응하는 삶을 산다. 미학적 대중주의는 인간을 통속 문화에 매몰된 속물로 전락시키며, 원본의 고유성에 아랑곳없 는 혼성 모방(pastiche)의 양산(量産)에 영합하도록 만든다. 문화의 이러한 하 향 평준화의 세계에서 하르트만이 말한 숭고미나 우아미는 오히려 타매의 대상이 된다. 타락한 성 문화의 범람은 밀레니엄 전환기의 문화가 극복해야 할 핵심 과제이다.

하향 평준화된 통속적 대중 문화와 '참 가짜'인 과실재는 이제 이 시대 문 화 전반의 핵심에까지 관여한다. 심지어 교육과 종교에까지 틈입하여 그 문 화가 통속화할 위기에 처하여 있다. 고급 문화와 대중 문화의 융화가 새 문 화 창조에 긍정적으로 기여하는 때도 있으나, 그렇지 못할 경우 폐해는 심각 하다. 또 과실재가 실재를 구축(驅逐)하는 이 그레셤 법칙에 항거하기 어려운 것이 이 세대 문화의 대세이다. 이 시대의 문학은 다수결은 모두 최선의 것 이라는 문화 포퓰리즘과 그런 문화 권력에 응전할 수 있어야 한다.

3) 윤리적 아나키즘

전환기의 문화 상대주의가 내포한 가장 큰 문제점은 윤리적 상대주의다.

윤리는 인간의 삶에 고유한 문화 현상이며, 윤리적 가치는 모든 가치의 최상위에 자리한다. 정보 고속 도로가 발달된 이 시대에 지구촌의 여러 문화가 교류하는 과정에서 그 가치관과 윤리적 규범이 충돌을 빚지 않을 수 없다. 이 경우 필요한 것은 보편적 윤리 규범이다.

가치 중립적, 실증주의적 문화 인류학은 문화 상대주의를 낳는다. 그러나 문화는 우열의 관점에서 평가할 수 없다는 문화 상대주의를 절대화할 경우, 예술 작품은 물론 윤리적 가치 면에서 심각한 혼란을 불러올 수 있다. 가령, 개고기를 먹어도 되는가 하는 음식 문화는 상대주의 문화관으로 해결할 수 있다. 그러나 유태인에 적대적인 독일 문화, 침략성이 잠복한 일본 문화, 노예 제도·아동 학대·남녀 차별의 문화를 문화 상대주의적 가치관으로 허용할 수 있겠는가? 여기에 문화 상대주의적 가치관을 적용한다면, 그것은 윤리적 아나키즘에 지나지 않는다.

그렇다면, 인류 문화에 보편적인 윤리적 규범은 있는가? 그것은 진리의 일률성에 의거한 고등 종교 윤리에서 찾을 수밖에 없다. 가령, 기독교나 불교의 계명들 대부분은 통시적, 공시적으로 보편적인 윤리 규범이 되어야 할 것이다. 부모를 공경하고 살인·간음·도적질을 하지 말라는 명령, 금지 규범은 지구촌의 대다수 문화의 호응을 받을 것이다. 다만, 이토 히로부미를 살해한 안중근 의사의 행위는 윤리적으로 정당한가 하는 논란이 있을 수 있고, 성 윤리가 극도로 문란해진 이 시대 우리 사회는 '간음'의 반윤리성에 무감각해져 있다. 이것은 이 시대 우리 문화의 병증이지 고등 종교의 윤리 규범이 보편성을 결여한 것으로 볼 수는 없다. 인간 생명의 존엄성과 순결은 시공을 넘어서는 절대적 가치라 할 것이다.

이제 컴퓨터 범죄, 임신 중절, 유전 공학을 응용한 생명 복제 같은 과학주의의 새 문명기를 맞이하는 이 시대의 윤리적 규범은 생명의 절대적 존엄성을 선포한 절대 진리 안에서만 정당성을 얻을 수 있겠다. 찰스 다윈·허버트 스펜서적 진화론·진보주의 문명사의 정점에 선 신자유주의 문명은 무한 경쟁을 기본 원리로 삼는다. 그것은 적자 생존의 강자를 위한 규범을 우선시하며, "힘이 정의다."는 식의 정글의 법칙을 정당시한다. 이 시대의 문명은 지금 어디로 가고 있는가? 문화 상대주의의 세계에는 빛과 그늘이 있다. 그 빛과 함께 그늘을 우리는 볼 줄 알아야 한다. 어둠의 자아가 견인하는 반윤리의 길, 저 세상으로 갈 것인가?

이 시대의 남녀노소, 특히 청소년층은 경박한 전자놀이 기구와 영상 매체에 현혹되어 세속적 쾌락에 몰입해 있다. 지금은 그들이 버리고 떠난 가정으로 돌아오게 할 창조적 문화 이론이 급히 정립되어야 할 때다.

4. 맺음말

인류 문명사는 지금 농업 혁명, 산업 혁명기를 지나 정보 기술 혁명기를 맞이하였다. 지금은 다매체·다문화 시대이고, 컴퓨터·비디오를 매개체로 한 영상 문화가 주도하는 새 문명사가 펼쳐지고 있다. 아날로그 시대의 수직적 조직과 명령·복종의 인간 관계와 그런 문화가 수평적 조직과 토론·합의의 인간 관계와 그런 문화로 전환되는 디지털 시대가 온 것이다.

이 시대의 문화 이론은 이 같은 문명사 변혁의 양상을 반영하는 포스트모더니즘 문화 이론에서 자유로울 수 없다. 여기서 고찰한 혼합적 문화론, 이미지 생산과 과실재 이론, 쌍방 소통과 가상 현실론, 수평적 다문화 이론, 해체의 문학과 문화론적 문화 이론, 하이퍼텍스트와 전자책 이론 등이 그 특성 목록이다. 주체가 해체되어 탈중심화하고, 권력의 축이 복수화하여 문화의 수직적 위계가 붕괴하며, 수사가 범람하고 문화의 경박성이 일반화하는 등의 특성을 드러낸다는 것이다. 이에, 실체를 위장한 과실재의 이미지가 양산되어 상상계와 현실계의 구분이 와해되며, 문화 이론에도 그레섬 법칙이 작용함으로써 '참 가짜'가 실재를 구축(驅逐)하는 불상사가 빚어진다. 이는 교환 가치가 사용 가치를 압도하는 포스트모더니즘 문화의 모순이다. 절대 진리의 회복을 위한 창조적 문화 이론의 개발이 요청된다.

첨단 멀티 미디어 기술이 만들어낸 가상 현실은 의학, 군사, 교육 등 다방면에 긍정적으로 기여하는 반면, 가상 성행위 등으로 인간의 품위 상실은 물론 가정의 기본 단위가 동요하는 등의 역기능을 빚는다. 수평적 다문화 사회가 될 새 세기에는 폐쇄적 문화 이론으로는 생존할 수 없게 된다. 실체론보다 관계론, 순혈주의보다는 혼혈주의가 득세할 것이다. 여기에 필요한 것은 문화의 충돌보다 주체의 회복과 함께 화해와 만남을 위한 대화에 바탕을 둔 새 문화 이론과 그 담론의 개발이다.

요컨대, 성, 폭력, 상업주의와 상대주의의 절대화로 치닫는 전환기의 세속적 문화 이론은 새로운 문화 이론으로 거듭나야 한다. 상대주의의 한계를 인식하고, 절대적 가치와 일률성을 회복함으로써 세속사의 문화 다원주의, 종교 다원주의, 윤리적 아나키즘의 종말론적 문화 이론을 극복해야 한다.

아울러 찰스 다윈적 진보주의와 속도 전쟁에 휘말린 이 역천(逆天)의 문명사에 제동을 걸 새로운 문화 기제(文化 機制)의 구축이 요청된다. 반성적 사고와 무관한 이 시대 사람들에게 사색과 명상과 기도를 통한 자기 정체성 회복의 장을 마련할 새 문화 이론의 개발이 필요하다. 특히 강대국 퇴폐 문화의 제국주의적 발호, 다문화주의를 위장한 정보 독점국 문화 획일주의, 특히 폭력과 퇴폐적 성 문화의 범람에 맞선 새로운 대응 문화, 문학의 정립은 이 시대의 시급한 과제이다.

(≪문학저널≫, 2002.11 · 12, ≪통합연구≫, 2000.봄, 수정 원고)

포스트모더니즘 문학과 기독교적 수용의 문제

1. 두 개의 반역

역사의 진보는 반역의 산물이라고 세속주의자들은 말한다. 르네상스적 인본주의를 기반으로 하는 서양의 근대 문학은 프로메테우스의 반역을 진보의 결정적 계기로 본다. 헤겔 · 포이르바흐 · 마르크스의 변증법은 집단주의적 반역의 현저한 예이고, 토인비의 도전과 응전의 이론은 자유 사회의 반역의 원리라고 그들은 말한다. 그들에게 성 어거스틴의 『신(神)의 도성』이나 C. 도슨의 구속사적(救贖史的) 역동 이론은 커뮤니케이션 채널의 한갓 소음(noise)이다.

서양의 문명사에는 두 개의 큰 반역이 있다. 아담과 하와, 프로메테우스의 반역이 그것이다. 전자는 반역의 관성과 프로메테우스의 향연에 견인되어 세속사의 진보주의와 영합하였고, 이것이 세속사의 주류를 이루었다. 반면에 에덴에의 반역에 맞선 '말씀' 복원의 '선한 싸움'의 역사는 격한 도전과 시련의 파란 앞에 지금 서 있다.

포스트모더니즘은 20세기가 물려준 이 시대의 가장 큰 반역의 물결로서,

드러나는 현상이 다양하여 핵심 포착이 어렵다. D. 헤브디지의 말대로, 포스트모더니즘의 공간은 개념 정의가 제대로 되지 않은 채 '다양한 사회적 경향과 지적 전통이 연합, 충돌하는 상충의 현장'이다. '탈모더니즘', '반모더니즘', '후기 모더니즘' 중의 어느 것인지, 포스트모더니즘은 정체성마저 확인되지 않은 한 시대의 징후로 볼 수도 있다. 그러나 1960년대 말 이후 포스트모더니즘적 문화 현상은 우리의 삶 전방에 영향을 끼칠 만큼 그 기세가 만만치 않은 것이 사실이다.

주체의 해체와 미학적 대중주의로 요약되는 포스트모더니즘 문화는 정통 기독교 신앙의 입장에서 볼 때 분명 에덴의 '말씀'에 대한 반역의 기호 체제다. 이 글이 문제삼는 것은, 그럼에도 불구하고 기독교가 섬기는 '말씀'의 문학 안에 포스트모더니즘적 가치를 수용할 수 있겠는가 하는 것이다.

2. 포스트모더니즘 문학의 실상

포스트모더니즘은 모더니즘의 긍정적, 부정적 계승자다. 포스트모더니즘 문학을 이해하기 위하여 포스트모더니즘 문학이 지향하는 주체의 해체 또는 탈중심주의와 미학적 대중주의의 실체를 밝혀야 할 것이다.

1) 모더니즘 문학과 포스트모더니즘 문학

모더니즘은 20세기 전반기의 문화사적 특성을 대변한다. 제1차 세계 대전 후의 혼돈과 무질서 속에서 과도한 합리주의와 확고부동한 객관적 진리에 회의를 표하며 새로운 질서를 모색하는 가운데 출현한 것이 모더니즘이다. 모더니즘은 해석의 주관성, 다양성, 예술 지상주의, 기교주의, 파편화, 구조 지향성 등을 보이며 미학적 정통주의자들에게는 당혹감을 준다. 또한 중심의 와해, 무질서, 절망, 무정부 상태, 회의주의와 불확실성의 논리에 의존하는 포스트모더니즘이 당대의 혼돈과 무질서에 대한 치유책을 '권위'와 '중심'에서 찾았던 것은 아이러니다. 모더니즘은 당대의 파편화된 가치와 무질서의 상태를 신화 시대나 중세의 경우와는 다른 의미의 새 질서와 총체성이 회복된 상태로 전화시키기 위하여 저 같은 문학적 장치를 동원한 것이다.

포스트모더니즘의 이론적 거점은 모더니즘의 저 같은 이상을 부인하는데에 자리한다. 모더니즘이 추구한 질서와 총체성의 회복은 허위요, 기만이라고 본 것이다. 파편화된 현실의 무질서를 그대로 수용하자는 것이다. 즉, 모더니즘이 지목한 반역의 대상은 전통과 인습이고, 질서 회복의 축으로 삼은 것은 권위와 중심이었다. 포스트모더니즘은 모더니즘이 의존한 권위와 중심에 대한 반역을 출발점으로 삼는다. 포스트모더니즘에서 파악되는 것이 어떤 사상이나 신념, 고답적 전통과 권위주의, 획일적 가치 또는 가치와 총체성에 대한 부정과 해체 현상이라는 점에서, 그것은 모더니즘과 결별한다. 포스트모더니즘은 모더니즘의 가치 상대주의를 다원주의와 해체론으로 무한 개방한 극한적 가치 파편화 현상을 보인다. 포스트모더니즘을 모더니즘의 지속이면서 반동이라고 하는 것은 이 때문이다.

이를테면, T.S. 엘리어트의 시와 시학은 모더니스트의 권위와 중심, 고전적 질서와 총체성에 대한 향수를 함축한다. 그의 대표작 「황무지(The Waste Land)」에는 각국의 신화와 고전적 상상력의 향연이 펼쳐지고 있다. 뿐만 아니라 그는 그의 시학에서 권위와 중심 지향의 매니페스토를 선포한다. 문학이 문학인가의 여부는 문학적 기준만으로 판단할 수 있으나, 문학의 위대성 여부는 문학적 기준만으로 평가할 수 없다고 그는 말한다. 그리고 문학 작품은 윤리적 평가를 거쳐야 하며, 마침내 신학적 기준으로 평가되어야 한다는 것이 그의 비평가적 신조다. 그가 의지하는 것은 주지주의 시학이며, 정신적 지주는 그리스도교 정신이다. 위대한 문학에는 위대한 정신적 지주가 있으며, 엘리어트의 경우 그것은 그리스도교 정신이었던 것이다.

포스트모더니스트는 이러한 정신적 지주 이론에 정면으로 도전한다. 포스트모더니즘은 가치의 절대성을 부인하며 중심과 주변의 주종 관계를 인정하지 않기 때문이다. 포스트모더니즘 문학의 기독교 수용 문제의 핵심은 바로 여기에 있다.

2) 해체론과 문학

포스트모더니즘은 어떤 강력한 단일 헤게모니에 의한 일방적 지배를 용납하지 못한다. 이런 에너지가 본격적으로 폭발한 것은 물론 1960년대다. 니체나 하이데거의 철학적 담론에서 연유된 해체론(deconstructionism)은 1966년 10월 미국 존스 홉킨스 대학교 심포지엄에서 발표한 후기 구조주의자 J.데리다(Jacque Derrida)의 「인문 과학 담론에서의 구조, 기호, 작용」에서 촉발된 것이라고들 말한다.

> 중심은 전체의 중심에 자리잡고 있지만, 그것은 (전체의 일부분이 아니므로) 전체에 속하지 않기 때문에 전체의 중심은 어느 곳에나 존재한다. 중심은 중심이 아니다.

이것은 종래의 로고스 중심적 사고에 대한 정면 도전이다. 해체주의 문학은 그러기에 '의심하기 시학'에서 출발하며, 절대적 진리와 선을 부정한다. 인식적, 도덕적 '의심하기 시학'에 의존하는 해체주의 문학은 언어에 대한 회의로 귀결된다. 언어만으로 현실을 완벽하게 재현할 수 없다는 인식 아래 언어 외의 온갖 기호까지 총동원된다. 가령, 해체시의 경우 현실은 단편적으로 표절, 편집되어 있을 뿐, 거기서 통일성 있는 논리는 짚이지 않는다. 왜곡된 현실을 왜곡되게 표현하는 해체시의 정체는 비속어와 욕설 따위가 난무하는 언어의 테러리스트라 하겠다.

모더니즘 시가 그랬듯이, 포스트모더니즘 시도 도시시다. 한국의 경우, 도시시의 포스트모더니즘적 경향은 일상성과 세속주의, 태도의 희극, 영원한 현재와 분열증, 문명 비판과 주체의 죽음 등으로 뜻매김된다.

모더니즘 시에 반역한 반엘리트주의(유규원, 「시인 구보 씨의 1일」), 세속주의, 탈신비주의 (황동규, 「견딜 수 없이 가벼운 존재들」, 장경린, 「라면은 통통」, 「간접 프리킥」)의 도시시들에서 형이상학적, 심리학적 깊이를 캐는 것은 부질없다. 일체가 일상성과 세속주의의 소품처럼 전락해 있다.

> 브라질 팀이
> 우리 편 문전을 향해서
> 간접 프리킥을 하려는 순간
> 사타구니를 쥐어짜듯 감싸고
>
> 일렬 종대로 늘어선
>
> 1919. 3.1.
> 1945. 8. 15.
> 1950. 6. 25.
> 1961. 5. 16.
>
> ― 장경린, 「간접 프리킥」

이 시에서는 3·1운동, 8·15광복, 5·16 군사 쿠데타 같은 중대한 역사적 사건이 한갓 축구의 간접 프리킥의 위상으로 격하되어 있다. 심지어 원효 같은 큰 승려도 '지하철을 내려 헐렁한 주머니에 손을 찌르고 바람이 세찬 장안 거리를 걷는, 견딜 수 없이 가벼운 존재들'(황동규)의 무리 속으로 소실되고 만다. 이는 표층적 의미와 심층적 의미가 충돌하는 아이러니의 양상을 보이며, 삶과 역사의 통고 체험(痛苦體驗)은 심층에 묻힌다.

해체시의 특징은 세속성, 경박성이다. 따라서 해체시는 진지하고 경건한 것과는 거리가 멀고, 희극적 · 유희적 · 즉흥적이다.

> 이제 책을 덮고 거리로 내려오라
> 방 안에 갇힌 문법학자여
> 책상다리로 앉아 있으면 떨어져 죽을 염려는 없겠지만
> 우리 마음은 아직 저 컴컴한 안개 골목
> 풍문에 싸인 산장 여관
> 알리바이를 증명할 수 없는 호각 소리
> 그러나 진실은 아름답게 존재한다
> 거기엔 선생도 학생도 없지만
> 청강생들이 모인다
> 청바지를 입어라 파우스트
> 다시 술렁이는 혼돈 속으로 들어가라
> ― 이윤택, 「청바지를 입은 파우스트」

철학자이며 대문호인 파우스트에게 청바지를 입혀 희화화(戲畫化)한 시다. 이 같은 희극적, 유희적인 어조(tone)는 본질적으로 해체주의의 범주에 든다. 이는 무엇인가 가득 찬 듯한 이 세계는 실상 '가득 찬 빈터'일 뿐이라는 허무주의적 부재감(不在感)에서 유래한다.

포스트모더니즘 시는 절대적 진리나 이념, 합리성이나 본질에 회의를 품는 불확정성, 불확실성과 의심하기 시학에서 출현한 것임이 여기서 드러난다.

현대인은 '오늘'에 존재를 고정시켜 놓는다. '어제'와 '내일'을 잇는 지속성(duration)이란 포스트모더니즘에서는 무의미하다. 포스트모더니즘의 존재관은 찰나적인 충격 체험과 순간순간 해체되는 체험의 파편들 속에서 개아

(個我)의 정체성은 부각될 수 없는 불연속적인 것이다.

> 나는 언제나 오늘만을 사랑한다.
> 오늘은 주택 은행에 월부금을 내는 날.
>
> — 김광규, 「오늘」

이것은 포스트모더니즘이 포착하는 존재의 파편성, 찰나성 곧 '하루살이'
와 '일회용'의 실상을 표출한 대목이다. 이런 시의 화자는 시간의 지속성과
경험의 통일성 포착에 실패하는 분열증세를 보인다. 포스트모더니즘의 도시
시, 해체시는 기술 낙원(Techtopia), 컴퓨터 낙원(Computerpia)으로 표상되는
이 시대의 도시 문명에 대하여 절망감을 표출한다.

> 한때는 선지자의 예언처럼 고독했던
> 그러한 절망이
> 이제는 도처에서 천방지축으로
> 장미처럼 요란하게 피고 있는 시대
>
> 죽은 자의 욕망까지 흔들어 깨우면서
> 그 위에 내리는
> 시도 때도 없는 산성비
> 사람들은 모두 우산을 쓰고 있다.
>
> 비극이 되기에는
> 너무나 흔해 빠진 우리 시대의 비
>
> — 이형기, 「전천후 산성비」

우리 시대의 절망적 시대상을 '산성비'에 비유한 이 시에서 감지되는 것
은 강한 문명 비판적 어조다.

도시 문학은 지난 3백 년 동안 서구 또는 서구화된 사회 도처에서 개인과 국가의 운명에 지대한 영향을 끼쳐왔다. 도시 생활(urbanism)은 현대 문화의 심장부에 자리해 있고, 우리의 경우도 예외가 아니다.

현대 도시는 상업화·산업화·세계화의 단계를 거치며 발달했고, 이에 따라 로맨틱 리얼리즘·자연주의·모더니즘·포스트모더니즘 문학을 낳았다. 유토피아 소설·고딕 소설·탐정 소설·과학 몽상 소설·디스토피아 소설(dystopian novel)도 도시 문학의 하위 장르다.

3) 문화 다원주의와 문학

새 세기에 우리는 폐쇄적 문화 정치학으로는 생존할 수 없이 되었다. 관계론, 혼혈주의, 병합론이 득세하게 된 것이다. '퓨전 요리'와도 같이 바야흐로 혼합 문화 시대가 열리고 있다. 문화란 '충돌'이 아닌 '화해'의 관계로 '창조적 만남'의 무대를 여는 것이 바람직하다는 형식 논리에 우리는 대체로 공감하나, 크게 우려되는 것은 S. 헌팅턴(Samuel Huntington)식 '문명의 충돌'이다.

헌팅턴의 예견은 주목할 만하다. 서구 문명은 라틴 아메리카나 아프리카의 관계에서는 갈등의 소지가 높지 않고, 특히 라틴 아메리카와 서구의 관계도 원만할 것으로 그는 말한다. 러시아, 일본, 서구의 관계는 협력과 갈등의 요인을 안고 있어, 서구 문명과 이슬람, 중국 문명 사이에서 그네 역할을 하리라고 본다.

이에 대하여, 독일 헤센 평화 및 갈등 연구소장 뮐러는 헌팅턴의 문명 충돌 이론이 도그마이며, 서구에 적대적인 문명에 대한 가설이야말로 허구라고 본다. 그는 헌팅턴이 자기의 이론 전개에 불리한 것은 제외하고, 유리한 것만 논거로 채택한 오류를 범하였다는 증거를 제시한다.

헌팅턴의 충돌 이론은 공산주의에 대체될 '새로운 적' 찾기에 지나지 않는 것이라고 밀러는 폄하한다. 『문명의 공존』 이론은 다른 글에서도 이야기한 바 있다. 그러나 인류의 미래사를 예견하기는 극히 어렵다.

아무튼 미국식 영어와 디지털 커뮤니케이션 체제를 주축으로 한 신자유주의는 정보, 문화 제국주의의 기세로 다가온다. 그리고 서구 사회가 비서구 사회, 제3, 4세계의 문명에 대하여 진지한 탐구의 자세를 보인 지는 오래되었다. 특히 선불교(禪佛敎)와 노장 사상(老莊思想)에 대한 친화력은 증대되고 있다. 서구 문화와의 충돌의 단계를 넘어선 것으로 보이는 한국의 경우, 샤머니즘적 기층 문화(基層文化), 유·불·도교의 중층 문화, 서구의 과학 문명과 기독교 문화 간의 관계 정립 문제는 본질적인 과제로서 남는다.

이와 관련하여 우리의 관심을 끄는 것은 막스 베버가 말하는 '동양의 합리주의'다. 이미 알려진 바와 같이, 서양의 청교도적 합리주의는 그 모델인 신(神)의 질서로써 세계를 변혁하려 한 내세적 초월주의다. 이와 달리, 동양의 합리주의는 현실 세계에 내재하는 초월적 질서를 합리화함으로써 현실 세계의 모순 극복을 위한 규범적 척도를 제시하는 현세적 초월주의다.

동양적 합리주의는 '영원과의 결별과 유한성으로의 이행'을 지향하는 포스트모더니즘과 제휴할 가능성이 크다. 공·맹·주자의 현세주의, 노자·장자의 무위 자연(無爲自然) 사상과 포스트모더니즘과의 접속은 이미 시작되었다. 동·서양 비교 사상론의 정립이 시급하게 요청되는 상황이다. 영어, 중국어 문화권이 주도할 것으로 예견되는 21세기 문화 이론의 정립이 시급하다.

문제는 이 같은 상대주의적 가치관의 다문화주의가 문학에서 어떻게 나타날 것인가에 있다. 가령, 소설이나 드라마 인물들의 다국적, 혼혈, 배경의 혼재, 시공간의 우주화 현상이 빚어질 것이다. 작품의 주제가 다초점화하고, 엘리어트가 섬기어 마지않은 '위대한 문학의 위대한 정선적 지주'의 중심 이동 내지 해체 현상도 예상된다.

기독교는 이 문제에 심각하게 접근하지 않을 수 없을 것이다.

4) 미학적 대중주의와 페미니즘

포스트모더니즘 문학은 전통적 2분법을 붕괴시킨다. 고답적 엘리트주의 의 고급 문화와 대중문화, 제1, 2세계의 문화와 제3, 4세계의 문화, 남성 중 심주의의 가부장적 문화와 페미니즘 문화, 양성혼 문화와 동성애 문화(gay, lesbian culture) 등은 수평적 관계 복원을 시도하게 되었다.

> 포스트모더니즘은 전통과 현실, 보존과 경신, 대중 문화와 고급 문화 간의 긴장의 장에 작용한다. 그런데 이 긴장의 장에서는 이상 더 후자의 용어가 전자의 그것보다 저절로 우위를 점하지 않는다. 이 긴장의 장은 이상 더 진보대 보수, 좌익 대 우익, 현재 대 과거, 모더니즘 대 리얼리즘, 추상 대 재현, 아방가르드 대 키치(kitsch)의 범주로 이해될 수 없다. 결국 모더니즘을 고전적으로 설명하는 데 핵심적 역할을 하던 그런 이분법이 붕괴되었다는 사실이 바로 그 변화의 일부를 이루고 있다.

A. 허이센(Andreas Huyssen)의 말이다. 여기서 우리가 주목하게 되는 것이 포스트모더니즘의 미학적 대중주의와 페미니즘이다.

앞에서 본 해체시들의 세속주의와 탈신비주의는 미학적 대중주의와 결부 되게 마련이다. 이는 J. 크리스테바(Julia Kristeva)의 상호 텍스트성을 필두로 하여 텍스트 '제작 과정'을 반영하는 자기 반영성, 중심의 해체와 권위의 약 화 및 정전(正典)의 상실로 인한 U. 에코(Umberto Eco)의 탈장르화 등과 함께 포스트모더니즘 문학의 중요한 특성이다.

포스트모더니즘은 패러디의 시학을 애호한다. 패러디는 과거와 현재의 텍스트뿐 아니라 현재의 여러 이질적 텍스트를 혼합하여 상호 텍스트적 장르 혼합 현상을 빚는다. 패러디는 다원주의, 대중주의 미학으로 지배 이데올로기에 도전하여 주변적 가치를 재발견하는 반권위주의적 장치다. 이는 불가피하게 문학의 심미적 소통뿐 아니라 사회·역사적, 이데올로기적 맥락에까지 참여하여 이른바 순수와 참여의 대립이라는 경직성을 극복한다고들 말한다.

> 과거의 모방이면서 비판인 패러디가 벌써 함축하고 있듯이, 패러디는 모순과 이중성의 기교다. 문명 비판의 현대시에서처럼 지배 이데올로기에 연루되어 있으면서 이를 비판하고, 상품화를 이용하면서도 상품화에 도전하고, 타락된 세속에 빠져 있으면서도 타락된 세계를 비판하며, 연속성 가운데 불연속성을 보이는 모순과 이중성을 그 본질로 한다. 현대시의 어조가 본질적으로 '위악적'인 것은 이 때문이다. 그래서 패러디 시는 아이러니와 역설의 기교를 필연적으로 수반하고 있다.

김준오의 글이다. 패러디를 기교로 자주 구사하는 포스트모더니즘 시는 이처럼 문명사의 한복판에서 혼신을 다하여 응전하고 있는 것은 사실이다.

포스트모더니즘 소설의 궤도 또한 크게 다를 것 없다. 가령, 도널드 바셀미의 「백설 공주」는 동화 패러디로 '시작·중간·끝'이라는 아리스토텔레스의 시학을 와해시키고 파편 속에서 의미를 찾는다. 윌리엄 버러우즈의 「벌거벗은 점심」은 마약에 취한 환상으로라도 자유로워지려는 감정 표출의 극한성을 보여 준다. 또한 저지 코진스키는 「그냥 있기」의 주인공 '우연(Chance)'을 통하여 어떤 의미라는 것의 우발성, 자의성을 드러내며 미·소 양쪽의 정치 상황을 풍자한다. 그리고 사실을 추구하는 과정에 개인의 욕망이 개입하여 실재(reality)가 어떻게 변질되어 허구화하는가를 풍자한 나보코프의 자서전, 전기, 비평의 패러디도 포스트모더니즘 소설의 기교이다. 그는 「롤리타」를 통하여 실재의 포착에 고심하는 작가의 노력을, 어린 소녀를 사랑하는 괴이한 중년 사내의 부질없는 욕망에 빗대기도 한다. 이들 작품은 '단련과 통제 아래 감추인 광기(狂氣), 전통과 보편적 구조 속에서 억압되어 온 개성, 역사적 진실의 은폐에 대한 거부' 등으로써 포스트모더니즘적 반역의 실상을 드러낸다.

포스트모더니즘의 미학적 대중주의는 이러한 거부와 반역에서 비롯된다. 소설의 경우, 모더니즘이 의식의 흐름이나 내적 독백과 같은 잠재 심리 추적에 몰입하는 등 고급 문학의 좌표를 견지했던 것에 포스트모더니즘 소설은 반역을 꾀한다. 포스트모더니즘 소설은 구체적, 일상적인 외부 세계를 다루는 대중 지향의 장르를 선호한다. 종래 통속 대중물로 폄시하던 탐정 소설, 공상 과학 소설, 첩보 소설, 외설 소설, 로맨스 소설, 미국의 서부 개척 소설 등이 포스트모더니즘 문학에서는 새로운 중심 장르로 부각된다. 심지어 포스트모더니즘 비평가는 '이상적인 포스트모더니즘 소설은 모더니즘 소설처럼 난해하지도 리얼리즘 소설처럼 진부하지도 않은 소설'로 규정한다. 다시 말하여, 포스트모더니즘 소설은 '순수 문학과 대중 문학의 구분을 없이 하면서도 통속 문학으로 전락하지 않으며, 진부하지는 않으면서도 난해한 기교를 피하는 소설'이라는 것이다.

포스트모더니즘 소설은 시의 경우처럼 인간의 창조적 상상력과 신성하고 절대적인 가치에 대한 기대를 포기하고 대개는 종래의 작품을 패러디화한다. 또 결말 처리를 유보한 채 열어 둠으로써, 총체성의 회복이 불가능하고 절대 진리가 존재하지 않으며, 선악의 2분법적 구분이 불분명하고 논리와 순리가 통하지 않는 상대적 가치의 다원주의 시대적 특성을 드러내는 것이 포스트모더니즘 소설이다. 포스트모더니즘 소설은 P.C. 러보크의 '보여주기 (showing)' 기법이나 W. 부스의 '저자의 죽음', 작가의 입장과 일치하는 '믿을 수 있는 화자(reliable narrator)' 이론에 대한 반역성을 노골화한다. 포스트모더니즘은 그러기에 패러다임의 변혁이라기보다 그 '해체'로 보아야 할 까닭이 이에 있다.

포스트모더니즘은 '실재의 허구성'을 드러내기 위한 '뉴 저널리즘 소설'을 출현시킨다. 사실이나 사건을 정확히 보도, 서술하는 양상을 취하면서 그것이 주관적 산물임을 드러냄으로써 보도의 객관성을 회의하는 태도를 취한다. 트루먼 카포티의 「냉혈 인간」(In Cold Blood), 노먼 메일러의 「밤의 군대들」(Armies of the Night) 등이 그 예다. 또한 존 파울즈의 「프랑스 중위의 여자」, 마츠케스의 「백년 동안의 고독」, 밀란 쿤데라의 「참을 수 없는 존재의 가벼움」, 움베르토 에코의 「장미의 이름」 또한 이와 관련하여 주목할 만한 작품들이다.

한국에서 포스트모더니즘 소설이 물의를 빚은 것은 1990년대 초반이다. 김수경의 「즈유종」(1990)과 하일지의 「경마장 가는 길」(1990)이 단행본으로 출간되었고, 전영태가 하일지의 작품을 지목하여 '외래 문화의 박래품' 쯤으로 혹평하면서 작가와의 논쟁이 일게 되었고, 포스트모더니즘 소설은 주목을 받게 되었다. 그리고 구효서의 「슬픈 바다」, 박일문의 「살아남은 자의 슬픔」, 이인화의 「내가 누구인가 말할 자가 누구인가」 등도 화제작으로 떠올랐다. 장편 「경마장 가는 길」의 경우를 보자. 이 작품의 인물은 R, J, Q 등 영문 이니셜로만 등장하며, 사건도 허탄하기 짝이 없다. '주인공 R이 5년 반 만에 프랑스 유학을 마치고 돌아와, 거기서 3년 반 동안 동거했던 J라는 여성과 무의미한 성적 실랑이를 반복하는 것이 주내용'이다. 이해조의 신소설 「자유종」을 패러디화한 「즈유종」은 마약에 남닉하는 남녀 주인공의 퇴폐적 성행위로 점철된 작품이다. 이에 대한 평가는 둘로 갈린다. 기법의 참신성에 대한 찬사와 '제국주의적 문학의 에이즈'라는 상반되는 평가가 내려진 것이다.

페미니즘은 여성의 피억압적 지위의 규정은 유전 결정론이 아닌 환경 결정론적 산물로 인식하는 데서 출발한다. 시몬 보부아르의 『제2의 성』에서 생물학, 정신 분석학, 유물 사관을 기반으로 하여 여성이 '자유'를 향유해야 할 논거를 제시하였다. 여성은 남성들이 '타자(他者)'로 살도록 강요하는 바 운명적 수동의 상태에서 벗어나야 하며, 남녀가 진실로 평등하기 위해서는 법률·제도·풍습·여론 기타 사회적 관계 개선뿐 아니라, 여성이 실존적 자각으로 인간으로서의 주체성을 회복하는 것이 중요하다고 보부아르는 주장한다. 페미니즘은 H. 마르쿠제의 「혁명적 정치 투쟁론」, 「성의 변증론」의 S. 파이어스튼, 「성의 혁명」의 K. 밀레트 등의 논쟁을 거쳐 이제 보편적 사회 운동, 문화·문학 운동으로 지반을 넓혀 가고 있다.

영미 페미니스트 문학 비평의 단초는 V. 울프의 「그녀의 방」, S. 보부아르의 『제2의 성』으로 보며, 현대 페미니즘 비평은 B. 프란디의 「여성의 신비」(1963)라는 것이 정설이다. 1970년대에는 I.쇼왈터의 「그들만의 문학」, S. 길버트와 S. 거바의 「다락방의 미친 여자」 등이 페미니즘 소설로 크게 부각된다. 「다락방의 미친 여자」에서 제기된 여성의 공간 공포증, 건망증, 식욕 부진, 실어증, 밀실 공포증, 히스테리 기타 정신 질환 등은 페미니즘 문학의 준거로서 의의가 있다.

한국의 경우 1980년대 초 남편의 폭력을 다룬 이경자의 「맷집과 허깨비」이후 고독하고 답답한 부부 관계를 제재로 한 김채원의 「겨울의 환(幻)」, 부부간의 끝없는 고독과 단절 의식에 도전하는 오정희의 「불의 강」, 「바람의 넋」 등이 페미니즘 소설로서 문제작임을 김정자는 지적한 바 있다.

1960년대 이후 산업화, 정보화의 과정에서 가부장적 권위주의가 무너져 가는 한국 사회에서 페미니즘의 지반은 확고하다고 할 수 있다.

3. 기독교적 수용의 문제

포스트모더니즘 문학을 어떻게 기독교적으로 수용할 수 있는가? 이는 그야말로 지난(至難)한 과제다. 그러나 이 시대 문화의 지배적인 흐름인 포스트모더니즘을 외면하는 것은 불가능한 문명사의 새 흐름 속에서 기독교는 이에 합당한 대응책 마련에 부심하지 않을 수 없다.

포스트모더니즘의 기독교적 수용은 타산지석(他山之石)이나 역설의 논리에 의존할 수밖에 없다.

첫째, 중심을 해체하는 해체론은 절대적 가치 또는 진리의 일률성(一律性, Einheit)을 붕괴시킨다. 기독교의 진리는 창조주 유일신의 '말씀'에서 발원하는데, 포스트모더니즘 문학의 기호론은 이러한 진리의 중심을 무너뜨린다. 이에 따르면, 가령 '신(神)'과 '실'은 기표(記標, signifiant)의 자의적(恣意的) 차이에 따라 그 의미가 확정될 뿐이다. 종래에 기표와 기의(記意, signifié)는 1대 1의 관계에 있으며, 이 관계는 기의가 결정하는 것으로 여겼다. 이런 관계 확정의 궁극적 실체는 '초월적 기의'로서, 이것은 신이었다. 이 때의 '신'은 초월적 기의로서의 신을 의미했다. 그러나 포스트모더니즘과 그 문학에서 신이 신일 수 있는 근거는 초월적 기의가 아니라, 다른 기표와의 차이에 있을 뿐이다. 다시 말하여, 포스트모더니즘과 그 문학에서는 '수평/수직', '시간/영원', '현실/초월'의 대립 관계가 깨어지고, '수평, 시간, 현실'만 남는다. 수직의 하이어라키나 영원과 초월, 구원의 종교는 소멸한다.

만일 새 세기를 계속 포스트모더니즘이 지배한다면, 수평선과 수직선이 교차하는 좌표에서만 삶과 역사의 구원이 있다는 기독교의 십자가 상징은 소실될 위기에 처할 것이다. 우리 문학의 경우, 무속 신앙(샤머니즘), 유·불·도교, 기독교 문화를 동일 지평에 배열한 자리에서 수평적 가치 상대성을 주장한다면, 기독교 진리의 근본은 동요할 수밖에 없다.

예수께서 가라사대 나는 길이요 진리요 생명이니 나로 말미암지 않고
는 아버지께로 올 자가 없느니라(요 14:6)

다른 종교에도 구원이 있다는 종교 다원주의적 그리스도인들은 성경의
이 '말씀'을 어떻게 설명할 것인가? 그리스도인의 입장에서 볼 때, 이제는
비기독교 문화와의 '선교적' 대화가 긴요해졌다. 비교 종교학, 비교 문화론
의 중요성이 그만큼 증대되었다는 뜻이다. 기독교 신학은 물론 비기독교와
그 문화의 특성에 대한 전문적인 식견을 얻고서야 선교의 효과를 높일 수
있는 시대가 되었다는 것이다.

우선, 통합적 사고의 소산인 동양 문화와 분석적 사고에서 빚어진 서양
문화의 차이점부터 연구할 필요가 있다. 앞에서 살펴본 바와 같이, 우리 의
식의 표층부에 자리해 있는 한국의 기독교 문화는 그 중층, 기층을 흔들어
놓지 못하고 있다. 한국에는 아직 진정한 기독교 문화가 성립되지 않았다는
것이 진실한 고백일 것이다. 『참회록』 한 권 없는 한국 문학사가 그 현저한
예라 하겠다. 한국 기독교의 짙은 기복성(祈福性)과 광신(狂信), 이단(異端)에
대한 잦은 시비는 무속 신앙의 부정적 영향 때문이다. 개인과 집단의 축복
을 반대 급부로써 가늠하며, 광기 서린 엑스타시와 몰교리, 몰윤리를 본질로
한다는 점에서, 기독교인에게 무속 신앙은 알라·브라만·니르바나의 이슬
람교·힌두교·불교 문화와 함께 '선한 싸움'의 대상임은 더 말할 필요가
없다. 다만, 상대주의·다원주의적 가치관의 유한성 안에서 저들 종교 의식
을 한 문화 기제로서는 허용할 수 있을 것이다. 그러나 그것을 기독교가 구
원의 진리로 수용하는 것은 불가능하다. 다음 시를 보자.

지금, 하늘에 계시지 않은 우리 아버지 이름을 거룩하게 하옵시며 아

버지의 나라이 말씀이 아니시며, 뜻이 하늘에서 이룬 것같이, 그러나 땅
에서는 아직도 이루어지지 않았나이다.

　오늘날 우리에게 일용할 거시기는 단 한 방울도 내려 주시지 않으셨으
며 우리가 우리에게 죄 짓고 있는 자들을 모르는 척하고 있듯이 우리의
모르는 척하는 죄를 눈감아 주옵시고, 우리가 우리 스스로의 힘으로 일어
설 수 있을 때까지는 몇 만 년이라도 우리의 시험이 계속되게 하여 주시
고, 다만 어느 날 우연히 악에서 구하려 들지는 말아 주시옵소서. 대개 나
라와 권세와 영광이 아버지께 영원히 있다고 말해지고 있사옵니다. 언젠
나 출타중이신 아버지시여.

　아멘

— 박남철, 「주기도문」

　무신론적 실존주의의 그것과도 같은 빈정거림과 항변, 절망이 읽히는 해
체시다.

　여기서 기독교가 취할 수 있는 것은 무엇이겠는가? 그것은 '역설의 진리'
다. 진화론적 무신론의 텃밭에서 성장하여 인간의 영성(靈性, spirituality)을
부인하는 자연주의 문학의 처절한 존재의 붕괴를 역설로 되짚어내는 그 원
리와 흡사하다.

　둘째, 미학적 대중주의는 고급 문학의 엘리트주의에 도전한다. 고급 문학
과 대중 문학의 만남은 순조로울 수 있는가? 고급 문학의 '순수'와 대중 문
학의 '통속성'은 화해 또는 변증법적 통합의 미학으로 거듭날 수 있는가?
이 역시 만만찮은 과제다.

　또 소통 장애 불능 현상을 빚었던 모더니즘 문학의 난해성은 대중성과 만
나 극복될 수도 있을 것이다. 그러나 모더니즘 문학의 그 '순수'를 파괴하는
대중주의는 문화의 하향 평준화 현상을 불러올 것이다. 특히 음란성과 폭력
을 '전략 무기'로 삼는 대중 문학의 통속화는 문학을 경박한 찰나주의적 문
명사의 황야에 폐기 처분하는 결과를 빚을 수도 있다.

기독교적 수용과 관련하여 우리가 제시할 수 있는 것이 대중 미학 당의정론(糖衣錠論)이다. 대중 문학의 의상 안에 본체인 기독교 진리를 감싸는 것이한 방안일 것이다. 가령, 김성일의 기독교 장편 소설 「땅 끝에서 오다」, 「땅끝으로 가다」는 추리 소설적 기법으로 성서적 구원의 진리를 전파하고 있다.

셋째, 페미니즘은 상호 주체적 평등 사상의 인격주의(personalism)에 갈음된다. 여성은 교회 안에서 잠잠하라는 한 성서의 한 대목만으로, 세속사의여성 탄압사를 교회가 답습하는 것은 하나님의 진리가 아니다. 그것은 그리스도의 구속사(救贖史) 안에서 '보시기에' 좋은 일이 결코 아닐 것이다.

기독교는 페미니스트들의 절규를 기본적으로 들어야 하며, 여성의 인격을 하나님의 사랑으로 감싸안아야 한다. 그렇게 함으로써 그들이 마르크스적 투쟁론을 포기하고 그리스도의 품안으로 달려오게 할 수 있을 것이다.

이제 기독교, 특히 교회는 '중심'에 도전하는 '주변'의 목소리에 귀를 기울이며, 중앙 집권적 권위주의 체제로써 '하나님의 집'을 수호할 수는 없게되었음을 깨닫고 제2의 종교 개혁에 나서야 할 것이다. 이것이 포스트모더니즘과 그 문학이 우리를 깨우치는 바 타산지석의 교훈이요 역설적 진실인것이다.

4. 맺음말

포스트모더니즘은 패러다임의 변혁이라기보다 그 해체라고 우리는 이미말한 바 있다. 포스트모더니즘 문학의 중심의 해체 현상과 미학적 대중주의는 이 시대 문명사의 지배적 담론이 되었다. 기독교의 관점에서 볼 때 이것은 문명사적 반역이다. 기독교가 섬기는 '말씀'의 절대 진리와 그 일률성을붕괴시키는 일대 변란이기 때문이다. 국내외의 문학 작품에서 그런 현상은 이미 나타나 있고, 이것은 N세대의 대중 문화에 영합하여 음란과 폭력성을 주조(主調)로 한 퇴폐성, 통속성으로 치닫는 경향을 보인다. 문화 상대주의가 기독교 문화의 '중심'을 뒤흔들고, 통속성이 기독교 윤리의 '경건한 성(城)'을 위협하기에 이르렀다.

수평적 다문화의 이 시대에 기독교는 폐쇄적, 권위적 문화 이론만으로 생존할 수 없이 되었다. 실체론, 택일론, 순혈주의보다 관계론, 병합론, 혼혈주의 문화가 득세할 것이다. 이에 기독교는 '선한 싸움의 병기'의 노출을 삼가면서 타문화를 당의(糖衣)로, 상대적 가치의 문화 현상으로 접하면서 기독교의 절대 가치, 절대 진리를 수호하고 전파하는 '선교 방략'을 탐색해야 할 것이다. 그리고 교회가 변두리의 소리에 귀기울이는 것이야말로 한국 기독교의 시급한 과제다. 특히 21세기에 페미니스트의 절규를 외면하는 교회는 '회칠한 무덤'이 될 수도 있을 것이다.

교회, 신학교, 선교 단체의 관련자를 비롯한 모든 기독교인은 기독교 문학의 '체험적 진실'을 '체험'해야 한다. 대중 미학인 추리 소설의 기법으로 성서의 진리를 전파한 「땅 끝에서 오다」, 「홍수 이후」 등 김성일의 소설들은 이 시대의 귀한 문서 선교의 자료가 아닌가. 포스트모더니즘 소설도 타산지석으로, 역설적 진리의 문헌으로서 기독교에 공헌할 수 있다. 기독교는 아담과 하와의 반역뿐 아니라 프로메테우스의 반역을 심각히 주시해야 할 것이다.

끝으로, 신학교와 기독교 재단의 모든 교육 기관에 기독교 문학 강좌의 개설을 제안한다. 기독교 문학은 "나로 말미암지 아니하고는 아버지께로 올 자가 없느니라"신 '말씀'을 바로 세울 결정적 신앙 체험의 밭인 까닭이다.

(≪기독교문학평론≫, 2003.5, 기독교 문학연구소, 제17회 기독교문학회
주제발표, 『인간 게놈 해동 완료 희망의 시작인가』, 2001의 개정 원고)

소설과 생태학적 상상력

1

'산성비와 불바람에도 꽃은 피는가? 우리는 모두 우산을 쓴 사람들'이라고 시인이 노래하고, 작가가 '불바람' 얘기를 하는 장면에 기술 낙원(Techtopia)의 현란한 광고 화면이 오버랩 된다. 산성비·불바람과 테크노피아의 자가당착으로 표징되는 문명사적 모순의 카오스 속에 자연 낙원(Greentopia)에의 열망은 피아니시모로 소실된다.

남북 양극 빙산이 녹아 20년 후에는 해수면이 10㎝ 이상 상승하고, 아프리카의 사막화가 가속화할 것이라는 과학적 예견이 현실로 다가온다. 2050년경부터 혹성 아주 계획이 본격화하리라는 천문학자의 통보에도 지구인 대다수는 무관심하다. 1970년대부터 박차를 가한 한국의 석탄·석유 중심 굴뚝 산업이 끼친 '잘 살아보세'와 환경지수 세계 92위라는 '세계화적 모순'은 우리 자신과 지구촌 식구 모두에게 비보(悲報)다. 그리고 더 큰 비보는 아직도 이 비보에 둔감한 우리의 생태학적 상상력(ecological imagination)

에 있다.

생태학적 상상력은 본디 동양인의 생명 원리였다. 특히 동아시아 문학의 전통은 친생태적인 것이며, 최근 기술 권력의 맹위에 가위눌렸던 우리들 본연의 그 상상력이 문학적 감수성에 실려 이제 회생할 조짐을 보이는 것은 낭보(朗報)다. 소설에 그런 색조가 짙다. 이것은 서사 장르가 서정 장르보다 역사와 철학 쪽에 더 근접하여 있다는 문학 원리의 기본 인식과 함께 과학·철학·형이상학적 천착을 더 요구한다.

2

우선 지난 세기의 문명사부터 되짚어보자. 20세기는 요란한 포성과 화약 냄새로 문을 연 전쟁과 혁명의 세기였다. 그것은 '선진 문명'의 이름으로 GNP 우상화에 열광한 인류사 최상의 물질적 번영과 함께 증오와 살육이 빚은 피의 제전이었다. 기술의 위험은 "실패보다 성공에서 온다."고 한 한스 요나스의 아이러니가 입증된 것이다. "기술에 잠재되어 있는 부정적 잠재력은 성공을 통하여 더 증대된다."는 원리가 여기서 도출되는 것은 당연하다.

오래 전 런던 스모그에 시민들이 희생되었다. 그것은 자연 현상인 런던 포그가 아닌 산업 공해의 결과였다. 서울의 스모그도 심상치 않다. 그러나 이것은 아우슈비츠, 히로시마, 체르노빌의 경우에 견주어 아무것도 아니라고 우리는 생각한다. 이것이 문제다.

20세기의 재앙은 가까이 19세기 중엽부터 예견된 것이었다. 실증주의자(實證主義者) 오귀스트 콩트의 「사회학」(1842), 카를 마르크스의 「공산당 선언」(1848), 찰스 다윈의 「종의 기원」(1859)으로 대변되는 서양 문명사의 무신론화(無神論化)와 유물론적 상상력은 인류에 적대적이며 비인간화된 문명사를 전개할 수밖에 없는 것이었다. 더 깊은 연원에서 보면, 산업 혁명 이후 기술 권력이 최대의 업적으로 과시하는 이 시대의 정보 하이테크 문명은 르네상스적 인본주의 사상(人本主義思想)이 낳은 과학주의적 욕망이 그 극한을 지향하는 과정에서 빚은 세기말적 바벨탑이라는 뜻이다. 그리고 인본주의적 발전사관으로서 역사적 진보주의의 이론적 기반이 된 것은 다윈의 생물 진화론과 허버트 스펜서의 사회 진화론이다.

알다시피, 다윈이 주장한 진화론의 두 가지 큰 명제는 종의 변이(vriation of species)와 자연 선택(natural selection)이다.

구약 성서의 '창조론'을 뒤집는 무신론적 결정론(決定論)이다. 이것은 자연주의 · 마르크스주의 · 프로이트 심리학의 물질주의와 소위 '동물적 상상력'의 촉발제로서 작용해 왔다. 더욱이 다위니즘의 철저한 신봉자였던 허버트 스펜서의 사회 진화론은 도구적 이성의 독주 아래 산업화, 도시화에 박차를 가하고, 역사적 진보주의를 신앙의 반열에 올려놓았다.

근대 이후의 지성사도 진화론의 압도적 영향권 안에서 전개되었다. 프로이트 · 아들러 · 로렌츠 · 스키너의 심리학은 물론, 존 듀이의 교육학, 웹의 사회학, 케인즈의 경제학, 라이엘의 지질학, 랑케와 카의 역사학 등 근대 학문에 끼친 영향은 지대하다. 이러한 근대 지성은 아카데미즘의 무신론화에 그치지 않고 역사 형성에 역동적으로 개입하였다. 무솔리니 · 히틀러 · 도조(천황) · 마르크스 · 모택동 등 폭력 혁명과 전쟁의 배경에는 늘 진화론이 도사리고 있었다.

20세기 혁명과 전쟁, 냉전 이데올로기로 무장한 자본주의와 공산주의의 극한 대결은 모두 진화론의 산물이다. 공산주의 진영의 붕괴 이후 패권을 전단하게 된 미국의 신자유주의는 진화론이 제기한 적자 생존(適者生存) 이론의 세속사적 승리를 부추긴다.

서양의 르네상스적 인본주의는 중세의 신 중심주의를 거부하고 인간 중심적 역사 전개의 전환점을 마련하였으며, 데카르트 이후에는 이성(理性) 중심의 지성사를 전개하게 되었다. 여기서 우리가 염려하는 환경 문제는 이성과 감성, 주관과 객관, 인간과 세계의 분리와 대립에 기반을 둔 데카르트적 2원론(dualism)과 진화론적 개발 논리에 큰 책임이 있다. 따라서 오늘의 환경 문제는 문명사의 전개에 대한 반성적 사고에서 출발해야 옳다. 돌이키면, 인류 역사는 신화에서 과학, 통합에서 분리를 지향하는 쪽으로 전개되어 왔다. 현대 자유주의 신학이 말하는 탈신화론・탈신비주의는 그 극단이다. 통합적 사고에 친근한 동양인도 서양 자연과학의 영향으로 이 같은 2원론적 분리에 익숙해졌다.

근대 인문학 역시 자연 환경과 관련된 세계관이나 존재론에서 떠나 인간의 내면 세계에 대한 연구에 몰두하게 되었다. 자연 과학은 산업화와 두 차례의 세계관을 거치면서 기술 공학의 발달을 초래하였다. 특히 화학 공학・기계 공학・전자 공학의 발달은 엄청난 사회적 부(富)를 창출하여 소비 수준을 향상시키고, 효율화된 기계와 장비들로 자연을 변형시킬 수 있는 인간의 능력을 고도화하여 자연 환경의 한계를 극복하였다. 그러나 이로 인한 대규모의 환경 파괴와 오염 현상을 빚게 된 것은 크나큰 재앙이다.

머레이 북친은 묻는다. "그 동안 문명과 자유를 향해 인간이 줄기차게 달려온 이른바 진보를 좌절시키는 사회 차원의 실패와 혐오・공포・파멸이란 도대체 무엇인가?"고 그는 경고한다. 현대 사회의 비극은 환경을 오염시킨다는 것뿐 아니라 자연 생태 공동체, 사회 관계, 인간의 정신에 충격을 준다는 데 있다는 것이다. 자연 세계의 파편화에 동반되는 사회와 심리 세계의 파편화, 인간 관계와 경험의 상품화, 객체화 현상까지 몰고 온다고 그는 개탄한다. 생태학적 상상력의 발동이 여기서 요청된다.

생태계의 속성인 연관성(connection), 상호 의존성, 순환성, 변화와 적응에 대한 이해와 배려를 축으로 한 생태학적 상상력을 발휘하고 적용하는 노력이야말로 중요하다. 환경 오염이 초래하는 신체 질환은 말할 것도 없고, 정서 불안·난폭증·우울증·염세증 같은 신경·정신계 질환까지 일으키는 진보 지상주의 문명사의 치명적 부작용에 대한 재검토가 필요하다는 뜻이다. 인류는 지금 자연과의 연관성·상호 의존성·순환성을 잊고, 그것을 파괴하고 한갓 재료로 전락시킨 대가를 지금 톡톡히 치르고 있다. 또한 변화에 적응하지 못한 생명체의 몰락은 인간의 생존 조건에 크나큰 위협이 되고 있다.

인간의 삶과 역사 체험의 완결성에 기반을 둔 소설 장르가 환경 문제에 민감할 수밖에 없는 것은 당연하다.

3

네바다 대학교 교수 로레인 앤더슨 등이 1999년에 펴낸 책 『문학과 환경』(*Literature and the Environment*)이 다룬 환경 소설 17편만 해도 인간과 환경의 연관성·상호 의존성·순환성·변화와 적응 문제들과 깊이 관련되어 있다. 켄트 넬슨의 「불규칙 비행」, 존 업다이크의 「나무 속의 까마귀」, 팻 미피의 「눈의 거처에서」 등이 다 그런 예들이다. 이들은 크게 '인간 동물'(the human animal)·'주거'(inhabiting place)·'경제와 생태학'(economy and ecology)의 세 가지 관점에서 문제를 제기한다. 그리고 로레인 앤더슨 등은 생태학과 포스트모더니즘의 통합적 관점으로 환경 문제에 접근한다. '자연과 문화'라는 근대 인식론의 데카르트식 2원론적 대립 관념을 극복하려는 것이다.

한국 소설 중에서 생태소설(환경 소설·녹색 소설)로 부각된 것은 「관촌 수필」(이문구)·「도요새에 관한 명상」(김원일)·「불바람」(우한용)·「불타는 패션」(한정희) 들이다. 그리고 1998년 이후 최근작 중에 2000년도 청주 동양 일보 제정 제1회 이무영 문학상 수상작인 「땅과 흙」(이동희), 같은 해 조선 일보가 주관한 동인 문학상 수상작인 「내 몸은 너무 오래 서 있거나 걸어왔 다」(이문구) 등도 생태 문제와 무관하지 않다. 또 2000년 12월의 「나무가 기 도하는 집」(이윤기)은 환경 문제의 본질을 원초적 시공(時空)에서 통찰한 장 편 소설이다.

이문구의 「관촌 수필」(1997)과 「내 몸은 너무 오래 서 있거나 걸어왔다」 (2000)의 '이야기하는 시간'에는 20여 년의 간극이 있으나, 서사적 자아의 톤 (tone)에는 일관성이 있다. '갈머리 부락'이 사라져버린 '왕소나무'나 '진평 리'의 천덕꾸러기 '개암나무'에 대한 작가의 시선은 다름이 없다. '전쟁과 근대화'라는 20세기의 도전에 특유의 충청 방언 버전(version)으로 항거하는 작가 정신은 분명 생태학적 상상력에 맞닿아 있다.

김원일의 「도요새에 관한 명상」(1979)은 공해 문제를 중심으로 하여 생태 계 일반의 문제를 다룬 소설이다. 이 작품이야말로 생태학적 상상력의 요소 를 갖추었다. 석탄과 석유의 '굴뚝 산업'으로 표상되는, 뒤늦은 한국의 근대 화와 환경 오염 문제를 '문제적 인간'과 기술 권력 간의 갈등 양상으로 클로 즈업시킨 소설이다. 낙동강 가의 실향민 아버지, 제적당한 운동권 대학생 아 들, 독극물로 철새를 잡아 돈벌이하는 재수생인 둘째 아들, 돈을 최고의 가 치로 여기는 어머니로 구성된 소외 가족의 문제와 함께 다루어진 것이 「도 요새에 관한 명상」이다. 특히 운동권 대학생과 산업화의 주역인 기술 권력 과의 싸움은 환경 문제의 정치적 쟁점화를 시사한다.

우한용의 「불바람」(1989)은 원자력 발전소와 산업 공단의 공해 문제를 다룬 본격적인 생태 소설이다. 이 작품의 구조적 특성은 독자를 설득하는 데 매우 효과적이다. 진실을 은폐하고 원자력 발전소의 안전성을 홍보하는 남편과, 이의 허위성을 폭로·규탄하는 시위대의 모순 사이에서 고뇌하는 아내를 관찰자로 한 이 소설은 생태 문제의 대중화에 기여할 수 있다는 점에서 의의가 있다. 더욱이 임신한 아내 연진이 병원 진단을 가면서 태아의 안전 여부로 불안에 사로잡히는 장면은 관심을 끌기에 충분하다. '구성원들이 자기 문제로 받아들일 수 있어야 한다는 점'을 각성시킨 작품이라는 김동환 교수의 평가는 그래서 타당하다. 뿐만 아니라 이 소설은 문학적 감수성의 철학적 본질 탐구와의 만남과 그 의의를 가늠하는 실마리를 제공한다. 서사 문학의 작가는 배경 사상을 천착하는 탐구의 치열성과 결코 무관할 수가 없는 것이다.

이윤기의 「나무가 기도하는 집」(2000)은 자연과 인간의 생명적 통합 관계를 체득시키는 소설이다. 시간 배경은 현대이고, 공간 배경(환경)은 세상의 현실과 대립되는 나무숲이다. '막달라 기도원'과 동일시되거나 오히려 그 우위에 자리한 귀룽나무숲은 '나무 기도원'으로 명명된다. 어느 날 느닷없이 찾아온 여인과 나무 기도원 독신남과의 해후, 거기에는 어떠한 '인위(人爲)'도 작용하지 않는다. 여인은 세상의 폭력에 심신이 훼손된 채 '기도원'을 찾아가다가 이 나무 기도원에 안착한다. 그 곳 주인 독신남은 이 여인의 거취를 그녀 자신에게 맡기고 언어를 극도로 절제한다. 이 작품의 긍정적 기호는 그래서 '귀룽나무숲의 초언어'다. 마침내 그녀의 정신 질환은 치유되고, 남녀는 부부로 결합한다. 이 작품은 노장 사상이나 선불교의 역설적 진실을 지향한다. 생태적 상상력의 '상호 의존성'이 구상화된 한 전범(典範)이다. 동아시아의 인지문(人之文)이 땅의 지지문(地之文), 하늘의 천지문(天之文)과 합일되는 천·지·인 삼재(三才)의 합일 사상과 통합적 사고를 재현한 소설이다. 다만, 만유 정령설의 물활론(物活論, animism)의 원초적 상상력과 유일신론(theism)과의 충돌을 암시한다는 점에서 많은 토론을 필요로 하는 작품이다.

산업 사회의 환경 오염에 대한 응전력을 보인 200년 전 영국의 낭만주의 시편들과, 월든의 자연 친화 문학, 친도연명(親陶淵明) 지향의 작가 오영수의 「갯마을」·「메아리」·「잃어버린 도원(桃園)」, 이무영의 「흙의 노예」 등은 21세기 동아시아 소설의 과제로 논의되어 마땅할 것이다.

4

작가의 감수성은 예리하다. 산성비와 황사 바람에 촉각을 세우는 작가는 감성지수 최우위의 시대적 총아다. 거기에 더 요청되는 것이 현상의 배경에 대한 역사 철학적, 형이상학적 탐구다. 데카르트 이후의 2원론적 인식론, 다윈·스펜서식 진화론의 역사적 진보주의와 르네상스적 인본주의가 그 현란한 문명사의 절정에서 도구적 이성의 비인간화와 대면하게 된 시대의 아이러니를, 소설은 짚어내어야 한다.

생명과 비생명이 동일시되며, 존재가 무(無)로 화하려는 이 위기의 시대에, 소설은 자연과 문화의 2원론적 대극 관념을 극복해야 한다. "정신과 물질은 각각 독립된 실체로서 분리시켜 절대화하면 그럴수록 오히려 자연은 생명 없는 물질의 세계로 황폐화되고, 결국에는 인간은 물질의 차원으로 퇴락한다."고 한 한스 요나스와 이진우 교수의 철학적 충고를, 소설은 경청할 수 있어야 한다. '유한성과 사멸의 위협'으로부터의 자유까지 담보하려는 기술 권력의 환호성에 압도당한 '지구의 신음 소리'에 작가는 특유한 감성으로 촉수를 벼르고 거듭 벼려야 한다.

생태 낙원(Ecotopia) 구축은 21세기 작가와 독자의 심각한 관심사요, 문명사적 과제이다.

(≪월간문학≫, 2001.4)

포스트모더니즘 시대의 모더니즘 시학

— 김지향 시집 『리모콘과 풍경』의 응전력

1

21세기 이 시대 인류는 리모콘과 영상 문화, 컴퓨터 커뮤니케이션의 체제 안에 놓여 있고, 세계 인식의 원리와 양식의 변화는 경이롭다. 모더니즘 시학을 부정적으로 계승한 포스트모더니즘 시학은 지금 주체의 해체와 미학적 대중주의 현상을 과시한다. 또한 소박한 서술체와 산문 지향의 탈기교적 시편들이 대중 독자들에겐 더 친근할 수밖에 없다.

모더니즘 시학의 감수성과 지성의 엘리티즘은 리얼리즘과 형이상학 양쪽의 비난에 직면한다. 특히 개념적 진술 저 너머에 고고히 빛나는 이미지즘의 감각적, 즉물적 언어 기교는 때로 '수사(修辭)의 성찬'으로 폄하된다. 생명의 충족성이나 이데화한 미감(美感)에 무심한 채 존재나 역사의 내면문제 의식이 없이 감성이나 지성의 생경한 끝자락을 맴돈다는 비판에서 모더니즘 시학이 자유롭지 못한 것은 사실이다.

그럼에도 우리 시단의 거인 김지향 시인의 「리모콘과 풍경」은 감성 미학의 극치를 가늠하며, 문명 비판의 정신 지향성을 보인다는 점에서, 한국

모더니즘 시학사의 한 도전적 의의에 갈음된다.

2

김지향의 시집 『리모콘과 풍경』은 시대성을 환유한다. 리모콘은 영상 매체의 총아인 텔레비전을 비롯한 전자 기기를 원거리에서 조종하는 이 시대 문명의 이기(利器)다. 「리모콘과 풍경」에서 리모콘은 이 시대 문명 세계를 컨트롤하는 시적 변용의 매개자다. 따라서 김지향 시의 '풍경'이란 이 시대 도회를 중심으로 한 세계상으로서의 정경이다. 그 정경이 김지향 시인의 시적 자아가 조작하는 리모콘을 통하여 변화무쌍한 감성과 지성의 세계로 변용된다. 먼지와 소음에 부대끼는 빌딩숲 사이에서 창조적 에스프리를 새삼 가늠하는 그의 역량은 경이롭다.

> 세상은 시다.
> … (중략) …
> 모양이 각기 다른 명찰을 달고 앉아 있는 건물들, 지퍼를 열어보면 차곡차곡 세월에 절인 핏빛 삶을 담은 생수 같은 시가 불쑥 솟아 나온다. 나는 날마다 삶의 시를 구경하며 살아서 솟구치는 생것의 시를 만져보며 떠나가는 시간의 손에 한 잎씩 쥐어 보낸다. 얼마나 많은 시를 얼마나 많은 시간 속으로 보냈는지 아직 계산은 안 했지만 새로운 날들은 새로운 시를 보여줄 것이다.
>
> 세상은 시를 품고 있는 창고다.
>
> — 「세상과 시」에서

낭만주의 시학으로 보면 21세기 도회 문명의 이 시공(時空)은 참으로 비시적이다. 차가운 빌딩 숲의 기하학적 조형은 반생명적 공간 외포(空間畏怖,

space-shyness)를 환기한다는 T.E. 흄의 '사색'의 아픈 비판을 상기시킨다. 그럼에도 김지향 시인의 감성과 지성이 빌딩숲의 지퍼를 열고 그것의 내면을 투시하여 내는 데서 도회의 반생명성은 극복될 기미를 보인다.

거기서 '세월에 절인 핏빛 삶'의 농도가 짚이고, 그것이 곧 '생수 같은 시'로 탄생하는 시간적 존재의 존재성이 부각된다. 이로 하여 우리는 김지향 시집 『리모콘과 풍경』의 이미지가 도시의 다성악·인터넷·길·시간·바람 들로 하여 전경화(前景化)해 있음을 본다. 그리고 그것은 내면의 '핏빛 치열성'을 함축함으로써 역동적 이미저리로 떠오르며 생명력을 환기한다.

틈새를 내주지 않는다
눈 부라린 차량들만 땅뺏기하듯
서로 시간의 끈을 꼬나쥐고 부르릉대는 길
지진 일보 직전처럼 초조하다

빨대 같은 손가락 내밀어
차량 위로 길을 내고 싶은 사람들의 조급증이
길에 촘촘히 박혀 있다

지성과 결부된 모더니즘 시의 표상은 단순한 도상(icon)이나 지표(index)임을 넘어 상징을 가늠한다. '길'은 개인의 삶과 역사가 전개되는 현장이다. '차량'은 그 주체이고, '시간'은 역사다. '시간'과 만난 '차량'은 역사적 진보주의의 표상이다. 러셀과 르클레르크의 '게으름 찬양'이 그랬듯이 이 시의 자아도 시간과의 불화 관계에 있다.

땀 범벅의 푸석푸석한 세상
죽음처럼 늘어져 누운 길을
나는 오늘 눈 꾸욱 감은 채
살아 있는 만능 리모콘으로

말끔히 꺼버린다

내일의 생기를 위해.

— 「길과의 싸움」에서

    기계 문명이 시간과의 싸움으로 빚어낸 반생명적인 '풍경'을 시의 자아
는 리모콘으로 끈다. '내일의 생기를 위해'라는 직설적 진술까지 마다 않는
그의 의도는 비시적이라 할 만큼 단호하다. 따라서 김지향 시의 풍경 곧
화상(畵像)은 텔레비전 화면을 넣어 이 시대 사회 자체임이 드러난다.
    김지향 시의 이미저리는 역동적이다 못해 격렬하다. 뇌성처럼 요란하거
나 비수처럼 날카롭고, 바람과도 같이 강렬하다. '시퍼런 칼날을 휘날리며
번개가/머리 위에서 바람과 칼싸움을 한다'(「어느 날의 경주」), '믿어 주지
않는 나뭇가지/오늘 보니/바람을 마구 때려 패대기치고 있네'(「나뭇가지에
매맞는 바람」)에서 보듯이, 이미저리가 전율에 찬 치열성을 띠고 있다.

> 억새는 머리칼로 허공을 면도질한다
> 울퉁불퉁 등 굽은 허공을 가지런히 깎고 나서
> 허공 아래 웅크린 사람의 검은 욕망도 깎아 낸다
>
> 억 년을 씻고 또 씻어
> 피가 다 말라버린 하얀 가슴의 억새
> 하늘에다 가슴문 열어 놓고 호수의 슬픔을 송신하려지만
> 바람은 갈고리를 쏘아 억새의 머리채를
> 땅으로 끌어내린다
> … (중략) …
> 하얀 가슴의 억새
> 또는 은빛의 면도칼

— 「억새 또는 하얀 면도칼」에서

갈대의 고전적 이미지는 가뭇없다. 기상천외의 낯선 이미지가 독자를 경악케 한다. 신경림 류의 애잔한 파토스의 기미를 씻은 예각적 지향성이 단호하기까지 하다. 김지향 시의 '억새'는 이제 울지 않고, '은빛 면도칼'의 금속성 이미지로 거듭나 있다.

모더니즘 시의 담론은 매우 자주 '의사 진술(擬似陳述)'과 '낯설게 하기'의 절정을 지향한다. 김지향 시는 그 한 전형이다. '빌딩 목으로 넘어가는다리 짧은 시간'(「리모콘과 풍경」), '거울이/내일은 쓸어버린 나를 들고 있다' (「거울」, '길이 길의 몸 속에 내 발을 꽂아 준다'(길이 길을 버리다), '바람이/다몽그라진 갈퀴를 세우고'(「어느 날의 경주」), '겨우내 얼어붙었던 피돌이/나무의 정수리를 뚫고 풀려나는 소리'(「오늘 문득」) 등 그의 낯선 의사 진술은 절묘하다.

김지향 시인은 향수 짙은 아어(雅語)와 자연 서정. 신앙의 텃밭에서 성장했다. 그런 그가 이제 이순(耳順)에 들어 변신을 시도한다. 포스트모더니즘 시대의 모더니즘 시는 '좁은 길'이다. '수없이 많은 사람들이 한꺼번에 밀려 가는 넓은 길'에서 그의 모습은 찾을 수가 없다. 소외를 자처한 그의 변신은 모험이다. 김지향의 시는 문명 비판의 어조를 놓치지 않는다.

> 내 눈이 바다 밖으로 나왔을 땐
> 이미 시대를 하늘에 구겨 넣고
> 하늘이 되어버린 새가
>
> 커다란 블랙홀을 몰고 내려오고 있었다
> 그래도 쾌속청은 도심을 향해
> 쾌속으로 달리는
> 이 완벽한 무지가
> 오늘은 신비로울 뿐이다
> 블랙홀과 언제 부딪칠지 모르는.
>
> ― 「쾌속청을 타고」에서

시인은 이 시대 문명사의 향방을 묻고 있다. '바다 밑을 다 뒤져봐도 신비로운 사건/하나 나오지 않는 이 시대'에 대한 비판 의식이 엿보이는 시다.

> 오늘도 나는 리모콘으로 세상을 연다.
> … (중략) …
> 나는 다시 리모콘의 다른 단추를 누른다
> 장면이 바뀌지 않는다
> 리모콘도 들어가 보지 않은 길 끝 세상
> '내부 수리 중'이란 쪽지가
> 커다랗게 나부끼고 있을 뿐
> 사람들은 길 끝에서 하얗게 기다리고 있다
> ── 「내부 수리 중」에서

리모콘으로도 열리지 않는 '길 끝 세상'은 어디인가? 거기에는 '내부 수리 중'이란 쪽지가 적힌 세계 밖의 '길 끝에서 하얗게 기다리고 있는 사람들'이 있을 뿐이다.

모더니즘은 신화가 소거된 합리주의적 사고의 소산이다. 그럼에도 T.S. 엘리어트의 경우처럼, 모더니즘 시는 종종 신화적, 종교적 초월성을 향한 어조를 놓치지 않는다. 김지향의 시에서 '산딸기 익는 유년의 언덕'(「산딸기 나무」), '귀가 몽구라지는 마을 길'의 고향과 '하늘 지향'의 어조가 끊임없이 감지되는 것도 이 때문이다.

> (죄로 다져진 돌덩이 삶.
> 돌덩이 깨는 데 평생이 드는데,
> 평생을 벗는 데는 한 순간이라니 !)
>
> 나는 하늘열쇠를 얻으려고
> 오늘도 가을이 깊은 외곽 지대로 간다

하늘에 닿아 있는.

— 「외곽 지대로 간다」에서

욕망의 묵은 때가 낀 '세상의 자물통'을 '차 던지고 하늘'에 가 닿을 그 경계선에 김지향 시의 화자는 서 있다. 이는 "문 닫히기 전 하늘의 비밀 궁전에 들어가/생명을 주는 전능자의 품에/닿았으면 좋겠다."(「종이학」)는 수직적 초월과 구원의 시에 사무친다.

절대주의와 이성, 주체와 엘리트주의가 도전을 받는 이 시대의 문명사에 대한 김지향 시의 모험에 찬 응전력, 그 속내는 이것이다.

3

김지향 시인의 『리모콘과 풍경』은 감성 미학의 극치를 가늠하며 문명 비판적 거대 담론을 내포하는, 모더니즘 시학의 21세기적 부활 선언에 갈음된다. 그의 시가 전율에 찬 낯선 이미저리와 언어도단의 의사 진술로써 창조적 상상력의 절정에 자리해 있다는 평자의 판단은 결코 과장이 아니다. 그는 감성의 촉수를 치열하게 번득이면서도 시상(詩想)의 깊은 바닥을 확인하는 성실성과 저력을 간단없이 보여 준다.

그의 이미저리의 격렬성은 두 가지 기능에 값한다. 우선, '파브르의 개'에 비유되는 리모콘 시대 인류의 비시적 타성(非詩的 他姓)에 대한 경악 충격 요법(驚愕衝擊療法)으로서 그의 시는 유효하다. 또한 20세기 이 땅의 모더니스트 김광균, 정지용, 장만영 류의 여성적 이미저리와의 결별 선언에 값한다.

이 시대 문명사의 문법이 된 해체주의·대중주의의 주류에 맞선 김지향 시인의 이 고고한 응전은 거듭 말하거니와 한 큰 모험이다. 이 모험이야말로 김지향 시인을 우리 시사의 한 거인으로 자리매김 하는 한 사건일 수 있다는 점에서 주목할 일임에 틀림없다.

　김지향 시인은 이제 그의 거시적 어조와 거대 담론, 문명사적 비전 변이와 노작(勞作)의 큰 궤적 위에서 우리 시사의 거인으로 자리매김 하기에 충분하다. 그는 노천명, 김남조 시인을 잇는 20세기 우리 여류 시사의 거봉이다. 그는 어조의 치열성과 격렬한 이미저리, 문명사적 거대 담론으로 하여 '여류'라는 프리미엄을 떨친 최초의 한국 여성 시인이라 할 까닭을 『리모콘과 풍경』은 함축하고 있다.

(≪오늘의 크리스천 문학≫, 2002. 가을)

자기 정체성과 불멸의 기층(基層)

— 한승원의 「해산(海山)에서 해산까지」에 대하여

1

  세계화는 불가피한지, 그건 지금 우리의 거국적 슬로건이 되어 있다. 그런데 문제는 모두 '받는 세계화'에 치우쳐 '주는 세계화'에는 무관심해 보인다는 데 있다. 될성부른 세계화는 '주고받는 세계화'일 것이고, 될 수만 있다면 '많이 주는 세계화'이기를 우리는 소망해 마지않는다. 그렇다면, '주는 세계화'를 위해 우리가 줄 것은 무엇인가? 이 질문 앞에 당당해지려면, 주는 쪽의 든든한 '자기 정체성(self-identity)'이 확인되어야 한다.

  우리의 마음자리에서 자기 정체성 쪽으로 향하는 마음결의 성격을 '전통 지향성(tradition orientation)', 서구 중심의 세계화 쪽으로 향하는 마음결은 모더니티 편향성의 위기 현상을 보인다. 이는 이른바 개항기 이래 역사 발전의 진화론적 준거로서 우리의 의식, 무의식의 표층을 지배해 온 것이 모더니티 지향성이라는 사실의 부정적 증거다. 문화 의식의 자폐증적 쇼비니즘은 물론 경계해야 한다. 이 말은 문화 의식이 아이덴티티마저 무장 해제하는 '정체성 상실'의 지경에까지 이르러도 무방하다는 것을 뜻하지 않음을 우리는 안다. 그럼에도 20세기 우리의 문화 의식은 정체성의 해체와 상실도 불사하려는 듯 걱정스러운 징후를 보여 온 것이 사실이다. 이런 보편적 현상에 대한 도전 반응을 보인 대표적인 작가가 김동리·황순원·오영수·오유권·윤흥길·이청준·이창동 등이고, 여기서 이야기하려는 한승원의 「해산에서 해산까지」는 이들 자가들의 흐름에 합류해 있는 전통 지향성, 자기 정체성 확인을 위한 노작(勞作)이다.

2

한승원의 「해산(海山)에서 해산까지」는 '4대담(四代談)'이다. 증조부와 화자(話者) 선우 한(鮮于韓)의 거리를 가늠하는 아이덴티티 확인의 이야기다. 증조부 원섭, 조부 선일, 부친 용기와 화자 한은 '드러난 저 먼 해산과 물에 잠긴 지금 이해산의 흐름' 위에 놓인 징검다리다. 이미 시간의 흐름 속에 소실되어 간 그 징검다리들에 다시 생명을 불어넣는 것이 화자인 선우 한의 기능이다. 과거와의 대화를 강조한다. E.H. 카다운 진실로써, 그는 그 징검다리 하나하나의 되살리기에 직핍해 든다.

화자가 이 되살리기 작업에 집착하도록 한 것은 가족사의 단절, 아이덴티티 붕괴의 위기감이다. 5대가 '과거와의 대화'를 거부하기 때문이다. 그는 이 위기감을 허두에서 토로하고 있다.

> 나 해산 간다.
> 아들아, 딸아.
> 나 지금 해산에 간다.
> 음습한 그늘에 덮여 있는 그 땅과 바다, 너희들이 함께 가지 않겠다고

하니,
　이 아비 혼자서 갈 수밖에.

　이것은 화자 선우 한이 아들, 딸 들에게 남기고 떠난 글의 내용이다. 이 글은 'a → b → c → d → e → …… → n'이어야 할 계열체에 'a → b → c → d/e → ?'와 같은 역사의 단절감, 위기감이 함축된 담론이다.

　선우 한이 보여 주는 모태 회귀(母胎回歸)의 길은 덕도 새터말까지 이어진, 실재하는 남도 길이다. '광주, 장흥, 탐진강, 용산면, 장장이 고랑, 관산 솔치, 천관산'은 작가의 고향 마을 고유 명사요, 한국인 a~d 세대에겐 보통 명사다. 더욱이 '탐진강'은 그의 모천(母川)이다. 따라서 선우 한은 작가의 그 모천으로 끊임없이 회귀하는 그리운 자아의 표상이다.

　선우 한이 감행하는 모천 회귀의 '강행군', E세대에게 감상적 낭만에 지나지 않으며 무리하기 짝이 없는 역시간(逆時間)의 행로, 그것의 뜻매김에 작가의 의도가 있음은 담론의 표면 구조에서 쉬 포착된다.

　　아비가 장흥읍에서 고향 덕도 새터말까지의 길바닥을 한 발짝 한 발짝씩 걷고 또 걸으며 흘린 땀의 시간들은 전혀 무가치한 것인 듯하면서도 대단한 값을 지닌 무형한 유산일 수도 있을 거라는 생각에서.

　논리의 질서로 보면, 이것은 가설이다. 이 가설을 검증하는 것이 여기서의 글쓰기다. 이 글쓰기는 이 가설의 타당성을 입증하는 것으로 끝난다.

　　"그 해산과 이 해산은 전혀 다른 것이야. 증조부에게 헌사한 것은 육지 끝의 바닷가나 섬 위에 있는 가시적인 '해산'이고 내가 사용하려는 것은 깊고 깊은 바다 속에 들어 있는, 비가시적인 '해산'이야."
　　어느 날 그는 증조부의 가시적인 해산과 바닷물 속 깊은 곳에 숨어 있는 그의 비가시적인 해산을 속속들이 여행하기로 마음먹었다. 그 해산의 시간과 이 해산의 시간은 어떻게 다를까. 그 해산에서 이 해산까지의 거리는 얼마나 될까.

뜻매김에만 착목하면, 이제 글쓰기는 여기서 끝나야 옳다. 그러나 글쓰기의 분량비에서 이 '주제의 요약적 진술'이 차지하는 것은 극히 미미하다. 중진작가 한승원이 중편 소설 「해산에서 해산까지」에서 보여 줄 담론의 특성은 이 주제 요약적 진술 밖의 크나큰 분량이다. 형식주의자들이 말하는 자유 모티프가 그 큰 분량의 대부분을 차지한다.

작가의 자유 모티프는 시간의 먼 여울을 거슬러 살아 있는 아픈 빈궁 체험의 제시로써 비롯된다. 고구마 한 개로 배를 채우고, 열무 쪽에 속이 쓰라리던 일 같은 빈궁 체험들을 가치의 목록으로 떠올리는 d세대의 향수(鄕愁)는 e세대에게 '상속 거부의 반응'을 불러온다. 그럼에도 D세대의 선우 한이 확인하려는 것은 A~D세대의 아픈, 원색적 정체성의 가치다.

이 글을 읽게 하기 위한 장치로서, 작가는 프로이트식으로 말하여 원초아(原初我, Id)의 표상을 클로즈업시킨다. '해산의 고추', '콩태', '오줌총', '장난감', '성희롱', '해산의 거머리' 등의 소제목으로 부각된 것들이 다 그 같은 쾌락의 원리를 실현하는 욕망 시학적 모티프다. 실상, 아이덴티티 확인과 ABCD의 연결 고리 찾기의 한정 모티프가 되는 소제목은 '걸어다니는 해산의 갓', '쌀개', '해산의 몸집 키우기 작전', '아버지의 재혼', '해산의 무덤', '열아홉 살 어머니의 바람', '어머니의 뿌리', '태몽', '환몽(幻夢)', '전생' 등이고, '해산은 어디 있는가'는 주제 요약적 담론을 품은 종결 부분이다. 원초아의 쾌락 원리에 순응하는 부분과 주제 요약적 한정 모티프에 해당하는 부분의 담론은 대략 6대 10의 비율을 보인다.

원초아와 쾌락 원리 지향의 담론을 살, 주제 요약적 담론을 뼈대라 하면, 이 중편 소설은 비대한 살에 뼈가 휘어질 구조적 취약성에서 자유롭지 못해 보인다. 리비도가 환기하는 쾌락의 모티프가 흔히 욕망의 기층을 자극하여

다수의 독자를 확보하려는 상업적 전략으로 동원된 기미가 전혀 보이지 않는 것은 아니다.

> ……성적인 불만족에 가득 차 있는 아낙들의 짓궂은 성희롱 앞에 그의 성기는 슬프고도 무참하게 노출되어 있었던 것이다.

정통 서사 시학의 이론으로 보면, 이 장면은 '중요하고도 의미 있는 액션'이 아니다. 작가의 이 같은 일탈과 지연의 연유는 아무래도 '고추', '콩태', '오줌총'에 보이는 '기(氣)'의 문제에 수렴될 수밖에 없다. abcd의 연속성을 지탱하는 것은 '나선형 송곳처럼 45도쯤 틀어진 고추', '오줌총', '콩태(太)자'로 환유되는 '기(氣)'로서, 대우주 자연의 섭리다. 증조부 원섭, 조부 선일, 부친 용기, 화자 한은 이 우주의 원기, 자연의 섭리로서 연속선상에 있다.

3

전통 지향성이나 정체성 확인을, 원초아를 바탕으로 한 우주의 원기·자연의 섭리에 따른 생명의 연속성 확인으로 환유하는 것이 중편 소설「해산에서 해산까지」다. 까닭에, 여기에 노출된 리비도, 그 노골화된 성적 욕망 표출의 담론은 한갓 장식적 효과나 상업적 욕구 충족의 수단이 아닌 기능적 요소로 작용한 측면이 없지 않다. 그러나 그 과다한 분량과 노출도는 독자 확보를 위한 통속 취미나 상업적 욕구 충족의 수단으로 동원되었을 혐의를 벗기 어렵다. 뿐만 아니라, A~D세대의 연속성에 강한 집념을 드러내면서도, E세대와의 연속성 문제에 대한 탐구의 치열성을 보이지 못하는 것도 쟁점으로 남는다.

한국인의 기층성은 아이덴티티, 그 불멸의 밭이다. 그렇다고 그것이 변혁

과 창조 그 불멸을 위한 치열성, 로고스적 토론의 담론을 외면한 상태에서
자기 정체성, 민족 정체성의 당당한 위상을 확보할 수 있는 것은 아니다.

A~E세대의 연속성을 탐구하는 한국 작가 모두의 역사적 자아는 존재와
역사의 본질과 당위에 대한 로고스적 천착의 치열성을 보여야 한다는 사실
을, 한승원의 이 중편은 말해 준다.

(≪기업과 문학≫, 통권 15, 1997.5.6)

사제적 지성(司祭的 知性)의 목소리

— 정을병의 「Zero Sum Game」의 인생과 기업 문학의 길

1

나관중은 왜 「삼국연의」를 썼던가? 진보주의자 진수의 삼국지가 이미 절세의 영웅 조조 중심의 쟁취와 승리의 역사를 아로새기기에 필설을 다 바친 터에, 나관중이 말하려 한 것은 대체 무엇인가? 우리는 지금 이 소박하고 대중적인 질문으로 한 소설 이야기를 시작하는 것이 좋겠다.

「삼국연의」의 저자는 결코 세속적 쟁취와 승리를 찬양하기 위해 역사의 파란과 우여곡절을 말한 것이 아니다. 그는 유비를 중심으로 한 관우, 장비, 제갈량, 조자룡 등의 세속적 패배에 관하여 이야기했다. 이 불세출의 영웅들은 실패한 자들이다. 천하에 대적할 자 없어 하던 관우의 의기(義氣)는 한 줄기 밧줄에 사로잡힌 바 되고, 수십만 적군을 오금 저리게 하던 장비의 용맹마저 범강, 장달 같은 한낱 졸개들에게 칼끝의 이슬이 되었다. 유비의 인의(仁義)와 제갈량의 예지마저 천명(天命) 앞에 사그라진 불씨에 지나지 않았다. 한나라 황실을 부흥하려던 그들의 웅대한 뜻은 참담히 유린당하고 만 것이다. 대차대조표, 손익계산서를 챙겨 놓고 보면, 이들의 생애야말로 「zero sum game」에도 못 미치는 철저한 파산에 지나지 않는다. 그럼에도 나관중은 이 비참한 패배자, 비극의 주인공들 이야기를 썼다. 그는 조조나 사마씨 부자의 승패나 통일 성취보다 이 비극적인 주인공들의 하늘에 사무치는 의리와 신의, 충성을 기리기 위해 이 작품을 썼다. 좋은 문학은 누구가 '무엇'을 성취하였는가 하는 드러난 사건이 아닌, '왜, 어떻게' 살아야 할 것인가 하는 '가치'의 문제를 제기한다. 우리 현대 소설사의 거봉 정을병의 「zero sum game」은 '기업가는 왜, 어떻게 기업을 해야 하는가'를 대가다운 담론으로 이야기하고 있다.

2

정을병의 「zero sum game」의 '이야기된 시간'은 거대 담론의 그것이다. 에이비시 재벌 박 회장의 일대기를 함축한 긴 서사의 시간을 다룬 이 텍스트는 장르론적 불안정성을 품고 있다. 이 불안정성을 해소할 방략은 주제의 초점화일 것이다. 아닌게아니라, 작가는 주제의 초점화를 위하여 여러 유효한 담론의 형식을 동원한다. 편집자적 주석, 첨예한 사회적 이슈의 부가, 토론적 담론의 제시 등이 그 두드러진 것들이다. 그러나 이 또한 소설 시학상 텐션 이완의 위기감을 환기하기 십상이다. 뿐만 아니라 화자 '나'와 박 회장 간의 대화의 형식이야말로 특이하다. 독자에게 들려오는 것은 도도한 '나'의 목소리 뿐, 박 회장의 목소리는 침묵의 시공 속에 묻힌다. 이 역시 의사소통의 위기다. 이제 독자의 관심은 이 같은 불안정성과 위기감을 해소할 작가의 연륜 서린 서사 담론적 역량이다.

단편 「zero sum game」의 발단부에는 작가의 초기작이 보여 주던 '고발'의 기미가 소실되어 있다. "그니는 흔히 관공서에 있는 건방지고 되바라진 사람 같지는 않고 성의가 있고, 정직성이 있어 보이는 얼굴이었다."는 대목은 작가의 부정적 현실관이 현저히 완화되어 있음을 드러낸다. '사람들이 파도처럼 넘실대고 있는 사이'와 같은 생동감 있는 담론이야말로 경이롭도록 긍정적이다. "그저 무식하게 높게만 끌어올린 건물이었다." 정도의 고발성 발언을 제외하면, 작품 전편에서 소극 개념, 결성 개념 쪽보다 주로 적극 개념 쪽을 지향하는 언어로 엮인 것이 「zero sum game」이다.

문제는 텐션의 해체와 의사 소통의 장애로 인한 소설 시학적 위기 극복의 방법에 있다. 이 때문에 작가는 서사의 전개 과정에 역사적인 인물과 사건들을 클로즈업시킨다. 이것은 현실적 핍진성을 드높임으로써 사회의 부조리에 대한 경각심을 환기하고, 문명사적 비판 의식을 높이는 효과를 낳는다.

> 다른 회사들은 자기 능력껏 차분하게 밑바닥을 다지면서 커나갔지만, 에이비시는 능력 이상으로 빨리 커져 버렸기 때문에 조직을 제대로 다질 시간이 없었다. 그래서 겉으로 보기에는 재벌 회사로 근사했지만, 내면적으로는 엉망이었다. 하나도 제대로 되는 부분이 없었다. 빚은 자기 자본의 십 배가 넘었고, 제품들은 불량 투성이었다. 박대후 회장은 사력을 다해서 일해 나갔지만, 구조적으로 취약한 부분이 많아서 어떻게 할 도리가 없었다. 그래도 박정희 대통령이 살아 있을 때까지는 붕괴할 위험은 없었다. 부실 기업이지만, 충성 기업이 되어서 은행들이 열심히 뒷바라지를 해 주었다.

이 대목은 역사적 기록으로 치환되어도 무방하다고 할 만큼 사실에 바탕을 두고 있다.

그들은 서울을 이 잡듯이 뒤져서 '포스트 박'이 될 사람을 찾아 나섰다. 그들은 목숨을 걸고 거기에다 줄을 댔다. 있는 재산을 몽땅 쓸어 넣었다. 죽기 아니면 까무러치긴데, 돈이 아까울 리가 없었다. 다행히도 그들이 찍은 사람이 금방 대통령이 됐다. 대통령은 에이비시를 박 대통령 못지않게 봐주었다. 그 바람에 만신창이가 된 에이비시가 다시 숨을 쉬게 되었다. 노태우 씨가 대통령이 됐을 때도 이런 방식은 유지됐다.

역사적으로 실존한 인물들이 구체적으로 거명되는 이 같은 담론은 독자로 하여금 현실 체험에 직접해 들도록 이끌기에 충분하다. 다만, 인용된 두 대목 모두가 전지적 작가 시점에 따른 편집자적 요약과 해설의 담론 일색인 것이 논란거리일 수 있다. 그러나 이것은 거대 담론을 미세 담론으로 전환하기 위한 고육지책이다.

다음, 의사 소통의 장애 문제는 종결 단계에서 해결된다. 텍스트에는 박 회장의 담론이 거의 생략되어 있다. 생략되었다기보다 텍스트의 행간에서 침묵의 행진을 하고 있다. 그 증거는 종결부에서 찾을 수 있다. 마침내 박 회장이 섬진강 하구에다 세우기로 한 조선소 계획을 백지화했다는 낭보가 그것이다. '나'의 일방적인 담론에 대한 박 회장의 반응은 이와 같은 큰 결단의 좌표를 지향하고 있었던 것이다.

사실, 텍스트에 드러난 서술자의 어조는 선각자, 선도자의 계몽, 곧 교술적(教述的)인 위상의 그것으로 일관되어 있다. 이는 춘원 이광수의 서술자가 교사, 선도자, 세속의 성자의 어조를 고수하였던 현대 문학사 초기의 일을 상기시킨다. 이런 사정은 작가·텍스트·독자가 형성하는 '문학 현상'의 차원에서 심상치 않은 문제를 불러오기 쉽다. 독자의 청취 거부로 인한 의사 소통 장애 현상을 빚을 수 있기 때문이다. 일반적으로 대화의 과정에서 말하는 이와 듣는 이의 관계 양상으로 본 경우의 수는 9개이고, 그 중 정상 소통은 3가지, 소통 장애는 6가지이다. 이때 소통의 정상 또는 장애 현상을 빚는 가장 큰 요인은 말하는 이의 어조이고, 그 다음이 듣는 이의 말하는 이에 대한 신뢰도다. 텍스트의 서술자가 교술적 어조를 취하였음에도, 종결부에서 듣는 이인 박 회장이 긍정적인 응신을 보낸 것은 화자에 대한 박 회장의 신뢰감이 도저하였음을 말해 준다. 그것은 작가 정을병의 문명론적 자아의 담론이 진실을 띠고 있었다는 말과 다르지 않다.

3

나관중의 「삼국연의」가 그랬듯이, 정을병의 「zero sum game」은, 역시 한국의 재벌 기업은 '왜, 어떻게' 경영해야 하는가를 보여 준다. 정감적인 수준을 넘어 지성적, 전문적인 차원에서 진지한 담론을 전개한다. 정경 유착으로 인한 내허외화(內虛外華)의 한국 재벌 기업, 미국식 자본주의의 극한적 발전과 인류의 위기, 산업 공해로 인한 환경 오염의 문제 등을 분석적으로, 상당히 심도 있게 지적하고 있는 것이 서술자 '나'의 담론이다. 1972년 로마 클럽이 보고한 '성장의 한계'와 함께, 정을병의 서술자가 주는 충직한 탄원에 재벌 기업의 총수가 긍정적 감응의 신호를 매우 선명하게 보낸다는 것은 예사로운 일이 아니다. 1960년대 말 예언자적 지성의 시인 김지하가 오적(五賊)에서 보여 준 재벌과의 예각적 반목이 정을병의 「zero sum game」에 와서 화해의 큰 전기(轉機)를 맞이하게 된 것은 예사로운 일이 아니다. 더욱이 '값싼 것의 대량 생산'으로의 방향까지 제시하는 서술자의 담론에 박 회장이 응신을 크게 보낸 것은 지성인과 재벌 기업 총수와의 화해를 표징하는 일대 사건이다.

우리 소설사의 거봉 정을병은 이제 사제적 지성의 목소리로 후기 산업 사회, 정보화 사회의 용광로 앞에 다가서고 있다. 문명사의 진운을 감지라고 그 미래상을 판독할 줄 아는 그의 지성은 기업 문학의 거시적 지평을 열어 보인다.

기업 문학의 한 전범(典範)이 될 「zero sum game」은 드러난 대화의 치열성을 보임으로써 단성적(單聲的) 목소리가 빚기 쉬운, 문학 현상적 공감의 위기 상황을 극복할 수 있을 것이다.

(≪기업과 문학≫, 통권 14, 1997.3 · 4)

문화 정치 시대와 기업 문학

— 오찬식·윤정규의 소설에 대하여

1

인류 문명사는 지금 세 번째 큰 혁명의 물길을 트고 있다. 농업 혁명, 산업 혁명에 이어 정보 혁명이라는 대변혁의 양상을 보여 주며, 테크노피아의 낙관적 전망과 함께 미증유의 재앙을 예고하기도 한다. 호모 폴리티쿠스, 정치적 존재인 인간의 삶을 조율하는 정치학의 원리도 이 혁명의 물길을 만나 변화할 수밖에 없다. 유목 시대 힘의 정치학에 대체된 도덕 정치학의 원리가 붕괴된 산업·정보화 사회는 새로운 정치학을 요구한다.

산업·정보화 시대의 새 정치학은 물론 문화 정치학이다. 유목 시대의 힘의 정치학, 농경 시대의 도덕 정치학이 유효성을 크게 상실한 이 시대의 정치학은 문화 현상과 그 본질에서 찾아야 할 것이다. 산업·정보화 사회의 역동성은 소비자 내지 산비자(産費者, prosumer)의 문화 욕구와 깊이 관련되어 있다. 여기서 부각되는 것이 기업과 문화와의 관계다. 이른바 '탱크주의'와 함께 요구되는 것이 아름다움 또는 품격이다. 실용성과 아름다움·품격의 조화, 이것이 기업과 문화 정치학의 관계를 조율하는 원리다.

이 점에서 ≪기업과 문학≫이 주는 의의는 작지 않다. ≪기업과 문학≫ 1996년 9・10월호에 실린 시 8편과 단편 소설 4편, 중편 소설 1편 모두 권위 있는 기성 문인들의 작품으로, 기업인의 삶과 관련된다. 이 중 기업・기업인 과 문화 정치학적 유대 관계의 한 전범이 되는 것이 기업 소설 『도랑 치고 가재 잡고』다.

2

기업인과 함께 독자가 될 때, 작품 읽기의 '문학 현상'은 시간의 격랑에 휩쓸려 가는 신유목민(neo-nomad)적 기업인의 삶에 대한 가치론적 대화의 담 론으로 다가온다.

소비와 생산의 비정한 순환 패턴에 순응하며, 훤칠한 백마 대신 바퀴 달 린 쇠붙이에 몸을 맡긴 채, 끝없는 욕망의 고속 도로를 질주해야 하는 기업 인에게 문학은 '일'과 '놀이'의 경계선에 있다. 일과 놀이의 완충 지대에 놓 인 문학이 삶과 역사의 의미를 실팍하게 하는 촉매제에 갈음된다는 사실에 기업인은 문득 경이로워한다. ≪기업과 문학≫ 9・10월호에 실린 기성 문인 들의 작품은 문학의 이 같은 기능에 부응하는 수작들이다.

여기 실린 여덟 편의 서정시는 존 스튜어트 밀이 말한 '독백'과 '엿들음' 의 소통 양상을 성실히 보여 준다. 산업・정보화 시대의 현대인이 바퀴 달 린 쇠붙이를 잠시 정지시키고, 대화에 갈급한 세계만상의 강렬한 욕망의 시 선에 착목하며, 때로는 우주에 충만한 영적 파동을 감지하는 좌표에 설 수 있게 하는 것이 장르적 속성에 충실한 여섯 편의 시다. 김여정의 「장미」는 시간의 여울을 거스르는 치열한 정념과 그리움으로, 박형보의 「겨울 바다」 는 서럽고 고독한 사람의 절규로써 직핍해 든다. 허영자의 「1996」년은 산촌 의 은빛 고독을, 신중신의 바닷가에서는 진통과 완성의 의미를 머금은 장엄한 일몰의 형상을 보여 준다. 박제천의 「SF-낙엽」과 김종철의 「별 하나 나 하나」는 존재와 감성의 우주적 리듬과 그 의미를 터득케 한다. 이것은 '일' 과 '놀이'의 완충 지대에서 휴식과 사색의 오솔길을 틔워 주는 잔잔한 감동 바로 그것이다.

정규화의 「주남 저수지」와 이윤학의 「고가 철교 밑」의 어조는 우리를 단지 엿듣는 사색가로 머무르게 두질 않는다. 철새들의 보금자리이던 '자연 낙원' 주남 저수지는 "독극물에 목이 타는 철새들이/마지막 비상을 준비하는 곳", '기술 낙원'의 환상이 소실되는 비극의 현장으로 클로즈업된다. 「고가철교 밑」도 다르지 않다. 전철이 질주하는 길을 '끝이 없는 벽'으로 뜻매김하는 절망의 은유, 그 역시 테크노피아에 대한 환멸의 소식을 전한다. 산업·정보 사회의 인류가 추구하는 유토피아는 기웃없다고 이 두 편의 시는 매우 산문적인 어조로 숨죽여 절규한다.

단편 소설 네 편은 모두 욕망의 환유 구조로 되어 있다. 윤정규의 「부나비」는 아내와 옛 애인으로 이동하는 욕망의 서사와 사회 정의 실현의 지향 욕과 현실적 부조리의 대립관계가 병행, 교차하는 환유 구조로 된 작품이다. 비극적 결말을 선호하지 않는 한국인의 비변증법적 문제 해결의 법칙을 충족시킨다. 정길연의 「관수동을 지나며」는 이복 남매의 근친 상간적 욕망을 그린 소설이다. 관수동이라는 삶의 현장이 주인공의 잠재 의식 속에 집요하게 자리해 있어 기능적 배경으로 그려진 점이 특이하다. 또 김소진의 「지붕 위의 남자」는 '욕망의 바벨탑'으로 명명되는 현실과, 천체 망원경의 주인인 다락방 사나이와 벙어리 소녀의 꿈과 순수가 끝내 분열하고 마는 환멸의 플롯으로 된 작품이다.

이 달의 문제작은 오찬식의 기업 소설 「도랑 치고 가재 잡고」라 해야 옳겠다. 이 작품의 화자는 1인칭 주인공 '나'다. '나'는 랭킹 10위 안에 드는 국내 굴지의 지업사 차장급의 유능한 사원이다. 90년대 첨단 정보화, 하이테크

시대에 순발력 있게 대처하는 '내'가 못마땅해하는 인물은 입사 동기로 '나'보다 1호봉 낮은 강영창 차장이다. 그는 이천사오백 년 전의 낙랑 종이가 썩지 않고 발굴된 사실을 예로 들어가며 '역사에 남을 만한 제품'을 개발하자는 '시대 착오적인 인물'이다. 그는 전통이 어쩌니 하는, 참으로 융통성 없는 사람이다.

펄프 단지를 만들 땅을 확보하라는 명령을 받고 출장 나온 '나'와 강 차장은 그 명령 수행의 양태를 달리한다. '나'는 동네 사람들을 이해득실의 관점에서 설득하여, 계약이 거의 성사되려 한다. 문제는 한사코 공단설립을 반대하는 금바우 노인의 고집이다. 홍부네 창고가 있던 고둔터 밭 몇 뙈기와 황금 덩이를 얻어 부자가 된 생금모퉁이 땅 칠팔천 평은 절대로 팔 수 없다고, 노인은 요지부동이다. 노인의 태도에 대한 '나'와 강 차장의 접근 방식은 다를 수밖에 없다.

> "…결국 그 노인이 소유한 땅에 세우려던 폐수 처리장이 문제가 되겠군, 김 차장?"
> "네, 회장님. 오뉴월 감기 고뿔인들 남 주랴는 옹고집의 금바우 노인의 오기는 실로 터무니없다고 사료됩니다. 회장님!"

이 대화는 화자 내가 현상의 본질에 어느 정도 무지하며, 이를 왜곡하고 있는가를 단적으로 보여 준다. 결국 외지인과의 대화를 거부하는 노인의 말문을 연 것은 강 차장이다. 회장이 노인을 만나 그 뜻을 알아차리게 된 것도 강 차장의 공로다.

이 소설의 화자 '나'는 시종일관 빈정거림의 어조로 강 차장을 꼬느면서도, 극적인 흥미를 환기하는 판소리식 문체, 전라 방언과 풍부한 속담으로 토속성과 골계미를 표출한 것은 이 작품이 거둔 큰 성과다. 또 사자와 나무와의 관계로서 더불어 살기의 지혜를 깨우치는 '아함경'의 우화를 삽입시킨 것도 한국 소설의 문체 미학에 공헌할 만한 기교 아닌 기교다. 다만, 속담의 남용이 과유불급(過猶不及)의 티다.

결정적인 대목은 노인의 의중을 알아차린 회장의 뜻으로 강 차장이 그곳에 남아 '흥부전 발상지 복원 사업' 추진을 책임지고, 공단터는 해변 쪽에서 잡게 되는 그 경악 종말이다.

3

문화 정치의 시대 21세기를 조망할 때, 기업 경영과 기업인의 삶의 준거를 문화 현상에서 찾는 것은 당연하다. 인류의 모든 업적은 필경 '문화'의 이름으로 남는다. 체코슬로바키아인들이 작곡에 심취한 드보르작을 위하여 그의 지붕 위로 비행기를 띄우지 않았던 것은 역사의 의미를 사뭇 일찍이 깨친 현자들의 일화다. 오찬식의 단편 소설 「도랑 치고 가재 잡고」에 등장하는 현자는 강 차장과 회장이다. 독자를 놀라게 하는 것은 회장이 현자, 문화인이라는 사실이다.

작품의 제목 '도랑 치고 가재 잡고'는 우리의 속담이다. 한 돌멩이에 새 두 마리 잡는다는 말보다 더 토속적이다. 전통 살리기와 관광 산업 일으키기, 이 둘이 어우러진 문화 정치학의 실현을 본보인 것이 오찬식의 기업 소설이다. 작가의 목소리가 개입한 교술성과 우여곡절을 생략한 경악 종말의 속도감에 문제가 있는 대도 의미 있는 작품이다.

소위 '탱크주의'의 실용성과 아름다움, 이는 21세기 한국 기업의 지향적 과제이며, 오찬식의 기업 소설 담론은 우리의 기대 지평에 감동력 있는 한 준거로서 떠오른다.

(≪기업과 문학≫, 통권 13, 1996.11.12.)

떠나기와 그리워하기의 생태 역학

— 송하춘의 「그 해 겨울을 우리는 이렇게 보냈다」

송하춘의 단편 「그해 겨울을 우리는 이렇게 보냈다」는 바다와 등대와 섬과 고기잡이 사나이들의 이야기가 아니다. 천금성의 「남십자성」은 물론 김동인의 「배따라기」 가락조차 없는 전함 사나이들의 어느 겨울 이야기다.

배는 바다 위에 있어도 뭍의 분신일 수밖에 없다. 고래가 아닌 인간이라는 포유류에게 바다는 삶과 역사의 현장이 아니다. 고래나 날짐승의 생태를 선망하여 배나 날것들을 고안한 인간의 욕망이란 것의 귀착지는 필경 뭍일 수밖에 없는 것이다. 이 작품의 주제는 이 같은 생태 역학과 관련된다.

군함 안에서 고유명사로 지칭되는 인물은 우승섭, 최태열, 김태훈, 송진우 뿐이다. 방 하사, 김 중사, 조 하사는 성씨와 계급만 밝혀져 있고 포술장, 주임 원사, 의무 참모, 작전 참모, 실습 대장, 선임 하사는 아예 성씨조차 언급하지 않고 있다. 그들은 대화 단절의 역학 관계를 조성하는 섬과 같이 고독한 존재다. 서술자는 우승섭을 초점 인물로 하여 이야기를 전개하고 있으나, 고전적 소설론의 두드러진 액션이 될 일련의 통일성 있는 사건이나 스토리 라인이 없다.

좌현, 견시 보고!
11.7마일 우현 전방, 상선 한 척!

 작품의 서두다. 인간의 관계론적 담론으로선 사뭇 비정(非情)한 '보고'로써
서술자는 말문을 연다. 이 보고에 대한 비정한 반응의 시추에이션은 작가
특유의 문체에서 다시 감지된다.

    포술장은 언제나 구릿빛 제독의 동상처럼 말이 없었다. 함교 안의 주
    임 원사는 얼굴빛이 유난히 검다. 그는 현재의 위치를 파악하기 위하여
    해도를 읽고 있는 중이다. 그 앞에, 김 중사가 고개 숙이고 서서 컴퍼스를
    재고, 뭔가를 썼다가 지우곤 하기를 반복하고 있다. 조타석에서는 방 하
    사 대신 키 큰 조 하사가 키를 잡고 있다. 방 하사는 곧 조 하사와 교대하
    기 위하여 레이더 박스 옆에 대기중이다.

 이 장면에 등장하는 5명의 인물에게는 '대화'가 없다. 그들의 '실체'는 계
급의 높낮이이고, '관계' 맺기는 명령과 복종, 임무의 교대에 국한된다. I.A.
리처즈 식으로 말하면, 그들의 언어는 '과학' 쪽에 편향되어 있다. 이것은
군함 안에 작용하는 관계 역학의 축도다.
 비정한 관계 역학이 지배하는 곳은 '죽은 사회'이고, 거기서 인류로서의
'대화'는커녕 치열한 대립이나 갈등을 기대하는 것마저 무리다. 발단부에
잠시 드러나는 심승섭과 최태열의 갈등도 기능적인 것과는 거리가 멀다. 그
들은 서로 전함 이물의 우현과 좌현을 맡은 상병이라는 임무 관계로 맺어져
있을 따름이다. 이는 '어떤 경우에도 절망적 저항을 찬성하지 않으며 최고
음이나 최저음을 내지 않는' 작가의 '균형의 미학'과도 무관치 않을 것이다.
 전함 속의 하루하루는 단조롭기 짝이 없다. 작가의 '원초적 창작 모티프'
에 깃들인 그 수묵화적 '침묵과 정지'의 분위기를 깨뜨릴 '태풍'을 차라리
그들은 기다린다. 그들에게도 공휴일과 소풍날이 있지만, 고작 배당받은 김

밥을 싸들고 홍보실로 가거나 비디오를 관람하며 욕정을 달랜다. 심승섭을 비롯한 병사들은 닷새만에 나타난 컨테이너 상선이나 새털같이 떠 있는 무인도에 반색을 하며 그들의 무료한 '시간'과 싸운다.

그 무료한 시간에 파문을 던진 것은 자기네 가시산호함의 형제 함정인 돌고래함에서 환자가 발생했다는 소식이다. 맹장염에 걸린 송진우 병장은 외과 군의관이 있는 가시산호함으로 신속히 옮겨와서 수술을 받는다. 이때 유격대원 김태훈 중사의 숙달된 노하우가 광채를 발하나, 함정 안은 이내 무료와 침묵에 잠긴다. 그리고 마침내 최태열 상병과 송진우 병장이 '죽음 의식'에 사로잡히고, '죽은 갈매기'의 이미지가 오버랩되며, 망망한 바다에서 지친 새들도 모두 배를 찾아와 최후를 맞이한다는 서술이 개입한다.

배는 뭍의 분신이고, 새는 배에 와서 최후를 맞이한다. 그렇다면 배나 새는 모두 뭍의 것이라는 논법이 성립된다. 배에 탄 사람이 뭍의 소속임은 두말할 것도 없다. 배는 해도에 따라 길을 찾는다. 심승섭 상병과 그의 전우들이 탄 가시산호함은 블라디보스토크에서 괌을 거쳐 남지나해로 가고 있다. 벤쿠버·로스앤젤레스·아카풀코·푸에르토케살·카야오·파페테·다윈 등, 그들이 가는 바다는 모두 뭍으로 통하여 있다.

그들은 10월에 진해항을 떠났다. 그들이 탄 배의 원심력과 심승섭의 애인 현아로 대표되는 뭍의 구심력은 늘 팽팽한 긴장과 불안의 관계에 있다. "선박은 여자다."고 복창을 요구하는 선임 하사의 절규와, 그런 선상의 '데카메론'은 그들을 구원하지 못한다. 심승섭과 그의 라이벌 최태열의 대화를 방해하는 함폭의 '거리'뿐 아니라, '대화'가 단절된 명령·복종의 말들은 '만남'을 가능케 할 생명의 언어가 아니다. 핸드폰이 '터지지 않는' 망망한 바다와 대화의 시늉을 짓는 박 일병의 모습은 한 절규에 갈음된다.

이 작품에서 전경화된 것은 기항지의 공중 전화로, 뭍의 구심점에 있어야 할 현아와 끊임없이 대화하기를 시도하는 심승섭의 행위다. 그의 의사 소통을 위한 욕망 표지는, 배의 원심력이란 뭍의 구심력에 수렴, 회귀할 수밖에 없는 생태 역학적 필연성과 결부되어 있음을 강렬히 시사한다. 그리고 언젠가 현아 방에서 대신 전화를 받은 사나이는 심승섭과 현아의 대화 관계에 불안을 조성하는 장애 요인이다. 구심력의 좌표가 불안한 배의 원심력은 회귀와 만남을 불확실하게 한다. 큰 섬과 산이 없는 망망 대해에는 메아리가 없다. 메아리의 발원처는 구심력의 표지인 현아다. 현아는 지금 어디 있는가? 떠나기와 그리워하기의 생태 역학 관계란 어떤 것인가? 이것이 「그해 겨울을 우리는 이렇게 보냈다」가 우리에게 던지는 물음이다.

『2002 올해의 문제 소설』, 2002)

수필, 이제 중심권을 향하여
— ≪문학저널≫ 창간호의 수필과 관련하여

1

수필은 통합적 장르다. 시적 수필, 소설(서사)적 수필, 비평적 수필 등 수필의 내용이나 문체는 열려 있고 다양하다. 그러므로 수필을 수필이게 하는 것은 시점이 1인칭 단수 '나'이며, 어조가 화자(話者), 지향적이라는 점이다.

문학의 장르는 '말하는 방식'의 차이로 하여 갈리는데, 수필의 말하기가 시적이건 서사적이건 그것이 고백적 담론임에는 차이가 없다. 작품의 화자와 작가가 한 사람이라는 뜻이다. 문학이 진실을 추구하는 말의 예술이라는 점에서, '고백적 담론'의 호소력은 범상치 않다.

수필은 비장미를 띠었다기보다 심미적 터치가 소박함에도 책임 문제에 이르면 준엄성마저 감지된다. 수필이 '자유로운 형식'이라는 원론적 수사에도 불구하고 마구 써서는 아니 될 까닭이 여기에 있다. 또 수필의 형식이 자유롭다는 것과 수필에는 플롯이 없다는 말은 동의어가 아니라는 점도 분명히 할 필요가 있다.

2

시적 수필은 서정성이 강하고, 소설(서사)적 수필은 이야기 줄거리가 있으며, 비평적 수필은 가치 판단의 어조를 띤다. 어떤 수필이건 다 플롯이 있다. 때로는 설화적 파불라(fabula) 형식이라 할지라도, 모든 문학 작품에는 처음과 중간과 끝이 있다. 플롯과 관련하여 아리스토텔레스는 절묘한 정의를 내린다. 특히 '처음'과 '끝'에 관한 정의가 그렇다. 처음은 그 앞에 아무 것도 없는 것이고, 끝은 그 뒤에 아무 것도 없는 것이라고 그는 『시학』에다 썼다.

2002년 1·2월 《문학저널》에는 13편의 수필이 실렸다. 이들 수필의 처음은 제대로 시작되고, 끝도 제대로 마무리되었는가? 예로부터 잘 쓴 글은 구성이 절묘한 법이다. 수필의 구성은 딱 부러지게 인위의 표적이 드러내는 것이 아니다. 보이지 않는 순한 곡절(曲折)을 지으며 물 흐르듯 흘러가야 하는 것이 수필의 플롯이다.

가령 김수자의 「폭풍 주의보」는 셋째 단락을 맨 첫 자리로 옮겨 놓은 것이 좋겠다. 어릴 적 붕어 낚시 이야기부터 시작하는 것이다. 조승희의 「눈 내리는 창가에서」의 끝 3개 단락은 생략되어야 할 사족(蛇足)이 아닌가? 심영구의 「장독 환향제문」의 구성은 무난하다. 옛글 「조침문(弔針文)」의 짜임과 문체로 쓴 글이다. 문영숙의 「서로의 거울이 되어」의 다섯째 단락은 첫 단락 자리로 옮겨가는 것이 바람직하겠다.

잘 쓴 수필의 처음·중간·끝의 흐름이 동일성과 일관성을 유지해야 하는 것은 여느 글과 다르지 않다. 수필은 결코 '붓 가는 대로 쓰는 글'이 아니다. 수필은 서정시 다음으로 절차탁마(切磋琢磨)된 언어적 감수성의 정화(精華)

라 할 것이다. 한 마디, 한 줄, 한 단락의 모국어들이 통일된 화제를 향하여 수렴되어야 한다. 양정숙의 「오빠의 동냥 그릇」은 아슬아슬하게 구성을 바꾼다 해도 통일성 일관성에 자칫 위기가 감지된다. '폭풍'과 '낚시', '어릴적 기억'이 통일된 주제 의식 안에서 융화될 수 있는지 거듭 읽어 볼 일이다.

대개 잘 쓴 수필에서 독자들은 구체적 체험의 밭에서 얻은 추상적 인생관, 세계관과 조우하게 된다. 이창옥의 「영혼의 빗장을 푸니」는 사색록이다. 사색록은 대체로 관념과 추상을 위주로 한 인생론을 담는다. 그 인생론은 사변과 철학은 물론 마침내 신앙과 종교의 문제에까지 발전하게 된다. 피천득 선생이 수필을 '중년 고개를 넘어선 사람의 글'이라 한 데는 까닭이 있다.

수필의 사색은 농익고 결삭아야 하는데, 거기에선 거친 풍상을 어루만진 연륜의 감지되게 마련이다. 농익은 사색과 결삭은 문체는 소재와 작품과의 '심미적 거리'에서 빚어진다. 근대에 목청을 높였던 그 흔티흔한 리얼리즘 쪽 작품들 대다수가 시대의 한계를 넘지 못한 것은 곧 이 '심미적 거리'와 깊은 관계가 있다. 리얼리즘 작품들은 화자의 원색적 목소리 때문에 한때 문단을 풍미하며 독자들을 사로잡은 바 있다. 그들의 원색적 목소리는 인간 의식의 심층에 잠복한 어둠의 자아를 일깨우고 부추겨 증오와 저주의 언어 체제로 개인과 사회 공동체에 선전 포고를 함으로써 잠재적 전사들을 분기시켜 갈채를 받는다. 그들의 생각과 문체는 원색적이어서 거칠고 표피적이다. 리얼리즘 작품들은 이처럼 소재주의에 머무른다. '심미적 거리'가 무(無)에 가깝다. 그러기에 한때 불처럼 열광하였던 독자들이 그들의 거친 원색적 소재주의에 질려 그들로부터 멀어질 수밖에 없이 되었다.

수필의 정화는 사색과 명상의 수필인데, 이에 요구되는 것이 '심미적 거리'의 조절이다. 그 위에 깊고 높은 너른 사색과 독서 체험이 요구된다. 이창옥의 「영혼의 빗장을 푸니」는 심미적 거리가 과도히 멀어진 글이다. '단풍 치는 가을'이라는 계절 지표 외엔 구체적 진술이 희소하다. 추상적 인생론으로 점철된 글이다. 이 글에서 간파되는 시책의 주제어는 '생의 의욕·자연물의 욕망·순리·그리움·무상감·기도·명상' 등이다. 문제는 이들 많은 주제어가 '영혼의 살찜'이라는 총주제에 수렴되는가를 되짚어 보아야 한다. 「영혼의 빗장을 푸니」는 원체험이 될 소재밭에서부터 구체성이 약하다. 구체성의 뒷받침이 취약성을 보일 때, 고도의 사색적 진술도 감동을 수반하기가 어렵다.

수필에서 구체적 진술은 독서 체험에 실감을 더하고, 추상적 진술은 감수성의 윤기가 빛나는 예지에 접하도록 만든다. 특히 강요되지 않는 인생훈(人生訓)을 담은 수필은 우리의 뇌리와 가슴에 오래도록 남는다. 우리가 우리의 '영혼' 그 마음밭에 불멸의 감동으로 아로새겨질 명언을 담은 사색의 수필 한 편에 접할 수 있는 것은 전생애의 축복이라 해도 과언이 아니다. 성 아우구스티누스 『참회록』에서 어머니 모니카의 사무치는 기도, 청담 스님의 사색록에서 유한적멸(幽閑寂滅)의 원공(圓空)에 접할 수 있다. 파스칼의 『팡세』는 잊을 수 없는 명언들을 담고 있다. "사람은 생각하는 갈대다.", "나는 손이 없는 사람을 생각할 수 있다. 발이 없는 사람을 생각할 수 있다. 심지어 머리가 없는 사람까지 생각할 수 있다. 그러나 생각할 줄 모르는 인간은 상상조차 할 수 없다."는 말이 다 『팡세』에 씌어 있다.

글쓰기는 집들이 손님 초대 상차림에 비유함 직하다. 손님을 일시적으로 기쁘게 하는 것은 상다리가 휘어지게 많이 차리는 일인지도 모른다. 그러나 방문한 손님을 오래도록 기억하고 감동에 젖게 하는 것은 잊지 못할 단 한 가지 반찬인 경우가 많다. 잘 담근 동치미 국물이나 시금치 무침 하나가 손님들로 하여금 두고두고 그 집을 생각나게 하는 초대가 더 값진 것이 아닌가. 우리가 쓴 수필 한 편에서나 잊히지 않을 한 구절, 한 대목을 발견할 수 있는가?

거듭 말하거니와, 글쓰기에는 통일성이 있어야 한다. 통일성은 관심의 초점이 무엇인가를 잊지 않고, 서치라이트가 동굴을 비쳐 길을 터나가듯 써나가는 가운데 유지된다. 초점 없이 산만한 글은 산발한 광인(狂人)처럼 독자를 심란하게 만든다. 잘 쓴 수필에는 통일성이 있다.

나도향 선생의 「그믐달」은 시종일관 그믐달의 미적 속성 포착에 초점을 맞춘 수필이다. 그는 오직 그믐달 애기만 했다. 거기에 동원된 보름달과 초승달은 그믐달의 감성적 표상을 더 실감나게 하는 보조 제재 구실을 할 뿐이다.

수필의 체험·진술 내용·문체의 구체성과 고백적 특질은 개성 표현의 항목들이다. 그러나 이런 개성은 보편성에 접맥되어야 한다. 수필의 화자 '나'는 곧 작가 자신이라는 한계를 탈피해야 한다. '나'의 체험과 생각이요 이야기이면서 많은 사람들의 그것이어야 한다는 말이다. 그럴 때 수필의 작가와 독자는 보다 강렬한 공감의 광장에서 짙게 만날 수가 있는 것이다.

3

혼란상의 치육책은 원점에서 되찾을 수가 있다. 다변화된 문화 권력과 여러 목소리, 수필 장르의 권력 중심으로의 진입 등은 이 시대가 문명사적, 문학사적 전환기임을 입증하는 징후들이다. 과도기의 양상들이다. 과도기는 혼란상을 드러낸다. 이런 혼란상은 대개 그 위기의 극한에서라야 가라앉는다. 극한은 아니라도 지금의 혼란상은 심상치 않다.

수필은 이제 여기(餘技)로 쓰는 잡문이 아니다. 주변성을 벗어나 중심권에 진입하는 설렘의 도정에 놓인 것이 수필이다. 이제 수필사를 되돌아보고 오늘을 추스리는 일은 수필가 제위의 몫이다. 자신에게 준열한 수필가라야 명

수필을 남길 수 있다. 평론가들은 중심권에 진입한 수필 장르를 이제 외면하지 않을 것이다. 평론가의 예봉을 피하려는 섣부른 몸짓조차 수필가 제위는 삼갈 수밖에 없이 되었다. 평론가의 쓴소리에 예각적 저항을 일삼는 수필가는 문학사의 뒤안길로 소실되고 말 것이다.

≪문학저널≫ 창간호에 실린 수필 13편은 수준작들이다. 그럼에도 작가 제위는 필자가 보내는 이 쓴소리에 귀를 열 때, 모두들 문학사에 남는 수필을 쓰게 될 것이다.

처음과 끝, 통일성과 일관성, 잊히지 않는 한 대목 등은 수필가뿐 아니라 글쓰는 이 모두가 유념해야 할 우정 어린 충고다. 농익은 사색과 결삭은 문체를 낳는 '심미적 거리'도 잊어선 안 될 수필 쓰기의 지침이 아닌가. 수필, 이제 중심권을 향하여.

(≪문학저널≫, 2002. 3 · 4월호)

IT 시대의 수필 소통 체계

1. 머리말

이 시대 예술 내지 문화 일반의 지배적 현상을 규정하는 용어는 주체의 해체와 미학적대중주의를 속성으로 하는 포스트모더니즘이다. 포스트모더니즘은 20세기 문명사를 주도한 이성(理性)과 기술 문명을 기반으로 한 모더니즘 문화의 해체를 촉발한다. 합리성과 규범과 수직적 위계 질서를 무너뜨리고, 위와 아래·중심과 주변을 섞거나 뒤바꾼다. 텔레비전이 대중화된 1960년대의 미국 사회를 중심으로 하여 대두된 포스트모더니즘은 디지털 시대, 멀티미디어 시대에 진입한 이 시대의 보편적 문화 현상으로서 군림하기에 이르렀다.

중세 이래의 지배적 소통 수단이던 문자 매체는 이제 영상 매체를 중심으로 한 멀티미디어의 위세에 압도당하게 되면서, 1960년대 초반 레슬리 피들러의 '소설의 죽음' 선언을 필두로 한 문학 내지 인문학의 위기론이 크게 대두된 것은 심각한 문화 변이 현상임에 틀림없다. 종이 인쇄 매체에 의존해 온 인문학 전반이 위기에 처하고, 문학의 고전적 개념이 해체되는 이 시대에 수필은 어느 좌표에 자리해야 하며, 그 정체성이 무엇인가를 밝히는 일은 중요하다.

이 글의 목적은 소통 체계를 중심으로 IT 시대 수필의 특성을 알아보는 데 있다. 이를 위하여 먼저 수필 장르의 특질과 시대적 의의가 구명되어야겠고, 아울러 소통 이론과 수필 현상론, 소통의 위상, 시대적 · 초시대적 과제 등이 검토될 것이다.

2. IT 시대 수필 소통 체계의 특성

문명사는 분명 변하고 있다. 문학도 변할 수밖에 없고, 변하고 있다. 변화의 실상을 살피고, 수필 장르의 시대적 · 초시대적 특성과 과제, 문학 현상론적 소통 이론을 이에 비추어 정립하는 작업은 이 시대 수필의 정체성을 밝히는 데 도움이 될 것이다.

1) 문학의 변이 현상

이 시대의 시에 도시시와 해체시가 있다. 소설에도 픽션이 아닌 팩션(faction)이 있다. 1960년대 이후 컬러 텔레비전의 보급과 함께 존 바스가 주도한 포스트모더니즘 문학, 노먼 메일러 등이 허구와 사실을 뒤섞은 새로운 소설 쓰기의 과정에서 빚어진 새로운 장르들이다. 또 레슬리 피들러가 대중 문화에 맞도록 새롭고 수준 높은 중류 문학의 출현을 촉구한 것도 같은 맥락 속에 있다.

1990년대 이후 세계 제5위의 시장 점유율을 자랑하는 컴퓨터 왕국 한국 사회에서, 텔레비전보다도 더 막강한 위력을 보이는 인터넷은 고전적 문학 형태의 존립을 뒤흔들 만큼 위협적이다. 그럼에도 사이버 문학(cyber literature)의 세력은 아직 취약하며, 자체의 문학 권력을 확보하는 단계에는 진입하지 못하였다. 아무튼 이 시대 문학은 포스트모더니즘적 가치 상대주의의 기세에 휘둘려, 문학의 세속화·대중화가 가속화하는 경향과 무관하다 할 수 없게 되었다. 다음의 제언은 이런 현상을 대변한다.

> 너무 순수하고 고귀하고 청결한 것만 고집하지 마십시오. 당신이 숨쉬는 세상은 무균실이 아니니까요. 순수와 잡종, 고귀한 것과 비천한 것, 청결한 것과 더러운 것이 당신 안에서 싸우고 떠들고 화해하게 하십시오. 결핵에 걸리지 않기 위해서는 결핵균을 몸 속에 집어넣어야 하는 것 아닙니까? 당신의 몸 속의 피아간(彼我間)에 목숨을 걸고 싸우는 전쟁터가 되었다가, 마침내는 피아가 하나로 뒤섞여 축제를 벌이는 장이 되었으면 좋겠습니다.
>
> — 박정애, 「21세기에 문학이여……」

이는 서구의 이성 중심의 인간관이 빚은 모더니즘의 권위를 무너뜨리는 충격적인 발언이다. 2001년 9·11테러가 상징하는 기술과 기술 간의 충돌, 그것으로 결산되는 20세기 모더니즘의 종언을 촉구하는 묵시록적 선언이기도 하다. 이에 아울러 대두되는 것이 생태주의·페미니즘·탈식민주의 등의 문제다.

이러한 요청에 대하여 수필, 특히 한국 수필은 분명한 응답의 신호를 보내어야 한다. 이것이 오늘 우리의 과제다.

2) 문학 현상론의 수필 소통 체계

문학 현상론은 수용 이론(reception thoery) 또는 독자 반응 비평(reader's response criticism)의 소산이다. 종래의 문학 작품 읽기는 작가와 작품 간의 인과성(因果性)을 인정하느냐 여부의 역사주의와 분석주의라는 정태적(靜態的)

관점에 머물러 있었으나, 문학 현상론은 독자의 역동적 개입을 중요시한다. '작가-테스트-독자'의 관계에서, 텍스트를 매개로 하여 작가와 독자가 열린 시공(時空)에서 자유로이 대화하는 역동적 소통(dynamic communication) 관계를 형성할 때, 바람직한 문학 현상은 일어나며, 이때 비로소 '텍스트(text)'는 '작품(a work)'으로 자리매김 되는 것이다. 문학 현상론에서 독자의 자리는 사뭇 격상(格上)된다.

이때 독자의 흥미의 수준과 취향은 주요 쟁점이 된다.

흥미에는 ① 관능적 흥미(sensual pleasure), ② 감각적 흥미(sensuous pleasure), ③ 심미적 흥미(aesthetic pleasure), ④ 지적 흥미(intellectual pleasure), ⑤ 종교적 유열(宗敎的 愉悅, religious pleasure) 등의 층위가 있다. IT 시대 대중의 흥미는 ①, ②에 쏠려 있다. 문화·지식·종교에 대한 그들의 반응은 대개 찰나성·경박성·표피적 수준에 머무르기 때문이다. 이 시대의 수필은 다수 독자의 이 같은 반응에 어떻게 대처해야 할 것인가?

여기서 우리는 소재와 심미적 영역의 다변화(多邊化)를 추구할 필요가 있다. 먼저 IT 세대의 흥미를 기울이는 분야를 소재로 택하고, 그를 통하여 주제의 형상화를 꾀하는 방법이 있겠다. 피자, 랩음악, 비디오, 영화, 텔레비전 프로, 여행, 스포츠 등 새 세대가 흥미를 집중하는 분야를 탐구하고 이를 이해하려는 우정어린 태도를 보이는 것이 중요하다. 감수성과 의사 소통의 전제가 되는 것이 우애이고, 우애의 관건이 상대방에 대한 이해(knowledge)와 배려(care)라는 에리히 프롬의 충고는 수필 소통 현상에도 유용하다고 하겠다. 그렇다면 그들의 세속성, 통속성, 퇴폐성, 찰나성, 경박성은 어떻게 할 것인가? 이는 대개 극복되어야 할 악임에 틀림없다. 그렇다고 이 악을 정공법(正攻法)으로 퇴치할 수 있다고 보는 것은 어리석다. 이 경우 우리는 고전적 당의설(糖衣說)을 원용해야 한다. 스포츠, 랩음악 들은 사탕이고, 진지한 주제는 그 속에 은밀히 감추어진 약이다.

우리는 진지하고 심각한 주제와 재미있는 주제로 2대별되는 인생의 두 가지 명제 중 전자를, 그 어느 경우든 포기해서 안 된다. 또 하르트만이 말한 우아미, 숭고미, 비장미, 희극미 중 희극미(골계미)에 편향되어 있는 새 세대 독자의 취향을 어떻게 다변화하느냐 하는 문제를 두고 진지하게 토론하여 바람직한 창작의 노정을 열어야 할 것이다. 아울러, 우아미와 함께 비애미(悲哀美)의 '애이불비(哀而不悲)', '아름다운 슬픔'의 우리 전통 미학을 어떤 방법으로 소통의 코드에 싣느냐 하는 것도 주요 과제로 떠오른다. 다행히 우리 수필은 포스트모더니즘의 해체 충동에 쉬이 휘말리지 않으며, 이같은 전통 미학적 지속성(duration)에 아직까지는 충직하다.

이제 감수성과 의사 소통 체계의 활용 문제가 남는다.

사실, 문학의 위기는 문학 본질의 위기인 동시에 매체로 인한 위기다. 문자 매체의 속성은 직선·시간성·시각 체계이며, 영상 매체의 속성은 순환·공간성·촉각·감각 전체이다. 활자 매체에 의존하는 책은 아리스토텔레스의 『시학』이 말하는 처음·중간·끝 등의 내적 구성과 정신적 깊이를 강조하고, 영화·텔레비전·컴퓨터 등 영상 의존 매체는 표면적 현상에 치중하며 작자의 개념이 약화된다.

이 시대의 수필은 이 두 가지 매체를 다 활용할 수 있어야 한다. 특히 하이퍼 텍스트(hyper text)의 쌍방 소통 체계를 활용함으로써 수필의 정체성 확립과 독서층의 확대에 크게 공헌할 수 있을 것이다.

3. 감수성과 의식 소통의 위상

문학 작품 소통 코드의 2대 목록은 감수성과 의식이다. 우리 문학사의 흐름을 전통 지향성·낭만주의 지향성·모더니즘 지향성·리얼리즘 지향성의 네 갈래로 나눌 때, 리얼리즘 문학은 의식, 낭만주의와 모더니즘 문학은 감수성 쪽에 쏠려 있다. 전통 지향의 문학에는 자연 서정의 감수성과 유·불·도교 사상의 의식이 혼합되어 있다.

1970년대 이후 문학 권력이 《창작과 비평》파 쪽에 집중되면서, 소설과 극문학은 물론 서정시까지도 의식 쪽에 편향된 경향성을 드러내었다. 따라서 감수성 영역인 감각과 서정의 심미적 소통 체계가 붕괴되고, 영성(靈性, spirituality)의 마비 형상이 일반화되었다. 그럼에도 수필은 문학 권력의 '주변'부에서나마 그 같은 편향성에 휩쓸리지 않고 심미적 소통 체계를 유지하며 정체성을 지켜 왔다.

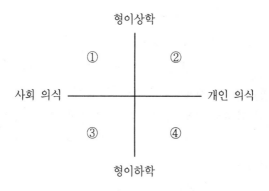

문학 작품 의식의 위상은 넷으로 갈린다. ① 개인 의식의 형이상학적 지향, ② 사회 의식의 형이상학적 지향, ③ 사회 의식의 형이하학적 지향, ④ 개인 의식의 형이하학적 지향이 그것이다. 수필은 본디 1인칭 자아의 자기 고백적 문학 양식이며, 그 자아가 곧 작가 자신이라는 점에서 다른 문학의 양식과 성격을 달리한다. 그럼에도 수필은 ①과 함께 ②에 대한 관심을 소홀히 하여서는 안 된다. ③은 사회주의 리얼리즘 문학의 경우처럼, 인간 공동체의 물질적 평등이 실현된 지상 낙원 건설을 지향하는 사회주의 이데올로기에 집착한다. 이를 대표하는 마르크스주의는, 인간의 본성에서 영성을 소거한 무신론(無神論)으로서, 인간을 수성(獸性, brutality)과 환경의 노예로 본다. 마르크스주의는 가진 자(the unhaver)를 원수나 적으로 설정하고, 이를 증오·저주하며 폭력으로 이를 박멸하려 한다. 원수나 적은 저주·말살할 대상이 아니라 설득·순화하여야 할 사랑하는 형제·자매라는 형이상학과 종교의 충고를 마르크스주의는 경멸한다. 이데올로기와 아가페의 거리는 이같이 현격한 차이를 보인다. 형제를 살해한 피의 터전에 지상 낙원을 건설하려는 이데올로기의 경직성은 이제 역사의 뒤안길로 사라지고 있다. ④는 정비석이나 마광수의 소설같이 인간의 동물적 욕정에 치우치거나, 김동인의 자연주의 소설에서 볼 수 있듯이, 인간을 유전과 환경에 예속된 짐승으로 그리는 형이하학적 성향을 보인다.

다행히 우리 수필은 대체로 ③과 ④의 대척적인 좌표에서 주로 ①의 영역을 고수하여 왔다. 이제 ②에 크게 관심을 보일 때이다.

3. 맺음말

IT로 대표되는 이 시대의 한국 수필은 영상 매체 중심의 포스트모더니즘적 변풍에 휘둘리지 않고, 대체로 그 정체성을 지켜 왔다. 주체가 해체되고 미학적 대중주의가 강조되는 가치 상대주의의 절대화의 충격에서 비교적 자유로울 수 있었다. 오히려 주체가 해체되는 다가치적 문화 권력의 분산과 이동 현상에 힘입어, 수필은 주변에서 중심권으로 진입할 호기(好機)를 얻기에 이르렀다.

수필은 우리 전통의 시적 서정성과 우아미, 아름다운 슬픔의 비애미, 고급 교양적 주제, 모더니즘의 감수성을 지속과 창조의 속성으로 고수해야 한다. 그러나 앞으로 우리 수필은 신세대 독자가 요구하는 문학 현상론적 소통 체계를 역동적 대화 관계로 가동할 수 있도록 소재와 관심의 우주를 확대할 필요가 있다. 독자에게 흥미의 차원을 높일 여러 장치를 개발하고, 개인의 형이상학적 상상력은 물론 공동체에 대한 형이상학적 상상력을 개발하는 노력이 우리 수필에 크게 요구된다.

IT 시대의 수필이 문학 권력의 중심부에서 감당해야 할 사명은 날로 커지고 있다. 예컨대, 자연 낙원(Greentopia) 지향의 생태주의적 상상력은 창조적 변용의 과제이고, 페미니즘은 전통에 도전하는 새로운 과제이다.

(≪수필문학≫, 2002. 여름)

인도·파키스탄·방글라데시·네팔 문학과의 만남

1. 머리말

물리적 국경 개념이 무너진 이 IT 시대에, "우리들 시대에 이르기까지 '인류 사회'는 한 번도 존재하지 않았다."는 20세기적 담론에 접할 때 우리는 심한 충격을 경험한다. 지구상에 살고 있는 온 인류가 의사 소통의 공감대로써 역사 형성에 동참한 적이 한 번도 없었다면, 지금까지 우리가 알아 온 '겨레의 역사'라는 것에 대하여 심한 회의를 느낄 수밖에 없다. 인디언이 이미 살고 있었음에도 불구하고, 1492년 콜럼버스가 아메리카 대륙을 처음 찾아낸 것처럼 우리는 배웠다. 이런 방식으로, '무주물 선점(無主物 先占)'이라는 백인 중심의 국제법에 의해 그들은 자기네 지도에 없는 지구상의 땅덩이들을 무상(無償)으로 차지하게 되었던 것이다.

그리고 1830년만 해도 타스매니아의 유목민(원주민)들이 백인들의 스포츠를 위한 사냥감으로서 무참히 학살당하리만큼 인류는 다른 문화권의 인류에 대하여 어처구니없는 편견을 떨치지 못하였다. 인간의 사회성을 입증했다는 디포의 「로빈슨 크루소」나 다윈의 「진화론」에도 그러한 편견은 예외

없이 나타나 있다.

그러나 20세기 후반 이후에 이 같은 모순된 역사 인식의 자세에 도전하여 일어서고 있는 새로운 세력들로 하여 세계 인류의 눈은 그 시야를 비로소 확대해 갈 기미를 보이고 있다. 여기서 새로운 세력이라 함은 소위 제3, 4세계라는, 세계 역사 형성에 있어 피동적 객체로서 버림받았거나 소외당하였던 민족이나 국민을 뜻한다. 그러나 F. 파농이 지적하였듯이, 이들 제3, 4세계 또는 역사 형성의 현장에서 소외되었던 세력은 이제 세계사 형성에 능동적 주체로서 참여하려는 의욕에 불타기 시작했으며, 지금까지의 서구인 중심의 역사관의 편견과 오류를 지적하기에 서슴지 않게 되었다.

이런 관점에서 볼 때, '비문명(非文明)' 또는 '야만(野蠻)'이란 규정도 백인 내지 서구인이 알지 못하는 세계에 대한 편견이었음이 드러나는 것이다. 이는 야만의 존재를 믿는 사람 자신이 야만이라고 한 인류학자 레비 스트로스의 발언에서 이미 자가 비판이 이루어진 바 있다.

그러나 이런 편견은 비단 백인 내지 서구인의 경우에만 해당하는 사건이 아니라는 사실은 다음의 진술에서도 드러난다.

> ……우리 중국에는 모든 것이 풍부하며 우리 국경 내에서 모자라는 것은 없다. 그러므로 외부 미개인의 제품을 우리의 생산물과 교환하여 들여올 필요는 없다. 그러나 차, 비단, 자기 등의 우리 나라 물건은 유럽 여러 나라와 그대 나라에 꼭 필요한 것이므로, 우리는 우호의 표시로서 칸톤(廣東)시에 외국인을 위한 시장을 세우고 그대들에게 필요한 물건을 공급하여, 그대 나라도 우리의 은혜를 받을 수 있도록 한다.
>
> 그대 나라에서 천주(그리스도교)를 믿는 데 관하여……역사가 시작되면서부터 줄곧 중국의 지혜로운 황제와 통치자들은 윤리 체제를 세우고 도덕률을 가르쳤으며, 이것은 아득한 옛날부터 수많은 나의 백성들이 종교로서 지켜 내려왔다. 이단의 교리를 좋아하는 자는 지금까지 없다.……중국인과 미개인의 차이는 뚜렷하며, 그대 나라의 대사가 미개인들의 종

교를 전도할 자유를 달라고 요청한 것은 전혀 말이 되지 않는다.

이것은 1793년 청국의 첸렁(乾隆) 황제가 영국의 죠지 3세의 사신으로 북경에 온 메카트니 백작에게 내린 칙서 가운데 있는 한 대목이다. 중국인의 우월감은 그리스도교를 전파하러 온 영국인, 통상을 요청하러 온 유럽의 신사를 향하여 '미개인'임을 단정하고 있다. 이것도 물론 편견이다. 실로 세계의 역사를 공부하였고, 세계의 문학을 배웠음에도 불구하고 우리는 인도의 역사, 파키스탄, 네팔의 문학을 알지 못한다. 타일란드나 베트남, 라오스, 캄보디아에 관하여서도 무지(無知)한 것은 물론이다.

이 글은 우리가 이제껏 무지에 가까웠던 세계, 소외되었던 인류의 문화에 관한 이해를 위한, 한 소박한 노력의 일단일 따름이다.

아시아 지혜의 본산인 인도와 그 주변 문화권에 속하는 파키스탄, 뱅글라데시, 네팔의 문학에 접한다는 것은 우리의 이러한 의도에서 비롯되며, 이것은 세계 인류의 상호 이해 곧 화해를 위한 실속 있는 작업이라고 하겠다.

다만, 이 글을 쓰는 데 큰 애로가 되는 것은 이들의 문학을 이해하기 위하여 수반되어야 할 것이 그들의 문화인데, 지금 우리의 사정으로는 그에 간접적으로, 문학의 매개를 통하여 접할 수밖에 없다는 점이다. 특히 문학의 재료가 언어일진대, 그들의 언어를 체득하지 못한 상태에서 그들의 문학을 이해한다는 것은 불가능에 가까운 일이다. 문학 작품의 번역은 원작에 대한 반역 행위라는 극언을 생각할 때, 우리의 기대는 난감해지고 만다. 즉, 여기서 우리가 번역해서 읽게 되는 그들의 작품은 그들의 토어(土語)가 아닌 제3국 언어 문자의 중개를 통하여 옮겨지는 것이며, 그러므로 그것은 '의미의 전달'이라는, 문학의 제2차적 기능밖에 다할 수 없는 것이다. 따라서 이런 사정 아래서 그들 문학의 형식이 갖는 미적 구조 등은 이 글의 능력 밖에 속하는 문제다.

그러나 우리는 이런 소박한 노력을 통하여 다른 민족이나 국민의 인류로서의 보편성과 해후할 수 있을 것이다. 다만 이들 지역이 아시아, 아프리카의 다른 곳과 마찬가지로 지난 1세기 반 동안 서구의 문화적 충격에 어느 정도 견딜 수 있었느냐, 그리고 자국민(自國民)의 통합적 의욕을 담은 언어, 문자 행위가 어느 정도 가능한가 하는 것이 문제가 되는 것이 사실이다.

이런 사정에도 불구하고 D.B. 샤이머의 『현대 아시아의 문학(The Mentor Book of Asian Literature)』은 우리에게 희귀하게도 도움을 준다.

2. 인도의 문학

우리가 인도의 문학을 인도인의 문학 자체로서 만나려 할 경우에 부딪히게 되는 최대의 난점은 그들의 언어와 문자가 국민적인 통일을 이루고 있지 않다는 데 있다. 아프리카의 경우와 같이, 인도 사람들 자신이 자기 나라의 다른 지방에서 쓰인 기록 문학을 번역에 의하지 않고는 읽을 수 없다는 사정에서 그 심각성이 입증된다.

따라서, 오랜 동안 영국의 식민 통치를 받아 온 인도 사람들의 문학은 영어로 씌어진 작품들이다. 노벨 문학상 수상자인 벵골의 시인 R. 타고르(Ranbindranath Tagore)의 시만 해도, 시인 자신이 몸소 영어로 번역한 것이 인도 사람들 사이에서 오히려 환영을 받을 정도다. 심지어 인도인이 쓴 작품을 영어로 번역한 것을 다시 다른 지역의 인도어로 번역하여 읽는 경우도 있다.

인도의 공용어는 물론 힌두어와 영어지만, 이 밖에 13개의 방언이 실제로 공용어 구실을 하고 있으며, 여기에 120개의 어군(語群)과 500개의 방언으로 갈려 있다. 주요 어군 14개도 서로 현격한 차이를 드러낸다. 예컨대, 타밀어(Tamil-speaking) 지역의 남편과 우르두어(Urdu-speaking) 지역 출신인 부인의 말이 통하지 아니하여 영어로 의사 소통을 할 정도다.

이런 점을 감안하면, 인도의 문학은 차라리 구송 문학(口誦文學)이 그 진수(眞隨)라 할 수 있다. 최근까지 인도의 문학은 구전 위주였고, 그 중에도 시가 대종(大宗)이며 이는 동양 문학의 특징이기도 하다. 더욱이 문맹자 수가 훨씬 웃도는 인도 사람들의 문학인만큼 그들에게 보다 중요한 것은 역시 구송(구비) 전승의 문학이라 할 것이다. 실제로, 지금도 시의 구연(口演)이 작은 읍과 마을에서 행하여지고 있다. 이들 구비 문학은 고대 종교의 송가(頌歌)를 포함하고 있으며, 아울러 새로운 창조적인 시의 경지를 열어 줄 가능성을 품고 있는 것이다. 즉, 이들 구송시(口誦詩)의 민요적 특징, 특히 그 리듬 감각은 인도의 현대시를 그 뿌리에 회귀하게 하려는 민족 문학적 성향의 동인(動因)이 되고 있다. 인도에 가본 사람이면 누구나 인도의 시장에서 또는 축제가 열리는 곳에서 흘러나오는 노래 소리를 듣게 되는데, 그 반복과 변주(變奏)의 가사, 음조 등이 서구 현대시의 그것과 다른, 인도 고대의 서정성을 강렬하게 풍기고 있음을 느끼게 한다.

인도의 시는 고대부터 지금까지 본질적으로 서정시이며, '주관과 초월의 조화'에 그 이상(理想)이 있다. 이 점이 인도의 시적 표현이 특정한 언어의 매개가 갖는 한계성을 넘어서 그 자체의 고유성, 개별성을 얻게 되는 요인이다.

그리고 인도의 문학에는 '라사(rasa)'의 이론이 있다. 이것은 시, 산문, 회곡의 전반에 걸쳐 일정한 평가의 기준이 되기도 한다. '라사'는 브하라타(Bharaata)가 그의 '나탸사스트라(Natyasastra)'에서 산스크리트시의 비평 방법의 일부로 채택하였던 것인데, 지금은 그것이 인도의 시와 극 전반에 파급되어 있다.

수쉴 구마르 데브(Sushil Kumar Dev)는 그가 쓴『산스크리트 시학사(*History of Sanskrit Poetics*)』에서, '라사'는 시의 주된 요소로서 수용되어 왔다고 말하면서 다음과 같이 부연, 진술한다.

　　라사는 시의 독자에게 속하는 기쁨의 정조(情操)로서, 시를 읽음으로써, 그의 체험과 천성에서 우러난 지배적인 정서가 어떤 상념과 보편적인 기쁨의 형식, 즉 완상(玩賞)의 맛과 유열(愉悅)이라 할 기쁨의 정신 세계에로 환기, 이행된다. …… 이같이 환기된 정조는 개인적인 것이 아니라 만인 공감의 것인 심미적 희열인 것이다.

　요컨대 '라사'는 시가 체험될 때 일어나는 '지배적인 정조(a dominant sentiment)'로서 영어식으로 말하면 'emotion', 'literary flavor', 'relish' 같은 것, 또는 '심미감(beauty or aesthetic emotion)'과 유의어로 쓰이는 말이다. 즉, '라사'란 시를 읽는 이의 희열어린 감수성을 자극하여 예술가의 창조적 상상력과 교감하게 하는 작품 속의 미묘한 정수라고 정의할 수 있다.

　이러한 라사는 응념(凝念, dhāranā), 정려(靜慮, dhyāna), 삼매(三昧, Samādhi)의 심적 상태에서 터득되는 무아(無我)의 경지이며, 이러한 경지가 시의 세계에서 열릴 때, 그것은 그야말로 환희 삼매(歡喜三昧)에 침잠하게 되는 그런 것이다.

　19C 초반부터 현재까지 벵골, 펀잡, 구자라트, 카나다 등 여러 지역을 대표하는 인도의 문인들로는 데로지오(Henry Louis Vivian Derozio; 1809~1831), 차테르지(Bankim Chandra Chatterjee; 1838~1894), 타고르(Rabindranath Tagore; 1861~1941), 비르 싱(Bhai Vir Singh; 1872~), 굽타(Maithili Sharan Gupta; 1886~1964), 죠쉬(Umashankar Joshi; 1911~), 모한 싱(Mohan Singh; 1905~), 라이(Harivansh Rai; 1907~), 시바루드랍바(G.S. Sivarudrappa; 1926~) 등이 있다.

　데르지오는 포르투갈계 인도인 아버지와 영국인 어머니 사이에서 태어났으며, 캘커타에 있는 영국 학교에서 교육을 받았다. 그러나 그의 시정신은 온전히 인도의 혼으로 충만해 있어, 근대 인도의 대표적인 민족주의 시인으로 일컬어진다. 그는 17세에 시인으로서의 명성을 얻었으나, 불과 22세의 나이로 요절했다. 이 짧은 생애를 통하여 남긴 그의 시는 뒷날 벵골의 시인들에게 깊은 영향을 끼쳤으며, 따라서 근대 인도 문학에 불멸의 이름을 아로새겼다.

그의 애국시로 대표적인 것은 「인도의 현금」과 「인도, 나의 조국에」 등이다.

> 어찌하여 그대는 저 시든 나뭇가지 위에 외로이 걸렸는가?
> 영영 기진한 채 거기 그렇게 있어야 하는가?
> 감미롭던 그대의 노랫소리, 지금은 누구가 듣는가?
> 어찌하여 산들바람은 그대 위를 한숨 지으며 헛되이 불어 가는가?
> 침묵은 운명의 쇠사슬로 그대를 휘어 감고,
> 버림받아서 벙어리가 다 되어 막막한 고독에 잠긴 그대,
> 황량한 사막에 남은 폐허의 유적처럼.
> 오! 하고한 손길이 감미론
> 그대의 가락을 화음하게 했느니,
> 수많은 화환이 명성을 장식하였나니,
> 시인의 무덤 위에 상금도 피어 있는 꽃이여.
> 저 손길들은 식어버리고, 그러나 그대 신묘한 음률이 다시금 깨어난다
> 면,
> 내 조국의 현금이여, 내게 그대의 가락을 울리게 할지라.

이 시는 데로지오의 「인도의 현금」이다. 이 작품 속에는 데로지오의 조국애, 바꾸어 말하면 영국의 식민 통치에 대한 저항의 정신이 용해되어 있다. '인도의 현금'이란 인도의 유산, 전통의 상징이며, '황량한 사막에 남은 폐허

의 유적'은 영국의 식민 통치에 의해 파멸한 인도의 전통을 비유한 것이다.

다음은 그 표제가 그러한 주제 자체를 내세우는 「인도, 내 조국에」라는 시를 보기로 하자.

> 내 조국이여! 지나간 영광의 날에 아름다운 원광(圓光)이 그대를 둘러
> 싸고, 신으로 우러름 받았었거니,
> 그 영광은 어디에 있는가, 그 우러름은 이제 어디에 있단 말인가?
> 마침내는 독수리의 날개깃은 사슬에 묶이고,
> 그대는 땅바닥의 자욱한 티끌에 묻혔구나.
> 그대의 비참한 그 이야기뿐,
> 그대를 위해 바칠 화환 하나도 그대의 시인은 갖지 못한다.
> 이제 나로 하여금 시간의 심연으로 잠기게 하여,
> 저 거들먹이는 난파(難破)의 작은 조각들을 휘말아붙인 시절로부터 나
> 아오라.
> 인간이 차마 더 볼 수 없는 그
> 난파의 조각들.
> 내 수고의 댓가는
> 내 무너진 조국이게 하고져! 그대로부터의 한 소중한 소망이니!

위의 시에는 적절한 비유와 함께 조국애를 드러내는 직설적인 표현도 쓰였다. 파멸한 조국의 모습을 처절하게 응시하며 그 영광의 시절을 회복할 것을 염원한 시다. 그러나 그의 시는 1920년대 한국시와 같은 탄식이나 울분을 토로하고 있진 않다. 이 시에는 조국의 영광을 회복하려는 시인의 정신적 응전력(應戰力)이 내재해 있다. 다음, 찬드라의 시에로 눈을 돌리자.

> 모신이여,
> 당신께 공손히 절하오니.
> 흘러 가는 시냇물로 부요하고,

과수원의 날빛으로 찬란하며,
당신 기쁨의 바람결에 서늘하여,
검푸른 벌판 물결치는, 힘의 어머니, 자유의 모성(母性)이여.
달빛으로 수놓은 꿈의 광채.
나뭇가지와 도도한 냇물 위에,
당신의 피어나는 꽃나무 가지에
빛나는 것을.
모성이여, 안식을 주는 이여.
가만히, 그리고 자비로이 미소를 지으시리.
모성이여, 내 당신의 발끝에 입맞추리.
자비로이, 가만히 말하여 주시리.
모성이여, 내 당신께 공손히 절하오니.
누가 말하였던가, 당신의 땅에서 당신은 약한 이라고,
1억하고도 4천만의 손길에 칼날이 번득이고,
7천만 목소리가 당신의 존엄한 이름을 바닷가 골골마다 부르짖을 때.
한껏 힘주어서 목청껏
부르노니, 어머니여, 임이시여.
구원자시여, 일어나 구하소서.
당신은 지혜, 당신은 율법,
당신은 우리의 마음, 혼, 그리고 숨결.
당신은 성결한 사랑, 우리의
가슴에서 죽음의 공포를 무찌르는,
당신은 저희 팔뚝에 힘을 주시고,
아름다움과 매력의 화신(化身)
저희 사원(寺院)에 세워진 제상(諸像)은 모두 당신의 것.
당신은 두르가, 귀부인이요 여왕이시니,
번쩍이는 칼날을 휘둘리는
당신은 연꽃의 관을 쓴 라크시미,
일백의 소리를 지닌 뮤즈.
아무도 짝할 수 없는 순수와 완전,
어머니여, 신당의 귀를 빌리시라.

흘러 가는 냇물로 부요하고,
과수원의 날빛으로 찬란하며,
캄캄한 어둠이 말끔히 갠,
당신의 영혼 속, 보석빛 머리카락,
거기에 당신의 거룩하고 신성한 미소,
비장의 손에서 쏟아져 나오는 부요함이여.
어머니, 나의 어머니시여,
당신께 공손히 절하오니,
위대하신 자유의 어머니여!

위의 작품은 찬드라의 「모신(母神)에게 바치는 시」(Bande Mātaram)다. 이 작품이 본디 찬드라의 조국애를 주제로 한 소설 「지복의 사원」(Anandamath) 속에 삽입되어 있는 시다. 여기서 '모신'이라 함은 뱅골이나 여신 두르가 및 칼리(Kali) 양쪽의 뜻을 모두 내포한다. 그러나 뒤에 이 시가 민족주의 운동의 구호로 화하면서 '모신'은 곧 인도 자체를 의미하게 되었다.

타고르는 뱅골의 찬란한 문화사에 빛을 더한 가장 뚜렷한 별이다. 아시아인으로선 처음으로 노벨상을 탔다는 점에서 뿐 아니라 그의 높은 시정신과 향기 높은 생활의 지혜와 신앙의 자세에 있어서도 인도의 뚜렷한 혜성이 아닐 수 없다. 훌륭한 예술이란 한갓 장인(artisan)의 솜씨에서 나오는 것이 아니라 보다 높고 심오한 정신 세계에서 나온다는 것을 우리는 타고르를 통하여 확신하게 된다. 그의 부친 데번드라나스(Debendranath)는 재산가였으나, 그는 종교와 학문과 예술에 그의 생애를 걸었다. 그의 학문과 종교적 명상은 우상 숭배의 풍습으로 전락한 힌두교를 부화하는 큰 힘이 되었다. 그는 13남매 중의 11째로 출생하였고, 덕망이 있는 부친과 감수성이 예민한 어머니, 그리고 그의 형제 자매들의 예술에의 취향이 그의 젊은 시절을 지배하였다. 음악, 시, 희곡, 철학은 그의 성장기의 정신적 영양소 그것이었다.

1912년 출간된 시집 『기탄잘리(Gitãnjsali, Song Offerings)』로 그는 노벨상을 탔으며, 영국, 미국, 러시아, 일본 등 세계 각국을 여행하면서 세계의 보편적 감정에 접하기도 하였다. 그러나 그의 시가 아무리 인류의 보편적 정서에 접근하였다 할지라도, 그의 조국에 향한 사랑과 신앙심이야말로 그의 시를 이루는 본질적인 부분일 수밖에 없는 것이다.

> 가슴이 불타서 굳어지거든 자비의 홍수와 더불어 오시라.
> 인생에 자비가 사라지거든 노래의 풀밭과 더불어 오시라.
> 소란한 세상사가 사방에 울려대고 머언 저곳에서부터 이 몸을 가로막
> 을 적, 고요의 임이여, 이 몸에도 오시라, 평화와 안식을 품고
> 걸인과 같은 이 맘이 구석 한 곳에 갇혀 웅그리거든 왕이시여, 문을 열
> 어 젖히고 왕의 위엄을 갖추고 오시라.
> 욕망이 망상과 굴욕으로 마음의 눈길을 가릴 때면, 오 성스러운 이여,
> 눈뜨고 계신이여, 빛과 우뢰로써 왕림하시라.

위의 시는 『기탄잘리』에서 뽑아 옮긴 것이다. 절망과 소란뿐인 것이 현실 이라지만, 그리고 그러한 조국 상실의 시대에 살고 있지만, 우주의 영묘(靈妙)한 힘, 그 신비에 지핀 타고르의 시정신은 우주의 빛과 희망을 발견하는 지혜에 충만해 있다. 그것이 '자비의 홍수'나 '노래의 풀밭'과 같은 타고르의 메터퍼가 충일하는 에너지, 그러면서 고요와 평온의 이미지로써 우리에게 이른바 '라사'의 명상과 유열(愉悅)을 체험하게 한다.

> 내 마지막 노래에 기쁨의 온갖 곡조가 짜이게 하소서. 대지로 하여금
> 분방히 퍼지는 풀밭에 넘쳐 흐르게 하는 기쁨이여.
> 쌍동이 형제로 하여금 드넓은 세상에서 춤추게 하는 기쁨이여.
> 웃음으로 온 인생을 흔들어 깨우며 폭풍우로 휩쓸어 오는 기쁨이여.
> 인고(忍苦) 끝에 피어난 붉은 연꽃 위에 상금도 눈물 흘리며 앉은 기쁨
> 이여, 온갖 것 땅 위에 던지고도 한마디 말도 알지 못하는 기쁨이여.

이 역시 타고르의 기쁨과 희망의 시정신이 넘치는 시다. 한용운 식으로 말하면 '절망인 희망'의 시라 할 것이다.

다음은 유명한 「당신은 지배자」다.

> 당신은 국민 정신의 지배자,
> 당신은 인도 운명의 주재자.
> 당신의 이름은 펀잡과 진드, 구즈랏, 마라트하의 마음을,
> 드라빗, 오릿사, 벵골의 마음을 일깨운다.
> 빈드햐와 히말라야의 산록에 메아리로 울려,
> 저므나와 간지스의 노래에 얼려,
> 인도양의 큰 물결에 찬미받는다.
> 물결들이 축복의 기도, 찬미의 노래를 보내나니,
> 당신은 인도 운명의 지배자,
> 승리, 승리, 승리는 당신께.
>
> 밤과 낮 어느 때나 당신의 음성은 방방곡곡에 울려난다.
> 힌두, 불타, 시이크, 자이나, 또한 조로아스터, 회교, 기독교의 신자들
> 당신의 왕관 머리에 불러 모으며.
> 당신의 성소(聖所)에 사랑의 화환 위해 동서양 공물(供物)이 바쳐지나니.
> 당신은 온 인류의 마음을 한 생명에 조화하게 하시나니,
> 당신은 인도 운명의 주재자.
> 승리, 승리, 승리는 당신께.
>
> 영원한 마부, 당신은 역사를 몰아간다.
> 민족 흥망의 기복 많은 행로를 따라.
> 온갖 시련과 공포 가운데서
> 당신의 트럼펫은 절망으로 쇠잔해진 이들을 분기시키고,

위난과 순례의 행로에 선 자들을 인도하시나니.
당신은 인도 운명의 주재자
승리, 승리, 승리는 당신께.

막막한 긴 밤 칠흑의 어둠 속, 조국은 혼수와 마비에 빠졌을 때,
당신 모성의 팔이 그를 붙안고
암담한 악몽에서 구하여 주시나니,
당신은 인도 운명의 주재자.
승리, 승리, 승리는 당신께,

밤이 새고, 동녘에 태양은 솟아,
새들 지저귀고, 아침 바람은 새 생활을 일깨운다.
당신 사랑의 금빛 광채에 싸여
인도는 깨어난다. 당신의 발끝에 엎드린다.
왕 중에도 왕이시여,
당신은 인도 운명의 주재자.
승리, 승리, 승리는 당신께,

이 시는 인도가 독립하여 국가로 불려지게 된 작품이다. 인도를 주재하는 운명의 신에게 바치는 노래로서, 군데군데 직설적인 참여시의 자취가 노출되려는 위기의 순간에 적절한 비유 내지 상징이 이 시의 긴장(tention)을 지켜 주고 있다. 이만큼 타고르의 시혼은 깊고 높은 데 자리한다.

우리 일제 강점기의 저항시 「그 날이 오면」을 연상시키는 것이 타고르의 이 시다.

그 날이 오면, 그 날이 오면은
삼각산이 일어나 덩실덩실 춤이라도 추고,
한강물이 뒤집혀 용솟음칠 그 날이
이 목숨이 끊어지기 전에 와주기만 할 양이면,

나는 밤하늘에 날으는 까마귀와 같이
종로의 인경을 들이받아 울리오리다.
두개골은 깨어져 산산조각이 나도,
기뻐서 죽사오매 오히려 무슨 한이 남으오리까

그 날이 와서, 오오 그 날이 와서 육조 앞 넓은 길을 울며 뛰며 뒹굴어
도,
그래도 넘치는 기쁨에 가슴이 미어질 듯하거든,
드는 칼로 이 몸의 가죽이라도 벗겨서
커다란 북을 만들어 들쳐메고는
여러분의 행렬에 앞장서오리다.
우렁찬 그 소리를 한 번이라도 듣기만 하면,
그 자리에 거꾸러져도 눈을 감겠소이다.

이는 「상록수」의 작가 심훈(沈熏)이 1930년 3월 1일에 쓴 시로서, 우리 나
라 사람들보다 외국의 문인들에게 더 잘 알려져 있다. 영국 비평가 C.M. 바
우러(1898~)는 그의 『시와 정치(Poetry and Politics)』에서 "일본의 한국 통치는
가혹했으나, 민족의 시는 죽이지 못했다."고 하면서 심훈의 이 시야말로 세
계 저항시의 본보기라고 극찬한다.*

쥐가 천장을 모조리 쓰는데
어둠은 아직도 창 밖을 지키고,

---

* D.B. Shimer는 *When That Day Comes*라 하여 다음과 같이 소개한다(번역은 Peter H.
Lee에 의함) : When that day comes/ Mt. Samgak will rise and dance, the waters of Han
will rise up.// If that day comes before I perish, I will soar like a crow at night/ and
pound the chongno bell with my head./ The bones of my skull/ will scatter, but I shall
die in joy.// When that day comes at last/ I'll roll and leap and shout on the boulevard/
and if joy still stifles within my breast/ I'll take a knife// and skin my body and make/ a
magical drum and march with it/ in the vanguard. O procession!/ Let me once hear that
thundering shout,/ my eyes can lose then. (D.B. Shimer, pp.109~110)

내 마음은 무거운 근심에 짓눌려
깊이 모를 연못 속에서 자맥질한다.

와 같은 심훈의 시(「밤」, 제2연)는 「그 날이 오면」보다 상징성이 짙은 저항
시이기도 하며, 윤동주의 그것보다는 직서(直敍)에 기울어져 있다.
　타고르와 심훈의 거리, 그것은 초월자나 신에의 향심(向心)의 유무에서 확
인된다. 이것은 한국 참여시, 저항시 들의 정신적 고도성, 의미의 긴장 문제
와 깊이 관련된다는 점에서 우리의 주의를 끈다.
　끝으로 또한 싱의 「저녁」(Evening)을 감상하기로 하자.

태양의 말은 씨근거리고 헐떡이며
저녁 해안에 닿았네.
발굽을 치고 황진을 일구면서
그의 갈기털은 땀으로 젖어
입에선 붉은 거품을 뿜네.

감미론 빛으로 저녁은 물들어
그녀의 쫑긋한 두 뒤 사이에 손을 얹고선
그녀의 손가락은 내뿜는 열기를 만지면서
그의 입에서 굴레를 벗겨 주네.

야성의 짐승이
길들고 순하여져
저녁의 뒤란을 서서히 걸어선
어둠의 마굿간으로 들어가네.

　신화의 세계를 방불하게 하는 아름다운 서정시다. 인도인다운 감각과 서
정을 대표하는 시라고 할 만하다. 이탈리아의 시인 카지모도의 그것과도 상

통하나, 그 서정의 농도나 빛깔에 차이가 있다.

스웨덴 한림원이 인도의 시에서 인류의 보편성, 그 다른 소중한 보고를 열어 준 것은 분명 그들 형안(炯眼)의 소치(所致)였다고 할 것이다.

인도의 서사 산문 문학의 고전은 동양 문화권의 다른 나라 문학과 같이 도덕이나 통치의 원리를 가르치는 교시적(教示的)인 것이었다. 그런 내용은 주로 시가에 의하였으나, 중국이나 한국과는 달리 인도에선 산문 문학도 존중된다.

단편 소설로는 조쉬(Gaurishanker Goverdhanram Josi, 1892~)의 「편지」, 압바스(Khwaja Ahmad Abbas)의 「쉬바의 칼」(The Swordof Shiva) 등이 대표적이다. 「편지」는 인내와 어버이의 사랑, 그 준열성을 그린 것으로서, 인간의 보편적인 감정과 관계를 다루고 있으면서도 그 배경과 상황은 두드러지게 인도적이다. 「쉬바의 칼」은 늙은 어머니가 파괴의 신 쉬바의 정의를 숭배하는 마을의 이야기를 들려주는 형식으로 쓴 것인데, 이 작품 역시 인도의 전통적인 분위기와 의식을 표현했다.

인도의 장편 소설로는 인도 근대 문학의 개척자인 라이(Dhampat Rai, 1880~1936)의 「고단」(Godan)이 있다. 이 작품은 농부의 고달프고 희망 없는 생활을 묘사한다.

　　호리 람은 두 마리의 황소에게 여물을 주곤 아내 드하냐에게로 얼굴을 돌렸다. "사탕수수를 캐게 고바르를 보내어요. 난 언제 돌아올지 모르겠어. 저 작대기 좀 줘요."
　　드하냐는 쇠똥 땔감을 말리고 있었기 때문에 손등은 쇠똥으로 덮여 있었다.
　　"우선 뭘 좀 잡숫고 가셔요. 왜 그리 서두르고 그래요?" 하고 말했다.
　　호리는 앞이마를 찌푸리며 대답했다. "늦게 갔다가 주인과 시각이 어긋나면 경칠라구? 주인이 목욕을 하고 기도드리는 동안 적어도 30분 동안은 곁에서 기다려야 돼, 그러지 않았다간 발뒤꿈치로 밟히거나 그의 발

등을 핥아야 하게?"

삶, 죽음, 꿈결같이 스쳐 가는 기쁨의 순간, 끊임없는 고통, 애끓는 탄식, 늘어만가는 빚, 소 한 마리를 갖고 싶은 소망, 그의 아이들은 자기보다 더 잘 살기를 바라는 욕심, 이런 것들로 점철된 것이 라이의 생활이며 이 작품의 내용이다.

타고르의 희곡 「희생」(*Sacrifice*)과 산타 라마 라우(Santa Rama Rau), 비자야퉁가(J. Vijayatunga)의 수필을 소개하여야겠으나, 여기서는 지면을 아낀다.

3. 파키스탄·방글라데시·네팔의 문학

인도와 파키스탄이 정치적으로 분립된 것은 1947년 식민지 시절이 끝나면서부터다. 따라서 언어와 문화면에서 두 나라는 쉬 구분되지 않는 점이 적지 않다. 펀잡 지방 출신의 파키스탄 시인이 우르두어로 표현하는 것은 그 지방 출신의 인도 시인의 경우도 마찬가지다.

파키스탄 민족의 일부로서, 1971년까지 동파키스탄이었던 방글라데시의 시인들은 벵골어로 시를 쓴다. 그것은 인도의 서부 벵골 출신 시인들의 경우와 같다.

파키스탄과 방글라데시는 지금은 물론 독립 국가이고, 자신의 전통과 문화가 있기는 하다. 이들 나라의 문학과 예술을 접하게 될 때 가장 두드러진 차이점이 있다면, 그것은 이 두 나라의 종교일 것이다. 파키스탄과 방글라데시는 둘 다 회교 국가다. 인도 정부는 종교에 중립이지만, 수백만의 회교도를 제외한 인도 국민의 대다수가 힌두교도인 것과 대조된다.

인도의 조각과 회화만 보아도 힌두교적인 양식이 지배적이어서 남신과 여신, 신화 속의 형상들이 물리적인 디테일을 중요시하고 있는 반면, 파키스탄과 방글라데시는 페르샤 예술에 친화 경향을 보이고 있다. 따라서 자연의 비인간적 요소와 교차 혼합된 모자익과 상감 형식의 디자인을 담백한 기법으로 처리하고 있다.

대체로 말하여 파키스탄과 방글라데시의 시적 관습은 그들의 조형 예술과 마찬가지로 인도보다 페르샤 쪽에 더 친근성이 있다.

파키스탄의 대표적인 시인으로 무하마드 익발(Muhamad Iqbal, 1873~1938), N.M. 라셰드(Rashed, 1910~) 등이 있고, 방글라데시의 시인으로 타우피크 라파트(1927~), 압둘 가니하자리(Abdul Ghani Hazari, 1925~) 등이 유명하다.

무하마드 익발은 파키스탄 시인의 조종으로서 페르샤어와 우르두어로 문학 활동을 했다. 그는 페르샤-우르두의 전통 시형(詩型)인 「가잘」(ghazal)의 대가다. 「가잘」은 aabacada 각운을 바탕으로 하는 시형이다.

　　　　산등성이와 골짜기에 램프불 다시금 밝아 오면,
　　　　내 가슴 속 깊은 곳 나이팅게일은 내려 앉네.
　　　　바이올렛빛, 담청색, 금빛 외투를 입고,
　　　　사막의 요정 아름다운 꽃들은 줄지어 피어나네.
　　　　새벽 바람 불어간 자리 물보라지는 장미꽃 진주 이슬,
　　　　햇살에 눈부신 보석빛 광채여.
　　　　마을이나 숲속이거나,
　　　　녹음 우거진 곳 더 사랑하는,
　　　　베일을 걷어버린 그 아름다움 감미로워라.

　　　　그대의 영혼 깊숙이서 숨겨진 인생 행로를 찾아내리.
　　　　그대는 나의 것, 나의 것 아니지, 그대는 그대 길 있으니,
　　　　영혼의 세계는 거짓과 속임수로 이울고 마는 획득의 세상.
　　　　영혼의 보석은 영원하나,
　　　　황금은 환영(幻影), 이내 스러지는 것.

마음이 사는 곳은 백인의 통치가 없는 곳.
힌두교와 회교의 싸움이 없는 곳.
부끄러워라, 은사(隱士)의 도도한 충고여.
—그대
다시금 타인의 위력에 굽신거린다면,
몸과 영혼을 깡그리 잃고 말리.

—「가잘」 제10가

무하마드 익발이 그리는 세계는 곧 초월의 세계, '마음이 사는 곳'이다. 동양인의 명상과 사유의 세계가 어떤 것인가를 보여주는 전형적인 시다. 현실 그것의 모순을 보되 그 치유 방식을 물리적인 자아에서보다 초월적 자아의 세계에서 찾고 있음을 이 시는 보여 준다.

방글라데시의 문인들은 인도의 서부 벵골인의 힌두교의 정신 세계와 깊은 유대를 맺고 있다. 방글라데시가 인도로부터 독립한 초기(1947~71)에는 파키스탄과 분리된 나라가 아니었다. 처음 동부 벵골의 문인들은 아랍어, 페르샤어, 우루두어 등 여러 지방의 말로 작품 활동을 했으나, 지금은 방글라데시 고유의 언어적 표현의 세계를 모색하고 있다. 그들은 이슬람의 율법의 엄격한 교시성으로부터 비교적 자유롭고 열정적인 서정시를 좋아한다. 즉, 파키스탄의 우루두 쪽보다 방글라데시의 벵골 쪽이 순수시 지향의 특성을 보인다.

이제 타우피크 라파트의 시를 감상하기로 한다.

사랑의 시절은
　　가슴이 뭉클어 오를 때,
누가 마음 쓰랴.
　　진창 구렁의 팔월이나
　　미지근한 사월이라면.
사랑의 발걸음은 확실하여

그 고지와 고지를 밟아
아름답게 옮겨 가나니.
사랑이 봄이라면,
　　횃대 삼아 나뭇가지에
　　우리가 장단 맞춰 노래할 것을

　　사랑은 제 나름의
　　기후에 사는 나라.

　솔직히 말하여 이 시는 번역이 되지 않아 우리를 고심하게 한다. 그것은
원산지의 육성이 흠씬 밴 서정시일 때 마주치게 되는 당연한 어려움인 것이
다.
　네팔을 정치적으로는 독립 국가이나 인도 문화권에 속한다. 힌두교와 불
교 신자가 있으나, 네팔인의 사유계(思惟界)를 지배하는 것은 테라바다 소승
불교다. 이것은 석가모니가 네팔의 룸비니 출생이며, 네팔의 불교가 고대의
애니미즘과 샤머니즘의 정신적 유산에 깊이 접맥해 있다는 사실과 관련이
깊다.
　발라크리시나 사마(Balakrishna Sama, 1903~)는 네팔의 화가이자 극작
가요 존경받는 시인이다. 그의 예술 정신은 힌두교 최대의 신 중의 하나
인 비쉬누(Vishnu)의 여덟 번째 화신 크리쉬나(Krishna)에 의해 지배받고
있다.*

---

* ① Vishnu:힌두교 최고의 3신 중의 하나. 그는 하늘인 Vaikuntha에 살고 있으며, 그
　의 아내는 Lakshmi(또는 'Sri). 그는 네 개의 손을 가졌고, 가슴에는 Kaustubha 보석
　과, Srivatsa표지가 박혀 있으며, 손에는 활과 칼이 늘 쥐어져 있으며, Garuda새를 타
　고 다님. 우주의 주인, 창조조, 지혜의 신, 물과 세계의 수호신. ② Krishna : 힌두교
　에서 말하는 비쉬누신의 여덟 번째 화신. 힌두교의 신화와 전설에서 가장 높이 숭
　배되는 영웅. Vishnu가 머리카락 둘을 뽑아 Devaki와 Rohini의 자궁에 넣어 두었더
　니, 그 중 검은 것은 Krishna가 되었고, 흰 것은 Rohini로 화신했음.(Maria Leach,
　Dictionary of Folklore Mythology and Legend, Funk & Waganalls co., New York, 1950, p.590,

크리쉬나, 흥겨운 가락으로 피리를 부네.
마투라의 읍에서
어느 집
어느 방에서나
누구나의 마음결마다
사위(四圍)에 파동쳐 나는 피리 소리
크리쉬나는 흥겨운 가락으로 피리를 부네.
송아지의 입에서는 꿀풀이 떨어지고,
물고기는 물 밖으로 튀어 나오네.
공작새는 명상의 날개를
드리우고,
뻐꾸기와 나이팅게일도
자신의 발톱으로 가슴을 펼쳐
피리 소리에 맞춰 나뭇가지에 내려앉네.
크리쉬나는 흥겨운 가락으로 피리를 부네.

목장의 처녀는 행복에 웃고,
강물은 춤추며 흘러 가네.
크리쉬나 드디어 웃음짓네.
온 우주는 황홀에 잠기고,
천지가 서로 입맞춤하고,
처녀의 눈매는 피리 소리에 취하네.
크리쉬나는 흥겨운 곡조로 피리를 부네.

   사마의 「노래」라는 시다. 사마는 이 시에서 크리쉬나의 두 가지 전설
을 교묘하게 조화시켜 놓았다. 젊은 크리쉬나가 비쉬누신의 화신으로

1161)

피리를 부는 장면과 그의 후기에 지혜와 무술로 적을 쳐서 평정하는 전설이 한데 어우러진 시가 바로 네팔 문인을 대표하는 발라크리쉬나 사마의 「노래」다.

5. 맺음말

지금까지 인도와 그 주변 문화권 세 나라의 문학을 살폈다. 그야말로 달리는 말을 타고 산천 구경을 한 격이라고 할까. 실로 그들 문학의 언저리에도 접근하지 못한 느낌이다. 제한된 지면과 우리의 부족한 지식 때문이다. 그러나 우리의 이 같은 노력이 한 출발로서의 의미가 있다면, 앞으로도 역사 속에서 소외되었던 나라와 민족의 문학 내지 문화에 대한 연구는 계속되어야 하며, 또 그러한 노력이야말로 인류를 편견과 오해의 늪에서 구해 내어 화해의 광장으로 인도하는 데 공헌할 것임을 우리는 믿는다.

이 글은 미국 신자유주의 경쟁 시스템과 포스트모더니즘, 테러와 대테러전으로 요약되는 이 시대 문명사의 과제로서 제3·4 세계 문화에 대한 이해의 한 장으로서 의의가 있을 것이다. 최근 S. 헌팅턴이 엮은 『문화가 중요하다(Culture Matters)』는 이 글의 의의 역시 중요하다는 것을 대변하고 있다. 인류는 서로를 이해하려고 노력해야 한다. 상대적 진리에 대한 논의가 진행된 그 극한에서라야 절대적 진리는 더욱 빛나는 법이다. "책을 한 권밖에 읽지 않은 사람이 제일 무섭다."는 말은 진실이다.

S. 헌팅턴의 『문명의 충돌』과 H. 뮐러의 『문명의 공존』 이론의 어느 쪽을 지지하든지, 인류 문명사는 서로 다른 문명끼리의 대화를 필요로 한다. 가령, 지금 세계 문명사를 주도하고 있는 그리스도교 문명권의 사람들도 힌두

교·불교·이슬람교·유교 기타 다른 신앙 체계를 신봉하는 쪽 사람들과의 '선교적 대화'에 적극 나서야 한다. 이를 위하여 필자의 이 같은 노력도 한 의미 있는 결실을 가늠할 수 있을 것이다.

≪문예한국≫, 2002. 겨울, 1979년에 쓴 원고로, 마지막 두 단락 추가)

어떤 영화가 관객을 사로잡는가

1. 머리말

근래에 롱런했던 문제작 〈포레스트 검프〉는 우직한 주인공이 줄기차게 뛰는 영화였다. 이에 심히 감격해 하는 젊은이들은 그저 주연 배우 톰 행크스가 좋다고 했다. 그뿐이었다. 존 웨인의 모자, 게리 쿠퍼의 권총, 앤소니 퀸의 광대뼈, 율 브리너의 맨머리, 오마 샤리프의 수염과 그레이스 켈리의 코, 소피아 로렌의 눈, 엘리자베스 테일러와 브리지드 바르도의 관능미 때문에 〈하이 눈〉이나 〈의사 지바고〉 같은 영화를 좋아하는 팬이 많았다.

영화에서 배우의 역할은 크다. 주연 배우는 말할 것도 없고 조연 배우의 비중 또한 만만치 않다. 한국 영화 〈육체의 길〉, 〈마부〉, 〈박서방〉 등은 김승호라는 주연 배우의 투박하고 중후한 연기로 인해 많은 관객의 사랑을 받았다. 60년대 영화 〈춘향전〉과 〈성춘향〉이 벌인 라이벌전은 홍성유, 신상옥 두 감독의 대결일 뿐 아니라 김지미, 최은희라는 정상급 여배우의 치열한 연기 대결이었다. 또한 방자, 향단, 월매가 없는 〈춘향전〉을 생각할 수 없듯이, 조연 배우의 역할 또한 중요하다.

어떤 관객은 주인공의 구두나 파이프, 안경이며 머플러, 침대보나 커튼이 멋있어서 그 영화가 감동적이라고 말한다. 뿐만 아니라 검객의 칼솜씨나 떠돌이 살인자의 총솜씨에 매혹되어서 홍콩 영화나 미국의 서부극을 좋아한다는 관객도 많다.

한 편의 영화에 대하여 어떤 반응을 하든, 그것은 관객의 자유다. 그러나 위에서 말한 바와 같은 반응은 현상의 표피에 집착하는 낮은 차원의 그것임을 부인할 수 없다.

많은 사람에게 찬사를 받고 오래도록 기억되는 명화(名畵)는 여러 훌륭한 요소를 갖추고 있다. 주제, 사상, 인물, 액션(사건), 구성, 표현 기법, 배경, 대사, 소품 등이 절묘하게 어우러질 때, 비로소 명화는 탄생하는 것이다. 단지 톰 행크스가 좋아서 〈포레스트 검프〉를 명화라고 규정하는 소박한 관객들은 '현상의 표피'에만 도취하는 한계성을 드러낸다.

2. 낭만적 자연 배경

임권택 감독의 역작 〈서편제〉를 본 사람들은 이구동성으로 "우리 나라의 자연이 이렇게 아름다운 줄 몰랐다."고 찬탄을 금치 못한다.

소릿재의 아낙과 소리꾼의 에로스적 충동을 불지핀 이글거리는 태양은 낭만적 자연의 본보기이고, 그 밖의 아름답고 아기자기한 자연미가 주는 감동은 형언키 어렵다. 진달래, 철쭉 흐드러 핀 봄날의 우리 산하, 단풍진 가을 산, 눈 덮인 산촌 마을의 풍경이야말로 인공으로는 조작할 수 없는 천혜(天惠)의 절경(絶景)이다. 특히 눈먼 처녀 판소리꾼 송화가 외로운 동녀(童女)의 작은 막대에 이끌려, 눈보라 날리는 겨울 벌판의 고적한 외길 저 멀리로 아득히 소실(消失)되어 가는 정경은 영화의 라스트 신으로는 잊히지 않는 한 장면이다.

영화 〈빠삐용〉은 여러 측면에서 화제를 낳은 작품이다. 거기에 등장하는 인상 깊은 장면은 한둘이 아니다. 그런데 그 중에서 인간의 고독을 그렇게 절절히 묘사한 영상 화면을 필자로서는 아직 본 기억이 없다. 주인공 빠삐용이 그 '죽음의 섬'을 탈출하여 남태평양의 한 외로운 섬 원주민 마을 바닷가에 홀로 선 모습 말이다. 천신만고 끝에 원주민 마을에 도착하여 그 곳 추장에게 문신을 새겨 주고 진주알 주머니를 건네 받은 빠삐용은 곤한 잠에 빠져든다. 그가 잠에서 깨어나 눈을 떴을 때 원주민은 그림자조차 가뭇없고, 끝없이 펼쳐진 남태평양의 갈맷빛 바다 앞에 머리카락을 흩날리며 홀로 선 빠삐용의 그 절대 고독은 보는 이로 하여금 눈시울을 적시게 한다.

뮤지컬 영화 〈남태평양〉, 아메리칸 사모아와 통가 등 남태평양 군도를 배경으로 하여 펼쳐지는 광활한 바다와 하늘, 대공간은 무한대 스케일의 크나큰 화폭이었다. 마리오 란자의 장쾌한 솔로에 감응되어 큰 기지개로 퍼덕이며 살아나 안단테 칸타빌레로 춤추는 남태평양 푸른 물결은 지금도 필자의 꿈을 뒤척이며 설레게 한다.

헤밍웨이의 소설을 각색한 〈무기여 잘 있거라〉는 자연 상징으로 성공을 거둔 영화를 대표할 만하다. 주인공의 상황이 위급하거나 절망적일 경우에는 짙은 구름과 세찬 비를, 희망에 찬 것일 적에는 푸른 하늘과 눈 덮인 산을 보여 준다. 낭만적인 자연이다.

보리스 파스테르나크의 노벨상 수상작 〈의사 지바고〉의 자연은 주인공의 감정이나 심리 변화와 표리 관계에 있는 낭만적 자연이라기보다 러시아 작품 특유의 분위기 조성에 이바지한다.

자연의 배경을 비롯한 영화의 배경은 분위기 형성이나 주인공의 심리 변화에 크게 영향을 줄 때가 많다.

3. 주제 또는 배경 사상

이제 서두에서 꺼냈던 〈포레스트 검프〉 얘기를 끝내자. 이 작품이 주는 강렬한 예술적 효과의 하나는 계절 변화의 표상으로 클로즈업되는 미국의 아름다운 자연이다. 그러나 이 영화는 우직한 톰 행크스의 단순한 달음박질이나 자연의 아름다움이 주는 그 표피에 초점을 둔 것이 아니다. 이 작품을 만든 사람들은 〈로키〉 등이 내포한 것과 같은 '아메리카니즘 찬미'의 배경 사상을 그 내면에 짙게 깔고 있다. 뿐만 아니라 이 영화는 어느 도시의 횡단보도 옆 가로수 가지에 매달려 있던 표어를 상기시킨다. "귀하는 어디로 그리 서둘러 가십니까?"던 그 표어는 줄기차게 뛰기만 하는 주인공 톰 행크스, 곧 시간 문화의 다이너미즘만을 찬양하는 미국의 프래그머티즘, 성장 제일주의 문명사에 대한 반성의 계기를, 이 영화는 역설적으로 조성한다. B. 러셀의 『게으름 찬양』과 르클레르크의 『느림의 미학』과는 맞선 좌표에 있다.

명화 〈포세이돈 어드벤처〉는 주제의 형상화에 크게 성공한 작품이다. 주요 사건은 호화 여객선 포세이돈호가 해일을 만나 전복된 뒤 거기 승선한 여객들의 반응이다. 여객선이 전복되기 전후의 모든 사건이 특유의 상징성을 띠고 전개되는 것이 이 영화의 특징이다.

첫 장면은 망년(忘年)의 무도회 장면이다. 환송곡 '올드 랭 사인'이 울려 퍼지는 가운데 남녀노소가 짝을 지어 춤추며, 분위기는 한껏 무르익는다. 이때 조타실의 승무원들은 새파랗게 공포에 질린다. 바로 눈앞에 엄청난 위력을 띤 해일이 덮쳐 오고 있는 것이다. 그러나 망년의 무도회를 즐기는 승객들 중 그 어느 누구도 얼마 후에 그들의 목숨을 앗아갈 무서운 사신(死神)이 다가오고 있다는 사실을 상상조차 하지 못한다. 지상에 영원히 머물러 살

것 같은 착각으로 살아가는 것이 인생임을 이 장면은 실감케 한다.

환희의 물결로 출렁이는 무도회 장면 중 앞으로 전개될 사건 속의 주요 인물은 물론, 대형 크리스마스 트리에 카메라는 포커스를 맞춘다. 마침내 해일은 들이닥치고, 거대한 포세이돈호는 전복된다. 아비규환의 일대 카오스를 연출하며 한 새로운 코스모스가 이루어진다. 물이 차 오르는 전복된 무도회장의 이 카오스에 질서를 부여하는 한 히어로가 등장한다. 그는 젊은 성직자다. 그는 아우성치는 사람들에게 크리스마스 트리를 타고 배 밑창 쪽으로 올라오라고 소리친다. 그러나 사람들은 그의 간청을 한사코 뿌리친다. 이제 뒤집혀, 하늘을 향해 바다 위에 떠 있는 배의 밑창은 그들의 '믿음' 속엔 여전히 밑창일 뿐이다.

믿음과 순종은 늘 어린아이의 천진성에서 감동적으로 발현된다. 인도자(성직자)에 순종하여 거꾸로 선 크리스마스 트리를 타고 배 밑창으로 제일 먼저 오른 사람은 천진한 소년, 소녀 어린 남매였다. 이들을 본 몇 사람이 용기를 얻어 전혀 살아남는 데 도움이 안 될지도 모를 크리스마스 트리를 타고 배 밑창 쪽으로 오른다. 경찰 부부, 신혼 부부, 노부부, 청년 남매 등 소수의 사람만이 인도자의 말을 따른다. 뒤미처 깨닫고는 크리스마스 트리를 부여잡고 위로 향하던 사람들은 모두 추락하고 만다. 때가 너무 늦은 것이다. 또한 인도자의 말을 끝내 믿지 않고 따르기를 거부하던 대다수의 그 사람들은 차 오른 바닷물의 소용돌이 속에 침몰하고 만다. 늙은 인도자는 기도하며 그들과 함께 최후를 맞이한다.

살아남은 이들은 그 아비규환의 참상을 뒤로 한 채 목자의 뒤를 따른다. 그러나 얼마 가지 않아서 경찰 출신 사나이가 인도자를 비난하기 시작하다. 인도자는 따르는 이들을 설득해 가며 앞길을 헤쳐 나가다가 살아남은 다른 한 무리의 사람들과 마주친다. 인도자는 자기가 인도하는 쪽으로 가야 살 수 있다고 그들을 설득한다. 그러나 자기를 따르던 일부 사람들까지 그들

쪽에 가담하여 반대편으로 가 버리고 만다. 그 쪽의 인도자는 의사였다. 육신의 병을 치유한 경험만을 믿는 '땅의 사람들'은 영적 치유와 구원의 목자가 가리키는 생명의 방향을 외면한 것이다. '생명으로 가는 문'은 좁고, '멸망'으로 가는 문은 늘 넓다는 사실을, 이 장면은 증거 한다. 얼마 있지 않아 반대편 배의 이물(앞) 쪽으로 간 사람들 모두가 죽음을 맞이하는 단말마의 아우성이 들린다.

인도자는 계속 살길을 헤쳐가며 남은 무리를 인도하고, 경찰 출신 사나이는 거역하며 심약해진 사람들을 선동한다. 구약성서 『출애굽기』의 축소판이다. 4백년 노예 생활에서 해방시킨 모세를, 사막에서의 허기와 목마름에 직면한 유태인들이 격렬하게 원망, 항거하는 바로 그 장면이다. 은혜는 쉬이 잊고, 작은 고난에도 하늘을 원망하며 남을 탓하기에 열을 올리는 우리의 행태가 여기서 예각적으로 드러난다.

폭발음을 내며 배는 서서히 가라앉고, 일행 중에 희생자가 생기기 시작한다. 그럼에도 오직 살기 위한 악전고투의 행진은 계속된다. 이 과정에서 특히 주목을 끄는 것은 몸이 뚱뚱한 할머니 부부의 결곡한 사랑이다. 여객선의 거대한 연통을, 역으로 더위잡아 오르는 노부부의 안간힘과 사랑은 눈물겹다. 일행이 이 죽음 체험의 숨막히는 시간으로부터 탈출하는 데 할머니의 육중한 몸은 심각한 '장애물'이다. 그러나 얼마 지나지 않아 놀라운 일이 빚어진다.

물이 차오른 기관실 저쪽 편으로 잠수를 해서 건너야 하는데, 수영에 자신들이 없다. 진퇴양난의 위기에서 난감해 할 즈음, 뜻밖에도 과체중의 그 할머니가 나선다. 그녀가 소녀 시절에 수영 선수였다는 사실이 그제서야 밝혀진다. 할머니는 옛 수영 실력을 되살려 밧줄을 건너편에 묶은 다음 심장마비로 숨을 거둔다. 할아버지와 일행 모두가 오열을 삼키며 전진을 계속해야 하는 그 장면은 실로 목불인견이나, 그것은 오히려 큰 감동을 준다. 하늘이 지극히 사랑하는 누군가의 제의적 희생(ritual assault), 곧 순교의 덕으로 남은 사람들이 구함받는 구원 모티프가 주는 감동은 오래도록 기억 속에 남는다. 더욱 극적인 것은 경찰의 아내를 구하고 열탕 속에 떨어져 희생되는 인도자의 죽음 장면이다. 이 성스러운 죽음 앞에 남은 것은 감동과 침묵뿐이다. 인도자와 어린이가 믿었던 대로, 끝까지 살아남은 여섯 명은 구조되어 재생의 환희를 맛본다.

실로, '하나님', '그리스도', '주님', '사랑' 같은 언어가 극도로 절제된 이 영화의 배경에는 구약 성서 「출애굽기」의 구원 사상이 자리잡고 있는 것이다. 진실로 '멸망으로 가는 문은 넓고, 생명으로 가는 문은 좁은 것임'을 이 영화의 마지막 장면은 보여준다.

영화 〈무기여 잘 있거라〉에는 전쟁과 평화, 사랑의 의미를 초점화한 장면이 많다. 그 중 필자에게 오래도록 잊히지 않는 장면이 있다. 포화에 쫓기는 피난민을 실은 트럭 가장자리에 간신히 자리잡은 한 여인의 품안에서 어린 아기가 굴러 떨어진다. 기진맥진한 채 잠에 빠진 사람들 가운데 그 광경을 보는 이는 아무도 없다. 아기 어머니도 그 사실을 알지 못한 채 졸고 있다.

전쟁광들은 싸움을 좋아하고, 살인자 나폴레옹·히틀러·스탈린·모택동·도조(東條) 같은 사람을 '영웅'이란 이름으로 찬양해 마지않는다. 살인의 쾌락을 만끽하는 이 사람들은 전쟁이 주는 인류의 참상을 '남의 것'으로만 안다. 피난 트럭 어머니의 품에서 굴러 떨어진 그 아기의 목숨에 대하여 저 전쟁광들은 전혀 관심이 없다. 전쟁의 의미는 어떤 이념이나 역사관 같은 거창한 것에서 찾을 것이 아니다. 바로 어머니의 품에서 굴러 떨어져 죽어간 그 아기의 목숨의 의미에서 찾아야 할 것이다. 〈무기여 잘 있거라〉의 감독은 이 장면을 초점화 하여 보여 준다. 수십 년이 지나도 뇌리에서 떠나지 않는 장면이다.

명화 〈벤허〉는 영화 예술의 기법상 극치에 이른 대작이다. "하나님, 제가 정말로 이 영화를 만들었습니까?"고 감독 스스로 감탄할 만한 영화였다. 이 작품에서 주목해야 할 장면은 둘이다. 하나는 메살라에게 박해를 받아 노예선으로 끌려가던 사막 길에서 목말라 하는 벤허에게 물을 주던 그 손길이고, 다른 하나는 가시관을 쓰고 무거운 십자를 짊진 사나이에게 물을 주던 벤허의 손길과 그의 연민에 찬 눈길이다. 이것은 원수에 대한 '응보'를 '사랑'으로 변혁시키는 중요한 복선이다.

명화는 그 내면에 인생의 깊은 의미를 함축한다. 대수롭잖아 보이는 한 장면에서도 심오한 인생훈(人生訓)을 깨닫느냐, 의상이나 가구, 고급 승용차, 잔인한 폭력, 벌거벗은 남녀의 외설 장면 따위에만 관심을 쏟곤 지나치느냐 하는 것은 오직 관객의 몫이다.

4. 대사

명화에는 대개 명대사가 있다. 명대사는 주인공의 위상을 돋보이게 하고, 작품의 격을 높인다. 명대사는 무엇보다도 관객에게 잊을 수 없는 인생훈을 준다.

다음은 톨스토이의 장편 소설을 각색한 〈전쟁과 평화〉의 시나리오다. 피엘과 안드레의 대사를 보자.

> **안드레** : "나쁠까? 인생에 정말 악이란 둘밖에 없네.…가책과 병이다. 그
>   것을 넘으면 나가겠네."
> **피엘** : "가책? 무슨 가책될 일이 있겠나?"
> **안드레** : "늦은 것일세. …리자는 애정을 모르고 죽었다. 나는 영광을 좇
>   기에 바빠서 처를 돌보지 않았다. 백 명의 아군 후퇴를 5분간
>   제지시킨 것뿐인 영광! 결국 싸움에선 지고 시체들 속에서 굴
>   렀다.…그 모든 기억을 잊어버린다면 세상에 나가겠어. 그만 자

세. 고맙네."

안드레가 시골 집에서 고백하는 이 대사는 철학적인 차원을 가늠한다. 전쟁과 사랑을 기초로 한 인생의 참다운 의미와 의의는 무엇인가에 대하여 아프게 자책하는 이 대사는 감동을 주기에 충분하다.

예술 작품이나 명연설의 특정 담론은 식단의 특정 음식에 비유할 만하다. 손님을 초대한 음식상이 찬탄을 받는 것은 화려한 그릇과 많은 음식이 아니다. 차린 식단 중에서 오래도록 기억될 만큼 참으로 맛이 있는 음식 한둘만 있으면 된다는 뜻이다.

"왔노라, 보았노라, 이겼노라.", "나는 시저를 사랑합니다. 그러나 나는 로마 시민을 더 사랑하기 때문에 그를 죽일 수밖에 없었습니다.", "사느냐 죽느냐, 이것이 문제다.", "민주주의는 국민의, 국민에 의한, 국민을 위한 정치다.", "친애하는 국민 여러분, 여러분의 조국이 여러분을 위해 무엇을 해 줄 것인가를 묻지 마시고, 여러분이 여러분의 조국을 위하여 무엇을 할 수 있는가를 물어 주십시오" 등과 같은 말은 전세계 많은 사람들의 입에 길이 회자(膾炙)되는 명언들이다. 이 한마디 명언으로 해서 작가, 정치가 또는 작품은 역사에 오래 남게 된다.

로마의 노예 반란을 소재로 한 명화 〈스파르타카스〉에는 이런 명대사가 있다.

> **해적 두목** : "로마와 싸우는 것은 죽음을 뜻한다. 그래도 싸울 것인가?"
> **스파르타카스** : "물론 싸울 것이다. 로마인이 죽으면 쾌락을 잃는다. 그러나 노예가 죽으면 고통을 잃는다."

이것은 노예 대장 스파르타카스가 자기들이 타고 갈 선박 주문을 받은 해적 두목과 나누는 대화다. 노예 대장의 이 대사야말로 철학적인 수준을 가늠한다. "최후의 한 사람까지 싸울 것이다."와 같은 수준의 대사로는 결코 관객의 감동을 사지 못할 것이다.

명화 〈빠삐용〉에도 명대사가 있다. 첫 번째 탈출을 꾀하다가 붙잡혀 독방에 갇혀 사경(死境)에까지 이른 빠삐용은 희미한 의식 속에 떠오르는 환상을 본다. 환상 속의 저 세상 판관에게 항변하다 비로소 깨달음을 얻는다.

> 빠삐용 : "저는 억울합니다. 저는 무죄입니다."
> 판　관 : "그대는 유죄다. 왜냐하면 그대는 인생을 낭비했기 때문이다."
> 빠삐용 : (고개를 끄덕이며) "그래요, 나는 유죄요, 유죄."

이 대사를 듣는 사려 깊은 관객들은 '인생의 낭비'에 대하여 생각하게 된다. 기쁨과 감사심에 충만하여 이웃을 위해 격려하고 축도를 보내기보다 분노와 시기, 부질없는 욕망과 야심에 사로잡혀 비방하고 미워하며 탐내는 일로 마음의 풍파를 잠재우지 못하고 살아온 일들이 인생의 낭비일 수밖에 없다는 것을 비로소 깨닫는다.

명화의 명대사는 인생훈으로서의 의의에 값한다.

5. 플롯과 영상, 음향 기법

영화는 극문학인 시나리오를 바탕으로 하여 만들어진 종합 예술이다. 영화에 극적 구성의 방법과 음향, 영상의 기법이 동원되는 것은 그러기에 당연하다.

영화의 플롯은 드라마 일반의 그것과 크게 다르지 않다. 발단, 전개, 위기, 절정, 결말의 프라이타크식 구성 방식을 기본으로 한다. 주동 인물

(protagonist)과 적대 인물(antagonist) 간의 대립과 갈등을 줄기로 하는 시나리오의 플롯은 긴장(suspense)과 이완(relief)이 연속되는 구조로 이루어진다. 여기에 영화의 독특한 기법이 동원되어 특유의 예술적 효과를 드러낸다. 가령, 장면 전환의 방법 가운데 오버 랩(Over Lap)과 와이프 아웃(Wipe Out) 기법 중 어느 것이 더 적절한가? 그것은 물론 상황에 따라 다르다. 명화 〈스파르타카스〉에 쓰인 오버 랩 기법은 오래도록 기억에 남는다. 주인공 스파르타카스와 그의 연인이 만나 푸른 초원에서 포옹하는 장면과 진군하는 기마병 대열의 질주 장면이 겹치면서 전환되는 모습은 매우 인상적이었다. 또 〈무기여 잘 있거라〉에서 세찬 비바람과 싸우며 두 사람 연인이 노를 젓는 장면은 씻은 듯이 사라지고, 쾌청한 하늘과 눈 덮인 알프스 산록의 정경이 산뜻하게 전개되는 와이프 아웃 기법은 경쾌감, 속도감과 함께 청신한 느낌을 주는 것이었다. 전쟁 영화에는 와이프 아웃의 기법이 자주 쓰인다.

영화의 첫 장면은 중요하다. 이탈리아 영화 〈길〉의 첫 장면은 고독한 소녀 젤소미나가 쓸쓸한 바닷가의 갈대밭에서 갈대를 뽑는 것으로 되어 있다. 이는 그 소녀의 일생이 심히 외롭고 곤고할 것임을 짐작케 한다. 그리고 첫 장면과 끝 장면이 깊은 연관을 맺고 있는 영화도 있다. 〈파리의 지붕 밑〉은 첫 장면에서 항구에 배가 들어와 마지막에 떠나가는 장면으로 맞물려 있다. 오래 전의 우리 영화 〈그래도 비극은 없다〉는 감옥문이 열리는 첫 장면과 닫히는 끝 장면으로 구성되었다. 첫 장면은 대체로 주인공과 관련 인물 및 배경 소개, 전개될 사건의 암시 등으로 구성된다. 그런데 첫 장면에 복선이 깔리는 경우도 있다. 미국 서부 영화의 첫 장면에서 볼 수 있는 올가미나 권총의 실루엣은 교수형이나 살인이 일어날 것을 암시하는 복선이다.

관객의 마음에 오래도록 각인되는 장면으로 대표적인 것은 아무래도 끝 장면이다. 〈사랑할 때와 죽을 때〉의 마지막 장면을 보자.

배경은 쓰러져 가는 창고 몇 채만 있는 전쟁터다. 후퇴하는 독일군은 포로들을 창고에 가두어 놓고 잠시 쉰다. 주인공 그레버는 아내의 편지를 읽는다. 아내 엘리자베스의 목소리가 삽입되어 들린다.

"냇가의 타다 만 나무 밑에 앉아서 이 편지를 쓰고 있어요. (중략) 아이를 낳게 되어요. 안스트! ……우리 아이를 생각하면 다른 일은 모두 잊혀져요. 당신 외의 일은요. 위티 아주머니는 계집아이일 것 같으면, 이름은 무어라든 지을 수 있대요. (웃음소리) 당신의 양친에게도 곧 편지하겠어요. (하략)"

이때 '탕!' 하고 총성이 울린다. 사랑하는 아내와 태어날 아이의 모습을 그리며 편지를 읽던 그레버는 쓰러진다. 자기가 석방해 준 포로의 총에 맞은 것이다. 몽롱해져 가는 의식을 가다듬어 가며 냇물에 떨어진 편지를 붙잡으려 애쓰지만, 편지는 멀리멀리 흘러가고 만다. 그는 숨을 거둔 것이다. 이 장면을 보고 나오던 동료 관객들 모두의 눈시울이 젖어 있었던 것을 필자는 지금도 기억한다. 오래 전의 일인데도.

영화의 배경 음악은 중요한 구실을 한다. 〈벤허〉의 배경 음악 '사랑의 테마', 〈의사 지바고〉의 '라라의 노래' 등은 전개되는 화면과 함께 관객의 가슴에 잔잔한 감동의 물결을 일군다.

6. 맺음말

영화 이야기는 끝이 없다. 더 이야기할 시간과 지면이 허락지 않아 예서 줄이기로 한다. 여기서 이야기한 자연 배경, 주제나 배경 사상, 대사, 플롯과 영상, 음향 기법만으로 영화 얘기를 끝낼 수가 없다. 그러나 이들이 영화의 가장 중요한 요소이므로 여기서 특히 강조하여 이야기했을 뿐이다.

이 밖에 주인공의 성격 창조와 윤리 문제마저 얘기해야 하는데, 여기서는 줄였다. 주인공의 성격 문제는 주제와 배경 사상과 관련지어 이해할 수 있고, 윤리 문제는 간단히 말할 거리가 아니므로 이야기를 삼간다. 가령 〈서편제〉에서 판소리라는 예술을 위하여 아버지가 딸의 눈을 멀게 할 수 있느냐? 〈시집가는 날〉에서 처음에는 다리를 전다던 신랑이 혼인 당일에는 멀쩡한 장부로 등장하는 것은 장애자 모독이 아닌가? 논란거리다.

이야기를 맺으려는 지금, 마슬로바에게 참회하고 용서를 받는 〈부활〉의 네플류도프 공작의 성결한 모습과 강제로 욕을 당해 러시아 병정의 아이를 낳은 아내와 함께 미소 지으며 포즈를 취하라는 기자들의 요구 앞에서 난감해 하는 요한 모리츠(앤소니 퀸)의 모습이 눈앞에 어른거려 견디기 어렵다. 영화 〈25시〉의 얘기다.

무엇이 관객을 감동시키는가? 시나리오 작가와 영화 제작진은 늘 이 물음을 잊지 말아야 할 것이다.

최근에 롱런한 우리 영화 〈쉬리〉의 첨단 영화, 음향 기술의 활용과 플롯 전개의 다이너미즘, 인도주의적 주제 형상화의 수준은 인정하고 싶다. 그러나 관객 수백 만을 동원하였다는 〈친구〉와 〈신라의 달밤〉이 벌이는 천박한 대사와 잔혹한 폭력의 그 '일관성'은 수긍하기 난감하다. 특히 〈친구〉에서 칼로 서른 몇 번인가 사람을 난자하여 죽이는 장면을 적나라하게 노출시킨 행위는 범죄 행위에 갈음된다. 불구경과 싸움 구경에 가장 취약하다는 인간의 원초아(原初我, Id)를 교묘히 이용하기 일삼는 상투적인 상업 행위를 예술 창조 행위와 혼동하여서는 안 된다.

명화 〈포세이돈 어드벤처〉의 속편이라 할 〈타이태닉〉이 보여 준, 악사들의 최후의 찬송가 연주 장면과 주인공 남녀의 사랑 얘기 같은 감동을 21세기 영화는 포기해서 안 될 것이다.

격변하고야 말 21세기 인간의 삶에도 변할 수밖에 없는 것과 변하여서 아

니 될 것이 있게 마련이다. 여기서 필자가 고전적 명화 얘기를 꺼낸 까닭은
이 때문이다.

（≪부천문단≫, 1997, 부천국제영화제 기념 특집 원고. 끝대목 내용은 추가된 것임.)

제3부

문학의 형이상학과
반형이상학

이광수 문학의 종교 의식 또는 십자가 없는 대속

1. 무엇이 문제인가

춘원(春園) 이광수(李光洙) 문학을 논할 때, 많은 평자들은 그의 인격론에 우선 열을 올린다. 필경 그는 위선자나 민족을 배반한 친일파로 몰리고, 방대한 그의 작품까지 혹평을 받기 십상이다. 한데, 우리는 이런 혹평에 잠재한 중대한 아이러니와 마주치게 된다. 1892년 2월 1일부터 1950년 7월 12일까지 약 58년 동안 이 땅에 살았고, 1917년 「무정」 발표 이래 그 생명의 절대적 지주(支柱)인 '민족'이라는 '도끼'에 끊임없이 난자당해 온 그의 문학은 그럼에도 건재하다는 것이 그 결정적 아이러니다. 20세기 한국 문학을 '기법'과 '의식'의 측면으로 본다면, 전자는 금동(琴童) 김동인(金東仁)이, 후자는 춘원 이광수가 선편을 잡은 거인임도 부인할 수 없다.

평자들은 '문사(文士)가 될 생각이 없었다'는 이광수의 '문장 여기론(文章 餘技論)'과 설교적 계몽성이나 교훈설을 문제 삼아 그의 문학을 폄하한다. 그러나 브레몽이 발레리를 지칭한 그대로 이광수는 '본의 아닌 문인'일 따름, 그로 인해 그의 문학이 본질상 평가 절하되는 훼손을 입지는 않는다. 김문

집의 말대로 그의 작품들은 '천하의 걸작'인 것이다. 그 까닭은 T.S. 엘리어트의 유명한 준거인 '위대한 정신적 지주'에 그의 문학은 의지해 있기 때문이다.

이광수 문학의 존립 근거는 일제 강점기 민족의 구원에 있었으며, 그는 도산(島山) 안창호(安昌浩) 같은 민족의 선도자상(先導者像)을 원효 대사·이순신·장기려(張起呂) 박사 같은 세속의 성자상으로 갈음하려 하였다. 이광수에게 이를 위한 위대한 과업은 '민족의 광복'이며, 가장 고귀한 정신적 지주는 '종교'였다.

2. 이광수 문학의 종교 의식

이광수 문학에 수용된 종교는 천도교·기독교·불교다. 세 종교에 대한 그의 입문 동기와 신행(信行)의 과정 및 정도는 각각 다르다. 특히 천도교는 피동적인 것이었음에도 순교자상을 그리는 성과를 올렸다.

1) 천도교 의식

이광수는 11세에 8세 된 누이와 함께 고아가 되었다. 부모가 일주일 간격으로 콜레라에 희생되었던 것이다. 그가 천도교의 세계에 처음 접하기는 12세 때 해명 대령(海命 大領) 박해명의 집에서였다. 그는 입도 예식을 행하고 거기서 서생(書生) 노릇을 하게 되었다. 그는 "지난 허물을 참회하고, 일체의 선을 따르기 원합니다〔懺悔從前之過, 願隨一切之善〕."라고 서원하며, '천하에 널리 덕을 펴서 뭇 생령들을 널리 구제하고 나라를 보위하며 백성을 편안케 하는〔布德天下廣濟蒼生保國安民〕' '우주의 본체로서의 큰 도와 큰 덕〔无極大道大德〕'을 위하여 일생을 바치기로 하였다. 서울서 오는 글월을 베껴 각 포(도인의 단체)에 보내는 일을 하던 그는 곧 체포령이 내려 서울로 피신하게 되고, 14세 때 천도교 장학금으로 동경 유학 길에 오르면서 천도교와의 거리는 멀어지고 만다.

그럼에도 어린 시절에 접하였던 천도교 의식은 이광수의 민족주의와 융화되어, 1923년 교주 최제우(崔濟雨)의 순교를 그린 「거룩한 이의 죽음」을 낳는다.

> 선생은 일어나 한 번 더 사람들을 휘둘러보고 등상에 앉는다. 칼 든 자 칼을 둘러메고 뚜벅뚜벅 세 걸음 걸어나와 왼편에 서더니,
> "웨에이."
> 하는 소리에 칼을 번쩍 머리 위에 높이 든다. 햇빛이 칼날에 미치어 흰 무지개가 선다.
> "선생님! 선생님!"
> 하는 통곡성이 사면에서 일어난다.

이것이 최수운의 순교 장면이다. 수많은 신도들이 둘러선 가운데 수운 최제우는 이처럼 거룩한 순교의 순간을 맞이한다.

> 그 소리보다도 그렇게 몹시 맞아 다리가 부러지건마는, 눈도 깜빡하지 아니하고 태연히 감사를 쳐다보며,
> "나는 무극대도를 천하에 펴서 창생을 구제하고자 함이니, 이 도가 세상에 난 것은 하늘이 명하신 바요, 또 내가 이 몸을 도를 위하여 죽여 덕을 후천 오만 년에 펴게 하는 것도 하늘이 명하신 바니 공은 맘대로 하오!"
> 할 때에 감사도 모골이 송연하여 등골에 얼음 냉수를 끼얹는 듯하였다.

최수운(崔水雲)에 대한 인물 묘사 대목이다. 수운은 고뇌의 회오리에 잠길

수도 있는 실존을 결여한 비범인(非凡人)임이 강조되어 있다. 예수가 최후로 보여 준 겟세마네의 피어린 기도(마가 15:36)와 신앙이 아니라 '태연히' 앉아 있는 비범, 자기의 육신을 객관화하는 '기아(棄我)'의 사람을 보게 되니 실감이 약하다. 그만큼 이광수의 천도교 의식은 피상적, 개념적이기 때문일 것이다. 다시 말하면, 최수운이 득도하기까지의 고행과 수난의 과정쯤 보여 주어야 할 것이라는 우리의 요구에 부응치 못하고 있다.

하나, 이것이 1923년에 발표되었으니, 1920년 천주교 신부의 순교를 그린 희곡 「순교자」 다음 나온 종교적 작품이라는 견지에서 의의에 값한다. 여기 묘사된 수운의 모습은 이광수가 편력한 수다 종교의 창시자상의 원형인지도 모르기 때문이다.

유동식이 지적한 것처럼 천도교(동학)는 한국에 유표된 모든 종교와 토속 신앙까지도 융합한 창조적 혼합주의(syncretism)라 할 것이다. 까닭에 천도교는 유교의 삼강 오륜을 강조하고, 불교의 수성각심(修性覺心)과 도교의 무위자연(無爲自然)을 표방하며, 지상 천국의 이념이 지배적이어서, 초월적인 미래의 천당이나 극락의 원념(願念)이 없고, 파멸 일로에 있는 현실 세계를 개조하여 '태평성세'를 이루자는 데에 궁극적 관심(an ultimate concern)을 둔다.

그런데 문제는 수운의 구도 행정과 그의 기독교 비판에 있다. 수운은 20세에 출가, 구도의 길을 떠나 팔도 강산의 인심에 젖어보고 유·불·기독 삼교에 모두 접하였다. 그러나 "유도불도 누천년에 운이 역시 다했던가." 하여 기존 종교에 대한 의혹을 얻었을 뿐이다. 해서, "금불문 고불문(今不聞 古不聞), 금불비 고불비(今不比 古不比)."의 무극대도(無極大道), 즉 천도(天道)를 깨달은 것이 1860년 4월 5일이다. 다음, 수운이 본 기독교(천주교)관은 어떠한가를 보기로 하자

첫째, 기독교는 서양인들의 제국주의적 침략 정치와 결부된 채 동양으로 소개된 서학이다. 둘째, '여주이무실(如呪而無實)', 즉 비는 듯하나 실지가 없

다. 셋째, 기독교가 입고 들어온 서양 문화·풍속을 절대로 여김은 부당하다. 넷째, 기독교는 제 몸만을 위하여 비는 이기주의·형식 위주다.

수운의 이런 비판은, 그가 민족적 이념을 구심으로 하여 만인 구제의 세계로 확대하려 했음에 반하여, 천주교가 급박한 구체적 현실을 외면하고 내세에만 집착하는 것이라 보았음을 드러낸다. 이광수는 수운이 이러한 종교관을 세우기까지의 방황과 고난의 과정과 그 귀추를 그려야 했다. 수운의 기독교관이 외형적, 피상적이었듯이 춘원의 천도교관도 그러했던 것이다.

2) 기독교 의식

이광수는 1917년 7월 ≪청춘≫ 9호에 쓴 논설 「야소교(耶蘇敎)의 조선에 준 은혜」에서 비롯하여 1935년 11월 ≪삼천리≫의 단평 「천주교도의 순교를 보고」에 이르기까지 기독교에 관한 그의 견해를 수시로 피력하였다.

이광수는 기독교 사상의 핵심을 『누가복음』 12장으로 본다. 한동안 톨스토이를 좇아 『마태복음』 5·6·7장을 예수 사상의 진수로 보았으나, 후에 누가복음 12장이 더욱 간명, 직절하다는 것을 깨달았다. 그는 "예수교의 문헌이 다 없어지고 이 부분만 남더라도, 예수의 가르침은 온전히 남음이 있으리라고 믿는다."고 고백한다. 그는 『누가복음』 12장 1절·11장 4절·12장 29절 등을 중점적으로 인용하면서, 하나님에의 경외심, 재물 초월관, 천국 예정론에 관심을 집중한다. "너희는 무엇을 먹을까 무엇을 마실까 하여 구하지 말며 근심하지도 말라."(누가 12:29)는 대목을 인용하면서 현실 진단에 준열성을 보인다. 곧 오늘날 지도자 계층이야말로 바리새 교인이며, 세계는 거짓된 것이며, 조선이야말로 외식(外飾)하는 거짓의 세상이며, 재산·명예·생명에 연연하여 진리를 버리고 세상을 따른다는 것이 이광수 현실 진단의 요체다.

이런 깨달음 속에서 이광수는 실제 생활에서 '참'을 강조하며 살았다. 그의 차녀 정화(廷華)의 『아버님 춘원』이 이를 입증한다.

> ……이리해서 나는 거짓말 아니하려는 신경 쇠약에 걸린 때도 있었다. 그리고 나는 말하기가 싫고 가만히 있기를 좋아했다. 분명히 아는 일도 혹시 거짓말이 섞일까 보아 무서워, 누가 물어 보는 일도 대답을 잘 아니 했다.

이 글에 나타난 사실로 보아 이광수의 종교적 감화가 자녀 교육에서 어느 정도 중요성을 띠었는가를 알게 된다. 정화는 불교 교리를 아버지께 가르침 받았다 하였으나, 반드시 그런 것만도 아닐 것이다. 이광수의 의식은 진리 자체에 있었고, 종교의 차별상이 문제가 되지는 않았던 것이다. 이는 상하이에서의 흥사단(興士團) 입단 문답에서도 드러난다.

> 문 : 그러면 그 덕의 중심이 되는 것, 근본이 되고 기초가 되는 것이 무엇이라고 이군은 믿으시오?
> 답 : 참이라고 나는 믿습니다.
> (중략)
> 문 : 옳소. 옳소! 그러면 우리 나라를 참나라로 만드는 길은 무엇이오?
> 답 : 거짓을 버리는 것입니다.

이광수의 종교 의식은 물론 개아의 구원에서 민족에 결속되고 인류의 구제에로 확장된다. 이는 이광수의 대승적 불교 사상으로 민족을 구하겠다는 시은(施恩), 시혜 의식(施惠意識), 선민 의식(選民意識)과 관련된다고 볼 것이다.

또 이광수의 톨스토이 신봉은 가위 절대적임을 보게 된다. 톨스토이를 통하여 예수를 '이해'하려 한다.

> 톨스토이는 지구가 산출한 가장 큰 사람 중의 하나였다. 예수 이후의 첫 사람이라고 하면 누가 위대할까. ……톨스토이의 선생은 예수였다. 특히 신약 전서 마태복음 5·6·7장이다. 그가 예수의 가르침 중에서 가장 중심으로 아는 점들은 이것이다.
> "'눈은 눈으로, 이는 이로'란 말을 너희가 들었거니와, 나는 말하노니 너를 해하는 이와 맞서지 말라. 누구나 네 오른뺨을 때리거든 왼뺨도 돌려 대고, 누구나 네 적삼을 빼앗으려 하거든 저고리까지 주고, 누구나 널더러 십 리까지 가자 하거든 이십 리를 같이 가 주라. 달라거든 주고, 꾸어 달라거든 막지 말라."

이광수 실생활은 여기에 바탕을 둔 것이었다. 『마태복음』의 가르침대로 살았다. 허영숙의 회고담에도 나오듯이, 그는 참으로 믿기 잘 하는 어수룩한 사람이었다.

> 추운 겨울밤 같은 때에 길을 걸어가다가 떨고 지나가는 거지를 보고 외투를 벗어 준 일도 있고, 어떤 서양 사람 거지에게는 쉐터와 주머니에 있는 돈을 온통 털어 주고 내복만 입고 집에 돌아와서 여러 사람의 의심을 받은 일도 있었다. 바른손이 하는 일을 왼손에게도 알리지 말라 하신 예수의 말씀을 따라서 이러한 말은 아무에게도 하지 않았다.

이것이 어디까지 사실이냐 하고 의문을 제기할 수도 있다. 그러나 이런 측면이 그의 인격의 주요 속성으로서 실재한 것은 여러 일화가 입증한다.

이렇게 톨스토이는, 인생의 유일한 진리와 자유의 생활은 오직 예수 그리스도를 통하여 가르침이 된 사랑과 비폭력·무저항에 의하여 세상의 모든 권력의 복종에서 이탈하고 완전한 제 마음의 자유의 생활을 하는 것이라고 하였다.

이 즈음까지의 이광수는 사랑으로 봉사하는 기독교인으로서, 비폭력·무저항·탈권력주의에 의한 자유인으로 살고자 한 톨스토이에 절대 공명하고 있다. 이 같은 사상은 「간디의 하나님」, 「간디와 무솔리니」 같은 글에도 소상히 표명되어 있다.

하여간 이광수는 범상한 생활인이면서도 범상을 넘는 삶을 위하여 몸부림친 '외로운 절대에의 그림자'였다. 다소 지루할지 모르나 이광수를 깊이 이해하기 위하여 차녀 정화의 더 자세한 증언을 듣기로 한다.

> 아버지는 거지를 데리고 가서, "실비는 내가 낼 터이니 이 병을 고쳐주시오." 하고 거의 날마다 데리고 가신다. ……아버지는 이렇게 많은 돈을 어머니에게 받았을 리 만무하다. 책장에 있는 책을 팔아서 거지들을 주셨다 한다. 어머니는 그 후에 퇴원하셔서 책이 없어졌다고 아버지를 보고 또 야단하였다. 내 기억에 꼽아 보아도 이러한 일은 수없이 있었고, 어머니와 아버지가 다투는 일 가운데 대부분은 다 이러한 일 때문이다.

끝으로, 이광수와 순교 정신, 기독교의 혁명 사상을 엿보기로 한다. 그는 1935년 11월 ≪삼천리≫에다 이렇게 썼다.

> 나는 순교자를 좋아합니다. 이해영욕을 도외시하고 오직 진리와 의리를 위하여 생명까지 희생하는 순교자는 인생의 가장 아름다운 꽃이라고 믿습니다. ……나는 천주교도의 수만 명 순교자들을 존경합니다. 그 역사를 알 수 없음이 한이어니와, 조선인이 수만의 순교자를 내었다는 것은 불후의 자랑으로 알며, 내 혈관에도 이러한 순교자의 피가 흐르거니 하면 마음이 든든하고 큰 긍지를 느낍니다.

이광수는 순교를 민족주의의 맥락 속에서 파악하고 있다. 이 점을 평자들은 비판할 것이다. 그러나 1935년 일제 강점기의 시대상, 그 상황에 입각하여 이 문제는 다루어져야 한다. 특히, 그가 "이차돈을 쓰게 된 것도 그런 동기에서입니다. 이차돈은 조선에서 첫 순교자였습니다."고 설파하고 있음에 유의하는 것이 좋겠다.

「그리스도의 혁명 사상」에서 춘원은 기독교인다운 행동 방향을 제시한다. 주목할 대목이다.

> 그러면 그리스도주의 혁명은 평화로운 것이냐. 아니다! 아니다! 아니다! 마르크스－레닌주의 혁명이 적의 피로 산하를 물들여야 할 것과 같이, 그리스도주의의 혁명은 자기의 피로 산하를 물들여야 한다.
> 그리스도가 골고다에서 피를 흘린 이래로 수만, 아마 수백만의 순교자가 피를 흘려서 인류의 맘 속에 요만큼이라도(국제 조약에 형식적 문구만이라도 정의, 인도를 표어로 할만큼) 인도주의적 사상과 정조(情操)를 심어 놓았다.

이광수는 '주의'와 '혁명'에 입지하여 '인도주의'를 실현하는 것을 이상으로 하며, 이를 위하여 '순교'하는 것을 가장 큰 자랑으로 여기고 있다.

이광수의 작품에서 기독교 의식의 흔적을 찾기는 어렵지 않으나, 두드러진 것들은 10여 편 정도다. 「순교자」(1920), 「금십자가」(1924), 「재생」(1924), 「혈서」(1924), 「사랑에 주렸던 이들」(1925), 「사랑의 다각형」(1930), 「흙」(1932~3), 「유정」(1933), 「애욕의 피안」(1936), 「그의 자서전」(1936), 「나·스무살 고개」(1948) 등이 그것이다.

그런데 기독교 사상의 핵심은 '사랑'이다. 이광수가 보여 준 기독교 의식 역시 '사랑'의 표현에 귀일 된다. '사랑'의 집약적 교시라 할 『요한1』서와 『고린도전서』 13장은 '사랑이 배제된' 모든 지식·능력·믿음·헌신의 무익성을 깨우친다. 여기서 사랑이라 함은 에로스, 필리아도 아닌 아가페임은 물론이다. 이제 '사랑'으로 집약되는 기독교 정신을 무리한 대로 몇 구분을 지어 생각해 보기로 한다.

(1) 참회와 용서

이광수의 거의 모든 작품에는 '죄의 관념'이 자리해 있다. 그것이 굳이 '에덴의 범죄'에로 회귀한다는 발언은 삼갈 일이나, 죄의 관념이 집요하게 따라다닌다. 이의 근원은 유년의 유학에서 얻은 의리, 뒤의 불교에서 받은 영향 등이 복합되어 잠재해 있으나, 궁극적으로는 기독교적인 데도 있다. 음욕으로 패가망신한 정선(「흙」)이 부르짖는 고백의 소리가 그 본보기다.

> "하느님!"
> 하고 정선은 속으로 불렀다. 넓고 차고 어두운 허공에 저 한 몸이 발가
> 댕이로 둥실둥실 떠서 지향없이 가는 듯한 저를 의식할 때에 정선의 정
> 신은 "하느님." 하고 부르는 것밖에 다른 힘이 없었다.
> 나는 이 세상에서 용서해 줄 것이 있다면 다 용서해 줄 테야. 누가 어
> 떠한 잘못이 있더라도, 나를 죽이려 한 사람이 있더라도 다 용서해 주마
> 하는 이가 있으면 좋겠어. 아버지한테도 죄지은 년이요, 남편한테도 죄지
> 은 년이요, 뱃속에 있는 생명에게도 죄를 지은 년이요, 또 친구들한테도
> 죄를 지은 년이 아니오?

이러한 정선의 참회에 대하여 형식은 말한다.

> 정선이 다 용서했소. 남편의 사랑은 무한이요. 한참만 더 참으면 그 고
> 통이 없어질 것이요. (중략) 그러나 그 눈물은 지금까지 흐르던 고통의 눈
> 물, 원한의 눈물은 아니었다. 그 눈물은 감사의 눈물, 만족의 눈물, 사랑
> 의 눈물이었다.

사랑이 이 단계에 이르면 단순한 에로스의 수준을 넘어선다. 정선이 부르짖는 '하느님'이 기독교의 하나님이냐 하는 의문이 일기는 하나, 형식의 용

서와 사랑이 적어도 기독교적인 것은 사실이다.

> 성경에 예수께서 간음한 여자를 핍박하는 바리새 교인에게 하신 말씀,
> "누구든지 죄 없는 자가 먼저 돌을 던지라."
> 한 것을 은교는 새삼스러운 감격으로 생각하였다. 또 막달라 마리아가
> 머리에 기름을 발라서 예수의 발을 문지른 것을 생각하였다. 귀남이가 설
> 사 행실이 부정한 계집이라고 하자. 그렇더라도 지금 귀남의 영혼은, 은
> 희는 말할 것도 없고, 깨끗하게 천사로 자처하는 신교보다 하나님께 더욱
> 가까운 듯하였다.

「사랑의 다각형」에서 뽑은 대목이다. 『요한복음』 8장 7~11절과 『누가복
음』 7장 38절의 말씀을 주제 의식에 내포시켰다.

> 나는 죄가 있어서 받은 벌이오. 나는 김 씨를 미워하였고, 또 매씨에
> 대하여 비록 잠시 동안이라도 질투와 증오의 감정을 품었었소. 예수의 눈
> 으로 보면 이것이 얼마나 큰 죄요?

「사랑에 주렸던 이들」에 나타난 죄의식의 표백이다. "서로 사랑하라. 내
가 너희를 사랑한 것같이 너희도 서로 사랑하라."(요한 14:34)고 한 가르침과
"어찌하여 형제의 눈 속에 있는 티는 보고 네 눈 속에 있는 들보는 깨닫지
못하느냐"(누가 6:41)신 말씀을 상기시키는 대문이다.

> "자식을 셋씩이나 죽인 죄인이올시다. 문임을 죽이고, 은주를 죽이고,
> 그리고 혜련을 죽였습니다. (중략) 제가 심은 씨를 제가 거두는 오늘날에
> 야 비로소 이 천지간에는 하나님의 섭리가 있는 것을 깨달았습니다. 혜련
> 이가 왜 죽었습니까? 이 애비가 죄에 빠지는 것을 건져볼 모양으로, 날마
> 다 한 번씩 두 번씩 술과 애욕으로 취한 애비의 양심을 깨우려다가 마침
> 내 제 손으로 가슴에 칼을 박고 죽었습니다. 제 자식의 가슴에 칼이 박힌

것을 보고도 무릎을 꿇고 엎드려 참회할 생각이 나지 못한 이 애비입니
다. (하략) "

 뿌린 대로 거두리라신 말씀에 따른 참회다. 자결은 기독교에서 용납 않는
다. 춘원이 혜련을 자결케 한 것은 기독교 윤리에 대한 한 도전 반응이며,
또 참회 없이는 죽어야 마땅한 김 장로의 죄의식, 그 투영이라고 하겠다.
'애욕의 피안'은 멀었다.

(2) 에로스의 초극 또는 사랑의 변증법

 이 정신은 이광수의 작품 도처에서 나타난다. 이 때문에 다수의 평가들이
춘원을 위선자, 위악자로 타매했었다. 그러나 전술하였던 이런 평가들은 인
성의 복합성, 자아의 다가치 성향에서 비롯되는 페르소나와, 문화화한 '인
격'이라는 추상 개념을 혼동한 비난이다.

> "선생님, 저는 어떻게 해요?"
> 하고 강의 가슴에 이마를 비빈다.
> "그리스도를! 그리스도를 사랑하고 그리스도와 혼인을 해. 썩을 사람
> 을 사랑하지 말고."

 부부애, 그것이 에로스의 수준에 그칠 때, 아니 그것조차 파멸에 이를 때
인간의 육신은 귀소(歸巢)를 잃는다. 영혼은 더욱 방황한다. 에로스를 초극
하려는 구도자 '강'이 '혜련'에게 타이른다.

> "우리는 영혼을 위하여서 육체를 이기지 아니하면 아니 된다. 육체가
> 반드시 죄악이 아니라 하더라도 영혼은 육체보다 높은 것이어든. 우리는
> 육체의 생활을 초월하지 아니하면 아니 된다. 나는 혜련의 영혼을 사랑하
> 련다. 그야, 혜련의 눈이나 입이나 음성이 다 혜련의 영혼의 표현이지마

는, 그래도 어쩌다가 잠시 썼던 육체−우리는 그 육체의 노예가 되어서야
쓰겠나. 아니, 괴로운 일이로군."

　　이 대목이야말로 이광수가 추구하는 '사랑의 변증법'으로서 육체와 영혼
에 대한 사상의 집약이다. 이 변증을 위한 지양의 과정에 '강'은 섰다, 「애욕
의 피안」을 향하여. 그러나 마침내 숨을 삼킨 채 자결해 버리는 '강'의 모습
에서 춘원이 불교도 기독교도 아닌 '제삼의 피안'을 추구함으로써 우리를
놀라운 혼란에 빠뜨리고 만다.

　　　　석가의 팔 년간 설산 고행이 이 애욕의 뿌리를 끊으려 함이라 하고, 예
　　수의 사십 일 광야의 고행과 겟세마네의 고민도 이 애욕의 뿌리 때문이
　　었던가.
　　　　그러나 이것을 이기어낸 사람이 천지 개벽 이래 몇몇이나 되었는고?
　　나 같은 것이 그 중에 한 사람이 될 수는 없을까?

　　「유정」에 나오는 최석의 염원이요, 기도다. 그러나, '죄를 피해서, 정임을
떠나서 멀리 온' 최석의 행위가 '하나님의 금하시는 일' 때문이라면 그것은
온당치 않다. 에로스의 파탄에 도전하여 '말씀의 승리'를 이루는 것이 그리
스도인의 바른 길임으로서다.

　　　　실상 마아가릿의 유혹과 매력은 저항하기 어려우리만큼 컸다. 그는 몇
　　번이나 내게 안기고 내게 매어달렸다. 그럴 때마다 나는 이성이 아뜩아뜩
　　함을 깨달았다. 그러면서도 최후의 일순간에 나는 나를 이길 수가 있었
　　다.

　　「그의 자서전」에 고백된 부분이다. 그 다음 대목에서 춘원은 민족주의와
기독교 신앙을 교착시키고 있다. 이것이 춘원의 종교 의식이 품은 한계성임

을 우리는 확인하게 될 것이다.

(3) 자기 희생

다음은 「흙」의 행동 강령이다.

> 1. 섬김 2. 구실 3. 맡은 일 4. 금욕 5. '우리'를 위한 '나'의 희생 6. 구실과 맡은 일을 위한 나 한 사람 또는 내 한 집의 향락의 일생을 버림 7. 주되는 일은 민족의 일, 개인이나 내 가정의 일은 남은 틈에 할 둘째로 가는 일 8. 평등·무저항

여기서 발견되는 개인 윤리와 사회 윤리의 혼동이나 모순당착은 차치하고, '자기 희생'의 항목만 취한다.

> "……둘째는, 만일 내 아내가 자네 아이를 배었다 하더라도 그것은 내가 말없이 호적에 넣을 테니, 그 아이에 대해서 자네가 일생에 아무 말도 아니 할 것을 약속해야 하네."

아내의 부정까지도 용서하는 허숭의 '사랑'을 보인다. 지덕(至德)의 실현이다. 이것은 단지 유입된 기독교 사상에 의하였다기보다 허숭은 '처용', '역신' 역은 정근이 맡고 있다. 신라에로 회귀하는 지덕의 한국인이며, 여기에 기독교 윤리가 뿌리를 내리는 모습인 것이다. 여기서 일처다부제 혼인(polygamy) 같은 인류학적 배려는 물론 제외된다.

> "정근 군, 고마우이. 나는 인제 자네를 믿네. 기쁘이. 살여울 하나만 잘 살게 되면야 나는 옥에서 죽어도 한이 없네."

이 같은 자기 희생의 윤리는 「흙」을 관류하는 기본 정신이다.

「애욕의 피안」에서 '혜련'의 유서에 '희생'이 잘 나타나 있다. 그 방법의 모순에도 불구한 이야기다. 그리고 「금십자가」의 로 신부와 충직의 희생이 야말로 '자기 희생'의 표본이다.

(4) 절대 신앙 내지 순교의 정신

이광수는 1920년 「순교자」라는 희곡에서 절대 신앙과 순교를 그린다.

> 신 : (마태의 위에 안수하고) "하나님! 제가 세상을 떠날 날이 언제인지 는 당신께서만 아십니다. 이제 마태김에게 안수하여 당신의 도리대로 죄 에 빠진 무리를 건져내는 신부를 하이오니, 당신의 성신이 항상 마태와 함께 하사 마태로 말미암아 조선의 백성이 건져지게 하시옵소서." (중략)
> 돌 : "죽더라도 이 거룩한 옷과 십자가는 떠나지 아니하겠습니다."

이 작품은 절대 신앙에의 다짐이나, 아래 인용하는 「금십자가」는 그 극치 다.

> 그 때에 로 신부가 가만히 자기의 귀에 입을 대고,
> "피엘아, 하나님께서 다 아신다. 승학이를 용서하고, 미워하는 맘을 가 지지 말아라. 그리고 승학이를 위하여 네가 암말 말고 이 죄를 져라. 남의 죄를 대신 지는 것은 거룩한 일이다."
> 하였다. 이 말을 듣고 피엘도,
> "아버지, 그리하겠습니다."
> 고 희미한 정신으로나마 굳게 결심할 때에 승학의 거짓말하는 소리가 밉 지 아니하고 불쌍하게 들리고 맘 속에는 형용할 수 없는 기쁨이 꽃 피는 모양으로 피었다.

그야말로 '밀물 같은 사랑'이 벅차오르는 장면이다.

……그래서 신부가 자리에 앉기를 기다려,

"아버님, 나는 어찌하면 하나님의 영광을 나타낼 수가 있습니까. 어찌하면 주의 뒤를 따라 이 목숨을 바칠 수가 있습니까. 지금이라도 죽으라면 죽겠습니다. 하나님을 위하여 죽는 것이 얼마나 좋을까-신부님, 나는 어찌하면 좋습니까?"

이광수가 쓴 종교 문학 작품, 특히 기독교(가톨릭교, 개신교)를 내용과 주제로 한 것 중 가장 절실하고 심도가 있는 작품이 이 「금십자가」인 것으로 생각된다. 여기 등장하는 주인공과 주요 인물들이 '주의 길'을 가기 위한 고난의 문제에 부닥쳐 기도하며 기쁨을 쟁취한다. 성격 묘사, 대립·갈등의 기교 등 한국 기독교 문학의 백미편(白眉篇)일 수 있었는데, 불행히 1924년 동아일보 5월 11일자로 중단되어 미완 소설임에 그쳤다.

(5) 무저항 정신과 기독교적 평화주의

이것은 「금십자가」에서 두드러지게 나타난다. 로 신부와 충직이의 일생이 그러하다. 이 정신은 톨스토이와 간디의 영향을 받은 결과라고 보겠다.

톨스토이의 기독교관 예술관은 일본인 장로의 아들 야마사키(山崎)에게서 소개받았다. 그리고 간디의 무저항 정신에 의한 감화는 「간디의 하나님」, 「간디와 무솔리니」 등에 나타나 있다.

세계 평화론의 계보는, ① J. 벤담(1748~1832), J.S. 밀(1806~1873), Sir R.N. 앤겔(1874~) 등으로 연결되는, 경제적 개인주의에 기초한 자유주의적 평화론, ② 로마법, H. 그로티우스(1583~1645), I. 칸트로 이어지는 법치주의적 평화론, ③ 정신적 개인주의에 입지한 불타, 노자, 중세 신비파, 기독교 메노나잇파 및 퀘이커파, 톨스토이, 간디, 아인슈타인 등의 무저항주의 평화론, ④ 기독교의 평화론 등이다.

기독교 평화론은 "오른편 뺨을 치거든 왼편도 돌려 대라."(마태 5:39)는 무저항주의에 바탕을 두었으면서도, 불가피한 전쟁을 정당 방위에 한하여 인정한다. 기독교는 평화의 종교임을 『고린도전서』 14장 33절이 선포하고 있으며, 불가피한 전쟁을 허한 곳은 『출애굽기』 15장, 17장 8절 이하, 『에스라』 6장, 『시편』 44장 1절, 『열왕기』 상 5장 3~5절이다.

한데, 메노나잇파나 퀘이커파가 믿는 무저항주의의 근거는 『마태복음』 5장 9절, 『에베소서』 6장, 『로마서』 13장 1절 등이며, 이광수는 다분히 무저항주의적 평화론자다. 이것이 뒤에 친일의 패를 차고 나서는 '십자가 없는 대속 행위'와 불교에 귀의하는 단서가 된다고 하겠다.

(6) 기독교적 물질관

이에 대하여는 「그의 자서전」, 「아버님 춘원」, 「금십자가」, 「애욕의 피안」 등의 작품을 이야기하는 자리에서 이미 언급, 암시되었다.

자연이며 물질은 단순한 기계 문명의 소재가 아니라 정신 문명의 매개체다. 물질은 사람의 미디어로서만 존재 의의가 있으며, 성서 메시지에 따르면, 물질이 물질 이상의 것이 되거나 그 자체가 목적일 수 없으며, 따라서 분수 이상의 존경을 받을 수 없다. 만일 그렇지 않으면 그것이야말로 부패와 타락의 씨가 된다.

물질은 사랑, 평화, 이해, 협력 및 초자연적 은혜의 계시의 매개체가 될 때 비로소 도덕, 종교, 인류애 등 모든 정신 활동의 관념주의를 율할 수가 있다. 즉, 물질은 기독교의 종교적 인도주의의 미디어로 그것이 순환되어야 할 필연선상에 놓인다. 물질은 그 안에 하나님의 계획(design)이 숨어 있고, 그 계획 성취의 잠재력을 내포하기 때문이다.

(7) 기독교적 직업관

이장식(李章植)의 주장처럼 재래 동양적 심미주의와 정적주의, 또는 은사적 수도주의는 새로운 활동주의 철학으로 대치될 수밖에 없는 것이 오늘의 현실이다. 그런데 직업의 신성은 직업의 종류 그것에 있는 것이 아니라 소명 의식, 곧 이타심 유무 또는 농도 및 질에 달렸다. 각자의 소질과 취미에 따라 봉사할 종류를 찾는 곳에 직업이 존재할 가치가 있으며, 직업은 물질에 있어서와 마찬가지로 '나'의 인류애가 종교적으로 실현되는 미디어다. 아울러, 직업도 배분적 정의에 따를 것임을 강조할 필요가 있다.

「금십자가」에서 로 신부, 피엘 등은 목수, 잡역 등으로 생계를 잇는다. 나와 남을 가림없이 부양 책임을 지고 주의 뜻을 밝힌다. 「그의 자서전」, 「유정」 등에서 교원이 클로즈업되나, '사랑'보다 '이념'이 우세하거나 또는 '에로스적 충동'에 의해 파탄에 이르고 만다. 「흙」의 경우도 그러하다.

그만큼 이광수는 순교 자체에 대한 집착이 강하면서도 순교의 십자가를 지지 못하고, 정치가 · 종교 지도자 또는 불교적 무(無)에로 몰입하거나 어설픈 귀농을 자처하였던 것이다. 사명감에서 출발하나 실제에서 승리 못하는 사실과 직결된다. 다만 「금십자가」에서는 성공한 형적이 뚜렷하다.

춘원의 종교 의식은 '민족'이라는 실재하지 않는 추상적 이념에 수렴됨으로써 범인류애에까지 확산되지 못하고 있다.

이장식의 말처럼, 물질 문명의 발달, 그런 근대화는 인류 사회의 유대와 단결을 분해시켜서 횡적 관계가 박약한 분업적 다원 사회를 만들어 권익의 충돌을 노출시켰다. 개아와 그 사회 집단 간의 다각적인 소외 현상은 인류 사회가 하나로 결속될 원리와 힘을 파괴하고 말았다.

종교(기독교)는 이런 상태로 버림받은 인류 각개와 사회를 하나의 구심 곧 사랑에다 귀속시키려는 데 뜻을 둔다. 이러한 결합력은 혈연, 지연, 그 밖의 어떠한 자연적 또는 의도적 결속력보다 강하고 영속적인 것이다. 사랑의 힘은 강하고 영원한 유에로 인간을 구원하기 때문이다.

이광수는 이러한 인류애, 세계관을 도처에서 토로한다. 그러면서 당시의 기독교단에 대한 회의가 컸을 뿐 아니라 고의적으로 세례를 주지 않은 모 목사와 장로를 중심으로 한 기독교인에 대한 불신으로 인하여 기독교적 세계관을 일관성 있게 지켜 나가지 못한 것으로 기술되고 있다. 그가 동정녀 마리아의 잉태, 예수의 부활, 구약성서, 예수 재림시의 무덤의 심판을 믿으려 아니했다는 점은 중대한 사실이다. '하나님'을 한 성스러운 '대상'으로 '인식'하려 했기 때문일 것이다. 하나님의 존재를 시공에 대한 피제약 개념으로 볼 때 우리는 하나님과 만날 수 없는 것이다.

"모든 유(有)는 가지적(可知的)이다."라는 명제는 유가 인식론적인 면에서 고찰될 때이며, 기독교의 인생에 대한 관계는 인생에 대하여 냉연한 학문이라는 것, 그 논리와는 달리 '병상에 임한 의사와 환자와의 구체적인 대화'와 같은 것이 아닐까.

이 밖에 '계시'에 대한 고찰이 필요하나, 이광수의 기독교 신앙이 감정적 수준에 치우친다는 면이 있어 이 점은 논의하지 않기로 한다. 그러나 그의 작품 도처에서 자연 계시에 대한 감동 표현의 기미는 짙다.

이광수의 기독교 의식이 이런 차원에 편향된 것은 기법상의 문제와도 관련될 것이다. '교사'의 어조를 일관되게 유지한 그의 자아는 늘 독자(audience)를 의식, 전지적 작가 시점에 치중하여 W.C. 부스가 경계한 '작가의 목소리(the author's voice in fiction)'가 노출되는 사태를 빚는다. 이로 해서 대중과의 커뮤니케이션이 쉬운 반면, '심오한 종교 의식의 승화'라는 본질적 고뇌와 구원욕과는 거리가 있었던 것이다. 「애욕의 피안」에서와 같은 심각한 인생 문제를 멜로 드라마와 혹사하게 처리하고 만 것은 이광수와 한국 근대 문학을 위하여 아까운 일이다.

그럼에도 작가로서의 이광수와 그의 독자인 대중의 수준은 상당한 고도를 잃지 않고 있음을 부인해선 안 될 것이다.

3) 불교 의식

이광수의 불교 관련 소설로 대표적인 것은 「이차돈(異次頓)의 사(死)」(1935.9.30.~1936.4.12), 「사랑」(1938), 「무명(無明)」(1939), 「늙은 절도범」(1939), 「꿈」(1939), 「육장기」(1939), 「세조 대왕」(1940), 「원효 대사」(1942.3.1~10.31) 등이고, 「선파(禪婆)」에서 「산거 일기(山居日記)」에 이르는 수필·일기·시·시조·불찬가(佛讚歌)는 물론 논설이나 단평 들도 적지 않다.

이광수의 불교 의식은 「대성 석가(大聖釋迦)」, 「육장기(鬻莊記)」, 「산거 일기」, 「선파」 등에 비교적 자세히 진술되어 있다.

1939년 4월 《삼천리》에 실린 「대성 석가」에는 『법화경』 비유품의 일게(一偈)가 장황할 정도로 소개되어 있다.

> 일체 중생이 세상의 향락에 탐착하여 깨달음의 지혜가 없다. 삼계(三界)에 평안이 없어 불붙는 집과 같으며, 뭇 고통이 가득 차고 생로병사가 끊임이 없어 맹렬히 불이 붙어 꺼지지 않으니, 이를 구제하는 것이 불교의 진제(眞諦)라는 뜻이다.

또한 보살행(菩薩行) 곧 '보시(布施)·지계(持戒)·인욕(忍辱)·정진(精進)·선정(禪定)·지혜(智慧)'의 육바라밀(六波羅蜜)을 골자로 한 「화엄경」 보살편도 크게 부각되어 있음은 주목할 만하다.

그리고 「육장기」에는 이광수의 불연(佛緣)이 기록되어 있다. 「육장기」에 소개된 춘원의 불연은 올연선사, 운허법사 등에 의해 구체화한다. 법화경에 접하기는 「육장기」를 쓰기 십이 삼년 전이라 했으니까, 1926~7년경이 된다.

그리고 「금강경」, 「원각경」도 통독할 정도니, 이광수의 불교에 대한 이해와 체험의 심도를 알 만하다. 여기서 그의 자아는 분열의 본격화에 이르며, 기독교의 불교적 수용이라는 이변을 낳고 만다.

> 관세음보살이 혹은 비가 되시와 나로 하여금 보광암에 오륙일 유련하게 하시고, 혹은 아들이 되어, 혹은 운허 법사, 올연 선사가 되시와 길 잃은 나를 인도하신 것이라 믿소.
> 또 예수께서도 그러하시었다고 믿소.
> 내가 신약 전서를 처음 보기는 열 일곱 살 적 동경 명치학원 중학부 삼년생으로 있을 때인데, 그 후 삼십여 년간 날마다 다 읽었다고는 못 하여도 내 책상머리나 행리에 성경이 떠난 적이 없었거니와, 이것이 나를 불도로 끌어 넣으려는 방편이었다고 믿소. (밑줄은 필자가 그음.)

이광수가 종교를 어느 수준에서 '이해'하고 있는지 여실하다. '나는 장차 완전한 성인이 되느니라 하고 스스로 꽉 믿게 된 것'이라고 술회하면서 「육장기」의 말미에 이렇게 썼다.

> 시편 백편을 적어서 이 편지를 끝냅시다.
> "모든 나라들아, 기쁜 소리로 임을 찬송하라. 기쁨으로 임을 섬기고 노래하여 임의 앞에 나올지어다. 임은 하나님이시니, 임 아니면 뉘 우리를 지으셨으리. (중략)"

'하나님'을 창조주로 보면서도 불교의 맥락 안에서 기독교를 보려는 모순에 빠지는 장면이다. 종교를 윤리의 차원으로 격하시킨 것이다. 이 밖에 「인욕」에서도 이러한 대목이 보인다.

> 예수는 성내지 말라고 가르치었으니, 이것은 인욕을 뒤, 옆으로 말씀하신 것이다. 욕을 참으라는 것과 성내지 말라는 것은 결국 동의어다.

「산거 일기」 9월 20일자에는 법당에 들어가 시방제불(十方諸佛)께 절하고, '사해징청(四海澄淸), 국내안온(國內安穩), 중생성불(衆生成佛)'을 빌고 있으며, 9월 21일에는 그 심도가 가중된다. 19일에는 '불이법문(不二法門)', '무아무인 관자재(無我無人觀自在)'가, 21일에는 「원각경」이 그의 체험에 서려 보인다. 1927년 11월 ≪계명(啓明)≫에 실린 「선파」는 춘원의 불교에 관한 첫 작품이 된다.

> "그러니깐 마음이 제일이야요. 일체 선악이 유심소생(唯心所生)이 아 닙니까. 선생님도 지금 그렇게 병으로 신고를 하시지 말고, 이 맘자리만 특 찾으시면 심화기화(心和氣和)로 백 병이 소멸하는 것이지요 ……"

이광수가 병고로 석왕사에 들렀을 때 들은 '선파'의 말이다. 그는 자신의 고난, 특히 일생껏 시달린 병고에 대하여 '연기설'로써 해답을 구하려 한 것 같다.

(1) 고(苦)·집(集)의 무명(無明)·정업(正業)

이와 관련된 작품으로 대표적인 것은 단편 「무명(無明)」과 「늙은 절도범」 이다.

'무명'이란 욕망의 근원으로, 망녕된 집착심을 일으켜 번뇌를 불러오는 망집(妄執)을 가리킨다.

이광수가 '가장 자신 있는 작품'이라고 하였고, 원제(초고) '박복한 무리 들'인 이 작품은 수양동우회 사건으로 옥고를 치르고 보석 출감하여 대학 병원에 입원 중 지기 박정호 청년에게 구술하여 탈고한 것이다.

방화 혐의로 수감되어 19세의 아내가 있다는 피골상접한 노인 '민', 인장

위조죄로 들어온 폐병 3기의 설사 대장 대식가 '윤', 멸치 말림 한 그릇을 혼자 다 먹고 물이 없어 고생하는 사기범 '정', 그는 뜻도 모르는 불경을 읽는다. 여기에 두 간병부의 으르렁거림이 있고, 전문 학교 출신인 '강'이 공갈 취재 혐의로 수감되어 2년 징역에 승복하며, 예수 교인인 장질 부사 환자 청년이 옆방에서 죽어 나간다. 식욕·암투·시기·아첨·이기심·자만심 등 어지러운 아귀다툼이야말로 사바세계—고해의 축도인 옥중에서 벌어지는 무명의 진상이다. 무명의 세계에는 구원의 빛이 없다. 빛을 찾아도 참회가 없기에 암흑 그 자체일 뿐이다.

> ……기실 나 자신도 이 문제에 대하여 확실히 대답할 만한 자신이 없었건마는, 이 경우에 나는 비록 거짓말이 되더라도, 나 자신이 지옥으로 들어갈 죄인이 되더라도 주저할 수는 없었다.. 나는 힘있게 고개를 서너 번 끄덕끄덕한 뒤에,
> "정성으로 염불을 하셔요. 부처님 말씀이 거짓말 될 리가 있겠습니까?"

이 작품이 발표된 것이 1939년(≪문장≫ 창간호)인데, 춘원의 자아 속에는 아직도 불교의 진제에 대한 확언이 없다.

「늙은 절도범」은 1인칭 관찰자가 병감에 든 어느 늙은 절도범의 회고담을 듣는 형식으로 되어 있다. 작은 제목들부터가 불교적이다.—악인연·인과의 해후·악업·귀책 등.

이 늙은이는 8명이 넘는 여인들을 유린하고, 동지 배반 살해를 포함한 살인 4차례를 서슴지 않은 등 악업의 화신인 자신을 거리낌없이 이야기한다. 역시 고와 집의 세계다. 이 작품의 필경 멸도로 장식될 것이므로 미완이기에 안타까울 것은 없다. 또 다른 하나의 집약된 「무명」이 「늙은 절도범」이다.

(2) 멸도(滅道)에의 정진

멸도의 길을 제시한 대표작은 「육장기」와 「꿈」이다.

이광수가 세검정 산장을 짓던 해는 아들 봉근의 죽음, 사회적 실패, 비난의 대상이 되는 등 참담한 심경으로 금강산 입산을 결행하였다가 다시 돌아온 때다.

> ……그저 깊이깊이 산을 들어가서 세상을 잊고 또 세상에서 잊어버림이 되자는 것이오. 그 때 한 가지 희망이 있었다 하면 죄 뉘우치는 생활을 하여서 내가 평생에 해를 끼친 여러 중생을 위하여서 복을 빌자는 것뿐이었소.

현실 도피관이 절절한 대문이다. 불도에 젖어들 수밖에 없는 심적 상황이다. 이광수의 구도 행각, 그 중요한 모티브가 된다.

「꿈」은 우리 고전의 설화나 소설의 경우 '무상관'을 그 내면 구조로 한다. 이광수의 경우는 금강경의 '일체유위법, 여몽환포영, 여로역여전(一切有爲法, 如夢幻泡影, 如露亦如電)'의 허구화일 것이다.

꿈의 하나는, 주인공 조신(調信, 신라 설화의 주인공)은 수도승으로서 얼굴이 험상궂은 추남인데, 왕족 김 흔 공의 무남독녀 달례를 짝사랑하다가 꿈 속에서 구혼을 받고 도주하여 일생을 온갖 고생으로 지냈다는 것이며, 또 하나는 달례와 같이 도주하여 미력, 달보고, 거울보고, 칼보고 등 일남 삼녀를 낳고 사는 도중 낙산사에 같이 있던 평목이 나타나 달보고를 달라 하므로 칼로 찔러 죽인다. 이때 달례의 약혼자였던 화랑(모례)이 나타나고, 조신은 살인자로 붙들려 망나니의 칼에 목이 달아나기 전 꿈에서 깨어난다. 이 꿈으로 조신은 생과 향락의 무상함을 깨닫고 불도에 정진, 낙산사성(洛山四聖)의 일인이 된다는 내용이다.

곽종원은 이것을 '현실 문제(현실 의식)의 계시 상황'과 연결지으면서, 꿈 자체가 사실적이면서도 현실 세계에 대한 교훈이 암시적으로 작용한 점에서 수법의 탁발성을 지적하였다.

거의 생명적이라 할 만한 에로스적 사랑과 에피투미아(Epithumia)적 투쟁을 고매한 인격과 불도에 깊은 승려가 감화시켜 득도하게 한다는 것은 「왕랑반혼전」이나 기타 불교적 작품의 어느 내용보다도 우수하다. 득도까지의 고뇌, 갈등의 양상이 종교 의식의 문학화에 도달하게 함으로써다.

(3) 참회·원작도생(願作度生)

이광수는 역사 소설 「세조 대왕」에서 참회하여 구제받고자 몸부림치는 주인공을 부각시킨다. 이 작품은 「단종애사」를 끝낸 이광수가 "저승으로 가 세조를 만날 면목이 없다."는 말과 함께 집필된 최초의 비연재 전작 소설이다. 「단종애사」에서 포악무도, 인면수심으로 그려진 세조가 문둥병으로 만신창이가 되어 불도에 귀의, 참회하는 '회한'의 모습을 그렸다.

「법화경」의 기본 정신이 표출되어 있다. 참회보다 중생 제도에 치우친 세조에 그의 선민 의식이 투영되었다.

(4) 정각(正覺)의 표상

「원효대사」는 제행무상·번뇌무진·파계·요석궁·용신당 수련·거랑방아·재회·도량의 장으로 엮었다.

원효는 승만(진덕여왕)과 요석 공주, 아사가 등 업보의 고와 무상경에서 무진한 번민에 시달리며, 요석궁에서 사흘간 파계에 떨어진다. 그리고 용신당 수련, 거랑방아를 거쳐 '일체무애(一切無碍)', '가위연각(可謂緣覺)'의 경지에든다.

그런데 이 작품에 관하여 특기할 점은 「이차돈의 사」, 「그의 자서전」, 「사랑」 등에서 보듯이 남녀 관계가 엄숙하고 중대한 '의미' 이상의 층에서 처리되고 있다는 것이다.

> 새벽에 원효가 잠을 깨었을 때는 벌써 옆에 요석 공주는 없었다. 베개 위에 공주의 머리 자국에서 그윽한 향기가 날 뿐이었다.
> 원효가 가만히 귀를 기울이니 공주가 「관음경」을 외는 소리가 들렸다.

서구 리얼리즘의 기법을 신봉하는 측에서는 리얼리티가 없으므로 '비진실'이라고 타매할 모티프다. 그러나 불교 설화(전기한 아난의 경우도 일례)나 또는 전래 설화에서 '구도의 화소'를 찾아보면 춘원의 이러한 모티프에 리얼리티를 부여할 수 있을 것이다. 오늘 리얼리즘을 빙자하여 '외설' 일변도로 질주하는 듯한 산문 문학에 대한 한 충격이기를 우리는 바란다.

(5) 순교의 피

불교의 순교 정신을 그린 것은 「이차돈의 사」이다. 이 작품은 신라의 실존 인물 이차돈과 그의 순교에서 취재했다. 고·집·멸·도의 사성제(四聖諦)가 그대로 표현된 전형이다.

이차돈을 중심으로 한 평양 공주와 달님 간의 사랑과 질투가 바로 애오욕의 무명(無明), 곧 '고(苦)'요, 신라의 태자나 부마 자리—권좌와 부귀에 대한 집착이 바로 '집'이다. 애욕과 부권에의 집착을 떨치고 중생제도의 길에 나서기까지 이차돈은 파란 높은 시련의 역정을 걷는다. 사랑의 적 거칠아비와 권좌의 라이벌 선마로[立宗]의 모해로 하여 그는 고구려로 추방된다. 거기까지 선마로와 거칠아비의 손이 뻗쳐 피살의 문턱에서 살아나기까지 그는 신라의 정치적 부강을 '무'의 표준에서 본다. 이는 이광수의 국가주의 이념의 투영이다. 그러나 고구려의 호족 매주한가의 범민족주의, 초국가주의 사상과 인격에 감복하고, 백봉 국사와의 법연으로 불승이 되면서 원작도생, 즉 중생제도의 길에 오른다. 평양공주, 달님, 별님, 버들아기, 반달의 끈질긴 애욕을 떨치고 불법을 위하여 흔연히 죽어 간다. 춘원의 민족주의가 자아구제, 중생제도에의 종교적 초월주의로 변용되고 있다.

이것은 맹목적 민족주의, 국가주의 쇼비니즘으로부터 일체 중생을 모두 한 자녀로 보는 '불은(佛恩)의 본체'에로 초극되는 과정을 보인 작품이다.

절대가인들의 처절한 순애, 선마로·거칠마로·바들손 공목·한아손 알공 등 간신배의 끊임없는 음모, 궁중을 감도는 권력 투쟁의 어두운 기류—이것은 「법화경」 비유품게의 '탐착세락, 무유혜심(貪着世樂, 無有慧心)'하여 '삼계무안(三界無安)'하고 '유여화택(猶如火宅)'인고로, '중고충만(衆苦充滿)' 하여 '심가포외(甚可怖畏)'할 고해인 현실의 무상경계다.

곽종원은 이차돈을 영웅적 인물이라 하나, 영웅 서사 문학적 성격을 초월하는 이 작품은 이차돈의 '무저항과 자비'라는 불법에 그 귀의처를 둔다.

(6) 육바라밀의 보살행

육바라밀(六波羅蜜)이란 육도(六度)라 하며, '도(度)'란 생사의 세계에서 영생불멸의 경지에 이름을 뜻한다. 보살행(菩薩行)의 여섯 가지 덕목이다.

'보살'이란 '보리산바(Bodhi Sattva)'의 준말로서 바른 길인 도, 깨달음인 각(覺, Bodhi)·유정(有情, Sattva)이다. 성불하기 위하여 수행에 힘쓰는 사람을 뜻하며, 대개 대승교에 귀의한 수행자다. '유정'이란 일체 생물―중생을 가리킨다.

육도란 전기한 바와 같이 '보시(布施)·지계(持戒)·인욕(忍辱)·정진(精進)·정려(靜慮)·지혜(智慧)'를 뜻한다.

춘원은 그의 시가에서 '애인'을 이렇게 노래한다.

　　　임에게 아까울 것이 없어/무엇이나 바치고 싶은 이 마음/거기서 나는
보시를 배웠노라//임께 보이자고 애써/깨끗이 단장한 이 마음/거기서 나
는 지계를 배웠노라//임이 주시는 것이면/때림이나 꾸지람이나 깨끗이 받
는 이 마음/거기서 나는 인욕을/배웠노라//천하 하고 많은 사람이 오직/임
만을 사모하는 이 마음/거기서 나는 선정을 배웠노라//자나깨나 쉬일 새
없이/임을 그리워하고 임 곁으로만 도는 이 마음/거기서 나는 정진을 배
웠노라//내가 임의 품에 안길 때에/기쁨도 슬픔도 임과 나의 존재도 잊을
때에/살바야(薩波若)를 배웠노라//인제 알았노라 임은/이 몸에 바라밀을
가르치려고/짐짓 애인의 몸을 나툰 부처시라고

이 시가는 「시가영언(詩歌詠言)」(한서 예악지) 또는 「시언지가영언(詩言志
歌永言)」(서경 순전편)이 보여 주듯이 노래(song)와 시(poem)의 양식 개념이
미분화 상태여서 그 '의미'가 미학적 새 질서로 변용되지 못한 것이 흠이다.
　춘원의 「사랑」이 기독교적이냐 불교적인 내용이냐를 두고 논의가 있었으
나, 「사랑」은 불교적이라는 견해가 지배적이다.

① 보시·지계
　석순옥이 안 빈을 사랑하는 것은 재물과 육욕을 넘어선 자기의 헌신 곧
보시며, 자신의 내부에 들어앉은 원욕과 초자아적 결정률(Superego)로서의
지계의 대립에서 지계가 승리한다.

② 인욕과 정진
　순옥은 안 빈의 부인에게 받는 질투와 오해, 모욕을 참는다.
　순옥은 또한 허영에게 시집을 간다. 청상과부로 외아들을 둔 시어머니 한
씨의 오해와 핍박은 모욕의 극한이다. 손자인 어린 생명까지도 안빈의 자식

이라거니, 안빈의 부인 옥남을 독살시켰다느니 갖은 고초를 주며 모욕을 한다. 순옥은 허영이 밖에서 얻어온 아이까지 맡아 기르는 등 인욕한다. 허영이 김광인에게 재산을 사기 당한 대목에서도, "그까짓것 본래부터 없는 줄 알지요…… 또 김 같은 사람이야 애초에 사귀기가 잘못이지, 인제 원수는 무슨 원수를 갚아요……." 이렇게 정진한다.

③ 정려 · 지혜
죽는 순간까지도 의심을 품고 간 시어머니와 남편을 생각하는 사랑을 보자.

> ……그러한 생각을 할 때마다 순옥은 제가 어떻게나 힘도 없고 값도 없는 존재인가를 아니 느낄 수가 없었다. 만일 순옥에게 이 세상에 살아 있을 욕망이 있다고 하면, 그것은 다만 한 중생에게라도 참된 기쁨과 화평을 주는 것이었다.

그러면, 이러한 정려와 지혜는 어디서 오는가?

> ……선생님의 한량 없으신 덕 가운데서 단 한 가지 제 지혜로 알아지는 것만을 붙들고 일생을 살아왔습니다. 그것은 '저를 죽여라.'하는 정신이라고 보았습니다. 저를 죽이고, '너와 인연이 있는 자를 사랑하여라. ─ 무한히, 무궁히, 무조건으로.' 이렇게 저는 생각하였습니다…….

석순옥의 고백이다.
춘원은 「사랑」의 서문에서 '저가 들어앉은 세계'를 벗어나서 더 크고 넓은 세계, '끝없는 높은 사랑'에로 향한 것으로서, 일시적인 우리 육체 속에 있는 '영원한 존재'를 '의식'한 '최고 경지의 사랑'임을 말하고 있다.

그런데 「사랑」이 불교적이냐 기독교적이냐를 놓고 일도양단을 촉구하는 견해는 '춘원과 종교의 관계'에 무지한 것이라고들 말한다.

전대웅의 말대로 「사랑」은 불경이나 성경의 뜻을 참된 생활 윤리로서 '비종교적 해석(nonreligious interpretation of Biblical and Buddhistic concepts)'을 하며, 세속 사회 곧 '사바의 성인(men of worldly holiness)'으로서의 인간상이 안빈, 석순옥의 경우다. 그들은 현존에 속하여 있으면서도 현존을 초월하여 '우리를 위하여 살고 죽는 인간', 나치즘과 싸워 순교한 디트리히 본회퍼(Dietrich Bohnhoeffer) 목사의 '이타 위주의 사람(the man for others)'이다.

3. 이광수의 종교 편력과 그 의미

종교는 '이해'와 '체험'의 각층에서 우리의 운명을 갈라놓는다. '이해'의 면에서 보면 종교는 인식의 대상이 되고, '체험'이라는 차원에서는 초논리, 초개념적이다. 신앙은 체험의 고백이요 '영원한 나'와의 '실존적 만남'이다.

춘원은 천도교, 기독교, 불교의 세계를 자의로 편력한다. 작품에 투영된 종교 의식 역시 어느 한 종교나 유일신 사상, 메시아에의 절대적 신앙과는 다른 층에 있다. 그 이유는 무엇이겠는가?

'사랑과 선의'의 문제를 핵심으로 하는 두 종교의 유사점을, '내가 사람의 방언과 천사의 말을 할지라도 사랑이 없으면 소리나는 구리와 울리는 꽹과리가 되고'로 시작되는 『고린도전서』(13:1~8)의 「사랑」에 유사한 불경 「수타니파타경」을 통하여 알게 된다.

> 마치 자기 목숨과 같이/단 하나 자식을 보호하여/다치지 않게 하는 어머니처럼/일체 중생을 사랑하는 마음이/그대의 마음이 되게 하라//일체를 포옹한 사랑이/모든 우주의/높이와 깊이로 말미암아/혹은 넓이로

인하여/맑고 맑은 사랑의 힘이/증오의 방해를 받지 않고/원수의 감정을 부르지 말라

셋째, 춘원이 개신교의 세례 교인까지 된 처지에서도 기독교에서 절대 신앙을 구하지 않은 것은 '민족주의'라는 그의 의식의 구심에도 까닭이 있으나, 한국 사회의 무속적 종교 의식과 현실주의, 당시 한국 기독교계의 율법주의와 포용력 없는 편집성 등에도 책임이 있다.

이 점에 대하여는 이견·반론이 족출할 수 있으나, 성모 마리아의 성령 잉태 문제 등 신학적 수준에서 춘원을 인도할 만한 영력이 아쉬운 것은 사실이다. 또한, 서경수의 「미륵 예수와 슈퍼스타 예수」에서 '기독교와 포용력'의 문제에 대한 충격을 우리는 체험한다.

넷째, 춘원은 수운이나 석가, 그리스도를 각각 하나의 성자상으로 이해하였고, 십자가의 비극이 전하는 초월적 메시지를 체험하지 못하였다. 「대성 석가」 등의 글이 「인물평란」에 실린 것으로도 유추할 수 있다.

이런 사정이야말로 금동이 춘원을 가리켜 "피감화력이 강하다."(『춘원연구』)는 평으로 공격하게 된 빌미라 하겠다.

4. 맺음말

이 논의는 문학의 존재 이유가 결코 미식가의 욕구 충족에 봉사하는 유의 수준에 머무를 수 없다는 의도에서 시작되었다. 따라서, 작가에게는 '세계의 인식' 내지 '초월'에 대하여 책임이 있다는 것이 본고의 일관된 정신이다. 그리고 이에 대한 우리의 모든 논의는 작가가 남긴 작품 그 자체를 바탕으로 하여 행하여질 것이 기본 전제라는 점도 천명되었다. 그러므로, 문학 작품의 구조적 의미는 작가의 윤리적 행위에 우선하며, 그것은 동시에 작가

연구에서 윤리적으로 제약 개념의 자리에 놓인다.

이광수의 종교 의식을 그의 작품에서 포착한다는 작업은, 그가 우리의 근대 문학사에서 의식의 선도자요 고봉에 위치한다는 점에서 의의가 크다. 문학 작품이 기법 위주로 흐를 때, 그것은 작가 정신, 곧 시대 사회에 대한 책임으로부터의 도피를 의미하기 때문이다.

그리고 한 작가의 구체적 행동은 그의 일생을 통튼 유기적 의미의 벼리〔綱〕 또는 구심에 수렴적인 것으로 파악하는 것이 제일의적이어야 한다. 구체적 작품에 투영된 작가의 제2자아는 작가의 전아(全我)일 수도 있으나, 그 다양한 자아가 품은 속성의 예각적 일부인 경우가 허다하다는 점을 지나쳐서는 안 된다. 이러한 제약 조건을 전제로 하여 전개된 본고의 내용은 다음과 같이 요약된다.

첫째, 이광수가 소년기에 처음 접하였던 천도교에 대한 의식은 극히 피상적이었다. 그 결과 유일한 천도교적 작품인 「거룩한 이의 죽음」에는 사무치는 종교적 체험이 몰고 오는 내적 갈등과 번뇌의 회오리가 없으며, 득도의 과정 역시 개념적 설명에 그쳤다.

둘째, 이광수의 기독교 의식에 입지한 작품은 「순교자」·「금십자가」·「재생」·「혈서」·「사랑에 주렸던 이들」·「사랑의 다각형」·「흙」·「유정」·「애욕의 피안」·「나」(소년편·「스무 살 고개」·「그의 자서전」 등이며, 이들은 '참회와 용서', '에로스의 초극 또는 사랑의 변증법', '자기 희생의 윤리', '절대 신앙 내지 순교의 정신', '무저항 정신 내지 기독교 평화주의', '사랑의 미디어로서의 물질관, 직업관'이라는 기독교의 기본 정신에 수렴되고 있다. 이 중 가톨릭 의식이 바탕이 된 「금십자가」는 '종교 의식의 예술적 승화'라는 점에서 거의 완벽한 작품이나 미완성이라는 아쉬움과 만나야 한다. 그리고 개신교를 비판한 「애욕의 피안」은 당대 기독교계의 타락과 모순을 그리스도의 모순으로 오도한 작품이나, 예술성이 짙은 문제작으로서 한 의

미있는 충격을 던지고 있다.

셋째, 이광수의 불교 의식은 그의 톨스토이적 무저항주의, 현실 도피적 대세관(對世觀)과 타고난 지력(知力)에 교합하여 그 심도가 대단하다. 소설 「이차돈의 사」·「사랑」·「무명」·「늙은 절도범」·「꿈」·「육장기」·「세조대왕」·「원효대사」 등이 그 핵심이며, 수상류(隨想類)가 이의 이해를 도운다.

이광수의 종교 의식은 기구한 유년, 명치학원 중학부, 오산학교 교원, 병고, 아들 봉근의 죽음 등에 연기(緣起)하며, 늘 민족이라는 중량에 신음하게 한다.

이광수의 천도교 접촉은 다분히 피동적인 것이었고, 다시 개신교의 세례 교인, 대승 불교의 보살행에까지 도달하나, 그의 그러한 종교 편력은 당대 사회의 구조적 모순에 대하여 지성인·재사·지사로서 응답하여야 하였던 이광수에게는 종교가 '이해'의 수준에 머무를 수밖에 없었음을 증거한다. 따라서, 이광수가 창조한 인물은 세속의 성자, 이타 위주의 사람으로서 이상형이다. 이들이 역사 속에 현존하는 수운·예수·석가라는 '피안의 사람들'로서, 육당·월남·인촌·추정·정광조·한인보·손일선이라는 징검다리를 건너 궁극적으로 도산이라는 거봉에 투영되어 있는 것이다.

이광수의 많은 작품이 종교를 민족주의의 실천을 위한 행동의 준거로 삼았다는 비난의 대상이 될지 모르나, 「순교자」·「금십자가」·「무명」·「사랑」·「꿈」 등은 종교 의식의 예술적 형상화에 성공한 작품들이라 하겠다. 종교란 어떤 개인이나 집단(민족이나 국가 등)의 구체적인 현실 문제에 작용한 것이라기보다 그 본질은 시공의 제약을 초월하여 개아가 구원되는 곳에서 찾을 수 있기 때문이다.

다만, 「천상 좌담」이 말하는 삼벌대사(三罰大師), 사생자부(四生慈父), 천부인의 대화가 어느 종교로 귀결될 것인지, 미완에 그친 것이 애석하다. 이는 이광수의 생애가 그의 납북 시점인 1950년 7월 12일 현재 미정이듯이, 그의 종교관 역시 불확실한 것과 통한다.

아무튼 이 글은 종교인, 민족의 지도자로서의 이광수에 대한 논의를 배제하며, 친일 문학가로서의 향산광랑(香山光郎) 또한 본 연구의 과제가 아니다. 본고는 작가라면 누구나 시대 사회에 대한 책임 의식에서 붓을 들어야 한다는 점을 강조할 뿐이다.

이광수는 스스로 '세속의 성자'이기를 바랐다. 그의 도에 넘친 적극적 친일(親日)은 자기의 정신적 생명을 죽임으로써 구속 수감된 '수양 동우회' 수많은 회원 등 당대의 지성인, 지도자를 구제하기 위한 '속죄양의 길'이었다. 그러나 그에게는 역사의 미래 지평을 여는 예언자적 지성의 형안이 결여되어 있었다. 그의 '민족을 위한 친일'은 세속사의 파란 속에서 실패했고, 조국의 광복은 『디모데후서』와 『요한계시록』의 말씀처럼 '도적같이' 왔다.

그의 친일은 '십자가 없는 대속(代贖)'의 슬픈 길이었다. 그는 일제에게서 백작, 남작 같은 귀족 칭호나 금품 등의 어떤 특전도 약속받은 바 없었으며, 민족주의자 춘원의 정신적 생명은 처참히 유린당했다. 그는 참으로 우직하게 '십자가 없는 대속'의 길을 갔다. 이광수는 20세기 한국 지성인 중에서 가장 우직한 천재였다. 인간과 사회의 드러난 암흑면에 극단적으로 편향된 리얼리트들에게 '세속의 성자상'을 생명을 바쳐 흠모했던 이광수의 실체가 포착되지 않는 것은 당연하다. 세속사는 주관과 객관이 만나는 좌표에서 그 실체를 확인하려 든다. 이광수는 애국 애족하는 살신성인의 성자적 주관과 친일의 객관적 행적이 분열상을 보인 비극의 주인공이었다.

(≪성심논문집≫ 9, 1978)

구상(具常) 시학에서의 현존과 영원

1. 머리말

한국 현대시사는 전통시, 낭만주의시, 모더니즘시, 리얼리즘시의 네 갈래 큰 흐름을 이루며 전개되어 왔다. 구상의 시는 이 네 갈래 시의 경향을 초극하여 독자적인 시세계를 열어 보이며, 정신사적 높이를 가늠하는 차원에서 이 시대 한국의 가장 위대한 시인으로 기록되어 마땅하다는 것이 이 글의 가설이다.

그의 시에는 T.S. 엘리어트가 말한 '위대한 정신적 지주'가 있다. 따라서 구상 시학에서 밝혀야 할 최우선 과제는 그 정신적 지주의 실체 문제라 하겠다. 그의 이 같은 시 정신의 실체 구명에는 역사주의적 비평의 관점이 도입될 것이다. 울산 부사였던 조부, 궁내부 관리였다가 가톨릭 포교사가 된 부친, 동양 고전의 고급 교양인이었던 모친에게서 전수받은 전통 사상과 가톨릭 신앙, 일본 대학 종교 학과에서 접한 동서양의 여러 종교와 철학 사상 등은 구상 시 정신의 중심축을 이룬다. 그 위에 일제의 학정, 해방기 정국의 대혼돈과 원산에서의 필화 사건, 북한 탈출, 6·25 전쟁 체험, 공초(空超) 오상순(吳相淳) 시인과의 만남, 자유당의 독재와 부패, 5·16의 충격, 지기(知己)였던 박정희 대통령과의 관계, 사회의 부조리와 학생 운동 등, 그가 출생한 1919년 9월 16일 이후 이 땅 역사의 파란(波瀾)을 온 몸과 마음으로 헤쳐 온 그의 개인사와 그의 시학은 결코 분리될 수 없다. 그의 시적 자아는 곧 역사적 자아요, 철학적·종교적 자아이기 때문이다.

2. 구상 시학에서의 현존과 영원

구상 시학에서 현존과 비현존은 '시간·세속사'와 '영원·구속사(救贖史)'에 조응(照應)된다. 그 실상은 다음 몇 가지 특성으로 드러난다.

1) 진리의 표상으로서의 시와 시어

시인 구상은 존재 일체를 '말씀'의 실상으로 본다. 시간 속의 현존은 그러기에 영원한 말씀의 투영이다. 그가 연작시를 쓰고, 끊임없이 개작에 부심하는 것은 각 존재의 개별성과 그 실체에 도달하려는 종교적 고행에 갈음된다.

> 이제사 달가운 꿈자리는커녕
> 입맞춤도 간지러움도 모르는
> 이렇듯 넉넉한 사랑의 터전 속에다
> 크낙한 순명(順命)의 뿌리를 박고서
> 너와 마주 서 있노라.
>
> ─ 「은행(銀杏)」

이 시의 소재가 된 은행은 자연 서정의 상관물로서의 은행이 아니다. 일생을 함께 하는 존재론적인 은행이다. 이 시에서 볼 수 있듯이, 구상의 시어는 외연(外延)이 명료하다. 표현이 직절(直截)한 까닭이다. 그래서 구상의 시학에 밝지 못한 독자들은 그의 시를 단순한 관념시로 보고 지나치기 쉽다. 신비평가들이 말하는 텐션을 잃어 시의 위기를 불러오는 것으로도 보인다. 사실, 구상의 시는 현란한 수식어로 요란한 말 잔치를 벌이지 않는다. 수사적 기교를 최소화하고 의미의 정곡을 조준하는 경우가 많다. 그 까닭은 두 가지다. 하나는 진리와는 상관없이 교묘하게 겉만 꾸미는 말, 곧 '기어(綺語)'를 피하려는 그의 언어관이고, 시의 표상과 진리는 균형을 이루어야 한다는 그의 시학적 견해가 그 둘이다. '기어'는 불교에서 말하는 10가지 악의 하나다. 진리를 표상, 전달하지 않는 화려한 말솜씨를 그의 시는 멀리한다. 현대를 '존재 망각의 밤'이라고 한 M. 하이데거의 언어관과 상통한다.

그래서 그는 존재의 의미와 진리 추구에 무심한 채 감성적 표현에 사로잡힌 이미지즘 쪽 모더니즘시의 언어적 기교를 배격하며, 특히 초현실주의 시에 대하여는 심각한 우려를 표명한다. 그는 초현실주의 시 쓰기를, 『한비자(韓非子)』의 도깨비 그리기에 비유한다. 도깨비는 그 실체를 본 사람이 없으므로 아무렇게나 그릴 수밖에 없다는 것이다. 아무 것이나 그린 초현실주의 시가 어떻게 언어 표상과 의미의 인류적 공감을 얻을 수 있겠는가를 그는 묻는다.

구상 시의 텐션은 단순한 의미론의 차원에서는 파악되지 않는다. 그것은 독자가 구상 시의 깊은 곳에 자리잡고 있는 존재론적 비의에 착목했을 때라야 상징이 아닌 실상으로서 체험된다. 예를 들어, 그의 연작시 「강(江)」은 사전에 풀이되어 있는 단순한 물 흐름이 아니다. 그것은 그가 체험하고 본보이기를 소망하는 그의 삶과 인격, 그의 실존과 역사의 거울이다. 이 시는 '시간'과 '영원'의 갈등을 해소하여, 현존과 비현존, 폭력과 온유, 구속과 자유, 생성과 소멸의 모순을 내포하여 화해시킨다. 구상의 강은 과거와 현재와 미래를 역사적 지속성의 의미로서 제시되어, 시간 속의 현존에 영원히 조응된다.

> 아롱진 동경에 지즐대면서/지식의 바위숲을 헤쳐나오다/천 길 벼랑을
> 내려 구울던/전락의 상흔을 어루만지며/강이 흐른다……//트여진 대지 위
> 에 백열하던 낭만과/늪 속에 잠겨 이루던 고독과 기도/오오, 표백과 동결
> 의 신산한 기억들을/열망과 수치로 물들이면서//강이 흐른다……/이제 무
> 심한 일월(日月)의 조응 속에서/품에는 어별 족속(魚鼈族屬)들의 자맥질과
> /등에는 생로(生勞)와 환락의 목주(木舟)를 얹고/선악과 애증이 교차하는
> 다리 밑으로/사랑의 밀어와 이별의 노래를 들으며/생사(生死)의 신음과
> 원귀의 곡성마저 들으며/일체 삶의 율조와 합주하면서/강이 흐른다……//
> 샘에서 여울에서 폭포에서 시내에서/억만의 현존이 서로 맺고 엉키고 합
> 해져서/나고 죽어가며 푸른 바다로 흘러들어/새로운 생성의 바탕이 되어/
> 곡절로 가득 찬 역사의 대단원을 지으려고/강이 흐른다……
>
> — 「강」

구상의 '강'은 '만남'의 전일체다. 현대의 비극이 사람과 자연, 사람과 사
람, 사람과 유일신의 분리(detachment) 때문에 빚어지는데, 구상은 이들을 대
아적 세계 안에 포용, 융화하여 삶과 역사의 비원(悲願)을 감당함으로써 통
합과 '만남'의 기적을 이룬다. 구상의 삶이 변용된 것이 「강」이다. 구상의 주
변에는 남녀 노소, 신부, 문인, 화가, 걸승(乞僧) 등 가림 없이 모여든다. 이들
이질적(異質的)인 카오스적 존재의 분신들이 모여 세속의 성자인 구상의
인격 안에 화해의 통일체로 하나가 된다. 그리고 「강」은 불교 경전인 「화
엄경」의 이상처럼 평등의 표상으로서 영원을 향하여 나아간다. '생성과 소
멸'의 그 '무상(無常)'에 조응되는 '영원'을 보여준다. 「강」은 역사적·윤리
적·종교적 실존으로서의 자아, 시간과 영원의 조응, 그 상징이 아닌 실상이
다.

구상의 존재론적 실상을 더욱 절실하게 보여 주는 것은 그의 시 「나」다.

미닫이에 밤 그림자같이
꼬리를 휘젓는 육근(六根)이나 칠죄(七罪)의
심해어(深海魚)보다도

옹기굴 속 무명(無明)을 지나
원죄(原罪)와 업보(業報)의 마당에
널려 있는 우주(宇宙)보다도

(중략)

보다 큰
우주 안의 소리 없는 절규!
영원을 안으로 품은 방대(厖大)!

　나.

　이 시의 언어는 일상어가 아니다. '육근·무명·업보', '칠죄·원죄'가 다
종교 용어다. 앞의 셋은 불교, 뒤의 둘은 그리스도교의 용어다. '육근'은
눈·코·귀·혀·몸·의지 등 인식 작용을 하는 여섯 가지 기관을 가리킨
다. 또 '무명'은 번뇌로 인하여 진리에 어둡고 불교의 본질을 알지 못하는
것, '업보'는 한 생명체가 자기가 태어나기 전의 세계에서 스스로 저지른 나
쁜 짓 때문에 이 세상에서 받게 되는 벌과 고통을 뜻한다. '칠죄'는 가톨릭
교의 일곱 가지 죄악, '원죄'는 아담과 하와로 인한 인간의 본래적인 죄다.
시 '나' 곧 구상의 자아는 불교와 그리스도교적 정신 세계를 포용, 초월하는
대아적 우주다. 이것은 그의 시정신의 핵심이 되는 '언령(言靈)'의 실상이다.
그가 불교의 원환적 존재관(圓環的存在觀)과 도선 사상(道仙思想) 등을 그리스
도교의 수직적 초월의 우주 안에 포용, 초극할 수 있는 것은 일본 대학에서

수학한 종교학과 가톨릭 신앙의 영향이라 할 것이다.

구상의 시에서는 인간과 자연, 인간 상호간, 인간과 섭리의 신 사이의 영적 파동이 감지된다. 그렇다면, 구상의 시가 이 같은 포용과 화해, 만남의 질서와 우주적, 영적 비전을 내포하게 된 연유는 무엇인가? 그것은 그의 가정 배경, 성장 환경, 신앙 경력 등과 관계가 깊으리라 생각된다. 그는 성 베네딕또 수도원 부설 신학교에 다닐 때, 그 주변의 아름답고 고요한 숲길을 걸으면서 인생과 자연과 신에 대하여 깊은 사색에 잠겼었다. 또한 일본대학 종교학과에 다니면서 불교 승려거나 목사인 여러 교수들의 강의에 영향을 받았다. 가톨릭교의 텃밭에서 자란 구상의 영적 세계에 불교와 개신교와 영입된 것이다.

그리고 그 시절 구상은 경험을 넘어서 초월적 보편자의 세계에 도달한 다음, 다시 그 추상성을 극복하고 인간 탐구에 몰두한 가브리엘 마르셀의 실존관에 크게 감동을 받았다. 또한 그는 노자·장자의 사상과 선승(禪僧)의 경지를 크게 본보인 공초(空超) 오상순(吳相淳) 시인의 우주관과도 만났다. 구상 시인이 동서양의 사상과 종교를 화해시킬 수 있는 까닭은 그의 이 같은 정신사에서 찾을 수 있다.

거듭 말하거니와 그의 시쓰기는 존재의 본질 탐구에 있다. 그래서 그는 미 인식의 찰나적 섬광이나 그런 '촉발생심(觸發生心)'으로 시를 쓰지 않는다. 실재에 관입(觀入)하는 그의 존재 탐구는 수사(修士)의 구도(求道)와도 같이 그의 서재 관수재(觀水齋)에서 계속된다. 이러한 그의 시쓰기가 낳은 것이 많은 연작시들이다. 그의 연작시 「초토(焦土)의 시」, 「밭 일기」, 「까마귀」, 「모과 옹두리에도 사연이」, 「그리스도폴의 강」, 「동심초」 등은 존재의 비의를 줄기차게 탐구, 조명해 내는 그의 구도자적 자세가 낳은 대작(大作)들이다. 「초토의 시」는 6·25 전쟁(1950~1953)의 비극을 조국과 인류에 대한 사랑의 마음으로 증언한 시이고, 「밭 일기」는 밭의 섭리와 그 자각, 밭갈기와 같은 자기 수행의 표상이며, 「까마귀」는 산업·기술 시대의 물질주의와 현실의 부조리를 경고한 시다. 「모과 옹두리에도 사연이」는 파란에 찬 역사와 병고로 수없이 죽음 체험을 한 구상의 자전적 고백록이며, 「그리스도폴의 강」은 존재의 내면적 진실과 참회 및 헌신의 표상을, 「동심초」는 순진무구한 마음의 실상을 썼다.

이미 말하였듯이, 구상은 연작시를 쓰며, 아울러 줄기차게 개작을 한다. 거듭 말하거니와, 연작과 개작은 존재의 궁극적 실재를 조명해 내려는 그의 인고 어린 수행이다.

기어를 극구 사양하는 구상의 시쓰기는 한 떨기 풀꽃, 그 찰나적 존재에 마저 조응되는 영원과 무한을 증거하는 일이다.

2) 윤리적 자아와 참회의 시

가톨릭 신자인 구상은 우리의 세속적 삶을 '찬류 인생(竄流人生)'으로 본다. 찬류 인생이란 영원한 본향인 천국에 들기 전에 사는, 이 세상에서의 삶을 가리킨다. 찬류 인생의 무상을 깨닫고 초월한 '마음의 자유'를 그는 여러 시에서 말하고 있다. 그는 수사(修士)나 선승(禪僧)과도 같은 삶을 추구하면서도, 늘 존재(Sein)와 당위(Soollen)의 괴리를 느끼며 스스로를 책망한다. 그는 그 자신에게 윤리적, 신앙적으로 엄격하며 진실하다. 그의 시에도 그 같은 자아의 모습이 투영되어 있다. 그는 한국 문학사에서 '참다운 참회의 시'를 쓴 희귀한 시인이다.

오늘도 신비의 샘인 하루를
구정물로 살았다.

오물과 폐수로 찬 나의 암거(暗渠) 속에서

그 청렬(淸洌)한 수정(水晶)들은 거품을 물고 죽어갔다.

진창 반죽이 된 시간의 무덤!
한 가닥 눈물만이 하수구를 빠져 나와
이 또한 연탄빛 강에 합류한다.

— 「오늘」

구상은 이렇게 고백한다. 우리의 삶의 시간은 샘물과 같이 맑고 깨끗하고 신선하다. 그것이 있게 한 거룩한 힘의 신비를 생각할 때, 그의 삶은 구정물처럼 더럽다는 인식이 그의 삶과 시작(詩作)의 바탕에 깔려 있다. 그는 자신의 삶을 결코 미화하지 않는다. 그의 시적 자아는 그의 본래적 자아와 분열을 일으킬 기미도 없다. 그만큼 그의 삶과 시는 진실에 가깝다.

한마디로 이제까지의 나의 생애는
천사의 날개를 달고
칠죄(七罪)의 연못을 휘저어 온
모험과 착오의 연속.
나의 심신(心身)의 발자취는
모과(木瓜) 옹두리처럼 사연 투성이다.

— 「근황(近況)」

일생을 참회하는 고백적 자아의 모습이 클로즈업되어 있다.

그는 이처럼 그의 내면의 진실을 투시하는 현자(賢者)요 크리스천이므로, 겉모습만 보고 삶을 판단하지 않는다. 성스러움의 내면에 감추인 추악, 추악한 것의 내면에 감추인 성스러움, 그 역설적 삶의 진실을 그는 조명해 낸다. 그러기에 그의 인간관은 프랑수아 모리악, 조르쥬 베르나노스, 그레이엄 그린 등의 그것과 닮았다.

구상은 오늘날 우리 인류가 영적(靈的)으로 얼마나 크게 퇴화하였는가를 통찰하며 심히 부끄러워한다. 그는 「수치(羞恥)」라는 시에서, 부끄러운 인간의 모습을 동물원에서 찾고 있다. 그는 부끄러움을 모르는 칠죄(七罪)의 연못을 휘젓는 우리의 삶을 참회하며 그리스도의 길을 걷고 있다. 그의 산문집 『나자렛 예수』나 『그분이 홀로서 가듯』에는 이러한 그의 모습이 보다 선명히 표현되어 있다. 그는 시 「기도」에서 "저들은 저들이 하는 일을 모르고 있습니다."는, 십자가상에서 하신 예수의 '말씀'을 되풀이한다.

그의 윤리적 자아가 토로하는 실존적 참회의 담론은 사회 윤리의 세계에로 확대된다.

오늘도 나는 북악(北嶽) 허리 고목 가지에 앉아,
너희의 눈 뒤집힌 세상살이를 굽어보며
저 요르단 강변 세례자 요한의
그 예지(豫知)와 진노(震怒)를 빌려서 우짖노니,

— 「이 독사의 무리들아, 회개하라!」

하느님의 때가 왔다.
속옷 두 벌을 가진 자는 한 벌을 헐벗은 사람에게 주고,
먹을 것이 넉넉한 사람은 굶주린 이와 나누어 먹고,
권세가 있는 사람은 약한 백성을 협박하거나, 속임수를 쓰지 말 것이요,
나라의 세금을 헐하고 공정하게 매겨야 하며,
거둬들임에 있어도 부정이 없어야 하느니라-
까옥 까옥 까옥 까옥

— 「까마귀」

H. 스펜서식 사회 진화론적 적자 생존의 원리가 지배하는 세속의 반윤리를 질타하는 예언자적 지성의 어조가 노출되어 있다. 구상의 세례명 요한이 우연은 아님이 여기서 드러난다. 회개하라 외치던 세례 요한의 '들소리'가 이 시대를 깨우고 있다.

> 창경원
> 철책과 철망 속을 기웃거리며
> 부끄러움을 아는
> 동물을 찾고 있다.
>
> (중략)
>
> 이 도성(都城) 시민에게선
> 이미 퇴화된
> 부끄러움을
> 동물원에 와서 찾고 있다.

— 「수치」

인간의 수성(獸性)에 대하여 참괴를 금치 못하여 하는 자아의 영상이 참담하리만큼 외롭다. 한국인의 실존적, 사회적 자아 모두가 참회록을 쓰지 않는 이 '가득 찬 빈 터'에서, 그는 홀로 디오게네스의 그 '등불'을 들고 '한낮의 어둠'을 밝히려는 길목에 선다.

그러나 그는 사회악의 책임을 '네 탓'으로 돌리고, 그를 저주·말살하자고 팔을 부르 쥐고 나서는 사회주의 리얼리즘의 쪽에 서지 않는다. "돌을 던질 사람이 누구인가?"의 신약성서적 물음(『요한복음』 8:3~11)에서 구상 시의 상상력은 발원한다.

그 어린애를 치어 죽게 한 운전사도
바로 저구요.

그 여인을 교살(絞殺)한 하수인도
바로 저구요.

그 은행 갱 도주범도
바로 저구요.

실은 지금까지 미궁(迷宮)에 빠진 사건이란
사건의 정범(正犯)이야 말로
바로 저올시다.

— 「자수(自首)」

구상은 인생과 역사의 부조리와 통고 체험(痛苦體驗)의 궁극적 의미를 아는 시인이다. 그러므로 그의 시적 상상력의 텃밭은 참회에 있다.

3) 세속사의 무상과 구속사관

구상의 삶에의 인식은 역사 인식에로 확대된다. 수난에 찬 20세기 말 한국 현대사의 한복판에 많은 지식인들이 E.H.카(Carr)의 『역사란 무엇인가』를 읽고 목청을 높였을 때, 그는 『모과 옹두리에도 사연이』에 다음과 같이 썼다.

크고 작은 모든 세상살이는
지난 세대들의 시행착오요
한낱 실패작에 불과하다.

이것은 히틀러에게 쫓겨 17개국을 망명했던 K. 뢰비트(Karl Löwith)의 역사 철학적 인식과 상통한다. 그 역시 세속사(世俗史)를 '고통스러운 실패의 반복'이며, '죄와 죽음, 패배와 좌절의 기록'이라 했다.

구상은 시 「드레퓌스의 벤치」에서도 세속적 삶에 대해 '체념적 달관'의 자세를 보여 준다. 절해고도(絶海孤島) 유형지에서 돼지를 치며 홀로 살기로 한 '빠삐용'의 죄수 장(Jean)을 화자로 하여 탈출의 무의미성을 깨우친다. '세상은 모두가 감옥이고, 모든 인간은 유형을 사는 죄수'라고 '죽음의 섬'을 탈출하는 친구에게 장으로 하여금 구상은 말하게 한다. 우리가 사는 이 땅은 우리의 영원한 거처가 아니라는 찬류 의식이 드러나 보인다. 그러나 세속사에 대한 그의 절망은 소망의 멸절(滅絶)로 이어지는 것이 아니다. 그는 역사의 정의를 믿는다. 그의 이러한 신념은 역사의 주재자(主宰者)가 하느님이라는 구속사관(救贖史觀)에 대한 신뢰에서 온다.

> 정의(正義)는 마침내 이기며 영원한 것이요.
> 달게 받는 고통은 값진 것이요.
> 우리의 바람과 사랑이 헛되지 않음을 믿고서
>
> 아무런 영웅적 기색도 없이
> 아니, 볼꼴 없고 병신스런 모습을 하고
> 그분이 부활의 길을 홀로서 가듯
> 나 또한 홀로서 가야만 한다.

구상의 시 「그분이 홀로서 가듯이」의 2개 연이다. 그의 구속사관은 역사 허무주의와 영웅주의를 극복한다. 그리스도교의 믿음·소망·사랑에 의지하면서 역사의 정의와 생명의 부활을 위해 비천한 자의 고독한 길을 걸어가는 그의 자아의 표상이 보이는 시다.

구상의 이 같은 깨침은 일생에 걸친 삶과 역사의 통고 체험과 참회의 결산에 갈음된다.

> 동이 트는 하늘에
> 까마귀 날어
>
> 밤과 새벽의 갈릴 무렵이면
> 까스바마냥 수상한 이 거리는
> 기인 그림자 배회하는 무서운
> 골목⋯⋯.

— 「여명도(黎明圖)」

  1945년 8월 15일 직후 이 땅에 '도적처럼'(요한계시록 6:3) 찾아온 해방기 북한의 정치·사회적 상황을 진단한 시다. 해방의 '환희'에만 사로잡힌 샤머니즘적 광기와 극한 대결의 일대 카오스와 그런 파토스의 시절에, 구상의 로고스와 에토스는 이같이 '역사의 의미'를 냉철하게 진단한다.

  그는 '공포의 섬' 북한을 탈출하여 6·25의 격전을 몸소 치르고, 신문 기자로서 자유당의 폭정에 '민주 고발'로써 항거하였으나, 정치에는 동참하기를 거부하여 오늘에 이른다. 그는 정치적 명성과 함께 명예 문학 박사 학위 따위를 거절한 항심(恒心)의 시인이다.

> 어제까지 너희의 목숨을 겨눠
> 방아쇠를 당기던 우리의 그 손으로
> 썩어 문드러진 살덩이와 뼈를 추려
> 그래도 양지 바른 두메를 골라
> 고이 파묻어 떼마저 입혔거니,
> 죽음은 이렇듯 미움보다도 사랑보다도
> 더욱 신비스러운 것이로다.

— 「초토(焦土)의 시」

연작시 「초토의 시」 중 '적군 묘지에서'라는 부제가 달린 대목이다. 구상의 정신적 위대성은 역사에 대한 올바른 인식과 인류에 대한 사랑으로 표출된다. 그는 시 '적군 묘지(敵軍墓地)'에서 북한 공산군의 시체를 묻어주며 형제애와 연민을 못 이겨 통곡한다. 크리스천인 그에게 적(敵)이란 순화(醇化)와 설득의 상대로서의 '너'일 뿐 저주, 말살해야 할 사물적 대상은 아니다. "힘이 정의다(Power is justice)."란 슬로건에 맹목적으로 따르는 힘의 숭배자, 영웅주의자 들은 적을 저주·말살하려는 증오심에 불탄다. 그들은 '거짓 정의'로써 '형제의 땅'을 짓밟으며 집단 학살도 서슴지 않는다. 그리고 많은 시인, 지식인 들도 그들의 선전에 속아 이들을 찬양하는 글을 쓰곤 마침내 크게 후회한다. 구상은 이런 시인들에게 경종(警鐘)을 울리는 시인이다. 그는 단순한 글장이(an artisan)가 아닌 사제(司祭, a priest)적, 예언자적 지성인으로서의 시인이다. 가령, 광복 직후에 다른 시인들이 대개 해방의 감격과 찬란한 미래의 역사만 노래하며 흥분해 있을 때, 그가 폭력의 숭배자인 공산주의자를 무서운 '까마귀'라고 고발할 수 있었던 것도 예언자적 지성의 발로였다고 할 수 있다.

그는 사제적 지성인이요 시인이면서도 직접적 정치 참여는 거부한다. 18년간 한국을 통치한 친구 박정희 대통령의 간청을 물리친 것이 그 좋은 예다. 그는 시인의 길과 정치 참여의 길 중 전자(前者)를 택하였다. 구상은 정치 권력의 핵심에 간여할 수 있으면서도, 그런 유혹을 물리치고 언론인, 사상가, 종교인, 교수로 남은 드문 시인이다. 그는 하와이대학 교수로 동서 문학의 교류에 이바지했으며, 지금은 중앙대학교 문예창작과의 객원 교수로서 한결같이 자신의 위치를 지킨다.

4) 포용과 초월의 상상력

이미 살펴본 바와 같이, 구상의 시를 위대케 하는 정신적 지주는 가톨릭 정신을 축으로 하는 종교적 상상력과 우주적 비전이라 할 수 있다. 정통 가톨릭 가정에서 생장한 구상은 일본 대학 종교학과를 다니면서 불교와 개신교에 접하였고, 정신적 스승인 오상순 시인을 통해 노자·장자 사상의 영향을 받았다. 다시 말하여, 구상의 시적 상상력은 동서양의 종교적 초월 사상을 수용한 대아적(大我的) 가톨릭 사상에서 나온다.

> 영혼의 눈에 끼였던
> 무명(無明)의 백태가 벗겨지며
> 나를 에워싼 만유 일체(萬有一切)가
> 말씀임을 깨닫습니다.

구상의 시 「말씀의 실상」 그 첫 연이다. 높이 깨달음 곧 진리 증득(證得)의 순간이 제시되어 있다. 불교 용어 '무명'이 요한복음 첫머리의 그 '말씀'과 함께 쓰인 시다. 시 '무소부재(無所不在)'는 더욱 그러하다. 하느님의 실재를 느끼고 물음으로써 신심(信心)을 증득하는 시다. '연당(蓮塘)', '산사(山寺)' 같은 불교 용어와 '신선도' 같은 도선 사상(道仙思想)의 용어가 동원되었고, 동양화적 배경이 제시되었다. 이것은 신학적 일반 계시의 문제와 함께 많은 신학적 논쟁을 불러일으킬 수 있다. 그러나 이는 각 지역의 고유 문화에 대하여 개방적인 가톨릭의 보편주의와 상통하며, 동서양 사유가 화해를 이룬 세계이다. 그러나 그의 시 정신은 소위 종교 혼합주의(syncretism)나 범신론의 경지를 넘어선 좌표에 있다.

그의 시 '무소부재'의 시학, 배경, 분위기는 한국적, 동양적이다. 그윽한 동양적 자연 속에서 하느님을 찾고 있는 것이 시 '무소부재'다. 구상의 시 정신과 시적 상상력은 이처럼 열려 있다. 전우주적 '일률성'의 하느님은 어디든 계신다. 한국의 산사, 푸른 산, 눈 덮인 산봉우리, 달빛 어린 강, 서리 맺힌 나뭇가지, 석양 비낀 황금빛 들판, 수평선 너머 아득한 하늘가의 그 어디든, 관음보살의 다양한 응신처럼 여러 가지 모습으로 계시는 하느님을 그는 찾고 있다. 이처럼, 그가 그리는 아름다운 자연은 모더니스트의 감각적 이미지와 다른 것이다. 그의 신앙은 이같이 열려 있어 시적 상상력이 우주적 비전을 머금는다.

그의 시 「정(靜)과 동(動)」도 그렇다. 한국 불교 조계종 최고의 선승(禪僧) 성철(性徹) 스님과 한국을 찾아오신 교황 요한 바오로 2세를 「화엄경」의 유무상통(有無相通), 정동일여(靜動一如)의 모습으로 본다. 인위(人爲)가 극진한 제단(祭壇)을 향하여 요란한 군중의 환호성에 실려 다가오는 말씀의 사자(使者) 요한 바오로 2세는 동중정(動中靜)의 실상이고, 대자연의 적막과 무위의 절정에서 참선하는 성철 스님은 정중동의 실상으로서, 차원이 다를 뿐 둘 다 진리의 실상이라는 것이다. 이것이 구상 시학의 포용과 초월이다.

3. 맺음말

산업 혁명 이후 자연 낙원(Greentopia)에서 멀어지기 시작한 인류는 바야흐로 기술 낙원(Techtopia)의 절정에 오른 정보화 시대에 도달해 있다. 그러나 인류가 꿈꾸어 온 완전한 사회인 유토피아는 아무데도 없다. 구상은 의리, 양심, 사랑 등의 본질적 가치가 기술적, 전략적 관계 조작에 유린되는 현대 물질주의 사회와 인간을 예언자적 지성의 목소리로 꾸짖는다. 그는 현대 사회와 역사의 이 같은 착오를 가톨릭 신앙을 바탕으로 한 인생관, 사관(史

觀)과 우주적 비전으로 구제하려 한다.

그러므로 구상의 시는 온 인류가 믿음·소망·사랑으로 하나가 되는 화해와 만남의 시학을 창조한다. 이를 위하여 그는 자연 현상과 인간 현존의 내면에 감추인 비의를 조명하기에 열중한다. 우주 만유, 찰나적 존재인 한 송이 풀꽃까지도 영원의 투영으로 보는 그의 존재관은 동양과 서양, 빛과 어둠, 있음과 없음, 삶과 죽음을 그의 대아적 구원관(大我的救援觀) 속에 통합시킨다. 그의 시는 자연과 개인의 삶과 역사의 의미를 해명하려는 다른 여러 노력들, 곧 인과론·진화론·변증법·도전과 응전의 역사 철학을 초극한다. 이러한 진리를 터득함으로써 창조된 그의 시는 '너'와 '내'가 거시적이고 광활한 구속사(救贖史)의 지평에서 '거룩한 너'를 만날 수 있게 할 화해의 빛이다.

그의 시에는 동양적 관조(觀照)와 그리스도교의 영원이 '강(江)'이나 '밭'과 같은 자연의 표상 속에 통합되어 있고, 때로는 준열한 윤리적 알레고리로 제시되어 있다. 자연 현상이나 삶과 역사의 의미를 형이상학적, 종교적 진리와의 조응(照應)을 통하여 구명해 내는 구상의 시는 시인의 참회의 정신과 구속사관으로 하여 한국 문학 정신사의 정점에 자리한다는 찬사를 받아 마땅하다.

가톨릭 정신을 지주로 한 서구 사상과 한국의 전통 문화와 불교 및 노(老)·장(莊) 사상을 통합하여 투명한 언어로 실재를 조명한 구상의 시는 세계적 보편성을 띤다. 외국어대 Roger Léverrier 교수의 불역(佛譯) 구상 시집 『초토(焦土)』(Térre Brûlée, 1986, 파리), 가톨릭 수도사이며 서강대 교수인 Anthony Teague의 영역 시집(英譯詩集) 『초토(焦土)』(Wastelands of Fire, Londin & Boston, 1989), 『유치찬란』(Infant Splendor, 서울, 1990), 『강과 밭』(A Korea Century, Rever & Fields, London & Boston, 1991) 등이 이미 서유럽에 7개 국어로 번역, 소개되어 크게 주목을 받고 있는 것은 당연하다.

프랑스가 선정한 동서고금 세계 200대 시인인 구상 시인의 영적 고행은 중환(重患)의 신음 속에서도 지금 지속되고 있다. 인류의 맹점(盲點)을 질타하며 기구하기를 마지않는 그 삶 자체가 위대한 시다. 그의 삶과 시는 '주체의 해체'와 '미학적 대중주의'로 요약되는 포스트모더니즘의 '빛'과 '그늘'을 포용, 초극할 '진정한 빛의 시학'이다.

(≪시문학≫, 2000.4, 1996년 집필)

분단기의 한국 문학 비판

무엇이 문제인가

우리는 지금 세계에서 하나밖에 없는 분단 국가에 살고 있다. 통일을 위한 노력은 있었고, 이제는 구호·웅변·노래·문학 작품뿐 아니라 정치·경제적 해결책까지 제시되어, 이를 실천에 옮기고 있다. 우리에게 통일은 생명적 필연성을 싸안은 그런 것이다. 그것은 '피'와 '문화'의 동질성에 바탕을 두고 있어, 저 밀라노와 나폴리의 대립과 분열 움직임과는 본질상 차이가 있다. 남과 북은 유기체다. 분수(分殊)와 통합의 이기철학적 질서로 보아도 통일은 필연적인 현상이요 과제다. 문제는 그 '분수'의 골이 지나치게 깊다는 것이다. 이 깊은 골을 매우는 작업에는 로고스적 철학이 요구된다. 그럼에도 우리는 파토스적 흥분과 엑스타시, 일면적 단순성에 함몰되는 집단 무의식적 성향을 자주 노출시키는 비극적 결함(tragic flaw)의 주인공들이다.

분단기 남북 문학의 이질성을 대비하고, 통합을 위한 동질적 기층이나 감수성의 공집합적 영역을 발견하는 문제도 이 같은 우리의 결함으로부터 자유롭지 못한 상황에서 출발한다.

남북의 '역사적 분단'은 남북 정부가 수립된 1948년이나, 의식의 분단은 20세기 초반부터 비롯된다. 그것은 국가 존립이 위기에 처한 당시 저항 민족주의의 응전 방식과 관련하여 빚어진 두 갈래 자주 독립 노선, 곧 준비론과 투쟁론에서 비롯된다. 전자는 윤홍로가 지적한 바와 같이 유길준, 안창호의 흥사단 강령을 줄기로 한 이광수의 문학이 그 주류를 이루며, 후자는 단재 신채호, 카프파, 문학가 동맹 계열의 문학이 그 계보다. 이는 다윈과 스펜서의 진화론에서 연유하는 바 진보주의 사관의 상반된 두 노선의 전형이다.

분단기의 남북 문학은 위와 같은 원인 진단과 거시적 본질 고찰을 통해서만 그 진상 파악이 가능할 것이다. 그리고 이에 대한 평가와 전망의 척도는 형이상학적 삶의 원리와 사관이 될 것이다. 그리고 남북 문학 통합의 실체론적 진실은 무엇인가에 대한 논의 또한 잊어서 안 될 궁극적 과제라 하겠다.

남북 문학의 실상

분단 이전의 우리 현대 문학사는 전통 문학, 자유주의 문학, 사회주의 문학의 세 갈래 큰 흐름을 형성했다. 우리 문학사의 기층(基層)에 자리하는 전통 문학의 목록은 김소월, 한용운, 서정주, 박재삼 등의 시와 김동리, 황순원, 오영수 등의 소설들이다. 반전통적 외래 사조의 영향으로 형성된 자유주의 문학과 사회주의 문학은 1920년대 이후 대결 구도를 그리며 분단 문학사의 상층(上層)에 자리한다. 자유주의 문학은 상징주의 · 낭만주의 · 자연주의적 리얼리즘 · 모더니즘 · 실존주의 등의 맥을 이루며 남쪽 문학의 상층을 점하고, 일제 강점기의 카프 문학 · 해방기 문학가 동맹의 문학으로 접맥되던 사회주의 리얼리즘 문학은 분단 이후 각각 그 행로를 달리한다.

분단과 6 · 25 전쟁 이후 남쪽에서 1960년대까지 금기시되던 사회주의 리얼리즘 문학은 초기 산업 사회에 접어든 1970년대의 ≪창작과 비평≫, 1980년대의 ≪실천문학≫, '노동 문학' 계열의 문학에서 비판적 리얼리즘 수준으로 순화되었음을 발견할 수 있다.

그리고 북쪽에서는 자유주의 계열의 문학이 소멸하는 대신, 사회주의 리얼리즘 내지 주체 사상화 문학의 폐쇄적 흐름으로 전개되어 왔다. 북쪽의 문학사 시대 구분 방법만 보아도, 이 점은 극명히 드러난다. 현대 문학의 경우, ① 항일 혁명 투쟁 시기 문학(1926. 10~1945. 8), ② 평화적 건설 시기 문학(1945. 8~1950. 6), ③ 위대한 조국 해방 전쟁 시기 문학(1950. 6~1953. 7), ④ 전후 복구 건설과 사회주의 초기 건설을 위한 투쟁 시기 문학(1953. 7~1960), ⑤ 사회주의의 전면적 건설과 사회주의의 완전 승리를 앞당기기 위한 투쟁 시기 문학(1961~) 등으로 시대 구분을 한다(박종원 · 류만, 『조선 문학 개관』 2).

이것이 우리가 알고 있는 남 · 북 문학의 드러난 실태다. 분단 문학의 통합을 위하여 시급한 것은 북쪽 문학의 실상을 더 구체적으로 아는 일이다.

북쪽 문학의 전반적인 특성은 '투쟁'이고 주제는 '반제, 반봉건의 사상 무장과 투쟁의 위대성', '사회주의, 공산주의 지상 낙원 건설을 위한 투쟁의 위대성', '경애하는 수령님의 거룩하신 영상의 감동적인 형상화 또는 주체 사상 찬양' 등이다. 특히 다섯째 시기인 1967년 이후의 문학은 김일성 유일 체계, 주체 사상의 위대성 · 숭고성을 찬양, 형상화하는 획일성을 보인다.

목적 문학인 북쪽 문학에서 강조되는 것은 물론 이데올로기, 곧 의식이다. 문학이 품은 의식의 좌표는 그 지향성의 수평, 수직 축의 교차선이 이루는 네 개의 위상 중의 하나에 자리한다. 개인 문제와 형이상학적인 가치 지향(Ⅰ), 사회(공동체) 문제와 형이상학적 가치 지향(Ⅱ), 사회 문제와 형이하학적 욕망 지향(Ⅲ), 개인 문제와 형이하학적 욕망 지향(Ⅳ)의 각 위상 중 어느 한 좌표에 놓이는 것이 개별 문학 작품의 의식이라 할 수 있다.

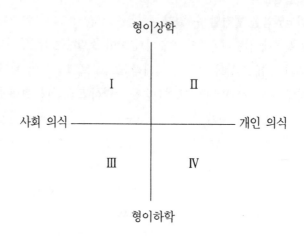

북쪽 문학이 보여 주는 의식 지향의 좌표는 전적으로 Ⅲ의 위상에 있다. 일체의 환상이나 관념, 초월적인 실재를 부인하는 체제에서 여느 위상의 문학 작품은 생성될 수가 없다. 남쪽의 「사랑」·「무명(無明)」·「요한 시집」·「젊은 느티나무」·「등신불」·「서편제」·「만다라」·「사람의 아들」·「낮은 데로 임하소서」·「화사」·「나그네」 등은 Ⅰ에, 「흙」·「상록수」·「잃어버린 桃園」 등은 Ⅱ에, 카프문학, 문학가 동맹의 문학, 《창작과 비평》, 《실천문학》, '노동 문학' 계열의 문학은 대체로 Ⅲ에, 정비석·방인근·마광수의 소설은 대체로 Ⅳ의 좌표에 자리한다. 「난쟁이가 쏘아 올린 작은 공」은 Ⅲ에 속하고, 「광장」은 Ⅰ~Ⅳ의 수평, 수직, 대각선으로 치열한 긴장 관계를 보이는 명작이다. 북쪽 문학은 남쪽 문학의 다양성에 비해 의식의 극한적 획일성을 보인다. 그 까닭은 물론 이데올로기의 폐쇄성·경직성과, '용비

어천가 시대'에나 있을 법한 신화 조작, 특정 인물의 우상화 때문이다. 근래에 발표된 남북의 작품들을 보기로 하자.

(가) 산과 산이 마주 향하고 믿음이 없는 얼굴과 얼굴이 마주 향한 항시 어두움 속에서 꼭 한번은 천둥 같은 화산이 일어날 것을 알면서 요런 자세로 꽃이 되어야 쓰는가

— 박봉우, 「휴전선」

(나) 서울, 부산, 신의주까지/남북으로 길게 뻗어/발부리 채이는 아픔으로/ 머리 끝까지 전율하던 경의선/……/헐떡이던 기관차는 논두렁에 처박힌 채/파선의 잔해처럼 녹슬어 간다.

— 강인섭, 「녹슨 경의선」

(다) 통일이 오면/할 일도 많지만/두만강을 찾아 한 번 목놓아 울고 나서/흰 머리 날리며/씽씽 썰매를 타련다./어린 시절에 타던/신나는 썰매를 한번 타 보련다.

— 김규동, 「두만강」

(라) 아버지는 하얀 소금이 떨어져 돌아가셨습니다./아버지, 남북이 통일이 되면/또다시 이 땅에 태어나서/남북을 떠도는 청청한 소금 장수가 되십시오./"소금이여, 소금이여." 그 소리, 멀어져 가는 그 소리를 듣게 하십시오.

— 고은, 「성묘」

(마) 일체의 죽은 것은 떠내려가리. 얼룩대는 배암 비늘 피발톱 독수리의, /이리떼, 비둘기떼 깃죽지와 울대뼈의/피로 물든 일체는 바다로 가리.

— 박두진, 「강 2」

(바) 눈 내리는 도문 닷새 장터에서/도라지 파는 민기수 씨와 물국수 시켰네./간도의 바람차고 험해도/초면인 우리 두 사람 동무처럼 따뜻했네.

/……/길모퉁이만 돌아서면 바로 두만강 다리/거기서부터 칠천만 우리
고통 시작된다네.

— 곽재구, 「도문 장터」

위의 (가)~(바)가 다 분단 문학의 범주에 드는 남쪽의 시들이다. 서정시가
체험의 예각적 표출을 속성으로 한다고 해도, (가)·(나)·(다)·(바)는 지나
치게 피상적 정감의 수준에 머물러 있다. 이것이 서정시의 운명이라는 섣부
른 결정론에 함몰된다면, '삶과 역사의 정화(精華)'로서의 한국시는 기대하기
어렵다. 그런 대로 (라), (마)는 '본질 탐구'라는 측면에서 다소 기대되는 바
가 있다.

(사) 원쑤를 겨누어/보내는 총탄, 총탄……/인민의 이름으로 한 알/조국의
이름으로 또한 알/원쑤에게 복수의 불길 뿜어라.

— 안룡만, 「나의 따발총」

(아) 암초에 부대끼던 함대를 대해로 내몰 듯/허리띠를 졸라맨 인민들을
이끄시고/철옷으로 무장한 조국을 부르시던/김일성 동지의 그 음성이
지금도/그대들의 가슴을 치지 않는가!

— 집체작, 「높은 언덕에서」

(자) 눈 덮인 언덕 위에/강반석 어머님과 함께 오래도록 서 계시는/선생님
의 가슴속에서는 눈보라보다 더 세찬 폭풍이 회오리치고 있었다.

— 조선작가동맹 시분과위원회, 「수령을 키우신 크나큰 품」

(차) 하나를 생각해도 수령님의 뜻으로/한 가지 일을 해도 당 중앙의
가르침대로/한 치의 드림도 없으리라/우리의 힘으로 조국을 빛내리
라.

— 오재신, 「영원한 신념과 총성의 노래로!」

(카) 시인/참된 량심을 지닌/그 고귀한 이름으로/그대들은/암흑의 땅/숨막
히는 남녘을 두고/분노를 떠뜨렸다.

— 리백, 「남녘의 시인들이여, 그대들은 승리하리라」

(타) 너 백악관의 지붕 위에/늘어져 있는 성조기여/죄악에 절은 더러운 기
폭의/그 죄수복처럼 얼룩덜룩한 흰줄 대신에/거기다 흰 뼈다귀들 가로
이어 놓으라.

— 김 송, 「음모에 미친 백악관」

위의 (사)~(타)는 북쪽의 분단시들이다. 복수의 전투, 수령 우상화, 남쪽
의 분열 책동, 반미 구호 등으로 일관된 것이 북쪽의 시임을 이들 작품이 증
거 한다. 사회주의 리얼리즘 시는 일체의 관념 내지 형이상학은 물론 추상
적 형상화마저 경계한다. 영탄이나 직설법으로 정곡을 겨누는 전투적 어조
와 발상을 우선시한다. 개인의 시적 상상력을 공산주의 사회에서 기대하기
는 나무에서 물고기를 구하는 것과 같다. 공산주의 사회에서 개인의 자유와
창조적 상상력은 질식하고 만다. 이런 원색적 구호에 자유 사회의 민주 시
민은 식상해 있다. 생명력이 없다는 뜻이다.

남쪽의 파토스 편향의 감상성과 증오, 저주에 찬 북쪽의 원색적 구호들로
'통일'을 기대하는 것은 어리석다. 다음 시를 보자.

(파) 어제까지 너희의 목숨을 겨눠/방아쇠를 당기던 우리의 그 손으로/썩
어 문드러진 살덩이와 뼈를 추려/그래도 양지 바른 두메를 골라/고이
파묻어 떼마저 입혔거니//죽음은 이렇듯 미움보다도 사랑보다도/더 너
그러운 것이로다//……//손에 닿을 듯한 봄하늘에/구름은 무심히도/북
으로 흘러가고/어디서 울려 오는 포성 몇 발/나는 이 恩怨의 무덤 앞
에/목놓아 버린다.

— 구상, 「적군 묘지 앞에서」

이 시의 발상은 독특하다. 적과 동지라는 이분법만이 합리화되는 전투의 무모성, 이데올로기라는 것의 허망성을 구상 시인은 터득하고 있다. 그 까닭은 동족 내지 범인류적 유의식이 그의 시의식에 충만해 있기 때문이다. 여기서 우리는 '원수의 하나까지 쳐서 무찔러'와 같은 전투 의식의 내면에서 요동치는 '사랑'의 소리 없는 절규를 듣게 된다. 이 시인의 역사에 대한 예감은 남달랐다.

> 동트는 하늘에
> 까마귀 날아
>
> 밤과 새벽의 갈릴 무렵이면
> 가스 바마냥 수상한 이 거리는
> 기인 그림자 배회하는 무서운
> 골목…….
>
> — 구상, 「여명도」

이 시는 분단 직전 북녘 땅의 공포에 찬 암흑의 기류를 감지한 유일한 시다. 원산문학가동맹이 편집한 시집 『응향(凝香)』에 실렸던 것으로, 구상이 백인준 일파들에게 '봉건적, 민족 반역적, 파쇼적, 반민주주의적 반동 예술'로 낙인찍혀 월남하는 계기를 이룬 시다. 모두들 해방, 광복의 환희로 무속적 엑스타시의 상태에 몰입해 있을 때, 이 시인은 민족의 분열과 국토 분단의 변란을 이미 읽고 있었던 것이다.

분단 반세기가 지나도록 세계적 대전란인 6·25 전쟁 및 분단의 비극 체험을 소재로 한 거대 서사 시집 한 권이 없다는 사실에 우리는 스스로 놀라지 않을 수 없다. 그뿐 아니다.

권력의 눈앞에서
양키 점령군의 총구 앞에서
자본가 개들의 이빨 앞에서
"조국은 하나다."
이것이 나의 슬로건이다.

— 김남주, 「조국은 하나다」

  남쪽 시인의 이른바 '시'다. 북쪽의 그것에 접맥되는 사회주의 리얼리즘
의 시다. 자본가의 미국을 원색적으로 저주한다. 이 시인은 다른 데서도 "부
자의 배때기가 불룩불룩 숨을 쉬고 있는 한, 가난뱅이 창자는 쪼르륵 소리
를 면치 못한다."는 계급주의적 발상을 노골화한다. 남정현의 소설 「분지(糞
地)」의 발상법과 같다.

  대표적인 분단 문제 소설에는 「광장」(최인훈), 「노을」(김원일), 「태백산맥」
(조정래), 「영웅 시대」(이문열), 「장마」(윤흥길) 등이 있다.

  최인훈의 「광장」은 4·19 혁명 직후인 1960년 잡지 《새벽》 10월호에
실렸다. 이데올로기의 터부를 처음으로 깨뜨렸고, 민족 분단의 원인 진단과
통합의 지표를 암시한 문제작이다. 주인공이 고아나 다름없는 철학도라는
점이 이 작품의 성격을 규정한다. 「광장」은 그러므로 단순한 리얼리즘 소설
의 피상성, 일면적 단순성을 극복한다. 어느 날 느닷없이 주인공 이명준은
'월북한 빨갱이의 아들'이라는 자기의 정체성이 확인되면서 남쪽에 살지 못
하고 월북한다. 그러나 그는 북쪽의 체제에 절망한 채 인민군이 되어 낙동
강 전투에 동원되고, 마침내 포로가 되어 수용소에 갇히고 만다.

  그는 '광장은 있어도 밀실이 없는 북한과 밀실은 있어도 광장이 없는
남한' 모두를 버리고 중립국행 배를 탔고, 거기서도 유토피아는 없으리라
는 절망감으로 인도차이나 반도 근해에서 자살한다. 이 줄거리 속에 사랑
하는 여인 인혜와 잉태된 딸과의 아픈 이별 이야기가 깔린다. 이것이 장편

「광장」의 줄거리이다.

작가 최인훈은 남북 분단의 본질 진단에는 성공했으나, 처방 제시에는 실패하였다. 여러 번의 개작(改作)도 마찬가지다. 신화 · 원형 비평가들이 바다에서의 죽음을 '죽음과 재생'의 상징으로 풀려는 데 다소 희망을 품을 수 있다. 개작에서 수평선에 날아오르는 두 마리의 갈매기가 재생의 표상일 수는 있다는 뜻이다.

김원일의 「노을」은 신분이 백정인 주인공의 열등 복합 심리(inferiority complex)가 샤머니즘적 광기(狂氣)로 발현되는 참상을 보여 준다. 그와 신분이 다른 사람 모두를 '적'으로 보고 그들을 흉기로 난자하는 참극의 현장을 고발한다. 이 작품은 남북 분단과 6 · 25 전쟁이 헤겔, 포이에르바흐, 마르크스와 엥겔스로 접맥되는 변증법적 논리 이전의 '참극'임을 암시하고 있다는 점에서 의미 있는 작품이다.

조정래의 「태백산맥」은 우리 현대사 진실의 보고인 양 공인된 대하 소설이다. 대하 소설이 200만 부나 팔린 것은 일대 이변이다. 남한의 좌익 투쟁을 그린 「지리산」(이병주), 「남부군」(이태)의 조정래식 결정판이 「태백산맥」이다. 여순 반란 사건을 주요 배경으로 한 이 작품의 인간 유형은 세 갈래로 나뉜다. 빨치산 대장 염상진과 그의 추종자들로 이루어진 좌익 계열, 지주급인 윤삼건을 필두로 한 우익 계열, 민족주의자 김범우를 중심으로 한 중도파 등이 등장한다. 여기에 좌익의 염상진과 우익의 염상구가 형제로서 극한 대결을 벌이는 것은 민족 분열의 통한을 표상한다. 이 작품은 좌익 염상진의 죽음으로 끝을 맺으며, 중도파를 내세워 화해를 암시한다. 「태백 산맥」은 묻혀 있던 좌익 활동의 진상을 알리는 데는 성공했다. 그러나 좌익은 선하고 우익은 사악하다는 도식성, 일면적 단순성에 빠져 통일 문학의 정신으로 승화될 수 없는 위기와 무관하지 않다. 계급주의적 도식성은 논리적으로 전칭 판단(全稱判斷)의 오류에 속한다. 서사 문학, 극문학가에게는 에토스, 로고스가 더욱 절실히 요구된다. 조정래 문학의 에토스, 로고스는 어느 차원에 있는가?

이문열의 「영웅 시대」에는 에토스, 로고스가 작용해 있다. '빨갱이의 자식'이라는 모멸과 경계의 시선 속에서 살아온 주인공 동영이 '빨갱이'의 이데올로기를 극복하고 남한 사회에서 가문을 일으키는 것을 줄거리로 한 장편 소설이다. 이문열이 사회주의자로 월북한 아버지를 부정하고 남한 사회에서 가문을 세우는 데는 윤리적, 논리적 기반이 필요하다. 조정래가 '못 가진 자(the unhaver)'로 하여금 '가진 자(the haver)'와 혈투를 하게 하는 동안, 이문열은 그 같은 에토스, 로고스를 세우기에 분투한다. 이문열은 본질 탐구자다. 그것이 그를 사회주의 리얼리스트들과 결별케 한다. 그에게 탄탄한 논리와 윤리의 기반을 마련하도록 하는 것은 그의 깊고, 넓은 고급 교양 체험이다. 「영웅시대」에서도 기독교와 마르크시즘에 대한 심도 있는 탐구와 토론이 전개된다. 서사 문학, 극문학의 성패가 감수성만의 몫이 아니라는 것을 이문열의 소설들이 말하여 준다. 그러나 '그는 그를 남한의 폭압적 독재와 자본주의의 모순에 대한 치열한 탐구를 결여한 작가'라고 신랄하게 비판하는 사회주의 리얼리스트들의 집요한 도전 앞에 서게 될 것이다. 또한 그에게는 수직적 초월 정신, 곧 영성의 수련이 시급히 요청된다.

윤흥길의 「장마」에는 불교의 윤회 사상과 무속 신앙으로 분단 문제를 해소하려는 의도가 함축되어 있다. 각기 국군 아들과 빨치산 아들을 둔 두 안사돈이 겪는 갈등과 화해의 구조로 된 이 작품에서, 갈등의 해소 방법은 논리가 아닌 정감임을 윤흥길은 보여 준다. 빨치산 토벌전이 치열하게 전개된 뒤 기다리던 빨치산 아들이 돌아오지 않자 어머니는 자리에 눕게 되고, '빨갱이'를 비난한 안사돈과 극한 대립 상태에 놓인다. 어느 날 뱀 한 마리가 나타나자 안사돈이 그를 사돈댁 빨치산 아들의 화신으로 보고 치성을 드린다. 이 사실을 전해 들은 어머니는 마침내 안사돈과 화해한다. 이 작품의 줄

거리다. 샤머니즘적 윤회관과 정감적 원한 풀기는 냉혹한 이데올로기의 극한 논리를 넘어설 수 있는가? 이것은 한국 문학 정신사의 중대 과제다.

분단 문학의 실상을 개괄적으로 살펴보았다. 여기서 그 전모를 고찰하고 심도 있는 논의를 전개하는 것은 시간과 지면의 제한으로 인하여 거의 불가능하다. 그럼에도 여기서 논의된 것은 분단 문학의 단면과 그 문제점을 파악하는 데는 도움이 될 것으로 믿는다.

남북 문학 통합의 방안

남북 문학의 '통합'이라는 말은 동질성의 창조적 복원이라는 말과 동의어에 갈음된다. 그런데 남북 문학의 동질성 회복 방안은 바른 원인 진단을 통하여 찾을 수 있다.

민족 문학 이질화의 근본 원인은 물론 이데올로기의 대립과 국토 분단이다. 여기서 문제가 되는 것은 그 책임을 외세의 개입에 과도히 짐지우려 한다는 점이다. 이데올로기의 대립과 국토 분단, 민족 분열의 내발적 원인을 밝히는 것이 중요하다는 뜻이다.

주자학의 가르침을 통치 이념으로 한 조선 왕조 5백 년 동안, 서북 지방은 인재 등용 면에서 차별을 받았다. 따라서 서북 지방은 주자학적 유교 문화와 상층 윤리가 토착화되지 못한 채 말단 주변 문화적 취약성을 보였다. 또 산악이 많은 평안, 함경 지방에서는 중·남부 지방의 양반 문화가 제대로 형성되지 않았다고 볼 수 있다. 샤머니즘적 문화 기층성 외에 전통 문화의 뿌리가 깊지 못한 북쪽에서 큰 저항 없이, 기독교 문화며 마르크스주의 같은 외래 사상을 수용하게 된 것은 이해하기 어렵지 않다. 북쪽이 신화 조작과 특정 인물을 우상화, 신비화하여 집단적 광기를 표출하는 것은 샤머니즘의 부정적 극단화 현상이다.

　기독교의 수용 과정에서 많은 순교자를 내고, 6·25 전쟁 당시 북쪽이 남침을 하였으나 대다수 농민이 봉기하지 않았을 뿐 아니라, 상전을 위해 살신성인하는 하인 또한 적지 않았음은 주목할 일이다. 이 땅에는 하인(servant)이 있을 뿐, 노예(slave)는 없었다. 이것이 북쪽이 남쪽을 적화시키지 못한 내발적 원인이라 할 수 있다. 이성과 현실을 동일시했던 변증론자 헤겔의 역사 철학적 사유가 배반당하는 장면이다(Hegal, 『역사 철학』, K. Popper, 『열린 세계와 그 적들』).

　뿐만 아니라, 인간의 영성과 초월성을 부정하며 증오와 저주, '형제 살해'의 피로 물든 폭력 혁명의 터에 지상 낙원을 건설하려는 변증법적 물질 결정론, 사회주의 리얼리즘이야말로 난센스가 아닐 수 없다. 그러나 북쪽에서 자의(自意)로 그 모순된 이데올로기를 졸지에 포기하리라 기대하기는 어렵다. 이제 남쪽 문단이 선편을 잡고 분단 문학 통합의 문제를 하나하나 풀어가야 하겠다.

　첫째, 민족 문학의 정체성을 회복, 재정립해야 한다. 민족 문학의 의식적 기층은 무속적 신바람 무의식이 차지한다. 한 현상학적 분석에 따르면, 그것은 풀려는 의식과 미치려는 의식으로 분출되며, 후자는 환희 또는 광기의 극단화 현상으로 드러나기 일쑤다(김형효, 『한국사상산고』).

　북쪽 문학의 가열성과 신파조의 격앙된 어조, 시대 착오적 신화 조작 등은 무속적 신바람의 부정적 현상이며, 남쪽의 「무녀도」, 「을화」, 「노을」 등의 광기 또는 엑스타시 현상과 표리 관계에 있다.

　남과 북의 이 신바람 무의식의 부정적 광기를 긍정적 환희와 창조적 응집력으로 변용시키는 작품의 출현이 요청된다. 그러나 「역마」와 같은 무속과 당사주의 운명 결정론은 극복되어야 한다.

　우리 문학 전통의 정수인 자연 서정과 자연 낙원(Greentopia)의 표상과 우아미는 계승되어야 하며, 이는 남북의 문학에 지금도 공존한다. 남쪽의 경우 「상춘곡」 계열의 「산도화」, 「잃어버린 도원」 유와 북쪽의 시와 산문 도처에서 발견되는 자연 묘사의 아름다운 정경들이다. 가령, 이기영의 장편 소설 「두만강」의 자연 묘사 장면이 그 대표적인 것이다.

이 작품은 이른바 '전후 복구 건설과 사회주의 기초 건설을 위한 투쟁 시기 문학'으로서, 1954년에 제1부, 1957년에 제2부, 1961년에 제3부가 완성된 것이다. 특히 '옥녀봉 전설' 대목에서 발견되는 아름다운 자연 묘사의 정경은 그 두드러진 예이다. 이것은 민족어의 아름다움을 절정에까지 끌어올린 것으로 극찬을 받기까지 할 만큼, 자연계의 미묘한 음향과 색채를 섬세하고 정확하게 묘사했다(박종원 외, 앞의 책). 이런 요소는 다른 여러 산문과 시에서도 발견할 수 있다.

> 1947년의 봄은 유달리 이르게 찾아왔다. (중략) 눈부신 볕 아래 공기는 뜨겁게 파동치고, 대지는 기지개를 켜는 엷은 비단결 같은 봄 아지랑이를 피워 올렸다. 대동강에서 불어오는 싱그러운 봄바람과 멀리 전야에서 풍겨 오는 구수한 땀냄새와 훈향으로 하여 하늘, 땅은 흠썩 봄기운에 취한 듯싶었다.
>
> 위대한 수령님께서 집무실 창가에 서시여 봄빛에 무르녹은 평양의 일경을 바라보고 계시였다. 손에는 하얀 자기 물주전자를 드시였다. 창턱에 놓여 있는 철쭉꽃 화분에는 탐스러운 꽃송이들이 피어나 상긋한 향기를 풍기고 있다. 빨갛고 섬약한 꽃송이에 벌 한 마리가 날아와 맴돈다. 벌은 섬약한 꽃잎에 앉을 듯 말 듯 봉봉거린다.

1995년 8월 5일판 '조국해방 50돐 기념문학작품집' 『푸른 계절』에 실린 단편 소설 「벗은 만 사람도 적다」(리영한)의 발단부다. 신화 조작의 증거인 '위대한 수령님'을 평범한 3인칭 주인공으로 바꾸면, 다소 진부한 대로 자연 묘사의 기교로서 크게 나무랄 게 없는 장면 제시의 한 예다.

또한 고향 회복, 정감 어린 인간성 회복을 위해 북쪽의 문학은 한 준거가
될 수도 있다.

> 고향의 젖줄기 된 운하 기슭 유보도에/귀여운 손자애의 손목 잡고 나
> 온/백발의 저 늙은이/한여름에도 이가 시린 찬물에/시원한 감주를 담그어
> 길손들 대접하던/우물집 어머니는 아닌지
>
> — 김영길, 「이 거리의 사람들」

남쪽 문인들의 안목으로는 '두시 언해'와 방불한 시학(詩學)의 퇴행 현상이
라고 탓할 법하다. 그러나 농경 사회 공동체가 해체된 산업, 정보화 시대 사
람들의 인간성 회복에 잔잔한 파문을 일으키기에는 충분하다.

경쟁의 아귀다툼을 극복하려는 그쪽 사회에서 우리가 얻을 수 있는 것은
경제나 정치가 아닌 순박한 인간성이라 할 것이다.

민족 문학의 통합에 기여할 한 방도는 민족 문학의 전통 장르인 시조 짓
기를 생활화하는 것이다. 일본의 와카와 하이쿠가 생활시로 전수되는 것은
한 본보기가 된다. 북쪽의 이른바 '인민 문학'이 빚은 문예 내지 민족 문화
의 '하향 평준화'는 시조 짓기로써 다소 극복될 수 있을 것이다.

반면에 남쪽 문학은 앞에서 말한 문학 의식 중의 Ⅰ과 Ⅱ, Ⅱ와 Ⅲ, Ⅱ와
Ⅳ, Ⅰ과 Ⅲ의 긴장 관계를 내포한 문학에 대해 보다 깊은 관심을 보여야겠
다. Ⅰ과 Ⅳ는 자유, Ⅱ와 Ⅲ은 평등을 지향한다. 우리가 소망하는 바는 자유
롭고 평등한 사회의 건설이다.

우리 민족을 생가지 찢듯 분열시킨 그 이데올로기의 대결이란 곧 자유와
평등의 문제였다. 위에서 제시된 여러 위상의 문학은 민족 통합의 유효한
방략이기도 하다.

맺음말

분단은 물리적인 분계선이 아닌 우리들 의식 속에 있다. 남북의 문학도 마찬가지다. 북쪽 문학은 집단주의 · 형이하학 · 수령의 문학이며, 남쪽 문학은 개인주의와 집단주의 문학의 갈등과 분열의 양상을 보인다. 모두 다윈과 스펜서의 진화론적 세속사에 몰입해 있다. 증오 · 저주 · 폭력 혁명의 사회주의 리얼리즘 문학, 개인의 쾌락과 부자유 · 불평등 의식으로 치닫는 개인주의 문학 모두에 통합과 구원은 없다.

이제 우리에게 요청되는 것은 절대 진리 안에서 서로 믿고 사랑하기 위한 '참회와 만남의 문학'이다. 세속사적 욕망에 몰입하여 쟁투 · 시기 · 증오 · 저주함으로써 '분열'을 획책한 남북 작가 모두 '참회'해야 한다. 그에 앞서 6 · 25 전쟁을 일으켜 300만의 동족을 살해하고 1인 폭압 통치로 300만을 굶어 죽게 했으며, 1천만 명의 이산 가족에게 통한을 안겨 준 데 대한 '참회록'을 북쪽 문인이 먼저 써야 한다. 이것이 실체론적 진실이다. 북쪽 작가들이 이에 무지할 경우, 남쪽 작가들이 이 실체론적 진실을 고발, 참회해야 한다.

남북의 작가 모두 그러기 위해 본질 탐구를 함으로써 우선 고급 교양과 식견을 쌓고 사람을 사랑할 줄 알아야 한다. 가령, 개인주의와 집단주의의 모순을 극복할 수 있는 인격주의(personalism), 삶과 역사의 진실과 정사(正邪)를 판단하는 원리는 ① 인과론, ② 진화론, ③ 변증법, ④ 도전 · 응전 이론, ⑤ 화해론, ⑥ 초월론 등 다양하다는 것, 샤머니즘은 기복성을 근간으로 하며 윤리와 교리가 결여되어 있다는 것을 알고서 작품을 쓰라는 뜻이다. 인간의 존재론적 진상과 역사에 대한 본질 탐구는 남북 작가 모두에게 요구되며, 민족 문학의 흑샤머니즘적 광기와 일면적 단순성은 극복되어야 할 시급한 과제다.

남북 문학 모두 통일과 만남을 위한 모범 답안을 품고 있지 않다. 우리는 다그침에 답해야 한다. 다만, 다음과 같은 방안은 고려될 만하다.

남북 문학의 통합 방안은 네 가지 관점에서 모색될 수 있다. 먼저 민족적 집단 무의식의 기층에 속하는 신바람과 운명 결정론의 부정적 극단인 광기와 운명론을 극복하고, 긍정적 측면인 창조적 응집력과 민족 문명사 절정의 환회를 형상화해야 할 것이다. 또한 민족 문학의 전통인 자연 서정의 낙원 표상과 농경 시대 민족 공동체의 한국인다운, 비변증법적인 '창조적 원상(原像)'을 형상화하는 것이다. 그리고 공동체의 형이하학적 지향 의식에 편향된 북쪽 문학은 개인의 형이상학적 지향 의식, 공동체의 형이상학적 지향 의식과 만남으로써 거듭나고, 자유와 개인주의에 편향된 남쪽 문학이 추구하는 공동체 의식 지향의 평등주의와 만나 재창조의 통고(痛苦)를 체험함으로써 통합의 길을 찾아야겠다. 끝으로, 민족의 전통 시가 장르인 시조를, 한민족 모두가 생활시로서 창작함으로써 사회주의적 '문화의 하향 평준화 현상'을 극복할 수 있을 것이다.

우리는 틀린 문제에 답하려는 딜레마에 빠져서는 안 된다. 우리가 그러기를 결코 원치 않음에도 불구하고, '도둑처럼 찾아올는지도 모를 통일'에 문인 모두가 대비해야 한다. 지금 남쪽은 '관계론'으로 북쪽과의 '만남'을 위해 최선을 다하고 있다. 그러나 분단 이데올로기의 '실체론' 탐구에 소홀해서는 안 될 것이다. 북쪽은 신채호식 투쟁을 수정할 기미를 아직 보이지 않는다.

원컨대, 남북한 문학에서 우선 '원수'나 '적' 쳐부수기 문학은 청산되기를 기대한다. 원수나 적은 저주, 말살할 대상이 아니라 설득, 순화하여 더불어 살아가야 할 형제 자매인 까닭이다.

(≪경남문학≫, 2001. 가을)

탐색의 담론과 구속(救贖)의 길

— 김성일 소설 「땅 끝에서 오다」 읽기의 한 방법

한국 소설사에서 기독교 문제를 제재로 한 소설은 적지 않다. 그러나 성서의 '말씀'을 준거로 한 본격 기독교 소설은 영성하다. 「땅 끝에서 오다」, 「땅 끝으로 가다」, 「홍수 이후」 등으로 기독교 소설의 현대적 한 전형을 제시한 작가로서 김성일은 희귀한 존재다.

대중 취향의 추리 소설 기법을 동원하여 신앙의 행적을 그린 「땅 끝에서 오다」를 기호론적 관점을 원용하여 해석하는 것은 기독교 문학의 미래 지평 확대에 공헌하는 일이다.

김성일의 장편 소설 「땅 끝에서 오다」는 그 제목 자체가 '오다'로 되어 있어 '움직임'의 역동성을 암시한다. 여행 모티프가 감지되는 이 작품을 그레마스의 원리대로 분석하기로 한다. 주로 텍스트 폐쇄 체계 안의 이야기 구조와 관계, 행위자들의 이동과 변형의 양상을 살펴보고, 그 의미와 주제를 탐구하게 될 것이다.

잃은 것과 찾은 것의 역설

텍스트의 「땅 끝에서 오다」는 모두 24개의 이야기 단위로 나뉘어 있다. 모두 '벽 속의 길', '춤추는 그림자', '달과 십자가' 등 상징적인 제목이 달려 있다. 이들 제목들을 원관념으로 바꾸어 배열해 보면, 이 작품의 서사적 진행 방향이 드러나 보인다.

우선 텍스트에서 R. 바르트의 핵 단위와 촉매 단위의 이야기 분석 방법을 적용한다고 할 때, 우리는 특이한 현상을 발견하게 된다. 이야기 줄기 (1)~(24)의 서사적 시퀀스를 여행담, 탐색담, 모험담, 무술담의 핵 단위 연쇄로 볼 수도 있고, 성서적 진리의 탐색과 그 발견을 핵 단위로 볼 수도 있다.

이야기의 줄기는 리진물산주식회사 동경 지사 임준호 대리가 리비아에 파견 근무를 하다 귀환 도중에 실종된 라이벌 이세원 부장을 찾아가는 것으로 되어 있다. 이 점에서 텍스트의 핵 단위 이야기는 주요 행위자 임준호 대리가 동경에서 예루살렘에 이르기까지, 일어난 사건들의 연쇄로 볼 수 있다. 그리고 그것을 가능케 한 것이 성서의 말씀과 사건들의 촉매 작용이라 하겠다. 따라서 이 경우 성서적 말씀 또는 사건들은 촉매 단위가 된다. 과연 그러한가? 이러한 해석은 이야기 (24)에서 그 논리가 역전된다. 임준호에게 주는 이세원의 편지와 끝머리에 제시된 작가의 말이 그것을 입증한다. 길이로 보아도 이세원의 편지는 만만치 않다. 신국판으로 무려 9페이지를 차지한다. 이세원은 친구 임준호로 하여금 '중생(重生)의 체험'을 하도록 예루살렘 성지까지 인도한 것이다.

또한 작가가 개입하여 전도자의 사명감을 표명한 담론은 이 텍스트의 주제를 노출함으로써 교회 문학, 호교 문학의 담론 특성을 드러낸다. 이는 예술적 전달 효과를 훼손하는 기법의 착란에 갈음된다. 그러나 텍스트의 총체적 구조는 전자 기계처럼 치밀하다. 이를 자세히 살펴보기로 한다.

텍스트 24개의 이야기 단위의 행위 주체는 리진물산주식회사 동경 지사 임준호 대리이다. 거시적인 관찰을 위하여 소설의 발단부인 첫 이야기의 내용을 미시적으로 분석, 이해할 필요가 있다.

이야기 (1)의 제목은 '벽 속의 길'이고, 이야기는 정오의 고꾸데스[國鐵]의 하마마쓰초 역에서 시작된다. 행위의 주체는 임준호이고, 그의 심적 상황은 부정적이다. 정오의 태양을 '싸늘한 태양'으로, 전차역 구름다리의 계단을 '죽음의 통로'에 비유하고 있다. 그는 '전쟁의 폐허를 걷는 나그네처럼 썰렁한 걸음걸이'로 걸음을 옮기고 있다. 1982년 1월 3일 일요일 낮 12시 01분은 그의 손목 '전자 시계'가 가리키는 날짜와 시각이다. 전세계가 바야흐로 완전한 휴일인 이 날, 임준호는 '전세계 중에서 일을 하고 있는 단 하나의 샐러리맨'이라 스스로 생각한다. 그는 '하네다[羽田]행 모노레일'의 승차장 계단을 올라 '자동 판매기'의 '깡통'을 따 마시고 '혼자서 입을 벌린' '자동식 문'을 '빨려 들어가듯' 들어선다.

3인칭 초점화자의 담론은 이처럼 1982년, 현대 산업 정보 사회의 기계화된 도시 공간에 대해 부정적인 어조를 띠고 있다. 서사문학의 시작이 보여주는 불안정성(unstability)을 특징적으로 보여준다.

마침내 그 불안정성은 현실의 시공 속에서 어떤 사건의 발생을 암시한다. '뒤통수를 쏘아보다', 사라진 검은 '그림자'가 그것이다. 그리고 불안정성과 부정적 어조를 표징하는 어휘는 계속하여 구사된다. '어깨를 흠짓하며', '복도를 빠져나와', '질경질경 씹었다' 등이 권태와 불안을 표징하는 어휘류에 속한다.

다음은 컬러판의 신년호 신문들이 기사 중에 임준호의 관심사로 부각되는 것 역시 부정적인 것으로, 어휘 의미론상 소극, 결성 개념 쪽에 드는 것들이다. 20년 분밖에 남지 않은 에너지 자원, 환경 오염, 암의 증가, 남북간의 빈부 논쟁, 22개 지역의 영토 분쟁 등이 열거된다.

전화벨이 울리자 임준호는 회장이 아닌가 긴장하며 수화기를 든다. 스미에의 유혹하는 목소리다. 귀찮아하며 존 베리모어의 '명구'를 생각하곤 '피식' 웃는다. "사랑이란 한 아름다운 아가씨를 만나서 그녀가 대구처럼 생겼다는 것을 발견하기까지의 즐거운 막간이다."고 한 말이 생각났기 때문이다. 이 대목은 행위의 주체 임준호의 애정관을 암시하므로 특히 중요하다. 지금 임준호에게 사랑이란 남녀간의 찰나적인 향락에 불과한 것이다. 아마도 이 대목은 서사 담론의 거시적인 전개에서 의미 있는 주제소(主題素)로서 작용할 것으로 보인다.

다시 중요한 상징이 부각된다. 1982년 1월 1일자 《요미우리 신문》과 《한국일보》에 실린 대조적인 기사 내용이 그것이다. 《요미우리 신문》은 국제 만화 대상을 받은 루마니아의 미하이 스타네스쿠의 작품 「벽」을, 《한국일보》는 예루살렘 성지 순례 기획물로 「길」에 대한 특집을 실었다. 제목은 「하늘에의 길과 땅의 길」이다. 《요미우리 신문》의 「벽」은 이와 대조적으로, 둘러싸인 벽 속의 수많은 군중 속에서 단 한 사람만이 출구를 찾았으나, 출구 밖은 낭떠러지 그림이다. 일본과 한국의 미래에 대한 예표일 듯하다. 《요미우리 신문》의 또 하나 특집 「미래는 시작되고 있다」에는 영국 비행선 연구소의 비행선 컬러 사진과 함께 컴퓨터, 로봇, 비행선, 우주인, 생명 공학, 제암(制癌) 의학, 인공 장기 등 첨단 기술을 소개한다. 현대 산업 정보 시대를 대표하는 어휘 집합이다.

리비아의 트리폴리 지사에 파견 근무중인 이세원 부장이 온다는 텔렉스와 함께 임준호 대리의 긴장과 불만은 증대된다. 이세원 부장을 싸고도는 지사장의 태도를 '아니꼬워'하며 '볼멘 소리'를 하는 임준호의 자세가 그렇다. 초등학교 때부터의 동창이면서 이세원 때문에 늘 차석밖에 할 수 없었던 임준호는 라이벌 의식, 열등감에 사로잡혀 공항으로 차를 몰며, 지케이의대〔慈惠醫大〕의 간호사인 애인 야마우치 스미에〔山內澄江〕와, 옛 연인이었고 지금은 이세원의 아내가 된 문영실(文英實)의 전화를 생각한다. 문영실은 자정을 넘은 1시 3분 전인 심야에 전화를 했고, 그때 문영실의 방에서 그녀의 전화를 중단시킨 사나이의 정체에 의혹을 품는다. 이 부분이야말로 주목해야 할 상황이다. 백 미러에 비치는 빨간색 패밀리아가 베이지색 체이서로 바뀌는 건 무엇인가 심상찮은 사건이 일어나리라는 불안감을 돋군다.

여기까지의 담론은 작가의 개입이 억제되고 3인칭 초점화자의 균형잡힌 서술로 일관되어 있다. 다만 임준호와 이세원의 경쟁관계에 대하여 무려 6단락을 할애하고 있는 것이 특이하다.

문제는 이 첫 이야기의 여러 행위나 상징이 (2)~(24)까지 진행되는 서사적 전개 속에서 어떤 통일된 의미를 형성하며 연쇄적 결합 관계를 이루는가에 있다. 요컨대, 지금까지 정독한 텍스트가 던지는 의문점은 다음과 같다.

첫째, 숙명의 라이벌 임준호와 이세원의 적대, 증오의 관계는 어떻게 발전할 것인가?

둘째, 임준호와 스미에의 향락적, 가학·피학적인 애정 관계는 어떻게 되겠는가?

셋째, 임준호와 문영실, 이세원의 관계는 어떻게 되겠는가?

넷째, 임준호를 추적하는 자동차의 정체는 무엇인가?

다섯째, 온갖 첨단 기기와 환경 오염, 국제 분쟁 등의 인류 역사는 어떻게 전개되겠는가?.

여섯째, '벽'과 '길'로 각각 상징되는 일본과 한국의 미래사는 어떻게 전개될 것인가?

일곱째, 임준호의 반일 감정은 어떻게 발전할 것인가?

주로 이 일곱 가지 불안정한 문제들이 (2)~(24)에서 어떤 양상으로 해결되어 가는가를 보기로 한다.

첫째 문제인 임준호와 이세원의 관계는 (9)에서 표면적으로 호전되는 듯이 보인다. 골수암에 걸린 이세원이 반드시 살아야 한다고 생각한다. 그러나 이것은 그를 사랑해서가 아니라 그가 죽으면 경쟁의 표적이 없어지기 때문이다. 성경에서 읽은 치유의 기적에 관심을 두는 이유도 여기에 있다. 그러나 (13) 이후 두 사람은 사랑의 관계로 전형된다. 그것은 '보이는 이세원'이 아닌 '보이지 않으나 그의 존재를 증거하는 관주 성경전서의 주인 이세원'과의 영적인 만남을 통하여 사랑의 관계가 형성되어 가고 있다. (24)에서 이세원의 편지를 발견함으로써 두 사람의 관계에는 '믿음·소망·사랑'의 그 사랑 곧 마르틴 부버가 말하는 진정한 '만남'의 기적이 일어난다. '영원한 너' 속에서 '나와 너'는 만나게 되고, 임준호는 '땅 끝까지 그리스도의 증인'이 될 결심을 한다. 이것은 이세원을 통하여 인도된 사도 바울의 전도 행로요, 다메섹으로 가는 길에서 들린 그리스도의 음성에의 이끌림 그 열매다. 결정적인 전형(변이), '거듭남의 기적'이 일어난 것이다.

둘째, 임준호와 스미에 간의 가학적, 향락적 애정 관계가 영적인 사랑의 관계로 전형될 수 있게 되었음은 (24)에서 드러난다. 관광 안내인이 인도한 그리스도 최후의 장소에 무릎 꿇은 임준호와 스미에는 이제 그 아우구스티누스적인 사랑의 진경을 보일 것으로 전망된다.

셋째, 임준호와 문영실의 관계 역시 스미에와의 경우처럼 에로스적 욕망을 소거한다. (19)에서 문영실의 끈질긴 유혹을 물리친 임준호의 영적 승리는 신앙의 신비에 갈음된다. 필경 문영실은 남편 이세원의 성경을 받고, 한국으로 돌아가 고아들을 돌보겠다고 결심한다.

그리스도의 치유로 소경이 눈을 뜬 실로암 연못, 히스기야 동굴과 물길을 헤쳐서야 임준호와 스미에, 문영실은 진실로 만날 수 있었다. 작가는 어찌하여 이들 세 사람으로 하여금 동굴과 물길을 힘겹게 헤쳐 가게 했겠는가? 그것은 신화적·원형적 상징으로 풀어야 할 부분이다. 동굴과 물길은 죽음과 부활의 상징이 아닌가? 그리스도의 죽음과 동굴 무덤 및 부활, 세례 요한과 물세례 사건으로써 해명된다. 죽음과 부활 모티프의 문학적 재현이다.

넷째, 임준호를 추적하는 자동차의 정체는 (12)에서 'K. W. Choi'의 신원을 확인하면서 실마리가 잡힌다. 이어 (15)에서 이세원의 가계가 밝혀지고 (18)에서 괴한이 북쪽 말씨를 쓰는 것 등으로 보아 이세원의 납치는 북한의 소행임이 암시된다. 이에 앞서 (13)에서는 이세원의 월북한 형 최기원의 이름이 확인되어 이 같은 추리는 차차 타당성을 확보해 간다. 그리고 그것이 사실이었음이 (24)에서 확인된다. 여기서 경이로운 사건은 이세원의 형 최기원이 '그리스도인으로 중생(重生)'한 일이다.

다섯째, 첨단 기기, 환경 오염, 지역 분쟁 등 현대 문명과 세계상의 행방은 종말론적 국면으로 치닫게 된다. (1)에서 (24)에 이르는 동안 끊임없이 암시되어 온 것이 '므깃도 골짜기의 아마겟돈전쟁'이다. 특히 (16)에서부터 그것은 구체화된다. 『스가랴서』의 예언과 『요한 계시록』적 영감의 작용이다.

여섯째, 「벽」과 「길」로 상징되는 일본과 한국의 미래는 대조적인 전망을 보여 준다. (15)의 리비아 트리폴리 공사 현장의 모습이 그것을 단적으로 증거한다. 그곳의 일본인들은 포르노 필름 정도로 위안을 삼고 지내는데, 놀랍게도 한국인들은 그런 것의 위안은 잠시뿐, 교회를 열고 예배를 보는 모습이 대조적이다. 한국인의 이러한 특성은 세계 최대의 교회가 있는 곳에서 1백만 명이 벌이는 부활절 연합 예배 집회, 천주교 200주년 기념 93의 성자 시성식 등에서 신앙의 신비로 드러난다. 일본의 미래는 미하이 스타네스쿠의 만화 「벽」처럼 낭떠러지에 서고, 한국의 내일은 빛의 영광 속에 길을 열 것으로 암시된다. 텍스트의 담론은 그것을 제시하기에 충분하다.

일곱째, 임준호 반일 감정은 성서의 거룩한 계시 속에서 인류애로 전환될 것이다. 담론 속에 드러나 있지는 않으나, 십자가의 길, 그 정상에서 무릎 꿇은 그의 모습에서 그것은 감지되고도 남는다. 이 점은 이 텍스트의 속편 「땅 끝으로 가다」에서 해명될 것이다.

훼손된 삶과 만남의 언어

텍스트의 핵화는 임준호와 적대자 이세원의 첨예한 대립과 갈등, 곧 심각한 언어 분열에서 시작된다. 그 까닭은 다음과 같다.

텍스트에 등장하는 행위자들은 모두 상처받은 자들이다. 실종된 이세원은 물론 나머지 인물들도 비참한 유년 시절이나 부끄러운 과거, 열등 복합 심리의 소유자다. 이세원은 형들을 데리고 월북한 부모 때문에 고아 아닌 고아로 자랐고, 임준호는 이세원에 밀려 학업 성적 2위에 머물러야 했던 콤플렉스에 시달린다. 게다가 같은 회사에 근무하게 된 이세원이 능력을 발휘하여 승승장구 승진 가도를 달리는데, 자신은 대리에 머물러 있다. 그의 언어는 이세원에 대하여 숙명적으로 라이벌 의식에 시달리게 되어 있다. 또 존경스럽고 낙천적이던 아버지마저 중풍으로 반신 불수가 되어 버렸으니, 임준호는 패배감에 사로잡힐 수밖에 없다. 더욱이 연인 문영실까지 이세원의 아내가 된 처지에 있으니, 그는 패배자일 뿐이다. 고독한 간호사 야마우치 스미에는 임준호와 정욕에 빠진 부끄러운 일본 여성이고, '겉사람'으로서의 문영실은 일류 여대 불문과 출신이나, 그녀의 마음 깊숙한 곳에는 아픈 상처와 무서운 비밀이 자리해 있다. 그녀는 여고 시절 성폭행을 당한 이후 그 폭행자에게 계속해서 위협과 폭행을 당하며 살고 있다. 또 적대 행위자 최기원은 히스기야 동굴 폭파 명령을 받은 북쪽 공작원이다.

이들은 본디 그리스도인이 아니다. 그럼에도 (24)에 이르러 모두 그리스도인이 된다. 특히 이세원의 형 기원이 개종하게 된 것은 경이로운 한 사건이다. 그의 언어는 놀라운 변화를 보인다.

"우리 얌전하게 잠들기로 해. 사랑이란…… 남자가 여자를 좋아하는 게 사랑이라면, 아마 나도 영실이를 사랑하고 있는 것인지 모르지만…… 사랑이란 아름다움이라고 생각해."

(중략)

그는 마침내 목덜미에 화상이 있었음을 하나님께 감사하였다. 목이 몹시 쓰려 오지 않았더라면, 그는 아마도 그녀의 애절한 포옹을 벗어나지 못했을 것이다.

이야기 (19)의 한 대목이다. (1)에서 사랑은 찰나적 향락으로 보던 그의 애정관과 욕정은 이같이 변화했다. 그의 언어는 '하나님'에 대한 의혹도 청산한다.

그러나 어떤 일을 보더라도 하나님의 뜻에 의혹을 갖는 그의 버릇은 이제 없어져 있었다. 하나님은 그가 사랑하는 사람일수록 더 고난의 선물을 준다는 사실에 대해서 그는 조금도 이의를 제기하지 않고 있었다.

임준호는 본디 회의와 불만이 많은 청년이었다. 그의 회의와 불만은 '교만한' 지식이 품는 수준 이하의 것이 아니었다. 그의 언어는 '하나님'에 대한 회의와 불만과 트집 투성이었다.

당신이 나를 밀라보 다리에서 구하셨나요? 아니겠지요? 그것은 우연이었습니다. 오토바이를 타고 지나가던 경찰이 '옳다. 한 놈 잡았구나.' 하고 따라왔을 뿐입니다. 당신은 우리에게 아무 것도 해 주시지 않았어요.

(중략)

당신은 이세원에게 무엇을 주었습니까? 당신을 섬긴 그에게 당신은 골수암이라는 선물을 주었을 뿐입니다. 당신은…… 당신은 도대체 인류에게 무엇을 주었습니까? 고통과 죽음뿐이었습니까?

이렇게 항변하던 임준호의 언어는 놀라운 변화를 보이고 있다. 그가 숙명의 라이벌 이세원을 어떤 모습으로 바라보고 있는가를 3인칭 초점화자는 이렇게 적고 있다.

> 엄습해 오는 아픔을 참으며 하나님을 향해 기어가는 이세원의 처절한 소원이 그의 눈시울을 뜨겁게 하고 있었다.

임준호뿐 아니라 야마우치 스미에와 문영실까지도 십자가의 언어 앞에 무릎을 꿇는다. 이들의 변화, 곧 거듭남은 인본주의의 패배를 고백하는 이세원의 인도, 아니 '하나님'의 목소리 때문이다. 이세원의 편지를 보자.

> 지금까지 내게는 내 인생을 위하여 애원하고 매달리던 내 뜻대로의 하나님만이 계시었다. 그러나 이제 나는 비로소 나를 주목하시고 훈계하시며, 강한 손으로 잡아 아끼시는 그분을 만났다. 떨리는 기쁨 속에 나는 이 글을 쓴다. 하박국 선지자의 감격이 나를 사로잡는다.

인본주의와 에로스 패배를 선언하는 이 부분은 겟세마네의 밤동산 그리스도의 마지막 기도의 목소리 그 되울림이다. "주여, 이 잔을 내게서 옮기시옵소서. 그러나 나의 원대로 마옵시고 아버지의 원대로 하옵소서."라고 한 그리스도의 언어와 합일이 된 것이 「땅 끝에서 오다」에 등장하는 인물들의 언어다.

이들이 '하나님의 언어'로 거듭난 것은 이세원이 인도하여 보여준 구속사(救贖史)의 행로와 성서의 '말씀' 때문이다.

탐색 체험과 만남의 기적

텍스트가 준거로 한 것은 '하나님'의 말씀 전체다. 『창세기』에서 『요한계시록』에 이르기까지, 세속사와 구속사의 굽이마다 성서의 기록은 직접적인 준거로서 살아난다. 그것은 때로 상징적일 경우도 있으나, 구속사적 증거이며 세속사의 구체적 사실로서 생생히 드러난다. 그리고 그것은 교회 장로인 작가의 세속사와 현대 문명 비판의 어조(tone)로서 독자의 영성을 일깨운다.

텍스트의 화자 곧 작가의 심령의 눈에는 충격적인 역사적 사건들이 '하나님'이 주재하는 구속사의 투영으로 비친다. 세계 도처에서 일어나는 지진, 1962년 이후 생긴 7백 개 게릴라 집단의 8천 회가 넘는 정치 폭력 행위, 1984년 4월 22일 새벽 5시 한국 서울의 여의도 광장의 부활절 연합 예배에 모인 백만의 군중, 일본인의 한 해 육류 소비량 393만 톤, 술 소비량 720만 톤, 제비집 1톤, 뱀고기 5톤, 조지 오웰의 「1984」 등이 모두 성서의 말씀을 증거하는 것들이다.

작가는 공과 대학 기계공학과 출신답게 성서의 많은 준거를 텍스트의 적소(適所)에 치밀하게 배분하였다. 배분된 성서의 내용들은 모두 세속의 사건들의 준거로서 제시되어 잇다. 성서의 신화적, 신비적 차원이 모두 사실로서 믿어지도록 작가는 허구화의 역량을 성공적으로 발휘했다. 이 점을 더 자세히 살펴보기로 하자.

텍스트 「땅 끝에서 오다」는 기독교 정신을 수용한 여느 소설과는 다른 여러 특성을 보여 준다. 표면과 이면의 이중적 이미지 전달 체계가 긴밀한 담론적 결속력을 보이며 이야기 전개의 효과를 극대화하고 있다. 그리고 다음과 같은 기법들이 이를 뒷받침해 준다.

첫째, 추리 소설의 기법을 취하여 대중적 호기심을 환기한다.

둘째, 탐색 모티프의 연쇄적 결합과 점층적 전개 과정을 보여 준다.

셋째, 여행 모티프를 택하여 표면 구조의 대중적 취향에 부응한다.

넷째, 태권도, 쿵푸 등의 역동적 액션을 도입해 시대적 특성을 살렸다.

추리 소설은 대개 돌발적으로 일어난 사건의 결과를 둘러싼 사람, 증거물, 상황의 단서를 근거로 하여 사건의 전과정을 역으로 탐색, 해명해 내는 대중 취향의 소설이다. 여기에 동원되는 추리는 소설은 전세계적으로 많은 독자를 확보하고 있다.

작가는 독자의 반응에 응답하는 효과적인 소설 기법 중에 추리 소설의 양식적 기법을 동원한 것으로 보인다. 추리의 근거가 된 것에는 추적자의 여러 흔적, 살인 사건 등 객관적 자료들이 있으나, 결정적인 것은 이세원의 성격과 메모 쪽지와 편지다. 실종 사건의 미궁을 헤쳐 가는 열쇠는 성경인 것이다. 이것이 이 소설의 절묘한 기법적 성과다. 마치 루크레티우스의 당의설(糖衣設)을 연상케 하나, 독자들이 거부감이나 권태를 느끼지 않도록 구성적 배려가 이루어져 있다. 작가는 성서의 진리를 전달하려는 자신의 의도를 드러내지 않으면서 창작의 목적을 효과적으로 달성하고 있는 것이다.

따라서 이 작품을 읽게 될 독자의 수용적 반응은 몇 갈래로 나눌 수 있다. 기독교 신자는 자신의 성서적 믿음을 다시 한 번 확인하는 계기가 될 것이고, 기독교를 알지 못하나 '마음이 가난한 독자'는 영적으로 거듭나는 경이로운 전환의 계기를 맞을 것이다. 또 기독교를 알면서 믿지 않는 사람은 추리 소설적 표면 구조의 줄거리를 따라가면서, 추리의 '도구'로서 성경을 이용하게 될 것이며, 기독교에 적의를 품은 사람도 추리 소설적 줄거리에 대한 호기심을 놓칠 수 없어 텍스트를 읽어 갈 것이다. 기독교를 믿지 않는 독자도 이 텍스트를 읽는 과정에서 은연중 잠재적 성경 독자가 될 것이다.

탐색 모티프는 지하 대적 제치 설화나 부모 찾기 설화 같은 데서 발견되는 매우 원초적인 것이다. 잃어버린 보물이나 실종된 사람을 찾는 것은 안타까움과 신비로움을 안겨 주면서 채워지지 않는 인간의 호기심을 자극하므로, 독자들의 관심을 증폭시킬 수 있다. 이 텍스트에서 실종된 것은 이세원과 스미에인데, 스미에는 스스로 출현했고, 이세원은 편지를 남겼을 뿐 아직 모습을 보이거나 사망의 증거를 남기지 않으므로, 이야기가 끝난 것이 아님을 알 수 있다. 탐색의 단서가 된 것은 이세원의 성경과 메모, 그리고 그의 편지이므로 자연히 성경의 영적 질서에 따를 수밖에 없이 되어 있다.

여행 모티프는 탐색 모티프와 떨어질 수 없는 관계에 있다. 이 여행은 실종자를 찾기 위한 추리와 탐색의 과정이기 때문이다.

이 텍스트의 공간적 배경은 우주적이며, 일본·한국·프랑스·리비아·레바논·그리스·이탈리아·이스라엘의 여행을 가능케 하는 구체적인 장소다. 특히 아테네와 예루살렘을 잇는, 사도 바울의 제3차 전도 여행의 길이 이세원의 피랍 경로로 제시된 이 작품의 기법은 경이롭기까지 하다. 다시 말하여, 작가는 신학교에서 교수용으로 쓰는 성서 지도를 교수가 아닌 문학 작품으로 인지시키는 절묘한 방책을 쓰고 있다. 그리고 여행이 계속되면서 행위자의 의식에 변화가 일어나고, 감동어린 영성적 체험을 하도록 구성했다. 표면상으로는 일반 여행의 안내서 구실을 하면서, 아울러 성지 순례를 하게 만든다. 대중적 취향에 부응하면서 '거룩한 부름의 목소리'에 응답하도록 치밀하게 구성되어 있다.

작가는 태권도나 쿵푸 같은 역동적 액션을 군데군데 개입시켜 대중적 기호에 부응했다. 이런 역동적 액션은 십중팔구 독자의 대중적 취미나 상업적 욕구와 영합하여, 작품의 수준을 통속적 차원으로 타락시킬 가능성이 높다. 이런 관점에서 이런 액션을 오토바이, 항공기, 자동차 경주 같은 것으로 치환할 수는 있다. 그러나 그것도 통속적 자유 모티프의 수준을 능가하기는 어려우므로, 결과는 마찬가지다. 공과 대학 기계공학과를 졸업한 작가이므로 이런 소박한 액션을 도입하였다고 볼 수도 있고, 반대로 그의 치밀한 창조 정신이 저 같은 위험을 무릅쓴 것으로 평가할 수도 있다. 물론 후자로 보아야 옳을 것이다. 그는 교회의 장로이고, 이 작품의 집필은 '하나님의 목소리'에 따라 이루어졌기 때문이다. 그의 액션은 육신의 격투로 드러나지만, 그 심층에는 '선한 영적 싸움의 목소리'가 메아리치고 있는 것이다.

> 저 1982년 1월 3일 이후로 나는 실종된 친구를 추적해 가는 임준호 대리의 뒤를 정신없이 따라다녔다. 그렇다. 그것은 따라다녔다는 편이 정확할 것이다. 태풍과 같은 놀라운 힘에 떠밀리어서 나는 그의 뒤를 허겁지겁 쫓아다녔던 것이다.

작가의 솔직한 고백이다. 그가 떠밀려 다닌 '태풍과 같은 놀라운 힘'은 무엇인가? 그것은 그 같은 액션의 힘일 수 없다. 밀란 쿤데라가 말한 바, 작가 '개인적 차원 너머에 있는' 어떤 '지혜의 소리'가 작가를 인도한다는 말은 중요한 시사점을 던져 준다.

이 세대의 젊은 독자는 톨스토이의 단성악적 목소리보다 도스토예프스키다운 다성악적 목소리를, 파스칼 같은 정적인 사색보다 '람보'와 같은 역동성을 선호한다. 작가는 이 점에 착안했다.

요컨대, 텍스트 「땅 끝에서 오다」는 추리와 탐색, 여행, 역동적인 액션 등 현대 젊은이들이 선호하는 모티프를 '말씀' 전파의 도구로 적절히 활용했다. 그러나 이것은 이를 위한 한 가지 유효한 방략일 뿐이다. 톨스토이와 파스칼은 시공을 넘어 생명을 누리는 고전이다. 기독교 문학은 궁극적으로 합리적 사고의 한계를 넘어 존재의 영적 파동을 포착함으로써 향수(享受)된다.

(≪말씀과 문학≫, 2003.봄, 김봉군, 『한국 소설의 기독교 의식 연구』(1997)의
것을 고쳐 실음.)

한국 현대시의 서정적 자아와 윤리적 자아의
상호성 문제
— 서정주 · 유치환 · 박두진 · 구상의 시를 중심으로

1. 과제의 모색

　문예 미학적 요소의 층위를 소리 · 의미 · 플롯 · 역사와 철학으로 구분할 때, 서정적 장르는 소리 쪽에 더 친근하다. 이는 역사와 형이상학 쪽에 친근한 서사적 장르와 대비된다. 서정적 장르인 서정시의 생성 기반이 소리임에는 이론이 없다. 그러나 각개 작품이 구체적으로 음악시, 시각시, 언어시 중 어디에 속하느냐에 따라 소리와 역사 · 형이상학의 거리는 상당한 편차를 보인다. 음악시는 운율, 시각시는 이미지, 언어시는 이지적 인식 세계를 전경화한다는 점이 다르다.

　문학은 역사 · 철학 · 윤리학 · 형이상학의 등가물이 아니다. 형식주의 비평의 자율성 이론이 문학을 저들과의 예속 내지 공동의 연원에서 분리시키려는 극단론으로서 괄목할 성과를 올린 것은 사실이다. 그럼에도 제1차 세계 대전 이후 영미의 모더니스트 비평 모델을 비롯하여 휴머니스트 비평 등은 윤리적 비평이 결코 화석화한 전대의 유물인 것만은 아님을 보여 준다.

특히 주지주의 시인이요 모더니스트인 T.S. 엘리어트의 윤리와 신학 옹호론의 비평관은 주목을 요한다. 문학의 문학성은 문학적 기준으로 파악할 수 있으나, 문학의 위대성 여부를 판별하는 데는 다른 기준이 요구되며, 그 궁극적 기준은 윤리와 신학에서 찾아야 한다는 것이 그의 지론이다. 모더니스트요 이미지즘의 시인인 E. 파운드가 나치즘에 영합하여 호된 비판을 받은 것, 서정주 시에 대한 '문학과 권력에의 종속' 및 '저항적 자아의 부재' 문제를 지적한 최근의 비판 등에서, 문학이 윤리로부터 절대적 자율성을 누릴 수 없다는 사실을 확인하기는 어렵지 않다.

20세기 한국 시사에서 서정적 자아와 윤리적 자아의 긴장과 이완의 상호성과 관련하여 주목할 만한 대표적 시인은 서정주·유치환·박두진·구상이다. 이들 네 시인의 서정시에서는 생명과 삶과 역사에 대한 윤리적 자아의 어조(tone)가 두드러지게 감지되며, 이는 20세기 한국 문학 정신사의 이질적인 부분으로서, 한국 문학의 '위대성' 여부를 가늠하는 자리에서 그 중요성이 강조되어야 할 것이다.

2. 가설 및 방법론의 제시

이 글의 가설은 다음과 같다.

첫째, 서정주의 초기 시는 생명의 본질에 대한 관심으로 서정적 자아와 윤리적 자아의 긴장미를 보이며 '삶을 위한 문학'의 잠재성을 엿보였다. 그러나 이후 그의 서정적 자아는 몰윤리적 '어둠의 자아'와 영합함으로써 그의 시와 삶을 반역사의 그늘로 몰아가도록 만든 것으로 보인다.

둘째, 유치환·박두진·구상의 시에서 윤리적 자아의 어조는 서정적 자아의 그것보다 압도적 우세 현상을 드러내며, 그 까닭은 삶과 역사에 대한 이들 시인의 준엄한 윤리 의식에 있다.

　셋째, 세 시인 중 유치환의 서정적 자아는 로맨틱 아이러니의 모순에, 윤리적 자아는 좌절과 허무 의식에 사로잡히고 만다. 이에 비하여, 박두진 시의 윤리적 자아는 일관성을 유지하나, 그 지나친 경직성은 서정적 자아의 어조는 물론, '사랑'의 내포와 외연을 극도로 위축시킨다. 그러나 구상의 시에서는 윤리적 자아의 준엄한 윤리와 서정적 자아의 우주적 사랑이 통합되어, 자아의 창조적 구원 표상으로 중생(重生)한다.

　위의 가설들은 윤리적, 형이상학적 탐구 방법을 통하여 입증될 것이다. 저들 시의 그 같은 특성을 빚은 원인은 시인의 배경 사상과 깊이 연관되어 있기 때문이다.

　그리고 윤리적, 형이상학적 접근 방법의 적용이 단순한 관념과 추상의 세계에 대한 서술에 그쳐서는 안 될 것이다. 따라서 논증의 준거를 생명과 인간 본성에 내재한 원초적 부조리와 인간의 집단적 삶의 체제가 빚어낸 제도적 부조리의 특성에 두고, 그에 대한 네 시인의 대응 양상을 실제 작품 분석을 통하여 밝혀내기로 한다. 생명과 인간 본성에 내재한 긍정적, 부정적 자아를 '빛의 자아'와 '어둠의 자아'로 명명하고, 특히 후자에 대한 시적 자아의 윤리적, 형이상학적 반응에 주목하기로 한다.

3. 한국 현대시의 서정적 자아와 윤리적 자아의 상호성

　이 글의 과제를 분석하는 데에는 그 준거로 제시된 원초적 부조리와 제도적 부조리, 어둠의 자아와 빛의 자아의 개념의 명료화가 우선 요구된다.

　여기서 말하는 원초적 부조리란 생명의 본질과 인간의 본성에 내재하는 부정적 속성과 그런 현상을 가리킨다. 그리고 제도적 부조리란 인간이 만든

관습, 제도, 체제 등이 빚는 부정적 사회 현상을 뜻한다. 또 어둠의 자아란 개인의 내면에 잠재되어 있는 부정적 측면, 빛의 자아는 긍정적 측면을 각각 가리키는 말이다.

이제 서정주·유치환·박두진·구상의 순으로 고찰한다.

1) 서정주의 시

서정주의 시에서 원초적 부조리의 표상이 전경화(foregrounding)하는 것은 초기작인 「화사(花蛇)」다.

> 사향(麝香) 박하(薄荷)의 뒤안길이다./아름다운 배암······/을마나 크다란 슬픔으로 태여났기에, 저리도 징그라운 몸뚱아리냐.//꽃다님 같다.//너의 할아버지가 이브를 꼬여 내든 달변(達辯)의/혓바닥이/소리 잃은 채 날룽그리는 붉은 아가리로/푸른 하눌이다.······물어 뜯어라. 원통히 무러 뜯어,//다라나거라, 저놈의 대가리!/돌팔매를 쏘면서, 쏘면서, 사향 방초(芳草)ㅅ길 저놈의 뒤를 따르는 것은//우리 할아버지의 안해가 이브라서 그러는 게 아니라./석유 먹은 듯······석유 먹은 듯······가쁜 숨결이야.//바눌에 꼬여 두를까 부다. 꽃다님보다도 아름다운 빛······//크레오파트라의 피 먹은 양 붉게 타오르는/고혼 입설이다. 슴여라, 배암.//우리 순네는 스물난 색시! 고양이같이 고혼 입설······스며라, 배암.
>
> ― 「화사」

이 시의 화자인 서정적 자아의 표상은 우리 시가 전통에 사뭇 이질적이다. 우리 시가의 소재 전통에 뱀은 거의 없다. 어법도 모순에 가득 차 있다. 아름다움·슬픔·징그러움이 뱀을 수식하는 동위소(同位素) 구실을 한다. 어조가 강렬하고 관능적이다. 우리 토속의 소녀 순이의 모습에 클레오파트라의 표상이 오버랩 된다. 뱀은 소녀 순이다. 그리고 원천(怨天)의 뱀이다. 뱀은 서정주의 다른 시 「문둥이」의 문둥이와 함께 원초적 부조리의 표상이다.

이 역천의 뱀인 사탄이 20세기 중반 한국 시사에 느닷없이 등장한다. 여기서 문제가 되는 것은 서정적 자아가 돌팔매를 쏘면서 그 꽃뱀의 뒤를 따르는 데 있다. 돌팔매를 쏘는 주체는 초자아(Superego)의 지배를 받는 윤리적 자아이며, 뒤를 따르는 주체는 몰윤리적 어둠의 자아(Id)다. 이 둘의 모순과 충돌이 빚어지는 그 자리야말로 서정주 시의 정신사적 분기점이다. 어둠의 자아 표상(Shadow)인 꽃뱀과 영합하느냐, 아니면 빛의 자아를 지향하는 돌팔매의 주인공 쪽에 가담하느냐 하는 선택의 갈림길에 「화사」의 시적 자아는 서 있는 것이다.

서정주의 시적 자아는 「맥하(麥夏)」, 「대낮」 등에서 마침내 부정적 자아인 어둠의 자아와 야합한다.

> 붉은 꽃밭 새이 길이 있어,/햇슈 먹은 듯 취해 나자빠진/능구렁이 같은 등어릿길로,/님은 따라가며 나를 부르고……/강한 향기로 흐르는 코피/두 손에 받으며 나는 쫓느니,/밤처럼 고요한 끌는 대낮에 우리 둘이는 웬몸이 달어.
>
> — 「대낮」

이 시에서 윤리적 자아의 실체는 가뭇없다. 서정주의 서정적 자아는 이같이 야합의 원초적 본성인 관능미에 몰입한다. 그의 시학적 최대 원군 원형갑이 말하는 이 야합의 '광포성'에 대하여, 서정주는 고대 그리스적 세계관으로써 해명한 바 있다.

그에 따르면, 서정주의 배경 사상은 헤브라이즘에 대척적인 헬레니즘이다. 그리스 신화와 르네상스적 인본주의의 육체성을 기반으로 하는 현세주의, 이의 극한 도정에 자리한 니체의 영겁 회귀 의식, 아폴로적·디오니소스적 신성에 대한 선망욕이다.

서정주의 뱀은 D.H. 로렌스의 그것과 흡사하다. 로렌스의 윤리적 자아는 사탄인 '독뱀'을 막대기로 쳐서 죽여야 한다고 다짐한다. 그러나 서정적 자아는 그에 어쩔 수 없이 견인된다. 이 점이 세계 문학사에서 로렌스를 '예술'과 '외설'의 어름(boderline)에서 끊임없이 위기 상황에 몰리도록 만드는 요인이 된다. 그러나 한국 문학사는 서정주를 '외설'의 위기로 몰 기색을 보인 적이 없다.

> 애비는 종이었다. 밤이 기퍼도 오지 않았다.
> 파뿌리같이 늙은 할머니와 대추꽃이 한 주 서 있을 뿐이었다.
> ──「자화상」

이 시에 등장하는 '종'은 제도적 부조리를 환유한다. 다음 작품들은 제도적 부조리에 대한 서정주의 서정적 자아의 반응 양상을 보여 준다.

> 세상이 두루두루 늦가을 찬물이면/두 발 다 시리게끔 적시고 있어서야 쓰는가?//한 발은 치켜들어 덜 시리게 고였다가/물 속에 시린 발이 아조 저려 오거던/바꾸어서 물에 넣고 저린 발 또 고여야지.
> ──「한 발 고여 해오리」

> 예수의 발에 못을 박고 박히우듯이/그렇게라도 산다면야 오죽이라도 좋으리오?/그렇지만 여기선 그 못도 그만 빼자는 것이야/그러고는 반창고나 쬐끔씩 그 자리에 붙이고/뻔디기 니야까나 끌어 달라는 것이야.
> ──「뻔디기」

이 같은 서정적 자아의 어조를 동양적 달관이나 초절로 평가하는 것은 타당치 않다. "까마귀 싸우는 골에 백로야 가지 마라."의 무관계의 철학에 자족하여 하는 자아상이 드러난 시다. '시린 세상 물'에 두 발 다 적셔 낭패 보는 삶은 슬기롭지 않다는 것이다. 더욱이 인간사와 역사의 정의 같은 것의 시시비비에 관여하는 것, 더욱이 그것에 목숨을 거는 것이야말로 어리석기 짝이 없다는 것이다. 이 세상의 '황무지에 귀 기울이지 않고 십자가의 의미를 잊어버린 현대인의 실체를 고발하는 비소(卑小)한 아이러니'일 수도 있다. 그러나 그런 기대는 그의 시 곳곳에서 무너진다.

> "어땠을까?"
> 광조(光祖)가 그 때 그 여자의 추파(秋波)를 받아들여 한때 히히덕거리며 즐길 수도 있는 사람이었더라면, 그의 서른여덟 살 때의 그 음독 사형 같은 건 면할 수도 있지 안 했을까? 적당히 그때 그때 낄낄낄낄 히히덕거리면서 부모 처자 안 울리고 살아 남아 있었을 것이다.
> ― 「정암 조광조론」

대의(大義)에 신명을 건 조광조의 윤리 의식을 모독한 시다.

이처럼 서정주의 서정적 자아는 원초적 부조리와 제도적 부조리 모두에 대하여 응전을 포기한다. 이것이 세태 풍자의 아이러니가 아님은 그의 생애가 입증한다.

> 이 겨레의 영원한 찬양을 두고두고 받으소서/ (생략) / 님은 온갖 불으와 혼란의 어둠을 썼고/참된 자유와 평화의 번영을 바련하셨나니/ (중략) /시간과 공간의 영원한 찬양과/하늘의 찬양이 두루 님께로 오시나이다.
> ― 「처음으로」

전두환의 권력에 아우구용한 시다. 이 같은 서정주의 시에서 윤리적 자아의 각성을 기대하는 것은 이제 의미가 없다는 사실이 확연해졌다. 서정주 사후에 그의 제자 고은이 생전의 칭송과는 달리 표변한 어조로 혹평을 한 것은 그 시기의 타당성과는 무관하게, 전혀 무리가 아니다.

서정주 시에서 윤리적 자아의 표상이 가뭇없는 까닭은 무엇인가? 그것은 서정주에게는 그의 시를 위대케 할 '위대한 정신적 지주' 대신 무속적 접신술(巫俗的 接神術)밖에 없었기 때문이다.

1960년대의 허다한 비평가들이 서정주를 '점쟁이', '영매사(靈媒師)', '접신술가', '참언자(讖言者)'라 불렀을 때, 그는 이미 신화의 공간으로 후퇴하여 있었다. 이른바 '탈쓸모주의, 탈대화, 탈사회, 탈합리'의 신화적 공간은 '잃어버린 참'으로서의 시를 회복하는 곳일 수도 있다. 그러나 서정주의 치졸미, 골계미, 눌별의 '서투름의 시학'은 합리와 기교에 질린 현대인에게 한 매력일 수 있어도, '교리와 현실의 간격'이 분명해진 오늘의 삶과는 너무나 먼 거리에 물러나 있다.

서정주의 시가 윤리적 자아 부재 현상을 보이는 까닭은 무속 신앙, 퇴영적 설화의 공간, 불교의 인연설, 현존(이승)과 비현존(저승)의 경계에 있는 정신 분열증과 취기(醉氣) 등이다.

> 〈가〉 질마재 마을의 단골 암무당은 두 손과 얼굴이 부들부들했는데요 그것은 남들과는 다른 쌀로 밥을 지어 먹고 살았기 때문이라 했습니다.
> — 「단골 암무당의 밥과 얼굴」

> 〈나〉 흰 무명옷 가라입고 난 마음/싸늘한 돌담에 기대어 서면/사뭇 숫스러워지는 생각, 고구려에 사는 듯/아스럼 눈감었든/내 넋의 시골/별 생겨나듯 도라오는 사투리.
> — 「수대동시」

> 〈다〉 그래 이 마당에/현생(現生)의 모란꽃이 제일 좋게 피던 날,/처녀와 모란꽃은 또 한 번 마주 보고 있다지만,/허나 벌써 처녀는 모란꽃 속에 있고/전날의 모란꽃이 내가 되어 보고 있는 것이다.
> — 「인연설화조」

〈라〉그 꽃 사이로 들어가선 연거푸 술을 불러/대포로 대포로 혼자 몽
땅을 마시고/몽땅은 덩실덩실 춤추고 나선 뒤에,//따르던 비서 보고도
그만 물러가라며/비슬 비슬 비슬 비슬/죽교 다리목까지 어떻겐가 걸어와
서/기대리던 철퇴를 맞으며 죽어 가고 있었다.

— 「정몽주 선생의 죽을 때 모양」

인용된 〈가〉는 무속, 〈나〉는 퇴영적 과거 지향, 〈다〉는 불교의 인연설을
배경으로 한 시편들이다. 서정주 시의 본질적 결정소들이 엿보이는 국면들
이다.

무속 신앙의 이른바 '신바람 사상'은 로고스와 에토스의 결핍 현상을 드
러낸다. 다분히 파토스적이다. '풀려는 의식'과 '미치려는 의식'은 늘 환호와
광기의 분기점에 놓인다. 여기서 무엇보다도 중요한 것은 무속 신앙의 몰윤
리, 무교리다. 특히 이타주의적 사회 윤리의 결핍 현상이 두드러진 것이 무
속 신앙이다. 일체 무차별상의 불교적 연기설도 삶과 역사의 이성적 판단에
무력하다. 〈라〉의 역사적 장면에 작용하는 서정주의 '취기'는 충격적이다.

초속적, 몰윤리적인 서정주에게 개인 윤리나 사회·역사적 정사(正邪)의
윤리적 책임을 묻는 것은 불가능하다. 시인은 필경 '사회와 역사와 세계성'
을 노래하여야 한다는 송욱의 충고는 서정주에게는 유효성이 없다. 무속의
접신술가에게 T.S. 엘리어트의 '기독교적 유럽 문화'나 D.H. 로렌스의 '독특
한 육체의 종교' 같은 '위대한 정신적 지주' 같은 것은 관심권에 있지 않다.
일제 강점기의 친일이나 제5공화국 정권과의 유착에 대한 고은의 비판 또한
다를 바 없다. 김재홍이 지적한 그의 역사적 순응주의는 논리적, 윤리적 판
단과는 무관한 샤먼적 몰윤리의 시공에 있다. 그에게는 그런 형이상학이 없
었다.

2) 유치환의 시

유치환은 시의 소재를 많은 부분 현실에서 취택한다. 그러나 그의 시세계를 단순한 현실주의의 관점에서 해석하는 것은 어리석다. 인간의 존재론적 본질과 구원의 형이상학에 대한 근원적 탐색을 필요로 하는 것이 유치환의 시다.

유치환의 시어 중 '원수'는 최다 빈도를 보이는 말의 하나다.

> 내 애련(哀憐)에 피로운 날/차라리 원수를 생각하노라./어디메 나의 원수여 있느뇨/내 오늘 그를 만나 입맞추려 하노니,/오직 그의 비수(匕首)를 품은 악의(惡意) 앞에서만/나는 항상 옳고 강하였거늘.
>
> —「원수」

유치환 시의 '원수'는 제도적 부조리를 환유한다. 그 원수의 실체로 가장 현저한 것은 일제다.

유치환은 일제를 '가증(可憎)한 원수'로 인식하고, 일제 강점기의 두 가지 생존 방식을 두고 고심한다. '원수에 대한 가열한 반항의 길로 자기의 신명을 내던지든지, 아니면 희망도 의욕도 죄 버리고 한갓 반편으로 그 굴욕에 젖어 살아가는 두 가지 길' 가운데 유치환은 후자의 길을 택한다. 그리고 그의 선택에 대한 윤리적 자아의 반응은 우선 정신적 분투의 내적 저항이다. 그 저항을 대변하는 시어가 '증오'이며, 시 '일월(日月)'의 서정적 자아는 '원수'와 '원수에게 아첨하는 자'에 대한 '가장 옳은 증오'의 자세를 꼬는다.

> 그 윤락의 거리를 지켜/먼 한천(寒天)에 산은 홀로이 돌아앉아 있었도다./ 뜨자 거리는 저자를 이루어/사람들은 다투어 탐람(貪婪)하기에 여념 없고//내

일찍이/호올로 슬프기를 두려워하지 않았나니.

— 「노한 산」

이 시에서 또 한 원수는 '탐람하기에 여념이 없는 윤락(淪落)의 사람들'이다. 그리고 이 윤락에 준열한 '노한 산', '바위', '해바라기'의 표상으로 원수에 맞선다. 여기서 말하는 윤락의 사람은 '일제의 위세를 빌려' 호가호위(狐假虎威)하는 무리다. 그리고 그의 윤리적 자아의 '노한 산'은 '칼'로 화한다.

　　그러나 여기/선이 사기하는 거리에선/윤리가 폭행하는 거리에선/윤리가 폭행하는 거리에선/칼은 깍두기를 써는 것밖에는 몰라.//(중략)//그러나 여기/도둑이 도둑맞는 저자에선/대낮에도 더듬는 무리의 저자에선/이 구원의 복음은 도무지 팔리지가 않아/칼 가시오! 칼 가시오!/사나이는 헛되이 외치고만 간다.

— 「칼을 갈라!」

유치환의 서슬 퍼런 대결 의식은 우리 시가사의 한 이변이다. '가장 옳은 중오'의 정도를 압도하는 '칼'을 들고나선 것이다. 그리고 이 불의에 항거하는 길은 적이 넘보는 국경에서 수자리 서는 그 엄청난 고절(孤節)의 상황에서 찾아야 한다고 어조를 높인다.

　　네가 눈물 짓고 그리는 여기 은성(殷盛)스런 거리야말로/구(救)할 길 없는 허영과 위선으로 마지막 몸뚱아리를 가리고들/일체가 한갓 부육(腐肉)처럼 썩어만 가는 소돔의 저자,/너의 성실한 인생이 한가지로 더불어 썩지 않기 위하여는/너는 그같이 고절(孤節)의 눈물에서 깎여야 하고,/그 고절을 강요하는 채찍으로 인하여/레프라같이 더러운 이기(利己)의 틈을 자신에게 허용 않음으로써/너도 한 가지 부육으로 썩지 않을 이유를 배워야 한다.

— 「휴전선에 복무하는 9976729 일병에게」

이로써 청마 시의 시적 자아가 이제 정체를 다 드러낸 셈이다. 청마의 시적 자아는 자유를 억압하거나 생명을 노리는 적과 부육처럼 썩어 가는 '소돔'의 거리, 이 세상의 악을 고발하고 증언하며 지키는, 썩지 않는 진리의 수호자이다. 구체적으로 말하여, 유치환의 시에 폭로된 이 땅 제도적 부조리의 주역은 일제, 인민군, 자유당과 윤락의 세력 등이다. 유치환 시의 윤리적 자아는 이들 부조리의 주역들과 응전해 왔다. 그런데 그 이후 그의 시적 자아는 비적의 효수, 감옥 묘지, 그리스도의 죽음과 가롯 유다의 모습에 통곡하고 회한에 앓게 된다. 이것은 유치환 시 정신의 제1차 전환점을 이룬다.

> 진실로 너희 인간이었기에/한 개 빨가숭이 원죄의 십자가를 지고/이 굴욕의 골고다에 견마(犬馬)로 버티었거니, 절치(切齒)하고 무릅쓰는 이 단죄의 채찍이/제아무리 모질고 가혹할지라도/윤리란! 법도란! 도덕이란!/ 그 엄청난 가면과 위선과 허구를 겨뤄(抗)/끝까지 조소, 부정하는 너희의 행위야말로/차라리 꽃같이 진한 목숨의 산화(散華)!/이미 값치지 않은 저 희와 나의 삶이었기에,/혈육도 피하는 이 능욕과 모멸인즉/아예 두려워하고 뉘우칠 바 없건마는,/나의 길을 먼저 간 형제여!
>
> ──「감옥 묘지」

이 시에서 놀라운 현상은 벌하는 자와 벌을 받는 자가 뒤바뀌어 있다는 것이다. 사람이 사람을 다스리는 '무도(無道)'가 고발되고 있다. '카인의 후예'인 우리 인간의 한쪽이 다른 쪽인 '반역도'를 벌하는 넌센스는 '엄청난 가면과 위선과 허구'라는 말에 집약되어 있다. 인간의 본성을 투시하여 내는 유치환 시의 윤리적 자아의 통찰력은 경이롭기까지 하다. 우리 인간의 어둠의 자아는 그 누구에게나 잠재된 암흑면, 악성, 열등성이라는 깨달음의 새 차원에 도달해 있는 것이다. 감옥 묘지의 주인공을 유치환 시의 윤리적 자아는 '형제'로 싸안고 만다.

> 너희의 입고 있는 입성인즉/그 날 다투어 제비뽑아/내게서 벗겨 간 것, 그리고 나의 손바닥에 동그란히/하늘이 내다뵈는 이 자국을 보라, 이것이 야말로 너희가/원수에 뇌동(雷同)하여 나로 하여금 절망의 구렁으로/몰아 세운 그 절통한 배신의 씻지 못할 표적이어니.
> — 「복수」

이 시의 화자는 뜻밖에도 예수다. '마가복음 15장 24절'이라는 부제가 달린 이 시의 윤리적 자아는 인류를 '악의 씨'를 잉태한 공범으로 본다. 여기서 '원수'는 사탄, 부화뇌동한 배신자는 인류다. 이 시에서 '원수'와 '인류'와 '나'는 동일체로 전환되어 있다.

> 나는 나의 적에게 조금치도 증오라든가 분노 같은 감정은 느끼지 않는다./차라리 청징(淸澄)으로 파문 끼치고 번져 가는 사유!/1미리의 오차의 과실로도 일순 나의 육체를/날리고 말/현재의 정확 무비(精確無比)한 위치에서 나는 나를 조준한다.
> — 「전선에서」

유치환 시의 윤리적 자아는 여기서 제도적 부조리의 주역이 '나' 자신이라는 깨달음에 도달하였다. 인류가 이러한 깨달음을 통한 '구원'에 이르는 길은 '종교' 뿐이다. 유치환 시의 자아는 그 실마리를 기독교에서 발견하는 듯하다. 그러나 독자의 그러한 예측은 차질을 빚는다.

> 나의 지식이 독한 회의(懷疑)를 구(救)하지 못하고,/내 또한 삶의 애증을 다 짐지지 못하여/병든 나무처럼 생명이 부대낄 때,/저 머나먼 아라비

한국 현대시의 서정적 자아와 윤리적 자아의 상호성 문제 369

아의 사막으로 나는 가자./ (중략) /그 열렬한 고독 가운데/옷자락을 나부끼고 호올로 서면,/운명처럼 '나'와 대면케 될지니,/그 원시의 본연한 자태를 배우지 못하거든/차라리 나는 어느 사구(沙丘)에 회한 없는 백골을 쪼이리라.

— 「생명의 서」

유치환의 윤리적 자아가 도달한 곳은 알라신의 구원의 소식마저 절멸한 아라비아 사막이다. 그리고 마침내 그는 생명과 인생과 역사 일체가 '공허' 임을 선포하기에 이른다. 이것이 유치환 시의 정신사상 제2차 전환의 실상이다.

억조 성좌(星座)로 찬란히 구천(九天)을 장식한 밤은/그대로 나의 크낙한 분묘(墳墓)!/지정하고도 은밀한 풀벌레 울음이여, 너는/나의 영원한 소망의 통곡이 될지니,/드디어 드디어 공허이었음을 알리라.

— 「드디어 공허이었음을 알리라」

이 시에서 독자가 감지하는 것은 윤리적 아나키즘이다. 유치환의 시적 자아가 이 같은 윤리적 허무주의에 도달할 수밖에 없이 된 까닭은 무엇인가? 그것은 자기의 좌절과 파멸의 근거를 예수에게 투시하고 그를 동일시하는 데서 초래된다.

'엘리! 엘리! 엘리!'를 부르짖던 너도/드디어 이끌 수 없던 인류일랑 버리고,/여기에 나와 더불어/영원한 고독에 얼어 서자!

— 「히말라야 이르기를」

이 시의 윤리적 자아의 주인인 유치환의 이러한 윤리적 허무 의식은 어디서 유래하는가? 그것은 그가 크게 영향을 받은 생의 철학자 쇼펜하워의 허무 사상이다. 유치환은 "의지는 곧 볼 수 있는 절름발이를 업고 가는 힘센 소경이다."고 한 쇼펜하워의 "의지로서의 세계"에 귀착한다. 그가 지성과 의지의 힘을 믿지 않는 것은 이 때문이다. 또 유치환은 인간을 인간의 승냥이로 보는 쇼펜하워의 '악으로서의 세계'에 동조한 채 이를 극복하지 못한다.

> "임은 뭍같이 까닥 않는데/파도야 어쩌란 말이냐."(그리움)며 '바다가 보이는 우체국 창가'에서 편지를 쓰던(편지) 그의 서정적 자아는 윤리적 자아의 바위 같은 '비정(非情)한 함묵(緘黙)'(바위)에 압도당한다. 그리고 그의 시적 자아는 윤리적 구원에도 도달하지 못하고 좌절한다.
> 유치환 시의 윤리적 자아는 제도적 부조리의 주인공이 자기 자신이라는 인식에 도달하는 데에 성공하였으나, 이내 윤리적 허무주의에 빠져 그 구원에는 실패했다. 그에게는 소망의 형이상학이 없었기 때문이다.

3) 박두진의 시

박두진의 시적 자아는 시종일관 기독교적 낙원 회복의 소망에 차 있다. 그 소망 성취의 도정에서 장애가 되는 것은 인류악이다.

박두진은 1939년 ≪문장≫지에 처음 시를 선보였고, 그때 그의 시적 자아는 일제 강점기의 집단적, 제도적 부조리에 대한 분노와 극복의 의지, 낙원 회복에의 열정에 차 있다.

> 산이여! 장차 너희 솟아난 봉우리에, 엎드린 마루에, 확 확 치밀어 오를 화염을 내 기다려도 좋으랴?//핏내를 잊은 여우 이리 등속이 사슴 토끼와 더불어 싸릿순 칡순 찾아 함께 즐거이 뛰는 날을 믿고 기다려도 좋으랴!
>
> — 「산」

이 시의 자아가 말하는 '확 치밀어 오를 화염'과 '여우·이리 등속'이 '사슴·토끼와 더불어' 사는 모습의 정체는 무엇인가? 그것은 '혁명욕'과 '낙원 의식'으로 풀이된다.

박두진은 일제 말기 그의 문단 데뷔 당시의 혁명욕을 직접 토로한 바 있다. 그는 소용돌이치는 혁명과 천지 개벽과도 같은 대동란의 틈새에서 민족의 살길, 새로운 혁명의 불줄기가 일어나기를 고대하였다. 그리고 이리와 사슴·토끼들이 함께 노는 동산은 낙원의 표상이다. 이 같은 낙원 지향성은 사슴·칡범들이 함께 노니는 시 「해」에도 함축되어 있다.

> 동기가 직접적인 혁명을 염원하는 것이었음에도 불구하고, 피·살육·약육강식·힘과 힘의 투쟁의 원리를 부정하고 넘어서, 절대하고 영원함 평화와 이상을 이 시의 이념으로 한 데에도 내 당시의 사상과 지향을 짐작할 수 있다.

여기에 피력된 '절대하고 영원한 평화와 이상'의 세계는 구약성서 「이사야서」의 낙원 의식에서 연유한다. 박두진의 시에 취택된 '태양·해·빛·햇살' 등은 천상적인 것을 표상하는 빛의 상관물이고, 이에 대립되는 '어둠·밤·달·이리·칡범'들은 지상적인 것, 어둠의 상관물이다. '이리·칡범' 등 동물 상관물은 범신론적 자연과는 다른 '새도우'의 매개어다.

> 그 때에 이리가 어린 양과 함께 누우며 송아지와 어린 사자와 살진 짐승이 함께 있어 어린 아이에게 이끌리며 암소와 곰이 함께 먹으며 그것들의 새끼가 함께 엎드리며 사자가 소처럼 풀을 먹을 것이며 젖 먹는 아이가 독사의 구멍에서 장난하며 젖 뗀 어린 아이가 독사의 굴에 손을 넣을 것이라.
>
> ― 『이사야서』 11:6~8

일체의 악이 소멸한 낙원은 절로 도래하는 것이 아니다. 악과 투쟁하는 윤리적 자아의 용단이 요구된다. 박두진 시의 윤리적 자아는 투쟁의 대상을 설정한다. '3월의 하늘'은 일제, 「거미」는 거미를 겨냥한다.

> 새까만 내장/새까만 내장을 겹겹이 열어 피 묻은 일몰(日沒)을 빨아 먹고,/새까만 내장을 겹겹이 열어 피 묻은 노을을 빨아 먹고는,/그리고는 황혼, 당향묵(唐香墨)처럼/선명한/까만 황혼을 뿜어낸다.
> — 「거미」

인류의 정의와 사랑을 배반하고 평화를 유린하는 악의 세력, 그 전형적인 표적이 거미다. 「거미」는 시집 『거미와 성좌』에 실렸다. '관조·초월·영탄의 편안한 율조에 젖은 권태와 타성'을 탈각하려는 시도를 보인 시집이다.

박두진의 윤리적 자아는 이 즈음 파란에 찬 역사의 한복판에서 혈투를 감행한다. 6·25 전쟁기의 일이다.

> 보라, 이 사람! 보라, 이 사람!/어디서인지 내게로 하는 소리가 하나 온다. 어디서인지 귀에다 하는 소리가 온다.
> — 「어느 벌판에서」

1·4 후퇴의 전란 중에 쓴 고독한 응전의 시다. 전쟁의 비참, 세기적·전 인류적 비극에 대한 박두진의 책임 의식이 시의 윤리적 자아로 하여금 고독한 결의를 다지도록 이끈다. 이 시의 배경 사상이 된 당시의 심적 상황은 비장감을 환기하기에 충분하다.

> 벌거벗고 피벌판을 맞부딪쳐 가되 팔랑개비처럼 휘돌면서 간다. 어둠은 곧 시대와 세계의 바로 실체요 그 중핵이었다. 역사의 중심 동원(動源), 인류를 비극으로부터 끌어내려 가는 그 장본체는 다름 아닌 어둠이라는 거대한 데이몬 그놈이었다. 그놈과 혈투를 하며 나는 앞으로만 내달

아가야 했다. 비가 곧 피요, 진눈개비가 곧 꽃이요, 그것은 살점들의 짓이 김이며 피의 빗줄기였다.

　　이 비극의 깜깜한 벌판을 나는 피 묻고 피 흐르는 단 하나의 그 몸뚱 아리 전부를 뭉쳐 가지고 돌파하는 것이다. 나는 후려치는, 아니 민족을, 인류를 후려치는 처절한 어둠과 피흐름과 육편(肉片)의 진눈개비는 바로 칠색 암영(七色暗影)이 오히려 찬란한 꽃눈개비인 것이다.

　　박두진의 이러한 투쟁 의지는 역사적, 제도적 부조리에 대한 질타의 어조를 띤다.

　　　　〈가〉이리떼여./그 순열(純烈)들의 피를 훔쳐 새로 악을 호도하고, 순민 (殉民)들의 묘표를 팔아 사리(私利)에 탐란하는 이리떼여, 너의 이미 스스로는 아는 자여, 몰락하라!
　　　　　- '우리는 보았다.'
　　　　〈나〉영웅도 신도 공주도 아니었던/그대로의 우리 마음 그대로의 우리 핏줄/일체의 불의와 일체의 악을 치는/민족애의 순수 절정 조국애의 꽃넋 이다.

　　　　　　　　　　　　　　　　　　　　　　　─「3월 1일의 하늘」

　　시 〈가〉에서 '이리떼'로 환유되는 악의 무리는 인류사의 보편적 어둠으로 해석되며, 〈나〉에는 특수한 역사적 상황에서 구체적인 부조리의 대상에 대한 투쟁 의지가 불탄다.

　　박두진 초기시의 윤리적 자아에게 '사슴'과 화해의 대상이어야 했던 그의 '당위(當爲, Sollen)의 이리'는 현실의 이리에게 철저히 배반당하고 만다.

　　　　이리는 이리 정신, 왜 이리로 태어났다 스스로는 모른다. 축축한 어스름 때 달이 갈린 새벽을 싸다니며, 왜 피의 냄새, 피의 맛, 살의 맛에 미치는지 스스로는 모른다. 심술로 약한 자를 덮치고, 성나서 물어뜯고, 턱주

가리 달을 향해 꺼으꺼으 운다. 제 서슬에 피가 더우면 십리 백리 뛴다. 먼 먼 피의 향수, 달이 걸린 빌딩 숲을 벌룸벌룸 뛴다. 활활 눈에 불을 켜고 옛날 향수에 취한다. 흰 이빨 달을 향해 꺼으꺼으 운다.

— 「달과 이리」

이리의 결정론적 본성, 인간의 원죄와 비극성이 투영된 시다. 박두진 시의 윤리적 자아는 이 장면에서 악을 절멸시키기를 포기하고 만다. 싸워도 싸워도 멸하지 않는 악에 대한 비탄의 어조는 극한으로 치닫는다. 박두진은 기독교인이고, 이 시는 그가 노성한 50대 후반의 작품이다.

피, 싸움, 속임, 뺏음,/칼, 춤, 증오, 억압, 서로 죽여요./지옥이어요./그래요./눈 서로 의 심하고 마음 안 믿어요. 친구, 형제, 부모, 자녀, 이웃, 동족, 으르렁거려요.//슬프게 슬프게 죽어 가요./앓아 죽고, 깔여 죽고, 굶어서 죽고,/죽여서 죽고,//가뭄, 홍수, 질병, 전쟁//마구 죽어 가요./벌레는 벌레끼리, 짐승은 짐승끼리,/새들은 새들끼리,/물고기는 물고기끼리,//그 중에도 인간,/인류,/잔인하고 포악하고/너무 교활해요.//스스로의 욕망, 스스로의 지혜/법, 조직, 힘, 기계/스스로의 과학과, 스스로의 기술로/핵무기 화학 무기 공포 절망 마지막,/언제 어디 누구나도/즉각 죽음 파멸,//어느 단 한 사람도/살아 남을 수 없어요.

이것은 시의 진술이 아닌 르포르타쥬다. 박두진 시의 윤리적 자아는 리포터로 화한 것이다. 그의 세속적 시는 여기서 종언을 선언할 수밖에 없다. 마침내 그는 구속사(救贖史)의 시, 신앙시에로 귀착한다.

불길이게 하소서 차라리/지직지직 타는 불길 밤을 불질러/저 덧쌓이는 악의 섶을 불사르게 하소서,/어둠이란 어둠을 불사르게 하소서.

— 「나 여기에 있나이다 주여」

이제까지 살펴본 바와 같이, 박두진의 시에서 윤리적 자아의 어조는 강건하다. 박두진 시의 민족성과 세계성, 건강성과 남성적 어조는 우리 시사의 한 경이로운 특성으로 기록할 만하다. 삶과 역사의 부조리에 대한 준열한 윤리적 저항성과 응전력은 고귀한 가치를 누린다. 우리의 수천 년 역사를 통하여 인류의 보편적 죄악과 역사의 비극성을 인식하고 그것에 맞선 응전의 치열성을 보인 시인이라는 점에서 유치환·구상과 함께 한국 문학 정신사의 꽃이다. 더욱이 그는 형이상학으로 구약성서 「이사야서」에 의지함으로써 구원의 가능성을 보인다.

그러나 그의 시적 자아는 인간의 존재론적 비극성에 대한 신약 성서적 조명의 심도를 결여하고 있다는 점에 한계가 있다. 특히 박두진 시의 윤리적 자아의 어조에서 참회의 기미를 감지하기 어려운 것은, 순절(殉節)의 고귀한 순간에도 '어둠'의 타인들을 규탄할 뿐, 참회할 줄을 알지 못한 우리 정신사의 텃밭과 무관치 않을 것이다.

지금까지 읽은 박두진의 시에서 서정적 자아의 어조는 숨죽어 있다. 그의 서정적 자아는 사멸한 것으로만 보인다. 그러나 그것은 기우(杞憂)다.

〈다〉이는 먼/해와 달의 속삭임/비밀한 물음./한 번만의 어느 날의 아픈
피 흘림

— 「꽃」

〈라〉빛에서 피가 흐르는/강./고독이 띄우는 찬란한 불꽃은/밤이다.

— 「고독의 강」

위의 두 시는 완벽에 가까운 박두진 서정시의 일부로서 절창이다. 박두진이 다분히 관념 지향적인 시에서 과도한 수사적 강조, 빈번한 쉼표와 감탄부호의 사용에 기운 것은 그의 시적 창조의 상상력의 결핍이나 서정적 장르

에 대한 소양의 부족이 아닌 의도적 노력이었음이 이에서 드러난다.

그러나 박두진 시의 독자는 많지 않다. 박두진의 서정적 자아와 윤리적 자아는 구원의 형이상학의 세계에서 창조적으로 중생하여야 했다. 그리고 그것은 지금 우리에게 과거가 아닌 현재와 미래의 과제다.

4) 구상의 시

구상은 삶과 역사의 부조리와 일생껏 한결같이 고투(苦鬪)해 온 시인이다. 그는 연작시를 쓰며, 개작을 그치지 않는다. 그는 '촉발생심(觸發生心)', '응시소매격(應時小賣格)'으로 '무정란(無精卵)'의 시를 쓰지 않는다. 삶의 현실과 역사의 생생한 현장 체험에서 소재를 취택한다는 점에서 그의 시는 리얼리즘 시에 친근하여 보인다. 특히 그의 시가 현실의 부조리, 인생과 역사의 암흑면을 놓치지 않으므로 비판적 리얼리즘 시와의 대화도 불가능하지는 않다. 그러나 그가 폭로하는 현실은 리얼리즘의 표피적 현실이 아니다.

> 동이 트는 하늘에/가마귀 날어//밤과 새벽의 갈릴 무렵이면/가스바마냥
> 수상한 이 거리는/기인 그림자 배회하는 무서운/골목……
>
> ──「여명도」

원산 문학가 동맹의 해방 1주년 기념 시집 『응향(凝香)』에 실린 구상의 시 「여명도(黎明圖)」다. 함석헌의 말처럼 '도둑처럼 찾아온 해방', 구상식으로 말하여 '불시에 날아든 메테를링크의 파랑새'는 '판도라의 상자'로 화한다. '세기의 백정'인 '신출내기 동무'들이 유린하는 해방의 시공에서 구상 시의 윤리적 자아는 '해방의 감격'을 노래하는 '샤머니즘적 광기'에 몰입할 수 없었다. 그의 로고스는 형형하여, 태극기와 '만세'의 격랑 그 내면에 잠복한 비극의 역사를 투시하고 있었다. 그는 감정적 민족주의나 감상적 낭만

주의, 감각의 결빙 상태를 보이는 주지주의, 언어의 공동 연관성을 교란시키는 초현실주의, 계급 혁명의 사회주의적 리얼리즘과 결별한 예언자적 지성의 눈으로 시를 썼다.

> 내 가슴의 동토(凍土) 위에/시베리아 찬 바람이 살을 에인다.//말라빠져 뒹구는 잡초의 밭/쓰레기 구덩이엔/입 벌린 깡통, 밑 나간 레이션 박스, 찢어진 성조기, 목 떨어진 유리병, (중략)/양키 병정이 획획 휘파람을 불면/김치 움 같은 땅 속에서/노랗고 빨갛고 파란/원색의 스카프를 걸친 계집애들이/청개구리처럼 고개를 내민다.
>
> — 「초토의 시」

6·25 전쟁기의 초토(焦土), 기지촌의 미군 병사와 매춘부의 슬픈 생존의 현장을 고발한 시다.

> 〈마〉살코기를 놓고 서로 으르렁거리는/4월의 잔치상을 뒤로 하고/나는 부상한 환영(幻影)을 안고서/실존의 독방으로 돌아왔다.

> 〈바〉그는 '샤먼'이 되어 있었다.//그 장하던 의기(義氣)가/돈키호테의 광기로 변하고 그 질박하던 정성이/방자(放恣)로 바뀌어 있었다.//(중략)// 공동묘지의 갈가마귀떼처럼/활자마다 지저귀는 신문과//신의 무덤에 나아가 가마귀떼처럼 우짖는/군중 속에서//원가(怨歌)가 없어/가슴 아팠다.
>
> — 「모과 옹두리에도 사연이 77」

자유당 정권에 항거하다가 옥살이까지 한 구상이 4·19 후의 민주당 정권, 5·16 이후 박정권 모두에 대하여 환멸을 실감하는 장면이다. 구상 시의 윤리적 자아가 정치 현실을 비판하는 준거는 리얼리즘적 '자유'와 '평등', 역사의 정의 같은 것이 아니다. 그가 30년 친구 박 대통령을 비롯한 여러 정치 지도자들의 권유를 뿌리치고 예언자적 지성의 자세를 고수한 것도 이 때문이다. 다음 시도 이런 맥락에서 읽어야 옳다.

> 까옥 까옥 까옥 까옥//오늘도 나는 북악 허리 고목 가지에 앉아/너희의 눈 뒤집힌 세상살이를 굽어보며/저 요르단 강변 세례자 요한의/그 예지(豫知)와 진노(震怒)를 빌려서 우짖노니//이 독사의 무리들아 회개하라!/하느님의 때가 가까이 왔다./속옷 두 벌을 가진 자는 한 벌을 헐벗은 사람에게 주고/(중략)/나라의 세금은 헐하고 공정하게 매겨야 하며/ 거둬들임에 있어서도 부정(不正)이 없어야 하느니라.
>
> ― 「까마귀」

알레고리 기법으로 쓴 사회 고발의 시다. 여기서 윤리적 자아는 서정시의 율격과 텐션을 풀고 산문의 어조로 제도적 부조리를 질타한다.

> 온 세상이 문명의 이기(利器)로 차 있고/자유에 취한 사상들이 서로 다투어/매미와 개구리 들처럼 요란을 떨지만/세계는 마치 고장난 배처럼/중심도 방향도 잃고 흔들리고 있다.
>
> ― 「인류의 맹점(盲點)에서」

구상의 윤리적 자아는 단지 민족주의적 정의의 관점으로 제도적 부조리를 고발하는 자리에 있지 않다. 그의 자아가 포괄하는 세계는 인류적, 우주적이다. 그는 인간 중심, 현실 중심, 지구 중심의 세계관을 뛰어넘는다. 그의 세계관은 그러기에 우주적, 초세속적이다. 시간과 영원의 싸움에서, 시간에 영원을 불러온다. 그의 윤리적 자아가 어조를 가다듬는 것은 단순한 사회 윤리의 실현 때문이 아니다. 그가 추구하는 것은 삶과 역사의 본질적 가치일 뿐, 전략적 관계 조작이 아니다. 그러기에 그의 시학은 '관입실재(觀入實在)' 하는 구도의 과정에서 생성된다. 연구자가 그의 시를 "현존과 영원의 조응"으로 파악한 것도 이 때문이다. 그가 「밭」, 「강」 등의 연작시를 쓰고, 개작을 마지않는 이유도 여기에 있다. '밭'은 생성과 소멸의 의미를, '강'은 '존재를 구원하는 만남'의 영속하는 실체를 상징한다.

구상 시의 윤리적 자아는 세속사에 궁극적 소망을 두지 않는다.

> 크고 작은 모든 세상살이는/지난 세대들의 시행착오요,/한낱 실패작에 불과하다.
>
> — 「모과 옹두리에도 사연이 77」

윤리적 자아의 이 같은 고백은 윤리적 허무주의에서 유래한 것이 아니다. 구속 사관(救贖史觀)이 깨우치는 삶과 역사의 진리다. 이것은 K·뢰비트의 역사 철학적 명제와 합치되는 깨달음의 결실이다.

> 역사가 지닌 세속적 겉모습으로 볼 때, 그것은 고통스러운 실패의 계속되는 반복이며, 한니발에서 나폴레옹, 그리고 오늘날의 지도자까지 평범한 실패로 끝나는 비싼 업적의 반복에 지나지 않는다.

구상 시의 윤리적 자아는 세속사에 궁극적 의의나 가치를 부여하지 않는다. 그러기에 그의 언어는 세속적 의미를 초월한다. 그의 세속적 언어로는 제도의 부조리, 인류와 지구의 부조리를 구할 수 없는 까닭이다. 그래서 구상의 윤리적 자아는 참회의 언어로써 부조리 앞에 맞선다.

> 오늘도 신비의 샘인 하루를/구정물로 살았다.//오물과 폐수로 찬 나의 암거(暗渠) 속에서 그 청렬(淸洌)한 수정(水精)들은/거품을 물고 죽어갔다.//(중략)//나의 현존과 그의 의미가 저 바다에 흘러들어/영원한 푸름을 되찾을 그날은 언제일까?
>
> — 「오늘」

구상은 이처럼 우리 문학사상 참회의 시를 쓰는 희귀한 시인의 이름이다. 가톨릭 신자인 그의 시에는 성서의 '말씀'을 빌려 사랑·정의·신의 등 본질적 가치의 복원을 위하여 고투하는 구도자의 영상이 끊임없이 오버랩된다. 그의 시에서 실재를 떠난 말의 성찬(盛饌)은 '기어(綺語)의 죄악'으로서 금기의 요건이 된다. 그의 윤리적 실존의 핵심에는 노자·장자의 초탈이나 찬양·찬미의 어조보다 인간의 실존적 고뇌나 제도적 부조리에 상처받은 비극적 통고 체험(痛苦體驗)이 자리하여 있다. 그러기에 구상의 시는 시적 텐션을 해체하고 산문의 세계에 가 닿는다. 윤리적 자아의 강렬한 어조에 서정적 자아는 숨죽일 수밖에 없는 것이 구상의 시인 듯이 보인다. 이 역시 구상의 한계가 아닌 '의도'의 문제임이 다음 시에서 입증된다.

> 그 알몸을 어루만지던/손으로/흰 수염을 쓰다듬는다.//백금(白金)같이 바래진 정념(情念)……//그 사랑은 두레박을 타고/하늘로 올라갔다.//이제 그 시간과 공간은 영원에 이어졌다.
>
> — 「모과 옹두리에도 사연이 76」

에로스적 찰나의 관능미가 아가페의 큰 사랑과 영원의 세계로 상승하는 구원의 메시지로 변용되었다. 성 어거스틴의 생애에 가 닿는 대목이다. 다음 시를 보자.

> 아롱진 동경에 지즐대면서/지식의 바위숲을 헤쳐나오다/천 길 벼랑을 내려 구울던/전락의 상흔을 어루만지며/강이 흐른다.// (중략) 샘에서 여울에서 폭포에서 시내에서/억만의 현존이 서로 맺고 엉키고 합해져서/나고 죽어 가며 푸른 바다로 흘러들어/새로운 생성의 바탕이 되어/곡절로 가득 찬 역사의 대단원을 지으려고/강이 흐른다.
>
> — 「강」

서정적 자아가 윤리적 자아를 싸안으며 서정시의 지배소(dominant)인 율격을 회복한 시다.

구상의 시는 서정적 자아와 윤리적 자아의 통일체로서, 구원의 형이상학을 만나는 정신사적 최정점에 올라 있다. 그의 시는 T.S. 엘리어트가 말한 '위대한 정신적 지주'와 '세계성'을 갖춘 우리 시사 미래 지평의 지표다.

(≪국어교육≫, 107, 2001.2)

은총과 구원의 노래

— 김남조의 시학

1. 머리말

시는 궁극적으로 영혼의 표상이다. 시의 독자가 시에 다가갈 때, 표상은 드러나고 실체는 숨는다. 지적 유열(愉悅)에 충만한 시의 독자는 모름지기 그 실체 포착에 생애를 건다.

김남조는 우리의 이 같은 궁극적 시 인식의 정점에 늘 충족의 유열을 향유케 하는 시인이다. 그는 진실로 시인이다. 첫 시집 『목숨』(1953)에서 최근의 『평안을 위하여』(1997)에 이르기까지 13권의 시집 외에 수상집 10권과 콩트집 1권을 내었음에도, 그는 시인일 뿐이다. 문체가 그렇고, 응결된 상상력의 시공(時空) 또한 다르지 않다.

김남조의 시가는 기원(祈願)의 어조를 띤다. 그 어조가 시대에 따라 다소 변이의 양상을 보이나, 화자의 성격은 대체로 한결같다. 절제된 시어 (詩語), 성결(聖潔)한 은유, 수정빛 투명 이미지 등이 김남조의 시를 비범케 한다. 끝없는 영혼의 기갈(飢渴), 죄와 통회(痛悔), 고독과 인고(忍苦), 긍정과 희망의 수사학, 고난의 역설적 감동과 축복, 적요와 평안의 시상(詩想)은 김남조 시학의 특성 요목이다.

2. 본 론

1) 절제된 아어와 참신한 비유

김남조는 생래적 시인이다. 시인이기 위하여 시를 쓰지 않으므로, 시인이 시의 실체다. 그의 시어는 경이롭게도 그의 일상어와 다르지 않다. 그는 늘 그의 일상어를 시어로 치환하므로, 그가 구사하는 일상어는 충전도가 높다. 그가 쓴 방대한 분량의 수상록이나 콩트도 산문이라기보다 시다. 그의 시와 산문의 문체는 극히 간결하다. 필요 불가결한 문맥이 아닌 한 일체의 수식어를 절제한다. 제8 시집 『사랑 초서(草書)』는 그 전형이다.

> 말은 잔모래/물결에 쓸리는/돌의 포말(泡沫)/말로선 못 가는 수평선에/
> 이름으로 못 부를/한 사람 있다.

수식어가 극도로 절제된 「사랑 초서 8」이다. '잔모래'·'포말'·'한 사람'의 이미지가 선명한 것은 이 때문이다. '말의 성찬' 또는 '기어(綺語)의 죄'에서 사뭇 자유로운 원초적 시어의 한 떨기다. 이는 김남조의 시가 아어(雅語)의 정화(精華)인 것과 무관하지 않다. '청유리빛 새맑은 눈물'(「눈물」), '생금보다 귀한 아침 햇살'(「아침 은총」), '잠든 솔숲에 머문 달빛', '제 빛에 요요히 눈부신'(「연가」), '돌틈에서 치솟는 청옥빛 샘물'(「찬미의 강물」), '백목련의 숲'(「그대들 눈길을」) 등은 김남조 시의 보편적 아어다.

또한 '요요히', '영글어서'(「가을 햇볕에」), '즈믄 마음'·'불내음 서리는 눈발'(「뜨거운 눈발」) 등 김남조의 고유어 구사력은 경이롭다. 일본 규슈 여고에서 수학하는 등 모국어 수련의 결정적 시기를 놓친 그의 언어 유창성이 놀랍다는 뜻이다. 뿐만 아니라 김남조는 탁월한 한자 조합력을 발휘한다. '연야(宴夜)'의 '약봉(約逢)'(「기다리는 밤」)·'혼백의 금선(琴線)'(「환호」)·'지애(地涯)의 마음'(「돌사람」)·'무구(無垢)한 촉지(觸知)'(「축원」)·'설목(雪木)'(「찬미의 강물」) 등의 조어력은 절륜의 경지를 가늠한다.

김남조 시의 담론 표출 효과를 증폭시키는 다른 한 요인은 참신한 비유다. 비유는 시인과 독자의 시적 상상력의 공감역을 확보하는 유추적 직관으로 이루어진다. 김남조 시의 비유는 이질적 사물이나 상황의 '폭력적 결합'으로 규정되는 모더니즘의 시법과는 다른 차원에서 '낯설게 하기'의 기법을 동원한다. '동녀(童女) 같은 통곡'(「낙엽」), '수정(水晶) 같은 체념', '호호 광야(浩浩曠野)의 바람 같은 허심(虛心)'(「허심」), '황제의 항서(降書)와 같은 무거운 비애'(「정념의 기」), '얼마든지 울고 싶은/해일 같은 날에'(「해일 같은 날에」) 등에서 볼 수 있듯이, 김남조 시의 비유는 참신하고 다양하다. 통고와 구원, 죽음 체험, 달밤의 서정, 투명한 체념, 바람 이미지, 놀빛의 미감(美感), 허허론 마음자리, 평화와 기쁨의 유아 표상, 묵중한 비애, 통한의 극한 등을 다양한 상관물로써 표출한다.

김남조 시의 내면에는 저같이 다단하고 격렬한 파문과 희로애락의 체험 항목들이 소용돌이치고 있음을, 인용된 비유의 여러 표상이 말하고 있다.

김남조의 서정적 자아는 이같이 통고 체험을 넘어 기쁨과 평안의 영지를 지향한다. 이 시인의 고결, 투명, 안정된 품격의 외현에만 착목하는 일상인 독자들이 그 '견고하고 차가운 수정빛 금속성 계사 은유의 표상'만을 절대시하는 것은 속단임이 드러나는 국면이다. 기쁨과 화평과 구원

을 향하여 보채고 부대끼고 절규하는 아픈 실존과의 대면을 통하여서만
김남조 시의 실체는 포착될 수 있다.

2) 경계선적 실존과 역설의 변증

김남조 시의 이미지는 이른바 '절대적 심상'은 아니다. '그대' 즉 청자
(聽者) 지향의 어조를 보이며, 그 대상은 때로 유동적이지만 궁극적으로
하나에 수렴된다. 대체로 수직적 초월 지향인 것이 주조를 이루며, 이것
이 혹 김남조 시의 결함으로 지적된다. 그러나 이 역시 담론의 표면 구조
에 편향된 속단이다. 심층에서 요동치는 아픈 절규와 평안의 변증법, 그
역설의 소리를 들을 수 있어야 한다는 요청을 독자는 외면해서 안 된다.

독자들은 김남조 시의 한복판에서 절박한 갈구의 목소리를 듣는다. 시
의 자아는 늘 영혼의 기갈을 절규한다. 그 같은 갈구는 키에르케고르의
'종교적 실존' 차원에서 상주하려는, 영성(靈性)이 풍부한 시인의 보편적
어조로 표출된다.

그의 시적 자아는 현실과 영계의 경계선적 실존으로 형상화되어 있다.
김남조의 서정적 자아는 현존과 비현존의 경계선에 있다. 그는 "유계(幽
界)의 창과/현실의 창문 사이//한자루 촛불을 밝혀/제탁에 두듯이//……/아
아 혼신의 통곡으로 당신을 부름이여."(「어두운 이마」)라고 노래한다. 그
러나 현실로 회귀한 순간 시인의 자아는 통곡과 절규의 몸부림을 보인
다. 이것은 종교적 실존 지향의 존재론적 연유 이전의 체험과 깊이 관련
되는 것으로 추정된다. 다음 시에서 그 단서가 잡힌다.

> 바람은 찢어진 피리의 소리/하 섧은 파적(破笛)의 울음이 아니고야/바
> 람은 분명 찢어진 피리//나도 바람처럼 울던 날을 가졌더랍니다/달밤에
> 벗은 맨 몸과도 같이/염치 없고도 어쩔 수 없는 회상(「이 바람 속에」)

이런 피어린 회상은 그의 체험 목록에서 어렵지 않게 발견된다. 학창 시절 존경했던 두 은사의 죽음과 월북, 그 원인이 된 히로시마 원폭 투하와 6·25 전쟁 등은 위기와 결별의 아픈 체험이다. 6·25는 동기(同氣)의 주검을·매장하는 '죽음체험'을 강요했다. 이는 영육 성장의 지주(支柱)였던 모친과의 사별, 조소계(彫塑界)의 거목이던 부군 김세중 교수와의 영결과 함께 김남조 시인의 개인사에 각인된 세속사적 통고 체험의 주요 목록이다.

김남조는 천상의 자아가 승한 영감의 시인이다. 그가 노작(勞作)의 혈투로 밤을 밝혔지만, 그것은 영감어린 천상적 자아의 상상력의 추스림일 뿐, 시상의 본질을 좌우할 수 있는 '조작'과는 거리가 멀다. 그래서 그는 세속사는 초절(超絶)의 꿈, 수직적 초월의 시공(時空)을 지향하며, 거기서 상상의 날개를 펼치고 높이를 가늠하여 비상의 기세를 늦추지 않는다. 그의 시에 끊임없는 갈구·사랑·죽음·이별의 서사 모티프가 응축, 표출되는 까닭이 여기에 있다.

〔가〕 진실로 이별키보담은/진실로 이별키보담은/깨물어 차라리 피를 흘리는 게 좋았다.
〔나〕 누구 가랑잎 아닌 사람이 없고/누구 살고 싶지 않은 사람이 없고/불붙은 서울에서/금방 오므려 연꽃처럼 죽어 갈 지구를 붙잡고/살면서 배운 가장 욕심 없는 기도를 올렸습니다.
〔다〕 살아 계신 예수여/지금은 저희 심령의 춥고 허전함에서/촌여(寸餘)의 견딤이 더 있을 수 없사오니/통렬한 이토록의 아픔을/굽어 살피시옵고/영 어둡지 않을 생명의 불빛으로/전쟁과 병과 고독과 가난을 순히 다스리며 살게 하소서.

시 〔가〕와 〔나〕는 1953년 첫 시집 『목숨』에 실린 「별리(別離)」, 〔다〕는

1958년 제3 시집『나무와 바람』의 「다시는 이별도 없고」다. 모두 6·25 전쟁의 '죽음 체험' 직후에 쓴 시편들이다. 김남조 시의 주제가 사랑, 이별, 죽음 체험과 그로부터의 구원을 향한 갈구임이 아프게 체험되는 상황이다.

김남조 시인의 천부적 시재(詩才)와 개인사의 체험이 융화된 사랑, 죽음, 이별과 수직적 초월의 상상력은 지상의 적거 천사(謫去天使)가 드리는 비원(悲願)과 간구(懇求)의 기도에로 수렴된다. 그리고 이 시인의 사랑이 왜 끝없는 갈원(渴願)의 표적이며, 그것이 지상에선 어찌하여 성취 직전의 좌절 곧 로맨틱 아이러니(romantic irony)인가를 독자는 비로소 알게 된다. 그는 "사랑하면/우물 곁에 목말라 죽는/그녀 된다."(「사랑 초서 1」)고 노래하는 시인이다.

그는 지상에서의 갈구와 기원을 멈추지 않는다. 목숨 같은 사랑과 좌절 체험, 처녀 시절 천장에 붙였다가 불사르고 만 천성도(天星圖)의 연상을 그리는 열모(熱慕)에 그의 자아는 목 탄다. 그것은 시인의 에로스가 에로스임에 그치지 못할 곡진한 연유다. 천상을 지향하는 사랑이므로, 그것은 에로스에 머무를 수 없다. 그의 시에서 '별'은 그러기에 불멸의 사랑이며 구원(救援)의 지표다. 시 「별이 가져온 것」은 과거·현재·미래의 시간 연속선상의 수평적 자아가 '별'의 표상을 향한 수직 초월과 기도의 자아를 만나 중생(重生)할 모티브를 감지케 한다.

3) 죄와 통회(痛悔)의 자아

수직적 초월과 구원은 관념과 욕망으로만 성취되는 것이 아니다. 성서는 인간 개체의 인류 보편적 죄성을 알리고, 이에 대한 참회의 영적 헌신을 요구한다. 그리스도교에서 하느님과 인간의 이런 만남은 편무 계약이 아닌 쌍무 계약의 관계에 있다. 이 쌍무 계약은 시적 자아에게 죄성(罪性)

의 시인과 참회를 요구한다. 참회의 자아에게 중요한 것은 자신에 대한 준열성이다. 자신에게 준열한 자아만이 참회할 줄 안다.

> 가려거든 가자/천의 칼날을 딛고/만년설 뒤덮인 정상까지 가자/거기서/
> 너와 나/결투를 하자.

시 「부활」이다. 현존의 자아가 구체적인 삶의 과정에서 범한 과오에까지 극한적으로 준열함을 이 시는 보여 준다. 육사(陸史)의 '서릿발 칼날진 그 위'가 사회적 자아의 극한이라면, 김남조 시의 이것은 자아의 실존적 극한이다.

김남조 시 감동의 진원은 신약 성서의 마리아 막달레나에 있다. 그는 그녀를 '죄와 통회의 성녀'로 보며, '애환의 두 극점'과 '완미한 정점, 완미한 심연'을 그녀에게서 발견했다. 그는 "내 허약한 문학혼의 아득한 지향을 이곳에 두고자 했다."(「세 갈래로 쓰는 나의 자전 에세이」)고 고백한 바 있다.

이제 그의 시적 자아에게 남은 것은 끝없는 기도의 헌신이다.

4) 고독과 인고의 결정

김남조 시의 자아는 고독하다. 사랑·이별·죽음 등으로 허기진 자아의 공백을 채우는 쪽이나, 종교적 실존을 구원하는 쪽에서나 고독의 극한 체험은 유효하다. 고독은 비애를 동반하며 그것이 시인의 감수성 목록일 때, 시는 애상(哀傷)에 빠지기 쉽다. 그래서 김남조의 시에는 울음과 눈물이 치열성을 가늠한다.

그 고독, 울음, 눈물의 원인은 이별에 있다. 시적 자아가 어느 정도 이별의 아픔 치유를 위한 염원에 불타는가를, 독자는 시 「만가(輓歌)」·「합원(合願)」에서 들을 수 있다. 이것은 인고(忍苦)의 기다림과 아픈 긍정이 어떻게 변용, 결정(結晶)되는가를 아래 시는 보여 준다.

겨울 바다에 가 보았지/미지의 새/보고 싶던 새들은 죽고 없었네//(중략)//나를 가르치는 건/언제나/시간……/끄덕이며 끄덕이며 겨울 바다에 섰었네//(중략)//겨울 바다에 가 보았지/인고의 물이/수심(水深) 속에 기둥을 이루고 있었네

　시「겨울 바다」다. 시인이 불혹의 나이에 쓴 작품이다. 이 시의 자아는 눈물과 비애의 시공을 초극해 있다. 안이한 감상(感傷)을 떨친 참다운 슬픔의 정점에 시적 자아는 이르러 있다. 겨울은 죽음과 정지의 시간, 감정의 거센 파란이 멈추는 때다. 허무의 불마저 얼어붙은, 불을 머금은 물 곧 눈물의 감성마저 숨죽인 시공에서 뜨거운 기도의 문을 열기까지, 인고의 치열한 시간이 절정을 지향한다.
　이 시야말로 김남조 시의 한 분수령을 이룬다. 이는 감성·지성·신앙이 합일되는 '합원'의 모먼트에 응결된 김남조의 대표작으로서, 에로스와 아가페를 합일시킬 '만남의 기적'을 일군다.

5) 긍정과 희망 또는 적요와 평안의 수사학

　김남조 시인은 근년 우리 사회 전반이 긍정에 굶주려 있음을 아파한다. 이 시대 우리 문학이 희망의 수사학을 포기한 점을 안타까워한다. 그의 시집『동행』(1980),『빛과 고요』(1983),『바람 세례』(1988),『평안을 위하여』(1995)의 시편은 '화해와 쉼과 위로' 곧 '총체적으로 평안을 나누자는 제안'의 글인 것도 이 같은 문학관의 표출과 깊이 관련된다. '초록'의 신생을 '향일성(向日性) 생명의 신앙'(「봄」), '불로 태워도 못 죽는/존재의 자력(磁力)'을 '사랑'(「촛불」)이라고 한 것은 이 같은 김남조 시관의 실현인 것이다. 한 시대의 '산소량을 측정하는 존재'인 시인들까지 부정주의

일변도에 빠진다면, 정녕 누가 이 세상에 희망의 언어를 공급하겠는가 하는 것이 그의 시인관이다.

김남조 시인은 말한다. '삶은 세계와의 결혼'이라는 말은 옳으며, 인간은 먼저 그 자신과 화해하고 점차 이를 확대하여 마침내 온 세계와 화친에 이르도록 해야 한다는 것이다. 이것이 그의 인간관, 세계관이며 사관이기도 하다. 김남조의 시에 흙내음, 인간의 내음, 사회성과 역사성이 소거되었다는 일부 독자의 속단이 적절하지만은 않다는 사실이 여기서 드러난다. 리얼리즘 시학과의 논쟁은 불가피하다 하더라도, 김남조의 시학이야말로 시학의 원초적 지표라 할 것이다.

시인의 사명은 '영혼의 영토'가 아닌 '욕망과 소비의 영토에서 기형적으로 성숙하는' 이 시대 인류에게 '생명, 영혼, 존재의 불을 밝혀' 보이는 일이라고 김남조 시인은 말한다(≪라 뿔륨≫ 특집 대담, 1997.6). 그는 이 시대 문명이 물신화한 '속도'에 적응하기를 거부한다. 역사적 진보주의와 그 욕망 시학의 강박증, 낮과 밤만 있고 중성적인 저녁의 문화가 소실된 문명사의 향방에 비판적이다. 그는 '쉼과 고요', '평안'을 통하여서만 현대인은 이 시대 문명의 속도 지상주의적 병증에서 구제될 수 있다고 본다. 그가 르클레르크의 『느림의 미학』을 '찬양'하는 것도 이 때문이다.

그의 시 「무명 영령은 말한다」, 「기적의 탑」, 「그 이름 선홍의 피로」, 「조국」 등은 콩트집 『아름다운 사람들』과 함께 이 역천적(逆天的) 문명사와의 응전, 공동체 의식의 형이상학적 실현에 귀결된다.

적요와 휴식과 명상과 결별한 현대인에게 생명, 영혼, 존재의 불을 밝혀 주는 것이 김남조의 시다.

6) 은총과 만남의 시학

인류사의 항구한 일차적 비극은 물질적 불평등에서 온다. 그러나 그 궁극적 비극은 관계 파탄에 있다. 현대인의 궁극적 비극은 자연과 인간, 인간끼리의 분열에서 빚어진다. 그런데 이 같은 분열과 비극의 근원은 창조주와 인간의 분리(detachment)에서 연유한다. 이 시대 문명사의 모순은 어떤 것이며, 이 모순 앞에서 문학이 감당해야 할 과제는 무엇이겠는가? 그것은 철학과 역사가 할 일이며, 더욱이 서정시는 철학과 역사의 과제에서 사뭇 먼 좌표에 자리한다는 주장은 옳다. 그러나 우리는 시적 화자의 심미적 실존 영역이란 존재론적 과제이고, 존재론은 철학의 영역에 속하며, 철학은 사회 및 역사와 결별할 수 없다는 당위론과 마주친다.

김남조 시의 어조는 본질상 텍스트의 청자 지향적이다. 심미적 실존 영역에 속하여 맥락 지향의 정보 같은 것은 좀체로 드러나지 않는다. 그의 시는 심미적 감수성의 영역에서 은총과 만남 지향의 에너지로 표출된다.

> 시대의 어려움 앞에 하역(荷役)의 허리를 구부리게 하옵시고 절절히
> 가슴 치는 생명에의 예찬이 신선한 더운 피로 순환하게 하옵시며 더하여
> 예술과 자연을 마음껏 노래하게 하여 주시옵소서
> 　사랑 이상으로 사랑한다 할 눈부심마저 곳곳에서 솟아나고 인류의 하
> 늘에선 이 빛남의 별들을 수놓게 하여 주시옵소서

구약성서 『아가(雅歌)』의 상상력과 상통하는 시「은총 안의 만남들을」이다. 에로스가 아가페에 포용, 승화된 명징(明澄)한 순결의 극치, 그런 미질(美質)로 독자를 감동시킨다. 그야말로 은총 안에서 만남의 신비를 연출해 보인다.

> 사람의 사랑/끝날엔 혼자인 것/영혼도 혼자인 것/혼자서/크신 품안에/

눈 감는 것

시 「저무는 날에」다. 인간 실존의 비의(秘義)에 시적 자아는 순명(順命)한다. 포도넝쿨 몸체와 가지, 창조주와 생명 개체가 하나 되어 만나는 참 진리를 선포한다. 그는 이제 성인전(聖人傳)『김대건 신부』를 씀으로써 사명을 다한다. '내면성에의 목마름'에서 시작된 그의 시가 '신앙적 목마름'으로 완결을 지으려는 것이다.

신앙시의 위기는 여러 계기에서 조성된다. 시가 종교의 서술성과 개념이나 형식에 도취되거나 절대자를 물화한 신성 확인, 신의 해석적 탐색이나 신의 사유화 등이야말로 신앙시의 위기를 불러오는 결정적 계기가 된다. 김남조는 신앙시의 이 함정을 아는 시인이다. '선(善)의 포만 상태' 내지 '성도적 모습의 노출'은 실패작을 낳는다는 것이 그의 지론이다. 교회 문학, 호교 문학이 교회 안의 신자가 아닌 세속 독자에게선 흡인력을 잃게 마련인 것이 오늘날의 현실이다. 인간적인 목마름에 인식의 렌즈를 대고 보면, 사람의 측은함과 사랑스러움과 외로움이 보인다는 것이 그의 신앙시관이다.

3. 작은 마무리

한국 시사(韓國詩史)의 거목 김남조의 시는 '너'와 '내'가 수직적 초월을 지향하는 삶의 지평에서 함께 부르는 은총과 구원의 노래다.

그의 시어는 그의 일상어와 다르지 않으며 절묘한 조합력을 보이는, 충전도 높은 한자어와 참신한 고유어가 조화를 이룬다.

김남조 시의 비유는 낯설면서도 친근하다. 그것은 통고와 구원, 죽음 체험, 달밤의 서정, 투명한 체념 · 바람 이미지 · 놀빛의 미감(美感) · 묵중한 비애와 고독 · 평화와 기쁨의 유아상(幼兒像) · 극한적 통한 · 영적 충족감 등 수다한 정서의 상관물로 표출되며, 마침내 기쁨·평화·안식의 영지를 지향한다.

그의 시는 궁극적으로 고결, 견고한 수정빛 이미지를 띤다. 그것은 대체로 내면화된 삶의 지평에서 수직 지향의 초월과 구원의 표상으로 드러난다. 이는 영혼의 기갈, 죄의식의 통회, 고독과 비애, 인고(忍苦)의 파란을 헤쳐 개인과 공동체의 사랑, 긍정과 희망, 은총·만남·구원에 도달하는 이 시대 우리들 삶의 크나큰 위안이다.

(김남조 시집, 『너를 위하여』, 오상, 1998.9)

다시 쓰는 이무영론

1. 무엇을 다시 쓰려 하는가

한 작가의 작품은 시대상과 욕망의 거울인 동시에 영혼의 자서전이다. 여기서 다시 쓰려는 이무영론은 이 같은 총체적 관점으로 접근할 때, 그 진실이 드러날 것이다. 1930년대 유진오(俞鎭五), 한식(韓植), 김기진(金基鎭) 등의 소박한 논의에서 근래의 여러 연구 논문에 이르기까지 이무영론은 꾸준히 씌어 왔고, 상당한 성과를 거둔 것도 사실이다. 문제는 이들 논의의 대다수가 어느 한쪽 시각으로 편향되어 일면적 단순성을 드러내거나, 사실의 확인과 현상의 표층적 르포르타주의 단계에 머물러 있는 한계성을 드러낸다는 점이다. 이무영론은 다시 씌어야 한다. 무영의 작품에 굴절·수용된 시대상과 욕망의 파노라마와, 그의 파란(波瀾)에 찬 영혼의 궤적을 총체적으로 되짚어 보기 위하여 이무영론 쓰기는 다시 시도되어야 한다는 뜻이다.

무영은 물론 농민 소설 분야의 거목이다. 작가 무영이 그의 소설에서 의도한 메시지의 줄기는 '농민의 말'임에 틀림없다. 그 시대의 이 땅 사람들이 선망하여 마지않던 동아일보 기자직을 버리고 농촌으로 들어가 몸소 농민이 되었고, 대하 농민 소설 5부작을 계획하여 그 중 3권의 장편 소설을 발표한 것으로도, 그것은 부인할 수 없는 문학사적 사건이다. 그러나 작가 무영이 농경 사회의 독자뿐 아니라 1970년대 이후 한국의 산업 사회와 오늘날 정보화 시대의 독자들, 나아가 세계의 독자들에게 전달하려 한 보편적 메시지가 무엇인가를 물어야 한다. 사실, 이무영 문학은 분량으로 보아도 농민 문학 작품이 절반이고, 그 나머지 절반은 개인 · 사회 · 국가 · 인류의 보편적 모랄을 추구한 것들이다. 이는 결코 가벼이 보아서 아니 될 이무영 문학의 진수일 수 있다. 이 글이 씌는 까닭은 여기에 있다.

이무영론의 1차 자료는 그의 전작품이고, 2차 자료는 그가 직접 쓴 작품 외의 기록들이다. 수상(隨想), 일기, 편지, 자전적 기록, 자작 해설, 비평들과 창작 이론서 『소설 작법』이 이에 속한다. 그리고 3차 자료는 무영에 대한 타인들의 증언과 비평, 논문들이다. 1차 자료의 벼리[綱]가 되는 것은 '농민 소설'로 분류되는 단편 소설 「제1과 제1장」, 「흙의 노예」, 「맥령(麥嶺)」, 「문 서방」과 장편 소설 3부작 「농민」 · 「농군」 · 「노농(老農)」 등과 인간의 보편적 윤리 문제를 다룬 「취향(醉香)」 · 「벽화(壁畵)」 · 「세기의 딸」 · 「O형의 인간」 · 「연사봉(戀師峰)」 · 「삼년」 · 「사랑의 화첩(畵帖)」 · 「죄와 벌」 · 「계절의 풍속도」 등이다. 이 중 「세기의 딸」 · 「삼년」 등은 무영의 국가 윤리를 주제로 한 작품이므로 분리하여 고찰할 필요가 있다.

무영은 자연 낙원, 윤리의 낙원 건설을 위해 분투한 작가다. 서사적 적대 세력, 장애 모티프는 제도적 부조리와 원초적 부조리다. 이 글은 이러한 가설을 전제로 하여 쓰인다.

2. 경계선의 인간과 선택의 결단

무영의 단편 「제1과 제1장」이 그의 문학적 삶에서 중대한 전환의 기틀을 마련한 것이라는 통설은 옳다. 표제가 말하여 주듯이, 이는 무영의 삶과 문학을 개신(改新)시킴과 아울러 그 시대 지식인의 결단과 선택, 통회(痛悔)의 계기를 표징한다. 이 작품이 발표되기 전에도 「흙을 그리는 마음」(1932), 「오도령」(1933), 「댕기 삽화」(1934), 「농부」(1934), 「만보 노인(萬甫老人)」(1935) 등 농촌의 삶을 소재로 한 여러 단편을 발표했으나, 「제1과 제1장」은 그 의의를 달리한다.

작품의 표제 「제1과 제1장」은 무영의 '생활'과 '문학'의 중의적(重義的) 표징이다. 이 작품의 서사적 공간은 경기도 시흥군 의왕면 샛말이 충북 음성읍 오리골에 오버랩된 유추적 '고향'이다. 샛말은 알려진 바와 같이, 1939년 7월 동아 일보 기자직을 사임하고 내려가 죽마고우 이흡(李洽)과 이웃하여 10년간 '귀농 작가 생활'을 한 전형적인 농촌이고, 오리골(梧人里)은 유소년 시절의 애환이 서린 그의 육신의 고향이다.

작품의 고향 마을 길목의 동구 밖은 '서울' 또는 '도회'와 '농촌'의 경계선이다. 이는 물리적인 시공의 경계선이면서 M. 바흐친이 말한 인생과 행위의 경계선이다. 그 시대 지식인들이 선망하여 마지않던 동아 일보 기자직을 버리고 귀농 길을 택한 것은 그야말로 '비장한 각오'요 '생명적 중대 결단'이며 보다 본질적인 것이었다.

> 사직 이유는 병이었다. 간부측에서 "병?" 하고 반문했을 만큼 그는 그렇게 잘못된 병자는 물론 아니다. 병이라면, 그것은 생리적인 병보다도 정신적인 병이 더 위기에 가까웠다.

이는 「제1과 제1장」의 한 대목이다. 작품의 사직 사유는 육신의 병이라기보다 마음의 병이므로, 귀농은 생래적인 것이었다. 1860년대 러시아에서 백수(白手)의 지식인들이 감행했던 무모한 '귀농'과는 다른, 본질에 속하는 것임이 드러난다. 또한 이는 단순한 서사적 허구에 그치지 않고, 무영 자신과 동일시되는 주요 단서로 볼 수 있다. 다음은 부인의 증언이다.

> 신문 기자로서 성공하기도 어렵거니와, 기자로서 성공한다 할지라도 그것은 문학적으로 자신을 파멸시킨다는 것을 절실히 깨달았기 때문이겠지. 그러니까 문학을 위해, '생활은 안정돼 있지만 반문학적인 생활을 포기한 셈이지.

고일신 여사의 「추억 속의 이무영」에서 따온 것이다. 부인의 이 추단(推斷)은 일단 옳을 것이다 이로써 무영의 '비장한 작가 의식' 또한 드러난다. 그러나 무영의 귀농은 시대 상황에 대한 위기 의식과 깊이 관련되어 있다고 보아야 한다.

단편 「제1과 제1장」의 서울과 농촌을 잇는 이삿길은 '도회와 농촌'의 물리적 경계선에 있다. 앞에서 말하였듯이, 이는 물리적 경계선이면서 인생과 행위 전환의 경계선이다. 1930년대 대다수 한국 지식인들의 심적 상황은 '경계선'에 있었다. 그들은 도회와 농촌, 저항과 영합의 경계선에 선 사람들이었다.

1930년대의 한국 지식인은 만주 사변, 윤봉길의 상해 홍구 의거, 지나 사변 등으로 극도의 심적 불안 상태에 처해 있었고, 무영이 궁촌으로 내려간 1939년은 제2차 세계 대전이 발발한 해다. 이때 일제의 탄압은 극한으로 치닫고 있었으며, 민족의 궁핍상은 참담한 상황이었다. 한 통계에 따르면, 1923~1927년간의 한국인 자작농(自作農) 20.2%, 자작 겸 소작농 35.1%, 소작농 44.7%였던 것이, 1939년에는 각각 19.0%, 25.3%, 55.7%로 증가했다. 1930

년의 자료만 보아도 전소작농의 75%가 식산 은행, 동양 척식 주식 회사, 금융 조합 등에 연리(年利) 15~35%의 고리채 빚을 지고 있었다. 이 같은 궁핍의 극한 상황에서 한국인 이농자(離農者) 수효는 급증할 수밖에 없었다. 일제 말기까지 이 땅을 떠난 만주의 한국인은 150만, 일본의 경우 80만 명에 이르렀다.

춘원의 「흙」과 심훈의 「상록수」가 브나로드 운동과 맞물려 청년 독자들을 분기시키고, 수많은 농민 소설이 족출하게 된 것도 1930년대다. 일제 강점기의 농민시 · 농민 소설 · 농민극과 농민 문학론 200여 편 중의 대부분이 이 시대에 발표된 것들이다.

무영은 이 척박한 땅, 절박한 시대의 '경계선'에서 귀농 작가(歸農作家)의 길을 택하였다. 도회의 언론인, 작가로 살기를 마다하고 농민의 삶 속으로 파고들었다. 농민 소설론이 제창기, 논쟁기, 침체기를 거친 설진(說盡)의 친일적 변질기에 접어든 시기에 무영은 이 같은 결단을 내린 것이다. 「상록수」의 지식인 허숭이 점진적 진화론으로 농민을 계도하려 하였다면, 「제1과 제1장」의 수택은 농민을 종생의 귀감으로 삼고 섬겼다. 무명의 농민 소설은 민촌(民村)의 「고향」이 급진적 진화론으로 물리적 혁명, 변증법적 계급 투쟁을 통한 수평적 지상 낙원 건설의 현실주의자를 그린 것과도 다르다. 무영은 신분 제도의 부조리를 깨친 이른바 대자 존재(對者存在, être pour soi)였다. 그는 피수탈자(被收奪者)인 농민의 극한 상황을 체험적으로 인식하고 통분(痛憤)해 한 걸출한 농민 작가였다. 유교 사회의 유산인 신분 제도와 일제 강점기의 구조적 모순, 제도의 부조리를 인식하고 그에 응전하는 철학과 방법론 면에서 저들과 행로를 달리한다.

무영은 부조리에 응전했다. 그러나 그 방법은 비변증법적 철학을 바탕에 깔고 있었다. 변증법적 진보주의 역사관으로 무영의 문학에 접근하는 것만이 절대 진리일 수는 없다.

아무튼 이 절박한 작가 생활의 위기, 역사적 소명의 경계선, 운명의 분기점, 농민 문학론의 침체기에 도회의 경계를 넘어 농민 작가가 되었고, 일제와 영합하기를 거부하고 '거시적 저항의 길'을, 무영은 선택한 것이다.

3. 순명(順命)의 인간상과 배반된 자연 낙원

세속사의 부조리는 크게 둘로 갈린다. 원초적 부조리와 제도적 부조리가 그것이다. 전자는 소나무와 송충이의 관계처럼 창조의 질서와 관련된 부조리고, 후자는 지배자와 노예의 예에서 보듯이 사람이 만든 제도가 빚은 부조리다. 무영은 우선 제도적 부조리와의 항쟁을 선포한다. 귀농 작가가 되어「제1과 제1장」을 다시 펼친 것이다.

무영은 최우선적으로 하늘 성품을 닮은 지선(至善)의 인간상을 농민에게서 찾는다. 그 농민의 모델로 제시한 것이 「제1과 제1장」·「흙의 노예」의 아버지, 「농민」·「농군」의 원치수, 「문 서방」의 문 서방들이다.

귀농 작가로서 쓴 무영의 첫 작품 「제1과 제1장」은 몇 가지 대립항으로 구성되었다. 도회와 시골, 도회인과 시골 사람, 아버지와 수택, 문화인과 농민 등의 대립상을 보여 준다.

> 아들은 무엇보다도 아버지의 흙투성이가 되어 사는 꼴이 싫다 했다. 흙에서 나서 흙을 만지며 컸고, 흙을 만지고 사는 아버지, 옷에까지 흙투성이가 되어 사는, 흙인지 사람인지 모를 한낱 평범한 농부에게 털끝만한 존경심도 갖지 못했다. 당당한 문화인인 아들은 흙투성이인 김 영감을 "내 아버지로라."고 내세우기조차 꺼려 했다. 이러한 아버지를 청하지 않은 것도 그 자신의 친구나 동료들한테 달리 변명을 했겠지만, 기실 자기 아버지의 그 흙투성이 꼴을 뵈고 싶지 않았다는 허영에서였다.

여기서는 흙과 아버지가 동일시되어 있다. 주인공 수택은 이러한 흙과 아버지를 모멸하였던 일을 아프게 자책한다. 도연명(陶淵明)이 '귀거래사(歸去來辭)'에서 '지금이 옳고 지난날이 그릇되었음을 깨닫는〔覺今是而昨非〕' 그 모티프다. 수택 또는 신문 기자 무영과 「귀거래사」의 자아 또는 팽덕현령 도연명이 대응되는 '귀거래사 모티프'다.

흙 또는 대지는 생명의 원천이다. 흙에서 나서 흙으로 돌아가는 인간에게 흙은 생명의 본질이요, 사람의 육신과 겉차림과 신분의 허울은 가상이다. 가상과 본질을 혼동하는 인간에게 본체는 그 진상을 감춘다. 수택은 가상에 사로잡혀 진상을 모멸했던 전비(前非)를 뉘우친다. 그러므로 여기서 도회ㆍ수택ㆍ문화인이란 가상이요 농촌ㆍ아버지ㆍ농민은 본질이요 진상이다. 무영은 이 가상과 분투하며, 그의 창작 이론서『소설 작법』에서 강조한 '진실' 찾기에 진력한다. 그는 "소설가는 나타난 사실보다도 그 사실 뒤나 내지 이면에 숨어 있는 사실의 진리를 그리는 것이다."고 하며, 서사의 표층보다 내면의 진실 포착을 소설의 목적으로 본다. 그의 이러한 창작관은 그로 하여금 일생 동안 통속 소설 쓰기를 거부케 한다.

무영은 주인공 수택의 입을 빌려 도회 사람을 비판하며 농촌 사람을 칭송한다. 대처 사람은 경우야 밝지만 시골 사람같이 구수한 맛이 없다는 것이다. '구수한 맛'이란 구체적으로 어떤 것인가? 그 정체는 작품의 다음 대목에서 드러난다. '구수하다'는 말은 '영악하다'는 말과 대립되며, '후덕하다'는 말과 의미론적 공집합 관계에 있다.

> "이 몰인정한 녀석ㆍ내 물건 도적 안 맞았으면 그만이지, 사람은 왜 친단 말이냐, 응? 이 치운 겨울에 도적질하는 사람은 여북해 하는 줄 아나? 우리네 시골 사람은 그런 법이 없다!"
> 도적은 울고 있었다. 도적의 등에는 쌀 한 말이 짊어지워져 있었다.

좀도둑을 메어다치고 결박한 수택이 아버지께 질책 받는 장면이다. 무영의 인도주의 정신이 형상화된 결정적인 대목이라 하겠다.

무영은 인도주의자다. 이무영론자들이 말하듯이 그는 톨스토이의 영향을 받았기보다 톨스토이와 방불한 데가 있다. 레닌이 '러시아 혁명의 거울'이라고 한 그 톨스토이가 아닌 인도주의자 톨스토이와 상통한다. 그가 쓴 희곡 「톨스토이」에는 무영의 인도주의 정신이 짙게 부각되어 있다.

> 톨스토이 : (중략) 그러나 내가 참삶의 길을 찾고자 농노를 해방하려고 했을 때, 네 어머니는 분연히 일어나서 내게 반기를 들었다! 그때부터의 네 어머니는 현명한 내조자로서의 공을 깨뜨렸고, 부인으로서의 정숙을 잃었다! 총명을 잃고 의지를 잃었다. (중략)
>
> 사샤 : 지금 아버지는 몹시 쇠약하십니다. 무엇보다도 정양이 필요하십니다.
>
> 톨스토이 : (중략) 고량진미보다 시커먼 밀집떡이 내게는 얼마나 맛이 있는지 모른다. 보들보들한 비단옷보다 개가죽 같은 루바슈카가 얼마나 감촉이 좋은지 모르는 것이다! 내 목구멍으로 맛있다는 음식이 넘어갈 때면 내 가슴은 뻐개지는 것 같다! (중략) 이 땅의 농군들이 비단옷을 입고 논을 갈더냐? 고기만 먹고 밭을 갈더냐? 아니다. 그네들은 하루에 빵 세 조각도 못 얻어먹는다. 그네들은 그래도 일을 한다. 감기만 들어도 나더러는 누우라고 한다. 약을 먹으라고 한다.…… 그러나 이 땅의 수많은 농군들은 밭이랑을 베고 쇠고삐를 잡은 채 쓰러져 죽는다!

무영이 1934년 11월부터 1935년 1월까지 ≪신동아≫(37~39)에 연재한 희곡이다. 그가 군포의 샛말로 내려가기 4~5년 전에 쓴 작품이라는 점에서 주목할 만하다. 귀족 출신인 톨스토이는 비참한 농노(農奴)를 해방하려 했으나, 부인의 완강한 반대로 뜻을 이루지 못하였고, 그 꿈을 「부활」 등 작품에서 실현했다. 톨스토이의 『참회록』을 기초로 한 무영의 이 희곡은 무영의 작가 의식을 조명하는 데 필요한 1차 자료라 하겠다. '보드라운 비단옷을 입은 대지주요 귀족'인 그 기득권을 유지하려는 아내와 불화를 빚으며 마침내 가출, 유랑하다가 객사한 톨스토이의 영혼의 행적을 무영은 좇고 있다. 그러나 무영은 어떤 '이념주의자'라는 고착성을 거부한다. 무영은 톨스토이의 입을 빌려 자기더러 '인도주의자'라 규정짓는 것을 달가워하지 않는다. 무영은 동아시아적 '천명론(天命論)'을 계승한 작가다.

무영의 톨스토이는 "사십여 명의 집안 사람과 복작대면서도, 노예 해방과 재산권 포기를 선언한 이후 마음은 언제나 딴 곳을 헤매고 있었다."고 고백한다. 무영의 영적인 욕망의 궤적이 무엇을 지향하는 가를 알 수 있게 하는 대목이다.

위에 인용된 도둑 모티프에서 드러난 것은 경직되고 냉혹한 논리나 법치주의의 한계에 대한 작가 무영의 인식이다.

> "사람이란 법만 가지구 사는 게 아니니라. 법만 가지고 산다면야 오늘날처럼 법이 밝은 세상이 또 어디 있겠니. 법으루만 산다면야 법에 안 걸릴 놈이 또 어딨단 말이냐. 넌 법에 안 걸리는 일만 하고 사는 성싶지? 그런 게 아니니라. 올 갈에두 면소 뒤 과수원에 사괄 하나 따 먹다가 징역을 갔느니라. 남의 것을 따는 건 나쁘지. 나쁘기야 하지만, 그게 징역갈 건 아니지. (중략)"

무영은 인간의 삶과 역사를 논리와 법으로만 재단하려는 '차가운 이성'을 향해 충고를 보낸다. 도회인 곧 근대적 인간의 영악하고 합리적이며 타산에 밝은 면만이 강조되기 쉬운 이른바 '근대화'에 대한 비판 의식이 강하게 대두된다. 진보주의 비평가들은 무영의 이 같은 작가 의식이야말로 '정감적 퇴영'에 흐르고 있다는 투로 비난하나, 이는 쉬이 지나쳐서 안 될 문제 의식을 내포한다.

인간은 이성적인 존재다. 데카르트가 이성과 감성의 분리를 강조했고, 헤겔이 "이성적인 것은 현실적이요, 현실적인 것은 이성적이다."고 선포한 이래 서양의 근대사는 이성의 법칙이 지배해 왔다. 이성은 민주, 법치주의의 골간이다. 그것은 어느 사회에서건 역사 진행의 가늠자 구실을 한다. 그러나 인간의 삶과 역사의 바른 행로를 틔우는 것은 결코 이성의 법칙만이 아니다. 감성과 이성, 초이성의 진리 지향성이 조화되는 좌표에서 인간의 자아, 삶과 역사의 운동성이 바람직한 궤적을 그리게 되는 것이다.

무영은 난해한 지성적 해명이 아닌 직관과 천성으로써 삶과 역사의 지침을 제시했다. 무영이 5세 때 이사 간 충북 중원군 신니면(新尼面) 용원리(龍院里)에서 배운 서당 공부로 유교적 교양 체험의 바탕을 다진 터라, 중용의 '뿌리'인 '천명'을 알고 있었다. 「중용(中庸)」의 수장(首章)은 "하늘로부터 사람에게 명하여 부여한 것을 성(性)이라 하고, 성을 거느리는 것을 도(道)라 하며, 도를 힘써 닦는 것을 교라 한다[天命之謂性, 率性之謂道, 修道之謂敎]."고 깨우친다. 무영은 농민의 삶을 천명 수행의 도(道)로 본다. 그가 근대화 지상주의를 탐탁이 여기지 않는 까닭이 여기에 있다.

흙은 곧 '자연 낙원(Greentopia)'이다. 이 자연 낙원으로 돌아와, 이것을 지키고 가꾸는 것이 주인공 수택의 할 일이고, 아버지는 그것을 처음부터 가르친다. 그래서 '제1과 제1장'이다.

> " (중략) 그런 걸 내려다보면 되나. 거꾸로 봐야지. 너들 눈엔 우리가
> 이러구 사는 게 개돼지같이 뵈겠지만서두, 알구 보면 신선야, 신선. (중
> 략)"

근대화된 산업 사회 쪽에서 농경 사회를 보면, 그것은 '미개'의 모습으로 떠오르지마는, 농경 사회 쪽에서 산업 사회 곧 도회를 보면, 그건 결코 바람직한 삶의 터전이 아니다.

이로 보아 무영은 역사적 진보주의에 기대를 크게 거는 작가가 아니다. 농경 사회, 자연 낙원 귀의욕과 그 성취를 주제 의식으로 한 작품이 「제1과 제1장」이다. 그러나 무영이 귀의한 농촌은 그의 이상을 배반했다. 그것은 농촌 자체가 '자연 낙원'의 본질을 상실한 것이 아니라, 제도적 부조리가 그 원인이 된다. 단편 「흙의 노예」와 중편 「맥령(麥嶺)」은 그런 의미의 전형성을 띤다.

단편 「흙의 노예」(1940.4.)는 「제1과 제1장」(1939.10.)의 속편이다. 「흙의 노예」의 서사적 줄기는 수택의 아버지 김 영감의 이야기다. 지식인 아들 수택의 삶과 무지한 아버지 김 영감의 삶이 대비되면서 고조된 긴장이 아버지의 자살이라는 사건을 정점으로 하여 극적 전환의 계기를 맞이한다. 작가 무영의 의도가 결말 단계에 응축되어 있다. 무지한 흙투성이 아버지에 대한 수택의 경멸감이 감동과 존경심으로 전환된다. N. 프리드만의 사상의 플롯 중 교육의 구성에 속한다. 이는 수택과 김 영감의 구체적 관계로 초점화된 서사 담론이면서 지식인 신세대와 무지한 구세대 농민간의 보편적인 문제로 확대된다.

여기서 강조된 것은 환멸의 구성인 아버지 김 영감의 스토리 라인이 '자살'이라는 극적인 사건의 돌발과 함께 개선의 플롯을 형성하는 아들 수택의 스토리 라인으로 전환된다는 점이다. 요컨대 희극적 구성이다. 장편 소설의 구성 방식에 걸맞은 이 소설에서 중요한 것은 아버지의 '배반당한 자연 낙원'이다. 충직한 농군이었던 아버지의 육십 평생이 무로 화하는 처절한 비극의 원인 또한 중요 사건 곧 서사적 액션이다.

면과 군의 농업 기수(農業技手)까지가 농작물에 대한 그의 의견을 참작한다는 이 훌륭한 농부가 삼십여 두락에 가까운 자기 재산을 탕진하기까지의 경로가 알고 싶었다. 그가 얼마나 부지런한 농부인가는 군에서 두 번, 도에서 한 번 그를 표창했다는 것만으로도 족히 짐작할 수 있는 일이었다. 물론 그는 단 한 번도 그 상장을 타러 읍에는 고사하고 가까운 면에까지 출두하기를 거절했지마는, 이렇듯 부지런한 노농(老農)이며, 거기에다가 술 한 잔 입에 대는 법이 없고, 여자라고는 일평생 아내밖에 모른 채 육십을 넘긴 한 자작농(自作農)이 불과 십 년 동안에 맨주먹만 쥐고 나앉았다는 사실은 벼 넉 섬을 가지고 다섯 식구가 반 년을 살아야만 한다는 어려운 수학 문제와도 비슷했던 것이다. 그것은 조그만 일인 동시에 또한 큰 일이었다.

성실하고 유능한 한 노농의 파멸은 비극이다. 이 비극의 원인 진단은 역시 '기술 낙원', 테크노피아의 '그늘'에서 이루어진다.

　　　"세상이 변한 탓이지, 옛날에야 먹을 것과 입을 것이 이 근년에 와서는 짚신이 없어지고, 고무신이 생기고, 감발이 없어지고, 지까다비가 나왔지, 물가는 고등하지, 학교는 보내야지, 학교 다니고 나니 농산 싫지, 듣구 보았으니 양복때기라두 걸쳐야지. 화차, 자동차가 생겼으니, 어디 갈 땐 타야 배기지? (중략)"

무영은 김 영감의 입을 빌려 반근대주의적 사상을 이렇게 토로한다. 육십 평생 흙만 섬겨온 '흙의 노예' 김 영감을 파멸케 한 '원흉'은 근대화로 인해 생겨난, 불필요하며 과도한 '소유'라는 것이다.

　　　장례가 지나고도 십여 일 간은 집안에 울음이 그치지 않았다. (중략) 그 슬픔은 아버지를 생각하는 아들의 슬픔이기도 했지마는, '학문'을 조상하는 '무지'의 슬픔이기도 했다. '무지'를 경멸해온 '학문'의 참회였다.

무영은 김 영감을 한 '철학자'로 규정하면서 '학문'을 질책한다. 이광수나 심훈이 「흙」과 「상록수」에서 주인공을 '교사'로, 농민을 '학습자'로 설정한 것과는 달리, 무영은 그 지위를 역전시키는 혁명적 상상력을 드러낸다. 헤겔식 역사적 진보주의, A. 토플러식 산업 혁명 당위론적 사회관, 역사관이 무영에게서는 설득력을 잃는다. 이것을 '패퇴' 곧 퇴영이라고 비난하는 쪽의 목소리를, 그가 듣고 있음을 텍스트 밖에서 실토한 적이 있다. 그럼에도 그의 반산업주의적 세계 인식은 「제1과 제1장」, 「흙의 노예」에서 요지부동이다. 그의 경제관은 소비자 중심의 현대 경제 논리와 대척적이다. 과소비가 가난을 가속화한다는 것이다.

흙에 대한 김 영감의 생명을 건 집착과 아들 수택의 각성이라는 이 서사 담론이 주는 메시지는 진지한 독자들로 하여금 전율을 금치 못하게 한다. 육십 평생을 흙의 노예로서 충성을 다 바친 김 영감이 '근대화의 횡포'로 인해 그 흙(농토)을 상실한 시공에서 선택한 그의 '죽음'은 흙은 곧 '생명의 밭'이라는 강렬한 메시지로써 독자들을 각성시키려 한다. 자기의 치료비마저 아껴 아들 수택이 농토를 되사들이는 데 일조하기 위해 농약을 마시고 자결한 김 영감의 그 죽음은 절망적 상황에 대한 비장한 도전의 메시지를 전한다. 그리고 아버지의 메시지를 비로소 올바르게 해독한 아들 수택이 아버지의 옛 농토를 다시 사들이는 행위는 소통 이론으로 보면 해호(解號)와 그 실행에 해당한다.

김 영감의 비극적 스토리 라인과, 그 암호를 수택이 해호하고 이를 실행에 옮기는 개선의 스토리 라인이 결합하여 한 희극적 서사 담론의 구조로 형상화된 것이 「흙의 노예」다. 두 스토리 라인의 접합점에 '죽음 체험'이 놓인다. 1935년 동아 일보에 희곡 「한낮에 꿈구는 사람」이 당선되어 데뷔한 바 있는 무영의 극작가다운 재능이 여기에도 반영되었다고 볼 수 있다.

단편 「제1과 제1장」, 「흙의 노예」의 아버지상은 무영의 아버지 그대로라고 그의 부인 고 여사는 증언한다.

"무영의 대표작이라 할 수 있는 「제1과 제1장」이나 「흙의 노예」에 나오는 주인공의 아버지 그대로야. 착하고 부지런하고 성실하게 살아가는, 천심을 지닌 농군 그대로였지. 흙을 생명처럼 사랑하며 흙과 더불어 살아가는. 애써 마련했던 땅을 잃게 되자 상심하시다가 "땅 찾아라!"라는 말씀을 남기시고는 양잿물을 드시고 자결하셨어. (중략) 그때 장례를 모시러 내려갔는데, 무영이 그렇게 서럽게 울더라고. 아버지를 모시지 못하고 그렇게 돌아가시게 한 것이 가슴 아팠기 때문이겠지. 어찌나 울었던지 무영은 눈이 다 충혈되었는데, 그때 충혈된 눈이 평생을 가더라. (중략)"

부인 고 여사와 차남 이민(李民) 씨 간의 대담 기록에서 따온 것이다. 이때가 「제1과 제1장」과 「흙의 노예」를 집필하기 2~3년 전 무영이 만 29세 되던 1937년 11월 18일의 일이다. 이 두 작품 창작의 모티브가 되는 일대 사건이 아버지의 자결이었다는 추단을 가능케 하는 증언이다. 아버지의 '철학'에 감동하고 농토를 다시 사들이는 수택의 '실지 수복(失地收復)' 행위는 그가 자연 낙원을 그리고 신뢰하는 유토피아 지향 의식을 포기하지 않았다는 증좌다.

단편 「문 서방」의 주인공 문 서방에게는 굳은 신념이 있다. 그는 악하지 않는 사람은 반드시 끝이 좋다는 믿음이다. 착한데도 끝이 좋지 않은 사람은 그 착한 정도가 부족했기 때문이며, 착한 사람이 당대에 보답을 받지 못하면 후대에 그 혜택을 받게 된다는 것이 그의 신념이다. 문 서방은 두 번이나 상처를 했고 홀아비로 다섯 자식을 떠맡은 불행을 겪고도 '하늘 신앙'을 버리지 않았다. 비 한 줄기, 눈 한 송이까지도 하늘이 주시는 것이라 하여 감사히 생각하며, 병을 주심을 잘못에 대한 꾸지람이라 여겼다.

그렇다고 문 서방은 교육을 받은 사람이 아니다. 그는 종교를 가져본 일도 없고, 어느 포교사의 감화를 들은 적도 없다. 하느님에 대한 그의 신앙은 오직 오십 평생의 그의 흙 생활에서 빚어진 것이다. 흙 속에 씨를 뿌리면 싹이 트고, 싹이 트면 비를 주시고, 열매를 맺게 하시고, 중생으로 하여금 그 열매로 연명을 하게 하신다. 보리를 심어 놓으면 얼어 죽을까 눈으로 덮어 주시고 눈을 녹여서 봄같이 물을 마련해 주신다.

만물은 또 그에게 있어서 모두가 하느님의 것이었다. 재물도, 목숨도 재물이 생기면 하늘이 내리셨다 했고, 그것을 진심으로 믿는 사람이었다.

주인공 문 서방의 관찰자인 작가 무영의 담론은 다분히 그리스도교적이다. 모든 것이 창조주의 섭리인 그리스도교에서 범사에 감사하라고 가르치는 그대로를 문 서방은 행한다. 문서방의 행위 자체만으로는 그리스도인과 다를 바가 없다.

그에게 있어서 하느님은 반드시 하늘에만 있는 것은 아니었다. 면서기도, 주재소 순사도 그에게는 하늘이었다. 금융 조합 서사도 그에게는 극진히도 고마운 하늘이었다. 아니, 동리 구장도 그에게는 범할 수 없는 하늘이었고, 진흥회장도 그에게는 하늘이었다. 진흥회 사환 아이, 동리 소임의 말도 그에게는 바로 하느님의 명령이었다.

지성(至誠), 항심(恒心), 순명(順命)의 인간 문 서방은 무영이 일생껏 추구한 낙원 주민의 모델 곧 구원의 인간상이다. 다시 말하여 이무영이 일생 동안 추구한 이상적인 인간상의 전형이 문 서방이다. 무영이 살던 샛말의 이웃에 살던 한 충직한 농민을 모델로 했다는 이 '문 서방'은 그의 농민 소설에 제시된 주인공의 전형이다. 1942년 3월, 귀농 후 3년째 되는 해에 발견, 제시된 인간상이다.

무영은 「제1과 제1장」·「흙의 노예」의 아버지, 「맥령」의 춘보, 「문 서방」의 문 서방은 무영의 아버지 또는 문 서방을 모델로 한 것이다. 그런데 그같이 충직한 천심(天心)의 주인공들은 모두 피해자이며, 그 가해자는 제도적 부조리다. 그들은 '하늘'을 믿으므로 사람에게서 유래하는 제도적 부조리에 응전하기를 포기하거나 탐욕을 버린다. 그리고 제도적 부조리는 그대로 남는다.

그는 나라에 바치는 세금을 늦게 내거나 많다 적다 논란을 벌인 일도 없을 만큼 충직하다. 무영은 리얼리스트들이 '현실성' 여부를 두고 논쟁을 벌일 만큼 문 서방의 충직한 삶을 제시한다.

> 바로 수년 전 변소 옆에 학교를 질 때다. 남의 소작으로만 연명을 해가는 문 서방에게 사십원이라는 큰돈이 배당이 되었다. 그는 기일까지에 아무 말 없이 갖다 물었다. 나중에 그것이 잘못된 것이 판명되었고, 그가 그 기부금을 물기 위해서 집을 잡혔던 것도 드러나서 면장으로부터 상장과 상품을 받으러 오라는 통지를 받았다.
> 그때 문 서방은 이런 말을 했다.
> "면장 어른이 처사는 잘 하시는구먼서두 농사꾼의 사정은 모르시는군."
> 마침 논갈이가 시작될 때라 끝끝내 문 서방은 가지 않고 말았었다(후에 면에서 일부러 보내서 종이 한 장과 호미 한 자루를 받기는 했지마는).

무영은 낙원 주민의 전형으로 문 서방을 그렸다. 이에 따르며, 낙원 주민의 본성은 믿음, 순명, 항심 곧 충직이다. 하늘을 믿듯 모든 사람을 믿고, 섭리에 순응하듯 제도에도 순응하며, 근면 성실함이 한결같다.

2. 제도적 부조리와 비변증법적 응전 방식

세속사의 부조리는 크게 둘로 갈린다. 원초적 부조리와 제도적 부조리가 그것이다. 전자는 소나무와 송충이의 관계처럼 창조의 질서와 관련된 부조리이고, 후자는 지배자와 노예의 관계에서 보듯이, 사람이 만든 제도가 빚은 부조리다. 무영은 장편 농민 소설 3부작에서 제도적 부조리와의 항쟁을 선포·실행한다.

무영이 「제1과 제1장」·「흙의 노예」·「문 서방」·「맥령」의 주인공들이 천심(天心)으로 사는 지선(至善)의 사람들임에도 불구하고 제도적 부조리로 인해 실낙원의 좌절을 경험한다. 실낙원의 주민들은 김 영감처럼 자결하거나 덕만네처럼 보릿고개를 넘어 유랑의 길을 떠나지만, 춘보와 문 서방같이 그 천심을 지키며 항심(恒心)으로 거기 머문다. 보릿고개 넘어 유랑을 떠난 덕만네를 다시 부르고, 아버지의 잃은 농토의 새 주인이 된 수택, 충직한 흙의 주인 문 서방들을 위하여, 무영은 실낙원의 원인이 된 제도적 부조리 개혁의 설계도를 거시적 역사의 지평에다 펼쳐 보인다. 3부작 장편 「농민」(1950)·「농군」(1953)·「노농」(1954)이 그 응전의 현장을 제시한다.

이 3부작의 주인공은 소작농의 아들 장쇠다. 배경은 갑오 농민 전쟁기의 미륵동이고, 제도적 부조리는 신분 제도와 토지 분배의 모순이다. 주요 적대 인물은 미륵동의 김 승지이고, 부수 인물은 탑골의 박의관이다. 주동 인물 장쇠의 아버지 원치수는 「제1과 제1장」·「흙의 노예」·「문 서방」의 선한 농민상 그대로를 잇고 있다.

> "자넨 이 세상에서 모르는 것이 없을 게다. 잘 알지만, 우리 농사 이치만은 잘 모르구 하는 소리니, 우리네 농군들이 농살 짓는다는 건 이해타산만 가지구는 못 짓거든. (중략) 농사란 하느님이 시키는 노릇이란 말야. 하느님이 비를 주실 때 어떤 낭구만이 비를 먹고 자라라던가? (생략) 농살 지어서 나만 잘 먹으라 하는 건 아니거든. 내가 먹든 누가 먹든 농사가 잘 돼야 우리네 인간들이 먹구 살 수가 있다. 이런 생각에서 짓는 게지."

농사를 하늘의 소명으로 보는 원치수의 농업관이다. 김 영감, 문서방의 농업관, 농민관을 계승했다. 도회인, 근대인의 개인주의적 사고 경향과 다른 전근대 농경 사회의 공동체 의식이 소박하게 표출된 대목이다. 원치수의 상업관은 부정적이다.

> "장사꾼? 장사는 하느님이 시키는 노릇이 아니지. 우리네 농군들은 그저 누가 먹든 심어서 가꾸어야 한다는 생각에서 농살 짓지만, 장사만 어떻게 하든지 남을 속여서라두 저 혼자만은 잘 살아야 허겠다는 욕심에서 하는 노릇이니, 그런 맘씨가 장사가 잘 안 되면 남을 속이게 되구, 그런 맘이 더 자라면 남의 눈을 기우게 되구, 나중엔 사람을 죽이는 강도두 된단 말이거든!"

장편 「농민」은 1950년 ≪한성일보≫에 연재된 작품이다. 원치수는 1939년부터 1942년 동안의 단편 「제1과 제1장」・「흙의 노예」・「문 서방」의 주인공과 성격의 일관성을 보이고 있다. 그러나 원치수의 아들 장쇠는 성격의 변화를 보인다.

주인공 장쇠는 힘센 장사요 충직한 농군인데, 적대자 김승지의 횡포 때문에 피신하여 동학군이 된 인물이다. 물욕이 많을 뿐 아니라 호색한인 김 승지는 양반의 세도로 상민을 착취하고, 소작인들의 약한 처지를 이용하여 그들의 아내와 딸을 농락하는 등 온갖 탐학(貪虐)을 일삼는 위인이다. 문제의 발단은 이 패역무도한 김 승지에게 유린당한 장쇠의 아내 금순이 죽음으로써 항거한 사건이다. 후환이 두려운 김 승지가 장쇠에게 살인 누명을 씌워 죽이려 하는 순간, 승지의 외딸 미연이가 아버지에게 호소하여 그의 목숨을 살린다. 그러나 이 사건은 장쇠가 야반도주하여 동학군에 가담하는 계기가 된다.

장편 「농민」은 장쇠가 나타났다는 소문에 김 승지를 비롯한 미륵동 사람들 모두가 동요하는 상황 설정으로 시작된다. 마을 사람들이 은근히 바랐던 대로 미륵동 뒷산에 동학군이 들이닥치고 미륵동과 탑골의 두 양반집 사내들을 잡아다 혼쭐을 낸다. 그 대장이 장쇠임을 알고 마을 사람들은 환호성을 올리며, 일생의 원수인 김 승지를 죽이려 한다. 서사 담론의 정점이다. 결말 처리를 어떻게 하느냐 하는 것은 작가의 세계관 문제이므로 중요하다. 이 절체절명의 순간에 승지의 딸 미연이 간곡히 사죄하며 아버지의 목숨을 애걸하고, 장쇠도 화해·용서하기를 원한다. 그러나 흥분하여 폭도와 같이 변한 마을 사람들이 승지를 해하려 하는 때에 관군이 들이닥치는 것으로 「농민」은 끝난다. 여기에 무영의 인생관, 사관, 세계관이 드러난다.

무영은 개인주의자 또는 집단주의자의 어느 쪽도 아니다. 그의 인물 설정은 결정론(決定論, determinism)에 지배당하지 않는다. "양반과 그의 혈통은 전적으로 악하다."거나 "민중과 그의 혈통은 전적으로 선하다."는 논리학적 전칭 판단(全稱判斷)으로 진리를 배반할 만큼 무영은 어리석지 않았다.

무영은 「농민」과 「노농(老農)」에서 김 승지의 딸 미연을 출천(出天)의 선인(善人)으로 그린다. 그리고 갖은 학대와 수모를 당한 상민(常民)의 아들 원장쇠가 자기의 목숨까지 빼앗으려던 김 승지를 용서하게 한 것은 무영이 추구한 화해론 및 인도주의 정신과 무관하지 않다. 또 미륵동의 김승지와 경쟁 관계에 있는 탑골 박의관의 아들 일양 역시 무영은 인도주의자로 그린다.

> 찰흉년이 들던 보릿고개에 미연이는 두 번이나 곡식을 퍼내어 작인들한테 나누어 준 일까지도 있었다. (중략)
>
> 장쇠가 집을 나가자 아무도 승지 몰래 장쇠네 집에 쌀을 나른 것도 지어낸 마음이 아니다. 타고난 천성에서였던 것이다. (중략)
>
> "(중략) 봄엔 작인들에겐 조금도 잘못이 없어요. 죽도록 농사지어야 입에 쌀 한 톨 못 올려서 그렇다면 또 모르지요. 먼동이 틀 때부터 어둡도록 소처럼 일은 해두 하느님이 하시는 노릇을 어떻게 막겠어요? 땅만 해두 그렇지요. 어디 정당한 돈으루 산 땅이 우리 집에 얼마나 돼요? 공연시리 트집잡아서 뺏은 땅이 반은 되잖아요? (중략)"

「노농」의 한 대목이다. 대지주인 양반 김 승지의 딸 미연이 오히려 소작인인 농민의 입장에서 자기 비판을 하도록 인물 설정을 한 것은 주목해야 할 부분이다. 미연은 양반의 딸이면서 역지사지(易地思之)하여 소작농의 딸을 대변하는 인물이다. 뿐만 아니라 박 진사의 아들 일양이 농민 속으로 들어와 농민과 더불어 농민의 일을 하게 한 것은 불행한 실낙원의 제도적 부조리를 해소할 수 있는 길을 암시한다.

> "김승지를 죽이자는 여러분의 뜻을 잘 압니다. 그리고 승지는 죽어야 마땅한 인간입니다. 그러나 우리의 목적은 원수를 갚는 데 있지 않습니다. 사람을 죽이는 것만이 우리의 목적이 아닙니다. 우리는 어지러운 세상을 바로잡아 모든 사람이……"
> "그러니까 그 놈은 죽여야 한다."
> 하고 어둠 속에서 또 외치고 있다.

대승적으로 성장한 장쇠의 인간상이 크게 부각되는 「농민」의 한 장면이다. '응보(應報)'가 아닌 '대의(大義)'를 내세우는 장쇠다. '군중'의 반응과 대립된다. 무영은 응보형주의자가 아니다. 무영의 종교적 자아가 작용한 것이다. 무영은 이것이야말로 '천성'이라고 하였으며, 이는 비변증법적 화해론자가 보여 주는 세계 인식의 태도요 인간관이라 할 것이다.

무영은 '군중'이라는 집단의 반응도 놓치지 않는다.

> "그 놈을 죽여라!"
> "여러분!"
> 하고 장쇠가 북을 한 번 치자 군중은 그런 소리가 돌이를 죽이라는 신호이기나 한 것처럼 와 몰리어들고 만다. 걷잡을 수 없는 파도 그대로의 형세였다.
> 장쇠는 뭐라고인지 고함을 치면서 북을 울려 댔다. 그러나 이 북소리

도 군중을 격려하는 소리가 될 뿐이고, 쓰러지고, 밟히고, 여기에 고함소
리, 비명소리가 한데 어울려져서 군중은 일대 혼란을 이룬 끝에 돌이가
끌리어 나오고야 말았다.

　그러나 그들은 돌이 하나로써 만족하지 않았다.

　"청지기놈은 어디 갔느냐?"

　"여기 있다."

　"의관놈도 잡아 내라."

　이것이 군중 심리요 군중의 반응이다. 노도처럼 흥분한 군중의 과격한 반
응은 지도자조차 예상하기 어려우며 또 제지할 방도가 없다는 것을 무영은
실감나게 보여 준다. 격분한 군중 심리의 소용돌이 속에서 로고스는 가뭇없
게 마련이다. 이 점은 폭력 혁명과 전쟁으로 역사의 물길을 드리려는 투쟁론
신봉자들에게는 산 교재 구실을 할 장면이다. 혁명과 전쟁의 이론가, 설계자
들의 이론은 로고스적이다. 그러나 혁명과 전쟁의 과정 그 와중에서 로고스
는 교란 또는 소실되게 마련이다. 예컨대 볼셰비키 혁명의 주역들마저 스탈
린 통치 기간 동안 4천만의 '인민'이 참살되리라고는 예상치 못하였을 것이
다. 생전에 6천만 명을 학살한 모택동의 경우도 크게 다르지 않았으리라 생
각된다. 그럼에도 20세기는 포성(砲聲)과 화약 연기 속에 수많은 인류가 목
숨을 잃은 대량 학살의 피와 절규의 시대였다.

　세속사는 죄와 죽음, 패배와 좌절의 기록이라고, 역사 철학자 카를 뢰비
트는 그의 「역사의 의미」에다 썼다. 제2차 세계 대전 기간 동안 17개국을 망
명해야 했던 그의 이 같은 진술은 학문과 체험이 온축된 역사의 잠언이다.

　무영은 랑케나 베르자예프나 뢰비트의 사관(史觀)을 언급하지 않았다. 역
사에 대한 로고스적 천착의 기미를 드러낸 일이 없다. 그러나 지금껏 살펴
본 그대로 그는 천명 사상(天命思想)의 신봉자였다. 그의 자연 낙원 지향욕은
이 천명 사상의 추구 외의 다른 것이 아니었다. 「삼국 연의(三國演義)」의 저

자 나관중이 그렇듯이, 그는 동양 유교 문화권의 천명 사상을 계승한 작가다. 그가 형제와 같이 친분이 두터웠던 이흡과 끝내 결별하고 만 것도 이 때문이다.

또한 인도주의자 무영은 적대자를 참살한 피의 터전에 지상 낙원을 건설하는 서사 담론을 섬기는 사회주의 리얼리스트들과 결정적인 대목에서 행로를 달리한다.

무영은 김 정승이 군중들에게 살해되려는 일촉즉발의 순간에 관군을 등장시킨다. 그리고 「노농」(1954)에서 제시한 제도적 부조리 척결을 위한 포석은 매해결의 과제로 남는다.

무영은 희곡 「톨스토이」에서 자신을 '곰팡내 나는 값싼 인도주의자'라고 폭언으로 공격하는 청년을 깊은 이해심으로 받아들이는 톨스토이상을 그린다. 그러나 톨스토이로 하여금 청년의 폭력 혁명론을 비판하게 한다.

> 톨스토이 : 난 그것을 믿소 오늘날 러시아는 밑부터 썩었지요 불원한 장래에 러시아는 쓰러지고 말 것이오. 그 대신 새로운 러시아가 서리다. 그건 아마 볼셰비키 사회가 되겠지요. (중략) 지금 그 청년은 현대의 러시아를 웃었지요 허지만 그 청년과 청년들이 세운 그 사회를 또한 웃고 나설 청년이 또 하나 뛰어나올 것이오. (중략)
> 니키친 : (우울하게) 그럴 것입니다. (중략)
> 톨스토이 : (중략) 폭발탄과 독와사로 세운 평화가 아닌 인간의 진정과 진정이 부딪치고 피와 피가 엉기어 이루어진 평화로운 시대라야만 인류는 향상될 것이오. "폭력은 폭력 위에 서지 못한다." 이 말을 나는 지금도 믿고 있소.

무영의 비폭력적 평등, 평화주의 사상이 표출된 결정적인 대목이다. 무영이 계획했던 농민 소설 5부작은 아마 그의 이 같은 사상으로 완결될 것이었다.

5. 하늘 신앙으로의 회귀

무영은 1954년에 「농부전 초(農父傳抄)」, 1957년에 「맥령(麥嶺)」을 발표함으로써 농민의 메시지를 다시 전한다.

단편 「농부전 초」는 6·25 전쟁 직후에 쓴 작품으로, 1939년의 귀농 소설 「제1과 제1장」의 모티프를 반복, 취택하였다. 기자였던 주인공이 고급 공무원으로 바뀐 것 외에 크게 변하지 않았다.

「농부전 초」는 서울 사는 훈이 아버지 '윤 서방'을 찾아가 크게 꾸중을 듣는 서사 담론으로 되어 있다. 13세에 충청도 시골을 떠나 중학교를 마치고 일본에서 대학까지 나와 서울에서 성공한 그는 '개천의 용'으로 칭송을 받는 인물이다. 그럼에도 그의 아버지는 예나 지금이나 한결같이 못마땅해한다. 십대에 걸친 소작인인 아버지의 신념에는 변함이 없다. 항심(恒心)이다.

> "네 생각엔 '내 곡식 내가 안 걷었기로니 딴 남이 무슨 참견이냐 이렇게 생각이 들거라? (중략) 느 아버지 하군 생전에 자별히 지낸 내다. 너두 내 자식이나 마찬가지야! 농사란 저만 위해 짓는 게 아니거든. 세상을 위해 짓는 거야. 남을 위해 짓는 게구. 저만 위해 짓는다면 저 먹을 것만 지으면 그만이게! 농사란 하느님의 뜻을 받아서 하늘 밑에 사는 사람들을 위해서 짓는 게거든!"

아버지가 추수하기에 게으른 죽은 친구의 아들을 불러다 꾸짖는 담론의 핵심 부분이다. 여기에는 공동체 의식과 천명 사상이 담겨 있다. 죽은 친구의 아들을 자기 자식과 동일시하며, 자기와 남 공동의 삶을 위해 짓는 게 농사라는 것, 그리고 그것은 사람의 뜻이 아닌 하늘의 명령이라는 것이 아버지의 '신앙'이다. "너, 그래 하늘이 무섭지도 않더냐?"는 호된 질책으로 시작된 이 '훈계'에는 이 같은 '철학'이 함축되어 있다. 아들 훈이 낫 놓고 ㄱ자도 모르는 '그 어떤 위대한 철학자가 농군으로 가장하고 숨어 있는 것이 아닌가?'하고 생각하도록 할만큼 무영은 충직한 농민상을 다시금 부각시킨다.

3부작 「농민」·「농군」·「노농」에서 제도적 부조리 개혁 운동을 전개하던 무영은 다시 「제1과 제1장」의 그 자연 낙원 추구욕과 '하늘 신앙'에로 회귀한다.

무영의 자연 낙원 추구욕은 1950년대 후반 그의 만년에 쓴 「맥령」에까지 이어진다. 중편 「맥령」의 춘보도 수택 아버지 김 영감의 인간상을 계승하고 있다.

이 작품의 표제 '맥령'은 고유어로 '보릿고개'다. 보릿고개는 '빈궁의 극한 상황'을 상징하며, 이에는 무영의 빈궁 체험이 짙게 투영되어 있다. 배경은 구한말부터 1950년대 6·25 전쟁 직후까지 약 60년 동안의 한국 농촌이다.

중편 「맥령」의 주인공 춘보는 실낙원의 주민이다. 천심의 사람이면서도 끊임없는 수난의 피해자다. 일생 동안 최대한의 노동을 투여했으면서도 반대 급부는 극빈이다. 춘보는 이 땅 빈농의 전형이라 할 수 있다.

춘보를 비롯한 이 땅의 빈농을 실낙원의 주민이게 하는 요인은 하늘에서 유래하는 것과 사람에게서 오는 것의 둘이다. 전자의 예로 여기서는 가뭄의 폐해가 전경화(前景化)해 있고, 후자의 예로는 제도적 부조리가 소박하게 제시되어 있다. 텍스트 안의 담론 표지는 '하늘'과 '정부(나라)'라는 말로 드러난다. 춘보의 자연 낙원은 이 두 가지 지표가 순조로울 때 이루어지는데, 텍스트에서는 이 두 가지가 모두 결핍되어 있다. 춘보에게 '하늘'은 절대적 의거처이고, '정부' 또는 '나라'는 제도적 부조리의 기표다.

제도적 부조리는 행적 조직의 불의, 부정과 전쟁이다. 구장을 비롯해서면·군·도·정부로 일컬은 '나라'는 실낙원의 원흉이다. 또한 큰아들은 전사하고, 홀어미가 된 자부는 자식들을 버리고 집을 나간 가족 분리의 처절한 비극은 전쟁이라는 부조리가 빚은 실낙원의 참극이다. 무영은 이 제도적 부조리에 맞선 응전욕을 표출하지 않는다.

> ······구호미도 그랬고 절량 농가 배급이란 것도 말만 냈지 한 번 돌아와 본 적이 없다. 입도 매매 금지 자금이란 것도 그랬었다. 제대로 준대도 매호당 천 8백 환밖에 되지 않던 터라, 그것을 타러 조합에 드나드는 비용도 되지 않아서 생심을 한 사람도 있기는 했지마는, 최 영감이 그나마도 갖다가 적십자 회비니 지서 시탄비니 남사당패 구경값 추렴이니 해서 3천 환 돈이 밀려 있던 터라 (중략).

1950년대 한국 사회의 제도적 부조리 현상이 현실감 있게 제시되어 있다. 조선 말기부터 빚어진 '정부(나라)'의 불의, 부정이 그 말단에서 어떤 상황으로 폐해를 노출하는가를 보여 주는 진술이다.

> 올만 해도 그랬다. 이른 봄부터 춘궁기를 기해서 배급을 주느니, 해서 조사 온 군 직원과 면 직원을, 닭을 잡는다, 술을 받아온다, 계란을 삶는다 법석을 하면서 해 보았던 것이다. 그랬더니 할당은 됐으나, 도에 가서 실어오자면 비용이 든다. 그러나 국고금에는 그런 운반비가 없으니 각 부락에서 수송비만은 미리 모아야 한다던 것이다.

제1공화국 시절의 제도적 부조리로 인한 농민의 피학적(被虐的) 상황이 적나라하게 그려져 있다. 실낙원의 이 참상을 치유하기 위한 농민들 응전의 표정은 텍스트에서 나타나지 않는다. 농민 춘보는 만기가 되어도 돌아오지 못하는 둘째 아들을 제대시키기 위하여 농토를 팔기로 한다. 끝없는 순응뿐이다.

사회 심리학자 T.D. 켐퍼는 이런 유의 부조리에 대한 인간의 반응 양상에 대한 견해를 피력한 바 있다. 세계 인식의 주체와 대상(세계)과의 관계에 대하여 8가지 반응을 보인다는 것이다.

둘의 관계가 가치와 이념의 동질성을 기반으로 할 때, 양자간에는 불협화·반목·갈등·대립 현상이 일어나지 않는다. 그러나 대상의 세력에 따라, ① 안정감, 일체감의 미적 조화, 부드러움(대등 관계), ② 추종·복종·찬양, 경건미·장중감, 또는 그리움, 열등감 내지 자조(自嘲)·자학(自虐)의 태도(대상이 위대한 경우)를 보인다. 반면에 주체보다 대상 세계가 크며, 가치와 이념이 적대적일 경우에는 ③ 비장미나 숭고미(주체가 투쟁적 의지로 대결함), ④ 애상미(주체가 허약함을 스스로 인정하고 비탄과 허무감에 잠김), ⑤ 골계미(대상의 부당성과 비가치성을 비판, 풍자, 비하시킴), ⑥ 비장미(패배를 자인하면서도 절망적인 대결을 감행함), ⑦ 도피주의(패배를 예상하여 대결을 포기하고 관념주의, 허무주의, 이상 세계를 지향함), ⑧ 낙관적 저항(주체의 질긴 저항) 등의 반응이 그것이다.

춘보의 반응은 다분히 ④와 ⑦에 가깝다. ⑨ 초월적 체념의 기미는 감지되지 않는다. 제도적 부조리를 인식하나 개선책을 두고 고심하는 치열성은 발견할 수 없다.

그러나 하늘에 대한 절대적 신뢰는 버리는 않으며, 그 신뢰는 무너지지 않는다.

　　그것은 절망이 아니라 희망이었고 어둠이 아니라 빛이었다. 찬 비가
　그의 머리를 식혀 주었던 모양이다.
　　그는 고개를 버쩍 제끼고 하늘을 쳐다보면서 소리를 질렀던 것이다.
　　"비다! 비가 온다.!"
　　그것은 그대로 환희였다. 그는 두 팔을 번쩍 들고,
　　"비다! 비가 온다. 비가 온다!"

소리를 치며 삽짝 밖으로 내달았다.

"얘들아, 비다! 비가 와! 이 사람들아! 뭣들 하고 있는 거야."

인자년이 달려왔다. 달순이 달룡이도 비를 함치르르 맞고 집으로 뛰어들다가 고함을 치며 고샅으로 내닫는 할아버지의 뒤를 따라가며 멋도 모르고 고함을 치는 것이었다.

"비가 온다. 뭣들 하구 있는 거야!"

무영은 1959년 2월 ≪여원≫에 쓴 「한국의 농민 문학은 어찌 되었나」에서 재차 귀농 작가가 되기로 결심하였음을 밝혔다. 농업 인구 비율 67%에 자급 농작물이 80%이며, 절량 농가 70만 호에 고리채(高利債)가 부채의 74%라는 통계 수치까지 들어가며 '처참한 농촌 현실'을 소개한다. 그는 이 글에서 '과학적인 다각 영농'을 하여야 할 농촌에 지식인이 없음을 개탄한다. 그는 장남을 농과 대학에 보낸 연유가 이에 있음을 밝히고, 그가 대학을 마치면 다시 농촌으로 가겠다는 다짐을 한다.

요컨대, 무영은 천명에 순응하는 충직한 자연 낙원의 주민으로 살기를 원했다. 그것은 소설적 진실이며 현실적 소망이었다.

6. 윤리적 자아와 심미적 자아의 분투

무영은 모랄리스트였다. 그러나 그는 단순한 교훈주의자가 아니었다. "과학은 관찰하고 철학은 사고하고 예술은 표현한다."는 진실을, 그는 알았다. 아울러 그는 소설이야말로 '인생 최대의 성서요 교훈'이라는 신념으로 글을 썼다. 성악설에 준거하는 것을 전제로 하여, 인간 본래의 질시, 모해, 중상 등 일체의 부정과 악을 미화, 정화하고 선도해 주어서, 인간으로 하여금 가장 아름답고 자유롭고 선하게 살 수 있는 방도를 제시해 준다는 것이 그의 소설관이었다. 이것이 그의 창작 이론서 『소설 작법』의 기본 정신이다.

다시 말하여, 훌륭한 문학은 윤리적 담론의 끊임없는 도전과 그로 인한 긴장의 심미적 담론으로 이루어진다는 그의 소설관은 흔들림이 없었다.

무영의 전 작품에는 그의 개인 윤리·가족 윤리·사회 윤리·국가 윤리 등으로 규정될 범인류적 윤리관이 일관되이 흐른다. 그 중 「취향(醉香)」·「벽화」·「O형의 인간」·「연사봉(戀師峰)」·「사랑의 화첩」·「죄와 벌」·「계절의 풍속도」와 「세기의 딸」·「삼년」 등을 중심으로 윤리적 자아의 형상을 추적해 보기로 한다.

단편 「취향」(1934)은 이름 없는 기녀 취향과 사상 운동을 하는 한 사나이와의 사랑을 그린 작품이다.

> "그것은 깨끗한 사랑이었어요 우리는 한방에서 밤을 새운 적도 한두 번 있었지마는, 우리는 한 번도 방종한 마음을 먹어본 적이 없었다우. (중략) 그와 대좌해서 이야기를 하면 더없이 마음이 정화되는 것 같아요 같은 게 아니라 정말 정화돼요. (중략)"

취향이 고백하는 '순결과 정화의 깨끗한 사랑 이야기'는 무영 애정 문학의 고정 모티프(bound motif)다. 「취향」은 비극이다. 남자 주인공 '그'의 죽음이 확인되는 것으로 끝난다. 이 같은 사랑 모티프는 「벽화」, 「연사봉」, 「사랑의 화첩」, 「계절의 풍속도」 등에 그대로 또는 변이된 형태로 나타난다.

단편 「벽화」(1953)에서 서양화가인 50대 후반의 남자 주인공 박훈은 미군에서 일하는 30대 미혼 여성 향을 좋아하나, 그녀가 약혼한다는 소식에 자제력을 발휘한다. '에로스와 절제의 미학'은 '순결과 정화의 깨끗한 사랑' 모티프의 변이형이다.

또 「연사봉」(1955)도 '에로스와 절제의 윤리'를 모티프로 한 단편이다. 대학 교수와 졸업한 여제자의 에로스적 견인의 에너지를 절제의 미학으로 순화시킨 단편이다. 군사부 일체(君師父一體)이기를 당연시하는 우리 사회의 전통 윤리 문제를 다룬 이 작품 역시 무영의 윤리적 자아 그 영향권 안에 있다.

에로스와 절제의 모티프를 줄기로 한 작품 중 최대의 치열성을 보이는 작품이 중편 「사랑의 화첩」(1952)이다.

중편 「사랑의 화첩」은 액자형 소설이다. 작가인 '내'가 숙경이라는 한 부인이 어린 딸과 아들 앞으로 쓴 편지 형식의 수기를 입수, 공개하는 것으로 되어 있다. 이 서사 담론의 핵화(核話)는 천주교 부제와 수녀 간의 사랑 모티프를 줄기로 한 신뢰, 갈등, 배신, 오해, 파멸의 이야기다. 여기에 공산주의자들의 반인도적 비정성, 폭력성이 배경으로 깔린다.

남편 권승렬은 비록 가톨릭 사제의 길은 버렸으나, 독실한 신자로서 고아들을 돌보며 순례 강연을 다니는 등 경건한 생활을 한다. 아내 숙경 또한 수녀의 길은 버렸으나 1녀 1남을 기르며 행복한 가정살이를 꾸린다. 인생의 궁극적 과제인 에로스와 아가페의 문제를 이 작품은 다룬 것이다. 아가페의 길에서 파문당하기를 감수하면서까지 맺어진 에로스적 행로가 비극으로 끝나고만 데 주목할 필요가 있는 작품이다.

텍스트에 그려진 에로스적 갈등은 4각 관계에서 생긴다. 남편 권승렬과 아내 숙경의 사이에 김동호, 송운 두 젊은이가 개입하면서 갈등은 시작된다. 김동호는 숙경의 첫사랑이며, 그의 사랑이 위선이라는 숙경의 오해로 인해 헤어지며, 그 충격으로 숙경은 수녀가 된 것이다. 그런 지 10년만에 중국 등지를 떠돌던 김동호가 숙경 앞에 나타나고, 남편의 제자인 독립 운동가 송운이 찾아옴으로써 4각 관계의 갈등상이 빚어진다.

극적 위기는 크게 다쳐서 통증을 호소하는 송운에 대한 숙경의 지나친 연민과 오해받을 행위 때문에 조성된다. 김동호가 그 장면을 목격함으로써 남편 권승렬이 알게 되고, 숙경이 크게 부끄러운 일은 저지른 바 없다고 고백하나, 그것으로 문제가 해소되지 않는다. 권승렬이 아내와 자녀보다 더 아끼던 송운을 공산당 스파이로 당국에 고발한 데 대한 숙경의 경멸감은 증오로 변하고, 그것이 빌미가 되어 송운에게 유인, 납북 당함으로써 가정 파탄의 비극은 회복 불능 상태에 빠진다.

텍스트의 후반부는 집단의 목적을 위해서는 가족, 연인 등 모든 인간적인 것 일체를 말살하는 송운과 공산당에 대한 증오심, 카톨릭 신앙으로 회귀한 숙경의 고백과 참회의 담론으로 채워져 있다. 그리고 진실로 사랑하는 사람은 송운이 아닌 남편 권승렬임을 깨닫고 숙경은 심히 통회하며 그를 만나리라는 일념으로 피난길을 재촉한다. 경악할 '우연'은 숙경이 그 피난길의 납북 인사 행렬에서 남편 권승렬과 해후하게 된 일이다. 절벽 아래에 추락 당하여 죽어 가는 남편이 마지막 남긴 말은 "추한 계집!"이다. '오해'가 끝내 풀리지 않은 비극적 결말이다.

아가페의 길을 버린 에로스는 실패했다. 사랑이란 영·육 합일의 것임을 늦게 깨달은 자의 파멸 과정이 드러나 있다. '에로스를 승화시킨 영원한 아가페'를 제시한 성 아우구스티누스의 『참회록』과 대비된다.

이 작품의 중요성은 그 비극적 결구보다 그 메시지의 질에 있다. 에로스의 문제를 단순한 애욕의 차원에서 안이하게 다루는 통속성을 넘어선 그 '치열성'이 작품의 질적 수준을 높인다. 한국 서사 문학, 극문학의 문제점이 이 에로스의 문제를 단순한 관능적 향락의 수준에서 처리하는 데 있다면, 이 작품은 그 본질에 핍진해 드는 진지성, 치열성으로 인해 그 의의가 크다. 에로스 문제에 대한 치열성 유무는 문학의 통속성 여부를 결정하는 준거가 되기 때문이다.

무영은 만년에 쓴 신문 연재 소설 「계절의 풍속도」(1958)에까지 이 같은 '윤리적 자아와 절제의 미학'을 포기하지 않는다. 그의 윤리적 자아는 대학 교수와 여제자 간의 에로스적 애욕의 긴 터널을, 특유의 자제심으로 빠져나오게 한다.

단편 「죄와 벌」은 「사랑의 화첩」, 「또 하나의 위선」 등과 함께 무영의 몇 안 되는 종교 관련 소설이다. 「사랑의 화첩」과 함께 '고뇌의 치열성' 면에서 돋보이는 작품으로 주목할 만하다. 성당의 주임 신부 박진태가 자기 동생이 누명을 쓰고 있는 살인 사건의 진범이 교우 바오로라는 것을 고해 성사를 통하여 알게 됨으로써 깊은 고뇌에 빠지게 되는 상황 설정이 '치열성'을 동반한다. 무영의 윤리적 자아는 바오로로 하여금 마침내 자수케 하는 것으로 특성을 드러낸다. 여느 리얼리즘, 자연주의 작가의 경우와 다른 면을 보여준다. 무영이 도스토예프스키의 고뇌와 치열성에 영향을 받은 것으로 보인다. 이 점은 인간의 수성(獸性, brutality)과 영성(靈性, spirituality) 간의 치열한 분투의 정신 쪽에 취약성을 보여온 한국 소설을 위대케 할 희소식이다.

독실한 가톨릭 신자인 부인과는 달리 무영은 신자가 아니었으나, 사후에 장례 미사의 은총을 받고 창동 천주교 묘지에 묻혔다. 그가 가톨릭 관련 소설을 쓴 것은 다분히 부인을 비롯한 가족의 영향 때문임을 추단하기는 어렵지 않다. 그럼에도 그가 종교에 귀의치 않은 것은 사회적 부조리와 인간의 위선에 대한 현세적, 세속적 절망 때문이었던 것으로 보인다. 이 점은 단편 「또 하나의 위선」에서 엿볼 수 있다. 이는 고아원에 구제품을 빼돌리는 한 여성 기독교 신자의 위선을 고발한 작품으로, 여기서 무영의 윤리적 자아는 인간이 종교에 의지하지 않고도 살아갈 수 있을 때 가장 행복한 세상이 이루어진다는 신념을 피력한다.

무영은 빈농 출신으로 13세에 상경, 휘문 중학 시절과 일본의 농민 문학가 가토 다케오(加藤武雄) 씨 집에서 기숙하며 4년간 고학을 했다. 소년기의 빈궁 체험이 「들메」, 「두 훈시」, 「유모」는 물론 농민 문학 계열의 전 작품에 투영되어 있다. 그 같은 적빈과 고독의 파란을 체험했고, 인간 본성과 사회 제도의 부조리와 분투한 무영이 종교에 끝내 귀의치 않은 것은 불행이다. 「실제기(失題記)」나 '문학과 인생 모든 면에서 궁지에 몰린' 무영이 다다른 '이른 죽음'은 한 상징적 사건이라 볼 수 있다. G. 루카치의 '여행이 시작되자 길이 끝난' 것이 아니라, 차남 민이 서울 공대에 합격한 기쁨을 채누리기도 전, 종교적 초월을 향한 참다운 '죽음 체험'으로 거듭나는 소망의 순간을 향유하기도 전에 재우쳐 이승을 떠난 것이다.

그리고 사회 윤리 의식이 표출된 무영의 작품도 적지 않다. 그 중 「O형의 인간」은 철저한 출세주의자요 전천후 인간으로 세태 변화에 잽싸게 순응하는 카멜레온형 남편의 위선을 규탄하며 결별을 선언하는 아내의 서간 형식으로 된 작품이다. 남편은 목적을 성취하기 위해서는 수단의 정당성을 외면하는 인물로서, 유학의 혜택을 누리기 위해 경쟁자를 모해하여 투옥당하게 하고, 양담배와 깡통과 레이션통을 얻기 위해 처녀를 제물로 바치며 민족의 해방을 저주할 만큼 타락한 패륜아다. 무영의 사회 윤리적 자아는 당사자의 아내로 하여금 그를 규탄케 한다.

또 「원균의 후예」는 한 해군이 오발 사고로 친구를 살해한 사건을 다룬 단편이다. 박대위가 피고 박진학의 오발로 인한 살인 행위를 유리하게 변호하고, 재판장이 판결문을 읽어 가는 도중 뜻밖에도 피고가 재심 청구를 요청한다. 양심적으로 고백하여, 이번 오인 사살에 자기의 잠재적 고의가 있었다는 것이다. 그 내용은 피고가 원균과도 같은 피살자 장수봉을 늘 미워했다는 것이다. 중학교 시절부터 친구간이었던 장수봉은 이기적이고 교활하며 비겁한 인물이므로, 이순신을 존경하는 박진학은 그가 죽이고 싶도록 미웠다는 것이다. 원균이 악인이냐 하는 역사학의 과제는 논외로 하고, 1950년 6·25 전쟁 때 윤백남, 염상섭과 함께 자진 입대하여 해군 소령으로 정훈 교육을 담당했던 무영의 사회 윤리, 국가 윤리를 체감케 하는 작품이다.

무영의 사회적 부조리에 대한 통분이 남달랐음은 작품과 주변 사람들의 증언으로 확인된다. 단편 「이단자」에서 '법을 지키지 않는 것이 정당화되고,

이기적인 것이 당연시되는 사회'를 깡그리 불사르고 싶은 충동을 표출할 만큼 사회적 부조리에 격분해 한다. 이런 의분은 일상 생활에서도 일관되어 나타났음은 가족들의 증언에서도 확인할 수 있다.

무영은 R. 니버의 『도덕적 인간과 비도덕적 사회(*Moral Man and Immoral Society*)』의 가설과 K. 뢰비트의 세속사에 대한 좌절감을 용납할 수 없었던 것이다. 그는 부정, 불의를 보고 참지 못하였다. 부인의 증언은 이를 뒷받침한다. 해군 정훈감 시절 생계비가 태부족하여 고급 장교 부인인 고 여사가 산에 가서 땔감까지 손수 해서 불을 지폈고, 하고 한 날 배급 쌀인 안남미만 먹었다. 이는 소년 시절의 빈궁 체험을 성년기의 불의, 부정과 결부하여 인과론적으로 해명하려는 일부의 작가론적 시도를 무색케 하는 한 준거다. 당시의 이러한 곤궁은 부인 고 여사로 하여금 미숙아를 분만하여 마침내 참척(慘慽)의 고통을 감내케 하는 원인이 된다.

무영은 해군 정훈감 시절 희곡 「이순신」(1952)을 써서 공연했다. 이는 이순신 동상 건립을 지휘한 국가 윤리 의식의 한 표징이다.

무영이 그의 국가 윤리관을 간접적으로 형상화한 것은 「세기의 딸」(1939)과 「삼년」(1954)이다. 장편 「세기의 딸」은 퀴리 부인 마리의 불타는 조국 사랑의 정신과 실천 철학을 형상화한 작품이다. 러시아의 지배를 받는 폴란드는 일본의 지배를 받는 한국의 상황과 동일시할 수 있다. 1930년대 말의 검열을 피해 국가 윤리 의식을 간접적으로 선포한 서사 담론의 하나다. 역시 장편인 「삼년」은 가족 윤리와 국가 윤리를 융합, 구현하려 한 작품이다. 이 작품의 배경은 해방기의 현해탄과 한국이다. 친일파 거두 한홍수의 딸로 일본 유학을 하고 돌아온 한명주와 민족주의자인 애국 청년 손발, 사회주의 폭력 혁명가가 된 최일을 사랑하는 의사의 아내 숙경, 아버지의 강권으로 일제의 징병에 응했다가 장애자가 되어 돌아온 한명주의 오빠 규홍 등이 벌이는 일대 시대극이 「삼년」이다. 해방기 3년의 대혼란과 이념적 갈등의 소용돌이 속에서 선택한 무영의 자주 독립 사상이 형상화된 작품이다. 친일파 한홍수가 자살하는 것은 주목할 만하다.

무영은 문학 텍스트의 심미적 표상의 가치는 윤리적 가치의 도전적 충격과 그 긴장의 역동적 에너지를 함축함으로써 빛날 수 있다는 소설 미학의 신봉자요 실천자였다.

7. 맺음말

무영의 작품은 당시의 시대상과 욕망의 거울이면서 영혼의 자서전임을 전제로 하여, 무영이 단지 농민 소설가일 뿐이라는 견해의 일면적 단순성을 비판하면서 이 글 쓰기는 시작되었다. 1차 자료는 소설을 중심으로 한 작품이었으며, 창작 이론서『소설 작법』과 일부 단평, 부인의 증언 등을 부차 자료로 삼았다.

무영의 소설 미학적 과제는 천명에 순응하므로 지선(至善)·지미(至美)한 항심(恒心)의 인간상을 추구하는 것이었다. 그리고 그러한 인간상의 전형(典型)으로「제1과 제1장」·「흙의 노예」의 아버지, 「문 서방」의 문 서방, 「맥령」의 춘보, 「농민」·「농군」·「노농」의 원치수 등 농민이며, 그 전범(典範)은 문 서방이라 할 수 있다. 무영은 이들 천성(天性)의 인간들이 거주하는 흙의 고향 곧 자연 낙원(Greentopia)을 추구했으며, 근대 기계 문명의 도회를 반유토피아로 규정했다. 그는 역사적 진보주의에 맹종하기를 거부한 반근대주의자였다.

1939년부터 10년간 귀농 작가가 된 무영은 초기 3년간, 「제1과 제1장」·「흙의 노예」·「문 서방」 등의 작품에서 유토피아 건설의 장애 모티프가 제도적 부조리임을 발견하나, 그에 대한 수평적 응전의 방식을 제시하는 대신

'천명 사상'의 수직적 관계에 의존하여 '하늘 신앙'을 절대화하는 경향을 보인다.

그리고 1950년대 중반 6·25 전쟁 직후의 「농민」·「농군」·「노농」에는 원치수라는 천명의 인간상 외에 원장쇠라는 투쟁형 인물을 설정하여, 신분 차별과 경제적 불평등을 빚은 제도적 부조리에 응전케 한다. 그러나 무영이 제시한 혁명적 인물은 응보형(應報型)이 아닌 비변증법적 화해형이다. 이것은 무영의 국가 윤리를 형상화한 「삼년」 등의 작품에서 공산당의 폭력성을 비판한 것과 일관성을 보인다. 무영은 ① 인과론, ② 진화론, ③ 변증법, ④ 도전과 응전, ⑤ 화해론, ⑥ 초월론의 인생관, 사관(史觀) 중 ⑤의 신봉자이면서 ⑥에 기울었다. 그는 산업, 정보 혁명의 기술 낙원(Techtopia)보다 농경 사회, 자연 낙원 지향욕의 작가요 모랄리스트였다. 무영은 1957년의 「맥령」에서 다시 「하늘 신앙」에로 회귀한다. 무영은 장남 현을 농과 대학에 보냈고, 그가 졸업하면 재차 귀농 생활을 하기로 결심했다. 그러나 때가 이르기 전인 1960년 4월 21일 그의 애독자요 비평가였던 부인 고일신 여사와, 「범 선에의 길」에서 그같이 애지중지했던 6남매를 남기고 귀천(歸天)했다. 그리고 농민 문학이 발붙이기 어렵게 된 시대 상황을 개탄하며 완결치 못한 그의 '농민 소설' 5부작은 끝내 '미완'으로 남았다.

무영 문학의 다른 한 부류는 윤리적 자아의 분투를 그린 작품들이다. 분량으로 보아 절반을 차지한다. 그 중 「취향」·「벽화」·「연사봉」·「사랑의 화첩」·「계절의 풍속도」·「죄와 벌」 등은 '순결과 정화의 깨끗한 사랑' 또는 '절제된 애정 미학'과 '참회'를 모티프로 한 개인 윤리를 고수한다. 그리고 자진하여 해군 고급 장교가 되어 이순신의 동상 건립을 지휘했던 무영은 「세기의 딸」·「O형의 인간」·「삼년」 등에서 '청렴·결백하며 정의로운 삶의 이야기'를 모티프로 한 사회 윤리, 국가 윤리를 제시한다. 무영의 이 같은 윤리적 자아의 형상은 농민 소설, 도시 소설 모두에 일관되이 부각된 '진실한 인간상'의 모습이다.

무영은 자연 낙원, 윤리의 낙원 건설을 위해 분투한 작가다. 그는 「제1과 제1장」·「유모」에서 볼 수 있듯이 톨스토이와 상통하는 인도주의 작가였다. 뿐만 아니라 종교 관련 소설 「사랑의 화첩」·「죄와 벌」·「또 하나의 위선」에서 분투하였듯이, 도스토예프스키다운 '고뇌의 치열성'을 보인 '참회의 작가'일 수 있었다. 이런 뜻에서 그가 그리스도교의 초월 신앙에 귀의치 않은 것은 한국 소설사를 위하여 애석한 일이다. 그의 유택은 그럼에도 고향의 천주교 묘원에 있다. 가톨릭 신자인 가족들의 배려에 따른 것이다.

(『이무영문학전집』 1, 국학자료원, 2000.4)

김윤식의 『한국현대문학사상사론』 평설

어느 작품이나 저서를 두고 '탁월'하다고 할 때, 평자의 주관적 감동의 시간이 찰나적으로 개입할 수가 있다. 그것은 역사와 영원성의 입장에서 보면 독자 반응의 위기나 치졸성 논의와 관련되기 쉬운 함정을 예상한다. 그런 함정에 대응하여 '영원성'이라는 초월적 추상어를 소거한 자리에서 이 책은 '탁월성'을 확보한다.

김윤식 교수의 비평적 지주는 헤겔 미학과 루카치의 소설론이다. 요약하여 변증법적 정신 질서다. 저자가 스스로 피력하듯이 '근대와 반근대의 갈등'을 참주제로 한 이 저서는 불가피하게 '주인과 노예의 싸움'이라는 서사적 명제에 집요하게 매달린 산고(產苦)의 결정(結晶)이다. 따라서 '전통'이라 명명하는 비변증법적 감수성의 대안에 논리를 마련한 김 교수의 비평은 이제 외래의 것인 모더니티와 리얼리티의 변증법적 지양에 그 역량이 집중되어 있다. 이상·박태원·최명익·김기림 군과 박영희·백철·임화·한설야·이기영 군에 대한 심도 있는 검토와 재단을 가했다. 가령 이상의 유클리드 기하학적 사고 체계, 박태원과 고현학적(考現學的) 방론이 모더니즘에 대한 논단이라면, 한설야·이기영 내지 김원일·조세희의 시대 정신과 미학적 개입론은 리얼리즘에 대한 밀도 있는 진단이다.

　이 책은 김 교수의 비평 작업을 중간 결산하는 명저라는 점에서 의의가
크다.

(≪한국국어교육연구회보≫, 61·62, 1992)

The Poetry of Ku Sang
— Consonance of Existence and Eternity

by Dr. Kim Bong-goon

As Korea's poetry developed in the modern period, it diverged into three general streams: traditionalism, modernism and realism. Traditionalist poetry consists of lyrical poems in which Korea's unique sensibility, thinking and poetic format figure prominently. Early in the modern period, this school clashed with the modernist school, a Western European import, but later came to embrace some modernist elements. Poets of the socialist realist school, influenced by Eastern European literary trends, called for reforms of Korean society during the late 1920s, but their efforts were stymied by the repressive Japanese colonial rulers.

After Korea was liberated from Japan in August 1945, there was a period of intense conflict between poets belonging to the so-called Writers League, who championed socialist realism, and proponents of traditionalism. However, the former group moved to North Korea following the division of the Korean peninsula. Now, some South Korean poets advocate critical

Editor's Note: All translation of poems are by Brother Anthony unless otherwise indicated.

realism, calling for the exposure and correction of social inequities and imbalances in the distribution of wealth and at times even hinting at class revolution through socialist realism; this, however, is not major trend in South Korean poetry.

Ku Sang transcends the three previously mentioned categories to pioneer his own unique literary world. As a result, he has become one of Korea's most respected and trusted poets.

Ku Sang was born in seoul in 1919, the year that the Korean people rose in protest against Japanese colonial rule. It was a period of great change in Korea's literary world with lyrical poetry, novels and drama being written by members of the growing bourgeoisie. Born to devout Catholic parents, missionaries who had founded a school at the Benedict Monastery, Ku moved with his family to Wonsan in Hamgyŏngnam-do Province when he was a small boy. His literary career began in 1946 when several of his poems were published in a volume of poetry put out by the Wonsan Writers League. Ku was forced to flee North Korea, however, when a communist literary critic attacked his work, calling it too idealistic and unrealistic. Upon arriving in the South, Ku developed a rich poetic world based in part on his bitter experiences, including the Korean War.

Ontological Recognition

Ku Sang's poetic language is extremely clear for he uses very direct and candid expressions. Some readers unfamiliar with his work make the mistake of assuming his work is simply idealistic. Indeed, his poems appear to lack the tension the "New Critics" value so highly. Ku Sang's poetry does not display the flashy decorative elements found in many poets' works. He minimizes rhetoric and goes straight to the point. There are two reasons for this: one, his fundamental rejection of linguistic artifice-that is his renunciation of clever surface embellishment-and two, his conviction that a balance must be achieved between poetic symbolism and truth. Artifice or euphuism is one of the ten evils found in Buddhist thought. Ku's poetry eschews ornate language which does not convey truth directly. He shares Martin Heidegger's analogy that modern society is "the darkness of existential oblivion," and rejects modernist linguistic techniques that depend on emotional expression while ignoring the pursuit of truth or existential meaning. Ku is particularly apprehensive about the composition of surrealist poetry, which he likens to drawing a ghost, one can draw whatever strikes one's fancy. How can poetry win the sympathy of its readers if it has no basis in reality?

The tension found in Ku Sang's poems cannot be understood in a simple semantic dimension. It only comes alive when the reader perceives the existential significance hidden deep within. For example, his 55-poem "Christopher's River" cycle does not refer to the simple flow of water one finds in the dictionary definition of "river." Rather, it is a mirror of his existence and history, his life and character, all that he has experienced and hopes to reveal. This poem resolves the conflict between "time" and "eternity" to embrace the contradictions of existence and nonexistence, violence and kindness, constraint and freedom, creation and extinction, and ultimately harmonize them. Ku's river portrays the past, present and future as a course of historical continuity, in which eternity harmonizes with the present.

Ku's "river" embodies an "encounter" between man, nature and God. The modern tragedy is born of detachment — man's detachment from nature, from his fellow human being, from a single God. In his poetry, Ku Sang attempts to achieve a miracle — encompassing all things within the "true self." The "river" constitutes the metamorphosis of Ku's life. Men and women, the young and the old, priests, literary scholars, painters, monks, people from every walk of life gather around him. The incarnations of such diffuse and chaotic existence join to harmonize within this "man of worldly holiness." And the "river," like the ideal expressed in the Avatamsaka Sutra, moves onward toward eternity as a symbol of equality. Ku reveals an eternity corresponding to the "impermanence"(*musang*) born of "creation and existence." The river harmonizes time and eternity; it actually is time and eternity, not a simple symbol.

"Myself" best reflects Ku's existential reality.

> It is...more than
> the deep-sea fish
> of six senses and seven sins
> that waves its tail
> like a night-time shadow
> on a window pane
>
> more, too, than
> star-dust littering the yards

of Original Sin and Karma,

passing through the obscure

   darkness of the potter's kiln...

more, too, than

the substantiality such fullness gives,

and more than its opposing nobility,

more, too, than unknown death

more, greater,

a soundless cosmic shout!

An immensity embracing Eternity!

Myself.

Many terms used in this poem are religious. "Six senses"(*yukkŭn*), "obscure darkness"(*mumyŏng or the Sanskrit avichya*) and Karma(*ŏppo*) belong to the Buddhist tradition, while "seven sins"(*ch'iljoe*) and "Original Sin" come from the Christian tradition. *Yukkŭn* refers to the six sensory organs recognized in Buddhism — the eyes, nose, ears, tongue, body and will. *Mumy ŏng* refers to ignorance of the truth, a clouding by secular trobles and a lack of awareness of the essence of Buddhism, and ŏppo refers to retribution for deeds in a former life. *Ch'iljoe* refers to the seven sins mentioned in Catholic doctrine and "Original Sin" to human sin deriving from Adam and Eve's defiance of God's orders. "Myself" reveals the poet's broad universe, a universe that transcends and embraces the spiritual worlds of Buddhism and Christianity. This is his "linguistic spirit," the core of his poetic world.

One senses in Ku's poems the spiritual ties linking man to nature, to his fellow human beings, and to divine God. But how did Ku's poems come to encompass such a spiritual and universal vision, such a broad basis for orderly encounter, such a capacity for harmony and accommodation? I believe the answer to this question lies in his family background, childhood environment and religious beliefs. While attending the Minor Seminary attached to the Benedict Monastery, Ku often contemplated life, nature and God as he walked through the quiet woods nearby. Later, he was influenced by the lectures of the Buddhist monks and Christian ministers who taught theology at Nihon University in Japan. Thus, Buddhism and Protestantism became part of Ku's spiritual world, which had until then been fed on Catholicism. Ku was also deeply moved by Gabriel Marcel's concept of existentialism-going beyond one's personal experience to achieve a transcendental universal existence, and then overcoming abstractionism to concentrate on the investigation of the human condition. He was also influenced by the philosophies of Lao Tzu and Chuang Tzu, and the poet O Sang-sun's Zen concept of the universe. Ku has been able to harmonize the philosophies of East and West in his poetry because of his personal exposure to various beliefs.

As I have noted already, Ku Sang's poetry constitutes a search for the essence of being. He does not write on impulse or from a momentary perception. His poetic search is most often revealed in a cycle of many poems. "Wastelands of Fire"(1956), "Diary of the Fields"(1967), "the Crow"(1981), "Even the Knots on Quince Trees"(1984), "Christopher's River"(1986), and "Infant Splendor"(1990) are masterpieces born of Ku's meditative attitude, his unending struggle to illuminate the tragic significance of being.

"Wastelands of Fire" testifies to the tragedy of the Korean War through the poet's love for his country and humanity. "Diary of the Fields" is an allegorical study of self-discipline expressed in an agricultural metaphor. "The Crow" points out the dangers posed by the contradictions and rampant materialism of our industrial and technological era. "Even the Knots on Quince Trees" is a confessional bearing witness to the sickness and death that have characterized Korea's turbulent modern history. "Christopher's River" reveals the inner truth, penitence and sacrifice of human existence. "Infant Splendor" depicts the purity of the young and innocent.

Life as Temporal Experience

As a Catholic, Ku Sang views secular existence as a "temporal life" — an existence in the earthly world that precedes eternal life in paradise. In many of his poems, he speaks of "a freedom of the mind" which recognizes and transcends the futility and emptiness of our secular existece. He resembles a Zen Buddhist in many ways, but at the same time, he senses the disparity between "being" and "what ought to be" and reprimands himself for his alienation. Ku is extremely harsh on himself, both ethically and religiously, and always truthful. These personal characteristics are reflected in his poems. He is one of the few Korean poets to write as a true penitent.

> I have spent today,
> that source of mystery, today,
> wallowing in the dirt.

> — *Christopher's River, 10*

Our time on earth is as clear, as pristine, as refreshing as a mountain spring. When the poet considers the mystery of the great power that makes this possible, he senses his own life and poetry are nothing more than waste water, dirty and contaminated. Ku never beautifies or embellishes his own life. He never hints of a split between his poetic self and his true self.

Ku is a virtuous Christian who sees through to the truth of his inner mind, and therefore does not judge a life by external appearances alone. He sheds light on the truth, the reality of our paradoxical existence in which the ugly is hidden behind the holy, the holy behind the ugly. We can, therefore, say his concept of mankind is similar to that of Francois Mauriac, Georges Bernanos and Graham Greene.

Ku Sang is painfully ashamed of humanity's spiritual degeneration. In "Shame," he searches for the ignominious face of man in a zoo.

> In the zoo,
> peering between bars and netting
> I search for an animal
> that knows what shame is...

Since shame has vanished
from the people of this city,
I've come to the zoo to look for it.

As he struggles to walk the path of a Christian, Ku laments our
shameless existence, this life spent wading through a lake of seven sins.

Ku Sang's perception of life expands to include a historical consciousness.
While many Korean intellectuals were bickering over E.H. Carr's *What Is
History?* Ku wrote the following in "Even the Knots on Quince Trees."

All modes of life, great and small,
Are nothing more than the trials and errors,
the failures of past generations

(Tr. Julie pickering)

Here Ku recalls Karl Löwith, the German philosopher who was chased
through seventeen countries after fleeing Hitler's rule. Löwith called secular
world history "a repetition of painful failures," "a record of sins and death,
defeats and frustration."

Ku Sang reveals his philosophic belief in spiritual resignation in "From
Dreyfus' Bench—Convict Jean's Soliloquy." Jean awakens us to the futility
of escape: "You see, I have come to realize that this world is all a prison,
no matter where you go, and that all people without exception are convicts
in it." Ku clearly sees our secular world as a temporary residence. However,
his despair over secular history does not mean he has lost hope. Ku believes
in historical justice, a belief derived from his faith in redemption through

a God, the ruling force in history.

> Trusting that justice will triumph, eternal,
> trusting that suffering accepted has value,
> trusting that our love and hope are not vain,
>
> not putting on heroic airs,
> with nothing to show but a cripple's grace,
> just as be walked alone on the way of Resurrection,
> so I too must walk alone.

This passage from "As He Walked Alone" portrays the poet walking a lonely and humble road as he struggles to realize the justice of history and resurrection, depending on and trusting in his own Christian belief, hope and love.

Ku's spiritual greatness is expressed in his healthy perception of history and love of mankind. In "Before a War Cemetery of North Korean Dead," Ku buries a North Korean soldier and weeps, unable to hold back the love and compassion he feels for his brethren. As a Christian, an enemy is simply a subject to be purified and persuaded, not a material object to be cursed and eliminated. Those who worship power and heroism. who believe might makes right, burn with hatred for their enemies. They do not hesitate to commit mass murder, to trample on their brother's land in the name of a "false justice."

Following liberation from Japanese rule, many poets and intellectuals were taken in by this propaganda and paid homage to communism in their work, only to regret it later. Ku Sang rings a warning bell to these poets.

He is not a simple artisan; he is a priest, a prophetic intellectual. After World War Ⅱ, many Korean poets sang of liberation and predicted a brilliant future for their country, but Ku wrote prophetically of the communists, of the worshipers of violence as frightening "crows."

Ku is a priestlike intellectual and poet, but he has refused to become directly involved in politics, despite the pleading of his friend, the late President Park Chung-hee. He has chosen the path of the poet over that of a politician. He has chosen to remain a member of the press, a thinker, a religious man and a professor. He has also contributed to international cultural exchanges as a literature professor at the University of Hawaii, and still serves as a visiting professor at the department of creative literature at Chungang University.

Religious Imagination

T.S. Eliot once said that every great literature has his its own spiritual pillar. What is the spiritual pillar supporting Ku Sang's poetry? One could say it is his religious imagination based on Catholicism and his vision of the universe. As noted earlier, Ku Sang was born to a devout Catholic family but learned of Buddhism and Protestantism during his university years, and was influenced by the ideology of Lao Tzu and Chuang Tzu through his spiritual mentor, the poet O Sang-sun. In other words Ku's poet imagination derives from a genuine belief in Catholicism that embraces other doctrines and transcends the boundaries of Eastern and Western religions.

> As the cataract of ignorance falls
> from off the eyesight of my soul,
> I realize that all this huge Creation
> round about me is the word.

In this, the first stanza of "The True Appearance of the Word," *Mumyŏ ng*, a Buddhist term for ignorance, is used alongside the expression "the Word" as found in the Gospel of St. John. "In All Places" blends Buddhism and Christianity ever more freely. And the poet confirms his belief while seeking and feeling God's presence. Buddhist image, such as a lotus pond and hillside temple, and Taoist phrases, such as "Taoist Mountain Wizards," reflect the East Asian roots of this poem. It could evoke a theological discussion of the many issues involved in general revelation. However, Ku's eclecticism mirrors Catholicism's recognition of regional cultural differences and reflects a harmonization of Eastern and Western thought.

"The True Appearance of the Word" is thoroughly Korean, thoroughly East Asian in its poetics, background and ambience. In it, the poet searches for God within a peaceful East Asian conception of nature. It shows how open Ku Sang's poetic spirit and imagination are. A universal god of lawfulness is everywhere. Ku searches for a God who exists in the many metamorphoses of the Bodhisattva, in Korean's mountain temples, in the green forests, in the snow-covered mountain peaks, in the moonlit river, in the frostbitten branches, in fields glittering golden in the sunset, in the distant horizen. The natural beauty depicted by Ku differs from the sensational images of modernist poets. His religious belief is open and tolerant, so his poetic imagination can encompass a universal vision. If Jesus had given the Sermon on the Mount on top of Sŏraksan Mountain, he surely would have chosen azaleas or autumn leaves as objective correlatives instead of lilies.

Prospects for Development

Humanity has been distancing itself from a natural paradise since the beginning of the Industrial Revolution, and now we stand at the threshold of what could be called a technological paradise. Nowhere do we find the social utopia that humankind has been dreaming of for so long. Ku Sang admonishes modern materialistic society for its fixation on technical and strategic values and its disregard for the essential values of loyalty, conscience and love, which are so essential to a humane existence. Through his concept of life, history and universal vision, based of Catholicism, Ku tries to correct the errors of modern society and history.

His poetry creates a poetics of harmony and interaction in which all humanity becomes one in belief, hope and love. To achieve this, Ku attempts to illuminate the mysterious significance hidden within human existence and natural phenomena. His concept of being, which views all things in the world, even the thinnest blade of grass, as a projection of eternity, integrates East Asian and Western thought, light and darkness, existence and nonexistence, and life and death. His poems transcend other philosophical attempts to explain the significance of individual lives and history, such as causality, evolution, or dialectical materialism. His poems, created through the apprehension of such truth, reconcile "you" and "I" to create a greater "you" in salvation and redemption.

Ku Sang's poems integrate East Asian reflection and the Christian idea of eternity in symbols of nature-rivers or fields-and at times are allegories. But whether focusing on natural phenomena or the significance of life and history through the harmonization of religious and metaphysical truth, Ku Sang deserves to be called a great Korean poet of this age for his repentant poetic spirit.

With its unclouded language and integration of Western religion, traditional Korean culture, Buddhism and Chuang Tzu, Ku Sang's poetry has universal appeal. It is only natural, therefore, that his poems have been translated and introduced throughout the Western world. The fine translations of Brother Anthony(*Wastelands of Fire*[London and Boston: Forest Books, 1989], *Infant Splendor*[Seoul: Samseong, 1990], and *A Korean Century, River and Fields*[London and Boston: Forest Books, 1991]) and Roger Léverrier(*Terre Brûlée*(Paris: Thésaurus, 1986)) testify to the appeal of Ku Sang's work (Koreana, Korea Foundation, 1996).

(≪Koreana≫, Korea Foundation, 1996)

예언자적 지성과 참회의 큰 시인 구상

대담자 : 김 봉 군

관수재 가는 길엔 늘 마음이 설렌다. "반갑고 고맙고 기쁘다." 실 선생님
의 환대가 감격으로 다가오기 때문이다. 어디 그뿐인가? 한국 청·장년 모
두의 정신적인 아버지 구상 선생님을 몸소 뵙고 말씀의 언저리에나마 접할
수 있다는 것이야말로 분에 넘친 기쁨이 아닌가?

늦가을인 11월 오후, 은행잎이 꽃처럼 떨어지는 관수재 앞뜰, 그 곳은 조
락(凋落)의 무상감보다 고즈넉한 황혼에 젖어 있었고, '관수재(觀水齋)'의 문
은 잠기지 않았다. 마침 따님 자명(紫明) 여사가 오셔서 선생님과 함께 자리
를 권해 주신다. 지병으로 몹시 힘드실 터인데도, 선생님은 청수하신 풍모
그대로셔서 한결 마음 놓인다.

선생님의 서재인 관수재는 이제 책으로 가득 차 있지 않은 채 거의 비어
있다. 만 권의 서책은 이제 개관을 앞둔 왜관의 선생님 기념관 쪽으로 옮겨
가 있고, 예수님의 십자가 고상(苦像)과 부모님의 기념 사진, '관수세심(觀水
洗心)'의 묵향(墨香)이 서재에 가득하다.

함께 방문한 송세희 시인과 차 대접을 받고 잠시 침묵으로 뜸을 들인 다

음, 찬찬히 선생님 말씀을 듣기로 하였다.

— 선생님, 오랜만에 찾아 뵙게 되었습니다. 요즈음 당뇨와 천식에다 수족의 통증까지 겹쳐서 고통을 당하신다는 소식을 들었습니다. 선생님께서는 일생 동안 육신의 병환으로 신음하시면서 오히려 영적 각성의 깊이·넓이·높이를 더하여 오신 역설적 삶을 사신 줄로 압니다. 선생님의 병환과 생애, 특히 시업(詩業)과 관련하여 좋은 말씀 듣고 싶습니다.

△ 속은 허한데 겉은 그럴듯해 보이니, 모두들 '외면 보살'이라고 해요. 젊어서 폐결핵을 앓고 한쪽 허파를 제거한 것은 차치하고, 당뇨병 앓은 것만도 25년이 넘었으니 병치레 깨나 하고 산 셈이지요. 이것은 나의 십자가입니다. 나는 가톨릭 신자가 아닙니까? 나자렛 예수께서 "너의 십자가를 지고 나를 따르라."고 말씀하십니다. 그분은 석가나 노자·장자와 같은 '해탈'이나 '도통'이 아닌 삶의 고통 자체를 받아들이지 않았습니까?

선생님과 여러 차례 이런 기회를 마련한 적이 있지만, 오늘처럼 선명하게 선생님의 내면을 피력하여 보인 적이 없으신 것으로 기억된다.

△ 예수께서는 겟세마네 밤 동산에서 기도하실 때, "내 아버지여, 만일 할 말하시거든 이 잔을 내게서 지나가게 하옵소서."라 하셨듯이, 실은 나도 그런 심정으로 살았지요. 결국 "그러나 나의 원대로 마옵시고, 아버지의 원대로 하옵소서."라 하신 말씀에 따르는 것입니다. 그분은 십자가 위에서 고통스럽게 외치셨습니다. "엘리 엘리 라마 사막다니." 우리말로 "하나님, 맙소사." 이런 말씀이지요. 그런 고통 속에서도 그분은 당신에게 고통 준 사람들을 용서해 달라고 기도하지 않았습니까? 그분은 남을 탓하거나 미워하지 않고 당신을 해친 사람까지 용서하신 채 끝까지 인간고(人間苦)를 짐지고 가셨습니다. 이것이 내가 크리스천인 이유입니다.

선생님의 신앙관을 여기까지 듣고 세삼 감동에 젖으면서, '선생님께서 이제 지력(知力)이 전과 달라지신 게로구나.' 하고 염려치 않을 수 없었다. 시업 말씀은 잊고 계신 듯하였던 것이다. 그러나 그게 아니었다.

△ 내 산문집『그분이 홀로서 가듯』에도 썼듯이, 나도 그 인간고를 감수하기로 했지요 내 시가 찬미·찬양의 말보다 내면에서 상충하고 갈등을 일으키는 인간고를 담고 있는 것은 이 때문입니다.

선생님이 원산 문학가 동맹의 공동 시집『응향』에 실으셨다가 필화 사건을 빚은「여명도(黎明圖)」나 6·25 전쟁의 비극적 체험을 담은「초토(焦土)의 시」,「오늘」을 비롯한 선생님의 시편들이 삶과 역사의 '통고 체험(痛苦體驗)'을 기반으로 하였음이 여기서 확인된다. 또한 데카르트 이후 분열되었던 감성과 이성이 선생님의 시에서 통합되며, 선생님의 이 관수재에 신부·수녀·스님·화가 할 것 없이 많은 사람들이 모이고, 사형수까지 양자로 삼으신 그 연유도 여기서 실마리를 푼다.

— 선생님 서재 '관수재'에서는 다분히 도가적 기품(道家的氣稟)이 느껴집니다. 이와 관련하여 선생님의 시를 '세심시(洗心詩)'라 평한 이도 있고, 그것은 일단 타당하다고 봅니다. 그러나 선생님의 연작시「강(江)」에는 그리스도 폴의 구도 설화(求道說話)가 오버랩되어 읽힙니다. 선생님의 시적 상상력의 세계에서 '물'은 어떤 의미가 있는지 독자들은 궁금하여 합니다.

△ 나의 연작시 가운데「밭 일기(日記)」는 생성과 소멸의 현상을 드러내 보이나, 강은 그렇지 않지요. 강의 기나긴 흐름은 과거─현재─미래의 지속

성을 표상합니다. 우리들 현존(現存)의 의미가 강의 흐름에 함축되어 있습니다. 그래서 내 시는 "오늘에서 영원을 살자."고 노래합니다.

그래서 필자는 선생님의 시를 「현존과 영원의 조응(照應)」이라는 표제로 평한 적이 있다(『시문학』, 1999.4). 이것은 1994년 한국 재단이 발간하는 『KOREANA』에 영어와 일본어 번역본이 실려 해외에 널리 소개된 바 있다.

— 그리스도 폴의 설화 말씀도 해 주십시오
△ 그리스도 폴은 5세기 스페인의 성자가 아닙니까? 그는 깡패 무리의 부두목이라 두목 외에는 무서운 자가 없었습니다. 어느 날 두목과 함께 한 은수자(隱修者)의 거처를 찾아갔는데, 그 두목이 에수님의 십자가 고상을 보고 냅다 도망쳤다지요 "난 저 사람은 당할 수 없어." 하고 소리치면서 말이지요 그래, 그 광경을 보고 그리스도 폴은 그 수도자께 물었답니다. "어떻게 하면 고상 속의 저 사람을 만날 수 있는가?" 하고. 그는 수도자가 시키는 대로 강가에서 오래도록 사람들을 업어 나른 끝에 드디어 그리스도를 만날 수 있었다는 이야기지요

나도 한때는 정신적 깡패였어요 '민권(民權)'을 위한 투쟁에 앞장섰었지요. 자유당 때 「민주 고발(民主告發)」에서 정권을 비판하다가 감옥살이까지 하지 않았습니까? 전진한, 염상섭 같은 분들과 전·현직 두 김 대통령 분들과도 관계가 깊지요 나는 북에서도 쫓겨왔으니, 남북 양쪽 정권에 다 박해를 받았지요 감옥에서 난 삶의 행로를 영적 통로의 길로 전환한 것입니다. 그리스도 폴처럼 존재론적 인식을 지향한 구도의 자세로 시를 쓸 결심을 한 것이지요 4·19 후에도 정치에 참여하라는 권유가 빗발 같았습니다. 4·19 후에는 민의원 후보로 공천들을 하였고, 장면 박사나 조재천·정헌주 같은 각료들까지 참의원을 하라고 권하셨습니다. 나는 민기식 사단장 숙소나 제

주도 등지에 숨어 지냈지요. 고은(高銀) 시인은 그 때 정황을 압니다.

 필자는 1984년 선생님 자전시집 『모과(木瓜) 옹두리에도 사연이』의 평설을 감히 쓰면서 이 대목을 경이롭게 읽었던 기억이 새롭다.

 △ 그뿐인가요. 5·16의 주역 박정희 대통령과는 군에서 책상을 마주하고 근무한 적이 있는 18년 지기(知己)입니다. 그는 5·16 직후 상임 고문을 내어 놓고 나를 불렀습니다. 나는 ≪경향신문≫ 동경 지국장으로 떠나고 말았어요. 또 전두환 대통령은 당총재 고문을 맡으라고 부르기도 했으나, 다 나와 상관없는 것들이 아니겠어요? 또 서라벌 예술 대학·국민 대학교·신구 전문 대학 등의 학·총장직 수임을 권유받기도 했고, 지금도 허다한 단체에 내 이름이 올라 있으나 다 마찬가지입니다.

 선생님은 현실 참여를 통한 세속사(世俗史)의 명예를 얻는 데 한결같이 손 저어 오셨음이 여기서 확인된다. 한국 문인들 작품 중에 선생님의 번역본이 세계에 가장 널리 알려진 것도 선생님께서 자청하시어 된 것이 아니다. 영 어권은 물론, 스웨덴·독일·이탈리아·일본· 등에도 소개되어 있다. 1980 년 PEN CLUB 회장이 스스로 찾아와 번역을 자청하였고, 여동찬(呂東贊, Roger Léverrier) 교수의 『초토(焦土, Térre Brûlée)』, (Paris, 1986), 앤소니 티그 (Anthony Teague) 교수의 『초토(Wastelands of Fire), (London, 1986), 『유치찬란 (Infant Splendor)』(서울, 1990) 『강과 밭(A Korea Country, River & Fields)』(London & Boston, 1991) 역시 번역자들의 의욕에 찬 결실일 따름이다.

 — 선생님의 세례명은 '요한'이십니다. 서구적 개념으로 볼 때 요한의 행 적은 '예언자적 지성'의 귀감이요 지표입니다. 「까마귀」를 비롯한 선생님 시의 어조에는 불의·부정 등 사회적 부조리를 질타하는 예언자적 목소리

예언자적 지성과 참회의 큰 시인 구상 451

가 울려납니다. 이러한 시 정신은 현실의 권력 담당 층의 일원으로 가담치 않으신 선생님의 일관된 인생관과 깊은 관련이 있는 것으로 압니다. 시인은 정치에 가담하여서 안 된다고 보십니까? 만약 그렇게 생각하신다면, 그것은 현실 정치의 윤리적 아나키즘 때문인지, 아니면 시인이라는 인간의 보편적 불안전성 때문인지, 또는 현실의 실상 때문인지 알고 싶습니다.

△ 나는 역사 의식이 강렬한 사람입니다. 6·25 전쟁 때 국방부의 잡지를 맡아 일하였고, 민간인으로서 무궁화 훈장까지 받았습니다. 전쟁 후에는 조지훈의 『역사 앞에서』 유치환의 『보병과 더불어』와 대비되는 전쟁 체험 시집 『초토의 시』를 내었습니다. 나는 전략적 가치를 위한 시를 쓰지 않습니다. 역사적 현실에서도 영원의 의미를 묻습니다. 현실 그 자체에 생의 의미를 두지 않기에 정치에 가담하지 않는 것이지요. 해방기의 시단도 대개 드러난 현상을 두고 환호하는 '해방 찬가'에 몰입해 있었습니다. 그 때 나는 해방의 실체를 캐는 「여명도」를 썼습니다.

나는 P. 발레리의 「해변의 묘지」를 탐독하였고, T.S. 엘리어트의 「황무지」의 주석서만도 세 번이나 읽었습니다. 나는 감각적 심상의 피상성, 소박한 리리시즘이나 고통 없는 지락(至樂)의 세계 같은 것과는 다른 경지를 열어 왔습니다. '논리적 심상'이라 할까 이런 방법으로 우리 시의 관습과는 달리, 존재 내면의 비의(秘義)을 영원의 빛으로 조명해 내는 시를 써 왔다고 하겠습니다. 이 정도면 질문에 대한 직·간접적인 답이 될까요?

선생님은 당신의 시집 『모과 옹두리에도 사연이』의 머리시를 누가 이해할 수 있겠느냐고 잇달아 물으셨다. 1984년 그 시집 평설을 쓰면서 필자가 '밧줄로 묶인 장롱을 싣고/ 뒤따르던 그 소의 얼굴'은 바로 '십자가를 지고 골고다 언덕을 오르던 예수' 그분임을 풀어 읽었다고 말씀드리려다, 말수를 줄이기로 하였다.

— 시가 언어 예술이라는 말을 꺼내는 것은 새삼스럽습니다마는, 시 이야기에 언어 문제가 빠질 수 없겠습니다. 선생님의 시어관(詩語觀)을 대변하는 어사(語辭)를, '언어는 존재의 집'이라는 M. 하이데거의 명제, 이른바 '언령(言靈)'의 신비, 불교 십악(十惡)의 「기어(綺語)의 죄」 등이라 할 수 있을는지요? 말의 표상성이나 기호 이론과 관련하여 말씀해주시면 감사하겠습니다.

△ 요새 시에는 표현주의적 기교가 성행하는데, 이런 경향은 시법(詩法)을 언어의 화장술로 아는 데서 옵니다. 시어뿐 아니라 말에는 등가량(等價量)의 진실이 담겨야 감동이 따릅니다. 그렇지 못한 달변보다 진실한 눌언(訥言)이 더 감동을 주지 않습니까. 이것은 '언령'의 시 정신에서 나온 시어론입니다. 일본 대학 재학 중의 강의 내용에 영향을 받은 이 언어관은 내 인생을 지배하여 왔어요.

생각과 언어는 2원적인 것이 아닌 하나입니다. 화려하기만 한 말 곧 '기어'는 무정란(無精卵)에 비유됩니다. 언어는 단순한 부호나 기호가 아니라고 봅니다.

— 선생님의 시적 담론의 원리는 '질문·개방·종합'이라고, 앤소니 티그 교수(수사)께서 말씀하신 적이 잇는데, 그것은 어떤 사상적 배경에 기반을 두신 것인지요? 에니미즘·범신론·불교 사상 등과도 관련하여 말씀하여 주십시오

△ 현대인의 사유 양식은 지나치게 인간 중심, 지구 중심적입니다. 인식의 안목을 넓혀야 해요 프랑스의 샤르댕이나 양산 통도사 경봉(鏡峰) 스님 같은 이의 말이 있어요 샤르댕은 오매가(Ω) 포인트라는 말, 경봉 스님은 "심야 삼경에, 대문 빗장을 열어라."는 임종게(臨終偈)를 남겼습니다. 존재의 궁극적 완성의 자리에서는 다 만나게 되겠지요 경봉 스님 임종시에 시봉 스님이 어딜 가시느냐고 물었을 때, 대답은 "내가 그걸 어떻게 알아?"였다는

군요, 예수께서도 "내 영혼을 당신께 맡기나이다." 하였을 뿐이니까요 인간의 영성(靈性)은 아직도 태아(胎兒)의 그것에 지나지 않지요

— 선생님께서는 「초토의 시」, 「밭 일기」, 「강」 같은 연작시를 쓰시고, 끊임없이 개작(改作)의 노고(勞苦)를 아끼지 않으시는데, 그 까닭은 무엇인지요?

△ 시를 그냥 촉발생심(觸發生心)격으로 써서는 존재의 실체에 도달할 수가 없습니다. 존재의 다면성을 그때 그때 응시 소매격(應時小賣格)으로 써 버려서는 안 된다는 뜻입니다. 나의 시는 관입실재(觀入實在) 하려는 구도의 과정에서 나옵니다. 내가 연작시를 쓰고, 또 끊임없이 개작을 하는 까닭은 이 때문이지요

사물이나 인간을 표피적 관찰만으로 알 수 있습니까? 나만 해도 그렇잖아요 외양만으론 두 아들을 잃은 참척(慘慽)의 주인공으로 볼 사람이 없을 것입니다.

— 선생님께서는 진실로 구도(求道)의 시심(詩心)을 밝혀 오셨습니다. 그럼에도 불구하고 스스로를 '영혼의 나환자'로 규정하며 고백의 시, 참회의 시를 쓰십니다. 그렇다면 사회의 부조리도 어떤 집단의 죄이기에 앞서 '내 탓'이라는 데 귀착됩니다. 우리 문학사에 희귀한 참회의 시에 대하여 말씀해 주십시오

△ 현대의 물리학·윤리학·사회학·사학 등 여러 지성의 주류가 일체 사회학의 책임을 타력적(他力的)인 데 돌리는 것을 당연시합니다. 그건 잘못입니다. 모든 사회 문제는 자기 참회에 그 해법이 있습니다. 시는 더욱 그러합니다.

필자는 이 대목에서 숙연한 감회를 누를 수가 없었다. 6·25 전쟁기, 1970~1980년대와 최근까지 칼과 총처럼 난무해 온 분열·증오·저주의 담론에 훼손된 우리 모국어와 상처받은 시 독자들 생각에 가슴이 저렸다.

— 선생님, 참회란 쉬운 일이 아니지 않습니까?

△ 그렇지요, 내가 산문집 『그분이 홀로서 가듯』에도 썼듯이, 참회는 고독한 자기 결단이지요. 예수 그리스도가 십자기에 매달렸을 때 제자들마저 다 가 버리고 없었던, 그런 고독에 비유될 것입니다.

대화가 절정에 이를 이 즈음, 선생님께서 애지중지하시는 손녀 향나 양이 학교에서 돌아오고, 또 다른 방문객이 와서 기다리는 중이다. 선생님 말씀을 더 듣기에는 시간이 많이 흘렀다.

— 선생님, 너무 피곤케 해 드려서 송구스럽습니다. 한마디만 더 여쭙겠습니다.

이 시대를 정보 혁명기라 하고, 컴퓨터의 가상 공간·영상 문화가 인쇄 문화(종이 책)의 위기를 알립니다. '문학의 위기', '인문학의 위기' 등을 알리는 징조가 완연합니다. 21세기 문학을 위하여 한 말씀 해 주시기 바랍니다.

△ 기술적·전략적 세계관에서 해방되어야 합니다. 신령한 힘에 대한 믿음과 축도가 있어야지요. 인간의 유한성에 대한 자각이 클수록 무한에 대한 각성의 정도도 커집니다. 신령한 힘에 의지하여 원자연(原自然)의 삶을 회복해야 합니다. 최근 미국에서 일어난 불행한 사건도 바벨탑의 오만, 노아의 홍수, 소돔과 고모라 등 창세기의 사건과 함께 깊은 성찰을 필요로 하는 일입니다. 모든 인류가 창세기 기사의 깊은 뜻을 재음미하여야 하겠습니다.

— 선생님, 긴 시간 동안 우리 문학사에 남을 소중한 말씀을 해주셔서 감사합니다. 쾌유를 빕니다.

필자의 건강을 걱정하시며 아쉬운 작별의 손짓을 보내시는 선생님 모습을 뒤로 하고 나선 관수재 앞뜰에는 벌써 어둠이 깔리고 있었다. 이 시대의 거인, 필자의 정신적 아버지이신 시인 구상 선생님, 그분 곁을 떠나오며 필자는 삶과 역사와 시에 대한 깊은 상념에 젖지 않을 수 없었다. 그리고 선생님께서 주신 시첩 생각을 했다. "앉은 자리가/꽃자리니라//네가 시방/가시 방석처럼 여기는/너의 앉은 그 자리가//바로 꽃자리니라." 「강」에 이어 선생님께서 주신 두 번째 시첩이다. 필자를 통하여 이 땅의 시인과 지성에게 보내시는 '준엄하면서도 온유한' 선생님의 메시지다.

(≪월간문학≫, 2001.12)

한국 소설의 기독교 의식
A Study of Christian Vision in Korean Fiction

by Kim bong-goon, Ph.D

The object of this study is to explore and illuminate the ways in which the Christian consciousness has been received in Korean literature, especially in prose fiction. This study concentrates on examining five prominent themes of Christian consciousness which are noted in 13 selected Korean novels.

The methodology chosen revolves around a study of spiritual history, while methods of synthetic hermeneutics are applied for the analysis of the novels. For the analysis and understanding of individual works, three approaches are consistently employed: first, to analyze the structure, meaning, and significance of the chosen work: second, to analyze the language as "house of being" as manifested in the dialogue between major characters in order to reach an understanding of the pattern of "encounter" and "separation": third, to illuminate its literary meaning and significance in the light of biblical criteria.

The results of this study can be summarized as follows.

First, there are three novels 김동리 kim Dong-ri's 「무녀도」 *the Portrait of the Female Mudang,* 「을화」 *Emlhwa,* 황순원 Hwang Soon-won's 「움직이는 성(城)」 *The Moving Castle* that deal with the conflict between the shamanistic tradition which is the ground of Korean national identity and Christan consciousness.

Second, there are the three novels that deal with the confrontation and conflict between the desire of secular history and the order of salvation history: 신채호 Shin Chae-ho's 「용과 용의 대격전」 *The Severe Battle between Dragons,* 김동리 Kim Dong-ri's 「사반의 십자가」 *The Cross of Savanne,* 백도기, Baek Do-gi's 「등잔」 *A Lamp.* The first two works move towards 'separation', while *A Lamp* moves towards 'encounter'.

Third, the novels that deal with the problem of naturalistic determinism are 염상섭 Yeom Sang-seop's 「삼대」 *Three Generations* and 송기동 Song Ki-dong's 「회귀선」 *The Tropic.* The author of these novels allow his protagonists to use abusive language of naturalist's 'animal human', he blocks the channel of 'encounter' with the language of salvation.

Fouth, the novels that deal with the sin of lust are 이광수 Yi Kwang-soo's 「재생」 *Second Life,* 백도기 Baek Do-gi's 「청동의 뱀」 *A Bronze Serpent,* and 박영준 Park Young-joon's 「종각」 *A Bell Tower. Second life* depicts the destruction caused by lust and indulgence. *A Bronze Serpent* resorts to the language of agony and repentance of the border-line human being. *A Bell Tower* represents the language of salvation for the protagonist.

Fifth, the novels that deal with the process of restoring 'the self of light' through a conversion of 'the self of darkness' are 이청준 Yi Cheong-joon's

「낮은 데로 임하소서」 *Lord Come to the Lowly Place* and 김성일 Kim Seong-il's 「땅 끝에서 오다」 *Arrival from the End of the Earth.*

The miracle of the former is realized through a unique system of communication in which the protagonist's physical father becomes the speaker, and the Father in heaven becomes the hearer, while the confessional narrator of the novel, 'I', becomes the eavesdropper.

Arrival from the End of the Earth, revolving around the language of two friends who are rivals, suggests a 'way' in which the language of the fictional characters are transformed, by means of communication through martial action, from that of exploration and surmise to that of 'encounter' and 'salvation'. In this sense, this novel is a most precious 'bundle of the language of light'.

(『A Study of Christian Vision in Korean Fiction』, Seoul, Korea, Miuji-sa Publishing co., Summer, 1994)

찾아보기

● 다매체 시대 문학의 지평 열기

초판인쇄 2003년 8월 10일
초판발행 2003년 8월 20일

지 은 이   김 봉 군
펴 낸 이   한 봉 숙
만 든 이   김 윤 경
펴 낸 곳   푸른사상사

출판등록   제2-2876호
주   소   100-193 서울시 중구 을지로3가 296-10 장양빌딩 202호
전   화   02) 2268-8706-8707
팩시밀리   02) 2268-8708
이 메 일   prun21c@yahoo.co.kr / prun21c@hanmail.net

ⓒ 2003, 김봉군
ISBN 89-5640-134-9-03810

정가 23,000원

*저자와 협의하여 인지를 생략함

저자약력

● 김봉군(金奉郡)

진주고교와 서울대학교(국어과 · 법학과)를 거쳐
서울대학교 대학원을 마침.
문학박사, 문학평론가. 한국문학비평가협회 회장
《새시대문학》(시) · 《현대시학》 · 《시조생활》(평론) 으로 등단.
한국국어교육연구학회, 한국크리스천문학가협회 부회장, 한국독서학회 창립, 초
대회장, 교육부 교육과정 · 교과서 심의 · 심사위원장, 독서교육발전 자문위원, 독
학학위 연구 위원, 초원 봉사회 고문 일을 함.
서울대 · 서울 신학대 강사, 미국 California State University, 캐나다 Trinity Western
University 객원교수.
가톨릭대학교 인문과학대학장직을 거쳐 인문학부 국어국문학 전공, 교육대학원
독서교육 전공 교수.
한국문학비평가협회 문학상, 한국크리스천문학가협회 비평문학상, 시천 시조문
학상, 부천시 문학상(학술) 등을 받았으며,
주요저서에 『문장기술론』『한국현대작가론』『문학개론』『한국소설의 기독교의
식 연구』『문학 작품 속의 인간상 읽기』, 고등학교『문학』』『독서』『작문』교과
서 등이 있음
e-mail : blur923@dreamwiz.com

mobile : 011-9116-5979